Über dieses Buch

Dieser Band ist der zweite einer zehnbändigen Sammlung deutscher Gedichte vom frühen Mittelalter bis zur Gegenwart.
Die Gedichte werden in der Reihenfolge ihres ersten Erscheinens und im Wortlaut der Erstdrucke mitgeteilt. Alle Texte sind ungekürzt, die originale Orthographie und Interpunktion ist beibehalten. Die Gedichte aus dem Mittelalter werden nach Handschriften oder Frühdrucken ediert und nach Entstehungszeiten geordnet.
Die annalistische Anordnung läßt einerseits die Spannweite und Eigenart der lyrischen Dichtung kleinerer Zeiträume, andererseits Kontinuität und Wechsel in der Geschichte der lyrischen Gattungen, Formen und Motive erkennen. Die Auswahl repräsentiert die ganze Breite der jeweils zeitgenössischen Produktion. Neben dem Kunstgebilde steht Gebrauchspoesie, neben dem heute noch Bekannten das zu Recht oder Unrecht Vergessene.
Heute nicht mehr verständliche Ausdrücke und Anspielungen werden von den Herausgebern in Fußnoten erklärt. Fremdsprachige Texte sowie die Gedichte aus dem Mittelalter werden übersetzt. Jedem Band ist ein Verzeichnis der benutzten Quellen, ein Verzeichnis der Autoren und ihrer Gedichte und ein Register der Gedichtüberschriften und -anfänge beigefügt.

Inhaltsübersicht

Einleitung 5 – Gedichte 1300–1500 13 – Editorischer Bericht 404 – Abbildungen 411 – Verzeichnis der Quellen 417 – Verzeichnis der Autoren und ihrer Gedichte 429 – Verzeichnis der Töne 438 – Verzeichnis der Gedichtüberschriften und -anfänge 440

Epochen der deutschen Lyrik
Herausgegeben von Walther Killy

Band 2

Gedichte 1300–1500

Nach Handschriften und Frühdrucken in zeitlicher Folge
herausgegeben von
Eva und Hansjürgen Kiepe

Deutscher
Taschenbuch
Verlag

dtv

Epochen der deutschen Lyrik
in 10 Bänden

Band 1 – Werner Höver und Eva Kiepe: Von den Anfängen bis 1300
Band 2 – Eva und Hansjürgen Kiepe: 1300–1500
Band 3 – Klaus Düwel: 1500–1600
Band 4 – Christian Wagenknecht: 1600–1700
Band 5 – Jürgen Stenzel: 1700–1770
Band 6 – Gerhart Pickerodt: 1770–1800
Band 7 – Jost Schillemeit: 1800–1830
Band 8 – Ralph-Rainer Wuthenow: 1830–1900
Band 9 – Gisela Lindemann: 1900–1960. Zwei Teile
Band 10 – Horst Rüdiger und Dieter Gutzen: Übersetzungen. Drei Teile

Originalausgabe
1. Auflage Oktober 1972
2. Auflage Februar 1982: 13. bis 15. Tausend

Umschlaggestaltung: Celestino Piatti
Gesamtherstellung: C. H. Beck'sche Buchdruckerei, Nördlingen
Printed in Germany · ISBN 3-423-04016-5

Einleitung

Die deutsche Lyrik des Spätmittelalters hat sich nie einer besonderen Wertschätzung erfreut, jedenfalls nicht in ihrer Gesamtheit und erst recht nicht in einem ihrer zentralen Bereiche, der strophischen Spruchdichtung, die oft generell als *Meistersang* bezeichnet wird: „Minne- und Meistergesang sind *eine* Pflanze“, schrieb Jacob Grimm schon 1811, „die erst süß war, hernach im Alter herb, und die verholzen mußte; aber wo wir nicht zum Saft ihrer Jugend zurückgehen, verstehen wir nimmer die Zweige und Äste, die daraus getrieben haben.“ Die dabei beschworene „Blütezeit“ mittelalterlicher Poesie, der Minnesang des 12. und 13. Jahrhunderts, hat denn auch die Forschung in der Folge sehr viel intensiver beschäftigt als das 14. und 15. Jahrhundert (erst in den letzten Jahrzehnten zeichnet sich hier ein gewisser Wandel ab), und zugleich ist – in engem Zusammenhang damit – die allgemeine Vorstellung von mittelalterlicher Lyrik meistens auf einige Gedichte Walthers von der Vogelweide oder seiner Zeitgenossen beschränkt geblieben.

Das ästhetische Urteil ist, wie das literarische Werk, stets historisch vermittelt und von Faktoren seiner Geschichte und seines geschichtlichen Ortes abhängig, die auch der einleuchtende Hinweis, Denkschemata wie ‚Blütezeit und Verfall‘, ‚Jugend und Alter‘ suggerierten falsche Vorstellungen und seien als literaturgeschichtliche Beschreibungskategorien ungeeignet, nicht außer Kraft setzen kann, denn diese Metaphorik ist, wenn es um literarische Wertung geht, nicht die Ursache ästhetischer Urteile, sondern ihre Folge. Ein großer Teil der Lyrik der beiden Jahrhunderte, die dieser Band repräsentiert, liegt außerhalb der Bewertungskriterien heutiger Leser und erscheint ihnen in der Regel „unlyrisch“, nicht weil der zeitliche Abstand, sondern weil der Abstand zur Zeit so groß ist, der Abstand zu Themen, Denkweisen und poetischen Prinzipien, die die literarische Produktion bestimmten. Und auch wenn sich unser Begriff von Lyrik nicht mehr ganz so selbstverständlich an Erlebnis- und Originalitätsvorstellungen der Klassik und Romantik orientiert, der Zugang zu einer weithin rhetorisch-handwerksmäßig betriebenen Dichtung also nicht mehr von vornherein verstellt ist, kann und soll nicht erwartet werden, daß der vorliegende Band eine „Rehabilitation“ der Lyrik des Spätmittelalters bewirkt. Als Teil einer Sammlung, die eine chronologische Dokumentation der Epochen deutscher Lyrik anstrebt und deren Interesse ein primär historisches ist, bedarf er einer solchen Rechtfertigung allerdings auch nicht.

Die Verwendung des Begriffes *Lyrik* erfordert jedoch schon eine Erläuterung, eben wegen des Abstandes zur Zeit. Das Mittelalter kannte diesen Begriff im Sinne einer gattungstheoretischen Abgrenzung gegen Epik und Dramatik nicht, die Abgrenzung entstammt einer späteren Zeit und ist das Ergebnis der Auseinandersetzung mit jüngeren poetischen Entwicklungen. Sucht man nach Kategorien, die die literarische Produktion der Zeit nahelegt, so läßt sich eine klar markierte Grenze zwischen strophischer Dichtung und der Dichtung in Reimpaarversen erkennen: strophische Dichtung ist grundsätzlich gesungen vorgetragene Dichtung (ein Sachverhalt, den man sich als heutiger *Leser* deutlich vor Augen halten muß), Reimpaarverse sind zum Lesen und Sprechen bestimmt, eine Unterscheidung, die sich bis in die äußere Form der handschriftlichen Überlieferung verfolgen läßt. Die Bindung der strophischen Form an den Gesang, die weithin auch noch für das 16. Jahrhundert gilt und erst im 17. Jahrhundert unter dem Einfluß neuer poetischer Vorbilder zunehmend zurücktritt, wäre ein geeignetes Kriterium für eine an den Gegebenheiten der mittelalterlichen Literatur orientierte Auswahl gewesen; eine solche Begrenzung hätte jedoch den Verzicht auf zahlreiche Texte bedeutet, die sich von ihrem Gegenstand her im allgemeinen nicht von der strophischen Dichtung trennen lassen und die bei dem Versuch, die Epochen deutscher *Lyrik* zu dokumentieren (also bei Verwendung der modernen Kategorie *Lyrik*), vertreten sein müssen. So verläuft die Grenze, die statt dessen gezogen wurde, innerhalb der Reimpaardichtungen und schließt nur jene Texte aus, bei denen das dramatische oder das erzählerische Moment eindeutig überwiegt, also beispielsweise die novellistische oder schwankhafte Märendichtung, eine Entscheidung, die bei den mannigfachen Übergangsformen im einzelnen durchaus strittig sein kann.

Innerhalb der strophischen Dichtung lassen sich *Lied*, *Spruch* und *Leich* unterscheiden. Der Leich ist eine relativ seltene, besonders kunstvoll gestaltete und durchkomponierte lyrische Großform des 13. und 14. Jahrhunderts, bei der die meist paarig gebauten Versikel' Bauform und Melodie immer wieder verändern. Von den beiden Themenbereichen des Leichs, Religion und Minne, ist in diesem Band nur der erste vertreten, und zwar durch den *Kreuzleich* FRAUENLOBS und das *Goldene ABC* des sogenannten MÖNCHS VON SALZBURG. – Kann sich die Untergliederung der strophischen Dichtung beim Leich auf eine mittelalterliche Begriffsbildung und Kategorisierung stützen, so ist das bei Lied und Spruch nicht der Fall. Der Versuch ihrer Unterscheidung ist denn auch eines der umstrittensten Forschungsprobleme. Die Diskussion, die sich vor allem auf das 12./13. Jahrhundert konzentriert hat, kann hier nicht aufgenommen werden; für den in diesem Band repräsentierten Zeitraum ist jedoch auf *ein* unterscheidendes Merkmal hinzuweisen: die Einmaligkeit oder die Wiederverwendbarkeit von Strophenform und Melodie. Man könnte, wenn man in der Verwendung von *Kunst* im einen

Begriff keine Diskriminierung des anderen sieht und damit auch nicht a priori die Vorstellung der Korrespondenz von Text und Melodie verbindet, diesen Unterschied mit dem Gegensatz *Kunstform – Mitteilungsform* beschreiben. Ein Lied hat, von Ausnahmen wie der Kontrafaktur abgesehen, *seine* Strophenform (und Melodie), ein Spruch bedient sich eines *Tones*, d. h. eines metrischen und musikalischen Formschemas, das er mit anderen Texten teilt und das als vorgegebene Form auch von anderen Autoren benutzt werden kann. Eine darüber hinausgehende thematische Abgrenzung wird dadurch erschwert, daß zwar die Behandlung bestimmter Themen auf die Spruchdichtung beschränkt ist, andererseits aber Liebeslyrik auch in Spruchtönen begegnet (vgl. S. 108, 213 und 287), so daß man hier nur von partieller Abgrenzbarkeit sprechen kann.

Eine einigermaßen zureichende literaturgeschichtliche Kommentierung der in diesem Band vereinigten Texte ist an dieser Stelle nicht möglich, es müssen wenige Hinweise auf die Entwicklung im 14. und 15. Jahrhundert genügen. Gegenüber dem 13. Jahrhundert zeigt die Lyrik dieser Übergangszeit, in der schon in die Neuzeit weisende Ansätze und noch Mittelalterliches nur schwer zu trennen sind, einige spürbare Akzentverlagerungen. Der Anteil traditioneller Minnelyrik ist relativ gering, nur für den Anfang dokumentieren etwa die Nachträge der *Großen Heidelberger Liederhandschrift* (*Q 38*) das ungebrochene Fortleben dieser Tradition. Großenteils wohl „Freizeitdichtung" gebildeter Adliger oder ihnen Nahestehender wie der sogenannte MÖNCH VON SALZBURG oder EBERHARD VON CERSNE, hatte sie einen sozial eng begrenzten Wirkungskreis und ging in der Zeit zunehmender Bedeutung stadtbürgerlicher Schichten allmählich zurück. – Um die Mitte des 15. Jahrhunderts tritt mit den *Liederbüchern* (*Q 9, 17, 53, 65*, ferner *Q 22* und *48*) ein Typ von Liedern ins Licht der Überlieferung, den man im Unterschied zu Volks- und Kunstlied als *Gesellschaftslied* bezeichnet hat. Dieser unscharfe Begriff deckt im einzelnen recht unterschiedliches Gut, vom volkstümlich-schlichten *Es ist ein schne gefallen* bis zu anspruchsvolleren Formen im *Königsteiner Liederbuch* (vgl. S. 338), vom Tanzlied bis zum mehrstimmigen Satz; gemeinsam ist ihnen, daß es sich zum größten Teil um anonymes Liedgut mit Liebesthematik handelt, das durch „Gebrauch" und mündliche Überlieferung einem ständigen Umformungsprozeß unterlag und, der Herkunft der Sammlungen nach zu schließen, vor allem in „bürgerlichen" Kreisen gesungen wurde. Die Texte machen deutlich, daß Motive, Aufbauschemata, Wort- und Formelschatz der Minnelyrik auch über das 14. Jahrhundert hinaus in mannigfacher Weise weiterwirken; die Verwendung des Falkenbildes (vgl. die Strophe des VON KÜRENBERG, Band 1) in den Liedern S. 324 und S. 334 sei als ein Beispiel genannt, das zugleich die Wandlungen sinnfällig macht, denen diese Traditionen dabei unterworfen sein können.

Die geistliche Dichtung geht durch alle Gattungen hindurch und stellt die größte Gruppe innerhalb der überlieferten Lyrik. Sie gilt im Spätmittelalter vor allem Maria, ihr Lob ist immer wieder Anlaß zu besonders kunstvollen Formen wie *Akrostichon* (vgl. S. 149) und *Glossenlied* (vgl. S. 238). Die für das mittelalterliche Denken so bedeutsame typologische Bibelexegese hat hier zahlreiche Spuren hinterlassen: Textstellen des Alten Testaments (insbesondere aus dem *Hohenlied*) werden, der theologischen Tradition entsprechend als Präfigurationen Mariens verstanden, in reicher Fülle stets von neuem zusammengestellt. In derselben Denktradition stehen die sinnbildhafte Auslegung naturkundlicher Vorstellungen aus dem *Physiologus* (vgl. besonders S. 153) und letztlich auch Gedichte wie MUSKATBLUTS Mühlen-Allegorie (S. 210) und das Beispiel einer Maibaum-Allegorie (S. 256), das wie andere geistliche Lieder dieses Bandes einem Nonnenkloster entstammt, ein Bereich, dessen Liedgut von der Mystik in teilweise sehr eigentümlicher Weise geprägt wurde (vgl. z. B. S. 329). – Im Unterschied zur durchgehenden Dreigliedrigkeit der Strophe bei Minnelied und Spruch begegnen im geistlichen Lied zunehmend auch einfachere Formen, eine Entwicklung, die sich gelegentlich auch im Liedgut der *Liederbücher* beobachten läßt. Mit ihm steht das geistliche Lied im 15. und 16. Jahrhundert in einer besonderen Verbindung durch die geistlichen Kontrafakturen, die die Melodie eines beliebten weltlichen Liedes übernehmen und einzelne Textelemente aufgreifen, um ihnen eine geistliche Wendung zu geben. LAUFENBERGS *Jch wölt, daz ich do heime wer* ist eines der bekanntesten Beispiele, „Schlager" aber waren offensichtlich Lieder wie die auf S. 232 und S. 326, die mehrfach Anlaß zu Kontrafakturen verschiedenster Art waren.

Die Gattung des *strophischen Spruches* (ihr Umfang in diesem Band läßt sich aus dem Töneverzeichnis ermitteln) steht schon seit dem 13. Jahrhundert zum großen Teil unter offenbar anderen soziologischen Bedingungen als die liedhafte Lyrik und insbesondere das Minnelied. Wenn man das autobiographische Lied OSWALDS VON WOLKENSTEIN (S. 193), des eigenwilligsten und bedeutendsten Liederdichters des Spätmittelalters, mit MICHEL BEHEIMS autobiographischem Spruch (S. 269) vergleicht, lassen sich solche Unterschiede deutlich erkennen: hier der im politischen Leben stehende, weitgereiste Adlige, der – so kann man vermuten – gelegentlich als beliebter Alleinunterhalter im Kreis der Freunde und Bekannten einige Lieder zum besten gibt, dort der nicht-adlige Berufsdichter, der zwar keineswegs als „landstreichender" *Fahrender* von Ort zu Ort zieht, doch im Laufe der Zeit an verschiedenen Höfen seinen Lebensunterhalt finden muß. Bei anderen Spruchdichtern weiß man *sehr* viel weniger von ihren Existenzbedingungen und ihrem Publikum; für FRAUENLOB (vgl. S. 29) und MÜGELN, wohl auch für den KANZLER (vgl. S. 17), dürfte ähnliches gelten wie für BEHEIM; beim ZWINGER, beim

Harder, bei Lesch und Muskatblut aber sind die Verhältnisse trotz mancher Vermutungen letztlich noch ganz ungeklärt; könnte man in der Bezeugung eines Tones dieser Autoren mit der Bezeichnung *Hofton* einen Hinweis auf ein entsprechendes Publikum sehen, dann wären sie alle Beheim an die Seite zu stellen. Wenn hier und im folgenden die Vorstellung vom Berufsdichter generell mit den *Meistern* des 14. und frühen 15. Jahrhunderts in Verbindung gebracht wird, dann mit allem Vorbehalt und nur in der Absicht, auf ein gewisses Moment von Institutionalisierung der Spruchdichtung hinzuweisen, auf den Eindruck, daß es in dieser Zeit immer wieder Autoren gegeben hat, die sich ihr für kürzere oder längere Zeit „hauptamtlich" widmeten, ohne daß damit etwas Konkretes über ihre Stellung und ihren Werdegang oder auch nur darüber ausgesagt wäre, ob ihr Publikum meistens oder nur gelegentlich ein höfisches war (zur Entwicklung des Publikumsgeschmacks vgl. S. 294).

Der Spruch als Literaturgattung, die vorwiegend von Nicht-Adligen getragen wird, bleibt jedoch nicht auf Berufsdichter beschränkt. Seit dem zweiten Drittel des 15. Jahrhunderts, nachdem er nicht nur musikalisch gesehen mehr und mehr zu einem Anachronismus geworden war (Beheim dürfte einer der letzten Berufs-Spruchdichter gewesen sein), wird er vom zunftmäßigen *Meistersang* in den Städten gepflegt, also vor allem von seßhaften Handwerkern wie dem Nürnberger Barbier Hans Folz (allerdings war Folz im Unterschied zu seinen Zunftgenossen auch als literarischer Unternehmer tätig und vertrieb, von wenigen Ausnahmen abgesehen, die nicht-strophischen Texte seiner vielfältigen Produktion zeitweilig mit Hilfe einer eigenen Druckerei). Doch auch vorher, als Vorstufe der ersten urkundlich nachweisbaren Singschulgründungen der *Meistersänger*, hat es wohl schon seit dem 14. Jahrhundert Vereinigungen gegeben, die die Spruchdichtung singschulmäßig pflegten, also nach allmählich sich entwickelnden Regeln und Gebräuchen wie dem des Preissingens, das von *Merkern* auf Verstöße gegen die Regeln überprüft wird – die *Schulkünste* (vgl. S. 130 und S. 306) geben einen gewissen Einblick in diesen Kunstbetrieb, in dem gemäß der Tradition der Spruchdichtung der Titel *Meister* gebräuchlich war. Für diese Zeit fehlen jedoch bisher auch nur einigermaßen exakte Vorstellungen; so wäre etwa zu fragen, aus welchen Bevölkerungsgruppen die Teilnehmer dieser Singschulvereinigungen kamen, in welchem Verhältnis zueinander Singschulen und Berufsdichter standen, ob die Komposition eigener Töne bis zur Mitte des 15. Jahrhunderts in der Regel ein Indiz für „professionelle", das verbreitete Phänomen der Verwendung fremder Töne ein gewisses Indiz für „Amateur"-Spruchdichtung war und ob Reformideen, wie sie Folz vertrat (S. 352), wirklich nur eine Auseinandersetzung mit „erstarrten" Singschultraditionen darstellten.

Inhaltlich gesehen geht es in der Spruchdichtung in der Regel nicht um individuelle Stellungnahmen, sondern um die Darstellung bekannter Sachverhalte und verbreiteter Auffassungen; die große Mehrzahl der Sprüche konstatiert tatsächlich oder vermeintlich Anerkanntes immer von neuem mit durchgehend didaktischem Gestus. Bei MÜGELN wird der für das Selbstverständnis der Spruchdichter zentrale Begriff der *Meisterschaft* (vgl. auch S. 15 und S. 32) ausdrücklich auf die Teilhabe an gesicherter Wahrheit, auf den Besitz gelehrter Kenntnisse bezogen (S. 105), als deren Sachwalter und Vermittler der *Meister* sich versteht. Was bei ihm jedoch, mehr noch bei FRAUENLOB, dem wohl bedeutendsten Spruchdichter des Spätmittelalters mit einem Nachruhm ohnegleichen, kunstvoll überformt wird durch die Techniken des *geblümten Stils*, der seine Künstlichkeit u. a. der gewählten Metaphorik und Syntax, seine Dunkelheit besonders bei FRAUENLOB der planvollen Verschränkung und Potenzierung der Bilder verdankt (vgl. z. B. S. 35), das gerät in ihrer Nachfolge gelegentlich zur simplen Versifizierung von Informationen wie bei HUGO VON MEININGEN oder reduziert sich bei ungleich geringerem Kenntnisstand häufig auf die bloße Nennung der Sieben Künste. Wie groß aber die Unterschiede im einzelnen auch sein mögen, von den *Meistern* haben die anonymen Nachahmer einschließlich der Meistersänger ihr Selbstverständnis und die Auffassung von der religiös untermauerten Würde des Gesanges übernommen. Man hat in diesem Zusammenhang von *vorreformatorischer Laienbildung* gesprochen, und in der Tat scheint hier ein gesellschaftlich und geistesgeschichtlich bedeutsamer Prozeß sichtbar zu werden; die Anknüpfung an die Formen des gelehrten Schulbetriebes und die so ernsthaft betriebene, so sehr stofforientierte und oft genug dilettantisch anmutende Adaption der Spruchdichtung in Singschulvereinigungen bis hin zum Meistersang der Handwerker legt die Interpretation nahe, der Bildungsaufstieg bestimmter stadtbürgerlicher Schichten habe sich nicht zuletzt auch im Medium der Spruchdichtung vollzogen, – ein Adaptionsprozeß, der vielleicht auch für die kirchenpolitischen Veränderungen im 16. Jahrhundert von Bedeutung gewesen ist.

Unabhängig von den besonderen Bedingungen dieses Adaptionsprozesses kann die Rolle von Konvention und Tradition in der Spruchdichtung wie in der gesamten Dichtung dieser Jahrhunderte nicht genug hervorgehoben werden. Selbst OSWALD VON WOLKENSTEIN, dessen individuelle Erfahrungen sich in ungewohntem Maße in seinen Liedern niederschlagen, beklagt sich über seine ehemalige Geliebte, indem er sich in die traditionelle Reihe der Minnesklaven einordnet (S. 215), oder stilisiert sein autobiographisches Lied S. 193 inhaltlicher Prinzipien wegen gegen die chronologische Abfolge. Von Innovation kann oft nur im Sinne von Variation des Vorgegebenen und neuer Kombination vorgefundener Elemente gesprochen werden: die beliebte Form der Lügendichtung wird im *Wachtelmäre* zur Parodie der Heldenepen, bei MUSKATBLUT zur Zeitsatire (S. 206), ein *Memento mori* bedient sich des *Schulkunst*-Schemas (S. 230), eine *Klaffer*-Schelte erscheint als Neujahrsgruß (S. 333).

Die in diesem Band vertretenen Beispiele der Reimpaardichtung reichen von den *Reden* des TEICHNERS über die zeittypischen Gattungen der *Minnerede* und des *Priamels* bis hin zu den Formen reiner Gebrauchs- und Sachliteratur, wie sie vor allem aus den letzten Jahrzehnten des 15. Jahrhunderts überliefert sind: Heiligenvers und Heilsegen, Bauernregel und Gesundheitsanweisung. Mehr noch als die Minnerede, von deren verschiedenen Arten hier nur Beispiele geringen Umfangs abgedruckt werden konnten (S. 128, 240, 339, 345; vgl. ferner den strophischen Spruch S. 320), ist das Priamel eine Gattung der zweiten Hälfte des 15. Jahrhunderts. Zwar gibt es vielerlei Vorformen, zu denen auch der nach einem alten Schema gebaute Spruch S. 74 gehört, aber seine Existenz als eigenständige literarische Gattung scheint es erst HANS ROSENPLÜT zu verdanken. Das Aufbauschema dieser Kurzform von meist 4 bis 14 Versen ist die oft paradoxe Reihung von Gegenständen oder Sachverhalten mit einer Pointe am Schluß, die den integrierenden Aspekt der Aufzählung enthüllt. SEBASTIAN BRANT schließlich vertritt den Beginn neuer geistiger Orientierungen und dokumentiert mit einem seiner lateinisch-deutschen Flugblätter (S. 385) zugleich, daß am Ende des 15. Jahrhunderts die Möglichkeiten der Buchdruckerkunst zunehmend literarisch genutzt zu werden beginnen.

Bei dem Versuch, die Lyrik des Spätmittelalters durch charakteristische Beispiele zu repräsentieren, waren aus Platzmangel – immerhin umfaßt der Band die Lyrik zweier Jahrhunderte – Verzerrungen nicht zu vermeiden. Sehr oft muß der Text eines bestimmten Autors zahlreiche themengleiche oder -verwandte Gedichte anderer Autoren, auch früherer oder späterer, mit vertreten, denn die Absicht, ein proportional verkleinertes Abbild der überlieferten Lyrik zu erstellen, hätte den Verzicht auf seltener vertretene, nichtsdestoweniger literarhistorisch wichtige Typen und aufschlußreiche Einzelfälle zugunsten der monotonen Variation einiger Hauptthemen bedeutet. Inhaltlich gesehen sind vor allem die geistlichen Gedichte unterrepräsentiert, vom rein äußerlichen Standpunkt aus betrachtet die langen Texte, also Sprüche mit 7, 9, 11 und mehr Strophen und Reimpaardichtungen von 500, 1000 oder mehr Versen; von der sich in der Addition immer neuer Einzelheiten verlierenden Weitschweifigkeit vieler Dichtungen jener Zeit bekommt der Leser so nur einen schwachen Eindruck. – Kein Auswahlkriterium war der Grad der Schwierigkeit eines Textes in bezug auf Edition und Übersetzung. So ist, um nur ein Beispiel zu nennen, FRAUENLOBS *Kreuzleich* aufgenommen worden, nicht weil die Herausgeber meinten, eine gültige

Lösung aller Probleme bieten zu können, sondern weil nach ihrer Auffassung diese Anthologie dem Leser schwer verständliche Texte nicht vorenthalten durfte, die oft als Gipfel zeitgenössischer Kunst galten. An bisher ungedruckten Texten enthält der Band sechs (S. 179, 198ff., 230, 312, 315, 320), in einigen anderen Fällen konnten früher unberücksichtigte Quellen benutzt werden.

Die Überlieferungslage bei mittelalterlichen Texten bedingt gegenüber den folgenden Bänden dieser Anthologie eine Reihe von Besonderheiten. Von wenigen Drucken am Ende des Zeitraumes abgesehen, handelt es sich um handschriftliche Quellen, die nicht interpungiert sind und die vor allem die Gedichte zum Teil in unterschiedlichen Fassungen, mit stellenweise geringer Verläßlichkeit (authentische Texte gibt es nur von Beheim und Folz, vergleichbar ist die Lage bei Oswald von Wolkenstein und Hugo von Montfort) und zudem mit mancherlei Sinnstörungen überliefern. Die Texte waren also für die Zwecke einer Ausgabe erst zu überprüfen und gegebenenfalls herzustellen. Die daraus resultierenden Eingriffe in die Textgestalt der Vorlagen sind im Text durch *Kursivsatz* gekennzeichnet und im Apparat unter dem Text nachgewiesen. Auf die Angabe von Lesarten anderer Handschriften mußte in der Regel, auf die Angabe der vielfältigen Abweichungen gegenüber früheren Editionen (von der gelegentlichen Korrektur von Lesefehlern bis zu Interpunktions-, und d. h. oft: Interpretationsänderungen) einschließlich deren Begründung mußte stets verzichtet werden, weil das den Rahmen dieser Ausgabe gesprengt hätte. Im übrigen sei hier auf den Editorischen Bericht verwiesen, der ausführliche Erläuterungen zu Editionsprinzip und -methode sowie zur chronologischen Anordnung und zu den Übersetzungen gibt.

Die Herausgeber möchten nicht versäumen, den Bibliotheken der BRD, der DDR, Österreichs und der Schweiz sowie allen Freunden und Kollegen zu danken, die das Zustandekommen dieser Ausgabe unterstützt haben, insbesondere Tilo Brandis für den Hinweis auf neue Harder-Handschriften, nicht zuletzt aber dem Deutschen Taschenbuch Verlag und seinem sachverständigen Lektor Friedrich Kur für das verständnisvolle Entgegenkommen bei allen Problemen, die ein Editionsunterfangen in diesem Bereich beim gegenwärtigen Forschungsstand mit sich bringt.

Um 1300–1320

Unbekannter Verfasser

Granum sinapis

IN dem begin   ho vber sin
ist ie daz wort.   o richer hort,
da ie begin begin gebar!
o vader brust,   uz der mit lust
daz wort ie vloz!   doch hat der zchoz
daz wort behalden, daz ist war.

Von zcwen ein ulut,   der minnen glut,
der zcweier bant,   den zcwein be kant,
vluzet der vil zuze geist
vil ebin glich,   vn scheidelich.
di dri sin eyn.   weiz du, waz? nein,
iz weiz sich selber aller meist.

Der drier strik   hat tifen schrik.
Den selben reif   ni sin begreif.
hir ist ein tuefe sunder grunt.
Scach vnde mat   zcit, formen, stat!
der w*u*nder rink   ist ein ge sprink;
gar vnbe wegit stet sin punth.

Des punchtez berch   stig ane werk,
vor stent lichkeit!   der weik dich treit
in eine wuste wunderlich,

Granum: Im Anfang hoch über dem Begreifen ist ewig das Wort. O reicher Schatz, wo ewig Beginn Beginn hervorbrachte! O Vaterbrust, aus der mit Wonne ewig das Wort entströmte! Der Schoß jedoch hat das Wort festgehalten, das ist wahr. 9 Von beiden ein Ergießen, Glut der Liebe, beide verbindend, ihnen beiden bewußt, so fließt der süßeste Geist in völligem Gleichmaß, untrennbar. Die drei sind eines. Weißt du, was? Nein, [nur] es selbst kennt sich ganz und gar. 15 Der drei Verstrickung birgt tiefes Erschrecken. Keine Vernunft hat je diesen Kreis verstanden. Hier ist eine Tiefe ohne Grund. Schach und matt der Zeit, den Gestalten, dem Raum! Der Kreis der Geheimnisse ist ein Ursprung *[für alles]*; [als] dieser Ausgangspunkt ruht [er] gänzlich unwandelbar [in sich]. 21 Laß dein Tun [und] besteige, Einsicht, den Berg dieses Punktes! Der Weg führt dich in eine wundersame Wüste,

Granum *Der Titel ‚Senfkorn' stammt aus einem lat. Kommentar zu diesem Gedicht, das darin „wie das Senfkorn klein an Substanz, groß an Kraft" genannt wird. Nach Kurt Ruh* (Textkritik zum Mystikerlied ‚Granum sinapis'. *In:* Festschrift Josef Quint. *Bonn 1964, S. 180f.) wurde der Text auf die Melodie einer lat. Sequenz gesungen, mit der er metrisch annähernd identisch ist. Ä. sind den Zitaten des Kommentars entnommen.* 4 waz. 19 wender.

de breit, di wit vn mezik lit.
di wuste hat noch zcit, noch stat.
ir wise, di ist sunderlich.

Daz wuste gut nie vuz durch wut.
geschaffen sin quam nie da hin.
us ist, vnd weis doch nimant, was.
us hi, us da, us verre, na,
us tif, us ho, us ist also,
daz us ist weder diz noch daz.

VS licht, us clar, us vinster gar,
us vnbenant, us vmbekant,
begynnes vnd ouch endes vri,
us stille stat, blos, ane wat.
wer weiz sin hus, der ge her uz
vnd sage vns, welich sin forme si!

Vvirt als ein kint, wirt toup, wirt blint!
din selbes icht muz werden nicht.
al icht, al nicht trib vber hor!
la stat, la zcit, ouch bilde mit!
genk ane wek den smalen stek,
so kums du an der wuste spor.

O sele min, genk vz, got in!
sink, al min icht, in gotis nicht,
sink in di grundeloze v*lu*t!
vlie ich von dir, du kumst zcu mir;
vorlis ich mich, so vind ich dich,
o vberweseliches gut! *Q* 2

---

die sich breit, weit unermeßlich ausdehnt. Die Wüste kennt weder Zeit noch Raum. Ihr Sein ist von eigner Art. 27 Nie hat ein Fuß das Gebiet der Wüste ausgeschritten. Geschaffene Vernunft hat es nie erreicht. Es ist, und doch weiß niemand, was. Hier, da, entfernt, nah, tief, hoch ist es so, daß es weder das eine noch das andere ist. 33 Licht, klar, ganz und gar finster, namenlos, unbekannt, ohne Anfang und auch ohne Ende, ruht es in sich, unverhüllt, ohne Verkleidung. Wer seine Behausung weiß, der komme hervor und lehre uns, welches ihre Gestalt ist! 39 Werde wie ein Kind, werde taub, werde blind! Dein eigenes Etwas muß Nichts werden. Treib alles Etwas, alles Nichts weit von dir! Laß Raum, laß Zeit, meide auch alle bildhafte Vorstellung! Geh ohne Weg den schmalen Steg, dann gelingt es dir, die Wüste aufzuspüren. 45 O meine Seele, geh aus, Gott ein! Sinke, mein ganzes Etwas, in Gottes Nichts, tauche ein in die grundlose Flut! Fliehe ich vor dir, kommst du zu mir; verliere ich mich, so finde ich dich, o du über alles Sein hinaus seiendes Gut!

47 vult.

Der Kanzler

Ein trages sneggen slichen,
einr sneller swalwen flug –
dis birzen vnd iens beissen
mit meisterschefte kan
si braken, valken gelichen?
dest ein gebùrscher tug,
swer hirzen vnd geissen
gelicher werde gan.
der snegge slichet trage.
so kan dv̊ spinne weben.
swer swalwen spise vrage,
der kenne ŏch mvggen leben.
her hirz vnd ir, her valke –
der kennet ùwer niht,
swer kvnstelosem shalke
der meisterschefte giht. *Q 38*

Die pfaffen fùrsten sint ir wird*e ei*n teil berŏbet:
vùr Jnfel heln, vùr krumbe stebe slehte spiesse vnd scharpfù sper,
vùr stolen swert, vùr albe ein plat sint in erlŏbet.
halsperg, gvpfen, gollier, barbel sint ir vmbler.
missachel hin, her wapen rok, hin bv̊ch, har schilte breit!
v*mb* mv̊nches blat ein krùlle, ein krone vmb nvnnen hŏbt,
da vmbe sweifet warù hohvart valschù heiligheit. *Q 38*

Ein trages: Träges Schleichen einer Schnecke, der Flug einer schnellen Schwalbe – kann diese Art des Pirschens und jene Art des Jagens sie schon Bracken und Falken gleichsetzen, und wäre das *[diese Gleichsetzung]* meisterhaft zu nennen? Das ist dummgrobe Art, wenn einer Hirsche und Ziegen gleichermaßen schätzt. Die Schnecke schleicht träge. Auch die Spinne versteht sich auf's Weben. Wer die Nahrung der Schwalbe erforschen will, muß sich auch um das Leben der Mücke kümmern. Herr Hirsch und Sie, Herr Falke – der hat nichts von Ihnen begriffen, der einem kunstlosen Stümper Meisterschaft zuspricht.

Die pfaffen: Die Pfaffen-Fürsten haben ihre Würde gänzlich eingebüßt: anstelle der Infel dürfen sie den Helm, statt krummer Stäbe gerade Spieße und scharfe Speere, statt der Stola das Schwert, statt der Albe einen Harnisch tragen. Halsschutz, Helmmütze, Koller, Visier sind ihr Humerale. Fort mit dem Meßgewand, her mit der Rüstung, weg mit dem Buch, breite Schilde her! Wo die Mönchsglatze eine Lockenpracht, der Nonne Kopf ein Kranz ziert, da umschlingt wahrer Hochmut erlogene Heiligkeit.

Ein trages 1 *Melodien der hier abgedruckten Kanzler-Gedichte nicht erh.*

Die pfaffen *Ä. nach Q 120.* 1 wirden teil. 2–5 *Infel, Stola usw. sind Teile der Amtskleidung katholischer Geistlicher.* 6 vnd.

Leider winter vngestalt,
vswert halt! din gewalt sere smalt.
din kraft duldet bruch vnd spalt.
din mùl niht m*er* malt.
sang der vogelin vngezalt
din engalt vnd der walt. des dich schalt
spruch der werlte manigvalt.
nv ist din runs verswalt.
wol vf, reigen, ivng vnd alt!
snewe sint versnalt.
werdù ivgent, dv wesen salt
frôiden balt! leit verschalt! trostes walt,
sit verstossen vnd vervalt
sint die rifen kalt.

Iarlang sol er sin gemeit,
swem ein meit minne treit, dù das meit,
das vs zùhten nie geschreit.
frôid ist in bereit.
seht, so duld ich arebeit
vnd leit. sich entseit bi richheit
milte gebendes vnder scheit.
erge vor ir heit.
schande hat, vf minen eit,
wite sich zespreit.
lùtzel frôid mich heide breit
vnd ir kleit, grûn vnd weit, swie sis sneit,
sit die herren sint verzeit
hùr an miltekeit.

Leider: Verhaßter, widerwärtiger Winter, bleib draußen! Deine Gewalt schwindet rasch dahin. Deine Kraft bekommt Brüche und Risse. Deine Mühle malt nicht mehr. Der Gesang unzähliger Vögelchen kam durch dich zu Schaden, der Wald auch. Darum hat dich der Leute Reden oft gescholten. Nun ist dein Fließen eingedämmt. Wohlauf, zum Tanz, jung und alt! Die Schneemassen sind [wie] weggewischt. Ihr lieben jungen Leute, ihr sollt fröhlich sein! Sagt ab dem Kummer! Laßt Zuversicht einkehren, da der kalte Reif fortgejagt und vertrieben ist. 15 In dieser Jahreszeit soll sich der freuen, dem ein Mädchen zugetan ist, das es vermieden hat, den Weg der guten Sitten zu verlassen. Denen steht das Glück offen. Seht, ich dagegen erleide Trübsal und Kummer. Mitten im Reichtum sagt sich die Freigebigkeit von dem los, was sie auszeichnete, vom Schenken. Statt ihrer gedeiht der Geiz. Schande hat sich, das kann ich beschwören, weithin ausgebreitet. Mich freut die breite Heide nicht und nicht ihr grünes, weites Kleid, wie sie es auch zurüstet, da die Herren neuerdings von Freigebigkeit nichts mehr wissen wollen.

Leider *Ä. nach Q 120.* 4 mir.

Schande, stark als ein helfant,
vs gesant, kvmt gerant in dù lant.
si fůret fùrsten an ir hant,
die da sint geschant.
tugenden wert, die sint erblant
vnd er want vn erkant. gar zertrant
tv̊nt die edelen schiltes rant,
die da bosheit hant.
milte sich hinder kergen want
birgt als ein vasant.
eren veste sint verbrant,
ir gewant stet verpfant. sit gemant,
ir, die man bi tvgent ie vant,
mident schanden bant! *Q 38*

Mich vraget manig edel man:
„her kanzler, ir kv̊ndet mir,
man seit, ir kùnnet kùnste vil,
was tůt ùch gůtes bar?“
des antwùrte ich im, ob ich kan,
dvr was ich gv̊tes ofte enbir:
die herren kargent ane zil,
swar ich der lande var.
het ich gelùke vnd da bi kvnst
vnd ŏch die herren milte bi ir gůte,
erwurb ich danne der edelen gvnst,
armv̊t, so schiede ich gar von diner hv̊te.

---

29 Schande, stark wie ein Elefant, ist ausgesandt [und] kommt in das Land gelaufen. Fürsten, die entehrt sind, führt sie an der Hand. Die edlen Tugenden sind geblendet und bis zur Unkenntlichkeit verkehrt. Die Sittenverderber zerspalten den edlen Schild. Wie ein Fasan verbirgt sich die Milde hinter dem Wall des Geizes. Verbrannt sind die Festungen der Ehre, ihr Gewand ist verpfändet. Ihr, die man immer auf der Seite der Tugend fand, laßt euch ermahnen, meidet die Fesseln der Schande!

Mich vraget: Mancher Edelmann fragt mich: „Herr Kanzler, sagen Sie mir doch, man erzählt, Sie verständen sich auf viele Künste, wie kommt es, daß Sie ein Habenichts sind?“ Darauf sage ich ihm, wodurch ich, wenn ich es recht verstehe, häufig mittellos bin: Wo ich im Land herumkomme, herrscht bei den Herren Knauserei ohne Ende. Hätte ich Glück und dazu mein Können und hätten die Herren bei ihrem Vermögen auch Freigebigkeit [und] ich erwürbe dann die Gewogenheit dieser Edlen, dann, Armut, entkäme ich gänzlich deiner Obhut.

svs hat gelùke von mir pfliht.
ob ich iht kan, was sol mich das genùtzen?
mir sint die herren milte niht,
mich schv̀het ir gv̊t sam wildù kra den schùtzen.

Q 38

Ob himel kv̀nig, in himel vogt,
gewaltig vùrste in lùften gar,
herre vf der erde vnd in dem se,
got, meister in abgrùnde!
der kiel ist vf das mer gezogt
vnd vert gegen leben ein zwiuel vart,
da manigen schrien tů*n*t „o we“
die winde vnd ŏch die v̀nde.
zersli*ss*en ist des segels kraft.
ich wen, die marner mit vns wen ertrinken.
sich, sv̊zer krist, an din geschaft,
wie wir von tage ze tage gen grunde sinken.
hilf, herre, diner hant getat!
din alt erbermde werde an vns erzeiget!
gedenke, das an dem krùze hat
din gv̊tlich hŏbt sich gegen vns geneiget! *Q 38*

So aber nimmt sich das Glück meiner nicht an. Verstehe ich auch mein Metier, was nützt es mir? Für mich haben die Herren keine offene Hand, ihr Gut meidet mich wie die wilde Krähe den Schützen.

Ob himel: König über dem Himmel, im Himmel Gebieter, gewaltiger Herrscher allüberall in den Lüften, Herr auf der Erde und im Meer, Gott, Meister in der Hölle! Das Schiff ist auf das Meer hinausgezogen und fährt eine lebensgefährliche Fahrt, bei der Stürme und Wellen manchen in Wehgeschrei ausbrechen lassen. Das kräftige Segel ist verschlissen. Ich glaube, die Seeleute werden mit uns ertrinken. Sieh, liebreicher Christ, deine Geschöpfe an, wie wir täglich mehr zugrunde gehen. Hilf, Herr, denen, die du geschaffen hast! Dein Erbarmen von einst zeige sich an uns! Denk daran, daß am Kreuz dein liebevolles Haupt sich zu uns geneigt hat!

Ob himel *A. nach Q 120.* 7 tût. 9 zerslichen.

Heinrich Frauenlob

Kreuzleich

[Melodie]

W*i* wndirwe̊rndir suz vrsprink,
hoch swebndes vluzzes nam, so willeklich begin,
der ersten sachen sechic dink,
er wesin, yr ewik vnd yr ymmer wegndir sin!
wi tyrmik, spigel sender kunft
grunt sippic blik, der czeit gewegin in geschicht!
Mit im wart bundik sygenuft
in dyr, du greffic, sichtic, ymmer gebndes icht.

Wi vor der czit geczelle
din in der vnspate drate ginc czu rate,
nam dich mit dir din ewik hort,
Sust din intirmic stelle,
von dir vngemachit, wachit, nûr besachit,
yr scheyn noch bvrt din eynik wort.

Sam von der sunnen tut der schin,
ouch sam von den brunnen schuyzet,
duyset, vluyset eyn riwyr, daz dy wrcz er guzset,
runzic, seffec vnde phin;
Wi biltsam vs des herczin schrin
sich das wort *mit* willen dringit,
swingit, slingit, wen iz dy czunge luftic twingit,
sust gebar der vater sin

Kreuzleich: Wie so wunderspendender Süße Quell, in der Höhe sich ergießender Fluß, so frei sich bestimmender Beginn, der ersten Sache *[Gottvater]* ursachhaftes Wesen, ihr Sein, ihr ewig und ihr immer tätiger Geist! Wie so leibhaftig gewordener *[?]*, dem Irdischen anverwandelter *[?]*, sich *[in Maria]* spiegelnder Ankunftsblick *[Gottvaters]*, in die Zeitlichkeit getreten durch diesen Vollzug! Mit ihm verband sich der Sieg in dir, du greifbares, sichtbares, immer gewährendes Etwas. 12 Wie vor der Zeit dein Gefährte *[Gottvater]* in der Zeitenfrühe eilends [mit dir] zu Rate ging, dein ewiger Hort dich mit deiner Hilfe annahm, so wacht – von dir nicht geschaffen, nur verursacht – dein Stern außerhalb der Sternenordnung, offenbarte sich nach der Geburt dein einiges Wort. 18 Wie der Schein von der Sonne oder wie von dem Brunnen ein Strom daherschießt, rauscht, fließt, der die Wurzeln tränkt, strömend, saftvoll und kostbar; wie bildhaft aus dem Schrein des Herzens das Wort absichtsvoll empordringt, sich aufschwingt, schlingt, wenn es – ein Hauch – die Zunge zwingt, so zeugte der Vater

Kreuzleich *Vgl. Einleitung S. 11f. Ä. ohne eigene Herkunftsangabe nach Q 56.* 4 Wo, *Ä. der Hrsg.* 4–138 *Auf Christus zu beziehen.* 15 f. *Der Stern von Bethlehem galt als ausgenommen von der normalen Erschaffung der Sterne.* 23 in.

Den sun. dauid in geyste gicht:
„mit *d*yr begin, der engil lich*t*;
min brust dich bern vor bar do nicht,
e lucifer nam wesin vnd ich*t*,
min wndir, mundir *sundir czundir*, vndir
ordinlicher stift melchysedech!“
Min ewekeyt, maiestas, sprich:
„du min vornunft, ich du, du ich.
min geist entsproz von dir, do mich
din mynne twanc, min minnen dich.
ich nůwre tẘre stewre, hewre vewre
d*a*n noch, daz min wort din alter czech.“

Sprich, vatirlich persone:
„mich, min, myr; sůn – dich, din, dir;
geist – her, sin, ym. nu merket, daz ich alles bin.“
Der sẘn vz kindes vrone:
„vatir min, in dir ich din,
in myr du nym den erbe, ia ich, du vatir sin.“
De*r* geist vz beydir done:
„her, du; ich – vz dir in dich –
vch beyden czim; driwaldic got, doch eyn begin.“

Iz, wasser, sne sich vrien.
der appil rot, sin mast wis ob de*m* kerne.
sin, zeyten, han*t* nůr eynyn don czẘgin, *wirken* gerne.
tocht, vůygir, wachs drilich gipt eyn licht sam der sunnen sterne.
sust drie von drien ich lerne.

---

26 den Sohn. Vom Geiste erfüllt spricht David: „Mit dir [bin ich] der Beginn, Licht der Engel; meine Brust zögerte nicht, dich zu zeugen, ehe der Morgenstern Sein und Gestalt annahm, mein Wunder du, lebend ohne Samen *[vgl. Hebr. 7, 3]*, nach der Ordnung [des] Melchisedech *[Ps. 109, 4]*!“ Du meine Ewigkeit, Majestät, sprich: „Du bist meine Vernunft, ich du, du ich. Mein Geist entsprang von dir, als mich deine Liebe bezwang, mein Lieben dich. Ich erneuere kostbare Opfergabe, verwandle das Brandopfer in ein angenehmes nach dem, was mein Wort von deinem Altar ausgesagt hat.“ *[?]* 38 Sprich, Vater-Person: „Mich, meiner, mir; Sohn – dich, deiner, dir; Geist – er, seiner, ihm. Nun erkennt, daß ich alles bin.“ Der Sohn aus der Herrlichkeit seiner Sohnschaft: „Mein Vater, in dir ich dein, in mir empfange du den Erben, ja[, das bin] ich, du [der] Inbegriff des Vaters.“ Der Geist, aus beider Zwiesprache [hervorgehend]: „Er, du; ich – aus dir in dich – komme euch beiden zu; dreifaltig Gott, doch ein Prinzip.“ 47 Eis, Wasser, Schnee sind eins. Der Apfel ist rot, sein Fruchtfleisch weiß über dem [braunen] Kern. Kunstverstand, Saiten, Hand erzeugen, bewirken bereitwillig éinen Ton. Docht, Flamme, Wachs geben in ihrer Dreiheit éin Licht wie der Sonnenstern. So lerne ich von Dreiheiten Dreiheit.

27 *Die Hrsg. vermuten hier eine Anlehnung an Ps. 109, 3, da* 28–29 *und* 31 *Vers 3 bzw. 4 dieses Psalms paraphrasieren*; yr; lich. 29 ich. 30 czundir sundir, *Ä. nach Q 110.* 37 den. 44 Den. 48 den. 49 han; worchten.

Diz båryn vnd diz drien
got e der czit sich larte durch vorzuchin,
daz her iz konde, als yn der bi̊z bracht in bitter vluchen.
dem engil bleip der wer*n*de val, got wold vnser ruchen:
manna din wicze vns buchen.

Wer nerte, yona, dich in veysches wamme?
wer half vz hungir lewen velsin daniel?
wer sante by dem rabin spize elye czweir?
Wer slug egipten kummer traginder vlamme?
wer gap, vor kouftyr ioseph, heyl dẹr tr*u*b*n* czel?
ysaac, sprich: „vatir, wer gap wedir din mort swert dyr?"

Ysayas, wer was der seraph, der sich dir yrscheynte,
ouch of dem berge synay mit moysi vor eynte?
welch sundirs verge   rach mit kerge,
kalbes zcherge,   bartis erge,
der mit golde was betraffin,   offin   wandil meynte?
Ezechiel, wer stal sich durch din phorte von naturen?
johan, wer kond of syon sich in eyn lamp figuren
mit zcwelf geslechten,   di do vlechten
vnde veychten,   got czu knechten?
yeder stam czwelf tůsint kante,   nante,   †taw dyẓ ůren†

Dieses Gebären und dieses Verdreifachen lehrte Gott sich vor der Zeit, um es zu erproben, so daß er es vermöchte, als ihn der Biß *[Gen. 3, 6]* bittere Verwünschung hatte aussprechen lassen. Für den [abgefallenen] Engel *[den Teufel]* blieb der Fall ewigwährend, uns aber wollte Gott nicht verlassen: dein planender Sinn backte das Manna. 57 Wer ernährte dich, Jonas, im Bauch des Fisches *[Ion. 2, 1–11]*? Wer half Daniel aus der Hungerlöwen Felsenschlucht *[Dan. 6, 16–22]*? Wer sandte Elias zweimal durch den Raben Speise *[3. Reg. 17, 6]*? Wer schlug Ägypten mit verderbenbringender Flamme *[Ex. 14, 24]*? Wer brachte, verkaufter Joseph, Rettung der betrübten Seele *[Gen. 37–50]*? Isaac, sprich: „Vater, wer ließ dich dein Mordschwert zurückstecken *[Gen. 22, 11ff.]*?" 63 Isaias, wer war der Seraph, der sich dir offenbarte *[Is. 6, 6]*, [der sich] auch auf dem Berg Sinai mit Moses vereinte *[Ex. 19, 20]*? Welcher Fährmann des Sünders *[Christus in seiner Mittlerrolle?]* nahm, ein Scherge des Kalbes, maßvoll Rache an der Bosheit, die sich an dem Bart zeigte, der von Gold troff [und so] offen den Abfall kundtat *[vgl. Anm.]*? Ezechiel, wer stahl sich, die Ordnung der Natur verlassend, durch deine Pforte *[Ez. 44, 2]*? Johannes, wer vermochte sich auf Sion in der Gestalt des Lammes zu zeigen, von zwölf Geschlechtern umgeben, die durcheinanderwogen und kämpfen als Knechte Gottes? Jeder Stamm kannte, nannte zwölftausend ... *[s. Anm.]*

55 werlde. 61 tribu, *Ä. nach Q 118.*

66 *Nach apokrypher Tradition hat Moses das goldene Kalb zermahlen und den Staub in das Trinkwasser geschüttet, die Bärte der Abgefallenen färbten sich dadurch golden.* 72 taw *Mit dem Buchstaben* Tau, *der im griechisch-phönizischen Alphabet Kreuzform hatte, wurden die Auserwählten gekennzeichnet, vgl. Apoc. 7, 3ff. und Ez. 9, 4 und 6.*

Sage, israhel, berichte mich:
wer vurthe dich gewaldeclich
durch daz meͤr vor pharaone?
schone dyr czu lone
wart: des wogis vnden stuͤnden, kuͤnden
must her mit des grimmen todys vnden scharf.
Abdenago, wem wart din lobn,
do wuͤyrs tobn dich het vor zhobn?
wer zchuf, daz di brunst der glute
vruͤte dich nicht muͤte?
daz tet sun der arten czarten, scharten
vri, der sich in engyr bruste garten warf.

Des vatirs zcorn be yeyde
vnd vnsir bilt beheyde
den svͤn treip czu der meyde.
alzam daz eyn gehurne tuchtic, vluchtic,
lys her sich yr zhos beslizen.
Her gap sich bluͤnde*r* vrone
der gertin din, aarone.
wi *listig* gedeone
wart dunstik tru*cht* des tovges vollen wollen!
vorbedenkin schuf daz *g*yesin.

Alrerst vil de*r* reyne, wyse, starke, guͤte
vs hoen hymel velsen her.
was her mit ger in der prophetin cromen
het behaldin, zecht, daz wold her meldin mit dem gotelichen samen.

---

73 Sprich, Israel, gib mir Bescheid: Wer führte dich vor Pharao machtvoll durch das Meer *[Ex. 14, 16–31]*? Wunderbar wurde dir als Lohn zuteil: des Meeres Wogen richteten sich auf, Zeugnis ablegen mußte es mit den gefahrdrohenden, grimmigen Todesfluten. Abdenago, wem galt dein Lobgesang, als das Toben des Feuers dich umschlossen hatte *[Dan. 3, 23ff.]*? Wer fügte es, daß die Feuersbrunst dich sittsam nicht berührte? Das tat der makellose Sohn derer, die lieblich von Art war *[?]*, der sich in den Garten [ihres] engen Leibes begab. 85 [Der Wunsch], des Vaters Zorn zu brechen, und die Lust an unserem Menschenbild trieb den Sohn zu der Jungfrau. Wie das kraftvolle Einhorn auf der Flucht ließ er sich in ihren Schoß einschließen. Er gab sich der blühenden Herrlichkeit deiner Gerte, Aaron *[Num. 17, 8]*. Wie klug wurde Gedeon die dampfende Last der taudurchnäßten Wolle zuteil *[Iud. 6, 36ff.]*! Vorausschau verursachte dieses Gießen. 95 Dann erst eilte der Reine, Weise, Starke, Gute herab aus den himmlischen Bergeshöhen. Was er mit Absicht bei dem, was die Propheten feilboten, zurückbehalten hatte, seht, das wollte er mit dem göttlichen Samen kundtun.

89 *Man glaubte, daß das Einhorn nur gefangen werden könne, wenn es sich in den Schoß einer Jungfrau flüchte und dort einschlafe.* 90 bluͤnde, *Ä. nach Q 118.* 92 tuchtic. 93 truk, *Ä. nach Q 71.* 94 nyesin. 95 dem.

Her lyt nu in eyner berndin meyde blûte.
der zeppher syner stift vor hal
dy czal,   das tal.   der val   sust quam czu lichte [zhichte.
von yr, sam tut vz dem spigel ganczir forme glast, ab her nicht

Der blumen glancz   gar sundir srancz   belibet,
wi wite ir smac,   ir zus beiag   sich tribet.
ieremias, der scribit:
zy bar   gar   clar
den rot ob aller engil schar,
mayt werlich vngewibit.
Durch menschin gruft   schein gotis guft,   gegerwit.
alzam der schin   mit glesten sin   sich nerwit,
dornoch daz glaz sich verwit,
her kluc   sluk,   truk
den bruch, des menschin vngevuk,
in todis trank gemerwit.

Got sprank vs synem vatir in sin ewekeyt.
dor noch zo sprank her in daz wort.
der dritte sprunc was in dy meyt.
der virde quam in alis wẙse,   spize,
cruce, dyner hoen werdekeit;
Der fumfte in endelozer truben warben weyt;
der zechste in salomonis hort,
des zedil, des tron was ym bereit.
der zebinde sprunc ist nu gemeyne   reynen
herczen, wer zy willeclichen treit.

Jetzt liegt er im Blut einer schwangeren Jungfrau. Der Schöpfer hatte [Jahres]zahl und Ort der Stiftung *[des neuen Bundes]* verhehlt. Seine Herabkunft trat durch sie *[Maria]* zutage, wie aus dem Spiegel, wenngleich von diesem nicht geschaffen *[?]*, der Reflex einer vollständigen Gestalt [hervortritt]. 103 Die Schönheit der Blumen erfährt keine Einbuße, wie weit sich auch ihr Duft, ihre süße Ausstrahlung ausbreitet. Jeremias schreibt: Sie gebar, die Heiligste, den Ratgeber über der Schar aller Engel, ein Mädchen, wahrhaftig jungfräulich geblieben *[diese Stelle Is. 7, 14]*. Durch des Menschen Gruft *[hier auch: Marien Schoß]* kam Gottes Freudenruf, Gestalt geworden *[?]*, zur Erscheinung. Wie das *[farblos-reine]* Licht sich mit seinem *[je verschiedenen]* Glanz narbt *[indem es farbig wird, wenn es durch farbiges Glas scheint]* – woraufhin [zugleich aber auch] das Glas in Farbe erstrahlt –, überwand er, der Weise, [und] nahm [zugleich] auf sich das Gebrechen, das Unzulängliche des Menschen, [das] im Trank des Todes aufgelöst wurde *[?]* *[oder: Durch des Menschen Gruft leuchtete Gottes Freudenruf, Gestalt geworden, wie . . ., woraufhin . . . erstrahlt: er, der Weise, . . .]* 115 Gott sprang aus seinem Vater in sein ewiges Sein. Danach sprang er in das Wort. Den dritten Sprung tat er in die Jungfrau. Den vierten tat er als Aal *[d. h. Schlange, vgl. Num. 21, 8 u. Io. 3, 14]*, dir zur Speise, hochheiliges Kreuz; der fünfte ging in den Bereich unendlicher Finsternis *[Vorhölle]*; der sechste in die Herrlichkeit Salomons, dessen Sitz, dessen Thron war ihm bereitet *[Himmelfahrt]*. Der siebte Sprung gehört nun den reinen Herzen voll Bereitwilligkeit *[Meßopfer]*.

Gelichen sich der slangen slingen,
windin her y wolde,
do her sich twingen,
bindin lyͤ, der holde.
durch vnsyr ringen
vinden liz her sich in iamers solde.
her slanc sich an des cruces bovm, alzam dy slange het getan.
Sin mût was, vnser kranken krenken;
wendin in sin hulde
*el*i, sin shenken,
enden todis schulde.
den geist sust lenken,
senden, was der min eyn obir golde.
des vatirs *zorn* de*m* sv̊n, de*m* geist, in grabe, in hell *ein* wesin sphan.

Adam biltsam vornam, her gram, ym quam
eyn sveche, dy nicht lebnden czam:
durch trost in helfes wyse
den sûn czum paradysi
sant her noch eynem reyse,
do von ym was di spize
des ebeclichen valles komn.
her starb, e den ym quam czu vromyn
der hoen, *riche helfe berndin seldin* holcz.
Doch hi̊z heil wlis not is dur*ch* nis: seet *s*tis
das ri̊s of synis grabis gris;
do wart des cruces dille.
do tet is melt sibille.

---

125 Dem Schlingen und Winden der Schlange wollte er es gleichtun *[Num. 21, 8]*, als er, der Liebreiche, sich bezwingen, sich binden ließ. Um unseres Ringens willen ließ er sich im Elend finden. Er schlang sich an den Baum des Kreuzes, wie die Schlange getan hatte. Seine Absicht war, unsere Schwachheit zu schwächen; Gott in seine Huld zurückzuwenden, [war] sein Geschenk, die Todesschuld aufzuheben. Den Geist so zu leiten, auszusenden, war der höchste Liebesbeweis. Des Vaters Zorn bereitete dem Sohn, dem Geist, den Aufenthalt in Grab und Hölle *[?]*. 139 Adam erfuhr [es] durch eine Vision, er litt unter quälenden Schmerzen, eine Krankheit hatte ihn befallen, die man lebend nicht überstehen konnte: um hilfreichen Trost zu erlangen, schickte er den Sohn zum Paradies nach einem Zweig, an dem ihm [einst] die Speise des ewigen Verderbens gewachsen war. Er starb, ehe ihm das Holz der hohen, mächtige Hilfe bringenden Seligkeit nützen konnte. Doch die in Not waren, nannten es um seines Nutzens willen stets einen Quell des Heils: Seth pflanzte den Zweig in das Erdreich seines Grabes; dort entstand der Stamm des Kreuzes. Die Sibylle enthüllte seine Natur.

134 e li. 138 wort; den; den; im. 147 berndin seldin riche helfe, *Umstellung nach Q 56 und Q 71.* 148 durht. tis, *Ä. nach Q 71.*

sint salomonis wille
noch czukunfteger stille
bot ym sin recht in willekůr,
sint trug es aller hemil tůr:
an ys zo schos der vatir syner zele bolcz.

Stoz vf dy hant! dir wirt bekant des cruces rant:
wi got in syner ewen vant
den sůn, alzo her daz wort gebar.
daz wort sant her der meyde sidir:
do von zo czuch dy hant her nider!
sam wirf se ken der linken!
der sůn durch vnsir sinken
wold essek, galle trinken.
sust wart der helle eyn richer roup geczuckit.
Sin suzes bant, sin bitter phant was wol bewant:
czur czesmen in der hemil lant
wont her by symem vatir clar,
do von so czuch dy hant her wedir!
der kratter hot zo starc gevedir:
keyn syner vetchen winken
varn of des hemils klinken;
doran sal nymant hinkin.
durch daz got in der prister hant sich buckit.

Nachdem Salomon aus freiem Entschluß entsprechend dem zukünftigen Geheimnis ihm seinen rechten Platz eingeräumt hatte *[s. Anm.]*, trug es die Pforte zu allen Himmeln: Gottvater schoß den Bolzen seiner Seele hinein. 157 Heb die Hand auf! Du erkennst *[in dieser Geste]* das obere Ende des Kreuzes: wie Gott in seiner Ewigkeit den Sohn fand, als er das Wort zeugte. Das Wort sandte er der Jungfrau herab: deshalb senke die Hand! Ebenso bewege sie zur linken Seite! Unseres Unterganges wegen wollte der Sohn Essig, Galle trinken. So wurde der Hölle eine reiche Beute entrissen. Seine süßen Bande, sein bitteres Pfand wurden zum Guten gewendet: zur Rechten wohnt er bei seinem hochheiligen Vater im Himmelreich, deshalb bewege die Hand wieder herüber *[zur rechten Seite]*! Der *kratter* hat ein so mächtiges Gefieder: auf das Winken seines Flügels hin springen die Türgriffe des Himmels auf; daran soll niemand zweifeln. Deswegen neigt Gott sich in die Hände der Priester *[Meßopfer]*.

151–154 *Vielleicht liegt hier eine weniger verbreitete Fassung der mal. Kreuzholzlegende zugrunde, nach der die Königin von Saba (die Sibylle) die wahre Natur eines Balkens enthüllt, den sie bei ihrem Besuch erblickt, worauf der König diesen Balken im Tempel zur Verehrung aufstellt. Möglicherweise ist aber auch zu lesen* . . . sibille sint salomones wille; nach cz. stille bot ym . . . *was heißen würde: „da tat Sibylle es dann dem Salomon kund; entsprechend dem zukünftigen Geheimnis bot sie ihm sein Recht [auf Verehrung]“. Nach der verbreiteteren Fassung der Legende erkannte nämlich die Sibylle das Kreuzholz, das als Brücke über einem Bach diente, und betete es an.*

Cypressus, cedrus, palm bovm,
di drie nûr eyn stoc, gicht min govm.
du edle pres, an dir gar allyr eren soum
gepressit vnd gedruckit wart
mit scharfin naglin vngespart.
du richer schilt von sulcher art:
wer dich kan wuren, der gesegt vf aller vart.
eya stolczer anebos!
Of dir geworcht wart vnsir hemil,
trost, hei*l* gesundirt zam eyn vemil.
du berndir ast, din obs brach vnsirs iamers schemil.
du uatirs ingesegil irgrabin,
her twanc des wortis hemil knabin.
du richer tycs mit spize ir habin,
din kost der engil vnd der zele lust kan labin.
helik altir, of dich goz

Got sin ôl vnd sinyn cresim:
suz wiete dich sin selbis czesim.
of dir der tot brach sin brot;
daz tet di mensheyt, sam dy gotheit yr gebot;
si leit abir do keyn not.
Gotis vleyzchbanc was din nam,
of dir daz lam czu tode yr quam.
sin leyp, sin blut dich bewut;
dez biz gegruset, kongis strit van mechtic, vrut!
her mit dir erwarp sin gut.

---

175 Zypresse, Zeder, Palme, die drei [bildeten] nur einen Stamm, sagt meine Erkenntnis. Du edle Presse, an dir wurde die Fülle aller Ehren gepreßt und geschlagen mit allzu scharfen Nägeln. Du mächtiger Schild, so bist du beschaffen: Wer dich zu führen versteht, der trägt den Sieg davon, wo immer er sich hinwendet. Eia, stolzer Amboß! Auf dir wurde unser Himmel geschmiedet, [unser] Trost [und] Heil ausgesondert wie ein Schürfkeil *[?]*. Du fruchtbarer Ast, dein Obst zerbrach unseres Leidens Krücken. Du geprägtes Siegel des Vaters, er preßte [mit dir] seines Wortes himmlischen Sohn. Du Tisch, mit erhabener Speise reich gedeckt, deine Kost vermag der Engel und der Seele Lust zu beleben. Heiliger Altar, auf dich goß 191 Gott sein Öl und seinen Krisam: so weihte dich seine eigene Rechte *[?]*. Auf dir brach der Tod sein Brot; der Mensch *[Jesus]* vollbrachte es, wie ihm seine Gottheit gebot; diese litt aber da keine Not. Gottes Fleischbank hast du geheißen, auf dir erschrak das Lamm zu Tode *[Prov. 7, 22]*. Sein Leib, sein Blut hat dich bedeckt; darum sei gegrüßt, du gewaltiges, hehres Königsbanner! Mit dir eroberte er seinen Besitz [zurück].

175 *Die verschiedenen Fassungen der Kreuzholzlegende sprechen sowohl von einem Baum mit dreierlei Laub als auch von drei Zweigen, die Seth pflanzte und die dann zusammenwuchsen.* 184 hei. 185 schemil *zu mlat.* scamellum, *vgl.* schemelære.

Sust wart der tot erwecket;
dy banyr of gestecket
wordin, dy man schon enphy,
do der von bozra czu der helle phorte gy.
nu set an des gelouben klus!
daz crucz eyn rigel ist in dem hûz,
daz dy tôr bevestit wol vor allim dyp gehûcze.
Des cristinthumes owe,
daz cruce, ich heyz eyn vrowe:
ze gebar daz lebnde lebin;
ze truc eyn kint al vmbewolyn, red ich ebin.
eyn licht der sacramentin wert,
yr grisstange vnd yr sege swert,
hemil czechin, gotis march wir cristen han daz crucze.

Czwei vbir hattin tyfyn tal:
ia gotis czorn, eyn grimmes wal,
daz andir was adames val.
do czwischen manche groze schif vor svnkin,
dy kleynen ane wedirwer yr trunkin.
nimant hat of dem wassir keyn gelucke.
do wart daz cruce eyn ymmer wernde brucke;
dy worch*t*e crist, der lebnde got, of synes selbis rucke:
alzust dy hoen, tyfin vbir wordin vns eyn ebenis phat.
Eyn leyter ginc von hemil her nyder
of erdin, di sach iacob syder.
do clummen engil hin vnde wedir.

---

201 So wurde der Tod erweckt; die Banner wurden aufgesteckt, die man herrlich empfing, als der von Bosra *[Christus, vgl. Is. 63, 1]* zu der Höllenpforte zog. Nun betrachtet die Klause des Glaubens! Das Kreuz ist ein Riegel in diesem Haus, der die Tore sichert vor allem Diebestreiben. Das Kreuz, des Christentumes Aue, nenne ich eine Frau: Sie gebar das lebendige Leben; gänzlich unberührt – ich sage, wie es ist – trug sie ein Kind. Als ein Licht der heiligen Sakramente, ihren Griesstab und ihr Siegesschwert, als Himmelszeichen, als Wahrzeichen Gottes haben wir Christen das Kreuz. 215 Zwei Ufer fielen jählings in die Tiefe ab: wahrlich Gottes Zorn, ein furchtbarer Wall, das zweite war Adams Fall. Zwischen ihnen versanken viele große Schiffe, die kleinen gingen unter, ohne sich dagegen wehren zu können. Niemand hatte auf dem Wasser Aussicht zu überleben. Da wurde das Kreuz eine immerwährende Brücke; die errichtete Christus, der lebendige Gott, auf seinem eigenen Rücken: so wurden die hohen, tiefen Ufer für uns ein ebener Pfad. Eine Leiter führte vom Himmel herab auf die Erde, die hatte Jakob einst gesehen *[Gen. 28, 12]*. Dort stiegen Engel auf und nieder.

213 grisstange *ist der Stab des* griezwart, *des Richters in gerichtlichen Zweikämpfen, mit dem sich derjenige, der sich für überwunden erklärte, von seinem Kontrahenten trennen lassen konnte.* 222 worche.

crucz, ab ich sprechen tar, du bist dy leyter.
hemil, erde rurthe dich, du iudiz eyter.
dy *huff* der aldin e, dy wart czu brochin,
sust quame wir von ymmer werndim sochchin.
wir hilden crist, bez vns der segn dez lebe*n*s wart gesprochin.
wir clummen, crucz, an dyner want hin wedir an vnser erbe stat.

Elenen vinden, daz kan bindin
ken den zueren vnd den swinden,
iene, di mit falschin winden
blozen of der hemil hͤr.
du bist di lane, an der geczemt wart dez grosen lewen kint.
*i*ene, dy czu hemele sint,
ien, daz nymmerme keyn walt
brenge eyn holcz sam daz gestaylt.
merkit, welch eyn lebndir mast,
mit dem vnsirs geistes last
segilt von dem ymmer kummer tragendin mer!
Dez tichis vlizen wart eyn nizẹn
allin ienen, di do lysen
sich dez tyches vlus begizen.
crucz, eyn engil hutte din.
wen her daz holcz yrwegete, was sich denne von dyr warf,
keyn der svͤche ys was so scharf,
iz vortreb i*r* bitterkeit.
cruce, cristes woppin cleyt,

Kreuz, ich wage es auszusprechen, du bist die Leiter. Himmel, Erde berührten dich, du Vergiftung des Judentums. Die Hüfte des alten Bundes wurde gelähmt *[Gen. 32, 24 f.]*, so genasen wir von immerwährender Krankheit. Wir hielten Christus fest, bis der Lebenssegen über uns gesprochen wurde. Wir steigen, Kreuz, an deiner Wand wieder zurück in unser ererbtes Reich. 233 Der Fund der Helena kann standhaft machen gegen die Bösen und Heftigen, die schädliche Stürme gegen das Himmelsheer entfesseln. Du bist die Kette, an der das Junge des mächtigen Löwen gezähmt wurde *[Gen. 49, 4]*. Jene, die [schon] im Himmel weilen, sagen, daß kein Wald jemals wieder ein Holz wie dieses hervorbringe. Seht, welch ein lebendiger Mast, mit dem unseres Geistes Last von dem stets Betrübnis bringenden Meer hinwegsegelt! Des Teiches Wallen *[s. Anm. u. Io. 5, 2ff.]* brachte all jenen Heilung, die sich von dem Wasser des Teiches benetzen ließen. Kreuz, ein Engel bewachte dich. Wenn er das Holz bewegte, war das, was dann von dir ausging, so übermächtig gegen Krankheit, daß es ihre Bitternis vertrieb. Kreuz, Christi Waffenkleid,

229 of. 231 lebes, *Ä. nach Q 110.* 233 *Nach der Legende soll die Kaiserin Helena, die Mutter Konstantins († 330), das echte Kreuz aufgefunden haben.* 238 wiene. *Diese Stelle wird in der Forschung auf Venantius Fortunatus († kurz nach 600) bezogen, in dessen Hymnus* Pange lingua *es heißt: „. . . kein Wald bringt einen solchen Baum hervor . . .“* 244 *Der Kreuzbalken war nach der Legende in den Teich Bethsaida geworfen worden und tauchte in der Leidenswoche von allein auf, vgl. Io. 5, 2.* 250 im, *Ä. nach Q 110.*

her truc dich, du truge in ouch,
sust vor danph des vallis rouch –
gotis wallestap vnd keps der martir sin.

Becrist, cruzc, vns cristen,
daz krist vns ruch czu vristen
daz leben in den genisten,
daz wir der fulen svndin mist geistlichen obir listen.
was eren mak der konic begen an vns vil cranken mysten?
Her sal sins geystis samen,
den y dy gutyn namen,
lan vnsirs geistes ramen;
zo lybit vns dy heylekeit, dan alle togind ye quamen.
eyn ende gůt vns vatir, sv̊n, heylegir geyst gip! Amen. *Q 73*

[Im langen Ton]

Her hof, her hof, wie lange sol ich daz vertragen,
daz v behage
so wol die kloster giegen?
mucht ir lazen vliegen
die keppel heyn, der menie vnpris můst*e* vůr v biegen.
Set hie, set da, set hin, set her: bi vursten sicht man kappen.
Her hob, ir tůt dem kloster vnde dem orden schaden.
wilt ir sie laden
mit lust gehegeter vulle,
set, waz da tzů schůlle:

---

er trug dich, du trugst ihn auch, so verdampfte der Dunst des Sündenfalles – Gottes Wanderstab und Schrein seines Martyriums. 255 Mach uns Christen, Kreuz, zu *[wahren]* Christen, auf daß Christus uns das Leben in den Heimstätten *[des Himmels]* bereite, auf daß wir der fauligen Sünden Unrat mit den Kräften des Geistes überlisten. Welche Ehren kann der König uns, diesem nichtswürdigen Schmutz, zuteil werden lassen? Er soll den Samen seines Geistes, den die Guten stets aufgenommen haben, zu unseres Geistes Streben machen; dann wird die Gottheit, von der alle Tugenden geflossen sind, uns vertraut. Ein seliges Ende gib uns, Vater, Sohn, Heiliger Geist! Amen.

Her hof: Herr Hof, Herr Hof, wie lange soll ich das hingehen lassen, daß Ihnen die Klosternarren so gut gefallen? Wollten Sie die Käppchen heimziehen lassen, der Tadel der Menge müßte sich vor Ihnen beugen. Seht hier, seht da, seht hin, seht her: bei Fürsten erblickt man Kutten. Herr Hof, Sie schaden dem Kloster und dem Orden. Wollen Sie sie mit genußvoll angehäuftem Überfluß beladen, sehen Sie, was dabei in die Brüche geht:

Her hof *Mel. in Q 56. Ä. außer* 15 *nach Q 110.* 6 můsten.

wa prislich cleit, wa rilich wat, wa nu din werlich hůlle?
die sicht man nicht bi gerender diet, sie werden nuwer kloster [knappen.
Her hof, můget ir v*ch* mvnichen, lat
der kloster hoben an vwe*r* stat,
sit daz ir rat nicht anders gat,
nyvr: „gib vnd gib! habet ir den grat,
jch *nim* den visch vůr missetat.“ –
her hob, lazt ir nicht ab, v wirt der valk tzů eyme rappen. *Q 41*

Vvort sint der dinge tzeichen, sa*m* der meister gicht.
da von můz icht
legen in der worte rynge,
daz sich e dem dinge
gelichen můz an lut, an art oder an dem vrspringe;
wan islich dinc syn nam tůt melt. sus prub ich daz besunder,
Daz islich tug*ent* e nach ir tat genennet ist:
nach listich list,
die rechticheit nach rechte.
sus ma*n* vůr baz vlechte
e nach ir tat die tug*ent*, ir nam. scand vnd ir geslechte
heg*e* ouch ir recht e nach ir tat. hi bi so werd ich munder

Wo ist dein rühmenswertes Gewand, das prächtige Kleiderzeug, wo dein Waffenkleid? Die sieht man nicht in den Händen der [auf Gaben angewiesenen] Sänger und Spielleute, allein die „Knappen“ aus dem Kloster bekommen sie. Herr Hof, wollen Sie einen Mönch aus sich machen, dann lassen Sie [auch] das Hofhalten der Klöster an die Stelle des Ihren treten, denn sie wissen nicht anders zu raten als: „Gib und gib! Behaltet die Gräte für euch, ich nehme den Fisch [als Sühne] für [eure] Missetat.“ – Herr Hof, machen Sie damit kein Ende, dann wird für Sie der Falke zum Raben.

Vvort sint: Wörter sind Zeichen für die Dinge, wie der Meister lehrt. Deshalb muß etwas im Ring der Wörter *[im Wortzeichen? vgl. Anm.]* liegen, das nach Lautung [und] nach Eigenschaft oder nach Herkunft jeweils dem Ding gleichen muß; denn jegliches Ding tut sein Name kund. So überprüfe ich nun insbesondere, daß jede Tugend nach ihrer Tat genannt wird: nach listig List *[beides mhd. positive Begriffe]*, Gerechtigkeit nach rechtlich. Und so verbinde man weiterhin immer nach ihrer Tat die Tugend [und] ihren Namen. Auch Schande und ihresgleichen sollen ihre rechtmäßige Bezeichnung je nach ihrer Tat beibehalten. Dabei nun werde ich aufmerksam

Her Hof: 14 vf. 15 vwern. 18 geb.

Vvort sint *Textverluste durch Beschneiden der Hs., ergänzt nach Q 117. Ä. 18 nach Q 110.*
3 *Das Bild vom Ring vielleicht auf den Faßreif an mal. Wirtshäusern als Zeichen für Weinausschank zurückzuführen?*

Vnd var of eyne vindelse:
houchvart ist of der tugenden le
eyn blůhender kle, den nymmer me
vůr salewet keine*r* scanden sne.
ir nam tůt melt na*ch* hoer e
ir vart vnd ouch *ir* hoez ade*l*. daz nemt nicht vůr eyn wunder!

Q 41

Grif, hertze, tzv̊ vnde hilf den synnen eyn lob smyden,
Daz allen ledhen
der kvnst sy wol gelenke!
Dem ich diz lob schenke,
Der nymt ez, des ich wenen wil, vůr ein gůt getrenke,
Sit ym eyn lutter myol wyn vůr werdez lob nicht smecket.
In verwet schame, so er vntzvcht sicht, vůr tracken blůt.
Eyns engels mv̊t
hat er tzv̊ gůten werken.
Tugent let er sich sterken
So sere, daz keyn mensche an ym kan vntugent merken.
Des wirt syn lob von gerender diet breit vnde lanc gerecket.
Syn bluender pris mich des irmant,
Daz ich der menye tů bekant,
wie er genant Si, dem gesant
Diz lob ist her in dise lant:
Daz ist, des si myn truwe phant,
Der ivnge von rivien her wizclau. diz allez in ym stecket. *Q* 41

---

und fahre hinaus auf ein Meer der Wortfindung: Hoch-fart *[mhd. auch positiv]* ist auf dem Tugendhügel ein blühender Klee, den niemals der Schnee der Schande verfärbt. Ihr Name kündet von ihrer ‚Fahrt' gemäß ‚erhabenem' Gesetz und auch von ihrem ‚hohen' Adel. Haltet das nicht für etwas Ungewöhnliches!

Grif, hertze: Herz, greif zu und hilf dem Verstand ein Lob schmieden, das für alle Glieder der Kunst *[Lippe, Zunge usw.]* gut zu formen ist! Der, dem ich dies Lob schenke, der nimmt es, daran glaube ich fest, lieber als einen guten Trunk, da ihm ein klarer Becher Wein nicht besser mundet als gewichtiges Lob. Wenn er Zuchtlosigkeit gewahrt, färbt ihn die Scham tiefer als Drachenblut. Wie ein Engel sinnt er auf gute Werke. Seine Tugend läßt er so sehr erstarken, daß kein Mensch an ihm Untugend erspähen kann. Deshalb wird sein Lob vom fahrenden Volk überall verbreitet. Sein blühender Ruhm mahnt mich daran, daß ich der Menge kundtue, wie der genannt ist, dem dieses Loblied in die Lande gesandt wird: es ist, dafür bürge ich mit meinem Wort, der junge Fürst Wizlav von Rügen. Dies alles ist in ihm verankert.

Vvort sint 18 ir *f.*

Grif, hertze *Aus einem 5strophigen Zyklus von Lobgedichten. Gedichte Wizlavs S. 49 ff.*

[Im Flugton]

[Melodie]

Ez iehen die senes blynden,
Die hohesten meyster sint gewesen.
An kvnst, an lesen
Neman mv̊ge in ir synnes wirze iesen.
Die sint betrogen.
Průbet regen myt den winden:
Die habent hivte also groze kraft
von gotes haft
Als vber tzwen tusent iaren. meisterscaft
Si daz gebogen?
Der hoen wisheit spriezen
kan nymmer me vůl diezen.
E me man schepfet ir vliezen,
E me mac mans genyezen.
wem nativre gibet,
Der sceffet hivre also vil als eyner vert –
gotes wil daz wibet. *Q 41*

[Im grünen Ton]

[Melodie]

Geweyzet vnde getynkelt
Dvnct islich brvst irs synnes want,
Der toren golt mac ymmer
der wisen kvpfer syn genant.
Svnde ane schame ist langez leit,
list list bedarb, ab sie sol syn betrogen:

Ez iehen: Es sagen die Blindsichtigen, die größten Meister gehörten der Vergangenheit an. Was Kunst und Wissen angehe, könne niemand in der Würze ihres Geistes sprudeln. Die täuschen sich. Betrachtet Regen und die Stürme: die haben durch Gottes Gesetz heute ebenso große Kraft wie schon zweitausend Jahre lang. [Und] bei der Meisterschaft wäre das verkümmert? Das Hervortreten der erhabenen Weisheit kann niemals einen Endpunkt erreichen. Je mehr man aus ihrem Quell schöpft, desto unerschöpflicher wird er. Wen die Natur beschenkt, der schöpft heutzutage ebensoviel wie einer in vergangener Zeit – Gottes Wille richtet es so ein.

Geweyzet: Jeder Mensch erscheint ihrem *[seinem?]* begrenzten *[?]* Blick reich an Weizen und Dinkel, [aber] das Gold der Toren kann zu allen Zeiten das Kupfer der Weisen genannt werden. Schamlose Sünde heißt auf die Dauer Leid, [denn] es bedarf der Klugheit, soll Klugheit betrogen werden:

Ez ist nicht wol vûrwynkelt,
Swaz in den sne beschurren wirt;
Div melde iz mac begrifen,
Swen sich der sne tzv̊ wazzer schirt –
Eyn tac daz iar vil dicke erschreit,
Swa schone gelach, da was die ger gebogen.
Meil mv̊t kvmpt von geb*e*rde*n*.
swer leyt durch liebe dulden tar, wie mac dem lieb vntwerden?
Swelich hvnt die lamber vluwet,
Von ym der eber nicht wyrt bestroufet.
wol veyle hat wyrde vil vûr koufet –
Die tzucht ist blynt, die sich ir selbe ruwet. *Q 41*

Wer sagt mir das geferte,
wie natur *würkt* naturlich ding?
das leben mit dem luste,
die zwey sint aller ding vrspring.
die zwey dienen naturen hie
an dem, das get, kreûcht, swymet oder fleûget.
Natur ist also herte,
das got mit jr sey*n* wesen treyt.
was himel taugen sliessen,
das alles natur an jr sneyt,
der hell nature taugen die
in solicher *art* nach jrem willen peûget.

Nicht gut ist versteckt, was im Schnee verscharrt worden ist; es kommt an den Tag, wenn der Schnee zu Wasser zerrinnt – sehr oft hat ein Tag das ganze Jahr eingeholt, [und] wo die Schönheit ein Ende genommen hat, hat auch das Begehren aufgehört. Von [solchem] Verhalten wird der Wunsch nach Kritik *[?]* hervorgerufen. Wer [aber] um der Liebe willen Leid erdulden mag, wie kann der Liebe verlieren? Von einem Hund, der vor den Lämmern davonläuft, wird kein Eber gerissen. Wohlfeiles hat [sich] oft [als] Wertvolles verkauft – die Zucht [aber] ist blind, die ihrer selbst nicht sicher ist.

Wer sagt: Wer lehrt mich die Art und Weise, wie die Natur Natürliches bewirkt? Leben und Lust, diese beiden sind der Ursprung aller Dinge. Sie beide dienen der Natur hier bei allem, was geht, kriecht, schwimmt oder fliegt. Natur ist so mächtig, daß Gott mit ihrer Hilfe seine Schöpfung erhält. Was die Himmel an Geheimnissen umschließen, das alles mißt die Natur sich als Kleid an, die verborgene Beschaffenheit der Hölle bildet sie auf gleiche Weise nach ihrem Willen.

Geweyzet *Ä. nach Q 71.* 15 gebyrde.
Wer sagt *Ä. nach Q 110.* 2 *f.* 8 sey. 12 *f.*

Natur ist als ein frawe,
vnd was ye wart vnd ymmer jst vnd was zukunfft beschawe,
das weldet sie gemeine.
was vnden jst vnd auch dar ob
vnd mitten, durch naturen clob
sie trubet nicht – newrr menschen lust vnreine. *Q 71*

Mon sagt von parcifal*e*,
von tyterel vnd gamoret,
von *hector* vnd achile,
von g*a*wein, der das pest ye tet,
von wa*l*ban vnd lantzilot,
*y*banes krieg vnd von wilhelmus tate –
Die worchten heldes m*a*le.
da*z* schuff der fursten milte hant,
jr tugent vnd jr gute.
jr steter mut was wol bekannt,
das er mit t*u*gent wer jr pot
gen mannes mut nach seiner synnen rate.
Wie hoch jr mut do swebte:
vnd wer nach art*us* solicher tugent, als er do milte lebte
mit seiner taffel run*de* –
man vindet noch wol parcifal
vnd alle herrn in dem gral,
wen nach in durst vnd in der eren gûn*de*. *Q 71*

Natur ist wie eine Herrscherin, und was immer war und immer ist und was zukünftige Zeiten sehen werden, das beherrscht sie alles. Was unten ist und darüber und in der Mitte, kann sie *[Akk.]* der natürlichen Schranken wegen nicht verunreinigen – [das kann] nur des Menschen unreine Lust.

MON SAGT: Man erzählt von Parzifal, von Titurel und Gahmuret, von Hektor und Achilles, von Gawein, der stets das Allergrößte vollbrachte, von Walban und Lanzelot, von Iweins Kampf und von Wilhelms Tat – [alle] diese verrichteten denkwürdige Heldentaten. Das bewirkte die offene Hand der Fürsten, ihre Tugend und ihre Güte. Ihre beständige Gesinnung war wohlbekannt, sie sollte mit ihrer Tugend ihr Bote an den Mut der Männer sein, wie sie es ihnen riet. In welche Höhen ihr Heldenmut damals auch strebte: wäre *[der jetzige]* Artus noch so geartet wie er, der damals freigebig schenkend mit seiner Tafelrunde lebte – der fände sicherlich noch einen Parzifal und alle Helden vom Gral, wer nach ihnen Verlangen trüge und ihnen Ehre erweisen wollte.

MON SAGT *Ä. nach Q 110.* 1–2 *und* 4–6 *werden Helden aus der Artusepik genannt.* wilhelmus (6) *ist vermutl. Wilhelm von Toulouse, der Held des* Willehalm *Wolframs von Eschenbach.* 1 parcifals. 3 Eckart. 4 gabwein. 5 waliban. 6 eybanes. 7 mayle. 8 da. 11 tausent. 14 art in. 15 runnen. 18 gûnnen.

[Im zarten Ton]

[Melodie]

Gefiolerte blůte, kvnst,
Dynes brvnnen dvnst
Vnde dyn geroset, flammenriche brvnst,
Die hette wortzelhaftez obez
Gewidemet: in dem bovme kvnstenrichez lobez
hiel*t* *w*ipfels gvnst
Sin list, durch lyliet, kv̊rc.
Durch sternet was synes synnes hymel,
Glanz, als eyn wymel
Durch kernet; lutter golt nach wunsches stymel
was al syn blůte, geveymet, of lob
Gevůlt, of margaryten nicht tzv̊ kleyne vnde grob;
Synes silbers schymel
Gab gymmen velsenscvrc.
Ach, kvnst ist tot! nv klage myt myr, armonye!
Planeten tyrmen, klage nicht vůr tzye!
Polus, iame*r* drye!
Gnade ym, sůze trinitat,
Maget reyne, vntfat,
Jch meyne conrat,
Den helt von wertzebůrc! *Q 41*

GEFIOLERTE: Kunst, [du] veilchengeschmückte Blüte, deines Brunnens Dunst und deine rosenfarbene, flammenreiche Brunst hatte aus tiefster Wurzel [genährtes] Obst geschenkt: im Baum kunstreichen Lobes besaß seine *[Konrads]* Kunstfertigkeit, lilienprangend, erlesen, die Gunst des Wipfels. Überreich besternt war sein Gedankenfirmament, leuchtend, durch und durch geläutert wie ein Schürfkeil; Gold so rein, wie man nur wünschen kann, war sein ganzes Blütenwerk, von allen Verunreinigungen befreit, *gevult* auf Lobpreis, auf Perlen, nicht zu klein und nicht zu grob; dem Schimmer *[?]* seines Silbers erwarb sein Schürfen im Fels Edelsteine. Ach, die Kunst ist tot! Nun klage mit mir, Harmonie *[der Sphären]*! Kreisen der Planeten, säume nicht zu klagen! Himmel, verdreifache den Jammer! Sei ihm gnädig, huldreiche Trinität, reine Jungfrau, empfangt [ihn], ich meine Konrad, den Helden von Würzburg!

GEFIOLERTE *Ä. nach Q 110.* 6 wortelhaftez. 8 hielt er. 17 *Zu* Ach, kvnst ist tot *vgl. das Eingangsbild von der Kunst als Blüte, deren Frucht Konrad ist.* 19 iamers. 21 *Gedichte Konrads von Würzburg († 1287) in Bd. 1 dieser Anthologie; die Bildlichkeit dieses Spruches erklärt sich z. T. vielleicht durch den Bezug auf die* Goldene Schmiede, *ein Marienlob Konrads.*

[Im Würgendrüssel]

Crist, wes sol ich gelaube*n*?
man sicht sie prinnen, *rauben*,
die pilleich solten pitten vor *die* cristenheit.
ez wart der stap *en*pfolen den vil tauben –
nv *setzen* sie den *s*tap hin dan vn vuer*en* scharfe swert.
We*lch r*at so*l* des gewerden?
„w*e*, *we* sie, d*ie* auf erden!“
sust *rieff d*er *ar* dreistvnt, also io*hann*es se*yt*.
der vluech ist hie, *das s*pur*t man* an geperden:
den *wir* von gote enpfolen se*in*, *j*r mu*t* nvr vrefelz ger*t*.
*E*in ch*u*nig, d*e*r sold habn *ein s*wert, *so* mues*t*en sie den s*tab*
vur*en*, als ir vordern ha*bn* geta*n*, daz wer ein vride*leich* orh*ab*.
nv vueren sie da*z swert*, *daz ma*nche*n* wirfet in sein gr*ab*;
*d*az ist geremet vrefel*eich d*em re*ich* pis auf den vue*ß*.
sie secze*n* nvr chvnig auf, *chvnig ab*, daz ist ein smeher *gru*z!

Q 92

Crist: Christ, was soll ich glauben? Man sieht die sengen, rauben, die rechtens für die Christenheit bitten sollten. Der Krummstab ist ganz Untauglichen anvertraut worden – sie setzen jetzt den Stab beiseite und führen scharfe Schwerter. Wie soll dem abgeholfen werden? „Weh, weh denen auf Erden!“ so rief der Adler dreimal, so berichtet Johannes. Der Fluch hat sich erfüllt, das spürt man an [ihrem] Tun: denen wir von Gott anvertraut sind, deren Sinn steht nur nach Freveltat. Ein König sollte ein Schwert führen, entsprechend müßten sie den Stab tragen, wie ihre Vorgänger getan haben, das wäre der Anfang des Friedens. Jetzt führen sie das Schwert, das manchen in sein Grab wirft; es ist in bösem Übermut dem Reich auf den Fuß gerichtet *[?]*. Sie setzen nur Könige ein und ab, es ist schändlich!

Crist *Mel. in Q 73. Textverluste durch Zerschneiden der Hs.; Ergänzungen, die in der Anm. nicht erwähnt werden, nach Q 71 (eine spätere Bearbeitung des Textes mit zusätzl. Reimen).* 2 *Hinter* Crist *unleserl. Buchstabe.* 8 w. .. sie d..; *Q 71* we dir we dir. 9 *Hinter* der *ein Buchstabenfragment: vermutl.* a, *wohl nicht* e. *Daher wurde in Anlehnung an die hier zitierte Bibelstelle (Apoc. 8, 13) gegen die Parallelüberlieferung (Q 71* engel) *entschieden.* 11 se..; *Q 71* sint. 13 *Q 71* noch tragen als das reich begert.
14 *Der auf den verlorengegangenen Hs.-Teilen zu vermutende Text* da*[z ma]*nche*[n]* wirfet *legt aus inhaltl. und metrischen Gründen das Ansetzen einer Lücke in der Hs. nahe. Die im Abdruck hergestellte Lösung gründet sich auf Annahmen über das Entstehen des vermuteten Schreiberfehlers (doppelt auftretendes* daz*); Q 71* mit vnrecht furen sie das swert wirft mangen in sein grab. 16 .....g ha.; *Q 71* konig auf ab am reich.

[Im kurzen Ton]

Frŏwe, an dem bette svnder scham
soltu bi liebem frùnde sin!
es wart nie vrŏwe man so gram,
tůt si im selche fůge schin,
es mv̊s ersênften sinen můt.
wa sich nv lieb gegen liebe schamet,
da hat dv̀ minne nit vol ir ampt.
scham grosser liebi vnsanfte tůt.. *Q 38*

Owe hertzeliker leyde,
de ik sende traghen mùtz!
owe lichter oghen weyde,
wenner wirt myr sorghen butz?
wenner sol din roter munt mich lachen an
vnd sprichen: „selich man,
watz du wilt, dat sy ghe tan“?

Ja meyn ik den munt so losen,
an dem al myn trosten leghet.
spreghent, alle rote rosen,
dat eyn munt myt roten seghet!
batz de*m* munde tzimpt eyn lilien witzidz ia
den eyn neyn van iamer bla;
dat wort, myn iughent makz gra.

FROWE: Frau, im Bett sollst du ohne Schämigkeit mit dem geliebten Freund zusammen sein! Nie ist ein Mann einer Frau so gram geworden, daß es sein Gemüt nicht wieder heiter machen mußte, wenn sie ihm so begegnete. Wo sich aber Liebe vor Liebe schämt, da kann [Frau] Minne nicht voll und ganz ihres Amtes walten. Scham tut großer Liebe weh.

OWE: O weh, Herzeleid, das ich, voll Sehnsucht, tragen muß! O weh, du schöne Augenweide, wann werde ich für meine Qualen entschädigt? Wann wird dein roter Mund mich anlachen und sagen: „Glücklicher Mann, was du willst, das sei getan“? 8 Ja, ich spreche von dem kecken Mund, der mein ganzer Trost ist. Gebt zu, ihr roten Rosen alle, daß ein Mund euch an Röte übertrifft! Besser steht dem Mund ein lilienweißes Ja an als ein jammerblaues Nein; dies Wort, es macht meine Jugend grau.

FROWE *Mel. nicht erh.*

OWE *Mel. nicht erh. Ä.* 12 *und* 17 *nach Q 110, die übrigen nach Q 71.* 11–12 *In der Farbensymbolik galt weiß als die Farbe der beginnenden Liebe, blau u. a. als Farbe der Trauer. Weitere Beispiele S. 178.* 12 den.

Minne, ka*n*stu vroude borghen?
des ghen ik dir number tach.
we*m* du lachest keghenst de*m* morghen,
tzwarn dem wurt dyn after slach.
dyne*r* luste rosen heyghent scarphen torn,
leyt ist leḅem tzo ghe born:
sulken wôker treyt dyn korn.

Minne, wlt tu sollen iamer
vph mich erben myne tzyt?
dyner luste salden amer
myr d*o* cleyn*e* sture gyt.
ny de*m* heren ywane wers keyn maghet tet:
sam de scone vor lunet
halp, dat leben der trost en het.

Ach, sold ich den apel teylen,
den paris der mynne gaf,
tzwarn du mostes iamer seylen,
sold ich dar dorch in myn graph:
pallas edde iůno mosten halden ir.
so roch ik myn leyt an dir,
de du hast ghe erbet mẙr. *Q 10*

---

15 Minne, hast du Freude zu vergeben? Das kann ich an keinem Tag von dir sagen. Wem du am Morgen zulächelst, der spürt bald deinen Gegenschlag. Die Rosen deiner Freuden tragen scharfen Dorn, Leid ist mit Liebem verschwistert: solchen Ertrag bringt dein Korn. 22 Minne, willst du alle Zeit solchen Jammer über mich verhängen? Das Freudenambra deiner Wonnen kommt mir nie zu Hilfe. Nie hat eine Frau den Herrn Iwein schlimmer behandelt: den Beistand, wie die schöne Frau Lunete half, bietet die Wirklichkeit nicht. 29 Ach, hätte ich den Apfel zu vergeben, den Paris der Venus gab, du würdest wahrlich den Jammer [an dich] ketten, [und] müßte ich deshalb in mein Grab: Pallas oder Juno würden sich gegen sie *[Venus]* behaupten. So rächte ich die Leiden an dir, die du mir angetan hast.

15 kastu. 17 wen. den. 19 dyne. 25 de cleynen; *Q 71:* do keine. 26 den. 26–28 *Personen aus dem* Iwein *Hartmanns von Aue (abgeschlossen um 1205).*

Regenbogen

[In der Briefweise]

IR pfaffen vnd ir ritter, tribent von v̀ch nît,
ir prv̊fent anders groͦsser vngenade zit!
ir svnt gedenken rechte, wies vmb v̀ch lit:
der pfaff, ritter, buman, die drie, die soͦltin sin gesellen.
der buman sol dem pfaffen vnd dem ritter ern,
so sol der pfaffe den buman vnd den ritter nêrn
vor der hêlle, sol der werde ritter wêrn
dem pfaffen vnd dem buman, die in tv̊n icht wellen.
nv dar, ir edelen, werden drie gesellen!
Stol vnd swert, wênt ìr ein ander helfen wol,
so wirt dv̀ kristenheit von v̀ch genaden vol.
Stọl vnd swert, der pflv̊g tv̊t alles, das er sol.
sint ir mit trv̆ ein ander bi, v̀ch kan nieman gevêllen. *Q 38*

Unbekannter Verfasser

Traugemundslied

„Willekome, varender man!
Wo lege du hinaht,
Oder wo mitte were du bedaht,
Oder in welre hande wise
Bejageste cleider oder spise?“

IR PFAFFEN: Ihr Pfaffen und ihr Ritter, treibt die Mißgunst unter euch aus, ihr erlebt sonst Zeiten großen Unglücks! Ihr sollt euch recht vor Augen führen, wie es mit euch steht: Pfaffe, Ritter, Bauer, die drei sollten Bundesgenossen sein. Der Bauer soll für den Pfaffen und den Ritter pflügen, entsprechend soll der Pfaffe den Bauern und den Ritter vor der Hölle bewahren, soll der edle Ritter dem Pfaffen und dem Bauern jene fernhalten, die ihnen etwas antun wollen. Auf nun, ihr drei edlen, werten Gefährten! Stola und Schwert, wollt ihr einander recht beistehen, so erwächst der Christenheit durch euch nur Segen. Stola und Schwert, der Pflug tut alles, was seine Pflicht ist. Steht ihr mit Treue zueinander, kann niemand euch zu Fall bringen.

TRAUGEMUNDSLIED: „Willkommen, fahrender Mann! Wo hast du heute nacht geschlafen, oder womit warst du zugedeckt, oder auf welche Weise verschaffst du dir Kleider oder Essen?“

IR PFAFFEN *Mel. in Q 56.*

TRAUGEMUNDSLIED *Mel. (?) nicht erh. Wiedergabe der diakritischen Zeichen im Abdruck gegenüber Q 66 geändert. Die Vermutungen über die Entstehungszeit dieses Gedichtes schwanken zwischen dem Ende des 12. und dem frühen 14. Jh.*

„Daz hestu gefraget einen man,
Der dir es in ganzen trúwen wol gesagen kan:
Mit dem himel waz ich bedaht,
Vnd mit den rosen was ich unbestaht.
In eins stolzen knappen wise
Bejage ich cleider und spise."

„Nu sage mir, meister trovgemunt,
Zwei und subenzig lant, die sint dir kunt:
Was bovmes birt ane blůt?
Was vogel sôiget sine iunge?
Was vogel ist ane zunge?
Was vogel ist ane mage?
Kanstu mir des útzút gesagen,
So wil ich dich fúr ein weidelichen knappen haben."

„Des hestu gefraget einen man,
Der dir in ganzen truwen wol gesagen kan:
Die queckolter birt ane blůt.
Der stork ist ane zunge.
Die fledermus sôiget ire iungen.
Der swarbe ist ane magen.
Ich wil dirs in ganzen truwen sagen.
Vnd fragestu útzút mere,
Ich sage dir fúrbas an din ere."

„Nu sag mir, meister trovgemunt,
Zwei und sùbenzig lant, die sint dir kunt:
Was ist wisser denne der sne?
Was ist sneller danne daz rech?

---

8 „Das hast du einen Mann gefragt, der es dir getreulich zu sagen weiß: Mit dem Himmel war ich bedeckt, und mit Rosen war ich umsteckt. Wie es einem stolzen Knappen ziemt, verschaffe ich [mir] Kleider und Essen." 14 „Nun sag mir, Meister Traugemund, zweiundsiebzig Länder, die sind dir bekannt: Welcher Baum trägt Frucht ohne Blüte? Welcher Vogel säugt seine Jungen? Welcher Vogel hat keine Zunge? Welcher Vogel hat keinen Magen? Kannst du mir darüber etwas sagen, so will ich glauben, daß du ein tüchtiger Knappe bist." 22 „Das hast du einen Mann gefragt, der dir getreulich zu sagen weiß: Der Wacholder trägt Frucht ohne Blüte. Der Storch hat keine Zunge. Die Fledermaus säugt ihre Jungen. Die Scharbe hat keinen Magen. Ich will dir getreulich sagen. Und fragst du jetzt noch mehr, will ich dir zu Ehren weiter antworten." 31 „Nun sag mir, Meister Traugemund, zweiundsiebzig Länder, die sind dir bekannt: Was ist weißer als der Schnee? Was ist schneller als das Reh?

14 *Der Name wird als Volksetymologie zu arab.* targôman *(Ausleger) erklärt.* 15 *Nach erbreiteter mal. Auffassung gab es 72 Sprachen und entsprechend 72 Länder, vgl. S. 268.*

Was ist hôher denne berg?
Was ist vinsterre den die naht?
Kanstu mir útzút des gesagen,
So wil ich dich fúr einen jegerlichen knappen haben.“

„Des hestu gefraget einen man,
Der dirs von grunde wol gesagen kan:
Die sunne ist wisser den der sne.
Der wint ist sneller den *daz* rech.
Der bovm ist hôher den der berg.
Die rame ist swerzer den die naht.
Doch wil ich dir*s* in ganzen truwen sagen.
Fragestu mich útzút mere,
Ich sage dir fúrbas an dine ere.“

„Nu sag mir, meister trovgemunt,
Zwei und súbenzig lant, die sint dir kunt:
Durch was ist der rin so tief?
Oder war umbe sind frowen also liep?
Durch waz sint die matten so grůne?
Durch waz sint die ritter so kůne?
Kanstu mir das út gesagen,
So wil ich dich fúr ein stolzen knappen haben.“

„Des hestu gefraget einen man,
Der dirs wol gesagen kan:
Von manigen ursprunge ist der rin so tief.
Von hoher minnen sint die frowen liep.
Von manigen wúrzen sint die matten grůne.
Von maniger starken wunden sint die ritter kůne.“

Was ist höher als der Berg? Was ist dunkler als die Nacht? Kannst du mir darüber etwas sagen, so will ich glauben, daß du ein jagdkundiger Knappe bist.“ 39 „Das hast du einen Mann gefragt, der es dir gründlich zu sagen weiß: Die Sonne ist weißer als der Schnee. Der Wind ist schneller als das Reh. Der Baum *[auf dem Berge]* ist höher als der Berg. Der Rabe ist schwärzer als die Nacht. Ich will es dir getreulich sagen. Fragst du mich jetzt noch mehr, will ich dir zu Ehren weiter antworten.“ 48 „Nun sag mir, Meister Traugemund, zweiundsiebzig Länder, die sind dir bekannt: Wodurch ist der Rhein so tief? Oder warum sind die Frauen so liebenswert? Wodurch sind die Wiesen so grün? Wodurch sind die Ritter so kühn? Kannst du mir darüber etwas sagen, so will ich glauben, daß du ein stolzer Knappe bist.“ 56 „Das hast du einen Mann gefragt, der es dir wohl zu sagen weiß: Durch seine vielen Quellen ist der Rhein so tief. Um der hohen Minne willen sind die Frauen liebenswert. Durch viele Kräuter sind die Wiesen grün. Durch viele tiefe Wunden sind die Ritter kühn.“

42 der. 45 dir.

„Nu sagent mir, meister trovgemunt,
Zwei und súbenzig lant, die sint dir kunt:
Durch was ist der walt so grise?
Durch waz ist der wolf so wise?
Durch waz ist der schilt verblichen?
Durch waz ist manig guot geselle von dem andern [entwichen?
Kanstu mir das út gesagen,
So wil ich dich han fúr einen weidelichen knaben."

„Des hestu gefraget einen man,
Der dirs von grunde wol gesagen kan:
Von manigem alter ist der walt grise.
Von unnútzen gengen ist der wolf wise.
Von maniger starken herverte ist der schilt verblichen.
Von untruwen súbichen ist manig gût geselle entwichen."

„Nu sage mir, meister trovgemunt,
Zwei unde súbenzig lant, die sint dir wol worden kunt:
Was ist grûne alsam der kle,
Was ist wisser den der sne,
Was ist swerzer den der kol,
Was zeltet rehter den der vol?"

„Daz hab ich balde gesaget dir:
Die ageleie ist grûne alsam der kle
Vnde ist wis alsam der sne
Vnde ist swerzer den der kol
Vnd zeltet reht alse der vol.
Vnd fragestu mich útzút mere,
Ich sage dir fúrbas an din ere." *Q 66*

---

62 „Nun sag mir, Meister Traugemund, zweiundsiebzig Länder, die sind dir bekannt: Wodurch ist der Wald so grau? Wodurch ist der Wolf so gewitzt? Wovon ist der Schild verblichen? Warum hat manch guter Gesell den andern verlassen? Kannst du mir darüber etwas sagen, so will ich glauben, daß du ein tüchtiger Knappe bist." 70 „Das hast du einen Mann gefragt, der es dir gründlich zu sagen weiß: Wegen seines hohen Alters ist der Wald grau. Durch fehlgeschlagene Unternehmungen ist der Wolf gewitzt. Von vielen gewaltigen Kämpfen ist der Schild verblichen. Wegen der ungetreuen Sibiche hat manch guter Gesell das Weite gesucht." 76 „Nun sag mir, Meister Traugemund, zweiundsiebzig Länder, die sind dir bekannt: Was ist grün wie der Klee, was ist weißer als der Schnee, was ist schwärzer als die Kohle, was geht besser im Paßgang als ein Fohlen?" 82 „Das hab ich dir rasch gesagt: Die Elster ist grün wie der Klee und ist weiß wie der Schnee und ist schwärzer als die Kohle und geht im Paßgang wie das Fohlen. Und fragst du mich jetzt noch mehr, will ich dir zu Ehren weiter antworten."

75 Vnnútzen, *zur Ä. vgl. Q 125; Anspielung auf den untreuen Sibich der Heldensage.*
83 *Je nach dem Einfall des Lichtes erscheinen die Federn der Elster schwarz oder grün.*

Heinrich von Beringen

DAs ist der blinnde, des von Beringen getiht.

Trivn, ir habent es wol geschaft!
nv hånt ir auch den verklaft,
Der mir ee ser ze hertzn lag,
den ich nåch miner dvnk wåg
hoh wand ze brisen.
von dem kůnt ir mich wisen
Als der den blinden fůrt,
bis er de*n* *n*agel růrt.
Jr můget sin ain getrwer man,
ich wil iv volgen, ob ich kan,
Als ain vnbendig vogelhunt.
zwår iwer tugentloser munt
Solt itel zukker essen.
ich wil sin vergessen
Alsam daz åntel der se.
Jch môht es hån gemerket e,
*w*an daz ich bin ain tôrel:
jr spreht, im schmek ain ôrel.
Daz han ich sider wol eruarn.
daz mich iwer ler so kan bewarn,
helt, des habt ir immer dank!
min selbs kvnst ist alle ze kranc.
Jch wil gen iwer ler streben,
die ir durch trwe mir kůnnet geben,
Als gen dem stok ain schuldig diep –
daz ist kurtz: ir sint mir lieb,

DAs ist: Das ist ‚der Blinde', ein Gedicht des von Beringen. Wahrhaftig, Sie haben es geschafft! Nun haben Sie auch den schlechtgemacht, den ich früher sehr ins Herz geschlossen hatte, den ich nach meinem Erwägen und Dafürhalten als sehr schätzenswert angesehen habe. Von dem können Sie mir abraten wie einer, der den Blinden solange führt, bis er auf einen Nagel getreten ist. Sie mögen wohl ein redlicher Mann sein, ich will Ihnen folgen, wenn ich kann, wie ein unbändiger Hühnerhund. Wirklich, Ihr zuchtloses Mundwerk sollte puren Zucker essen. Ich will ihn vergessen wie das Entchen die See. Ich hätte es schon früher merken können, aber ich bin wohl ein bißchen dumm; Sie sagen, sein Öhrchen rieche. Ich habe das seither tatsächlich feststellen können. Daß mich Ihre Belehrung so zu bewahren weiß, dafür, heldischer Mann, meinen ewigen Dank! Meine eignen Fähigkeiten sind wirklich zu gering. Ich will Ihrer Lehre, die Sie mir aus lauterer Zuneigung geben, zustreben wie der schuldige Dieb dem Stock – kurzum: ich bin Ihnen zugetan,

DAs ist 10 den blinden. 19 Do was ich wan.

Jr sint so wol beschaiden!
Jr ků̊nt mir in layden
Alsam der wachteln daz wisch.
ich wil in vliehen, als div trisch
Allw tich fliuhet.
zwar iwer ler zivhet
Mich billich; si ist avn gebrest,
noch gantzer denn ain wåfsennest.
was håt iv so̊lich witz geben,
daz ir månclichs leben
So ků̊nnent vs geschaiden?
zwar man sol iv klaiden
Billich in frawen eren wåt.
habt ie daz von mir ståt,
Daz das min volg niht verbirt,
daz er als wenig von mir wirt
Gegrů̊zet als daz blů̊men tal
zu mayen von der nachtigal.
Jst er also? des wånd ich nit.
nv tů̊nd nåch der getrwen sit,
vnd nempt min endlichen war!
ir redent tugentlichen gar.
Frawen ků̊nt ir wol schonen.
man sol iv billich lonen,
ob v̊ns kain tugent ist bekant.
kv̊mpt frů̊! man tů̊t iv in die hånt. *Q 52*

Sie wissen so gut Bescheid! Sie können ihn mir verleiden wie der Wachtel das Ährenbündel. Ich will ihm aus dem Weg gehen, wie die Aalraupe die Fischteiche meidet. Ja, mit Fug und Recht erzieht mich Ihre Lehre; sie ist ohne Fehl, vollkommener als ein Wespennest. Was hat Sie mit soviel Klugheit gesegnet, daß Sie viele in dieser Weise ausschalten können? Man soll Ihnen wahrhaftig das Kleid der Frau Ehre anlegen. Von mir sollen Sie stets und stetig wissen, daß das mich nicht hindert, [ihm] zu folgen, daß er so geringschätzig von mir begrüßt wird wie im Frühling das erblühte Tal von der Nachtigall. Ist er so? Ich glaubte es nicht. Nun tun Sie, was Freundespflicht ist, und kümmern Sie sich eifrig [weiter] um mich! Sie sprechen so durch und durch ehrenhaft. Sie können Frauen so rücksichtsvoll behandeln. Es ist recht, daß man Sie dafür belohnt, wir wüßten sonst nicht, was sich gehört. Kommen Sie früh! Man wird Ihnen in die Hand machen.

Graf Werner von Hohenberg

Min vro minnekliche minne,
war vmbe hant ir mir die sinne
so ser, so vast an si gewant,
das ich ir nit mag entwenchen?
zwar ir solt ùch bas bedenchen
vnd ringen mir dv̀ bant!
nein, ich wil doch nit endrinnen
von ir mit hertzen noch mit sinnen,
des si min trùwe mit eit ir pfant!

Jch wil gerne sin gevangen.
des twinget mich ir munt, ir wangen,
ir schôn, ir gûte, ir wiplich zucht
vnd ir frowelich geberde.
got, der was in hohem werde,
do er geschûf die reinen frucht,
wan ime was gar wol ze mûte.
mit ir gûte dù vil gûte
vienge mich an aller leige flucht.

Nv hat si mich so gebunden,
das min hertze ist zallen stunden
bi ir. swar ich landen var,
so enwil es nit von dannân.
si het es also verspannen,
das es niender anderswar
mag gewenchen vs ir stricke.
wer ich bi dem herzen dicke,
ich wer aller sorgen bar. *Q 38*

Min vro: Minnigliche Frau Minne, warum haben Sie mein Gemüt so sehr, so fest auf sie gerichtet, daß ich ihr nicht entkommen kann? Wahrhaftig, Sie sollten sich eines Besseren besinnen und mir die Fesseln lockern! Nein, ich will doch nicht von ihr lassen, nicht mit dem Herzen und nicht in Gedanken, mein Treueschwur sei ihr ein Pfand darauf! 11 Ich will gern gefangen sein. Dazu zwingen mich ihr Mund, ihre Wangen, ihre Schönheit, ihre Güte, ihre weibliche Sittsamkeit und ihr fraulicher Liebreiz. Gott war hoch zu verehren, als er das herrliche Geschöpf erschuf, denn er war in bester Schöpferlaune. Mit ihrer Güte hat die, ach, so Gute mich eingefangen, ohne daß an Flucht auch nur zu denken war. 20 Nun hat sie mich so gefesselt, daß mein Herz zu allen Stunden bei ihr ist. Wohin ich mich auch wende, es will nicht von seiner Stelle. Sie hat es so gebunden, daß es nirgendwoandershin entrinnen kann aus ihren Fesseln. Wäre ich oft da, wo mein Herz ist, ich wäre aller Sorgen ledig.

Min vro 1 *Melodien dieses Verfassers nicht erh.*

Wol mich hùt vnd iemer me! ich sach ein wip,
der ir munt von rôte bran sam ein fù*ri*n zunder.
ir wol trùtelechter, minneklicher lip
het mich in den kvmber bracht. von der minne ein wunder
an ir schône hat got nit ver gessen.
ist es recht, als ich es han gemessen,
so hat si einen roten rosen gessen.

So ist der eine, der des nit were wert,
das er leg vf *e*inem strŏ: der trùt ir wiplich bilde;
so ist der ander, der des todes dvr si gert
vnd zv̊ zallen marsen vert: dem mûs si wesen wilde.
heya got, wie teilst so vngeliche:
ist er hessùlich, so ist si minnenkliche.
was solt der tùvel vf das himilriche?

Herre got, vnd het ich von dir den gewalt,
das ich môcht verstossen in von der grossen wunne,
So môcht ich in gantzen frôiden werden alt.
helfent alle bitten mir got, das ers mirs gunne,
das der selbe tùvel wert gelêtzet
vnd ich wert an sine stat gesêtzet;
so bin ich mis leides wol vrgêtzet. *Q 38*

Wol mich: Wohl mir heute und immerdar! Ich habe eine Frau gesehen, deren Mund in Röte brannte wie ein feuriger Zunder. Ihre begehrenswerte, liebliche Gestalt hat mich in Qualen gestürzt. Nicht éin Wunderwerk der Minne hat Gott an ihrer Schönheit vergessen. Habe ich richtig vermutet, so hat sie eine rote Rose gegessen. 8 Es gibt einen, der nicht einmal wert wäre, auf Stroh zu schlafen: der schläft bei ihr; es gibt einen anderen, der für sie den Tod erleiden will und sich unter alle Gespenster wagt: dem muß sie fremd sein. Ach Gott, wie teilst du so ungleich zu: ist ér widerwärtig, so ist síe liebenswert. Warum sollte der Teufel ins Himmelreich? 15 Herr Gott, und bekäme ich von dir die Macht, ihn aus der großen Wonne zu vertreiben, so könnte ich in Freuden alt werden. Helft mir alle Gott bitten, daß er mir's vergönnt, daß dieser Satan ausgeschaltet wird und ich an seine Stelle gesetzt werde; dann bin ich für meine Leiden reich belohnt.

Wol mich *Ä. nach Q 105.* 2 fùr in. 9 reinem. 11 zv̊z.

Mülich von Prag

[Melodie]

NV sicht man aber beyde
den anger vnd die heyde
jn manger hande leyde.
was richer augen weyde
ist verdorben in dez meyen cleyde!
daz komet von dez argen winters nyt.
Der wil vns aber balde
zwingen mit gewalde,
mit mangem ryffen kalde.
was blumen vor dem walde
vnd waz ie lebt in freuden manigvalde,
daz můß als truren gein der sweren zyt.
Fraw dich, du werder mannes můt,
dem wybes gute wonet by!
Jr liber grůß gar sanfte tůt,
Wen sie hie machent sorgen fry
Vil baß dann meyen blůte.
wol ym, dem wybes gůte
her freuwet sin gemůte!
der lept in freuden frůte,
alz ob er brunne in der mynne glůte,
ja, wan er an den wysen armen lyt.
WEr hat sin liep vmb fange,
dem ist sin leyt zergangen.
fraw seld hat in vmbhangen,
er darff nit sorgen, brangen.
Vnd wo eyn rotter munt mit liechten wangen,
von dem ein lieplich lachen ist bereyt –

NV SICHT: Nun sieht man Anger und Heide wieder vielfache Leiden erdulden. Wieviel von dem, was unsere Augen an des Maien Kleid erfreute, ist zugrunde gegangen! Das kommt von der Mißgunst des bösen Winters. Der will uns rasch wieder mit Übermacht, mit viel eisigem Reif bezwingen. Die Blumen am Waldrand und überhaupt alles, was sich seines Lebens freute, das muß trauern über diese schwere Zeit. Freu dich, guter Mann, der die Zuneigung einer Frau besitzt! Ihr liebes Grüßen tut dem so wohl, dem sie die Sorgen viel besser vertreibt als die Blütenpracht des Frühlings. Wohl dem, dem Frauenliebe das Herz erfreut! Der lebt in Freuden so glücklich, als ob er in der Glut der Liebe brennen würde, ja, wenn er in ihren weißen Armen liegt. 25 Wer sein Lieb im Arm hält, dessen Leid ist verschwunden. Frau Seligkeit hat ihn umfangen, er braucht nicht ängstlich zu sein, sich nicht zu zieren. Und wo es bei blanken Wangen einen roten Mund gibt, von dem bereitwillig ein liebevolles Lächeln kommt –

NV SICHT *Vom Schreiber als* Reien *(Tanzlied) bezeichnet. Ä. nach Q 104.*

Was schat dez winters zwingen?
kan er nach liebe ringen
Mit hofelichen dingen,
So mag ym wol gelingen;
Wann nieman kan vns baß gemůte bringen
als wol alz lieber frauwen wirdikeit.
Wer trôst den werden mannes lyp
baß wann die reinen frauwen zart?
Wo*l* ym, der hat ein liebes wyp,
vor argem wandel wol bewart!
dem ist sin leyt verswunden
Vnd ist zu mangen stunden
von vngemůt enbunden
Vnd hat vil freuden funden
Vnd hat auch als sin truren uberwunden.
Ach got, waz lust an frauwen ist bereit!

Wyp ist der welt ein wunne.
wyp zieret fur die sonne.
Wyp ist der tugend bronne.
niemans volloben kunde,
Vnd wyp ist doch, der ich dez besten gůnde.
dez frauwent uch, ir wol gemuten man!
Wyp kan mit lieben sachen
den senden truren swachen.
wyp kan wol freude machen,
daz munt gein mund muß lachen,
Vnd wyp tut mannes hercz in freuden wachen.
wyp kan sie leyten vff der mynne *b*an

---

was schadet dann des Winters Dräuen? Weiß er mit Artigkeiten nach Liebe zu streben, wird er ans Ziel kommen; denn niemand kann uns so gut wieder aufrichten wie geliebte, schätzenswerte Frauen. Wer tröstet den edlen Mann besser als schöne, liebreizende Frauen? Wohl dem, der eine liebevolle Frau besitzt, die keine schlimmen Fehler hat! Der hat keinen Kummer mehr und ist oft und lange von seinem Mißmut erlöst und hat viel Freude gefunden und hat all seinen Gram überwunden. Ach Gott, wieviel Wonne wird durch die Frauen geschenkt! 47 Die Frau ist eine Freude für die ganze Welt. Die Frau vergoldet schöner als die Sonne. Die Frau ist der Brunnen aller Tugend. Niemand könnte ihr Lob erschöpfen, und die Frau ist es doch, der ich das beste Lob wünschen würde. Seid froh darüber, ihr wohlgesinnten Männer! Die Frau kann mit Zärtlichkeit den Sehnsuchtsvollen den Kummer vertreiben. Die Frau kann Fröhlichkeit geben, so daß sich Mund und Mund zulächeln müssen, und die Frau erreicht es, daß des Mannes Herz sich freudevoll ermuntert. Die Frau kann sie besser auf den Pfad der Minne führen

39 Wo. 58 fan.

Vil baß dann stein vnd alles golt,
das helffen mir die wysen jehen!
Jr werden man, sint frauwen holt,
so mag uch heil von yn beschehen!
Von yren kuschen lyben
Sie kundent leyt vertryben.
Mann, wolt ir frolich blyben,
So dient den reynen wyben,
Vnd die sich in der mynne hoff lant schryben;
Wann got ni l*i*eber creatur gewan. *Q 56*

Wizlav von Rügen

[Melodie]

Ich wil bitten in der tzit,
daz du dine hulphe wit
ghe ghezest, here, an mich eyn teyl,
ihesus, du wnderere.
Sint ich ane dich nicht mac
ghe leben nimer ghûten tac
noch ane groze helphe din,
la mich nicht helphe lere!
Stete des ņicht dem tubel icht,
daz her mich be screnke,
Vvent her so vil der sunden spil
vôghet mit siner lenke.
Dune willest min helpher sin,
here, her tzût mich anders hin.
vorw̌lle, here, minen geyst,
sint ich des an dir ghere! *Q 41*

---

als Edelstein und Gold, das sollen mir die Weltweisen bekräftigen helfen! Ihr ehrenwerten Männer, seid den Frauen zugetan, so wird Euch Glück durch sie zuteil! Mit ihrem keuschen Leib können sie Leid vertreiben. Ihr Männer, wollt ihr euch Freude erhalten, so widmet euch den liebenswerten Frauen, denen, die am Hof der Minne eingeschrieben sind; denn Gott hat nie ein liebenswerteres Geschöpf geschaffen.

Ich wil: Ich will zur rechten Zeit bitten, daß du deine unermeßliche Hilfe, Herr, ein wenig [auch] an mich wendest, Jesus, du Wundertäter. Da ich ohne dich keinen guten Tag verleben kann noch ohne deine mächtige Hilfe, so laß mich nicht hilflos! Gestatte dem Teufel nicht, daß er mich einfange, denn mit seinem Einfluß stiftet er so viel Sünde. Willst du nicht mein Helfer sein, Herr, so zieht er mich von dir fort. Da ich dies von dir erbitte, erfülle du, Herr, meinen Geist ganz!

68 leber.

[Melodie]

Meyie scone, kum io tzů,
du ne mochtest nicht tzů vrů
den luten!
De vrowen slezen ere cleyt,
daz ist mir von hertzen leyt.
se huten
Al ir besten wete, de se trůghen.
Daz kans du, meyie, allenz wider vůghen.
Den mantel slan se vm eren tůch
– winder, daz ist vnghevůch –
von culde.

Hulde swŏr ich gerne di,
went din vroste sint vns bi.
daz laze!
Io ist daz din alte lach,
daz wir můzen vnder dach.
ich haze
Al den sweren kummer, den du stichtest.
Mit eynen dinghen, winder, du mich swichtest:
Daz ist vroyden langhe nacht,
de dich hat tzůn hulden bracht.
daz halte!

Àlten můst ich ẏmmer sin,
wen der lechten vrowen scin
mich machet
Vrolich vnd vroyden teyl
(des ghebe yn ghot ymmer heyl),
daz crachet!
Vven mich den ir edel name wecket
Vnd alle mine lit tzůn vroyden strecket,

Meyie: Schöner Mai, komm doch, du könntest für niemand zu früh [dasein]! Die Frauen tragen hochgeschlossene Kleider, das tut mir von Herzen leid. Sie hüten all ihre besten Kleider, die sie [sonst] trugen. Das kannst du, Mai, alles wieder einrenken. Sie schlagen den Mantel ums Kleid – Winter, das ist schändlich von dir – vor Kälte.
13 Ich würde dir gerne Freundschaft schwören, aber deine Fröste hausen bei uns. Das laß! Es ist freilich deine alte Tücke, daß wir in die Häuser müssen. Ich hasse all das schwere Leid, das du stiftest. Durch eines, Winter, beschwichtigst du mich: das ist die lange Nacht der [Liebes]freuden, die hat dir Gunst verschafft. Dabei bleib!
24 Altersgrämlich müßte ich immer seinetwegen werden, aber der Anblick schöner Frauen macht mich – dafür segne sie Gott allezeit – fröhlich und freudenvoll *[?]*, es knistert nur so! Und wenn mich dann eine schöne Frau munter macht und mir jedes Glied nach Wonne streben läßt,

So růph ich denne: „roter munt,
heyl, heyl, heyl tzu aller stunt!
mit ghote!“ *Q 41*

Otto zem Turne II

Min můt dien valken tůt gelich,
die durch ir adellichen art
sich geilent mit der sunne.
so hoher flùk ist er nu rich.
nie schôner bild uf erde wart
dann miner ŏgen wunne.
die mag ich schŏwen vnd an sehen;
vnd wôlte des der keiser gern,
im môcht ein schad von ir geschehen.

Wol mich, das sich dù ŏgen min
so glantzer varwe hant gewent!
des vrôd sich min gemůte.
ich sach ir minnenklichen schin,
nach der sich ie min hertze sent,
in bernder wibes gůte.
das ich bi allen minen tagen
so wandels fri nie lib gesach,
das můs ich bi dem eide sagen.

Vind ich genadenrichen můt,
so mag ich danne sprechen wol,
si trag des wunsches bilde.

---

dann rufe ich: „Roter Mund, Heil, Heil, Heil zu jeder Stunde! Mit Gott!“

Min můt: Mein Sinn tut es den Falken nach, die, da sie von edler Rasse sind, mit der Sonne ihr Spiel treiben. Ebenso hohe Flüge kann jetzt er tun. Nie gab es einen schöneren Anblick auf Erden als [sie,] meiner Augen Wonne. Die vermag ich zu betrachten und anzusehen; wollte der Kaiser das versuchen, er käme durch sie zu Schaden. 11 Wohl mir, daß meine Augen sich an so leuchtenden Glanz gewöhnt haben! Darüber bin ich glücklich. Ich erblickte ihre liebreizende Gestalt, nach der sich mein Herz immer und immer sehnt, in blühender Frauenschönheit. Bei meinem Eid muß ich gestehen, daß ich in meinem ganzen Leben kein so makellos schönes Menschenkind gesehen habe. 20 Finde ich sie nun noch recht günstig gestimmt, dann kann ich wohl sagen, sie sei das Ideal aller Wünsche.

Min můt *Mel. nicht erh.*

min hertze brinnet als ein glůt –
wann ich genade sůchen sol,
so wirt mir sprechen wilde.
e doch hat si ein teil vernomn,
das si mir ist fùr ellù wib
in ŏgen vnd in hertzen komn. *Q 38*

1320–1340

Rost von Sarnen

Wan hŏrt aber klingen
dvrch den walt sv̊sses vogel singen.
wol *im*, der nu lebt
vnd da bi verdr*i*ngen
manigualt sorge mag! des ringen
gar in selden swebt.
lichte svmer wunne, dv̊ nv winters wêwen
mit ir grůnen klêwen
frilich wider strebt.
Minne, trŏsterinne, sinne,
wie ich sênder brinne
von der dirne din
sunder schulde min!

Minne, bring ir iugent
selken rat, das si noch tů hùgent
min gemůte krank!
es zimt nicht ir tugent,
das si hat mich getan vnmugent,
der lob ich ie sang,

Mein Herz brennt wie Feuer – wenn ich um ihre Gunst bitten soll, verschlägt es mir die Sprache. Doch hat sie längst schon ausführlich gehört, daß sie mir vor allen Frauen in Auge und Herz gedrungen ist.

Wan hort: Man hört wieder süßen Vogelsang durch den Wald klingen. Wohl dem, der jetzt lebt und dabei auf alle Weise die Sorge verdrängen kann! Dessen Streben ist voll Seligkeit. Strahlende Sommerwonne tritt jetzt mit ihrem grünen Klee den Leiden des Winters frank und frei entgegen. Minne, Trösterin, bedenke, wie ich ohne meine Schuld durch deine Dienerin sehnsuchtsvoll entflammt bin! 15 Minne, gib dem Kind diesen Rat, daß es mein krankes Gemüt doch einmal froh mache! Es paßt nicht zu ihrer Tugend, daß sie mich todkrank gemacht hat, deren Lob ich immer im Lied verkündet habe,

Wan hort *Mel. nicht erb.* 4*f.* 5 verdrungen.

sit ich erst gesach ir mundes rôte glesten
sam die blůt vs esten,
gar an allen wank.
Minne, trôsterinne, sinne,
wie ich sênder brinne
von der dirne din
sunder schulde min!

Ich want sin gescheiden
do ze stunt von dien arbeiden,
die min herze trůg –
do viel ich ze leiden
vngesunt. von der ŏgen weiden
wart ich vngefůg,
das ich sunder allen zwiuel můs verderben,
ob ich niht erwerben
mag ir hulde klůg.
Minne, trôsterinne, sinne,
wie ich sênder brinne
von der dirne din
sunder schulde min! *Q 38*

Heinrich Hetzbold von Weissensee

Owe mins herzen, das twinget dv̍ sv̍sse!
wer mag gebv̍sse
so gar senden pin?
neina, min zertel, la dich noch erbarmen
mich senden armen,
tů mir helfe schin!

---

ohne mich davon abbringen zu lassen, seit ich zum ersten Mal ihres Mundes Röte erglänzen sah wie die Blüte aus den Zweigen. Minne, Trösterin… 28 Ich glaubte, in diesem Augenblick von aller Mühsal, unter der mein Herz litt, befreit zu sein – da versank ich in auszehrende Leiden. Durch den reizenden Anblick geriet ich [so] aus den Fugen, daß ich ohne Zweifel umkommen muß, wenn ich ihre verstehende Zuneigung nicht erwerben kann. Minne, Trösterin…

Owe: Mein armes Herz, dem tut die Süße Gewalt an! Wer kann mich entschädigen für solchen Liebeskummer? Nicht doch, mein Liebchen, hab doch Mitleid mit mir armem, liebeskranken Mann, komm mir zu Hilfe!

Owe *Mel. nicht erh. Ä. nach Q 120.*

Mir ist ver swunden
gar helfe vnd trost.
ich bin mit blicken so vaste gebunden:
al solker wunden
wart ich noch nie erlost.

Was solt ein wip also zart, si entwunge,
das man doch sunge
vil ir werdekeit?
was solt ein munt also rot, er *en*lache,
da von doch swache
vil sorge vnd leit?
was solden wangen
so gar rose var,
sv̀ *en*hetten frùnde denn mût so bevangen,
das in er langen
doch mûst aber dar?

Swa gnade wont, secht, da sol man si sûchen.
wil sis gerûchen –
der wart ich al da.
man sol die schôn nicht loben âne gûte.
got si behûte,
die sint ir vil na!
mûst ich ir kv̀nde
noch gar minen mût,
so en wart vf erde nie grôslicher sv̀nde,
das liep gen frv̀nde
nicht frùntlich tût. *Q 38*

Mir sind Hilfe und Trost völlig geschwunden. Ich bin durch ein Augenpaar so sehr gefesselt: noch nie sind mir solche Wunden geheilt worden. 13 Was sollte eine so schöne Frau, wenn nicht erzwingen, daß man oft ihren Wert besingt? Was sollte ein so roter Mund, wenn nicht lachen, wovon doch viel Sorge und Leid verschwindet? Was sollten, ach, so rosige Wangen, wenn sie den Freund nicht so gefangengenommen hätten, daß es ihn wieder und wieder dorthin ziehen muß? 24 Wo Gnade wohnt, seht, da soll man sie suchen. Will sie die gewähren – ich warte schon darauf. Man soll die Schönheit nicht loben, wenn ihr die Freundlichkeit fehlt. Gott schütze die, die sie besitzen! Sollte ich ihr wirklich sagen, was ich denke, so [sagte ich]: Auf Erden geschah nie größere Sünde [als die], daß die Geliebte gegen den Freund nicht liebevoll ist.

16 lache. 21 hetten.

Johann von Rinkenberg

Aller wite ein vmbekreis,
der hôhsten hôhe ein v̀berhôher, der da weis
aller herzen sin vnd gedank vnd ŏch geschaffen hat alle creaturen!
dv bist endeloser tiefi ein stam.
wasser, luft, fùr, erde du hast geschaffen sam
an ir natur, vnd aller geschepfde, was wesens ist gehùre ald
das hast dv, herre, in diner hant. [vngehv̀re,
was wont die hôhe, die tiefe, in aller breite,
das ist dir vil wol erkant.
din wisheit sin in ellù herzen leite.
nie kein ding so tŏgen wart,
das es dir were vor verspart.
in dem kreis alles vmbevangs dir, edeler got, sich nie kein ding
[entseite.

Q 38

Owe dir, wandelbere welt,
das wir dir dienen vnd so reht bôs ist din gelt
vnd din valscher, arger lon ze ivngest ŏch so bitter ende hat!
din gar vnstete sv̊zekeit
schafet, das wir dir volgen nach in werendes leit,
da man sich gerne hv̊ten vor solte vnd haben gv̊ter lv̀ten rat,
wie man dir gesiget an,
so das man niht in dinem dienest erstvrbe.

Aller wite: Alle Weite Umfassender, die höchste Höhe Überhöhender, der aller Herzen Meinen und Denken kennt und auch alle Kreaturen geschaffen hat! Du bist der Ursprung unendlicher Tiefe. Auch hast du Wasser, Luft, Feuer, Erde in ihrer Art geschaffen, und was unter den Geschöpfen in seinem Wesen vertraut oder geheimnisvoll ist, das hast du, Herr, in deiner Hand. Was in der Höhe, der Tiefe, in jeglicher Erdenferne haust, das kennst du ganz. Deine Weisheit legte Verstand in jedes Herz. Nichts geschah je so heimlich, daß es dir verborgen geblieben wäre. Im Umkreis jeglichen Umkreises hat sich niemals etwas von dir, gütiger Gott, lossagen können.

Owe: Weh dir, unstete Welt, daß wir dir dienen, wo doch dein Entgelt so grundschlecht ist und dein falscher, tückischer Lohn zuletzt ein so bitteres Ende nimmt! Deine Süße, die sich rasch verkehrt, macht, daß wir dir in dauerndes Leid folgen, wovor man sich lieber hüten sollte und den Rat erfahrener Leute einholen, wie man dich überwindet, so daß man nicht in deinem Dienst umkommt.

Aller wite *Mel. für dieses und die beiden folgenden Gedichte nicht erh.*

gedenkent, frŏwen vnd man,
wie lib vnd sele da so gar verdvrbe,
vnd gewinnen got ze frv̀nde enzit
– der tot vor v̀ns verborgen lit –,
wan der were verlorn gar, der niht sin hvlde an dirre werlt [erwrbe.

Q 38

Was hat der frŏiden meisten hort
an dirre welte, dem man billich gv̊tù wort
sol sprechen, so man beste kan, ze lobe, ze eren vnd ze wirdekeite?
das hat ein minnekliches wib,
dv̀ also hat behv̊tet iren reinen lib,
das si ir herze vnd ŏch ir sin vnd ir gemv̊te ie valscher tat entseite.
die sol man an der welte gar
fùr alle creaturen hie wol eren,
wande si ist ce der himelschar
erkorn, das si die sol dort meren.
vmbe ir reines, stetes leben
wil ir got hie wirde geben
vnd dort ir sele vnd ŏch ir lip, ir werendes wesen in ganze frŏide [keren.

Q 38

Denkt daran, ihr Frauen und Männer, wie Leib und Seele dort so arg verderben würden, und macht euch Gott zur rechten Zeit zum Freund – die Zeit des Sterbens ist uns verborgen –, denn der wäre ganz und gar verloren, der nicht in dieser Welt seine Gnade erwürbe.

Was hat: Was in dieser Welt besitzt den größten Schatz der Freuden, dem zu Lob, Ehre und Huldigung man mit Recht Preisworte sagen soll, so gut man es versteht? Das ist eine liebenswerte Frau, die ihr reines Leben so in Zucht genommen hat, daß sie ihr Herz, ihren Verstand und ihr Gemüt stets von Betrug ferngehalten hat. Sie soll man auf dieser Welt vor allen anderen Geschöpfen ehren, denn sie ist dazu ausersehen, die himmlische Schar zu mehren. Um ihres Lebens in Reinheit und Beständigkeit willen verleiht Gott ihr hier ihre Würde und wird dort ihre Seele und ihren Leib, ihr ewiges Leben mit ungeteilter Freude beschenken.

Unbekannter Verfasser

Wachtelmäre

HIe vor bi alten geziten
an einer heberinen liten
In einem hvltzinen lande
vf einem strôynem sande,
Do saz ein richer ezzich krvc,
des mvter einen beren trvc,
vntz sie des ochsen genas,
der gewaltic esel was
vf dem kvmpvst berge.
pvtter vnde twerge
Span er do vil manchen tac.
Ein wachtel in *den* sak!

SIn mvter, die hiez Otte.
eine tasche vnd eine schrotte
Truc sie an der linken siten,
daz bi den getziten
Nie svlches vber mer was kvmen.
einen tvrney het sie genvmen
Gegen dem kvnige von nindert da.
vnder den ovgen vnd anderswa
was sie mit gvtem baste
ver tzevnet harte vaste.
Irs libes sie vil schone phlac.
Zwu wachtel in den sak!

DO riten sie vnde qvamen
Zv dem nvmmerdvme namen,
Daz ist iensit mantages gelegen.

Wachtelmäre: Vor längst vergangenen Zeiten saß auf einem Berg aus Hafer in einem hölzernen Land auf einer strohernen Insel ein mächtiger Essigkrug, dessen Mutter mit einem Bären schwanger ging, bis sie den Ochsen gebar, der auf dem Krautberg ein gewaltiger Esel war. Er spann dort manch lieben Tag lang Butter und *twerge*. Eine Wachtel in den Sack! 15 Seine Mutter, die hieß Otte. Eine Tasche und ein Fäßchen trug sie an ihrer linken Seite, noch nie zuvor war damals so etwas von jenseits des Meeres gekommen. Sie war im Turnier gegen den König von Nirgendwo angetreten. Im Gesicht und auch sonst war sie mit starkem Bast gut und fest umwickelt. Aufs schönste putzte sie sich heraus. Zwei Wachteln in den Sack! 27 Da ritten und kamen sie zum Nummerdum Amen, das ist jenseits des Montags gelegen.

Wachtelmäre *Vgl. Einl. S. 11. Ä. außer* 14 *nach Q 77.* 14*f.* 12 *Vielleicht* latwerge *(Sirup); Q 77 hat* anz twerg. 28 *Entstellung aus* in nomine domini amen.

do saz ein stoltzer Ivnger degen,
wol gedakt vz hěwe.
Rechte als ein kilhowe
waz sin antlvtze geschaffen.
Mit einem loter pfaffen
was er der minne versprochen,
daz er in sechs wochen
Eines schonen kalbes gelac.
dri wachtel in den sac!

DAz lant ist an vier starke wide
zv himel gebvnden dvrch den vride,
Daz in da nieman mac geschaden.
die hvser sint gedakt mit fladen
vnde gezevnet mit wursten.
wen da beginnet dvrsten,
Den vazzet man an einen stranc
vnde ritet in svnder sinen danc
hin nider in den wilden se.
do trinket er, daz in nimmer me
After des gedvrsten mac.
vier wachtel in den sak!

DAz lant, daz heizet kvrrel mvrre.
do ist die weide so dvrre,
Do get die gans gebraten
vnd treit vil wol beraten
Daz messer in dem snabele,
den pfeffer in dem nabele.
vnde ist die weide so gesvnt,
als gebraten in den mvnt
varen einem die swalwen,
daz rvͤzzen noch valwen

Dort saß ein herrlicher junger Held, hübsch aus Heu gestapelt. Akkurat wie eine Spitzhacke sah sein Gesicht aus. Einem streunenden Pfaffen war er zur Minne versprochen worden, so daß er innerhalb von sechs Wochen mit einem prächtigen Kalb niederkam. Drei Wachteln in den Sack! 39 Das Land ist mit vier starken Tauen um des Friedens willen am Himmel festgebunden, so daß ihm niemand Schaden zufügen kann. Die Häuser sind mit Kuchen gedeckt und mit Würsten umzäunt. Wer da Durst bekommt, den zäumt man mit einem Seil auf und reitet ihn gegen seinen Willen ins wilde Meer hinab. Da trinkt er dann, daß ihn danach niemals mehr dürsten kann. Vier Wachteln in den Sack! 51 Das Land heißt Kurrelmüre *[?]*. Ernähren kann man sich dort herrlich, die Gans läuft dort gebraten herum und trägt vorsorglich das Messer im Schnabel, den Pfeffer im Nabel. Und so bekömmlich ist dort das Essen, weil einem die Schwalben gebraten in den Mund fliegen, daß weder Russen noch Kumanen

haben niht so richen beiac.
fvnf wachtel in den sak!

DIe hvnde Mvlat sint geschvt.
do sint hohe tvrme vnd kirchen gvt
Ge mvret vz bvtter, goteweiz,
vnde schin die svnne do so heiz
Sam hie, so smvltzen sie gar.
ein eichein pfaffe, daz ist war,
Eine bvchine messe singet.
wer da zv dem oppfer dringet,
Der antlaz im gegeben wirt,
daz im der rvcke gar geswirt:
Der segen was ein kolben slac.
Sechs wachtel in den sak!

MIt liderinen glocken
Mvz man sie ze kirchen locken.
Die glocken hangen also ho,
Man lvͤt sie niden in dem stro
Mit einem fvchszagele.
sie hangen an dem nagele,
Mit dem die werlt alle vicht;
Sie hangen do vnde hellen niht.
Do man daz petz al vmbe gap,
schier hvb ich mich her ab:
vor dem antlaz ich erschrac.
Siben wachtel in den sak!

DO gab man im ze wibe,
Sinem stoltzen libe,
Ein alt satel geschirre,
daz lief so wol die virre,

---

so reiche Beute machen. Fünf Wachteln in den Sack! 63 Die Hunde mit den großen Mäulern *[?]* tragen [dort] Schuhe. Kirchen und hohe Türme sind dort wahrhaftigen Gottes aus Butter, und schiene die Sonne dort so heiß wie hier, sie würden schmelzen. Es ist wahr, ein eichenhölzerner Pfaffe singt eine buchenscheitene Messe. Wer da zum Opfer kommt, dem wird ein Ablaß gegeben, daß ihm der Rücken weh tut: der Segen war ein Schlag mit dem Prügel. Sechs Wachteln in den Sack! 75 Mit ledernen Glocken muß man sie in die Kirche locken. Die Glocken hängen so hoch oben, man läutet sie unten im Stroh mit einem Fuchsschwanz. Sie hängen an dem Nagel, mit dem die ganze Welt zugange ist; da hängen sie und geben keinen Ton von sich. Als man den Friedenskuß herumgab, machte ich, daß ich herunterkam: ich fürchtete mich vor dem Ablaß. Sieben Wachteln in den Sack! 87 Da gab man ihm, dem Prachtburschen, einen alten Sattel zur Frau, der rannte so lange so ausgezeichnet,

83 *Entstellung aus* pax tecum, *das in der feierlichen Messe zum Friedenskuß gesprochen wird.*

Daz zv der selben stvnde
Ir niht gelovfen kvnde
wenne ein schilendes b*o*gefvter,
daz hete mit des tevfels mvter
Ge lovfen vor die wette.
do leitte man sie ze bette
vor die bvrk in den hac.
acht wachtel in den sak!

DO man ezzens gedahte,
Schire man dar brahte
benke vnde sidelen,
Rotten vnde videlen
In einer gvten lebersol.
Man trvg ovch dar bereitet wol
Stemph vnde slegele,
ker pesen vnde vlegele
In mancher hande wise.
an nie keiner spise
Gewan ich nie so richen smac.
Nevn wachtel in den sak!

DO gewunnen sie kinde,
ein vil liebes gesinde!
Sie hatten mit ein ander
den wunderlichen alexander
vnd den keiser *ermntreich*
vnd daz getwerk alberiche
vnde einen drihavbtigen tvrsen
vnde eine wol gesliffene kvrsen
vnde eine mederine prevpfanne.
die gap man sit ze manne,

---

daß zu diesem Zeitpunkt niemand an ihn heranreichen konnte außer einem scheeläugigen Köcher, der war vorher mit des Teufels Mutter um die Wette gerannt. Ins Bett legte man sie vor die Burg in das Wäldchen. Acht Wachteln in den Sack! 99 Als man ans Essen denken konnte, brachte man auch schon Bänke und Stühle, Harfen und Fiedeln in einer delikaten Lebersoße. Stampfer und Stößel, Kehrbesen und Flegel, auf die verschiedenste Weise bestens zubereitet, tischte man auch auf. Nie hat mir ein Essen so vorzüglich geschmeckt. Neun Wachteln in den Sack! 111 Dann bekamen sie Kinder, eine reizende Bande! Die beiden hatten den einmaligen Alexander und den Kaiser Ermenrich und den Zwerg Alberich und einen dreiköpfigen Riesen und einen bestens geschliffenen Pelzrock und eine Bräupfanne im Marderfellchen. Aus der machte man dann einen Ehemann,

93 begefvter. 115 frideriche. 115–116 *Gestalten aus der Heldensage.*

Die gewan ovch manigen snariac.
Zehen wachtel in den sak!

DO wuchsen die kinder
In einem svmer swinder
wan ander in zehen iaren.
des kvniges otmaren
Stief knehte man do ze manne bot.
drithalben kes vnd ein halp lot
Satzet man zv wider wette.
wer nv gesatelt hette,
Der mohte mit in riten dar.
do wirt verzeret vf der schar
Brotes ein halp gebac.
Einlef wachtel in den sak!

Nv zv, ir spillvte,
slaht in die hvndes hvte!
Smirt die rosse zegele
vnde schaffet, daz die negele
die dermer vaste rvren!
Richt *zv d*en snuren
Die tatermanne vnd weset stoltz!
blatert, gewirt in daz holtz!
hvsselt, kampert, blerret, gigelt,
schriet, snarret, lerret, schrigelt!
So wirt dem man eins vf den tac
zwelf wachtel in den sac. *Q 42*

---

sie brachte es zu manchem *snariac*. Zehn Wachteln in den Sack! 123 Die Kinder wuchsen in einem Sommer rascher auf als andere in zehn Jahren. König Otmars Stiefsöhne bot man als Mann an. Zweieinhalb Käse und noch ein Lot dazu setzte man als Preis aus. Wessen Pferd gesattelt war, der konnte mit ihnen dorthin reiten. Auf der *schar* wird eine halbe Backladung Brot verzehrt. Elf Wachteln in den Sack! 135 Auf nun, ihr Spielleute, schlagt in die Hundshäute! Schmiert die Pferdeschwänze und seht zu, daß die Nägel kräftig die Därme zupfen! Richtet die Tattermännchen an ihren Schnüren und seid vergnügt! Blast, ächzt *[?]* in das Holz! Sputet euch, springt, plärrt, macht eure Späße, lärmt, schnarrt, quäkt, tanzt! So bekommt der Mann heute einmal zwölf Wachteln in den Sack.

121 snariac *vielleicht ‚Schnarrgacks' (schwäb., 17. Jh.), Instrument, das als Zeichen der Schande angelegt werden muß.* 136 *Vgl. S. 296.* 140 zv mir. 141 *Figuren des Puppenspiels.*

Johann von Nürnberg

De vita vagorum

Nu horet ein fromdes mere
Von mir wilden schulere:
Jch spranch in einen orden
Von angest vnd von sorgen.
Min kloster, daz ist so wit,
Daz ez daz mer vmbe git.
Swelich man sin kint woll morden,
Der tu ez in vnsern orden,
Vnd ist er frum, er wirt enwicht;
Kein frummer, der enfugt vns nit.
Min wille, der ist swere,
Da mit ich daz bewere:
Die munich, die s*ch*ern ab ir har,
So raufen wir vnz all durch daʒ iar.
Der gens als dick mocht raufen,
Zv̊ eim bett geb man zv̊ kaufen
Gnuk federn vmbe ein brot.
Wir sin als wert als der tot.
Min orden hat die gewonheit,
Er git mir teglich nuwes leit,
Daz ich des alten nit enklag.
Man kleit die munich am ersten tag,
Den wir denn han enphangen,
Vmb des gewant ist ez ergangen.
Er hat nit wann ein hemdelin,
Ein wint hebts vf, der ander blast in.
Min orden ist mir mere!

De vita: Über das Leben der Fahrenden. Nun hört eine seltsame Geschichte von mir heruntergekommenem Scholaren: Ich lief in einen ‚Orden von Angst und Sorgen'. Mein Kloster ist so groß, daß es rings um das Meer reicht. Wer seinen Sohn umbringen will, der stecke ihn in unseren Orden, und wenn er etwas taugt, geht er zugrunde; wer etwas taugt, paßt nicht zu uns. Mein Vorhaben, womit ich das beweisen will, ist schwierig: Die Mönche scheren ihr Haar, wir raufen uns das ganze Jahr hindurch. Wer ebenso oft Gänse rupfen wollte, er könnte für ein einziges Brot Federn verkaufen, die für ein ganzes Bett ausreichen würden. Wir sind so angesehen wie der Tod. In meinem Orden ist es üblich, mir täglich neues Leid zuzufügen, damit ich das alte nicht beklage. Mönche kleidet man am ersten Tag ein, wen wir aufgenommen haben, um dessen Bekleidung ist es getan. Er hat nur ein armseliges Hemd, ein Windstoß hebt es auf, der andere bläst darunter. Mein Orden ist mir [direkt] ans Herz gewachsen!

De vita *Ä. nach Q 113.* 15 swern. 16 da.

Got ist ein wunderere,
Er wundert wunderlichen:
Er machet einen richen
Vnd lat tusent da bie
Gvtes vnd aller selden frie.
Der mak ich wol einer sin.
Jch han kammern nach den schrin,
Dar in ich lege minnen solt.
Jch han silber nach daz golt,
Die phennig sint mir ture.
Wenn ich sicze zv̊ dem fure,
So bleck *ich* allenthalben.
Min fuzz, die mus ich salben,
Hinden bin ich nach erfro*r*n.
Die kint mich flihent als einn torn.
So ich gevazz, waz ich han,
So ist mir, als ich lere gan.
Die fromden hann, wez ich sol leben;
Wann si mir daz dann sullen geben,
Daz tůt si als linse,
Daz ichs vs einem flinse
Als sanfte mocht gewinnen.
Wolt ir noch werden innen,
Welcherley min orden sie?
Der ist noch swerer denne blie;
Geswind ist sin geverte
Vnd als ein stahel herte
Vnd als ein ezzik saure.
Min nester nachgebure,
Daz ist der hunger vnd der durst –
Jch *han* bachen nach die wurst –,

Gott ist ein Wundertäter, er bringt [freilich] wunderliche Wunder zuwege: einen macht er reich, und tausend andere neben ihm läßt er ohne alle Habe und ohne alles Glück. Ich gehöre wohl zu den letzteren. Ich habe weder Kammer noch Kasten, wo ich mein Erworbenes aufbewahren könnte. Ich habe weder Silber noch Gold, Geld ist für mich eine Seltenheit. Wenn ich mich ans Feuer setze, blitzt es bei mir allenthalben. Meine Füße muß ich einschmieren, hinten bin ich fast erfroren. Die Kinder laufen vor mir davon, als wäre ich ein Verrückter. Wenn ich mir meinen gesamten Besitz auflade, dann ist mir, als hätte ich nichts zu tragen. Die andern haben, wovon ich leben kann; wenn sie mir das aber geben sollen, so macht sie das so bedächtig, daß ich es aus einem Kieselstein ebenso leicht herausholte. Wollt ihr noch mehr darüber hören, welcher Art mein Orden ist? Er ist noch schwerer als Blei; rauh ist er und hart wie Stahl und sauer wie Essig. Mein nächster Nachbar ist Hunger und Durst – ich habe weder Schinken noch Wurst –,

41 *f.* 43 erfron. 60 *f.*

†Med vnd dar zv̊ grozzer frost;
Dunne kleider vnd kranke kost
Ist min in gesinde,
Stein vnd bencke linde,
Sus darf ich nit herte ligen.
Der federn wurden wol geswigen,
Lih mir der wirt ein haberstro,
So forcht ich nit des winters dro.
Min orden ist ein fries leben.
Den wir die regeln han gegeben,
Dem sprich ich: „exue te veterem hominem
Et indue nouum ribaldum et lecatorem!“
Daz gewant git er den tufeln dar
Vnd sprichet dann mit iamer gar:
„Nudus egressus sum ex utero
Et nudus reuertar denuo.“
Gen vnd laufen ist min pluk.
Ein fromd man gibt mir genuk,
West ich auch, wo er were.
Min orden, der ist swere.
Wer mit andacht treit die E,
Dem geschiht wol vnd auch we –
So geschiht mir we vnd nimmer wol.
Jch *en*weiz, wez ich mich frewen sol.
Wer den grawen rock an treit,
Dem ist tichs vnd bett bereit,
Er en darf abent nach den morgen
Vmb deheine koste sorgen.

Med und starker Frost; dünne Kleider und schmale Kost sind meine Dienerschaft, Steine und weiche Bänke, also brauche ich nicht hart zu liegen. Von Bettfedern will ich gar nicht reden, [aber] wenn mir der Wirt ein Strohbündel borgte, so würde ich den bedrohlichen Winter nicht fürchten. Mein Orden ist ein ‚freies' Leben. Denjenigen, denen wir die Regeln auferlegt haben, sage ich: „Leg ab den alten Menschen und leg an den neuen Räuber und Gaukler!“ *[vgl. Eph. 4, 22 ff.]* Das Kleid gibt er den Teufeln und spricht dann kummervoll: „Nackt bin ich vom Mutterschoß ausgegangen, und nackt werde ich wieder zurückkehren.“ *[Eccl. 5, 14]* Wandern und Laufen ist mein Geschäft. Ein Mann, den ich nicht kenne, würde mir genug schenken, wenn ich nur wüßte, wo er sich aufhält. Mein Orden ist schwer [zu ertragen]. Wer [sonst] andächtig eine Ordensregel befolgt, dem widerfährt mal Gutes, mal Schlimmes – mir geschieht nur Schlimmes und nie Gutes. Ich weiß nicht, worüber ich mich freuen könnte. Wer die graue Kutte trägt, dem ist Tisch und Bett bereitet, er braucht weder abends noch morgens um sein Essen besorgt zu sein.

84 weiz.

So hant schuler ein hus,
Zv̊ tusent Jar wurd ein mus
Dar inne nicht gefrawet,
So lit min kost gestrewet.
Dar zv̊ hat min hus daz recht,
Er sie Ritter oder knecht,
Wil er dar inn beliben,
Den getar nieman vz triben;
Doch můs er selben dannan varn,
Wil er den lip vor hunger sparn.
Daz hus, daz ist der wite walt,
Jm sumer warn, im winter kalt.
Wenn ich vo*n* minem bette stan,
So han ich volleklich zv̊ gan
Dry mile zv̊ refentere.
Mir ist der wint gevere,
Daz hemd er mir zv̊ den oren weut,
Sne vnd regen dar vnder streut.
So stechent mich vnsuzze
Die stein in mine fuzze.
Guter kleider bin ich bar
Denn zittern, so erfrůr ich gar.
Mir ist recht also wol
Alz eim geburn, der da sol
Sim herren geben, waz er hat.
So ich kum denn an die stat,
Da mir die kost sol sin bereit,
So spricht dez selben phaffen meit:
„Min herr hat iezzunt gezzen.“
(So ist er erst vber gesezzen!)

Scholaren haben ein Haus, an die tausend Jahre hat eine Maus darin noch keinen guten Tag gehabt, so türmt sich [dort] mein Essen. Außerdem ist es in meinem Haus Hausrecht, daß niemand den auszutreiben wagen kann, der sich – Ritter oder Knecht – darin aufhalten möchte; doch muß er es von selbst verlassen, wenn er dem Hunger entkommen will. Das Haus ist [nämlich] der weite Wald, im Sommer warm, im Winter kalt. Wenn ich von meinem Lager aufstehe, muß ich volle drei Meilen zum Refektorium laufen. Der Wind ist mir feindlich gesinnt, das Hemd weht er mir bis an die Ohren, Schnee und Regen streut er darunter. Die Steine stechen mich unsanft in die Füße. Warme Kleider fehlen mir bis auf das Zittern, ich müßte [sonst] vollends erfrieren. Mir geht es so gut wie einem Bauern, der alles, was er hat, an seinen Herrn abliefern soll. Komme ich dann dorthin, wo das Essen für mich bereitstehen soll, sagt die Magd des Pfarrers: „Mein Herr hat soeben gegessen.“ (Dabei sitzt er gerade erst dabei!)

101 vor. 103 *Speisesaal in Klöstern.* 115 *Vgl. das Teichner-Gedicht S. 122 ff.*

„Min herr, der pharrer, an der stunt
Heizzet mir tun mit wortten kunt,
Er sie geritten vber velt.“
(Ob Got, daz im sin opher gelt
Wer alle tag also bereit!)
So sing ich hoch clagende leit,
Wenn mir die rede kumet fur,
Dennoch so ist mir die tur
Vil vaste vor beschlozzen.
So bin ich vnuerdrozzen,
Jch bin der mere also fro,
Als da ein diep in schergen dro
Get fur einnen Richter stan,
So gericht sol vber in ergan.
So ruwet mich min swinde vart,
Jch schilt sin kunn vnd sin art,
Sine kint vnd sine wip,
Jch verfluch im sine lip:
„Daz er innan fulen mus!“
Jch tun mir mit scheltten buz:
„Daz er des hars mus werden kal!“
Daz dorf lauf ich hin zv̊ tal,
Welchs hus daz hochste mug gesin,
Der wart ich vnd gen dar in.
Vff den offen secz ich mich
Vnd gehab mich gar weckerlich,
Daz der wirt denn mus jehen,
Mir sie nie kein leit geschehen.
Mich fruß nit, mir *ist* sust kalt,
Vnd het ich vff dem heubt den walt

„Mein Herr, der Pfarrer, sagt, ich soll sagen, er sei zur Zeit ausgeritten.“ (Wollte Gott, daß ihm sein Opfergeld alle Tage ebenso bereitwillig flösse!) Ich klage mein Leid in den höchsten Tönen, wenn ich solche Reden höre, dennoch bleibt mir die Tür fest verschlossen. Das verdrießt mich überhaupt nicht, ich freue mich über den Bescheid wie ein Dieb, der unter dem Drohen der Schergen vor den Richter zu stehen kommt, wenn das Gerichtsurteil über ihn ergehen soll. Es ärgert mich, daß ich mich so eilig herbegeben habe, ich schmähe seine Familie und seine Herkunft, seine Kinder und seine Frauen, ich verfluche ihn: „Daß er innerlich verfaulen möge!“ Ich mache mir durch Schelten Luft: „Daß ihm die Haare ausfallen!“ Ich laufe dann das Dorf hinunter, ich suche mir aus, welches von den Häusern das höchste ist, und gehe dort hinein. Ich setze mich zum Ofen und gebärde mich so unbefangen, daß der Wirt [sich] sagen muß, mir sei wohl nie eine Abfuhr zuteil geworden. Mich friert nicht [nur], mir ist so kalt, daß, hätte ich den Wald

147 *f.*

Gelaubet vnd gebluwet gar,
Er wurd von zittern laubez bar.
Vil schier kumt dez wirtes meit,
Sie klagt mir groz hercze leit
Vber Engebares knechte.
Sie spricht: „er waz mir hur recht,
Do er an miner hende trat
Vnd er mich vmb die mine bat.
Er jach, er wolt wesen min,
Daz ich tet den willen sin.
Do traut ich in gar minneclich.
Nun hat er gar versmehet mich
vnd wil mich nicht zů wibe nemen.
Her schůler, nun lat euch gezemen,
Daz ir mir gebent ewern rat!"
„Fraw, zurnt niht, vnd wer ich sat,
So reit ich euch noch wiser ler."
So bringet sie ein kes dort her
Vnd einen grozzen leip da mit.
Daz izz ich nach der schůler sit.
Mit wunderlichen sachen
Ler ich sie denne machen
Von wachs einen kobolt,
Wil sie, daz er ir werde holt,
Vnd: „teuf ez in den brunnen,
Vnd leg in an die sunnen!"
Vnd heiz widersins vmb die kuchen gan.
Daz begint sie dann furbaz san
Jren gespilen gemeine.
Dar nach so kumt nit eine:
Dev eine bringt fleichs einen schrot,
Dev ander gelt, dev drit daz brot,

---

belaubt und in voller Blüte auf dem Kopf, ich die Blätter herunterzittern würde. Alsbald kommt die Magd des Hausherrn, sie klagt mir schweres Herzeleid über Engebars Knecht. Sie erzählt: „Dieses Jahr war er mir gut, als er an meiner Seite tanzte und mich um Liebe anbettelte. Er sagte, er wolle der Meine sein, damit ich täte, was er wollte. Da habe ich es ihm dann liebevoll gestattet. Nun will er nichts mehr von mir wissen und mich nicht zur Frau nehmen. Herr Scholar, nun seien Sie so gut und geben mir Ihren Rat!" „Mit Verlaub, Frau, wenn ich satt wäre, so würde ich Ihnen kluge Lehren geben." Da bringt sie dann einen Käse her und dazu ein großes Brot, das esse ich nach Scholarensitte. Mit viel Geheimnistuerei lehre ich sie dann aus Wachs einen Kobold machen, wenn sie will, daß er ihr wieder gut werde, und [sage]: „Tauch ihn in den Brunnen und leg ihn an die Sonne!" und dann muß [sie] noch rückwärts um die Küche herumgehen. Das sagt sie dann ihren sämtlichen Freundinnen weiter. Dann kommen sie alle an: die eine bringt ein Stück Fleisch, die zweite Geld, die dritte das Brot,

Dev vierde flachs, dev funffte zwirn,
Dev sehts ruben, dev *sibent* birn.
So bin ich den ein lieber lip.
So ler ich denn dev altten wip
Die runczeln gar vertriben.
So kan ich einer schriben
Ein zigenhaup fur ein kalp,
Daz ist in gut fur den alp.
„Ez ist wor, ich hans bekorn!"
Welch den magtum hat verlorn,
Der mach ich eine salben,
Da von si allenthalben
Gancz wirt als min schuhelin.
(Da gent wol zehen locher in!)
Der wirret dicz, der andern daz,
Der ist ir frawe gar gehaz,
So wil der rint nicht kelber tragen.
(Des muzzen si die wolfe nagen!)
So begunn ich si den leren
Den ars dez nachtes beren
Gen des lichten manes schin.
Die ler ich da zv̊ velde sin,
Die ler ich kolen waschen,
Die brunczen in die aschen,
Die ler ich brant betrechen,
Die ler ich morchen brechen,
Die ler ich batonien graben,
Die ler ich vngesprochen traben,
Die ler ich nachtes nackent sten,
Die erslingen gen dem fure gen.

---

die vierte Flachs, die fünfte Zwirn, die sechste Rüben, die siebte Birnen. Dann bin ich ein hochbegehrter Mann. Dann lehre ich die alten Weiber die Runzeln vertreiben. Einer kann ich ein Kalb mit einem Ziegenkopf malen *[?]*, das ist gut gegen Alpdrücken. „Es ist wahr, ich habe es selbst ausprobiert!" Wenn eine ihre Jungfernschaft verloren hat, der mache ich eine Salbe, von der sie allenthalben wieder so heil wird wie mein Stiefelchen. (Das hat wohl an die zehn Löcher!) Die hat diesen Kummer, jene jenen, die wird von ihrer Herrin nicht gemocht, bei jener will die Kuh keine Kälber bekommen. (Sollen die Wölfe sie doch fressen!) Und so lehre ich sie denn nächtens den Arsch ins helle Mondlicht kehren. Die eine lehre ich draußen sein *[?]*, die andere Kohlen waschen, die in die Asche pinkeln, die lehre ich die Glut zuscharren, die lehre ich Möhren pflücken, die lehre ich Schlüsselblumen graben, die lehre ich stumm im Trab laufen, die lehre ich nachts nackt dastehen, die mit dem Hintern voran zum Feuer gehen.

182 funfte. 186–210 *Bei diesen „Heilmitteln" ist die Übersetzung stellenweise unsicher.* 206 *und* 207 *beide Pflanzen galten als Glücksbringer und Heilpflanzen.*

Alz ich dann geraten han,
So mus ich aber furbas gan.
Vz mach ich mich alleine.
Die gebur sprechen gemeine,
Jch sie ein schůler varnde.
sie Sint die warheit sparnde:
Jch gelauf vil me, denn ich gefar.
Ein minner brůder durch daz jar
Mer gefert denn ich tv̊.
Den spot han ich denn dar zv̊:
Sin soln sin dicke vnden gancz,
So gant in min vil manik schrancz.
Er treit den gurtel knotten vol,
Da mit er sich gurten sol.
So ist min hemd vol knotten gar,
So manigen tak hat nit daz jar.
Min orden git mir armůt,
Er tůt mir we vnd nimmer gůt.
So izz ich als ein mader,
So trink ich als ein bader,
So růf ich als ein wachter,
So var ich als ein springer,
So gilt ich als ein prediger,
So schib ich als ein spiler.
Fluchen, schelten ist min phluck,
Da mit so gewinne ich seltten gnuk.
Einer git mir kleider, der ander spise,
Der dritte die fust, der vierde daz rise,
Der funft ein buln, der sechst ein stoz.
Jch wer der richen kramer genoz,

Wenn dann die Beratung zu Ende ist, muß ich mich wieder davonmachen. Einsam ziehe ich wieder aus. Die Bauern sagen immer, ich sei ein fahrender Scholar. Sie lassen es an der Wahrheit fehlen: ich laufe viel mehr, als daß ich fahre. Ein Franziskanerbruder fährt im Jahr mehr als ich. Den Spott hab ich noch obendrein: seine Sohlen sind meistens unten heil, durch meine gehen viele Risse. Er trägt den Gürtel, den er sich umbinden muß, voller Knoten. Bei mir hat das Hemd mehr Knoten *[von Flickfäden]* als das Jahr Tage. Meine Ordensregel hat mir Armut auferlegt, sie tut mir weh und niemals gut. Deshalb fresse ich wie ein Mäher, saufe wie ein Bader, brülle wie ein Wächter, treibe mich umher wie ein Gaukler, zahle wie ein Prediger, schiebe Kegel wie ein Spieler. Fluchen, Schelten ist meine Hauptbeschäftigung, damit handle ich mir selten genug [zum Leben] ein. Einer gibt mir Kleider, der zweite Essen, der dritte gibt mir die Faust, der vierte die Gerte, der fünfte eine Beule, der sechste einen Stoß. Ich könnte ein Zunftgenosse der reichen Kaufleute sein,

223 *Durch einen Gürtel mit drei Knoten werden die drei Mönchsgelübde symbolisiert.*

Wurd mir alz manik bruchgurtel stark:
Jch loste jars vil manik mark.
Als dann der abent siget zů,
Jch han nicht gezzen sider frů.
Jch han gelaufen allen tak,
Daz ich vor můde nicz enmak.
So such ich einen frummen man,
Dem sing ich allez, daz ich kan;
Jch nig im nider vff den fuz,
Daz er mich behalten mus.
So ist die erste wil da hin,
Daz ich also ringe bin,
Man mochte mit mir vogel iagen,
Der mich zů velde wolte tragen.
Verdawet han ich den ersten kropf,
Der wirt reicht mir den sinen kopf,
Vnd ist er vol, ich mach in wan.
Jch gedenck: „dů bist allen alsan
Vnwert, dů trink ez vs gar,
Nieman nach dir getrinken tar.“
Der wyn, der schleht mir in daz hirn,
So gen ich zů des wirtes dirn,
Die git mir licht zů ezzen.
Zů hant han ich vergezzen,
Waz mir zů leide ie geschach.
Mir ist denn zur verte gach,
Welcher bank der lindest sie,
Vnd ist der ofen denn da bie
Mit hicze, des han ich frummen.
Ey sumer, woltest dů kumen
Vnd auch dem winter an gesigen,

---

wenn ich ebensoviel solide Hosengürtel bekäme: ich würde so manche Mark im Jahr dafür einhandeln. Wenn dann der Abend hereinbricht, habe ich seit früh nichts gegessen. Den ganzen Tag war ich auf den Beinen, so daß ich vor Müdigkeit nicht weiter kann. Ich suche mir also einen braven Mann, dem singe ich mein ganzes Repertoire vor; ich falle ihm zu Füßen, so daß er mich aufnehmen muß. So ist fürs erste die Zeit vorbei, daß ich so klapprig bin, daß man mit mir Vögel scheuchen könnte, wollte mich nur einer auf sein Feld hinaustragen. Den ersten Halsvoll habe ich schon verdaut, der Hausvater reicht mir seinen Krug, und ist der voll, so mache ich ihn leer. Ich denke mir: „Du wirst von allen so gering geachtet, trink ruhig aus, niemand wagt, nach dir noch zu trinken.“ Der Wein steigt mir zu Kopf, da gehe ich zu der Magd des Hausherrn, die gibt mir dann vielleicht zu essen. Auf der Stelle habe ich alles vergessen, was mir je an Leid widerfahren ist. Eilends suche ich herauszufinden, welche Bank die bequemste ist, und ist dann der Ofen mit seiner Wärme in der Nähe, so geht's mir gut. Ei, Sommer, wolltest du kommen und den Winter vertreiben,

So wolt ich zv̊ velde ligen,
Schaffen selb mir gůt gemach,
Do ist der walt min obedach. –
Vnd het ich nicht so ringen můt,
Jch wer im orden nichtsnit gůt.
Sit wir nun han so swere zit,
Ordo in personis deficit
Et non est ordo, sed sempiternus horor.
Min wild gemůt treit mich enbor,
Kein sweres hercz mach ich getragen. –
Jch wil euch leren vnde sagen:
Welch man sim sun nicht gůtes gan,
Den sol er gerne spilen lan.
Tribt ers ein wil on grozzen schaden,
Ez kumt dar nach mit leid geladen,
Daz er rumt sins vater hof.
wirt er den nit ein bischof,
So werde er ein mesener
Oder sust ein cappeller.
Jst aber im der keinez liep,
So lern *er* steln, werd ein diep.
Biz an sin end gewind er genuk.
Er kan nit buwen nach haben den phluk
Nach sewen, sniden, treschen korn;
Wie man im tůt, es ist verlorn,
Jm volget wenik guter werk. –
Jch, johann von Nurnberg,
Han dirre not erliten vil.
Der mir des nicht gelauben wil,

---

so würde ich draußen bleiben, selbst für meine Bequemlichkeit sorgen, dann ist der Wald meine Unterkunft. – Hätte ich nicht so leichten Mut, so taugte ich in meinem Orden nichts. Da wir nun so beschwerliche Zeiten haben, läßt der Orden seine Angehörigen im Stich und ist kein Orden, sondern ein ewiges Schrecknis *[Iob 10,22]* Mein ungezügeltes Wesen läßt mich obenauf sein, ich mag kein schweres Herz haben. – Ich will euch belehren und sagen: Welcher Mann mit seinem Sohn nichts Gutes im Sinn hat, der soll ihn munter spielen lassen. Treibt er es [auch] eine Zeitlang ohne viel Verlust, danach bringt es doch so viel Unglück mit sich, daß er seinen väterlichen Hof aufgeben muß. Wenn er dann nicht Bischof wird, mag er Sakristan oder sonst ein Kuttenträger werden. Mag er aber nichts dergleichen, soll er stehlen lernen, ein Dieb werden. Bis an sein Ende hat er dann genug. Er kann kein Feld bestellen, keinen Pflug führen, nicht säen, nicht mähen, kein Korn dreschen; was man an ihn wendet, es ist verlorene Mühe, ihn begleiten keine guten Taten. – Ich, Johann von Nürnberg, habe viel von diesen Nöten erlitten. Wer mir das nicht glauben will,

292 *f.*

Dem mûz daz sin beschaffen,
Daz er werd zeim lotter phaffen,
So geschiht im ach vnd we.
Waz bedarf er dann vnselden me?
Er kond vff diser erden
Feiger nimmer werden.
Daz Got vor vnz erwende
Vnd geb vns ein heilig ende! *Q 24*

Unbekannter Verfasser

[Im Würgendrüssel Frauenlobs]

[Melodie]

ICh sprich es noch den wisen:
man sol kein ding nit prysen,
Biß man besiht, wie es eyn ende wolle geben.
es smy*l*czt hin golt, silber, stahel, ysen.
ich han etlich hüre gelobt, ich schilte yn liht zü iar.
Jch solt mich selber straffen:
ich laße vil dicke entsloffen
die sorge vnd wil dem affter Rüwen wider streben.
ich han gesmyt vil manichem lobes wofen –
eime solt ichs laster slahen, dem stünt sin ger nie dar.
Js solt ich lange han betraht, so enmoht ich syder.
ein wort, daz ein mal komt her vs, das enmag nit kommen wider.

---

den mag es treffen, daß er [so] ein Lumpenpfaffe wird, dann widerfährt ihm Ach und Weh. Welches Unglück fehlt ihm dann noch? Auf dieser Erde könnte er nicht unseliger werden. Das halte Gott von uns fern und schenke uns ein seliges Ende!

Ich sprich: Ich wiederhole, was die Weisen gesagt haben: Man soll keine Sache rühmen, bevor man sieht, wie sie ausgeht. Es schmelzen Gold, Silber, Stahl, Eisen. Manchen habe ich heute gelobt, übers Jahr schelte ich ihn vielleicht. Ich sollte mit mir selbst ins Gericht gehen: Ich lasse sehr oft alle Vorsicht einschlafen und will die Reue, die sich hinterher einstellt, verdrängen. So manchem habe ich eine Rüstung aus Lob geschmiedet – einem hätte ich eine aus Schande hämmern sollen, der strebte nie danach *[nach Lobenswertem?]*. Über diesen Fall hätte ich lange nachdenken sollen, so wäre es mir seither nicht [wieder] passiert. Ein Wort, das einmal gesprochen ist, kann nicht zurückgenommen werden.

Ich sprich *Ä. außer* 24 *und* 29 *nach Q 104, wo der Spruch von K. Bartsch Frauenlob zugewiesen wird. H. Thomas hingegen spricht (In:* Untersuchungen zur Überlieferung der Spruchdichtungen Frauenlobs. *Leipzig 1939) von einem „meistersingerischen Machwerk" und nimmt an, es handle sich um 3 nicht zusammengehörige Sprüche.* 7 smyczt.

man solt ym mit gedencken vor besroten sin gefider,
daz ym zu snelle yt worde der flüg,   wie daz der munt bewar.
vil rede ist selten ane lüg,   wie snelle die zünge nü far.

MJr müs hie misse fallen,
vnd hort ich einen kallen,
der in dem haübt sich vnd allenthalben ist.
bij argen hünden hort man arges schallen.
maniger wenet, daz er sy, daz er doch niemer wirt.
*S*ich düncket manicher wise –
wirt er in alter gryse,
er ladet vff sich selber arger schanden myst,
vntügent meldet sich an ym nit lise.
wanne er für die fromen komet, sin laster wirt gefiert.
*D*er hebet, daz er nit mag getragen, daz müs er fallen lan.
manicher wenet here sin, der hern adel nie gewan,
des sint sie nû zü hofe wert, die *t*ogenlosen man!
des stat die welt gar sünder wan   vnd ist an eren frij.
wer zeiget mir einen steten man –   vnsteter zeige ich ym drye.

Seltzen ist wider mere,
vnkünde ist fruntschafft lere.
mich richtet manicher, der ym selbe ist vnbekant.
ein wiser selten dobt noch solicher Swere.
ein mûß sich schier verborgen hat, wanne sie in die grübe fert;
Man faht den füsch gar selten,
sin balg, der*n* mûß es gelten.
hie bij rad ich, gefatter, neyn [...]

Man sollte ihm mit Bedacht zuvor die Federn stutzen, damit es nicht zu schnell davonfliegt, [sollte bedenken,] wie der Mund es bewahren könne. Viele Worte sind selten ohne Lüge, wie gewandt die Zunge auch ist. 19 Es müßte mir mißfallen, wenn ich hier einen reden hörte, der im Kopf und auch sonst allenthalben nicht ganz in Ordnung ist. Von bösen Hunden hört man böse Töne. Mancher hält sich für etwas, was er doch niemals werden wird. Mancher kommt sich weise vor – wenn er altersgrau wird, so besudelt er sich selbst mit schlimmer Schande, [und] das Laster ist an ihm deutlich erkennbar. Kommt er unter rechtschaffene Leute, so wird sein Laster vervierfacht. Wer hebt, was er nicht tragen kann, der muß es fallen lassen. Mancher hält sich für einen vornehmen Mann, der den Adel eines Herrn nie erlangen konnte, und deshalb stehen sie bei Hof in hohem Ansehen, die charakterlosen Männer! Deshalb ist die Welt ohne Hoffnung und hat keine Ehre mehr. Wer mir einen aufrechten Mann zeigt – ich zeige ihm dafür drei Bösewichte. 34 Das Ungewohnte ist verhaßt, was man nicht kennt, dem bringt man keine Freundschaft entgegen. Mancher verurteilt mich, der sich selbst nicht kennt. Ein Weiser strebt nicht nach so mißlichen Dingen. Eine Maus hat sich rasch verborgen, wenn sie in ihr Loch schlüpft; [aber] man fängt den Fuchs nicht, ohne daß sein Balg es bezahlen muß. Damit rate ich, Freund, [...]

24 Mich. 29 Er. 31 logenlosen. 40 der.

ir halt den hunt vnd lassent den knotel melten;
so mogt ir üch befriden wol, wa er sich geyn vch wert.
Der knotel gyt, des er nit hat, der sliffstein düt alsam.
So nymt der spiegel an sich, von dem daß Bilde nie bekam.
so gyt auch manicher wisen rat vnd ist ym selber gram.
vil wol nů das bedencken kan eins wisen mannes münt.
die laüge ist drübe vnd schonet doch. wie semfte ir griff ist künt!

Q 56

Unbekannter Verfasser

[Im langen Ton Frauenlobs]

WEr ich ein gwaldiger kůng ůber alle lant,
dient mir ze hant
franckrich vnd důringer landan,
vngern vn*d f*landarn,
baiern, schwaben, elsaus, walhen, ôsterich, prafandan,
schwicz vnd die siben bůrge gůt vnd sôlt der stir marck warten,
Maigen lant vnd engelant vnd armatin,
wers alles min
in der moren lant vnd in růssen,
in mortnŏ vnd in průssen,
die kunst zů florencz, was uff dem mere flůsset,
allexander, in cecilien lant, das riche lant lamparten,
Jn polant vnd czů bobligon,
in denne marck vnd das lant meron,

Ihr haltet den Hund und laßt den Knüppel sprechen; so könnt Ihr Euch wohl Frieden verschaffen, wenn er *[?]* sich gegen Euch zur Wehr setzt. Der Knüppel gibt, was er nicht hat *[Schmerz]*, ebenso macht es der Schleifstein *[Schärfe]*. So nimmt der Spiegel das Bild an, das er nicht hervorgerufen hat. So gibt auch mancher weise Ratschläge, der mit sich selbst uneins ist. Das kann nun eines weisen Mannes Mund sehr wohl erwägen. Die Lauge ist trübe und verschönt doch. Wie ist ihr Zugriff als sanft bekannt *[?]*!

WEr ich: Wäre ich ein mächtiger König über alle Länder, dienten mir Frankreich und Thüringen, Ungarn und Flandern, Bayern, Schwaben, das Elsaß, Italien, Österreich, Brabant, die Schweiz und das gute Siebenbürgen und hätte [ich] die Steiermark zu regieren, Mailand und England und die Normandie *[?]*, gehörte mir alles in Afrika und in Rußland, in *mortno* und in Preußen, das kunstreiche *[?]* Florenz, was auf dem Meer schwimmt, Alexandria, [alles] in Sizilien, die reiche Lombardei, [alles] in Polen und Babylon, in Dänemark und das Land Meran,

WEr ich *Mel. in Q 56. Ä. außer* 6 *nach Q 56. Datierungsvorschlag 1. Hälfte 14. Jh. bei Bartsch (Q 104).* 6 vnd in. 12 průssen *das heutige Ostpreußen.* 13 *Q 56:* Constantinopel vnd florencz.

wer batrion mir vnder tŏn,
origent vnd zwey endion –
die kůnigrich welt ich gern uff lon
vnd geben, das nieman sin rew bis uff das ende sparte.

Wer ich ain gewaldiger kunig ůber allu rich,
wer min gelich
bekummen nie uff erden
her in sŏlichen geberden,
in aller welt so hoch geborn, vnd nůmer sŏlden werden
vnd dient mir gewaldeclich juden, cristen, haiden,
Wer ich von hoher art der aller schŏnste man,
so er ye gewan
das leben *vnderr* sonnen,
vnd wer aller welt ain wonne
vnd wer so schŏn vnd so minneclich, mir nieman das verbŏnne,
das wer ain lieplich angesicht nach mancher ougel waiden,
Wer mir die wonder all bekant,
die alexander ye befant,
trůg ich gewant aus himels lant
vnd kůnd uff lŏsen alle bant,
vnd wer min leben tusend iar genannt –
dennoch trůret ich, wenn ich gedecht, das ich dar von můst
[schaiden.

Das alle wyte welt min aigen mŏcht gesin,
wers alles min,
drůg uff des riches cron
vnd wer schŏn alz absylon

---

wären mir *batrion*, der Orient und die zwei Indien untertan – diese Königreiche wollte ich gern dafür hingeben, daß niemand seine Reue bis an seinen Tod aufschöbe. 21 Wäre ich ein mächtiger Herrscher über alle Reiche, hätte es auf Erden nie jemanden, mir gleich an Pracht, nirgend einen so edel Geborenen gegeben und würde es nie [einen solchen] geben, und dienten mir mit Macht Juden, Christen, Heiden, wäre ich unter den Adligen der allerschönste Mann, der je das Licht der Welt erblickte, und wäre eine Freude für alle Welt und wäre so schön und so liebenswert, [daß] niemand mir mißgönnte, daß [ich], gemessen an vielen erfreulichen Anblicken, ein [wirklich] schöner Anblick wäre, wären mir alle Wunder, die Alexander kennengelernt hat, bekannt, trüge ich ein Kleid aus dem Himmelreich und könnte alle Fesseln lösen, und zählte mein Leben tausend Jahre – ich verfiele dennoch in Traurigkeit, wenn ich daran dächte, daß ich es verlassen muß. 39 Könnte die ganze weite Welt mein eigen sein, gehörte mir alles, trüge [ich] die Krone des Reichs und wäre schön wie Absalon

18 *Im allgemeinen* dry endian *(so auch Q 56): Hindustan, der südl. Teil Vorderindiens und Hinterindien.* 29 von dem.

vnd sůng alz wol, alz horat sang, in allso sůssem done,
vnd wer as edel, as adam was dôrt in dem paradise,
Wer mir aristotolones kunst alle kunt,
růrt ich den grunt
mit schrifft in astramye
vnd wer uß massanye
alz hoch geborn vnd kůnd alz vil als filigus zobrie
vnd wer als stark, alz sampson was, *alz* kůnig salomo*n* *w*ise,
Wer mir die element vnderton,
kůnd haissen tôtte lůt uff ston,
kůnd ich ôn wön alz *s*auelon
die sternen czelen *an*s himels drôn
vnd môcht das alz fôr aigen hon – [spisen.
denocht trůrt ich, wenn ich gedecht, das ich die wůrm můste

Q 4

König vom Odenwald

Diz ist von dem hůn vnd dem ey, Da vindet man rede manigerley.

Wer ich der kůnste niht ze laz,
So wôlt ich tihten etwaz.
Waz mir dar vͤm geschiht,
Jch laze doch vnder wegen niht.

---

und sänge so herrlich [und] mit so lieblicher Stimme, wie Horant gesungen hat, und wäre so rein, wie Adam dort im Paradies war, besäße ich alle Kenntnisse des Aristoteles, dränge ich mit Hilfe astronomischer Schriften auf den Grund *[aller Dinge]* und gehörte zum Hofstaat, [wäre] so edel geboren und beherrschte die Zauberkunst wie Vergil und wäre so stark wie Samson war, so weise wie König Salomon, wären mir die Elemente untertan, könnte [ich] Tote auferwecken, könnte ich wie Zabulon zweifelsfrei die Sterne am Himmelsthron berechnen und könnte über dies alles verfügen – ich verfiele dennoch in Traurigkeit, wenn ich daran dächte, daß ich den Würmern zum Fraß bestimmt bin.

Diz ist: Dies handelt von dem Huhn und dem Ei, hier findet man mancherlei gesagt. – Wäre ich in der Kunst nicht zu unbegabt, so wollte ich etwas dichten. Was mir deshalb auch geschieht, ich lasse es doch nicht bleiben.

42–43 *Entspricht Str. 155, 2–3 des Spielmannsepos'* Salman und Morolf *(Ende 12. Jh.).* horat *Horant, Sänger aus dem* Kudrun-*Sagenkreis.* 49 filigus *der röm. Dichter Vergil. Die Sagenbildung, die Vergil zu einem Zauberer machte, setzte im 12. Jh. ein.* 50 *f.* salomon der. 53 auelon. *Zabulon, auch Savilon, sagenhafter babylon. oder griech. Fürst (um 1200 v. Chr.) im* Wartburgkrieg *(13. Jh.), der als Begründer der Sternkunde gilt.* 54 vnds.

Diz ist *Ä. nach Q 129.*

Liez ich nv kuͤnste verderben,
Wie soͤlt ich denne erwerben
Der herren gunst vnd auch ir gůt,
Der ritter, knehte hochgemůt?
Nv wil ich tihten, ab ich kan.
Gein der zit so hebe ich an:
Der liehte sumer nahet,
Der winter hinnan gahet,
Den sůln wir varn lazzen.
Des frauwen sich die blazzen,
Die da trurig sin gewest.
Jeder vogel wil sin nest
Aber wider machen
Vnd lazzen trurn swachen;
Da legent sie ir eyer in
Vnd brůtent iunge voͤgellin.
So grůnent die wisen
Beide ienen vnd disen,
Der walt, der stet mit bletern.
Oͤheim vnd vetern,
Basen vnd můmen,
Fraut vͤch deꝛ blůmen,
Die springent vf dem anger,
Er ist ir worden swanger!
Vial, lilgen, gruͤner kle
Siht man da her fuͤr ge
Vnd des meyen blůte,
Daz meint des sumers gůte.
So woͤllen sich die hecken
Mit rosen bedeken,
Dvͤ heide nimmer valwe.
So kumt storch vnd swalwe,
Eglester vnd heher

Ließe ich die Künste brach liegen, wie sollte ich dann Gunst und Geld der Herren erwerben, der stolzen Ritter und Knappen? Nun will ich dichten, wenn ich kann. Mit der Jahreszeit fange ich an: Der helle Sommer naht, der Winter eilt davon, den sollen wir laufen lassen. Darüber freuen sich die Blassen, die traurig gewesen sind. Jeder Vogel will wieder sein Nest bauen und das Trauern vertreiben lassen; sie legen ihre Eier hinein und brüten junge Vögelchen aus. Die Wiesen grünen für jene und diese, der Wald steht mit Blättern da. Onkel und Vettern, Basen und Tanten, freut euch über die Blumen, die auf dem Anger sprießen, er hat sie hervorgebracht! Veilchen, Lilien, grünen Klee sieht man da hervorkommen und die Maienblüte, das macht die Güte des Sommers. Die Hecken wollen sich mit Rosen bedecken, die Heide [ist] nicht länger fahl. Storch und Schwalbe kommen, Elster und Häher

Die ma*he*nz dennoch weher;
Den gauch, den hôrt man gůtze,
Daz ist hier zv̊ nůtze,
Lerchen, troscheln, nahtigal,
Waz die gesingen v̊ber al.
Vnd die kleinen vôgellin,
Die lazzen auch ir swigen sin,
Wenne sie sint also frech:
Jn gent ir můnde so gezech,
Daz sie wol singen nv der mit.
Daz ist gein dem sumer sit.
Der gesang wer gar enwiht,
Vnd getzten die hůner niht.
Nv wil ichz allez abetůn:
Ein ahper vogel ist ein hůn!
Von dem hůn kumt daz ey
Vnd brenget manigerleie
Gůter gerihte.
Da von můz ich tihte.
Wôlt ir nv sprechen, ich wer frum,
Waz gnade von dem eye kum,
Die wôlt ich bescheide
Man vnd frauwen beide:
Der erste wil vfs geverte
Vnd macht sin eye herte;
Der ander sprichet: „truter,
Brate mir min eye luter!“
Der dritte wil sin toter weich,
Er git ime anders einen streich;
Der vierde wil drin niht stopfen,
Er machet einen kolhopfen;

---

machen es dann noch schöner; den Kuckuck hört man rufen, das paßt zu dem, was Lerchen, Drosseln, Nachtigall allenthalben singen. Und die kleinen Vögelchen, die brechen auch ihr Schweigen, denn sie sind so munter, die Schnäbel gehen ihnen so rüstig, daß sie nun lieblich damit singen. Das ist zur Sommerszeit der Brauch. Der Gesang würde gar nichts taugen, wenn nicht auch die Hühner gackerten. Nun will ich dies alles lassen: Ein Huhn ist ein schätzenswerter Vogel! Von dem Huhn kommt das Ei und ermöglicht die verschiedensten guten Gerichte. Davon will ich dichten. Sagtet ihr jetzt, ich wüßte doch Bescheid, welcher Nutzen von dem Ei käme, dann wollte ich den Männern und Frauen erklären: Der erste will auf Reisen gehn und macht sein Ei hart; der zweite sagt: „Mein Lieber, brate mir mein Ei ganz ohne Zutaten!“ Der dritte will den Dotter weich, er verprügelt sonst den Koch; der vierte will keine Verstopfung [bekommen], er macht einen *kolhopfen*;

40 mahtenz.

Daz důnket den fůnften nihtes wert,
Er sleht sin ey in den hert;
Der sehste wil sine in ein smaltz,
Dar v̊ber wirft er ein saltz;
Der sibende eier in anken,
Da von wil er niht wanken;
Daz wil de*m* ahten lieben:
Er sleht eier v̊ber grieben;
Der nůnde sprichet danne:
„Reich mir ein pfanne
Vnd růr mirs vnder ein ander.
Dar zv̊ bin ich selbe ander."
Der zehende ist also frech
Vnd eischet pfankůchelech;
Der eilfte ist so getrilich
Vnd sleht sine in ein milich;
Der zwelfte hat vz erkorn
Vnd wil sin eier verlorn;
Der drizehende eischet sicherlich
Peterlin vnd ezzich,
Da snit er sin eyer in;
Der vierzehende ein sůffelin:
Dem ist in dem haubt we,
Daz ez ime da von zer ge;
Der fůnfzehende, der wil schallen
Vnd eischet ein hirn wallen;
Der sezehende einen eier bri,
Da wil er sitzen bi;
Der sibenzehende giht: „ich enrůchen"
Vnd wil ein eyer kůchen;
Der ahtzehende wil ein anderz tůn
Vnd klopfet sin ey an ein hůn;

---

das schätzt der fünfte gar nicht, er schlägt sein Ei in den Herd *[?]*; der sechste will seine mit Schmalz angerichtet, darüber streut er Salz; der siebte geht nicht davon ab, Eier müßten in Butter zubereitet werden; der achte will es gern so haben: er schlägt Eier über Speckgrieben; der neunte sagt: „Reich mir eine Pfanne und mach mir ein Rührei! Da esse ich für zwei." Der zehnte ist so gewitzt und will sie als Pfannkuchen haben; der elfte ist so gemütlich und schlägt seine in Milch; der zwölfte hat verlorene Eier gewählt; gewiß verlangt der dreizehnte nach Petersilie und Essig, da schneidet er seine Eier hinein; der vierzehnte will eine Brühe: er hat Kopfweh, das soll ihm davon vergehen; der fünfzehnte will angeben und fordert, daß Hirn gekocht werde; der sechzehnte will beim Eierbrei sitzen; der siebzehnte sagt: „Daraus mache ich mir nichts" und will einen Eierkuchen; der achtzehnte will [noch] etwas anderes machen und schlägt sein Ei an ein Huhn;

77 den.

Der nůnzehende fůllet hůner mit,
Daz ist auch ein gůter site;
Der zweingest *tůt* an ein molken daz ey,
Lihte werden ir zwei. –
Daz wil ich sagen ie:
Jn hirnwůrste tůt man sie.
So wil mans auch gefůllet han:
Daz machet einer, der ez kan.
Eyer můser, karhel mutzen,
Der endarf man da niht tůtzen,
Die machent schône frauwen,
Die mag man gern schauwen.
Wie danne ist ein man wunt,
Dem ist daz ey gesunt,
Da wirt doch vz ein pflaster,
Daz en ist kein laster.
Man můz daz ey zv̊ tinten han,
Einer, der da schriben kan;
Man půluert mit vnd stirket
Hůllen, der ez wirket.
Man verbet win vnd armbrust
Mit den eiern, daz ist gelust.
Mit den eiern macht man
Leder, daz man tůt an
Hentschůhe wizze,
Die man treit mit flizze,
Wizze stiual gemeit,
Die man treit durch klůkeit.
Man sleht sie auch an fissche,
Die man treit zv̊ tische.
Krepfelin vnd bastede

---

der neunzehnte füllt Hühner damit, das ist auch ein guter Brauch; der zwanzigste tut das Ei an die Dickmilch, vielleicht werden es auch zwei. – Ich werde immer sagen: Man tut sie in Hirnwürste. Man will auch gefüllte [Eier] haben: das macht aber [nur], wer etwas davon versteht. Von Eierspeisen und Napfbroten braucht man nicht zu schweigen, davon werden die Frauen schön, die man mit Freuden anschaut. Wenn ein Mensch verletzt ist, für den ist das Ei ein Heilmittel, es wird ein Wundpflaster daraus, das ist keine Verschwendung. Wer schreiben kann, braucht das Ei zur Tintenzubereitung; wer Tuch webt, bestreut und stärkt es damit *[mit der Schale?]*. Man färbt Wein und Armbrüste mit den Eiern *[?]*, das ist ein Vergnügen. Mit Eiern präpariert man Leder, das man zu weißen Handschuhen verarbeitet, die man gern trägt, zu hübschen weißen Stiefeln, die man aus Vornehmheit trägt. Man schlägt sie auch an Fische, die man auf den Tisch bringt. Kleine Krapfen und Pastete

105 *f.*

Macht man vz eyern beide;
Eyer vf dem scharte,
Der mag man gern warte.
Dennoch mûz einz sin:
Man fûllet iunge wenstelin;
Haubtlin vnd fûzze
Sol man in eyern grûze,
Morchen, krebzze, iunge swin,
Da fûlt man auch die eyer in.
Fladen gedihet,
Ze ostern fleisch gewihet
Jst mit eyern v̊ber slagen,
Vnd siht manz after wege tragen,
Gehaket drunder,
Wiz vnd gel besunder,
Eyer gewûrtzet.
Man hat sie auch gestûrtzet. –
So werden iunge hûner druz,
Die da laufen also knuz;
Die siht man alzv̊ gern
Vnd heizt ein nûwe ern.
Nv ist daz kein v̊berlast:
Wer hat einen lieben gast,
Er wil i*n* frûntschaft manen:
Daz nehest hûn bi dem hanen
Hat man fûr die besten,
Die bret er sinen gesten.
So ist nv vnverboten,
Er habe ein hûn gesoten,
Mit peterlin ein brû dran;
Wer ez vermag, der wilz han.

---

macht man aus Eiern; mit Vorliebe widmet man sich den Eiern in der Bratpfanne. Man kann noch eines machen: man füllt die Wänstchen vom Jungvieh; Köpfchen und Füße soll man in Eiern anrichten, auch in Möhren-, Krebsgerichte [und] Spanferkel tut man Eier. Gut geratener Kuchen, geweihtes Fleisch zu Ostern, darüber werden Eier geschlagen, und man sieht, wie gewürzte Eier gehackt, Weiß und Gelb für sich, dahergetragen werden. Es gibt auch gestürzte Eier. – Es werden auch junge Hühner daraus, die so munter herumlaufen; die sieht man besonders gern und nennt [sie] die ‚neue Ernte'. Nun ist dies keine Beschwerlichkeit: wer einen lieben Gast hat [und] ihn an seine Freundschaft erinnern will: die Henne, die sich am nächsten beim Hahn hält, gilt [jeweils] als die beste, die brät er für seine Gäste. Ebenso ist zu empfehlen, wenn er ein Huhn gekocht hat, eine Petersiliensoße dazuzutun; wer das zubereiten kann, der schätzt es.

157 im.

So verswige ichz dennoch dol:
Man versůt ein hůn zemol
Vnd stoͦzzetz in eime moͦrser
Vnd eischet denne ein tůch her,
Daz manz der durch winde;
Daz nůtzet ein kran*k* gesinde. –
So wůrde die herfart nimmer gůt:
Wenne daz hun git hohen můt
Grafen vnd frien.
Die laufen vnd schrien,
Sie sint gewopent ader bloz,
Nach dem hůn get ein doz,
Mit stecken vnd mit brůgel
Sie werfenz an die flůgel.
Ritter vnd knehte,
Die haben ein gebrehte,
Sie schrien alle „vaha, vach!“
Nach dem hůne ist in gach
Vͤber zvͤn vnd graben,
Werz begrift, der wilz haben.
Einer sprichet: „sicherlich
Vnderz holtz verslůft ez sich!“
Den *andern* ist also gach
Vnd sliefen hinden nach,
Daz er niht selber hruz kan kumen,
Einer helfe ime denne ze frumen.
So geschiht in denne heil,
Daz sie ir han ein michelteil.
Sie fůrenz in dem sweize,
Biz sie woͦllen erbeize.
So sint sie worden můrwe.

Ich wäre denn auch töricht, wenn ich verschwiege: Man verkocht ein Huhn auf einmal und stampft es in einem Mörser und läßt sich dann ein Tuch geben, um es durchzupressen; das benutzt das Gesinde, wenn es krank ist. – Auch der Auszug des Heeres würde nichts Rechtes: das Huhn [erst] macht Grafen und Freie hochgemut. Sie laufen und schreien, mit oder ohne Waffen, alles tobt hinter dem Huhn her, mit Stecken und Prügeln werfen sie ihm auf die Flügel. Ritter und Knechte machen Lärm, alle schreien: „Fang doch, fang!“ Sie sausen hinter dem Huhn her über Zaun und Graben, wer es fängt, der will es behalten. Einer ruft: „Bestimmt verkriecht es sich unter dem Holzstoß!“ Die andern können nicht warten und drängeln hinterdrein, so daß der [erste] allein nicht mehr herauskommen kann, wenn ihm nicht einer zu Hilfe kommt. Zu ihrem Glück bekommen sie eine ganze Reihe davon. Sie treiben es im Schweiße ihres Angesichts, bis sie absitzen wollen. Dann sind sie richtig abgekämpft.

170 kranke. 187 *f.*

Man tůt hin daz gehůrwe,
So stent sie vnd lachent,
Biz sie ein fiůr gemachent.
Man heizzet wazzer v̊ber tů,
Da sehen fůrsten, grafen zv̊,
Biz man sie beraufet,
Gebrůet vnd bestraufet.
So schriet dirre vnd der:
„Saltz vnd lebern vnd magen her!"
Die můz man denne holn
Vnd werfen vf die koln.
E sie vollen gebraten sin,
Jeslicher sprichet: „der ist min!"
Vnd zv̊ckenz vz der glůt,
Daz git in hohen můt.
Den ez brennet, der schriet: „och!"
Daz hůn, daz machet manigen koch.
Fůzze vnd hůner haubt
Sint den bůben ein derlaubt.
Des tages habent sie erbeit,
So sint sie gein der naht gemeit,
So gent sie vnd raten,
Biz die andern gebraten.
Die heizzet man denne dar tragen.
Der breter, der hat die kragen.
Die in v̊ber worden sin,
Da stôzzet man ein heu in
Vnd stecketz in den wot sak
Lihte biz an den dritten tak,
Daz ir aber not wirt;
Jr keiner denne verbirt,
Zv̊ sime knehte sprichet er:

Man säubert sich, dann stehen sie herum und machen ihre Späße, bis sie ein Feuer anzünden. Man läßt Wasser aufsetzen, Fürsten und Grafen sehen zu, bis man sie rupft, abbrüht und ihnen die Kiele auszieht. Dann schreit der eine oder andere: „Salz und Leber und Magen her!" Die muß man dann hervorholen und auf die Glut werfen. Bevor sie noch richtig gebraten sind, sagt jeder: „Der gehört mir!", und sie klauben es aus der Glut, das macht ihnen großen Spaß. Wer sich verbrennt, schreit: „Au!" Das Huhn macht manchen zum Koch. Die Knechte bekommen nur die Füße und den Kopf. Tagsüber rackern sie sich ab, am Abend sind sie fröhlich, da gehen sie dann [hin] und erteilen Ratschläge, während die anderen braten. Die heißt man dann auftischen. Wer den Bratspieß gewendet hat, bekommt die Hälse. In die, die ihnen zuviel waren, stopft man Heu hinein und steckt sie in den Reisesack, mag sein, [es dauert] drei Tage, bis sie dann wieder gebraucht werden. Da ist keiner, der nicht seinem Knecht sagte:

„Hol mir ein hůn her!“
„Lůga, wie rotsam ich bin!“
Er sprichet zv̊ eime: „zerra hin!
Vnd bůt eime bi dir,
So gib ich eime bi mir!“ –
Daz lat v̊ch wol behagen:
Man setzet den hanen vf den wagen,
Daz er kůnde die zit
Des nahtes, so man sich nider leit. –
Den hanen zv̊ glantze
Setzet man vf ime tantze,
Da siht man v̊m springe
Meide vnd getelinge.
So er dar zv̊ nimme gůt ist,
So hat man aber einen list,
Daz man in abe tůt.
So sin denne die vedern gůt;
Dar vz so wirt ein quast,
Stet vf dem helm vaste:
Von seckendorf, von ehenheim,
Die fv̊renz groz vnd klein. –
Vnd denne die kappunen,
Die grawen vnd die brunen,
Die swartzen vnd die roten,
Daz sin auch gůte broten!
Swer der selben vil hat,
Daz ist ein gůter husrat,
Daz vom hůn kumen ist.
So můz man haben auch den mist:
Da von so sol man machen
Die rôschen lilachen,
Die leg man v̊ber vnd vnder.

„Schaff mir ein Huhn her!“ „Schau, was ich noch an Vorrat habe!“ Er sagt zu einem: „Reiß es auseinander und gib einem bei dir was ab, so gebe ich einem bei mir!“ – Laßt euch [auch] das gefallen: den Hahn setzt man oben auf den Wagen, damit er nachts die Zeit verkündet, wenn man schlafen liegt. – Als Glanzstück setzt man den Hahn beim Tanz als Pfand aus, da sieht man Dirnen und Burschen herumwirbeln. Wenn er dazu nicht mehr taugt, kann man wieder etwas Gescheites tun, indem man sich seiner entledigt. Dann sind die Federn gut; man macht einen Busch daraus, der hochaufgerichtet auf dem Helm steht: die von Seckendorf, von Ehenheim führen ihn, groß und klein. – Und dann die Kapaunen, die grauen und braunen, schwarzen und roten, das sind auch vortreffliche Braten! Wer viel davon hat, hat ein wohlversorgtes Haus, das ihm das Huhn eingebracht hat. – Und dann kann man auch noch den Mist gebrauchen: man soll damit die knisternden Leintücher aufbereiten *[?]*, die man über und unter sich legen kann.

So ist daz auch ein wunder:
So kůndet daz hůn den tag,
Des ich niht verswigen mag.
Fůr war so sprich ich:
Manig fleisch leidet sich
Zv̊ eimal ime iar;
Denne daz hůn zwar,
Daz ist gůt durch daz iar;
Daz sage ich v̊ch offenbar.
Als ich v̊ch bescheiden wil,
Man nert da mit daz vederspil.
Wotmol vnd bestehaubt,
Bringet daz hůn, des mir gelaubt.
So hat daz nahthůn daz reht,
Daz sprechen ritter vnd kneht,
Die eigin lůte mit behaben
Vnd herberge, so sie zv̊ draben.
Daz hat in got beschaffen –
Vnd kanz der kůnig beklaffen.

Hie endet sich die rede gůt   vom hůn, die manigem git hohenmůt.

Q 62

Auch das ist bemerkenswert: das Huhn kündet den Tag an, was ich nicht vergessen will zu sagen. Es stimmt, wenn ich sage, daß manche Fleischsorte einem schon von einem Mal im Jahr leid ist; das Huhn dagegen ist bestimmt das ganze Jahr über gut, das sage ich in aller Deutlichkeit. Was ich noch sagen will: Mit dem Huhn nährt man die Jagdvögel. Watmal und Besthaupt stellt oft das Huhn, glaubt mir. Das Huhn zum Nachtessen ist [geltendes] Recht, das sagen Ritter und Knappen, die *[Akk.]* die Leibeigenen bei sich aufnehmen und beherbergen, wenn sie ausreiten. So hat es Gott für sie eingerichtet – und der König kann es erzählen. – Hier ist das schöne Gedicht vom Huhn zu Ende, das viele erfreut.

271 wâtmâl *ist grobes Wollzeug, wird aber, wie hier, häufig als Name für Pflichtabgaben aller Art verwendet;* besthoubet *ist das Stück Vieh, das der Herr nach dem Tode des Eigners aus dessen Besitz erheben durfte.*

1340–1360

Lupold Hornburg

Her walther uon der uogelweide, begraben ze wirzeburg zv dem Nuwemunster in dem grasehoue, vnd er reimar von zwetel an dem Rin, begraben in franken ze Esfelt, bie irn ziten tiechten vnd sungen gein ein ander widerstriet. Vnd von irm vnd ander singer vnd aller meist von erin Reinmars lobe hot Luppolt hornburg von Rotenburg getícht vnd ins Marners lange wise gesungen dise her noch gescriben lider.

HEr reimar – der wart nie so wert,
der siner ler nach vert.
her walthers done hur als vert
vor valschem lüte sich wol wert.
her Nithart parat also wol; sam fundelt der von Esschenbach.
Von wirzeburg Cunrad, din swert
der kunste nieman hert;
du gie nie musen vm den hert.
min zunge des nit meines swert,
Daz der Boppe, der Marner sint auch an ir kunste mindert swach.
Der regenboge den vrouwenlop bestunt gelicher wer.
Von Suneburg, erenbot, Bruder wernher
sungen geschlehtes reht.
Nv rûch ich grober guten weg, daz ich bin vngerechteş slecht.
Got selber hot mit slechten worten vns die lere geben,
wie daz wir streben noch dem ewigen leben.

Her walther: Herr Walther von der Vogelweide, begraben in Würzburg im neuen Münster im Grashof, und Herr Reinmar von Zweter am Rhein, begraben in Franken in Essfeld, dichteten und sangen zu ihrer Zeit um die Wette. Und zu ihrem und anderer Sänger und insbesondere zu Herrn Reinmars Lob hat Lupold Hornburg von Rotenburg die nachfolgend aufgezeichneten Strophen gedichtet und in des Marners langem Ton gesungen. 8 Herr Reinmar – wer seiner Lehre nachfolgt, der war nie so schätzenswert. Herrn Walthers Ton kann sich heute wie eh und je vor falschem Klang bewahren. Genauso gut hält sich Herr Neidhart; ebenso hat der von Eschenbach Fund über Fund zusammengebracht. Konrad von Würzburg, das Schwert deiner Kunst macht niemand schartig; du bist niemals stehlend um [anderer Dichter] Herd geschlichen. Meine Zunge spricht keinen Meineid, [wenn sie sagt,] daß der Boppe, der Marner in ihrer Kunst durchaus nicht unvermögend sind. Regenbogen trat mit gleichen Waffen gegen Frauenlob an. Von Sunnenburg, Ehrenbote, Bruder Wernher dichteten im positiven Sinne schlicht *[glatt, makellos]*. Nun mache ich Stümper den gut[gebahnten] Weg rauh, indem ich im negativen Sinne schlicht bin *[einfältig, platt] [?]*. Gott selbst hat uns mit klaren Worten die Lehre gegeben, wie wir nach dem ewigen Leben streben sollen.

Her walther *Mel. in Q 56. Ä. nach Q 106.* 2 *Zu den im folgenden genannten Dichtern vgl. die Autorenregister der Bde. 1 und 2 dieser Anthologie. Der* Ehrenbote (19) *ist wahrscheinlich zu Reinmars* Frauen-Ehren-Ton *von späterer Zeit erfunden worden.* 10 walther.

Gesanges frunt, ey, merkent eben,
wie daz der meister slechten sang gevinet hat mit worten geben!
her reymar sang wol, waz her wolt, baz dann der tuesch in notte ie
[sprach.

UOn vůlem holzze nachtes schi̊n,
vor argem bein ein schin,
vom truben phule bi dem ri̊n,
Do selten vz get wazzers rin –
Die dru, die het er reymar baz geloset dan ein ander golt,
Do von must ez durch kirnet sin.
waz im kom in den si̊n,
Daz brọcht er wedelichen in,
daz noch die wisen prisent in,
Vm daz er den glauben hat der kristenheit so wol erfolt.
Jn glicher wise, recht als ein appostel hat gelert,
also sin tuescher sang hat cristes lop gemert;
Des hab der meister dang,
daz er so gar durch sungen hat der werlde werk. keins menschen
nimmer kund ertrachen gar allez, daz er hat ertracht. [dang
in sulcher acht, mit sinnen so befacht,
daz singer vor im nie gemacht.
die aber noch im worden gut – so was doch sin der erste bracht,
wie daz er mit sanges list verdinde hie der werlde solt.

REymar, din sin der beste was.
her walther donet baz.
her Nithart blumen vnde gras
besank noch baz on sunder haz.
vf kunst der aller beste was von wirzeburg meister Cunrad.

Freunde des Gesangs, ei, gebt acht, wie der Meister schlichten Gesang durch wundervolle Worte veredelt hat! Herr Reinmar sang, was er wollte, mit besseren Texten, als jemals ein Deutscher zu einer Melodie gemacht hat. 27 Den nächtlichen Schein des faulen Holzes, die Schiene an einem kranken Bein, die trübe Lache am Rhein, aus der nie Wasser abfließt – für diese drei Dinge hat Herr Reinmar schönere Worte gefunden als ein anderer für das Gold, dadurch wurde jedes im Kern erfaßt. Was ihm in den Sinn kam, das brachte er kunstvoll in [Verse], so daß ihn die Weisen noch heute loben, weil er der Christenheit die Glaubenswahrheiten so trefflich dargestellt hat. Ganz ebenso wie ein Apostel gelehrt hat, hat sein deutscher Gesang Christi Lob vergrößert; deshalb habe der Meister Dank, daß er so vollkommen die Einrichtung der Welt in seinem Gesang verherrlicht hat. Keines Menschen Gedanke konnte je gänzlich durchdenken, was er durchdacht hat. In so [eindringlicher] Weise, mit solchem Gedankenreichtum hat kein Sänger es vor ihm zuwege gebracht. Die aber nach ihm Großes leisteten – es war doch seine Stimme die erste, die mit der Weisheit ihrer Lieder die Anerkennung der Welt verdient hat. 46 Reinmar, du warst an Gedankenfülle der Beste. Walther erfand bessere Melodien. Herr Neidhart besang für das unparteiische Urteil Blumen und Gras noch besser. An Kunstfertigkeit der Beste war Meister Konrad von Würzburg.

Wer parcifalen ie gelas,
Den wundert billich daz,
wie daz der meister ie genas,
biz er die rime alle maz;
Her wolferam von Eschenbach daz allermeist getichtet hat.
Auch bruder wernher der werlde vil getruwes riet.
Von sunneburg der Gotheit vns ein teil beschiet.
Der marnher was ein man,
daz er florirte sinen sang, als der wol vber gulden kan.
Des Boppen sang von vogel, tyren wol gebispelt ist.
noch wol genist des vrauwenlobes list.
Dem regenbogen niht gebrist.
Des Erenboten sang was slecht. Nvͤ walt ir got, der wore crist,
vmb ir lere manigfalt in siner ho̊sten mayestat! *Q 62*

Reinhard von Westerburg

Ob jch durch sie den halß zerbreche,
wer reche mir den schaden dan?
so enhette ich niemandes, der mich reche;
jch bin eyn *un*gefrüntter man.

darumb so muß ich selber wa*rt*en,
wie es mir gelegen sey.
jch enhan nit trostes von der zartten,
sie ist jrs gemüdes fry.

Wer je den ‚Parzival‘ gelesen hat, den wundert mit Recht, wie der Meister es überlebte, bis er die Verse alle gemessen hatte; Herr Wolfram von Eschenbach hat die größte Menge gedichtet. Auch Bruder Wernher hat der Welt viel Beherzigenswertes geraten. Von Sunnenburg hat uns viel vom Wesen Gottes erläutert. Der Marner stand seinen Mann, er zierte seinen Gesang wie einer, der das Vergolden gelernt hat. Des Boppen Lied enthielt von Vögeln [und] Tieren manch schönes Beispiel. Frauenlobs Künste werden noch hoch geschätzt. Regenbogen hat nicht an Wert verloren. Des Ehrenboten Singen war von schönem Ebenmaß. Nun walte ihrer Gott, der wahre Christ, in seiner höchsten Majestät um ihrer vielfältigen Lehre willen!

Ob Jch: Bräche ich um ihretwillen den Hals, wer würde mir dies Unglück rächen? Ich hätte niemanden, der für mich Rache nähme; ich bin ein Mann, der keine Freunde hat. 6 Deshalb muß ich selber achtgeben, wie es mir ergeht. Auf meine Geliebte brauche ich nicht zu hoffen, die tut, was sie will.

Ob Jch *Mel. nicht erh. Ä. nach Q 102. Der Verfasser wurde wegen dieses Liedes, das er 1347 dem Gefolge Kaiser Ludwigs vorsang, vom Kaiser getadelt.* 5 zugefrüntter. 6 wachen.

weel sy myn nit, die werde reyne,
so muß ich wol vrlaub hain.
vff ihr gnade achtte ich kleyne –
Syech, das lassen ich sie verstane. *Q 18*

Ulrich Boner

Aus: *Der Edelstein*

Ejner zit ein kleines húndelin,
Das gar lieb waz dem herren sin,
Das waz also ze ler geleit,
Das es kond manig klůgkeit.
Nu spranch es vf, nu sprang es nider,
Nu lief es hin, nu lief es wider,
Nu sprang es dem herren vf die schoß;
Siner klůgkeit es wol genos.
An siner kelen vnd an sinem munt
Kust es jnn zů aller stunt,
Mit jm begieng es mengen schimpf.
Darzů gab man jm gůte*n* glimpf,
Beide frowen vnde o̊ch man.
Al zit es sine spise nam
Von sines herren tysche,
Es were fleisch oder vische.
Des herren esel daz ersach,
Das der hund so gros gemach
Hat durch sine klůgkeit
Vnd jm ån arbeit waz bereit
Mangerhande spise.

---

10 Will sie mich nicht, die edle Schöne, so muß ich meinen Abschied nehmen. Ob sie ihren Segen dazu gibt oder nicht, kümmert mich wenig – sieh, das gebe ich ihr [hiermit] zu verstehen.

Ejner zit: Vor Zeiten war einmal ein kleines Hündchen, das seinem Herrn sehr lieb war, so dressiert worden, daß es viele Kunststücke konnte. Bald sprang es hoch, dann wieder herunter, bald lief es hin, bald kam es zurück, bald sprang es dem Herrn auf den Schoß; seine Kunstfertigkeit brachte ihm manchen Vorteil. Auf Hals und Mund küßte es ihn immer wieder, es stellte allerlei Lustiges mit ihm an. Deshalb behandelten es Frauen und Männer mit viel Freundlichkeit. Immer bekam es sein Essen, ob es nun Fleisch oder Fisch war, vom Tisch seines Herrn. Der Esel des Herrn sah, daß der Hund um seiner Gelehrigkeit willen ein so gutes Leben hatte und er ohne Mühe so viel zu essen bekam.

Ejner zit 2 *Um 1349 abgeschlossene Fabelsammlung.* 14 gutem.

Er sprach: „in diser wise
Kan ich wol min spis beiagen.
Ein ander můs die seke tragen.
Min lib ist stoltz, min varwe gůt,
Min rúgg ist stark, hoch ist min můt.
Warumb solt ich denn bôser sin
An klůgkeit denn daz húndelin?
Jch kam mir wol schimpfen vnd spiln
Baß denn ziechen in einem siln."
Mit disen worten vnd also
Trang er hin durch die lúte do.
Do sprach alles, das da waz:
„Warta, wart*a*! waz ist das?
Was wil der esel vachen an?"
Er gieng hin fúr den herren stan,
Ein fůs leit er jm vf sin knie,
Mit dem andern er jnn vmbevie.
Er begonde jnn sere trúten.
Das misseviel den lúten,
Die dez herren diener wan.
Den esel si gerieten schlan
Mit stekken vnd mit stangen;
Der spis jnn mocht belangen,
Die jm da solte sin bereit
Vmb sine stoltzen klůgkeit.
An jm wart slachen nút gespart,
Schamlich er vs getriben wart. –
Weler rechter tore des begert,
Des sin natur jnn nút gewert,
Der mag des wol engelten.

Er sagte [zu sich]: „Auf diese Weise kann ich auch zu meinem Essen kommen. Ein anderer soll die Säcke tragen. Mein Körperbau ist prächtig, meine Hautfarbe gut, mein Rücken ist stark, meine Gesinnung edel. Warum sollte ich weniger kunstfertig sein als das Hündchen? Ich verstehe mich gewiß besser aufs Scherzen und Spielen als aufs Schleppen in einem Zuggeschirr." Dies gesagt, drängte er sich durch die Leute. Alle, die dort waren, riefen: „Gebt acht, gebt acht! Was ist denn das? Was will der Esel anfangen?" Der ging hin und stellte sich vor seinen Herrn, einen Fuß legte er ihm aufs Knie, mit dem andern umarmte er ihn. Er fing an, ihn heftig zu liebkosen. Das gefiel den Leuten, die des Herrn Diener waren, gar nicht. Sie fingen an, den Esel mit Stöcken und Stangen zu verprügeln; dies Essen mochte ihm wohl zuwider sein, das ihm für seine dreisten Kunststücke zubereitet wurde. An Prügeln wurde bei ihm nicht gespart, mit Schande wurde er fortgejagt. – Welcher Erznarr das erstrebt, was ihm seine Natur versagt hat, der soll dafür bestraft werden.

36 wartaz.

Joch sol man jnn beschelten,
Der sich der dingen nimet an,
Des sin geslechte nie gewan.
Waz die natur habt gegeben,
Dem mag der mônsch kum wider streben.
Dem húndlin stůnd sin klůgkeit wol,
Der esel seke tragen sol. *Q 1*

Von uibrigem gemache

Ein ritte begegent einer flo
Eis mals, do war si nit gar fro.
Si hat ein uibel nacht gehebt.
Und hat vil herteklich gelebt.
Als was dem ritten ouch beschechen.
Beide gerieten si veriechen
Ein andren nach dem gruoz ir not.
Diu flo sprach: „ich bin hungers tot.
Miner spise wand ich sicher sin.
Ich sprich es uf die truiwe min,
Her ritte, das ich dise nacht
Nit anders têt, wan das ich vacht,
Das mich gar kleinen doch vervieng.
Ich sag dir, wie es mir ergieng:
Ze einem kloster dar kam ich
Gesprungen, da ich wande mich
Wol spisen. da mir misselang!
Uf ein hoches bette ich sprang,
Das was gebettet zarterklich
Der eptischin, diu was gar rich;

Und man soll auch den schelten, der sich Dinge anmaßt, die seiner Herkunft nicht zustehen. Was die Natur verhängt hat, dagegen kann der Mensch schwerlich ankämpfen. Das Hündchen kleideten seine Kunststücke allerliebst, der Esel soll Säcke tragen.

Von uibrigem: Von zu großer Bequemlichkeit. Eine Grippe begegnete einmal einem Floh, als dieser besonders schlechter Laune war. Er hatte eine schlimme Nacht hinter sich und sie unter Qualen überstanden. Der Grippe war es genauso gegangen. Nachdem sie sich begrüßt hatten, begannen beide, einander ihre Not zu klagen. Der Floh sagte: „Ich bin schier tot vor Hunger. Ich glaubte, meines Essens sicher zu sein. Und ich versichere Ihnen hoch und heilig, Frau Grippe, daß ich diese Nacht nichts anderes getan habe als kämpfen, was mir aber nicht das geringste genützt hat. Ich erzähle dir, wie es mir ergangen ist: Ich kam zu einem Kloster gehüpft, wo ich mich bestens ernähren zu können glaubte. Da hatte ich aber Pech! Ich sprang auf ein hohes Bett, das behaglich zurechtgemacht war für die Äbtissin, die sehr wohlhabend war;

Das schein an ir geberde wol.
Aller kluogkeit was si vol.
Do si des abends nider gieng
Und sich an ir gemach enphieng,
Vil gern ich het min spîs genomen.
Si ward gewar, das ich was komen
Uz, der gûter an den lib.
Si schrei: ,yrmendrût, belib
Nit lange! kum her wider in!
Mich bîst neiswas, was mag daz sin?
Hast du nit ersechen wol
Die linlachen? truiw, ich dir sol!
Ich zuirne, das geloube mir!
Zuind bald das liecht, laz lingen dir!'
Ich floch vil balde," sprach diu flo,
„Das ich entran, des was ich fro.
Und do das liecht erloeschen wart,
Do kam ich uf der selben vart
Wider uf das bêt als ê.
Aber schrei die vrowe: ,owê!
Wie stat es um das bette min?
Entzuint das liecht, was mag dis sin?'
Da floch ich balt, es têt mir not.
Wer ich begriffen, ich wer tot.
Das triben sie die langen nacht.
Mir wart da nit, was ich gefacht.
Des bin ich hungrig unde las.
Got welle, das mir bescheche bas!"
Der ritte sprach: „nu la das sin!
Min nacht ist als boes als diu din

---

das konnte man an ihrem Benehmen gut erkennen. Sie war eine äußerst verwöhnte Person. Als sie sich am Abend niederlegte und sich ihrer Behaglichkeit hingab, wäre ich gern zu Tisch gegangen. Sie merkte, daß ich hervorgekommen war, der Guten an den Leib. Sie rief: ,Irmentraut, beeil dich! Komm wieder herein! Mich beißt da was, was kann das sein? Hast du das Bettzeug nicht ordentlich durchgesehen? Traun, ich werde dir [helfen]! Ich bin böse, glaub mir! Zünd rasch das Licht an, beeil dich!' Ich flüchtete eilends", erzählte der Floh, „ich war froh, daß ich entkommen war. Und als das Licht wieder ausgelöscht war, begab ich mich auf dem gleichen Weg wieder auf das Bett wie vorher. Wieder schrie die Frau: ,Ach du meine Güte! Was ist mit meinem Bett los? Mach Licht, was kann das nur sein?' Da ergriff ich rasch die Flucht, es war höchste Zeit. Wäre ich erwischt worden, es wäre mein Ende gewesen. Das trieben sie die ganze lange Nacht hindurch. Ich erreichte nichts, so sehr ich mich auch abmühte. Deshalb bin ich hungrig und erschöpft. Gebe Gott, daß es mir besser gehe!" Die Grippe sagte: „Nun laß gut sein! Meine Nacht ist genauso schlimm gewesen wie deine.

Gewesen. mir ist nit vil bas
Gesin, geloub mir das!
In ein hûs ich gester kan,
Ein wib ich marteron began.
Ich erschotte ir gelider
Krefteklich, do saz si nider
Bald und sôd ein starken brî
Und âz. da stuond *ein* zuiber bi
Mit wasser, des trank si genuog.
Ein buitin si har fuir do truog
Vol tuochen, die si solte
Weschen, und enwolte
Mir kein ruowe lassen.
Si hat mich gar verwâssen.
Si ruowet nie die langen nacht.
Mit unruowe si sêre vacht.
Si statet mir gros ungemach.
Des morgenz, do der tag ufbrach,
Den zuiber uf ir houbt si nan
Un zogte zuo dem bache hin dan
Und spuolt ir tuoch, das tet mir we.
Ich mocht da nit belîben me.
Ich bin gemartert iamerlich.
Wir suillen wechselen, das rat ich,
Unser herbrig beide,
Und morn, bi unserm eide,
Suillen wir har wider komen
Und suillen schaden unde vromen
Ein andren beide hię veriechen."
Diu flo sprach: „das sol beschechen!"

Mir ist es nicht viel besser ergangen, glaub mir das! Gestern kam ich in ein Haus [und] begann, eine Frau zu peinigen. Ich schüttelte ihr die Glieder heftig, da setzte sie sich sogleich hin und kochte einen kräftigen Brei und aß. Ein Zuber mit Wasser stand da herum, davon trank sie reichlich. Dann schleppte sie eine Wanne voll Tücher herbei, die sie waschen sollte, und wollte mir keine Ruhe lassen. Sie hat mich völlig zugrunde gerichtet. Sie ruhte die ganze lange Nacht keinen Augenblick aus. Pausenlos arbeitete sie fort. Sie machte es mir äußerst ungemütlich. Morgens, bei Tagesanbruch, hob sie die Wanne auf den Kopf und begab sich stracks an den Bach und spülte ihre Tücher, das gab mir den Rest. Ich konnte dort nicht mehr bleiben. Ich fühle mich jämmerlich zerschlagen. Wir sollen unsere beiden Quartiere tauschen, ist mein Vorschlag, und morgen sollen wir, das wollen wir schwören, wieder herkommen und einander Schaden und Nutzen hier erzählen." Der Floh sagte: „So soll es geschehen!"

59 *f.*

Der ritte bald uf sin gewin
Zogte zuo dem kloster hin
Und erschuit der eptischin ir lider.
Ir iungvrowe half ir balde nider.
Si wart gedeket harte wol.
Ir kemnate was râtes vol.
Si sprach: „min rugge und ouch min bein,
Die rîdwend vast. ein ziegel stein
Solt du mir machen balde heis,
Und wuirde mir ein sanfter sweis,
Ich moecht vil lichte wol genesen.
Ouch hab ich selbe das gelesen,
Das man die fuize rîben sol
Mit essich und mit salze wol.
Roswasser sol man balde haben,
Da mit sol man min houbet laben,
Das zuicht ûz boese hitze.
Acht eben, wenne ich switze,
So nim den belz und deke mich!
La nieman in, des bit ich dich,
Das der sweis nit erwinde!
Sag ouch dem gesinde,
Das si alweg sin bereit
Ze tuonde bald, als man in seit!
Du solt ouch gewarnet sin,
Das man mit flîsse huete min
An tranke und an spîse.
Ein muos von einem rise
Mit mandel milche wol bereit,
Das mache, das si dir geseit!
Zuker violet solt du dich
Warnen, das erkuelet mich,

Die Grippe, auf ihren Vorteil bedacht, eilte zu dem Kloster und ließ die Glieder der Äbtissin erschauern. Ihr Kammermädchen half ihr auf der Stelle ins Bett. Sie wurde auf das sorgfältigste zugedeckt. Das Zimmer war mit allem versehen. Sie sagte: „Mein Rücken und meine Glieder erschauern fürchterlich. Du sollst mir schnell einen Ziegelstein heiß machen, wenn ich gelinde schwitzen könnte, würde ich womöglich bald gesund. Ich habe auch selbst gelesen, daß man die Füße mit Essig und Salz einreiben soll. Rosenwasser soll man schnell herbeischaffen [und] damit Kompressen für den Kopf machen, das zieht die schlimme Hitze heraus. Paß auf, wenn ich in Schweiß gerate, dann nimm den Pelz und deck mich zu! Laß bitte niemanden herein, damit der Schweiß nicht zurücktritt! Sag auch den Dienstboten, daß sie sich ständig bereithalten, damit sie schnellstens tun können, was man ihnen aufträgt! Dir will ich auch einschärfen, daß man mich bestens mit Essen und Trinken versorgt. Mach einen Reisbrei mit Mandelmilch, sag ich dir! Gezuckerten Veilchensaft sollst du bereithalten, das kühlt

Und mag des bas ze stuole gan.
Ein granat oephel solt du han,
Der mir erfrische minen munt!
Ich danken dirs, wirt ich gesunt."
Des ritten wart enphlegen wol. –
Diu flo was dennoch hungers vol.
An die herbrig kam si hin,
Da ê der ritte was gesin.
Da ir do vil guot gemach
Von der wescherin geschach.
Si hat ir tuoch getruiknet wol.
Ir hûs was armuote vol,
Wirtschaft was da tuire.
Si saste sich zuo dem fuire
Und âz, das si do moechte han.
Darnach si slâffen began,
Uf ir strousak leit si sich do,
Des wart gemeit diu hungrig flo.
Die vrowe lag stille unde slief,
Diu flo uf unde nider lief,
Die spîs ir nieman wêrte,
Si hat, des si begerte,
Die langen nacht. des morgenz fruo
Kamen si ze samen duo,
Beide der ritte und ouch diu flo.
Ir herbrig waren si vil fro.
Der ritte sprach: „mir ist gar wol.
Die eptischin mir betten sol
Atzechen wuchen oder me."
Do sprach diu flo: „mir ist ouch nit we
Uf dem strousake beschechen.
Wen sol mich disen sumer sechen

---

mich wieder ab, und dann kann ich um so besser auf den Nachtstuhl gehen. Du sollst einen Granatapfel besorgen, der mir den Mund erfrischen soll! Wenn ich gesund bin, werde ich es dir vergelten." Die Grippe wurde ausgiebig verwöhnt. – Der Floh hatte noch mächtigen Hunger. Er kam zu dem Quartier, wo vorher die Grippe gewesen war. Die Wäscherin bot ihm allen Komfort. Sie hatte ihre Tücher getrocknet. In ihrem Haus herrschte die Armut, da wurde kein großer Aufwand gemacht. Sie setzte sich ans Feuer und aß, was sie gerade hatte. Dann legte sie sich schlafen auf ihren Strohsack, das freute den hungrigen Floh. Die Frau lag still und schlief, der Floh lief auf und ab, niemand verwehrte ihm zu tafeln, die ganze Nacht hindurch hatte er alles, was er wollte. Des Morgens früh kamen Grippe und Floh [wieder] zusammen. Sie zeigten sich beglückt über ihre Unterkünfte. Die Grippe sagte: „Mir geht es prächtig, die Äbtissin wird mir achtzehn Wochen oder länger das Bett bereiten." Da sagte der Floh: „Mir ist es auch nicht schlecht gegangen auf dem Strohsack. Diesen Sommer

Uf dem strousake wesen fro."
Von einander schieden si do. –
Wer dem siechtag losen wil,
Dem mag sin werden wol ze vil.
Wen spricht, das uibrig gemach
Gesuinde luite machet swach.
Nach sinen statten wirt der man
Siech dike, als ich vernomen han.
Mit ernst diu wescherin vertreib
Den ritten, der doch lang beleib
Bi der kluogen eptischin.
Des muos er iemer selig sin! *Q 93*

Meffrid

[Melodie]

'HAt zit genug' vnd 'komt noch wol'
zu keinen güten dingen sol.
ich sprich: „ich habe zit genüg" –
ich wolte, ez were geschehen.
Zü hant gerüwet mich die fart,
daz ich mich selber han gespart,
ich solte wol den vngefüg
in zite han vnder sehen.
Ach jüngmann, dar an soltu gedencken,
waz dich an dyme alter mag gekrencken!
'hat zit genüg' macht manichen mat,
daz er keine ander straße hat,
wanne die uff sine fiende gat, den mag er nit entwencken.

wird man mich auf dem Stroh herrlich und in Freuden leben sehen." Da schieden sie voneinander. – Wer sich der Krankheit widmen will, der kann leicht zu viel davon bekommen. Man sagt, allzu große Bequemlichkeit mache gesunde Leute krank. Oft wird der Mensch seinen Umständen entsprechend krank, so habe ich sagen hören. Festen Sinnes vertrieb die Wäscherin die Grippe, die sich doch bei der verwöhnten Äbtissin lange niederließ. Deshalb möge es ihr *[der Grippe]* stets wohl ergehen!

HAt zit: 'Hat Zeit genug' und 'Kommt schon noch' taugen zu nichts Gutem. Ich sage [so leicht]: „Ich habe genug Zeit" – ich wollte [dann aber], es wäre geschehen. Bald schon reut mich der Umstand, daß ich mich so geschont habe, ich hätte so Törichtes beizeiten verhüten sollen. Ach junger Mann, du solltest daran denken, was dich im Alter bedrücken könnte! 'Hat Zeit genug' macht manchen [so] hilflos, daß er keinen anderen Weg mehr gehen kann als den, der zu seinen Feinden führt, denen er [dann] nicht mehr ausweichen kann.

HAt zit *Ä. nach Q 104.*

‚HAt zit genüg', daz ist ein ding,
ez sümet manichen jüngeling
an eren vnd an wirdekeit
vnd auch *an* manichen dogenden.
Hie bij rat ich dir, jünger man,
daz dü nit zit genüg solt han;
du lege an dich der eren kleyt
in diner blügenden jogenden!
So macht dü frolich rilich lop herwerben,
dez lobes wort an dir nit *mac* her sterben;
wilt aber haben du den müt,
daz ‚zit gnüg' dich düncket gut,
so wiß er, daz in siner jügent sin lop müß *verderben.*

‚HAt zit gnüg' bürge vnd lant,
hat hohe herren dicke geschant.
hie bij rat ich dir, jünger man:
wiltu in eren alten,
So man noch prijse werben soll,
gedencke nit: „ez kompt noch wol."
in zijt so soltü vff der ban
gein dinen figenden halten!
Jünger man, hab freud vnd da bij müte!
in zijt halt dinen lip in rechter hüte!
in rechter zit ein man in were
ist besser danne zü vnzijten ein here.
jünger man, halt dich in rechter zijt, ez komet dir noch zü güte!

Q 56

---

16 ‚Hat Zeit genug' ist etwas, was manchen jungen Mann von Ehre und Würde und auch von vielen Tugenden fernhält. Hiermit rate ich dir, junger Mann, daß du dir nicht Zeit genug lassen sollst; leg das Kleid der Ehren in deiner blühenden Jugend an! Dann kannst du freudig reiches Lob ernten, dein Lob kann nicht verstummen; läßt du dir aber einfallen, daß ‚Zeit genug' dir eine gute Devise zu sein scheint, so soll jeder wissen, daß [schon] in seiner Jugend sein Ruhm zugrunde gehen muß. 29 ‚Hat Zeit genug' hat Städte und Länder, hat hohe Herren oft in Schande gebracht. Hiermit rate ich dir, junger Mann: Willst du in Ehren alt werden, dann denke, wenn es gilt, rühmliche Taten zu vollbringen, nicht: „Es kommt schon noch." Rechtzeitig sollst du mit deinen Feinden in die Schranken treten! Junger Mann, sei frohgemut und voll Tatkraft! Gib beizeiten auf dich acht! Ein einziger Mann, rechtzeitig zur Wehr bereit, ist besser als ein ganzes Heer im falschen Augenblick. Junger Mann, achte auf den rechten Zeitpunkt, es wird dir Segen bringen!

19 *f.* 25 *f.* 28 hersterben.

Unbekannter Verfasser

Ich beuele dir, gotis gebårårin,
meyn sele, meynyn leip vnd alleyn meynin zin.
Ich bete dich, mutyr der barmherczekit,
Das du mich geruhist czu behuteyn vor alleym leyt.
Vnd an der heimelichyn stund,
zo mir di zele fert ws dem munt,
zo kom czu hylfe mir, konegin,
irloze mich vor der helle peyn
vnd vor deynis libeys kindeys czorn,
das ich ichst ebecleych verde vorlorn. Amen. *Q 90*

Unbekannter Verfasser

Es kumpt ain schiff geladen
recht vff sin hoͦchstes port.
es bringt vns den sune des vatters,
daz ewig wort.

Vff ainem stillen wagen
kumpt vns das schiffelin.
es bringt vns riche gaͧbe
die herren kùngeen.

Maria, du edler roße,
aller såldenn ain zwy,
du schoͦner zitten loße,
mach vns von sunden fry!

Ich beuele: Ich stelle, Gottesgebärerin, meine Seele, meinen Leib und alle meine Gedanken unter deinen Schutz. Ich bitte dich, Mutter der Barmherzigkeit, daß du mich vor allem Leid behüten mögest. Und in der unbekannten Stunde, wenn mir die Seele aus dem Mund weicht, dann komm mir zu Hilfe, Königin, bewahre mich vor der Pein der Hölle und vor dem Zorn deines geliebten Sohnes, damit ich nicht ewig verloren bin. Amen.

Es kumpt: Es kommt ein Schiff, beladen bis hoch an seinen obersten Rand. Es bringt uns den Sohn des Vaters, das ewige Wort. 6 Auf einer stillen Flut kommt das Schifflein zu uns. Reiche Gabe bringt uns die erhabene Königin. 10 Maria, du edle Rose, Zweig aller Seligkeit, du schöne Zeitlose, mach uns von Sünden frei!

Es kumpt *Häufig dem Mystiker Johannes Tauler zugeschrieben. Zur Mel. vgl. Q 107. Ä. nach Q 12.* 10 *Die Rose galt als Symbol der Anmut und Liebe Mariens, vgl. Eccli. 24, 18.* 12 *Der Name* Zeitlose *wurde für verschiedene Frühlingsblumen, vor allem für Märzbecher und Schneeglöckchen verwendet. Wie diese Blumen vor der eigentlichen Blütezeit den Frühling ankündigen, so kündigte Maria das Kommen Christi an.*

Daz schifflin, daz gât stille
vnd bringt vns richen last;
der segel ist die mine,
der hailig gaist der *mast*. *Q 13*

Unbekannter Verfasser

JCh mv̊z springen,
hôr ich klingen
dinen namn, maria.
Allen dingen
mv̊z gelingen,
swie dv wilt, maria.
dv wu*n*schelstab, maria!

Von dir singen,
noh dir ringen
sol div welt, maria.
Swen hie twinget,
swen hie tringet
herzeleit, der schrige:
„hilf, milte magit maria!"

Laz vns armen
dir erbarmen
dvrch dines lieben kindes blv̊t!
Joch bistv gv̊t,
swaz ieman tv̊t.
davon so wellen wir niht bv̊zen
den vo*r* dinen fvezen.

Neige tovgen
milte ovgen
in diz biter iamerlant!

---

14 Das Schifflein treibt still dahin und bringt uns kostbare Fracht; das Segel ist die Liebe, der Heilige Geist der Mast.

JCh mvz: Ich muß hoch aufspringen, höre ich deinen Namen erklingen, Maria. Alles muß gelingen, wenn du es willst, Maria. Du Wünschelrute, Maria! *[Ex. 17, 5f.]* 9 Von dir singen, nach dir streben soll die Welt, Maria. Wen hier bedrückt, wen hier bedrängt Herzeleid, der rufe: „Hilf, milde Jungfrau Maria!" 16 Erbarme dich über uns Elende um des Blutes deines geliebten Sohnes willen! Du bist ja gütig, was man auch tut. Deshalb wollen wir nirgend anders Buße tun als zu deinen Füßen. 23 Richte still den milden Blick hinab in dies Land des bitteren Jammers!

Es kumpt 15 vnd. 17 schatz.
JCh mvz *Mel. nicht erb.* 8 wuschelstab. 22 von.

Brich svnden bant
mit diner hant!
hilf, daz wir dich mv̊zen
mit reinem herzen grv̊zen! *Q 67*

Peter von Arberg

[Melodie]

JCh wachter sol erwecken
den sv̂nder, der do slaffet ser,
Ob ich in kund erschrecken
aus seiner sv̂nden schein.
Es nâhent gein dem morgen,
das Got, der hochgelobte h*er*,
tet swiczen vnd auch sorgen
auf seines todes pein.
Ach sunder, das du nicht enmacht
ein weil mit im gewachen,
der durch dich ein vil lange nacht
tet herttikleich erkrachen
vnd in des sterbens nye verdros
vnd dich macht des todes plos,
den Eua hat gemachet!

Nw wach, sv̂nder trâge!
gedengk hinhinder vnd hinfv̂r,
wie hert es dir nw lâge,
ob er dich slaffend funde!
Es ist gar hart gewaget:
er get ein durch verslosne tv̂er,
er legt dir manige lėge,
wann du nicht waist dy stunde,

Zerbrich mit deiner Hand die Bande der Sünde! Hilf, daß wir dich mit reinem Herzen grüßen können!

JCh wachter: Ich Wächter soll den Sünder wecken, [soll versuchen,] ob ich ihn aus seinen Sünden aufschrecken kann. Es naht der Morgen, an dem Gott, der hochgepriesene Herr, zu schwitzen und vor seiner Todesqual zu bangen begann. Ach Sünder, daß du nicht eine kleine Weile mit dem wachen kannst, der um deinetwillen eine ganze lange Nacht in Furcht erbebte und der nicht zögerte zu sterben und dich von dem Tod, den Eva verursacht hatte, erlöste! 18 Nun wach auf, du träger Sünder! Führ dir von allen Seiten vor Augen, wie hart es dich ankommen würde, wenn er dich schlafend fände! Es ist ein gewagtes Spiel: er dringt durch verschlossene Türen, er stellt dir eifrig nach, denn du kennst die Stunde nicht,

JCh wachter *Ä. nach Q 56.* 8 hort.

Wenn du nicht waist, wenn oder wie
nv sich dein leben endet.
volig meinem rat vnd richt dich hye,
das du hinfůr sendest,
da du an czweifel hin muest kumen!
slaffestu oder hast du nicht vernumen?
das laß mich wissen hye!

Nw waffen, ymmer waffen!
sunder, wie sol ich erwegken dich?
vindt dich mein herr slaffen,
es gerewt dich czwar.
Mein růeffen vnd mein singen
veruahet laider klain an dir.
sol dir nw misselingen,
dy schuld ist dein fůr war.
Erschell ich meines hornes don,
dein wachen kumpt czu spate.
stand auf vnd wach, er gibt dir lon,
vnd volig nach meinem rate!
stand auf vnd wach, es ist an der czeit,
wenn dir der herr den lon geit,
er kumpt vnd enphacht dich schon. *Q 76*

---

du weißt nicht, wann oder wie dein Leben hier ein Ende nimmt. Folge meinem Rat und verhalte dich hier so, daß du im voraus dorthin sendest *[Verdienste durch gottgefälliges Leben, vgl. Mt. 6, 19]*, wohin du ohne Zweifel kommen mußt! Schläfst du oder hast du mich gehört? Das laß mich jetzt wissen! 33 Ach, wehe und immer wehe! Sünder, wie soll ich dich wecken? Wenn dich mein Herr schlafend findet, wird es dich sicherlich reuen. Mein Rufen und Singen nützt mir bei dir leider gar nichts. Wenn es dir nun übel ergehen wird, so ist es wahrhaftig deine Schuld. Wenn ich erst mein Horn ertönen lasse, dann kommt dein Aufwachen zu spät. Steh auf und ermuntere dich, er wird dich belohnen, und folge meinem Rat! Steh auf und wache, es ist hohe Zeit, denn der Herr gibt dir den Lohn, er kommt und empfängt dich liebevoll.

Peter Suchenwirt

Von der kayserin von payrn

Maria, mûter vnde magt,
Dir sei gechundet vnd gechlagt
Ein sterben von des todes wegen.
Wer schol nv hoches mûtes phlegen?
wer schol nv vrewd in hertzen han?
Wer schol nv auf des trostez pan
Swingen seines hailes fûz?
Wer machet sargen sußen pûz?
Wer tailt durch got, durch ere gût?
Wer chechet ritterleichen mût
Mit vreẘden bernden sachen?
Wer chan nv traẘrn swachen?
Wer schenkchet in des hertzen prust
Durch hôchen mût lieb vnde lust?
Wer sterkchet stetes mûtes chraft?
Wer willigt mandleich ritterschaft
Ze ern gernder gûten tat?
Wer geit nv sin vnd weisen rat,
Den ernst mit gelimphe?
Wer liebet sich dem schimphe
Mit tzûchten an gevaere?
Wer vleizzt sich gûter paere,
Daz er mag niemant missehagen?
Sust mûz ich chunden vnde chlagen,
Daz v̊ns der tôt beraẘbet hat
Mit seiner vrechen grimmetat

Von der: Von der Kaiserin von Bayern. Maria, Mutter und Jungfrau, dir sei ein Sterben verkündet und geklagt, das der Tod verhängt hat. Wer soll nun Hochherzigkeit gewähren? Wer soll nun Freude in den Herzen erhalten? Wer soll nun seinen heilbringenden Fuß auf den Pfad des Trostes setzen? Wer schafft wohltuende Abhilfe für [alle] Sorgen? Wer verteilt Gaben um Gottes [und] der Ehre willen? Wer weckt Rittersinn durch erfreuende Taten? Wer kann nun Trauern mildern? Wer gießt durch seinen edlen Sinn Freude und Lust tief in die Herzen? Wer stärkt die Kraft der Beständigkeit? Wer macht mannhaftes Rittertum willig zu ehrbegieriger guter Tat? Wer gibt nun Einsicht und weisen Rat, ernsthaften Sinn und gemessenen Anstand? Wer verpflichtet sich durch Zucht ohne Arg ritterliche Kurzweil? Wer befleißigt sich eines [so] edlen Benehmens, daß er niemandem mißfallen kann? So muß ich verkünden und klagen, daß uns der Tod mit seiner verwegenen Untat

Von der *Margaretha, Tochter des Grafen Wilhelm I. von Holland und Gattin des röm.-dt. Kaisers Ludwig IV. (1314–1347), starb 1356.*

Jn seiner chlaûsen tempel
Ein pild vnd ein exempel,
Weipleich ein creature –
Got selben ir figure
Geôrdent vnd gepildet het –,
Der trewen gantz, der ern stet,
Volchômen gantzer tugent.
Da her von chindes ivgent
Jr sin vnd auch ir hertze stûnd
Noch ern, als di weisen tûnd.
Ein rainer frucht ward nie gepôrn.
An ir di armen hand verlôrn,
Di si von gaben nie geschidt.
Jr diner si mit helf beriet,
Daz maniger chlaget also ser
Vnd iz verwindet nimmermer.
Si gab den chlagunden gûten trôst
Vnd hat gevangener vil erlôst,
Di pei dem leben sind beliben.
Der sust vil maniger waer vertriben
Von leib, von leben vnd von gût,
Di lôst daz hochgeparne plût
Mit sûnen vnd mit guter pet.
Ach got, daz v̂ns zelaid ye tet
Des grimmen todes sazze!
Si hat der ern strazze
Gebent mit gantzen vrewͤden.
Von wem schol man nv gewͤden,
Seit daz der leib begraben leit,
Der ye mit willen ze aller tzeit
Jn hochem mût mit tzûchten lebt

---

ein Vorbild und ein Ideal in dem Heiligtum seiner Klause geraubt hat, ein Geschöpf, als Weib geschaffen – Gott selbst hat ihre Gestalt geformt und gebildet –, in der Treue ohne Fehl, in der Ehre beständig, vollkommen in makelloser Tugend. Von Kindheit an strebten deshalb ihr Sinn und ihr Herz nach Ehren, wie es Weise tun. Ein reineres Geschöpf ist nie geboren worden. An ihr haben die Armen jemanden verloren, der ihnen niemals Gaben vorenthielt. Ihren Untergebenen stand sie mit Rat und Tat zur Seite, so daß mancher gar so bitterlich klagt und es nie mehr verwinden wird. Sie hat die Trauernden hilfreich getröstet und viele Gefangene befreit, die [infolgedessen] am Leben geblieben sind. Die, von denen viele sonst um Leib, Leben und Gut gebracht worden wären, hat die Hochgeborene durch Sühne und Fürbitte ausgelöst. Ach Gott, daß uns des grimmen Todes Tücke je solches Leid zugefügt hat! Sie hat mit ungetrübten Freuden die Straße der Ehre geebnet. Wen soll man nun rühmen, da jetzt der Leib begraben liegt, der stets bewußt und zu jeder Zeit hochgesinnt und zuchtvoll gelebt

Vnd stet noch grozzen ern strebt?
O hôchgeteŵrtes tugende chlait,
Der ernchrantz was dir berait,
Mit tzûchten chlar geblûmet!
O ritterschaft, wer rûmet
Den hochgetewerten namen dein,
Seid v̂ns verplichen ist der schein,
Der dir mit ern leûchtet,
Durch sûzzet vnd durch veûchtet
Mit vrewdenreiches tawes regen?
Maria schol der sele phlegen
Vôr arger geiste leiden.
Magt, mûter, durch daz sneiden,
Daz dich tet symeones swert,
Do dir ward pitterleich versert
Dein hertz vnd deines geistes chraft,
La sei dort werden sigehaft
Jn hymel pei dem chinde dein
Vnd tû ir dein helfe schein
An deiner tzesmen seitten!
Ob si pei irn tzeiten
Mit sunden sich verschuldet hab,
Maria, mûter, so nim ab
Den tzôrn deines chindes,
Jz ward nie nicht so lindes
Sam deiner parmung reys.
Wer nv so gûter sinne weys,
Der pite gotes mûter chlar,
Daz dort ir sele wol gevar!
O edeleu graefinn von hollant,
Vraw margret mit nam genant,

---

und stetig nach großen Ehren gestrebt hat? O hochgepriesenes Kleid der Tugend, der Ehrenkranz war dir geflochten, verziert mit dem Blumenschmuck reiner Sitten! O Ritterschaft, wer rühmt deinen hochgepriesenen Namen, da uns das Licht erloschen ist, das dich mit Ehren bestrahlt, [dich] durchsüßt und durchfeuchtet hat mit dem Niederschlag seines freudebringenden Taues? Maria mag die Seele in ihre Obhut nehmen, daß böse Geister ihr kein Leid zufügen. Jungfrau, Mutter, weil dich Simeons Schwert geschnitten hat *[Lc. 2, 35]*, wobei dir Herz und Sinn bitterlich verwundet wurden, laß sie dort im Himmel bei deinem Kind den Sieg erringen und laß ihr zu deiner Rechten deine Hilfe zuteil werden! Wenn sie zu Lebzeiten durch Sünden schuldig geworden ist, Maria, Mutter, so wende den Zorn deines Kindes, gab es doch nie etwas so Besänftigendes wie den Zweig, [der die Frucht] deines Erbarmens [trägt]. Wer nun diese gute Gesinnung kennt, der bitte Gottes erhabene Mutter, daß es ihrer Seele dort wohl ergehen möge! O edle Gräfin von Holland, Frau Margarete mit Namen,

Ein chaysrinn Rômischz reiches,
Nie ward so tugentleiches!
Phleg deiner sel geist, vater, christ,
Der ye waz got vnd immer ist! *Q 81*

Heinrich von Mügeln

[Im langen Ton]

WEr tichtet vnd gesach ny warer kunste grunt,
Ab sin gesang von meister straffen wirdet wunt,
So stehit sin ticht in schame sunder were.
wes die natur leuckent, des enpern müß
mensch vnd thir. des vorchte nicht Ikarius,
des muste er sterben in dem wilden mere.
Er vlog vnd was kein vogel nicht,
er dedalus ym smitte das gefider.
wie hoch ein man sin tzymmer richt,
ane kunste punt doch muß es vallen nyder.
Ab er von gote singen sal,
den mensche ny begreiff in keinen synnen,
wirt ym syns hertzen steg tzu smal,
hoch ist sin val vß valscher kunste tzynnen.
Er sal ein warer meister sin, der vor den fürsten tichte.
Er milde richet ware kunst nach adels gunst.
welch man nicht rechter kunste kan, der fisch in wage sichte!
Q 25

Kaiserin des Römischen Reiches, nie gab es Tugendhafteres! Möge der Geist, der Vater, Christus, Gott von Ewigkeit zu Ewigkeit, deine Seele bewahren!

WEr tichtet: Wer dichtet und nie den Nährboden einer Kunst, die der Wahrheit verpflichtet ist, kennengelernt hat, dessen Dichtwerk steht, wenn sein Gesang vom Tadel der Meister getroffen wird, mit Schande bedeckt, ohne sich wehren zu können. Was die Natur versagt, das müssen Mensch und Tier entbehren. Das respektierte Ikarus nicht, deshalb mußte er im schrecklichen Ozean umkommen. Er flog und war kein Vogel, Herr Dädalus schmiedete ihm das Gefieder. Wie hoch ein Mensch sein Gerüst auch aufrichtet, wenn nicht Gelehrsamkeit es zusammenfügt, muß es dennoch auseinanderfallen. Wenn er von Gott singen soll, den der Mensch mit keinem Gedanken je erfaßt hat, dann wird ihm der Steg seines Herzens zu schmal, er fällt tief von der Zinne einer Kunst, die Falsches lehrt. Ein Meister, dem die Wahrheit zugänglich ist, soll der sein, der vor den Fürsten die Dichtkunst ausübt. Ihre Freigebigkeit beschenkt die wahre Kunst gemäß dem Wohlwollen des Adels. Wer richtiger *[mit dem gelehrten Wissen der Zeit übereinstimmender]* Kunst nicht kundig ist, der fische in seichtem Gewässer!

WEr *Mel. in Q 76. 1. Spruch einer 17strophigen Spruchkette, S. 106 der 5. und 7.*

Uß nichte nicht wirt, spricht alle meisterschafft.
gewalt in nicht nicht mag gewortzeln yren hafft.
dauon *ein iglich icht muß* wandel tragen.
eyn meister der materien darff wol kunste tzyl,
ab er vß golde in form ein bilde wercken wil,
das sich nicht mag materien art entsagen.
Sust, wene nicht, das got die dingk
gemachet had vß der naturen grunde:
Mer, hymmel, engil, erden ring
von einem worte floß vß sinem munde.
vernunfft des menschin kennet yn,
recht samp dy sunne küset der v̊len ouge.
das obersach der slangen sin,
wie gotes wort wart fleysch in solcher tougen.
der sunder mannes mittel sehit samn in der meyde geŭilde,
der mag vß nichte machin icht,   wann sin geticht
nicht orsprůnge vß den dingen had nach vnnser kunste milde.

Q 25

Wiltu nu wissen, wie der hymmel sey gesacht
nach der naturen vnd *doch* nicht in tzyt gemacht,
so saltu volgen myner lere s*c*ra*ph*e.

Uss nichte: Aus Nichts entsteht nichts, sagen alle Gelehrten. Wirkende Kraft kann nicht in Nichts haften und Wurzel fassen. Durch sie ist [nur] jegliches Etwas dem Wandel unterworfen. Ein Meister, der mit Werkstoff umgeht, bedarf der Kunstfertigkeit, wenn er aus Gold einem Gebilde Gestalt geben will, das [freilich] den Eigenschaften der Materie verhaftet bleibt. Glaube nicht, daß Gott die Dinge auf die gleiche Weise aus dem Grundstoff der Natur *[Materie]* geschaffen hat: Meer, Himmel, Engel, der Erdenkreis flossen durch ein Wort aus seinem Mund. Menschliches Begreifen erkennt ihn ebenso *[nämlich unzureichend]*, wie das Auge der Eule die Sonne erkennt. Die Einsicht der Schlange *[Teufel ?]* übersah, wie Gottes Wort in solcher Heimlichkeit Fleisch wurde. Der ohne Vermittlung des Mannes den Samen in das Feld der Jungfrau säte, der kann aus Nichts Etwas machen, denn sein Werk entspringt nach der Einsicht, die wir unserer Wissenschaft verdanken, nicht aus den Dingen.

Wiltu: Willst du nun wissen, wie der Himmel gemäß dem Prinzip der Natur *[Ursache und Wirkung]* hervorgerufen und doch nicht in der Zeit geschaffen ist, so sollst du dem Striegel meiner Lehre folgen.

Uss nichte *Ä. nach Q 131.*   3 icht muß ein iglich.

Wiltu *Ä. nach Q 4. Der Spruch steht in enger Beziehung zu dem vorhergehenden Spruch im Zyklus (Q 131 Nr. 6), in dem die Formulierung von Gen. 1, 1 („Im Anfang schuf Gott Himmel und Erde.") zurückgewiesen wird, weil der Begriff des Erschaffens und die zeitlich verstandene Bestimmung „im Anfang" das Vorhandensein von Zeit und Materie voraussetzen würden, wobingegen der Himmel nach den naturphilosophischen Auffassungen der Zeit nicht als Komplex von Materie und Form verstanden wird und folglich ewig ist.   2 f.*   3 straffe; *Q 4 hat* schrappe, *Ä. nach Q 131.*

ab ye dyn fuß gestanden were von ewickeit
in stip, in stoup vnd hette sich ny von stat geweyt,
wer ee der fuß ader des fusses staphe?
der fuß ee vor dem staphen was
nach der natur – er quam vß siner milde –,
nicht nach der tzyḍ. Sust průfe, das
in einer tzyd da was yr beyder bilde.
Sust got den hymmel had gesacht
nach der naturen vnd der engel wesen
vnd had sy nicht tzu tzyd gemacht,
sy mochten anders ewig nicht gewesen.
was in der Zcyd gemachet wirt, das wil die tzyd vortriben,
vnd wil ym geben bilde me   naturen ee;
sin forme in tat stet in gewalt vnd mag nicht ewig bliben.

Q 25

Es sassen frôsche tzinses fry vnd vorchte lere,
die baten lange vmb einen konig Ern Iupiter;
des er irlachte, solcher tumpheit schymel.
der krôten schar riff vnd schrey das ander mal.
dem see tzu konige warff er einen tr*a*m tzutal –
als dy poeten sagen – von dem hymmel.
des ser erschrack der frosche schar,
begunden sich durch vorchte tzu grunde lassen.
darnach sy quamen wider gar
vnd vff des sanfften koniges achseln sassen.

Wenn dein Fuß von Ewigkeit her immer in Staub, in Sand gestanden und sich nie von der Stelle bewegt hätte, wäre dann der Fuß eher oder der Fußstapfen? Der Fuß war der natürlichen Ordnung nach stets vor dem Abdruck – dieser verdankt sich dessen Bewirken –, nicht [aber] im Hinblick auf den zeitlichen Ablauf. So erkenne, daß beider Gebilde zur gleichen Zeit vorhanden war. Ebenso hat Gott den Himmel gemäß dem Prinzip der Natur hervorgerufen und auch das Dasein der Engel und hat sie nicht für die Zeit geschaffen, sonst könnten sie nicht ewig sein. Was in der Zeit geschaffen wird, das *[Akk.]* will die Zeit [wieder] vertreiben, und das Gesetz der Natur will ihm weitere Gestalten geben; die in ihm realisierte Form ist *[zugleich weiterwirkende]* Kraft und kann nicht ewig bleiben.

Es SASSEN: Es lebten [einmal] Frösche frei von Abgaben und bar jeder Furcht, die baten Jupiter den Herrn lange um einen König; darüber lachte er, über den Schimmel solcher Dummheit. Die Schar der Kröten rief und schrie zum zweiten Mal. Da warf er – so erzählen die Poeten – als König über den See einen Balken vom Himmel herunter. Darüber erschrak die Schar der Frösche, vor Furcht tauchten sie auf den Grund. Dann aber kamen sie wieder herauf und setzten sich auf die Schultern dieses milden Herrschers.

Es SASSEN *Ä. nach Q 131.* 5 troum.

vmb einen konig sy riffen me.
den hoen got erweckte tzornes galle.
Czu konige sante er dem see
den storg, der sy vorslant in grymme alle.
Jst sanffte, gut der herre din, des yn nicht laß entgelden,
das du icht komest sam der see in iamers me.
frietumb vnd erste herschafft wirt vorbessert, hôr ich, selden.

Q 25

[Im Hofton]

Mich wundert, wie mich lat
Eyn wip, das durch mynes hertzen blat
sleht alle tag ein nuwes phad
mit yres sûssen plickes gang.
wie offt ich das geferte
vortzûne mit des synnes gerte,
der mynne blic*k* *e*s wyde*r* scherte,
vnd bricht vff mynes hertzen schrang.
Hilff, venus, enden mir das gestrenge leben,
das sy mir laß den sin! das hertze ergebin
ich wil vnd da*r* tzu streben
nach yren hulden alle stund.

Vß sweuil, pech *ein* fûer,
vß hartze, bôrnsteyn, vngehüer
wirt, das keines wages stuer
vorleschet, wo mans schusset hin.
doch es vorlischet kunst.

Wieder bettelten sie um einen König. Zornesgalle brachte den hohen Gott in Rage. Als König schickte er dem See den Storch, der sie voll Ingrimm alle verschlang. Ist dein Herr sanft [und] gütig, laß ihn das nicht entgelten, damit du nicht wie der See in größeres Leid gerätst. Freiheit und erste Herrschaftsformen werden, wie ich höre, selten durch Besseres abgelöst.

Mich wundert: Mich wundert, wie mich eine Frau behandelt, die mit ihres süßen Blickes Schweifen durch das Laubwerk meines Herzens alle Tage einen neuen Pfad schlägt. Wie oft ich den Weg mit den Stecken der Vernunft verzäune, der Blick der Liebe hat sie wieder eingerissen und bricht die Umfriedung meines Herzens auf. Hilf, Venus, mir dies harte Leben beenden, damit sie mir den Verstand läßt! Das Herz will ich [ja] hingeben und mich obendrein zu allen Stunden um ihre Huld bemühen. 14 Aus Schwefel, Pech, aus Harz, Bernstein macht man ein schreckliches Feuer, das, wo man es hinschießt, kein Wasser löschen hilft. Doch können Zaubermittel es auslöschen.

Mich wundert *Mel. in Q 56, dort unter dem Namen* kurzer Ton. *Ä.* 35 *nach Q 131, die übrigen nach Q 56.* 8 blickes; widen. 12 das. 14–16 *griechisches Feuer.* 14 *f.*

nu had sy wildes fures prunst
geschossen in mynes hertzen runst,
das nymmer lischet menschen sin.
Jch wene, vo*n* troye er pariß ny gebrante
als ich, da er den aphil venus sante.
sin not doch sterben ante,
myn not had endelosen grunt.

Trost, hilff, myns hertzen frauwe!
wörde mir vß dines hertzen auwe
gegebin diner mynne tauwe,
so hoffte ich leschin solche pin.
Slůs vff dines hertzen toer!
dy mynne ist aller salben vor,
sy quicket leydes hertzen ror
vnd gust ym nuwes leben in.
Tr*y*ag gifft weder slecht, ich hore schriben,
sust wider slan myn leyt laß vn*d* *u*ortriben!
Ich hoffen in leben bliben,
vorsigelte mich dyn roter munt. *Q 25*

Isen der agitstein
tzůcht an sich, mercke sunder meyn.
der krafft er mag geůben clein,
wann gegenwart ist der adamas.
Sich, wie naturen hafft
gebůtt dem agitstein vnd schafft,
das er sich v̊ßen muß der krafft
vnd denn das ysen ligen laß;

Nun hat sie in meines Herzens Fluß die unzähmbare Feuersbrunst geschossen, die Menschenkunst niemals mehr auslöscht. Ich glaube, Herr Paris aus Troja stand, als er der Venus den Apfel zuerkannte, nicht so in Flammen wie ich. Seine Not hat doch der Tod geendet, meine Not ist endlos tief. 26 Tröste, hilf, Frau meines Herzens! Würde mir aus deines Herzens Au der Tau deiner Liebe geschenkt, so hoffte ich, solchen Schmerz zu löschen. Schließ deines Herzens Tor auf! Die Liebe ist besser als alle Salben, sie erquickt das Röhricht des kranken Herzens und gießt ihm neues Leben ein. Theriag besiegt das Gift, habe ich gelesen, ebenso laß mein Leid besiegen und vertreiben! Ich hoffe, leben zu bleiben, wenn mir dein roter Mund sein Siegel aufdrückt.

Isen: Der Magnetstein zieht Eisen an, das erkenne, [es ist] kein Betrug. Diese Kraft kann er nicht ausüben, wenn ein Diamant dabei ist. Sieh, wie das Gesetz der Natur dem Magneten befiehlt und bewirkt, daß er sich seiner Kraft entäußern muß und dann das Eisen liegen läßt;

22 vor. 34 Trag. *Mal. Heilmittel.* 35 vnuortriben.
Isen *Ä. nach Q 131.*

Wann er sins herren, des Adamas, enphindet,
tzu hand sin macht vorbleichet vnd vorswindet.
wip, kint, knecht ist vorblindet,
dy bey dem steine leren nicht.

Gib ere dinem man,
O wip, vnd biß ym vnderthan!
in siner gegenwart saltu lan
trutz, tzorn vnd swache meisterschafft!
Sin wort erfullen ger!
sich, wie die slang ist togent ler,
doch fôrchtet sy den tzouberer
vnd hôret sines wortes, nicht *widerklafft*.
Die ben ist vndertan dem wisel stete,
wie er nicht sticht vnd darbit angils grete.
wip, kint, knecht, halt die rete
vnd nach den dren din seten richt!

Welch herr nicht angels had
vnd wip, kint, knecht ane forchte lad,
der gehit an einer hennen stat
vnder yn vorschimphet vnd ver afft.
wann sy nu han den tzoum,
den herren sy vorchten in dem troum.
sy sprechin „seht, wie vns der soum
†tetirt!“, wann er icht mit yn schafft.
O werder man, halt wip, knecht mit dem kinde
an vorchte tzoum vnd biß yn nicht tzu linde!
tzu vil geheym gesinde
der herschafft schadt in aller schicht. *Q 25*

---

wenn er seinen Gebieter, den Diamanten, spürt, verbleicht und verschwindet sogleich seine Macht. Frau, Kind, Knecht sind blind, die von diesem Stein nicht lernen. 13 Ehre deinen Mann, o Frau, und sei ihm untertan! In seiner Gegenwart sollst du Trotz, Zorn und ungute Herrschsucht lassen! Sei bestrebt zu tun, was er anordnet! Schau, wie die Schlange, bar jeder Tugend, doch den Zauberer fürchtet und auf sein Gebot hört [und] nicht widerspricht. Die Biene ist stets dem Weisel untertan, obgleich er nicht sticht und keines Stachels Spitzen hat. Frau, Kind, Knecht, befolgt diese Ratschläge und richtet euer Verhalten nach diesen dreien! 25 Welcher Herr keinen Stachel hat und Frau, Kind [und] Knecht keine Furcht einflößt, der lebt verspottet und verhöhnt unter ihnen wie eine Glucke. Wenn sie die Zügel [in der Hand] haben, fürchten sie den Herrn [allenfalls] im Traum. Sie sagen: „Seht, wie uns der Esel *tetirt [zu lat. taedet gebildet, etwa: zur Last fällt?]*!“, wenn er etwas von ihnen will. O guter Mann, führe Frau, Knecht und Kind am Zaum der Furcht und sei gegen sie nicht zu nachsichtig! Allzu zutraulich gemachtes Hausgesinde schadet der Herrschaft allemal.

20 *f.*

de complexionibus

[Im grünen Ton]

Wiltu menschin art
gantz vff erden werden,
wiser man, gelart,
das du yn erkennest von gesichte?
Der sangwineus
gerne lachit, wachit,
singet vnd muß
gutig sin dem guten, Arg dem wichte;
menlich vnd tzornet selden;
Sin antlitz rot vnd offinbar gefrutit;
wirt tzornes flamm sich melden
in ym, sin mut in grymmer rache wůtit;
Milde vn*d k*usche vnd auch libig;
von adel sins blutes
in rechter stete blibig
vnd ist getruwes mutes.
art der lufft der selbe had:
fuchte, warm – nach aller meister tichte.

DEr Colericus
ist geformet, normet
vnd gesetig suß:
ruch sin brust vnd lutzel mag vortragen;
Trogenhafft er ist,
gehir rache, sprache

DE COMPLEXIONIBUS: Von den Temperamenten. Willst du, weiser Mann, der Natur des Menschen auf Erden vollständig kundig werden, so daß du ihn an seinem Aussehen [bereits] erkennst? Der Sanguiniker lacht gern, ist aufgeweckt, singt und muß dem Guten gut, dem Bösen böse sein; mannhaft und zürnt selten; sein Gesicht rot und offensichtlich gesund; meldet sich des Zornes Flamme in ihm, dann tobt er in grimmiger Rache; sanft und keusch sowie dicklich; ist durch die gute Art seines Blutes zu steter Treue geneigt und anhänglichen Sinnes. Er hat die Natur der Luft: feucht, warm – nach den Berichten aller Meister. 21 Der Choleriker ist folgendermaßen gestaltet, genormt und geartet: dicht behaart seine Brust, und [er] kann wenig aushalten; er ist betrügerisch, jäh in der Rache wie in der Sprache

DE COMPLEXIONIBUS *Mel. in Q 76; Tonbezeichnung nach der Mehrzahl der Hss., Q 25 nennt ihn* grobe wise. *Ä.* 42 *und* 89 *nach Q 131, die übrigen nach Q 56.* 15 vnkusche. 19 *Entsprechend der gelehrten Tradition wird jedes Temperament einem der vier Elemente zugeordnet und auf die Mischung von jeweils zwei der vier Primärqualitäten (warm, kalt, feucht, trocken) zurückgeführt, die Elemente und Temperamente gleichermaßen konstituiert.*

vnd auch hoer list;
fressig, als dy alden wisen sagen;
freydig vnd raṇes libes
vnd gibt mer durch rom dann durch milde;
Auch gehirt er manches wibes
vnd lutzel mag; gel ist gefar sin bilde;
reid ist sin gemutę,
das offt sin har wol tzeiget;
tzu tzorn vnd auch tzu gůte
Sin hertz sich b*a*lde neiget.
fures art der selbe had:
trocken, heiß – den stig die meister iagen.

VOn der kunst influs
Jch wol kenne, nenne
den flegmaticus:
der ist vngerun*ig* und veistes libes;
Wiß ist sin aneblig
vnd tzu plunsen, dunsen
vnd auch slefferig;
der mag vil vnd gert doch selden wibes;
fuel, fressig vnd trege
vnd rechsent vil vnd wirt auch lichte suchtig;
vnsuber allewege
durch fuchte gros; tzu der geburde vntuchtig;
die wassersucht yn erret
offt mer dann ander lute;
von witze er sich verrit,
des ich sin lob nicht trute.
wages art der selbe had:
fucht, kalt – das da bewerit schriben.

---

und auch verschlagen; verfressen, wie die alten Weisen sagen; treulos und ungeschlacht und gibt mehr aus Ruhmsucht als aus Freigebigkeit; auch begehrt er viele Frauen, richtet [aber] wenig aus; sein Aussehen ist gelb, kraus ist sein Sinn, was oft sein Haar anzeigt; zum Zorn neigt sein Herz sich ebenso rasch wie zur Güte. Er hat die Natur des Feuers: trocken, heiß – auf diesem Weg jagen die Meister. 39 Durch die Wissenschaft ist mir die Kenntnis des Phlegmatikers zugeflossen [und] ich kennzeichne ihn [so]: Der ist massiv *[?]* und fettleibig; er sieht weißlich und verquollen aus, aufgedunsen und schläfrig; der leistet einiges und ist doch selten nach einer Frau begierig; faul, gefräßig und träge und streckt sich häufig und wird leicht krank; stets unreinlich durch großen Feuchtigkeitsgehalt; untauglich zur Geburt; die Wassersucht sucht ihn oft mehr heim als andere Leute; von Geistestaten hält er sich fern, deshalb kann ich ihn nicht loben. Er hat die Natur des Wassers: feucht, kalt – das schreiben bewährte [Leute] *[?]*.

36 bilde. 42 vngerun.

MElancolicus
had vil tadil,   adil
doch ich sagen muß
von ym: er ist techtig vnd wise;
ffreude er lutzel acht;
tzu tichte   flichte
hat er vnd lachit
selden, an dem ich den selbin prise;
Nidig vnd grosser kerge;
tzu aller stund er sorget vnd *trubet*;
der gitzickeit ein verge,
schatz vnd kunst er berget vnd vorgrubet;
Sin antlitz bleich geschicket
vnd selden lang gesehn,
offt vff dy erden er blicket;
blo*d* ist er, hôr ich iehn.
irdische art der selbe hat:
trocken, kalt – sagen vns die meister greise.

Sint wir an gestalt
des gemute   gute
menschin kennen balt,
libe dem, hasse wir dem andern tragen.
Merck, du wiser ley,
wy gar frundig,   bûndig
sint durch liebe tzwey,
hessig tzwey, die ee sich ny gesahn.
Glich frauwet sich sins gelichin,
sust spricht der naturen meister lere.
dem nymant kan entwichen.
Ach got, des hilff, das sie yr gûte kere

---

57 Der Melancholiker hat viele Fehler, dennoch muß ich Edles von ihm sagen: Er ist bedächtig und klug; auf Vergnügen schaut er wenig; zu der Dichtkunst fühlt er sich hingezogen und lacht selten, wegen dieser Eigenschaften lobe ich ihn; neidisch und von großer Sparsamkeit; jederzeit ist er voll Sorgen und trübselig; Fährmann des Geizes verbirgt und vergräbt er Schätze und Kunstwerke; sein Gesicht ist bleich und wird selten lange gesehen, er schaut häufig zu Boden; er ist schüchtern, höre ich sagen. Er hat Erdennatur: trocken, kalt – lehren uns die alten Meister. 75 Da wir an der äußeren Gestalt Menschen von guter Art rasch erkennen, lieben wir den einen und hassen den andern. Gib acht, kluger Laie, wie freundschaftlich zwei zueinander hingezogen sind durch Liebe, zwei [andere] gehässig, die sich zuvor nie gesehen haben. Gleich erfreut sich an seinesgleichen, so sagt die Lehre der Naturkundigen. Dem kann sich niemand entziehen. Ach Gott, darum hilf, daß sie ihre Zuneigung zu mir kehre,

66 turbig. 72 bloß.

tzu mir, der stuer ich warte
vnd auch gnaden beite
vnd yr mit lere tzarte
vff swacher kunste seyte.
seym der togende stete vint
arme dyt in edels hertzen lage. *Q 25*

Unbekannter Verfasser

[Melodie]

Jn dulci iubilo
singit vnd sit vro!
aller vnser wonne
leyt in presepio,
sy leuchtit vor dy sonne
matris in gremio,
qui alpha est et o.

O ihesu paruule,
noch dir ist mir so we!
trosta mir myn gemute,
o puer optime,
durch allir iuncfrauwen gute!
princeps glorie,
trahe me post te!

Ubi sunt gaudia?
nyndert me wen da,
do dy vogelin singen
noua cantica

---

deren Hilfe ich ersehne und auf deren Gnade ich harre und der ich mit Lehren schmeichle auf dem Saitenspiel meiner geringen Kunst. Der Tugend Honig finden die Armen beständig im Schrein des edlen Herzens.

Jn dulci: In süßem Jubel singt und seid froh! Unser aller Wonne liegt in der Krippe, sie leuchtet schöner als die Sonne auf dem Schoß der Mutter, [er,] der Anfang und Ende ist. 10 O kleiner Jesus, nach dir sehne ich mich so! Tröste mir mein Gemüt, o bester aller Knaben, um der Güte aller Jungfrauen willen! Du Kaiser in der Glorie, zieh mich dir nach! 17 Wo sind Freuden [zu finden]? Nirgend mehr als dort, wo die Vögelchen neue Lieder singen

de complexionibus 89 ym.

Jn dulci *Datierung aufgrund der Erwähnung des Liedes in der* Vita *des Mystikers Heinrich Seuse (1295?–1366); die darin erwähnte Fassung wird in der Forschung gelegentl. für jünger gehalten als die hier abgedruckte. Ä. nach Q 59.*

vnd do dy schelchen klingen:
in regis curia.
eya qualia!

Mater et filia
ist iuncfraw maria.
wir woren gar vortorben
per nostra crimina,
nv hot sy vns irworben
celorum gaudia.
o quanta gracia!

Sit allir frouden vol,
est natus verus sol
de matre castissima
an alle sunde mail,
wan mente piissima.
her tut allen luten wol,
als her von rechte sal.

O svmma trinitas,
dich solle wir loben bas,
du machist mit dyner gute
vnser selen nas,
yn paradises blute
wechst vns der solden gras,
o quanta largitas! *Q 45*

---

und die Schellen erklingen: im Hause des Königs. Ei, was das für Wonnen sind! 24 Mutter und Tochter ist die Jungfrau Maria. Wir waren gänzlich verloren durch unsere Sünden, nun hat sie uns die Freuden des Himmelreichs erworben. O welch große Güte! 31 Freut euch über alle Maßen, die wahre Sonne ist geboren von der allerreinsten Jungfrau, ohne den Schatten einer Sünde, aber mit dem frömmsten Gemüt. Er beschenkt die ganze Welt, wie er zu Recht soll. 38 O höchste Trinität, dich sollen wir immer mehr loben, du befeuchtest unsere Seelen mit deiner Güte, im blühenden Paradies wächst uns das Gras der Seligkeit. O welche Gnadenfülle!

31–44 *Vermutl. jüngerer Zusatz.* 34–35 *f.*

Unbekannter Verfasser

Gott gebe eme eyn verdreben Jare,
der mich machte zu eyner Nunnen
vnd mir den schwarzen mantell gab,
den wyssen rock dar vndir!
soll ich ein Nünchen werden
sonder meynen willen,
so weel ich eynem Knaben Jung
sinen Kommer stillen.
vnd stillet hee mir den meinen nit,
daran mag hee verlyessen! *Q 18*

1360–1380

Heinrich der Teichner

von der trachait vnsers herren dienst

Ez saz ein edel man allain
Jn dem dorff, do im die gemain
all*e* *sampt* waz vnder tan.
Allez, dez er ie began,
Dez ward im geholffen schon;
Dar vmb gab er i*n* ze lon:
wo ers sach in noten stan,
Do half er in alle zeit van.
Do het er einen nachgepawrn,
Vnd hiet ers *nid*er sec*h*en schawren,
Er wår nicht getreten dar.

Gott gebe: Gott gebe dem ein böses Jahr, der mich zu einer Nonne gemacht und mir den schwarzen Mantel gegeben hat, darunter den weißen Rock! Soll ich gegen meinen Willen ein Nönnchen werden, so will ich einem jungen Mann sein Verlangen stillen. Und stillt er mir das meine nicht, dann kann er was erleben!

von der: Von der Trägheit im Dienst unseres Herrn. Es lebte ein Edelmann in einem Dorf, wo ihm die ganze Gemeinde untergeben war. Bei allem, was er je unternahm, wurde ihm bereitwillig geholfen; deshalb lohnte er es ihnen so: wo er sie in Not geraten sah, da half er ihnen stets heraus. Nun hatte er einen Nachbarn, der, hätte er eine Unwetterkatastrophe hereinbrechen sehen, nicht hinzugekommen wäre.

Gott gebe *Der Chronist, der dieses Lied aufzeichnete, schrieb dazu:* Jtem Jnne denselben gezyden *[1359]* du sanck vnd peiff man dies liehtt. – *Mel. nicht erh.*

von der *Ä.* 25 *u.* 71 *nach Q 49, die übrigen nach Q 75.* 5 allez dez. 8 im. 12 in der sechsten.

Nvr wann im selb icht war,
So chom er zu dem edelen mann
Vnd pat im zu helffen dann.
So lie er in trostes vrey.
Er sprach: „*d*v stunt mir nicht pey,
Wann ich dich hiet gern gesehen;
Nv wil ich dein auch nicht iehen."
Also schied er an hilf dan.
Got der geleicht dem edeln man:
die got diennen zu aller stund,
dw weil si reich sind vnd gesvnt,
de*n* wirt auch helfen in der not.
der dem mann chain dienst erpot
vnd chom nvr, wann im misse gie,
dem geleichent alle die,
dẘ sich got nicht wellent naigen
Noch i*m* chainen dienst erzaigen,
vntz daz sev in nôtten sein;
So hôrt man sev rueffen vnd schrein:
„herr got, ruech dich erparm!"
So leit sev got siech vnd arm,
als der edel man den liez,
der nicht chom, wann er in hiez.
So wier anders nieman lieben,
So well wir vns got an schieben;
So sev wir auch got vn mâr. –
Maniger spricht: „der Teychnaer
Solt in ein chloster varen.
Er ret nvr von dem sel bewaren
Vnd von ewichleichem leben.
Waz sol man im dar vmb geben?

Nur wenn ihm selbst etwas zustieß, dann kam er zu dem Edelmann und bat, er solle ihm helfen. Da ließ der ihn ohne Hilfe. Er sagte: „Du hast mir nicht geholfen, als ich dich gern gesehen hätte; nun werde ich mich auch nicht zu dir bekennen." So ging er ohne Hilfe von dannen. Gott gleicht dem Edelmann: die Gott immer dienen, solange es ihnen gut geht und sie gesund sind, denen wird in der Not Hilfe zuteil. Dem, der dem Mann keine Unterstützung gab und der nur kam, als es ihm [selbst] schlecht ging, dem gleichen alle die, die sich Gott nicht zuwenden und ihm keinerlei Dienst erweisen wollen, bis sie in Not geraten sind; dann hört man sie rufen und schreien: „Herr Gott, erbarme dich doch!" Dann läßt Gott sie krank und armselig, so wie der Edelmann den ließ, der nicht kam, als er es ihn geheißen hatte. Wenn wir sonst auch niemanden lieben, wollen wir uns doch an Gott herandrängen; dann sollen wir auch Gott nicht genehm sein. – Mancher sagt: „Der Teichner sollte in ein Kloster gehen. Er redet nur vom Seelenretten und vom ewigen Leben. Warum soll man ihm dafür etwas geben?

18 nv. 25 dem. 30 in.

wann er ret von ritterschaft
Vnd von mynn, daz hiet chraft!
Man sol nvr alten weiben vnd zagen
Von vnserm herregot sagen.
Daz gehôrt ritterschaft nicht an.“
Jst er nicht ein tumer man,
Der dez lobs nicht horen wil,
der riterschaft vnd allew spil
hat in seiner hant allain?
Sein ritterschaft wâr gar chlain;
Got der geit im ritters sig,
vnd waz tugent an im lig,
Des solt er im danchen ser
Vnd solt in furichten michel mer,
Denn ein grober munich tût:
Dez der mûnich der ist behuet,
vor manigem schaden auf der weit,
do der auser inne *l*eit.
Er waiz nicht, zu welhem mal
Er gefellt in iamers qual.
da von solt er got besorgen
Michels mer, dann der verporgen
Jn der Graben chuten leit.
der im all sein er geit
Vnd ist auch der obrist man,
da wil er nicht hôren von
vnd hôrt von ein*em* ritter halt,
wie sein wappen sey gestalt.
Daz sind wunderleichew mâr!
Also sprach der Teychnâr. *Q 78*

Wenn er von Ritterschaft spräche oder von der Liebe, das wäre doch etwas! Man soll nur alten Weibern und Feiglingen von unserm Herrgott predigen. Für die Ritterschaft taugt das nicht.“ Ist das nicht ein törichter Mensch, der das Lob dessen nicht hören will, der Ritterschaft und alle [ritterlichen] Spiele allein in seiner Hand hat? Seine Ritterschaft wäre ein Nichts; Gott gibt ihm seine Erfolge als Ritter, und für das, was er an Ritterart besitzt, sollte er ihm von Herzen danken und sollte ihn weit mehr fürchten, als es ein Barfüßermönch tut: wovor der Mönch dort bewahrt ist, vor mancher Gefährdung auf offenem Feld, davon ist der Draußen- *[außerhalb des Klosters]* gebliebene umgeben. Er weiß nicht, zu welchem Zeitpunkt er in Leidensqualen gerät. Deshalb sollte er Gott weit mehr fürchten als der, der geborgen in der grauen Kutte steckt. Von dem, der ihm all seine Ehre verleiht und der auch der Allerhöchste ist, will er nichts hören und hört lieber von einem Ritter, wie dessen Wappen aussieht. Das sind verwunderliche Geschichten! So sprach der Teichner.

62 reit. 71 ein.

Von dez todez sla

Maniger vragt, wie ich mich gehab.
Mir ging an chainer slacht nicht ab,
Wann ich nvr wår gesvnt.
Jch han einen swåren punt,
Der mir aller hertist leit:
Daz ich nicht wizzen chan die zeit,
wann mich der tod greiffet an.
Da fůr nieman nichtes chan,
Chunig noch chaiser, chlain noch groz.
Daz macht mich an frav̊den ploz.
waz moecht grozzers auch gesein,
Da*nn* ich die worhait waiz vor mein,
daz ich muez an todez zeil
vnd waiz nicht, zu welher weil
oder wie der sel geschech?
ob mich ieman trawren sech,
Jr sůlt ez nicht fůr wunder wegen!
Wår wir weiz, wir solten ph*l*egen
Sorgen michels mer dann lachen
Pey den iamerleichen sachen,
Daz nieman lebt in sôlher måcht,
Der nv̊r sich vnd sein geslaecht
Môcht gefriden ainen tag
Vor dez gemainen todez slag.
Hiet er all chvnst allain,
Die alle phaffen habent gemain,
Ez chvnd in nicht verfahen ein har.
Vnd hiet *er* alle die ertznei zwar,

VON DEZ: Von der Gewalttat des Todes. Mancher fragt, wie es mir gehe. Mir fehlte nichts, wenn ich nur gesund wäre. Es gibt für mich einen betrüblichen Umstand, der mir aufs schwerste zu schaffen macht: daß ich die Zeit nicht erfahren kann, wann der Tod Hand an mich legt. Dagegen kann niemand etwas tun, weder König noch Kaiser, weder gering noch mächtig. Das nimmt mir jegliche Freude. Was könnte auch schrecklicher sein als statt der Täuschung die Wahrheit zu kennen, daß ich in die Reihe des Todes [treten] muß, und nicht zu wissen, zu welcher Zeit oder wie es der Seele ergehen wird? Wenn mich jemand trauern sieht, dann haltet das nicht für verwunderlich! Wären wir klug, wir würden uns weit mehr Sorgen machen als lachen in dieser jammervollen Lage, daß niemand solche Macht hat, [auch] nur sich und die Seinen einen Tag davor zu bewahren, daß der Tod, der vor keinem haltmacht, zuschlägt. Hätte er als einzelner alle Gelehrsamkeit, die alle Geistlichen zusammen besitzen, es nützte ihm nicht das Geringste. Und besäße er alle Arzneien,

VON DEZ *Ä.* 29 *nach Q 127, die übrigen nach Q 34.* 13 Daz. 19 phegen. 29 *f.*

dw man fûnd in allen chramen
Zu den siechen vnd zu den lamen,
Er wâr da mit vnbehût.
Vnd hiet er dar zu allez gût,
Daz dw werlt ie gewan
Oder ymmer mer gewinnen chan,
Ez macht in als nicht todez frey.
wer nicht trawrn well da pey,
Er ist rechter sinn hol.
Jch chan mich nicht gehaben wol,
wann ich *han* fûr mich genomen,
wo mein vodern hin sein chomen.
vnd wan ich ainen begraben sich,
So gedench ich zu hant an mich,
daz ich auch da hin muezz nisten,
Dez mich nieman chan gefristen,
Stûnd all dw werlt an mir ain.
Jch sach in einem charicher pain,
dw waren all in einer gleizz.
dar an legt ich meinen fleizz,
daz ich nie eruaren chund,
Wer sev waren pey irr stund.
Jch hiet gern aus erlesen,
wer di fûrsten wâren gewesen.
Roter munt vnd planchew chel,
daz was allez schimlig vnd gel,
Gar geverbt in ein gestalt
Reich, armêw, iunch vnd alt,
Sam chains nie mensch woren wâr.
Also sprach der Teychnâr. *Q 78*

---

die man in sämtlichen Läden für die Kranken und Gelähmten finden könnte, er stände [dennòch] schutzlos da. Und hätte er außerdem noch alles Geld, das die Welt je besaß oder noch besitzen wird, alles das befreite ihn nicht vom Tod. Wer in dieser Lage nicht bekümmert sein will, der ist ein Hohlkopf. Ich kann mir's nicht wohlsein lassen, denn ich habe mir überlegt, wohin meine Vorfahren gekommen sind. Und wenn ich sehe, daß einer begraben wird, dann denke ich sogleich an mich, daß ich auch dort meine Stätte suchen muß, wovor niemand mich bewahren kann, gehörte mir auch die ganze Welt. In einem Verlies sah ich Gebeine, die sahen alle gleich aus. So sehr ich mich bemühte, ich konnte nicht herausfinden, wer sie zu ihren Lebzeiten gewesen waren. Ich hätte gern herausgesucht, welche von ihnen die Fürsten gewesen waren. Roter Mund und weißer Hals, das war alles verschimmelt und gelb, von einerlei Farbe Reiche, Arme, jung und alt, als wäre keiner je ein Mensch gewesen. So sprach der Teichner.

40 *f.*

Von edel

Man gicht, ez sey ein altez recht,
daz man ticht von chainem chnecht;
Man sůll von grozzen herren tichten.
Daz wil ich ew wol vernichten:
Dw heylig geschrift, die sait vns plozz,
Ez sey nieman edel noch grozz,
denn der edeleichen tůt.
Ob der teuffel hiet den můt,
daz er tugent mocht beiagen,
Man solt ez pilleich von im sagen.
wa der edel vntugt phligt,
Dar zu nicht zu loben wigt.
Ein edel pawm, der slehen trug,
wer den lobt, daz wår nicht fueg.
Praecht ein chriechpawn edel frucht,
Man mocht in loben wol mit nucht
dar vmb, daz er nicht edel wår
vnd doc*h e*del frucht gepår.
da pey merch: ein man,
Den chain tugent nicht erbet an
vaterhalb noch von der muter,
vnd ist mit den werchen guter
denn der edel ist von dem plůt –
Jst der nicht zu loben gůt,
der an art ist tugent vol?
So ist auch daz zv schelten wol,
Lebt ein edeler vn endleich.
wa ein nyderr man wirt reich,

VON EDEL: Vom Edlen. Man sagt, es sei von altersher üblich, daß man von keinem Knecht dichtet; man soll von hohen Herren dichten. Das will ich euch widerlegen: Die Heilige Schrift sagt uns klar, niemand sei edel oder groß als der, der sich edel verhält. Wenn es dem Teufel in den Sinn käme, sich der Tugend zu befleißigen, müßte man es gerechterweise von ihm berichten. Wenn der Edle sich dem Laster hingibt, entfernt er sich gleichzeitig vom Lob. Lobte jemand einen edlen Baum, der Schlehen trüge, das wäre ungereimt. Brächte [aber] ein Schlehenbaum gute Früchte, man könnte ihn mit Fug deshalb loben, weil er nicht edel wäre und doch edles Obst hervorbrächte. An diesem [Beispiel] lerne: Ein Mensch, dem kein Vorrang väterlicher- oder mütterlicherseits angeboren ist und der in den Werken besser ist als der, der edel ist von Geblüt – verdient der nicht Lob, der den Werken nach edel ist? Ebenso ist zu tadeln, wenn ein Edler liederlich lebt. Wo ein Niedriggeborener zu Reichtum kommt,

VON EDEL *Ä. nach Q 75.* 19 doch nicht.

lebt er wol mit seiner hab,
Daz man in lobt auf vnd ab,
daz ist dikch den andern zoren,
dw von adel sind geporen.
die da sprechent, er sey nvr der,
Wie man in preyz hin oder her,
Vnd melden seinen anuanch.
hat dw mit ein guten ganch
vnd daz end, man sol in preisen
vnd pilleich zu den edln weisen:
Er ist ein recht Edelman.
da verlaz sich nieman *an*,
Ob sein vater ein pawr hiez.
Der auz ąiner mawr stiez
Pyder laůt, so warens gůt.
Der vnedeleichen tůt,
Waz ist dann seyn edelhait?
waz sein vater hat beṛait,
Da ist der svn nicht edel van.
wil er sein ein edel man,
Jm muez selb der rukk erchrachen,
Daz er greift nach guten sachen
Vnd tůt sich leichter ding lår.
also sprach der Teychnår. *Q 78*

von chlostern

Daz iegleich svnt hat i̊r pein,
Daz wirt an ainem ding schein:

---

seinen Besitz vorbildlich verwaltet, so daß man ihn landauf, landab preist, da erbost dies häufig die andern, die adliger Herkunft sind. Die sagen dann, er sei nur der und der, wie man sein Lob auch vorwärts und rückwärts singe, und machen seine Anfänge bekannt. Wenn die Mitte wohlgefällig ist und das Ende, soll man ihn preisen und mit Recht den Edlen zuzählen: Er ist ein rechter Edel-Mann. Darauf verlasse sich niemand, ob sein Vater Bauer war. Wenn einer aus seinen Mauern redliche Leute in die Welt entließ, so war es ein edler Mensch *[mhd. Pl., vielleicht an Eltern gedacht?]*. Wenn einer unedel handelt, worin besteht dann dessen Adel? Durch das, was der Vater vererbt, wird der Sohn nicht [schon] edel. Will er ein Edelmann sein, dann muß ihm schon der eigene Rücken [davon] krachen, daß er sich um edles Verhalten bemüht und vom Leichtfertigen läßt. So sprach der Teichner.

VON CHLOSTERN: Von Klöstern. Daß jede Sünde ihre [eigene] Strafe hat, kann man an folgendem sehen:

VON EDEL 41 von.
VON CHLOSTERN *Ä.* 19 *nach Q 127, die übrigen nach Q 75.*

Chloster sind in solicher weiz,
Daz man arm laůt da speiz,
Schuller, phaffen vnd ander gesellen,
alle, dw ez nemen wellen.
Daz ist laider waren smal.
Geit man aymem halt ein mal,
daz wirt im smach getan,
daz im geschiecht chain gůt der von;
Ez geschiet mit chainem guten mut.
So ist vnser herr so gůt,
daz ers vmb daz pozz ersparn
Nymmer leit gein hell varen.
Er schikcht ein grozzen herr dar,
DEm mans nicht versagen tar,
der zu ainmal mer ver ziert,
dann da man ein gantz iar mit nert
dw arm laut. *dw* haben fůr vol,
Der herren muez man phlegen wol.
also ist dw puezz getan:
Waz sew den arm ziehent van,
daz verliezzens wunderleich.
wa ein apt ist tugentreich,
armer diener gůtleich phlag,
dem wår man gunstig vnd gewå*g*.
Ob ein herr halt hiet gedacht,
Er wolt da beleiben ein nacht,
So sprehen dw diener all gemain:
„lieber herr, er ist so rain,
Daz er nieman chan versagen;
Dez sult ir in vber tragen.

In Klöstern ist es üblich, daß man armen Leuten da zu essen gibt, Scholaren, Pfaffen und anderem Volk, allen, die es haben wollen. Das ist leider spärlich geworden. Gibt man einem doch mal [etwas], geschieht das so abweisend, daß er keinen Genuß davon hat; es wird nicht mit Freundlichkeit getan. Nun ist aber unser Herrgott ein so guter Mann, daß er sie um ihrer bösen Knauserei willen durchaus nicht [stracks] in die Hölle fahren läßt: er schickt einen großen Herrn dorthin, dem man es nicht abzuschlagen wagt, der auf einmal mehr aufzehrt als das, womit man die armen Leute ein ganzes Jahr speist. Die [ohnehin] reichlich haben, die Herren [,die] muß man verwöhnen. So sieht die Strafe aus: Was sie den Armen abziehen, verlieren sie [wieder] durch wunderbare Fügung. Einem Abt, der fromm ist, sich den armen Leuten liebevoll widmete, dem wäre man wohlgesonnen und gewogen. Wenn es einem Herrn auch in den Sinn gekommen wäre, dort eine Nacht zu bleiben, seine Diener sagen im Chor: „Werter Herr, das ist ein so guter Mensch, daß er niemanden abweisen kann; damit sollten Sie ihn verschonen.

19 *f.* 20 *f.* 27 gewår.

Er mag sein warleich nicht gehaben.
Wir sullen noch hin furbaz draben.
Jch waiz da vor ein posen phaffen,
Der hat ew allen rat zu schaffen."
So sprechens all: „daz ist war!
Er geit niemen v̊ber iar.
den sull wir heint zu chuchen treib*en*.
Vnd wolt ir drei tag da beleiben,
Er âzz nicht dester wirs ein mal."
also get v̊ber in der val.
So ist daz sein grôst pein,
Daz im nieman danchet sein,
daz man dannoch schelten tût,
So man chvmpt zu seinem gût.
Da ist chain schonvng nicht:
Man pringt sein also vil enwicht
Sam man sein verzien chan.
Chvmpt man hintz einem pyderman,
der hat groz v̊ber trag;
Man schont sein, w*o* *ma*n mag.
Si sprechent all aus aim mund:
„Nv dient er vns zu aller stund;
da sol man im gedenchen an." –
da wolt ich nicht raten van.
auer disem posen phaffen,
der da nieman chain gût wil schaffen,
denn daz man in nôten muez,
Den sullen dw herren nemen in puez,
daz er icht chôm in hell pein.

Er kann nichts von dem Seinigen festhalten *[?]*. Wir sollten noch etwas weiter reiten. Ich kenne da vorn einen üblen Pfaffen, der kann Sie aufs reichlichste mit allem versehen." Da sagen dann alle: „Das stimmt! Er gibt das ganze Jahr über niemandem etwas ab. Den wollen wir heute in die Küche treiben. Und wollten Sie drei Tage dort bleiben, er äße deshalb nicht einmal schlechter." Und folglich bricht es über ihn herein. Seine größte Pein ist dabei, daß ihm niemand dafür dankt, daß man ihn statt dessen noch beschimpft, wenn man seinen Besitz mit Beschlag belegt. Da gibt es kein Pardon: er wird um alles erleichtert, was man von dem Seinigen wegschaffen kann. Kommt man zu einem rechtschaffenen Mann, der erfährt viel Rücksicht; man schont ihn, wo man kann. Alle sagen wie aus einem Mund: „Er hat uns doch immer zur Verfügung gestanden, das soll man berücksichtigen." – Dagegen möchte ich durchaus nichts sagen. Aber diesem bösen Pfaffen, der niemandem wohltun will, wenn man ihn nicht nötigt, den sollen die Herren in Pönitenz nehmen, damit er nicht der Höllenqual verfalle.

40 treib. 53 won.

wir sullen all pruder sein –
Daz ist irenthalben lår:
Si sind pruder mit gepår
vnd mit der chuten, siech ich wol;
auer so man ezzen sol,
So beginnt ez sich zu mischen,
So sind dw schussel mit den vischen
vnd *dw* chaendl mit dem wein
Chavm geswistergeid ennichlein.
„laudat*e*" spricht er wol,
So er siecht dw schuzzel vol
Guter visch gerichtet an,
„Miserere" spricht der man,
Jst dw schussel ichtesicht lår.
also sprach der Teychnår. *Q 78*

Von den, di sich chledernt

Jch waiz ein volkch, dw tůnt sich schein,
daz sew *vb*er got wellent sein
Mit Maisterschafft, mit chlugem sinn.
da main ich an streicherinn,
dw sich schoner machen wellen,
denn si got selber chan gestellen.
der aller schôn hat gewalt,
Der ha*t* sev nach im selb gestalt,
Vnd wellent sich dennoch schoner machen.
Dw sind ewichleich verswachen.

Alle sollen wir Brüder sein – von ihrer Seite aus ist das leeres Gerede: sie sind Brüder mit Gebärden und mit der Kutte, wie ich sehe; geht es aber ans Essen, dann ändert sich das, dann sind die Schüsseln mit dem Fisch und die Kännchen mit dem Wein nicht Geschwisterenkel *[vielleicht: den Brüdern nicht gemeinsam?]*. „Laudate!" sagt der Mann, wenn er die Schüssel voll mit guten Fischen angerichtet sieht, „Miserere!" sagt er, wenn die Schüssel gänzlich leer ist. So sprach der Teichner.

VON DEN: Von denen, die sich schminken. Ich kenne ein Völkchen, die geben zu erkennen, daß sie Gott an Geschicklichkeit und Klugheit übertreffen wollen. Ich meine damit die Anstreicherinnen, die sich schöner machen wollen, als Gott selbst sie schaffen kann. Er, der Herr über alle Schönheit ist, hat sie nach seinem Bild gestaltet, und dennoch wollen [sie] sich schöner machen. Die sind ewiglich verloren.

VON CHLOSTERN 70 *f.* 72 laudaten. *Mit* Laudate dominum *(Lobet den Herrn...) beginnen die Lob- und Dankpsalmen 116, 146, 148, 150.* 75 *Mit* Miserere mei *(Erbarme dich meiner...) beginnen die Bußpsalmen 50, 55, 56.*

VON DEN *Ä.* 28 *nach Q 75, die übrigen nach Q 34.* 3 wider. 9 ha.

Got, der spricht am jungsten tag:
„dw laût ich nicht der chennen mag.
Jch han daz antlutz nicht beschaffen;
Si sind nach dem veint gezaffen."
da von wil ir got nicht wizzen,
vnd wirt ir antlutz halt verslissen
vnd gerumphen e rechter tag.
wår ez der sel halt nicht ein slag,
Si solt ez dar vmb lazzen sein,
Daz ir liechtew wangelein
wernt in jungen iaren alt,
Runtzen var vnd vngestalt.
Es pringt driualtigen schaden:
Si schait sich von gotz genaden
vnd wirt alt e rechter zeit
vnd gespot auf ir leit,
daz man vinger zaigv*n*t gat:
„Secht, wie sich die gesmirbet hat!"
Manigew wånt, sew wels verhellen
vnd den laûten vor versteln;
So mocht ein chind an ir sehen.
wiert ez nicht vor ir geiehen,
durich beschaidenhait verdait,
Sein wirt nicht dester myn gesait,
Da sy nyndert hôrt dw maer.
Also sprach der Teychnaer. *Q 78*

Gott spricht am jüngsten Tag: „Diese Personen kann ich nicht wiedererkennen. Ich habe dieses Gesicht nicht gemacht; sie sind nach dem Vorbild des Teufels verziert." Deshalb will Gott sie nicht kennen, ihr Gesicht wird vielmehr abgenutzt und vor der Zeit verrunzelt. Wäre es nicht schon für die Seele ein Unglück, sollte sie es deshalb sein lassen, weil ihre blanken Wangen in jungen Jahren alt werden, runzlig und häßlich. Es bringt dreifachen Schaden: sie trennt sich von Gottes Gnade, wird vor der Zeit alt und zieht Spott auf sich, so daß man allenthalben mit dem Finger [auf sie] zeigt: „Seht nur, wie die sich eingeschmiert hat!" Manche meint, sie könne es verhehlen und vor den Leuten verbergen; aber [selbst] ein Kind könnte es an ihr entdecken. Wird es in ihrer Gegenwart nicht erwähnt, aus Takt verschwiegen, es wird darum nicht weniger davon geredet, wo sie den Klatsch nicht hört. So sprach der Teichner.

15 getaffen. 28 zaigvngt.

Unbekannter Verfasser

Wer daz puech haben wil,
Der sol sich nicht bedenkchen vil,
Er sol drev phvnt phenning dar vmb geben,
wann er chans pey seinem leben
Nymmer paz gelegen an,
wan saeld vnd weishait stet dar an.
Got vrist im daz leben sein,
DEr vns hat gemachet schein;
vnd alle dẘ ez gern lesen,
Dw laz got saelig wesen.
Jch tůn ew fur wor chunt:
Jch han dar ob zway phunt
vnd Lxxx phenning vertan,
Dẘ weil ich daz puech volpracht han.
vnd war dw red nicht so gůt,
Ez raw mich ser in meinem můt,
Daz ichs also hiet geschriben
vnd an dem schaden wår beliben.
Nv wil ich gern pei schaden wesen,
Daz ich di red han gelesen.
Damit hab ein end.
Got vns sein genad send! *Q 78*

Wer daz: Wer das Buch haben will, der soll sich nicht lange bedenken, er soll drei Pfund Pfennige dafür geben, denn er kann sie in seinem ganzen Leben nicht besser anlegen, denn es steht Heilsames und Belehrendes darin. Gott erhalte dem das Leben, der es *[das Buch]* für uns zustande gebracht hat; und die es gern lesen, denen schenke Gott Wohlergehen. Ich lasse euch wahrheitsgemäß wissen: Ich habe zwei Pfund und achtzig Pfennige daran gewendet, als ich das Buch fertigstellte. Und wäre der Inhalt nicht so gut, es täte mir in der Seele leid, daß ich es mit dem Aufwand geschrieben habe und mit dem Schaden sitzen bliebe. So aber will ich gern den Schaden haben, weil ich den Inhalt gelesen habe. Damit Schluß. Gott sende uns seine Gnade!

Wer daz *Schreiberverse am Schluß der 463 Teichner-Gedichte umfassenden Wiener Hs. 2901 (Q 78).* 14 *Vom Schreiber geändert aus* sechczzig.

Peter Suchenwirt

daz geiaid

Ich hôr die weisen sprechen,
daz vͤber mût die frechen
dikche leit auf sorgen phad.
des tûn ich nicht, ich sûch genad
mit slechtem sin auf trôst beyag,
ob mir burd meiner sorgen slag
gepunden vnd geheilet.
recht als ein yeger seilet
auf guten wann sein liben hunt –
wirt im ein recht geverte chunt,
secht, so mag er lazzen in
auf heiles trôst vnd auf gebin –,
also mag trôst mein yeger sein.
der hat geseilt daz hercze mein
vnd an sein pant gestrikchet,
da von ich pin geschikchet.
in hôch gepirg auf rechtem spor
so lauffet ez mir verre vor
leider nu ze maniger stunt;
doch harr ich nach mit meinem hunt,
der heizzet lieb vnd lauffet pald,
der scheuhet stein noch grozzen wald.
wenn er daz wild an sichtig wirt,
die weiten sprûng er nicht verpirt.
ye doch so pin ich vber laden:
czwey wetter tûnd mir grôzzen schaden.
wen mir ist wol an dem geyeyd,
so chumt daz wetter mir ze leid

Daz geiaid: Die Jagd. Ich höre die Weisen sagen, daß Tollkühnheit die Verwegenen oft auf gefahrvolle Bahnen führt. Ich tue nichts dergleichen, ich suche aufrechten Sinnes auf der Jagd nach Trost das Glück, daß meines Kummers Wunde verbunden und geheilt wird. Wie ein Jäger voll froher Erwartung den Hund, der ihm lieb ist, an die Leine nimmt – trifft er auf eine gute Fährte, seht, dann kann er ihn in der Hoffnung auf Glück und auf Gewinn hin loslassen –, so soll Zuversicht mir ein Jäger sein. Der hat mein Herz an die Leine genommen und an seine Fessel geknüpft, der hat mich ausgeschickt. In hohem Gebirge auf einer guten Fährte läuft es *[das Wild]*, ach, nun schon lange in weitem Abstand vor mir her; doch halte ich aus bei seiner Verfolgung mit meinem Hund, der heißt Liebe und läuft rasch, er scheut weder Steine noch dichten Wald. Wenn er das Wild erspäht, läßt er nicht [mehr] ab von seinen weiten Sprüngen. Jedoch werde ich schwer bedrängt: zwei Unwetter fügen mir gewaltigen Schaden zu. Wenn mir beim Jagen so recht wohl ist, so bricht zu meinem Leidwesen das Unwetter los

vnd irret mich an mûtes geld.
ein wetter ist geheizzen meld,
daz chrenchet meiner vreuden sterk;
daz ander wetter heizzet merk,
da von ich schaden vil betawer,
daz pringet nebel vnde schawer
vnd irret mich ze maniger stunt.
so rûff ich aber meinem hunt:
„lieb, lieb, du la dein yagen sein,
vncz daz vns chumt ein wetter vein!“
merkch vnde meld czwey wetter sint,
die machent spilnde augen plint,
di durch vir blikche scholden sehen,
da von cze yagen môcht geschehen,
czwey hercze daz si burden vro
vnd achten nicht der sorgen dro. –
doch hôr ich maniges yeger schal,
der yagt auf eben vnd in tal
vnd heczet nur di chleinen wild
vnd chumpt doch nimmer in chein gevild,
wann er sich guter tir ver wigt
vnd nûr den chleinen angesigt.
wol hin, den sin wil ich im lan!
ich pin doch stetleich auf dem wan,
daz ich wil in gepirge yagen,
ob mir vraw selde wolt betagen,
daz ich von sorgen bûrd erlôst.
mich heczet allez gûter trôst,
so daz ich harr auf liben wan.
ich hôr doch sprechen manigen man,
daz ye ein streitig yeger,

---

und bringt mich um den Ertrag meines Wollens. Das eine Unwetter heißt Klatsch, das schwächt die Kraft meiner Freuden; das zweite Unwetter heißt Aufpasserei, seinetwegen beklage ich großen Schaden, das bringt Nebel und Hagelschlag und ist mir oft hinderlich. Da rufe ich meinen Hund zurück: „Liebe, Liebe, laß du dein Jagen sein, bis uns ein gutes Wetter heraufzieht!“ Aufpasserei und Klatsch sind zwei Unwetter, die leuchtende Augenpaare blind machen, die vier Blicke aussenden sollten, wodurch es dann auf der Jagd geschehen könnte, daß zwei Herzen beglückt würden und drohender Sorgen nicht achteten. – Doch höre ich den Jagdlärm manches Jägers, der jagt in der Ebene und im Tal und hetzt nur das gemeine Wild und kommt doch nie in ein [lohnendes] Revier, weil er sich das edle Wild versagt und nur das gemeine als Beute heimbringt. Nur zu, ich will ihm seinen Willen lassen! Ich aber hoffe beständig, daß mir Frau Glück bei der Jagd im Gebirge gewährt, aus [meiner] Not erlöst zu werden. Mich treibt gute Zuversicht, so daß ich auf freundliche Hoffnung hin ausharre. Höre ich doch viele Leute sagen, daß, wenn ein kühner Jäger

werd můder vnde treger
daz wild, wenn erz di lenge yeit,
daz ez an lauffen wirt ver czeit
vnd daz dem yeger heil geschicht,
ab dem gedingen chum ich nicht.
daz wild ist zart vnd bunnesam,
ich bůnsch, daz ez mir werde zam! *Q 81*

Der Zwinger*

[Im roten Ton]

[Melodie]

GO*t* grůß die singer in der senger schule!
got grůß die meynster vff der kunsten stůle!
got grôß uch meinster, senger all geliche!
durch abentůr so bin ich herkomen:
von einem meynster han ich wol vernommen,
Wie daz er sy so rechte kunstenriche,
Sin kunst, die wolt ich horen gern.
mit mym gesang so ste ich ym zu bryse.
Wil er vns rechte kunst gewern,
So furet er gesanges blůwend ryse,
so mag er sich wol schryben
ein meynster kunster vin,   on alle pyn
so mag er wol belyben,
auch in der schul ein meynster sin.

---

das Wild lange genug jagt, es müder und träger wird und es das Flüchten aufgibt und dem Jäger Erfolg beschieden ist, diese Hoffnung lasse ich nicht. Das Wild ist zart und köstlich, ich wünsche, daß es mir zahm wird!

GOt gruss: Gott grüß die Sänger in der Sängerschule! Gott grüß die Meister auf dem Stuhl der Kunst! Gott grüß euch, Meister, Sänger, alle miteinander! Um Neues zu erfahren, bin ich hergekommen: ich habe von einem Meister sagen hören, daß er so recht in der Kunst bewandert sei, seine Kunst würde ich gern hören. Mit meinem Gesang trete ich zu seinem Preis an. Läßt er uns rechte Kunst hören, so besitzt er den blühenden Zweig des Gesanges, so kann er sich mit Recht einen guten Meisterkünstler nennen, er wird ohne allen Tadel bleiben und auch in der Schule *[im Schulehalten]* ein Meister sein.

GOt gruss *In der Hs. als* vorwůrff *bezeichnet: das dem Preissingen vorausgehende Aufforderungslied.* 4 GO. 6 *f.*

Ein meynster, der gesanges schul wil halten,
Vnd der sol haben schuler jung mit alten,
so mag er wol gesanges fan vffstecken.
Der kunsten stul, den sol er wol bezieren.
mit rechten kunsten sol er disputieren,
dar vß sol er gesanges kunst vff wecken.
Ein meinster, der sol haben mer:
die syben kunst in sines herczen grunde,
Wil er behalten pryß vnd er;
dar vß nympt er so mang*e* fromde funde
Mit sußem sprechen lyse
hin vff der kunste wal. gancz silben zal
sol haben wort vnd wyse,
das ʒympt wol in der meynster sal.

DEr kunsten stul, den sol er baß besachen
vn sol ym selb ein rosen krenczel machen,
gezieret wol mit syben blůmen schone:
Der erste blum ist musica genennet;
jn meinster sang so ist sie wol herkennet,
Sie wyset vns so manger hande tone.
Phylosophy, die můß er han,
gesanges mutter ist sie wol genante.
Singer, da solt gedencken an:
wont sie by dir, du blybest vngeschante.
Sie kan dir helffen sturen
vnd binden dinen krancz, Er wurt dir gancz,
mit eren macht in furen
vnd tragen an der meynster tancz.

18 Ein Meister, der Singschule halten will, der soll junge und alte Schüler haben, dann kann er das Banner des Gesanges aufrichten. Dem Stuhl der Kunst soll er zur Zierde gereichen. Mit richtigen Kenntnissen soll er disputieren, daraus die Kunst des Gesanges erstehen lassen. Ein Meister soll [aber] über mehr verfügen: Die sieben Künste [soll er] im tiefsten Herzen [haben], wenn er sich Preis und Ehre bewahren will; aus ihnen bringt er viele ungewöhnliche Funde mit wohlklingender, angenehmer Sprache auf den Kampfplatz der Kunst. Text und Melodie sollen die gehörige Silbenzahl haben, so gehört es sich im Saal der Meister. 32 Er soll den Stuhl der Kunst [noch] besser einrichten, indem er sich selbst ein Rosenkränzchen macht, zierlich geschmückt mit sieben schönen Blumen: die erste Blume heißt Musik; im Meistersang kennt man sie wohl, sie unterrichtet uns in so vielen Melodien. Philosophie muß er kennen, sie wird die Mutter des Gesanges genannt. Sänger, daran sollst du denken: Steht sie dir zur Verfügung, kannst du dir keine Schande zuziehen. Sie kann dir deinen Kranz ausrüsten und binden helfen, er wird dir vollendet, du kannst ihn in Ehren dein eigen nennen und beim Reigen der Meister tragen.

27 mangen. 31 ympt. 38 *Die Philosophie wird häufig als die Mutter aller sieben Künste eingeführt, hier ist sie an die Stelle der Geometrie getreten.*

GRamatica, nach der laß dich belangen!
die wag hat sie gar creftig vmbefangen,
sie hilft dir wegen rymen schon zu prysen.
Arismetrica, die soltu vsserwelen!
sie hilft dir beyde messen vnde zelen
der silben zal dorch wort vnd auch dorch wyse.
Die kunst ein senger haben můß.
Vnd wil er vff der kunsten stul beherten,
daz ym nit werd der schanden grůss,
die loyca wyßt in ein swind geferte:
Zertlichen kan sie sprechen
für fursten adellich, Sins herczen tich
kan sie ym wol durch brechen.
so wirt er meynster kunstenrich.

Astronomya gyt vns d*e*z vrkunde:
der sterren gang, der clamanyen bunde
vnd wie daz strebet wyder daz gestirne.
Hat er den sin vnd auch die zuuersichte,
Daz er vss der planeten lauff wol tichte,
die kunst trag er in herczen vnd jn hirne.
Rethorica mit yrer kunst
hat mangem meynster sinen crancz geblumet,
der solt du haben ganczen gunst,
so wirstu hie durch syben kunst gerůmet.
Gesangs wirt sie ergetzet,
so ist er meynster fin, jn liechtem schin
So wirt ym vff geseczet
der syben kunste krenczellin. *Q 56*

---

46 Bemühe dich um die Grammatik! Mit kräftiger Hand hält sie die Waage, sie hilft dir Verse ohne Tadel auswiegen. Arithmetik mußt du erwählen! Sie hilft dir in Text und Melodie die Silbenzahl messen und zählen. Diese Kunst muß ein Sänger beherrschen. Und will er sich auf dem Stuhl der Kunst behaupten, damit er nicht mit Schande empfangen wird, dann zeigt ihm die Logik einen rasch [zum Ziel führenden] Weg: liebliche Sprache kann sie vor adligen Herren führen, seines Herzens Damm kann sie ihm leicht durchbrechen. So wird er ein kunstgewaltiger Meister. 60 Die Astronomie gibt uns Kunde von der Bewegung der Planeten, der Verbindung der *clamanyen* und wie das [der Bewegung] der Fixsterne *[oder: der Planeten]* entgegenwirkt. Hat er die Einsicht und auch das Zutrauen, daß er von dem Gang der Planeten trefflich dichten kann, so hab er diese Kunst im Herzen und im Verstand. Rhetorik hat mit ihrem Können manchem Meister den Kranz mit Blumen verziert, der sollst du gänzlich zugeneigt sein, dann wirst du hier um aller sieben Künste willen gerühmt. Erfreut *[?]* sie *[Beziehung?]* die Würde *[?]* des Gesanges, dann ist er ein guter Meister, glanzvoll wird ihm das Kränzchen der sieben Künste aufgesetzt.

49 ars metrica *(Metrik) und* arithmetica *wurden in Gedichten dieser Art häufig verwechselt.* 55 loyca *Dialektik.* 60 daz. 61 *Vgl. die Anm. S. 203.*

Konrad von Queinfurt*

[Melodie]

O lencze gut, des yores ture*st*e quarte,
czwor du bist aller loste vol!
was creaturn der winter frauden sparte,
des hastu sy dergeczet wol,
wen du bist lynde vnde nicht czu kule,
alz ich an den winden vule,
dy iorlang also suslich wehen.
Was kelde held in yrs getwanges czogil,
das ist nu ledig vnd ist vry.
is klym, is swym, is ge, is habe vlogel,
in welchir schepphenunge is sy,
in loft, in woge adir uf erden,
das bewyset mit geberden,
wy em nu libe sy geschen.
Dy sonne, dy spelt in lichtem schyn.
nu singet, liben wogelin,
ir solt dem schoppher lobes yen!

Vyl hat der lencze lost, wen wirs betrachten;
dor czu so hat her eynen tag,
wir alle mogen nicht syn lob vol achten.
der cristentum sich frowwen mag!
des ustirwelten tagis wirde
sulle wir mit lobes girde
uf heben vnd frolich sin.

O lencze: O lieber Frühling, schönstes Viertel des Jahres, du bist wahrhaft aller Freuden voll! Für das, was der Winter den Geschöpfen an Freuden vorenthielt, hast du sie reichlich entschädigt, denn du bist mild und nicht zu kühl, wie ich an den Winden spüre, die in dieser Jahreszeit so laulich wehen. Was die Kälte in ihres Zwanges Fessel hielt, ist nun ledig und frei. Alles, es mag klettern, schwimmen, laufen, Flügel haben, in welchem Teil der Schöpfung es sich aufhält, in der Luft, im Wasser oder auf dem Land, alles zeigt durch sein Verhalten an, wie Gutes ihm widerfahren ist. Die Sonne strahlt in hellem Schein. Nun singt, ihr lieben Vögelchen, ihr sollt dem Schöpfer lobsingen! 20 Wenn wir es recht bedenken, so bringt der Frühling viel Freude; dazu hat er einen Tag, dessen Lob wir alle nicht erschöpfen können. Die Christenheit kann sich freuen! Die Würde dieses auserwählten Tages sollen wir, zum Lob bereit, preisen und sollen fröhlich sein.

O lencze *Das Gedicht erscheint in den Hss. anonym. In der Hs. 2° 371 (Ende 15. Jh.) der Fürstensteiner Bibliothek wird jedoch von einem Konrad von Queinfurt, Pfarrer zu Steinkirch/Schles., berichtet, er habe* den Lenz *gemacht, was vermutlich auf dieses Lied zu beziehen ist. Ä. nach Q 16.* 3 tures. 7 vnd.

Is ist der tag, den got hat geschaffen,
an ym so sul wir frouden han!
dy leyen sullen lernen von den phaffen,
wy her sich wolle nennen lan:
der krysche pascha en vorschreibit,
jude bey dem phase blibit,
zo nent en transitus latin,
So ist her obir ducze lant
der ostirliche tag genant.
an ym so wante adams peyn.

Bys, hoch gelobter frouden tag, gegrusset!
gelobit sy her ommer mer,
der dich mit syner oftirstendunge susset,
crist, osterlamplin, oppher hir.
syn tot, der vnsirn to*t* kan sterben,
do von kommet, das wir erben
mit em yn synes vater rich.
Walt vnd laub, *s*at, cle, gras vnd blumen,
dy wollen sich czu libe dir,
in frouden gros hort man s*i* hute rvmen;
crist, uf dyn lob stet al ir ger.
ich wene, ab sy kunden sprechen,
an en mag yo nicht gebrechen,
sy lobten dich, herre, alle glich.
Dv hast gesegit in dem stryt;
des todis forste der neder leit,
syne gros gewalt muste gebin wich.

Es ist der Tag, den Gott geschaffen hat, an ihm sollen wir uns freuen *[Ps. 117,24]*! Die Laien sollen von den Geistlichen lernen, wie er genannt wird: der Grieche gibt ihm den Namen Pascha, der Jude bleibt bei seinem Phase *[Ex. 12, 21]*, das Lateinische nennt ihn Transitus *[Ex. 12, 27]*, in allen deutschen Landen heißt er der österliche Tag. An ihm nahm Adams Leid seine Wende. 37 Sei gegrüßt, hochgelobter Tag der Freuden! Mehr und immer mehr sei der gelobt, der dich mit seiner Auferstehung so wert gemacht hat: Christus, Osterlämmchen [und] erhabenes Opfer. Sein Tod kann unseren Tod vernichten *[Osterpräfation]*, daher kommt es, daß wir mit ihm erben im Reich seines Vaters. Wald und Laub, Saat, Klee, Gras und Blumen wollen dir ihre Liebe zeigen, in großen Freuden hört man sie heute deinen Ruhm verkünden; alles, was sie wollen, ist, dich, Christus, loben. Ich glaube, wenn sie sprechen könnten, würden sie es sicher nicht daran fehlen lassen, dich, Herr, alle wie aus einem Mund zu preisen. Du hast in dem Streit gesiegt; des Todes Fürst liegt besiegt am Boden, seine große Macht mußte sich geschlagen geben.

41 ton. 44 hat. 46 sich.

DEr mit dem holcze den menschen obirliste,
mit holcze her obir wunden wart.
wir alle sullen lobin ihesum christum,
das her vns busset valles schart.
du sathanas, schuczlicher scherge,
christ geczemet hat dyne erge,
den großen raub dir hynacht nam.
Dy nacht erscheyn vns an konige pharaone,
do en vorsland das rote mer,
der israhe*l* nicht waulde haben schone.
christ loste hynd gevangen her:
do her der hellen begunde noen,
sy, wy frolich alden vetir sohyn,
do her gewaldiglichin quam.
Des sy begerten, das geschach:
den helle regil her zcu brach
vnd loste manchen mit adam.

In frauden groz lot ir auch hute horen
vnd singet manchir kelen clang!
ir leyen yn kirchen, ir pfaffen in den koren,
czu widder strit lyt uwer gesang!
ir singet: „crist, der ist entstanden
hute von des todis banden!"
dor noch solt ir mit flyse gan
Vnde sult uch mit dem ostirlemplyn spisen,
vnd trenkit uch mit syme blut!
den woren got solt ir mit lobe prisen,
daz her vns sulche gute tut,

---

54 Der mit dem Holz *[des Paradiesbaumes]* den Menschen überlistete, der wurde mit dem Holz überwunden *[Präfation v. hl. Kreuz]*. Wir alle sollen Jesus Christus loben, daß er für uns die Scharte des Sündenfalles auswetzte. Du Satan, abscheulicher Mordknecht, Christus hat deine Bosheit gezähmt, die große Beute entriß [er] dir in dieser Nacht. Diese Nacht kündigte sich uns an am König Pharao, als ihn, der Israel nicht schonen wollte, das rote Meer verschlang *[Ex. 14,21–30]*. Christus erlöste heute nacht das gefangene Heer: Als er der Hölle nahte, schau, wie beglückt die alten Väter dreinsahen, als er mit Macht einhergezogen kam. Was sie sich wünschten, geschah: er zerbrach den Riegel der Hölle und erlöste Adam und viele andere. 71 In großem Jubel laßt euch heute hören, und es singe, wer eine Kehle hat! Ihr Laien in den Kirchen, ihr Geistlichen in den Chören, euer Gesang soll um die Wette erklingen! Singt: „Christ ist erstanden heut von des Todes Banden!" Danach sollt ihr mit frommem Eifer hingehen und euch mit dem Osterlämmchen speisen, und tränkt euch mit seinem Blut! Ihr sollt den wahren Gott lobpreisen, daß er uns solche Güte erweist,

63 israhelische. 75 *Abgedruckt in Bd. 1 dieser Anthol.; vgl. auch hier S. 331.*

vnd lobit den heilant, der vns fryet!
frouden yar her wyte beschryet:
der knecht sal vorbas fryheit han!
O lencze, du hast eyn riches lehen:
dich *t*uryt cristes o*s*ter*s*tehen,
der vns entslug den sweren ban. Q 45

Hugo von Montfort

Wes zichst du mich, min liebster bůl,
Mitt clagen, sunder wain?
So͏ͦlich sach, die hilf mich nit;
Gen dir so stan ich ain.
Din vnmůt mir nit fro͏ͦden bringt,
Dauon so kumpt mir trauren.
Gen dir so bin ich zwiuels an,
Vff dich so wolt ich muren.
Wer hin, lazz loffen all ze wald
Vntrew mit irem saile!
Jn vnsern wiltpan ho͏ͦrt sy nit.
Wolhin, dem tiefel zetaile!
Wer wil all sach ze vnmůt nen,
Der můss mit willen alten.
Ain wiplich zucht mit gantzer truw,
Die solt du mir behalten!
Daby so hab ain gůten můt:
Darzů so wil ich keren,
Zwar vnd ke͏ͤm der tůrkgen herr,
Jch liess mirs nieman werren.

---

und preist den Heiland, der uns frei macht! Das Jahr der Freuden verkündet er weit und breit: Der Knecht *[der Sünde]* soll künftig in Freiheit leben! O Frühling, dir ist ein reiches Lehen gegeben: dich erhöht Christi Auferstehung, der den schweren Bann von uns genommen hat.

Wes zichst: Wessen beschuldigst du mich, mein liebstes Liebchen, mit Klagen, besonders mit Weinen? So etwas hilft mir nicht weiter; ich stehe doch nur zu dir. Dein Zürnen macht mir wenig Freude, ich werde davon traurig. Ich habe keinen Zweifel an dir, auf dich würde ich bauen. Laß doch, laß Untreue mit ihren Schlingen im Wald verschwinden! In unser Revier gehört sie nicht. Wohlhin, zum Teufel [mit ihr]!
14 Wer sich über alles erregen will, der muß sich alt machen wollen. Frauentugend und unverbrüchliche Treue sollst du mir bewahren! Dabei sei guten Mutes: ich will mich [auch] daran halten, und käme selbst das ganze Türkenheer, ich ließe mir's von niemandem verwehren.

O lencze 86 ruryt; ostertehen.
Wes zichst *Mel. nicht erh.*

Wolhin, lazz lauffen all ze wald
Vntrew mit irem saile!
In vnsern wiltpan hỏrt sy nit.
Wolhin, dem tiefel zetaile!

Ich wil ye haben guten mût.
Wer kan all red verbieten?
Vnd lepti noch kung karlus,
Er mocht sich zornes nieten,
Ee er all red zu dem rechten brecht,
Es hat sich zeuerr vergangen.
Mẽng man rûmt sich eggen nun –
Er hat nie hasen geuangen.
Wer hin, lazz lauffen all ze wald
Vntrew mit Jrm saile!
Jn vnsern wiltpan hỏrt sy nit.
Wolhin, dem tieuel ze taile! *Q 31*

Peter Suchenwirt

Von zwain Påbsten

O Vater, Sun, heiliger gaist,
Ain got vnd drey genende,
Aller sache du wol waist
Jr anuankch vnd ir ende!
Seid dir nicht verporgen ist
Offenbar noch tawgen,
Ez sey dir chûndleich alle frist
Vor deinen chlarn awgen:

Wohlhin... 26 Ich will stets gelassen bleiben. Wer kann alles verbieten, was geredet wird? Lebte König Karl noch, er müßte recht in Zorn geraten, ehe er alles Gerede richtigstellen könnte, es ist zu weit verbreitet. Mancher rühmt sich heute, er sei ein rechter Ecke, und hat nicht einmal Hasen gefangen. Laß doch...

Von zwain: Von zwei Päpsten. O Vater, Sohn, Heiliger Geist, ein Gott und drei Personen, du kennst aller Dinge Anfang und Ende! Da dir nichts verborgen ist, weder Offenbares noch Geheimes, stehe es dir jederzeit deutlich vor deinen klaren Augen:

Wes zichst 32 *Mit* eggen *ist vermutl. auf Ecke angespielt, einen Riesen aus dem Sagenkreis um Dietrich von Bern.*

Von zwain *Ä. nach Q 80.* 2 *Zu Beginn des sog. großen abendländischen Schismas (1378 bis 1417) verfaßt, und zwar nach dem Juni 1379, da der Gegenpapst Clemens VII. von diesem Zeitpunkt an in Avignon residierte* (22).

Bedenkch vns in der grozzen not!
Wir sein gar vngewarnet.
Du hast vns, herr, mit deinem tot
Gar pitterleich erarnet.
Die christenleich gelauben sind,
Die solt du, herr, fristen.
Christ, vater, wir sein deine chind
Vnd haizzen noch dir christen;
Mit deiner hilff du vns behabst,
Daz wir von dir nicht wandern.
Zů Ram hab wir ainen pabst,
Zů Avian den andern.
Jgleicher, der wil sein gerecht,
Daz macht die werlt verirret.
Daz solt du, herr, machen slecht,
Du waist wol, waz vns wirret.
Pezzer wêr, wir hieten chainn,
Denn daz vns zwen sind worden.
Die Chardinel schir welten ainn
Jn paebstleichen orden.
Waz ist die sach? mit namen nens
Vnd sich, waz daraws werde:
Pabst vrban vnd darnach clemens,
Die sind erwerlt auf erde.
Zwen påbst, die sullen nicht ensein.
Got welt vns selb nur ainen,
Daz wart an sand peter schein.
Der chund sein sůnd bewainen,
Als man beschriben manigfalt
Mag in den puechen vinden.
Christ gab sand peter den gewalt
Zů lôsen vnd zů pinden.

Gedenke unser in der großen Bedrängnis! Wir sind völlig schutzlos. Du, Herr, hast uns durch deinen Tod auf so bittere Weise errettet. Die dem christlichen Glauben anhängen, die sollst du, Herr, in Schutz nehmen. Christ, Vater, wir sind deine Kinder und werden nach dir Christen genannt; mit deiner Hilfe hältst du uns fest, daß wir uns nicht von dir trennen. In Rom haben wir einen Papst, in Avignon den zweiten. Jeder will der rechtmäßige sein, das stürzt die Welt in Verwirrung. Herr, das sollst du wieder einrichten, du weißt ja, was uns verstört. Besser wäre es, wir hätten keinen, als daß uns zwei beschert worden sind. Die Kardinäle wählten alsbald einen in den Papstrang. Wie ist es nun? Nenn es beim Namen und sieh, was daraus wird: Papst Urban und danach Clemens sind auf dieser Erde gewählt worden. Zwei Päpste darf es nicht geben. Gott selbst wählte nur einen, das zeigte sich an Sankt Petrus. Der beweinte seine Sünde, wie man vielfach in den Büchern beschrieben findet. Christus gab Sankt Petrus die Macht zu lösen und zu binden.

Nu pint man hie, nu pint man dort,
Daz solt du, herr, lôsen!
Frist vns vor main vnd auch vor mort!
Ez nachent sich dem pôsen.
Friḍ vnd recht, die schol gewalt
Durch gotes lieb beschyrmen;
Dy siecht man laider manichualt
Vnrecht an schulde firmen.
Jch fûrcht, ez sey von got ein phlag
Von vnser sunde schulden,
Douon vns chomen mag ein slag,
Den wir vnsanfft denn dulden.
Pabst vrban ist von erst erwelt
Zû Rom, dez hôr ich iechen;
Die mêr vil weiten sind erschelt,
Man hat die prieff gesechen.
Darnach von ieniff der graff rûbprecht
Pabst clemens ist genennet.
Jst daz gôttleich vnd recht?
Der gelaub ist entrennet.
Dy lant, di sind mir wol bechant:
Von leyfflant in tuschkane,
Von dem Rein in vngerlant,
Die sind mit pabst Vrbane.
Noch ist mit vns, daz wil ich reden,
Fûmf chûnichreich bechennet:
Pûllen, nôrbeg, temmarch, swe*de*n
Vnd engel lant genennet.
Da wider preuintz vnd franchreich,
Die lant sind all zû male

Nun bindet man hier, nun bindet man dort, Herr, das sollst du lösen! Behüte uns vor Frevel und auch vor Verbrechen! Die Zeiten werden böse. Frieden und Recht sollen die, denen die Macht verliehen ist, um Gottes Liebe willen beschirmen; man sieht sie aber leider allenthalben Unrecht durch Schuld verstärken. Ich fürchte, es möchte ein Schlag Gottes unserer Sünden wegen sein, durch den wir eine Wunde empfangen können, unter der wir dann schwer zu leiden haben. Papst Urban ist zuerst gewählt worden zu Rom, so habe ich sagen hören; die Kunde davon ist weit und breit erklungen, man hat die Beglaubigungen gelesen. Danach ist Graf Ruprecht von Genf als Papst Clemens ernannt worden. Ist das gottgefällig und richtig? Der Glaube hat sich entzweit. Die Länder sind mir gut bekannt: von Livland bis zur Toscana, vom Rhein bis nach Ungarn halten sie zu Papst Urban. Weiterhin sind mit uns, ich will es [offen] sagen, fünf bekannte Königreiche, sie heißen: Neapel, Norwegen, Dänemark, Schweden und England. Dagegen die Provence und Frankreich, diese Länder halten es alle

59 *d. i. Robert von Genf.* 69 *Neapel bekannte sich zu Clemens.* sweben.

Mit dem pabst clemens, geleich
Yspanien, portigale,
Arragun vnd dennoch mer,
Dez ich nicht mag gen*en*nen.
Neyd vnd haz, die eylen ser,
Jch fůrcht, se wellen rennen.
Der wider tail ist gar ze prait
Jn christenleichem orden.
Hochuart, haz vnd geitichait
Sind nie so chrefftig worden;
Dy nement auf von tag zů tag,
Frid vnd recht, die swachen.
Douon vns schaden chômen mag,
Dez wir gar wenich lachen.
Da man von christ gepurd fůrbar
Der iar zalt drewtzehenhundert,
Darnach daz acht vnd Sibentzik iar
Vns laider hat gesundert:
Da starb ein chaiser vnd ein pabst,
Der werlt zů vngewinne.
Wie du vns, herr, nu begabst,
Dez werd wir denn wol Jnne:
Eins chaisers, dez hab wir zů chlain,
Eins pabst zů vil auf erden.
Den vns gepêr die maget rain,
Der la daz richtig werden.
Got vater, ez ist alles chůnst
Jn deiner weyschait chramen,
Du hast gemachet mit fůrnůnst
Euen aws adamen.

---

mit Papst Clemens, ebenso Spanien, Portugal, Arragon und noch mehrere, wovon ich nicht reden kann. Neid und Haß eilen sehr, ich fürchte, sie werden [sogar] rennen. Der Zwiespalt ist gar zu groß in der Christenheit. Noch nie sind Hoffart, Haß und Geiz so mächtig geworden; die nehmen von Tag zu Tag zu, Friede und Recht dagegen nehmen ab. Daraus kann uns ein Schaden entstehen, über dem uns das Lachen vergehen wird. Als man dreizehnhundert Jahre nach Christi Geburt zählte, hat uns das achtundsiebzigste Jahr danach leider auseinandergebracht: da starben der Welt zum Schaden ein Kaiser und ein Papst. Was du uns, Herr, jetzt gibst, merken wir nur zu gut: einen Kaiser haben wir zu wenig, einen Papst zu viel auf Erden. Der, den uns die reine Jungfrau geboren hat, der renke das wieder ein. Gottvater, in der Vorratskammer deiner Weisheit ist jegliche Kunst enthalten, du hast mit weisem Sinn Eva aus Adam gemacht.

76 gennen. *Vermutl. eine Anspielung auf die Länder Süddeutschlands, die auf Clemens' Seite standen.* 91 *Kaiser Karl IV. und Papst Gregor XI.* 95 *Karls Nachfolger Wenzel war nicht zum Kaiser gekrönt worden.*

Hast aws ainem gemachet zway,
So mach aws zwain vns aines!
Dein chrafft ez wůrchet in manigerlay,
Grozzes vnd auch chlaines.
Aws zwain påbsten mach vns ainn
Vnd gib vns den gerechten,
Daz wir dich, herre, also mainn,
Daz wir von dir icht vechten!
Zway haubt gib der christenhait,
Ainn pabst vnd ainn chayser,
Dy in der werlt lankch vnd prait
Daz vnrecht machen haiser!
So wirt die christenhait gezirt,
Darumb sůllen wir got flehen.
So fleissig wůnsch ich, suechenwirt,
Daz ez muezz schier geschehen! *Q 81*

1380–1400

Unbekannter Verfasser

Hie lit ein vürste löbelich,
quem vulgus flebile plangit:
Von Misne marcgraf Friderich,
cuius insignia pangit.
Clerus, claustralis, laicus
den vürsten leitlichen klagen.
Dives, inops, altus, infimus
vürstliche werc von im sagen.

Hast du aus einem zwei gemacht, so mach uns aus zweien einen! Großes und Kleines, deine Kraft bewirkt es allenthalben. Aus zwei Päpsten mach uns einen und gib uns den richtigen, damit wir dich, Herr, so lieben, daß wir von dir nicht abfallen! Gib der Christenheit zwei Häupter, einen Papst und einen Kaiser, die weit und breit in der Welt das Unrecht verstummen lassen! So gewinnt die Christenheit an Ansehen, darum sollen wir zu Gott flehen. Wie so innig wünsche ich, Suchenwirt, daß es bald geschehen möge!

Hie lit: Hier ruht ein preiswürdiger Fürst, den das Volk weinend betrauert: Markgraf Friedrich von Meißen, dessen Auserwähltheit es besingt. Geistlicher, Mönch, Laie beklagen leidvoll diesen Fürsten. Reich, arm, hoch, niedrig bezeugen seine fürstlichen Taten.

Hie lit *Grabschrift Friedrichs des Strengen, Markgraf von Meißen, † 1381.*

Warhaftig, wise, tugentlich,
affabilis atque benignus,
In gotesvurchten stetiglich,
fuit hic laudarier dignus.
Da veniam, Christe,
laz uns genaden vinden!
Annue, quod iste
los werde von sinen sünden! *Q 116*

Der Harder

Der goldene Schilling

[In der Chorweise]

Ein schône magt durch schônet
mit fraẘden in einem garten sas
vnder einem sal – der chûnig stuend an der zinne –
Gar chûnichlich bechrônet,
Wann si fûrstlich gepûrdet was.
er warf, si ving den apfel in gchâwschâr minne
Gar tugentlich in weizze hende schone.
di selber schône iunchfraw zart,
di ving den apfel auf der vart,
daz er ir in ir hândlein wardt,
der aller châwsten von dem chûnig frone.

Wahrheitsliebend, weise, tugendreich, leutselig und gütig, beständig in der Ehrfurcht vor Gott, war dieser würdig, gelobt zu werden. Gib deine Gnade, Christ, laß uns Erbarmen finden! Gewähre, daß dieser von seinen Sünden befreit werde!

Der goldene: Eine Jungfrau, schön in makelloser Schönheit, saß voll Freuden in einem Garten unterhalb eines Saals – der König stand an der Zinne –, [sie war] königlich gekrönt, denn sie trug [in sich] eine fürstliche Last. Er warf, in keuscher Minne fing sie mit feinem Anstand den Apfel [und schloß ihn] in [ihre] weißen Hände. Diese lieblich schöne Jungfrau fing den Apfel im Flug, so daß er von dem erhabenen König ihr, der Allerkeuschesten, in ihre Händchen gelangte.

Der goldene *Tonbezeichnung nach Q 56, in der auch die Mel. überliefert ist. Der Text erscheint dort in anderer Strophenfolge und mit drei weiteren Strophen, deren Zugehörigkeit zu diesem Gedicht nicht sicher ist, jedoch von T. Brandis (Q 109) angenommen wird. Da die Bildlichkeit, mit deren Hilfe die Empfängnis des einen Gottes in drei Personen durch die Jungfrau Maria stets neu umschrieben wird, im großen und ganzen verständlich sein dürfte, wird aus Platzgründen auf eine Kommentierung der vielen Einzelheiten verzichtet, die vom Interessierten bei Brandis (s. o.) nachgelesen werden kann. Ä. nach Q 56.*

Des chûnges sun, der iunge,
sach di bechrônten iunchfrawn zart
auf seines vater anger pluemen prechen.
Do hueb er sich zu spr*u*nge,
pis das der hellt cham auf di vart
vnd hies ‚Aue gracia plena' sprechen.
Also hat sich der salden spil geschanczet,
Da er in iren garten trat
vnd di rosen mit ir iat.
ir aw er durch spacziret hat
vnd si mit lust sein himel all dúrch swanczet.

Hail pernder garte frûchtig,
in dich so sprang ein iunger man
vnd hat ein pfad durch deinen chle gepfeten.
Do er ward in dich flûchtig –
dein vater, als ich mich versan –,
do ward der werd in di wurcz gepeten,
Mit rosen ward der edel gast bedechket.
da er entslief, man lie in ligen,
Da er waz in die wurcz gediegen.
der ward do mit der maid gezigen:
„wie nu, her fûrst, ew hat der tag gebeckhet?"

Die schôn ward durch plikchet,
di schôn, di gab so hohen muet,
daz sich von irer schôn sein herz entzunde.
Do ward di lieb verstrikchet,
als noch di ware liebe tuet.
Si schôn, er zart, des gie di lieb auz grunde.

---

15 Der junge Sohn des Königs sah die liebliche, gekrönte Jungfrau auf der Wiese seines Vaters Blumen pflücken. Da bereitete sich der Held zum Sprung, bis er dorthin gelangte und befahl, das ‚Ave gracia plena' *[Sei gegrüßt, Gnadenvolle]* zu sprechen. So ist das selige Spiel ausgegangen, als er ihren Garten betrat und mit ihr die Rosen pflückte. Er hat ihre Wiese durchschritten, sie ist mit Wollust durch all seine Himmel gewandelt. 26 Heilträchtiger, fruchtbarer Garten, in dich sprang ein junger Mann und hat einen Pfad durch deinen Klee getreten. Als er – dein Vater, wie ich weiß – in dich flüchtete, da wurde der Geliebte in die Kräuter gebettet, mit Rosen wurde der edle Gast zugedeckt. Als er einschlief, ließ man ihn dort ruhen, wo er in den Kräutern sein Ziel erreicht hatte. Da kam er mit der Jungfrau ins Gerede: „Nun, Herr Fürst, hat Sie der Tag aufgeweckt?" 37 Die Schönheit wurde ganz erschaut, die Schöne begeisterte ihn so, daß von ihrer Schönheit sein Herz entbrannte. Da wurde die Liebe [beider] vereinigt, wie es noch [heute] die wahre Liebe tut. Sie schön, er zärtlich, so wurde die Liebe unendlich tief.

18 sprange. 34 *f.*

Do slichen gein der pûrge phórten dreye.
„wer da, wer da?“ gesprochen ward.
„tuet auf, tuet auf, iunckhfraw zart,
vnd lat vns in di purkch ain vart,
wir pringen potschafft von dem chûnig freye.“

Ey, wy gar tugentlichen
lies man den edelen fûrsten ein!
des frâwten sich di wachter auf den tûrnen.
Jrm palast was sein sleichen.
do slief er pey der chûnigein,
der iûngenlinckh, mit frawden sunder zûrnen.
Si pflagen payde ghâwscher minne leyse.
auf prach der wunne pernde takch,
dy wurczen gaben reichen smakch.
nu wer regiret vns den hakch?
daz tuet der junge fûrst in newer weyse.

Ein wein, der ward geschenkhet
aus rainem chelch in edel glas.
sûndâr, den trinchk vnd la dich dûrsten sere,
So wirt dein hercz gelenkchet
zu got, vnd bis zu sûnden las!
trinkchstu den wein, dich dûrstet nimmer mere.
Der an dem sumer pirge ist entsprozzen,
der laûcht so schôn aus edlem glas.
Daz glas, daz stet auf grûenem gras.
Danch hab das lebent himel vas,
des wir so vôllichlich haben genozzen!

Da schlichen drei zum Tor der Burg. Es wurde „Wer da, wer da?“ gerufen. „Macht auf, macht auf, schöne Jungfrau, und laßt uns in die Burg einkehren, wir bringen Botschaft von dem großen König.“ 48 Ei, wie schicklich ließ man den edlen Fürsten eintreten! Die Wächter auf den Türmen freuten sich darüber. Ihrem Palast galt sein Schleichen. Dort schlief der Jüngling mit uneingeschränkten Wonnen bei der Königin. Sie gaben sich beide insgeheim keuscher Liebe hin. Der freudenbringende Tag brach an, die Kräuter dufteten üppig. Wer regiert nun für uns im eingefriedeten Bereich? Das tut der junge Fürst auf neue Weise.
59 Aus einem reinen Kelch wurde Wein in ein edles Glas geschenkt. Sünder, den trink und laß dich heftig dürsten, dann wird dein Herz zu Gott geleitet, und meide die Sünde! Trinkst du diesen Wein, so dürstet dich nie mehr. Am sommerlichen Hang *[?]* entsprossen, funkelt er so schön aus edlem Glas. Das Glas steht auf grünem Gras. Dank habe das lebendige Himmelsgefäß, aus dem wir so vollkommen gestärkt worden sind!

58 *Hinweis auf den Neuen Bund, der mit Christus begann.*

Der marner auf dem chokchen
warf seinen anckher in den wakch,
daz er begunde cze hefften an dem grunde.
Si chan den valkchen lokchen,
daz lueder gab so reichen smakch,
daz sein der valkch begeret zu der stunde.
Doch ward mit gir volbracht des valkchen willen.
ein reicher vrsprúnckh sich ergos
daraus. aus edler wurcz entsprós
ein pluem, der manig pluem genos.
Des sweigt, ir schreiâr, vnd lat ew gestillen!

Der degen vor dem holcze
trat von ŏrss all in das gras,
der hellt wolt in den pluemen do erpaiczen
Mit einer maget stolcze.
der vreche chnab do mit ir las
vnd rang mit ir durch minnichliches raiczen.
Si vmbeving in auch, den zarten, palde.
wi mâchtig vnd wy starkch er was,
si warf in nider in das gras,
do er den veyal mit ir las;
des fraût sich das gefûglein in dem walde.

Dy rosen von den esten,
di wurden reysen her zutal
in den mandel der vil schônen maide.
do ward geflochten veste
ein chrancz von pluemen v̂beral,
den trûg der iungelinkh zu reichem chlaide.
Magt, das gab deim werch ein grozze stewre:
sein gold er durch dein seyden dranch,

---

70 Der Steuermann auf dem Schiff warf seinen Anker ins Meer, so daß er im Grund haftete. Sie kann den Falken anlocken, die Lockspeise duftete so stark, daß der Falke sogleich danach begierig war. Doch wurde der Wille des Falken gern erfüllt. Daraus entsprang ein kraftvoller Quell. Aus edler Wurzel erblühte eine Blume, die zum Segen für viele Blumen wurde. Deshalb schweigt, ihr Mäkler, und seid still! 81 Am Waldrand schwang sich der Jüngling vom Pferd in das Gras, der Held wollte mit einer herrlichen Jungfrau in den Blumen rasten. Der kecke Jüngling suchte Blumen mit ihr und rang mit ihr, um sie zur Liebe zu reizen. Sie umarmte ihn auch alsbald, den Geliebten. Wie kräftig und stark er war, sie warf ihn ins Gras nieder, wo er das Veilchen mit ihr suchte; darüber freute sich das Vogelvölkchen im Wald. 92 Die Rosen sanken von den Ästen nieder in den Mantel der wunderschönen Jungfrau. Aus lauter Blüten wurde ein Kranz fest geflochten, den trug der Jüngling zum prächtigen Kleid. Jungfrau, das war für deine Aufgabe eine große Hilfe: sein Gold mischte er mit deiner Seide,

do ward ein pant geflochten lanch
mit der naturen hande klanch,
sein wår ein spann v̊ber tausent markch nit tewre.

Der chûnig nam di chrone
vnd saczte sey der maget auf,
Do mit er sey gar chûnichlich bechrônet.
di stuend ir also schone!
in sey schûtt sich der sålden hauf,
der chûnk sich da in irem sal beschônet.
der praẘtigan sas pey der werden prawte,
do gab man reiche gabe, miet
mit milder hant der gernden diet,
dy man von der hochczeit beriet,
do von ir paider lob ich zårtlich trawte. *Q 60*

Der goldene Reigen

Man horet aber reichen schål
von quint*in*, quart*in* ane zal,
Octauus vnd auch primus donus discantirent vberal:
kalander klimet in acutis auf sei*n* mal,
so fellet lerich in grauibus iren sûzzen val;
auf spåher videln, gęigen dônt dy nachtigal,
waz sich in semitone sûzz mûtiret.

---

da wurde mit Überlistung der Natur *[?]* ein langes Band geflochten, eine Spanne davon wäre mit über tausend Mark nicht zu teuer [bezahlt]. 103 Der König nahm die Krone und setzte sie der Jungfrau auf, damit bekrönte er sie königlich. Die zierte sie so herrlich! In sie ergoß sich die Fülle der Seligkeit, der König schmückte sich in ihrem Saal. Der Bräutigam saß bei der geliebten Braut, da spendete man freigebig reiche Gaben und Geschenke dem bittenden Volk, dem man mit dieser Hochzeit zu Hilfe gekommen war, weshalb ich ihr beider Lob mit inniger Liebe bedenke.

Der goldene: Man hört wieder vielfältiges Klingen von zahllosen Quinten und Quarten, Oktav- und Primton bilden allenthalben Gegenstimmen: die Haubenlerche erklettert in hohen Tönen ihren Schlußton *[?]*, die Lerche dagegen steigt in tiefen Tönen ihre süße Tonfolge abwärts; auf kunstvoller Fiedel, Geige läßt die Nachtigall erklingen, was sich in Halbtönen süß mutiert.

Der goldene *Mel. in Q 56. Ä.* 3, 5 *und* 16 *nach Q 26, die übrigen außer* 33, 46 *und* 49 *nach Q 37. Der Text ist mehrfach fragmentarisch überliefert. In Q 56 erscheint das Liebesgedicht durch geringfügige Abweichungen in der 3. Strophe und die Nennung Mariens in der letzten Zeile als Marienlob.* 3 quint quart. 5 seim; *Q 57:* final. 8 *Zu* mûtiret *vgl. H. Riemann:* Musiklexikon. Sachteil. *12. Aufl. Mainz 1967. S. 619f.*

Sust dont dy gantze mûsica
zẘ wald in iren choren da,
durich manges vogleins chel erklinget schon: ut re mi va sol la.
sag, may, sol ich mich frewen deiner chûnfte? ia!
durich lust ferbt sich dy erde grûn, der himel pla,
auf rawhen essten haldent sich der voglein kla,
von der geschray perg vnde tal sonirent.
Der may hat maniger nachtigeil geholfen
zẘ irem sûzzem, maisterlichem solfen.
wemoles vnd falseten spil,
dy haldent sich gar sunder dissoniren.
vt flores cantici quadraticiren
hort man zẘ wald manig sûssen tripel vnd purdone vil.

Warvmb solt ich nû sweigen dan?
zebrochen sind meiner sorgen lan.
wer wider traẘren fechten welle, der halt vnder meinen van,
da wârlich haldent mer dan tẘssent schûtzen span
vnd da dy zagen sind in heldes mûtes pan.
vnmûtes grimen ich mit mût hin wider zan
vnd wil zẘ dienest meiner frawen singen.
Es wart chain voglein nie so klain,
es sung dem sein gemâchelein;
so wil ich williklichen singen der vil liebsten frawen mein,
dy pesser ist, wann twsent wald vol voglein sein.
sust leẘcht ir mûndlein fur der morgen rote schein

So ertönt im Wald die ganze Fülle der Musik in ihren Chören, aus vielen Vogelkehlen erklingt lieblich: ut re mi fa sol la. Sag, Mai, soll ich mich über deine Ankunft freuen? Ja! Wonnig färbt sich die Erde grün, der Himmel blau, auf rauhen Ästen halten sich die Krällchen der Vögel, von deren Gesang Berg und Tal widerhallen. Der Mai hat mancher Nachtigall zu ihrem meisterhaften, süßen Singen verholfen. B molle *[s. Anm.]* und Falsett ertönen ohne Dissonanzen. Wie [echte] Gesangsmelismen *[?]* hört man im Wald manchen süßen dreistimmigen Gesang und viele Begleitflöten *[oder: viele tiefe Begleitstimmen?]* vierstimmig zusammenklingen *[?]*. 22 Warum sollte ich denn jetzt schweigen? Die Kette meiner Leiden ist zerbrochen. Wer gegen Trübsal kämpfen will, der stelle sich unter meine Fahne, wo wahrlich mehr als tausend Schützen kampfbereit stehen und [selbst] die Zaghaften heldenmütig sind. Dem Grimm des Mißmutes zeige ich beherzt die Zähne und will für meine Herrin singen. Es gibt keinen noch so kleinen Vogel, der nicht seinem Weibchen vorsänge; so will auch ich bereitwillig für meine liebste Frau singen, die besser ist, als tausend Wälder voller Vögelchen sind. Ihr Mund leuchtet heller als der Schein der Morgenröte

11 *Bezeichnungen für die Noten der Sechstonreihe.* 16 manigerlay. 18 wemoles *der Ton b, hier vermutl. für die Sechstonreihe über f; in eine moderne Tonart übersetzt: F-Dur.* 20 *Q 26:* quadratyn czyrin; *entsprechend die anderen Hss.* 33 des.

vnd lewͤchtet pas wann ein gepirige von Rwbein;
des mûss mein sang zw lob in preys erklingen
Vnd meines sanges suzze herphen donne,
so ist ir lob ob allem lobe schone,
vrsprû*n*kch an tugent fluzzig gar
ir rainer leib, mit zartheit wol durich lewͤchtet.
naturlich regen zwkker trophen fawͤchtet
jr blû*n*de minn plû*m* gle͂ntzlich, vein auf brehendem anger klar.

Daz alle pawͤm zw brochen wårn
durich sey auf schiltes rant mit spern
vnd alle swert auf helm erklûngen durich ir wird, *dy* streite*s* gern,
vnd alle chlukcheit durich irr eren klaren ste͂rn
mit witzen dicht*e*, chan si vil wol chûnste leren,
sust lewͤcht ir lob ob allem lob als ein lucern,
durich dy mein hertz erfackelt vnd erflammet.
Got nam chunst *a*wͤs seiner weisheit zwar,
da er dy rainen schûff so klar.
daz si so hoch in eren engliret, des mûs ich mir nemen wår,
das ich gesinge von irr gûte, wo ich var.
jr rainer leib ist meines hertzen zwkker nar,
dar vmb ist pillich, daz ich ir lob selten spar.
jrs preises ast mit eren ist gestammet.
Wår halt der swartzwald durich ir lob zwͤ brochen,
als ich e hab ein tail von ir gesprochen,
dannoch wår si nit gar vol lobt.

---

und strahlt schöner als ein Gebirge von Rubin; deshalb soll zu [ihrem] Lob in Preis mein Lied erklingen und die süßen Harfentöne meines Gesanges, denn ihr Lob ist schöner als alles Loben, ihr reiner, von Schönheit durchstrahlter Leib ein Quell strömender Tugend. Regen-Zuckertropfen der Natur betaut ihre Minneblume, glänzend, schön, blühend auf leuchtender, prangender Wiese. 42 Wären um ihretwillen alle Bäume auf den Schilden als Speere zersplittert und alle Schwerter, die den Kampf suchen, auf Helmen erklungen, um sie zu würdigen, und dichtete alles, was Verstand besitzt, kunstvoll um des strahlenden Sternes ihrer Ehre willen [und] kann sie auch in hohem Maße Kunstfertigkeit vermitteln, so überstrahlte ihr Lob [dennoch?] alle [diese] Lobpreisungen wie eine Laterne, durch die mein Herz in lodernden Flammen steht. Gott wählte aus seinen Möglichkeiten die [Mittel der] Kunst, als er die Reine so herrlich schuf. Daß sie in [ihrer] Ehre so engelgleich *[?]* ist, geht mir nicht aus dem Sinn, so daß ich ihre Einzigartigkeit besinge, wo ich auch bin. Ihr herrlicher Leib ist meines Herzens zuckersüße Speise, weshalb es recht ist, daß ich sie ohne Unterlaß preise. Ihr Ruhm ist ein Zweig am Stamm der Ehre. Wäre um ihretwillen der Schwarzwald *[Speere aus allen Bäumen des Schwarzw.]* zerschellt, wie ich zuvor schon einmal gesagt habe, so wäre sie dennoch nicht ausreichend gepriesen worden.

37 *f.* 38 vrsprůkch. 41 blůde; plůd. 44 man streitet. 46 dichten. 49 sawͤs.

sust han ich anders trostes nit auf erde,
wann dazz got lies dy aller pesten werden,
durich dy mein chůnst in preis gar tichtet vnde tobt. *Q 46*

Mönch von Salzburg

Das guldein abc des můnchz

[Melodie]

Aue, Balsams Creatur,
Du Englische Figur!
Got Hat Jn Keůschlichem Lob
Mariam Naturen Ob.
Prich Qual, Růff Sůndlichen Toren
Vnd Wend Xρisto Ymmer Zoren!

Balsams riechen suzz vnd stark,
du jůngest plut vnd mark.
wer in sůnden ist veraltt,
der gewinnt ain gut gestaltt;
wes du dich, fraw, wilt annemen,
der mag got nicht widerzemen.

Creatur, in got gerigelt,
versigelt,
nach dem geprek gepunczinirt
vnd durchflorirt!

Und so habe ich keinen anderen Trost auf Erden als den, daß Gott die Allerbeste geschaffen hat, um derentwillen meine Dichtkunst sich in Lobpreis verzehrt.

Das guldein: Das goldene Abc des Mönchs. Sei gegrüßt, Balsamische, du Engelsgestalt! Gott läßt Maria im Preis der Reinheit die Natur überwinden *[?]*. Beende [die] Qual, ruf [die] sündigen Toren und wende auf ewig Christi Zorn! 10 Duft des Balsams, süß und kräftig, du verjüngst Blut und Mark. Wer in Sünden gealtert ist, der gewinnt sein gutes Aussehen zurück; wessen du dich, Frau, annehmen willst, der kann Gott nicht zuwider sein. 16 Geschöpf, in Gott verschlossen, versiegelt, nach seiner Prägung in Gold getrieben und ausgeziert!

Das guldein 1 *Unter der in vielen Hss. auftretenden Autorenbezeichnung* Mönch von Salzburg *sind die Lieder vermutl. zweier Verfasser überliefert. Das Register der Q 51 nennt einen nicht näher bekannten Benediktiner* Hermann *aus Salzburg und einen Leutpriester* Martin *(Martin Kuchlmeister), deren Anteil an den Liedern von der Forschung unterschiedlich bestimmt wird.* 9 *Für den Buchstaben* x *ist das formgleiche griech.* Chi (X) *gewählt worden, das mit dem griech.* Rho (ρ) *zusammen häufig als Abkürzung des Namens Christi diente.*

des pist du, fraw, in got gesmukt,
darjn gedrukt
hat got sein menschlich pild.

Du pist in gôtlichem herczen
mit scherczen,
fraw, y vnd y gewesen schon.
kûng Salomon
dir des gestatt. dein keûscher nam
got machet zam,
der aller werld was wild.

Englische sunderlich,
dein hercz was munderlich,
da du so wunderlich
den keûschen mut erdechtt.
vnfruchtper was verfluchet,
des hast du klain geruchet,
keûsch frucht hast du gesuchet,
kain glûbd ward ny so rechtt.

Figur in rainikhâit,
got hat dein ainikhâit
lib fûr gemainkhâit.
punct in der zirkelmazz,
dy got vnd vns vmbvahet!
wol ym, der dar zu nahet!
wend, fraw, wer da von gahet,
daz yn dein hilf icht lazz!

Got vater hat sein maisterschaft
an dir, Maria, wol behaft;
er gab dir eer, schôn, kunst vnd kraft,

Deshalb bist du in die Gottheit eingebettet, Frau, darin Gott sein Menschenbild geprägt hat. 23 Spielend *[vgl. Prov. 8, 30 f.]* und in Schönheit bist du, Frau, immer und ewig im Herzen der Gottheit gewesen. Das gewährte dir der König Salomon *[Gott]*. Deine Keuschheit machte [uns] Gott vertraut, der aller Welt entfremdet war. 30 Einzig Engelgleiche, dein Herz war freudig erregt, als du auf so wundersame Weise den keuschen Gedanken dachtest. Unfruchtbarkeit galt als ein Fluch, das hast du gering geachtet, du warst auf unbefleckte Weise Frucht zu bringen bestrebt, kein Gelübde *[der Keuschheit]* ward je so vollständig gehalten. 38 Reine Gestalt, Gott hat dich allein lieber als viele andere zusammen. [Du] Zentrum in dem Kreis, der Gott und uns umschließt! Wohl dem, der da hinzutritt! Laß den umkehren, Frau, der von dort wegstrebt, damit ihn deine Hilfe nicht verlasse! 46 Gottvater hat seine Meisterschaft an dir, Maria, vortrefflich sichtbar werden lassen; er gab dir Ehre, Schönheit, Wissen und Kraft,

er straich dich auz *seins* herczen saft
mit scharfen pemslen vngeczitert;
dein scho̊n sein go̊tleich aug erwitert.

Hat ye hie vor der mynne pfeil
drey gancz person so gar subteil
geloket zu der liben eil,
daz in genadenricher weil
verainet ward als feůr vnd stahel
got mensch der scho̊nsten praut gemahel?

In alchimey
den ho̊chsten garat hat dein krey,
pey deinem årcȥ ward ny chain pley.
quiksilber wil sein fewers frey,
flamm wont dem swebel pey;
chain widerpart got an dir wold
denn gut in gut fein eytel gold,
glancz in des feẘers plikch.

Keůschlichem leib
gab recht lidmazz dy modelscheib.
trutz, daz chain element zu treib
missvell dem iunkfreůleichen weib!
růch, waz der haiden schreib:
dich hat geczartet jhesus christ,
daz chain planet dawider ist,
er pieg dir sein genikch.

---

er malte dich mit seinem Herzblut mit klarem, gleichmäßigem Pinselstrich; sein göttliches Auge hat deine Schönheit aufgespürt. 52 Hat jemals zuvor der Pfeil der Liebe drei Personen *[die göttliche Dreifaltigkeit]*, eine jede ganz und für sich, auf so subtile Weise zu Liebesdingen verlockt, so daß im gnadenvollen Augenblick wie Feuer und Stahl der Gottmensch als Bräutigam mit der schönsten Braut vereinigt wurde? 58 In der Alchimie hat dein Name den höchsten Feingehalt, dein Erz wurde nie mit Blei vermischt. Quecksilber verträgt kein Feuer, im Schwefel ist Feuer enthalten; in dir wollte Gott keine unverträgliche Mischung, nur lauteres, reines Gold in Gold, hellglänzend in der Feuersglut. 66 Dem keuschen Leib gab die göttliche Töpferscheibe Glieder, die ihm angemessen waren. Trotz den Elementen, daß keines der jungfräulichen Frau Mißfallen bereite! Merk auf, was der Heide *[?]* schrieb: Dich hat Jesus Christus in seine Obhut genommen, so daß sich kein Planet weigert, dir seinen Nacken zu beugen.

49 des, *Ä. nach Q 51.* 60 årczt. 61–62 *Quecksilber verdampft bei Wärme, Schwefeltrioxyd verflüchtigt sich bereits bei normaler Temperatur unter Qualmentwicklung, weshalb es Feuer zu enthalten schien, wohingegen Gold sich im Feuer nur läuterte, sonst aber unverändert erhalten blieb.*

Lob aller frawen,   la dich schawen
in hymels awen!   arm seel verhawen
czuk auz klawen   des teůfels trawen!
sein hohez prangen   ist gevangen,
du hast der slangen   haup v̊bergangen;
sein belangen   hat laid enpfangen.

Mariam eeren   sůll wir geren,
wann sy kan leren   von sůnden keren,
guttat meren,   såld nicht enperen,
gen hymel stellen,   zu der hellen
sich nicht gesellen;   sy kan verswellen,
dy vns wellen   laidlich vervellen.

Naturen der gestain
groß vnd klain   kanst du ain   keůsch vnd rain
mit adel v̊bergeůden.
Rubin ward ny in goldes zain
verseczet noch in helphantpain,
der môcht gehaben ain gemain
gen tausentvaldten freůden,
dy wol dein vnvermailter gruzz   liblich vnd suzz
dem sůnder czaigen mag.

Ob aller kreůter art
trůg ain gart,   der all vart   we̊r gar czart
mit aller wurczen frůchten,
dem le̊gz doch in dem winder hart;
so ist dein kraft gar vnverschart,
dy voll genad hat dich pewart
mit aller gut genůchten.
y me du paremherczig pist,   y vôller ist
dein vaz von tag zu tag.

---

74 Zierde aller Frauen, laß dich in den Auen des Himmels anschauen! Reiß die arme, wunde Seele aus den Klauen des dräuenden Satans! Sein stolzes Prahlen ist gebändigt, du hast den Kopf der Schlange zertreten *[vgl. Gen. 3, 15]*; sein Verlangen verzehrt sich in Qual. 80 Wir sollen Maria gern ehren, denn sie kann lehren, wie man sich von Sünden abwendet, gute Werke mehrt, die Seligkeit nicht verliert, dem Himmel zustrebt, sich nicht mit der Hölle einläßt; sie kann die verderben, die uns kläglich zu Fall bringen wollen. 86 Die Natur der großen und kleinen Edelsteine kannst einzig du, keusch und rein, an Adel übertreffen. Nie wurde ein Rubin in eine goldene Spange oder in Elfenbein gefaßt, der etwas gemein haben könnte mit den tausendfältigen Wonnen, die dein makelloser Edelstein dem Sünder lieblich und süß zeigen kann. 95 Wenn ein Garten, der stets mit den Früchten aller Gewächse prangte, alle Arten von Kräutern hervorbrächte, käme ihn doch der Winter hart an; deine Kraft aber ist gänzlich unversehrt, die Gnadenfülle hat dich mit dem Übermaß aller Güte ausgestattet. Je barmherziger du bist, desto voller ist von Tag zu Tag dein Gefäß.

Prich gotes zoren, fraw, vnd sprich:
„sich, ich han schon gesauget dich,
mein kind, du muzst geweren mich:
durch all dein gůt so pald nicht rich!
wy leicht dein parmung yn entwich,
so wår der teůfel fro.
mein kind, tů nicht also!
du solt sy ee ergeben mir,
dy du gepildet hast nach dir!“

Qual straffet vns vmb sůndenval.
smal zal in gut, vil pôser wal
such wir in dysem jamertal.
frau, das bedenk in deinem sal,
da du hôrst aller engel schal
in solchem hochem preis!
gôtlicher sůzzer speis
ain alte schůzzel vns her send,
dy vns all werltlich lust erwend!

Růff vns recht, als der leo tůt,
speis vns mit pelicanes plut,
jůng als der fenix in der glůt,
sih vns recht als der strauz dy prut,
stell plik gar hoch in adlars můt,
maid, das ainhoren vah in gůt,
gib elphants sterk fůr sůnden flůt,

---

104 Brich Gottes Zorn, Frau, und sprich: „Sieh, ich habe dich liebevoll gesäugt, mein Kind, du mußt mir nachgeben: Um all deiner Güte willen übe nicht so bald Rache! Wenn etwa deine Barmherzigkeit sie im Stich ließe, so wäre der Teufel froh. Mein Kind, tu das nicht! Du sollst, die du nach dir geschaffen hast, zuvor mir anheimgeben!“ 113 Qual ist uns zur Strafe wegen des Sündenfalles auferlegt. Wenig gute, viele böse Entscheidungen treffen wir in diesem Jammertal. Frau, daran denke in deinem Himmelssaal, wo du alle Engel so hohes Lob verkünden hörst! Sende uns wie vormals *[ist ‚alt' eine Anspielung auf das Manna? Vgl. Ex. 16, 4]* eine Schüssel der süßen Speise Gottes hernieder, die uns alle weltliche Lust vertreibt. 122 Rufe uns so, wie es der Löwe tut, speise uns mit dem Blut des Pelikans, verjünge [uns] wie der Phönix in der Glut, schau uns an wie der Strauß seine Brut, wende [unseren] Blick in die Höhe mit der Kühnheit des Adlers, Jungfrau, fang gütig das Einhorn, verleihe die Stärke des Elefanten gegen die Flut der Sünden,

122–128 *Der Löwe, der nach damaliger Ansicht seine totgeborenen Jungen am dritten Tag durch sein Gebrüll zum Leben erweckt, der Pelikan, der seine Jungen mit seinem Herzblut ernährt, der Phönix, der sich im Feuertod verjüngt, der Strauß, der seine Eier durch Anschauen ausbrütet, der Adler, der seine Jungen in die Sonne zu schauen lehrt, der Elefant, der seine Jungen im strömenden Wasser zur Welt bringt, waren beliebte Sinnbilder Christi, die dann auf Maria und später sogar die Geliebte übertragen wurden; vgl. S. 343 f.* 127 *Vgl. S. 22 Anm. zu 89.*

dů wolgeplůt aarons růt!
halt vns allzeit in deiner hůt,
daz leib vnd seel behalden werd!

Sůndlichen menschen huld gewinn,
so yn der guten werch zerinn!
wy klain der sůnder guts beginn,
O hymelische kaiserinn,
dy drůmer dann zu samme spinn!
wůrch plůmlein mit subtilem synn,
lustleich zu sehen gotes mynn!
dein kind treůt liblich pey dem kinn
vnd sprich: „wend, daz der mensch icht prinn!
dy blůmlein sendt er dir von erd.“

Toren vichtet torhait an:
seind der erst man sich nicht besan,
wy kan der mensch dann widerstan
der werlt, ym selbs, des tyfels pan?
So ym der gaist nu sėlden gan,
so zeůcht der leichnam yn herdan;
darinn pist du der sålden van,
dein parmung ny zeran.
Maria, hôchster trost,
weis vns zu dem, der vns erlost!

Vnd hiet ains getan all sůnd,
so dy abgrůnd ez nu verslůnd,
noch kund dein trost fůr hellisch půnd
erdenken paremherczig fůnd.
dein fleglich peet da nicht erwůnd,
biz got sein zoren gar verswůnd

---

du herrlich blühende Gerte Aarons *[Num. 17, 7f.]*! Behüte uns allezeit, daß Leib und Seele gerettet werden! 132 Vermittle den sündigen Menschen Gnade, wenn ihnen die guten Werke zerrinnen! Wie unvollkommen der Sünder auch Gutes in Angriff nimmt, spinne du, o himmlische Kaiserin, das Stückwerk dann zusammen! Wirke [daraus] Blümchen mit zartem Sinn, die Gottes Liebe freudig anschaut! Faß dein Kind liebevoll beim Kinn und sage: „Wende ab, daß der Mensch *[in der Hölle]* brennen muß! Diese Blümchen sendet er dir von der Erde.“ 142 Toren haben mit Torheit zu kämpfen: da der erste Mensch sich unbesonnen zeigte, wie kann der Mensch nun der Welt, sich selbst, dem Bann des Teufels widerstehen? Wenn ihn der Geist der Seligkeit zuführen möchte, zieht ihn der Leib zur Erde zurück; dort bist du das Banner der Seligkeit, dein Erbarmen ist nie zerronnen. Maria, höchster Trost, leite uns zu dem, der uns erlöst hat! 152 Und hätte einer alle Sünden getan und wollten ihn die Abgründe [schon] verschlingen, dein Trost könnte dennoch barmherzige Auswege aus den höllischen Fesseln erdenken. Deine flehentliche Bitte würde nicht nachlassen, bis Gottes Zorn ganz und gar verschwände

vnd dir dy sel zu lôsen gûnd;
darvmb der engel mûnd
dich lobent manigvalt,
daz du genad hast vnd gewalt.

Wend vns ewigs achen,
ler vns swachen   vestikleich wachen,
daz wir icht erkrachen
in dem rachen   des fewreinn trachen
als dy dûrren spachen!
jn den sachen   solt du frid machen,
daz wir frôlich werden lachen
vnder deines mantels vachen!

Xρisto solt du pringen
zu gedingen   vns mit gelingen!
hilf vns darnach ringen,
daz wir twingen   der hochvart swingen!
mach vns dahin dringen,
da erklingen   englische singen,
daz wir siglich werden springen
als kûnch dauid mit der slingen!

Ymmer pey der maiestat
ist dein rat,   daz fûr gat   dein getat.
wer dir dann gedinet hat
fru vnd spat,   den verlat   nicht so drat
dein hilf, daz flamm sein sel icht prat.
du machest rain der sel vnflat
vnd klaidest sey mit weizzer wat,
gewûrket mit der sâlden nat
kostlich in deinem namen.

---

und [er] dir die Seele zu erlösen gestattete; der Engel Zungen preisen dich auf alle Weise, weil du Gnade besitzt und Macht. 162 Wende ab, daß wir ewig wehklagen müssen, lehre uns Schwache standhaft wachen, daß wir nicht wie die dürren Sparren im Rachen des feurigen Drachens krachen! In diesem Streit sollst du Frieden stiften, auf daß wir einst fröhlich lachen, [geborgen] unter den Falten deines Mantels! 170 Du sollst uns zu Christus bringen, damit wir erfolgreich vor ihm bestehen! Hilf, daß wir danach streben, die Regungen des Hochmuts zu besiegen! Mach, daß wir dorthin gelangen, wo die Gesänge der Engel erklingen, damit wir siegreich tanzen können wie König David mit seiner Schleuder *[vgl. 1 Sam. 17, 49]*! 178 Stets ist dein Rat bei [Gottes] Majestät, so daß deine [Gnaden]werke ihren Fortgang nehmen. Wer dir dann allezeit gedient hat, den verläßt deine Hilfe nicht so leicht, damit die Flamme seine Seele nicht brät. Du befreist die Seele von ihrem Schmutz und kleidest sie in ein weißes Kleid, das in deinem Namen kostbar gewirkt ist mit der Naht der ewigen Seligkeit.

Zoren an dem iungsten tag
gar verjag, daz gedag vnser klag!
so dy aigen schuld vns nag,
frau, so sag, daz vns mag gotes slag
erwenden, daz kain mensch verczag!
seind vnser trost y an dir lag,
Maria, vnser schuld denn trag,
daz vns das vrtail wol behag
pey den erwelten! Amen. *Q 76*

Das guldein vingerlein des mûnchs

[Melodie]

Mein trost, Maria, raine mait,
der deinen wirdikhait hab ich berait
ain guldein vingerlein,
mit sexerlay gestain durchlait,
das dir den namen sait, den geren trait
dein junkfreûliche gût:
Ain J mit perlein, H zuhant,
topasion genant, E vnzetrant
von smaragd keûsch vnd fein,
ain S, rubin von osterlant,
ain V, saphir bekant, ain dyamant
sein S dapey behût.
Wy ich in sûnden pin verpflicht,
wy lûczel guts von mir geschicht,
wy krankche kunst, wy snôdz getícht,

---

187 Verjage am jüngsten Tag ganz und gar den Zorn, damit unsere Klage verstumme. Wenn die eigene Schuld an uns nagt, dann sage, Frau, was Gottes [tödlichen] Schlag von uns abwenden kann, damit der Mensch nicht verzage! Da unser Trost stets dir anheimgestellt war, Maria, so nimm denn du unsere Schuld auf dich, damit uns das Urteil beselige auf der Seite der Auserwählten *[vgl. Mt. 25, 34]*! Amen.

DAS GULDEIN Der goldene Ring des Mönchs. Meine Zuversicht, Maria, reine Jungfrau, zu deiner Ehre habe ich einen goldenen Ring gemacht, mit sechs verschiedenen Edelsteinen besetzt, der dir den Namen dessen nennt, den du, gütige Jungfrau, gern trägst: ein J aus Perlen, danach [ein] H, Topas genannt, [ein] E, ganz aus dem lauteren, edlen Smaragd, ein S, Rubin aus dem Orient, ein U, der gepriesene Saphir, ein Diamant bewahrt dabei sein S. Wie sehr ich auch in Sünden verhaftet bin, wie wenig Gutes ich auch zustande bringe, wie armselige Kunst, was für ein erbärmliches Gedicht,

DAS GULDEIN *In der Forschung Kuchlmeister zugewiesen.* 2 *Bei den Meistersängern als* zarter Ton *bezeichnet. – Ä. nach Q 51.*

y doch der trost mein hercz aufrichtt,
daz ny chain mensch ward so vernichtt,
der dir mit ganczer treû zuspricht,
yn trôst dein junkfraûlichz gesicht.
Also schenk ich dir, muter chlar,
das ringlein gen dem newen jar.

Jn perlein weizz ist nu gestalt
dy zeit, sne hat gewalt,   der jenner kalt
ist vnd hornung dapey.
Reif machet all frûcht greis vnd alt;
dy jûng, maria, palt,   daz manigvalt
yr blûmlein dir hofir!
Das new iar vah mit sålden an,
als christ den snyt gewan   vnd auf der pan
zuriten kûnig drey
vnd wy yn taufte sand Johan
vnd wes Jhesus began,   do weins zeRan:
auz wazzer wein ward schir.
Dein lichtmess ist dy selben vart,
so hilf vns, keûsche muter zart,
daz leib vnd seel sein wol bewart
sneweizz nach margariten art,
der vasnachtschimpf vns nicht verschart,
daz an vns werd dein gût gespart!
darvmb schaff, såldenreicher gart,
daz all dûrr seel gewinnen saft
von des heiligen gaistes kraft!

---

so richtet doch der Trost mein Herz auf, daß kein Mensch je so verächtlich war, daß ihn nicht, wenn er dich getreulich anruft, dein jungfräulicher Blick tröstet. Und so schenke ich dir denn, erhabene Mutter, zum neuen Jahr dieses Ringlein. 24 In weiße Perlen ist nun die Zeit gekleidet, der Schnee regiert, der Januar ist kalt und auch der Februar. Reif macht alles, was draußen wächst, grau und alt; das verjünge bald, Maria, damit seine Blüten dir vielfältig schmeicheln! Beginn das neue Jahr mit den Freuden, wie Christus beschnitten wurde und drei Könige ihres Weges geritten kamen und wie ihn Sankt Johannes taufte und was Jesus tat, als der Wein zur Neige ging: sogleich wurde aus Wasser Wein. Deine Lichtmeß ist zur gleichen Zeit, so hilf uns denn, reine, geliebte Mutter, daß Leib und Seele wohlbehalten bleiben, schneeweiß wie die Perlen, daß die Ausgelassenheit der Fastnacht uns nicht verführt, so daß deine Güte uns verloren geht! Deshalb bewirke, gnadenreicher Garten *[Cant. 4, 12–5, 1; 6, 10]*, daß alle verdorrten Seelen von der Kraft des Heiligen Geistes [Lebens]saft erhalten!

31 *Fest der Beschneidung des Herrn, 1. Jan.* 32 *Fest der Erscheinung des Herrn, 6. Jan.* 33 *Oktavtag vom Fest der Erscheinung.* 34–35 *2. Sonntag nach Erscheinung, an dem das Evangelium von der Hochzeit zu Kana (Io. 2, 1–11) verlesen wird.* 36 *Darstellung Jesu im Tempel = Fest Mariä Reinigung, 2. Febr.; an diesem Tag werden Kerzen geweiht.*

Hynfůr Mercz, Abril, dy zwen mon
als ain topasion sich gilben schon;
ich wån, dem winder scheůcz:
dy heilig vasten ist so fron
mit erenreichem lon, der mensch da von
sich leůtert als das gold.
Dein kůndung vns vil sålden tut;
mit rosenvarbem plut hat vns behut
dein kind an fronem kreůcz,
do er starb mit manlichem mut.
sein vrstend was vns gut fůr helle glut,
dy er da prechen wold.
Hilf den, dy er erloset hat,
so gar dy heilig zeit jn gat,
daz yglich mensch meid missetat
vnd laz sich reẘen fru vnd spat
sein schuld vnd volg der prister rat,
daz ym dy go̊tlich maiestat
verleich dy engelischen wat,
dy er den liben ewiklich
wil leihen in dem hymelrich.

Der may mit dem prachmayen geit
smaragdes grůne zeit. mit widerstreit
erklingt der voglein schal;
yglichez sein gemahel freit.
perg, anger, haide weit gar lustlich leit
bedekt mit laub vnd gras.
Deins kindes aufvart nam du war,
der tro̊ster leret gar zwelfboten schar
der werlt sprach v̊beral.

---

45 Weiter [im Jahr] färben sich die beiden Monate März, April gelb wie ein Topas, ich glaube, dem Winter graut es: die heilige Fastenzeit ist so erhaben mit ihrem ehrenbringenden Lohn, daß der Mensch sich durch sie läutert wie das Gold. Die Verkündigung *[Lc. 1, 26ff.]* bringt uns viel Segen; durch sein rosenfarbenes Blut hat uns dein Sohn an dem heiligen Kreuz erlöst, als er mit mannhaftem Mut den Tod erlitt. Seine Auferstehung war unsere Rettung vor der Höllenglut, die er da besiegen wollte. Wenn die heilige Zeit gekommen ist, dann hilf denen, die er erlöst hat, daß jeder Mensch die Missetat meidet und früh und spät seine Schuld bereut und der Unterweisung der Priester folgt, damit ihm die Majestät Gottes das Kleid der Engel verleihe, das er den Leibern im Himmelreich für immer schenken will. 66 Mai und Juni bringen die grüne Zeit des Smaragds. Der Gesang der Vögelchen erklingt um die Wette; jedes wirbt um sein Weibchen. Berg, Anger, die weite Heide sind lieblich mit Laub und Gras bedeckt. Deines Kindes Himmelfahrt hast du erlebt, der Tröster lehrt die Schar der Apostel die

51 *Fest Mariä Verkündigung, 25. März.* 72 *Christi Himmelfahrt.* 73–74 *Pfingsten.*

yr leer bracht vns der sålden nar.
maid, hilf vns frôlich dar   keûsch grûn gevar,
da ny chain dorren was!
Mach, daz ain yglich mensch bejag
andacht an gotes leichnams tag,
daz man ym also sing vnd sag
vnd yn mit sôlcher zir vmbtrag,
daz ez ym wol von vns behag,
daz vns chain hellisch pein icht nag;
dein hilf, maria, das vermag –
des pitt johannes keûscher leib –,
wann heilger kind getrug ny weib.

Heẘmoned, augst als ain rubein
sich rôten chlar vnd fein.   mit haizzem schein
kumbt manig schedlich schaur;
das wend mit den genaden dein!
mach all frûcht sicher sein   vor aller pein,
kum vns vnd yn zu trost!
Den vngesunden tagen wer,
daz icht yr hicz verczer   das menschlich her,
dy plôden creataur!
auf puzz, auf pezzrung vns erner,
lang leben vns bescher,   der sûnden mer
verprenn auf gnaden rost!
Bedenk den freûdenreichen schal,
da du furst in den hymelsal!
du hast den pesten tail vnd wal.

Sprachen der ganzen Welt. Ihre Lehre brachte uns das Brot der Seligkeit. Jungfrau, hilf uns freudig in keuscher grüner Farbe dorthin, wo es nie ein Verdorren gab! Mach, daß jeder Mensch an Gottes Fronleichnamstag mit Andacht erfüllt wird, damit man ihm so singe und sage und ihn mit solcher Pracht umhertrage, daß wir ihm Freude bereiten, [und mach], daß uns kein Schmerz der Hölle zerfrißt; deine Hilfe, Maria, kann das bewirken – darum mag auch Johannes, der Reine, bitten –, denn nie hat eine Frau ein heiligeres Kind getragen. 87 Juli, August röten sich hell und schön wie ein Rubin. Mit der Gluthitze kommt viel schadenbringendes Unwetter; das wende durch deine Huld ab! Mach, daß alle Früchte vor allem Schaden bewahrt werden, komm uns und ihnen zu Hilfe! Verwehre es den ungesunden Tagen, daß ihre Hitze das Menschenvolk [und] die unvernünftige Kreatur auszehrt! Bewahre uns auf Buße, auf Besserung hin, beschere uns ein langes Leben, verbrenne der Sünden Meer auf dem Scheiterhaufen der Gnade! Gedenke des freudigen Jubels, als du in den Himmelssaal einzogst! Dein ist der beste Teil und [die beste] Wahl.

79 *Fronleichnamsfest, Tag der Sakramentsprozession, 11 Tage nach Pfingsten.* 85 *Fest der Geburt Johannes des Täufers, 24. Juni.* 99–100 *Fest Mariä Himmelfahrt, 15. Aug.*

dein mâchtikhait ist gar an zal.
trôst vns in dysem iamertal,
wenn vnser gute werch sind smal,
in sûnden hicz auch worden val.
mach vns mit guten werchen feûcht,
daz vns das gôtlich licht erleûcht!

Zwen herbstmon bringent wein vnd prot
fûr durst vnd hungers not. haiz zeit was rot,
dy stet saphirlich plau.
Dy wag der sunne gank verschrot;
dy *sich* gar hoch erpot, dy hicz ist tot,
der luft pringt sy zu flucht.
Hilf durch all christenleich gepet,
so man das koren set vnd grumad met,
daz vns dy sunn anschau!
wann hoher wint in lûften wet,
so mach das weter stet, bis man jnlet
vnd schon behalt all frucht!
Du ymmer wernder sêlden stam,
dein raine purd was wunnesam
vns, da sy von frau anna kam
vnd got von dir dy menschhait nam;
den mach, raine maid, so czam,
daz er abtilg der sûnden scham,
dy vns an erbent von Adam,
vnd daz des heilgen gaistes luft
vns all behût vor helle gruft!

Deine Macht ist wahrhaft grenzenlos. Tröste uns in diesem Jammertal, denn unsere guten Werke sind kärglich [und] in der Hitze der Sünden ausgedörrt. Mach, daß wir durch gute Werke in [lebendiger] Feuchtigkeit stehen, damit uns das göttliche Licht leuchte! 108 Zwei Herbstmonate bringen Wein und Brot gegen Durst und Hungersnot. Die heiße Zeit war rot, diese zeigt sich blau wie ein Saphir. Die Waage verkürzt die Bahn der Sonne; die Hitze, die sehr stark war, ist tot, der Wind schlägt sie in die Flucht. Hilf um aller christlichen Gebete willen, daß uns, wenn man Korn sät und das Grummet mäht, die Sonne scheint! Wenn starker Wind in den Lüften weht, dann mach das Wetter beständig, bis man einfährt und alle Frucht sorgfältig verwahrt! Du Stamm immerwährender Seligkeit, deine unbefleckte Geburt war für uns freudenvoll, als sie durch Frau Anna geschah und Gott von dir Menschengestalt annahm; ihn stimme, reine Jungfrau, so gnädig, daß er die Schmach der Sünden austilgt, die uns von Adam her vererbt sind, und daß das Wehen des Heiligen Geistes uns alle vor der Höllengrube bewahre!

111 *Die Waage ist das Tierkreiszeichen des Herbstes.* 112 *f.* 113 sein. 121 *Fest Mariä Geburt, 8. Sept.*

Mit allen heilgen winder vest
an vahet vnd das lest, yr tunkchel glest
swarcz diamant gevar.
der tag ist kurcz, val sint dy est,
erdreich dy wurczen mest. das aller pest
gib, raine maid, darzu:
Das guldein tor sich ny entslozz,
dein iunkfreůliche schozz tet wunder grozz,
da sy got mensch gepar.
dir ward ny creatur genozz,
got vater *dich* begozz mit gaistes flozz.
erwirb vns ewig ru!
Mach vns genådig jhesum christ,
der got ob allen gȯtten ist!
der haiden, juden, keczer list
ist gar betȯrt zu aller frist,
seind aller zaichen yn geprist,
dy vns oft nerent dy genist
durch jhesum, des du muter pist.
Maria, hilf, daz vns geling
zu dem, des nam stet an dem ring! *Q 76*

---

129 Mit Allerheiligen beginnt der harte Winter und die letzte [Zeit des Jahres] ihr dunkler Glanz [ist] schwarz, diamantfarben. Der Tag ist kurz, fahl sind die Äste, das Erdreich nährt die Wurzeln. Gib, reine Jungfrau, das Allerbeste dazu: das goldene Tor *[Ezech. 44, 2]* öffnete sich nie, dein jungfräulicher Schoß wirkte ein großes Wunder, da er Gott als Menschen gebar. Nie ward ein Geschöpf dir gleich, Gottvater tränkte dich mit dem Wasser des Heiligen Geistes. Erwirb uns die ewige Ruhe! Mach uns Jesus Christus, der Gott über allen Göttern ist, gnädig! Das Denken der Heiden, Juden, Ketzer ist allezeit gänzlich mit Torheit geschlagen, da sie alle Zeichen *[die Sakramente]* entbehren, die uns oft Rettung bringen durch Jesus, dessen Mutter du bist. Maria, hilf, daß uns bei dem das Heil bereitet wird, dessen Name an diesem Ring steht!

129 *Allerheiligen, 1. Nov.* 139 *f.*

Mönch von Salzburg*

Vͤber das „Resonet in laudibus“ vnnser fraw, Joseph, der knecht, auch der kor:

[Melodie]

„JOseph, lieber nefe mein,
hilff mir wiegen mein kindelein,
das Got múeß dein loner sein
in hymelreich
der meyde kint, Maria.“

Joseph: „Gerne, liebe mueme mein,
Ich hilff dir wiegen dein kindelein,
das Got múeß mein loner sein
Jn hymelreich
der meyde kint, maria.“

Seruus: „Nw frëw dich, kristenleiche schar!
der hymelische kůnig klar
nam die menschhait offenbar,
den vns gepar
Die raine maid maria.“

Chorus: „Sunt impleta.“ allweg nach ainem Vers vnd gesangk sol vnnser fraw wider an heben: „Joseph“; er sol antwurten; darnach der knecht:

„Es soltten alle menschen czwar
mit ganczen fráwden komen dar,
do man vindt der sele nar,
den vns gepar
die raine maid maria.“

Vͤber das: Auf die Melodie des „Resonet in laudibus“: Unsere Frau; Josef; der Knecht und der Chor: [Maria:] „Josef, mein lieber Vetter, hilf mir mein Kindchen wiegen, damit Gott dich im Himmelreich des Kindes der Jungfrau Maria belohne.“ 9 Josef: „Gerne, meine liebe Base, helfe ich dir dein Kindchen wiegen, damit Gott mich im Himmelreich des Kindes der Jungfrau Maria belohne.“ 14 Knecht: „Nun freu dich, Christenschar! Der hehre himmlische König nahm sichtbar Menschengestalt an, [er], den uns die reine Jungfrau Maria geboren hat.“ Chor: „Sunt impleta ...“ Immer nach einer Strophe *[des Knechtes]* und dem Gesang *[des Chores]* soll Unsere Frau wieder anfangen: „Josef ...“; er soll antworten [: „Gerne ...“]; danach der Knecht: 21 „Alle Menschen sollten wahrlich mit ungeteilter Freude dorthin kommen, wo man die Nahrung der Seele findet, [ihn], den uns die reine Jungfrau Maria geboren hat.“

Vͤber das *Anonym überliefert, nur im Register von Q 51 unter den Liedern, die summarisch dem* Mönch *(vgl. S. 149) zugewiesen werden. Ä. nach Q 45.* 2 *Der deutsche Text wurde nur dem 1. Teil der Strophe des lat. Weihnachtshymnus unterlegt, wobei die ein- oder zweizeilige Übersetzung der Zeile* quem genuit Maria *den Schluß jeder Strophe bildet; der Refrain* Sunt impleta (19 *und* 46) *wurde lat. gesungen.* 8 die rainew maid. 13 du raine magt.

„Vns ist geporn emanuel,
als vor verkúndet gabriel,
des ist geczewg Ezechiel.
o frones el,
den vns gepar maria!“

„O ewigs vater ewigs wortt,
warer got, warer mensch, der tugende hort,
in hymmel vnd erd, hie vnd dort,
der sel*d*en phort,
dye vns gepar maria!“

„O sůesser Jhesus auserkorn,
Du waist wol, das wir warn verlorn;
súén vns deines vater czorn,
dich hat geporn
die raine maid maria.“

„O klaines kind vnd grosser got,
du leidest in der krippen not.
der sůnder hie verschuldet hat
der engel prot,
das vns gepar Maria.“

Chorus: „Sunt impleta etc. Verbum caro factum est.“ *Q 11*

---

26 „Uns ist geboren Emanuel, wie es Gabriel vorhergesagt hat; dessen ist Ezechiel Zeuge *[Ez. 44, 2]*. O erhabener El, den uns Maria geboren hat!“ 31 „O ewiges Wort des ewigen Vaters, wahrer Gott, wahrer Mensch, Hort der Tugenden, im Himmel und auf der Erde, hier wie dort, Pforte der Seligkeit, die uns Maria geboren hat!“ 36 „O süßer, auserwählter Jesus, du weißt wohl, daß wir verloren waren; versöhne uns mit deinem zürnenden Vater, dich hat die reine Jungfrau Maria geboren.“ 41 „O kleines Kind und großer Gott, du leidest Not in der Krippe. Der Sünder hatte hier das Brot der Engel verwirkt, das uns Maria geboren hat.“ Chor: „Sunt impleta etc. Verbum caro factum est . . .“

29 el *vermutl. hebr. „Gott“*. 34 selen. 46 Verbum caro factum est ex virgine Maria *(Das Wort wurde Fleisch aus der Jungfrau Maria) Refrain vieler Weihnachtshymnen.*

[Melodie]

Jch klag dir, traut gesell,
mein senlich vngevell:
ker, war ich well,
so leid ich smerczen,
dy mein hercz nyman wizzen lat.
dy werlt nu hat
gar selten treu in herczen,
verswigen ist dahyn,
nach lugen stet der syn.
wer all sein ding auzrichtt mit kall,
der wil, daz kaynm sein ding missvall.
sôlch groß vnpild   macht mich so wild,
daz ich pey dir vil frêuden meid,
daz dir kain klaff dein eer absneid;
mir tut paz, daz ich fûr dich leid
wenn du fûr mich.

Wizz, daz ich nymand klag
das leiden, das ich trag,
bis auf den tag,
daz wir an schriken
wol mûgen pey ainander sein.
so trôst das dein
mit mynniklichen pliken,
tilg ab mein senlich lait
mit liber sûzzikhait,
alt lib mit nêwer lib vernêw,
aug mit geperd dein haimlich trêw,
dy ich oft scha,   ich waiz wol wa.

Jch klag: Ich klage dir, liebste Freundin, mein schmerzliches Geschick: Wohin ich mich wende, leide ich Qualen, die mein Herz niemanden wissen läßt. Die Welt hat keine Treue mehr im Herzen, Verschwiegenheit kennt man nicht mehr, man ist aufs Lügen bedacht. Wer alle seine Angelegenheiten ausposaunt, der möchte, daß sie niemandem mißfallen. Solch großer Mißstand läßt mich so fremd tun, daß ich vielen Freuden bei dir aus dem Weg gehe, damit dir keine Nachrede die Ehre abschneidet; mir ist lieber, ich leide für dich, als du für mich. 18 Du sollst wissen, daß ich niemandem das Leid, das ich trage, klage bis zu dem Tag, wo wir ohne Furcht beieinander sein können. Darum tröste dein Liebstes mit zärtlichen Blicken, lösch meinen Sehnsuchtsschmerz mit liebreicher Zärtlichkeit aus, verjünge die alte Liebe durch neue, deute durch Gesten deine heimliche Treue an, die ich oft – ich weiß wohl, wo – erblicke.

Jch klag *Dieses und die folgenden drei anonym überlieferten Lieder werden von der Forschung dem* Mönch, *und zwar ebenfalls Kuchlmeister (vgl. S. 149) zugewiesen.*

ain tropf an meld gibt frêuden me,
denn offner lib ain ganczer se.
wy pald nymt end mein langez we,
wenn ich dich sich!

Bedenk, mein libster hort,
daz pôse, falsche wort
groz lib zestort,
vnd bis verswigen!
dy leût sint nu so wandelbêr,
sy sageṇt mêr
vnd lazzent nichts geligen;
so loset yderman
dem, der da klaffen kan.
hêut lib ist morgen veint mit haz:
hût dich vor mênklich dester paz!
tust du also,   so pin ich fro;
vnd wirdt mein senlich laid verkert,
dein lib sich liblich tâglich mert.
mein hercz auf erd nicht me begert
zu trost wenn dich. *Q 76*

[Melodie]

DEr Tewfel vnd ain klaffent schalkch
sint paid in ainem lasterpalkch.
Se wunschent, das sich mânikleich walkch
in sûnden kalk –
des mochten sy gelachen in yer fâust.
wie der tewfel feintleich rêuscht,
yedoch mir wierser ab dem klaffer grâust;

Ein Tropfen, von dem niemand weiß, schenkt mehr Seligkeit als ein ganzer See von Liebe, die jedermann kennt. Wie rasch nimmt mein langes Leiden ein Ende, wenn ich dich sehe! 34 Bedenke, mein liebster Schatz, das böse, falsche Wort zerstört die große Liebe, und sei verschwiegen! Heutzutage sind die Leute so unzuverlässig, sie erzählen jede Neuigkeit und lassen nichts aus; ebenso hört jeder auf den, der etwas zu klatschen hat. Was sich heute liebt, ist sich morgen feind und haßt sich: [deshalb] hüte dich vor jedermann um so mehr! Tust du das, so bin ich froh; und nimmt mein schmerzliches Leiden ein Ende, mehrt sich dein Glück beglückend von Tag zu Tag. Mein Herz wünscht sich auf Erden keinen anderen Trost als dich.

DEr Tewfel: Der Teufel und ein klatschsüchtiger Schelm stecken beide in derselben lasterhaften Schwarte. Sie wünschen, daß sich alle im Sündenkalk wälzen – darüber könnten sie sich ins Fäustchen lachen. Wie feindlich auch der Teufel tobt, so graust mir doch mehr vor dem Klatschsüchtigen;

wann ẏere scharffe wort
sneident grůntleich vmb das ort
vnd stifftent mort,
das do fůer ist kain huet.
wenn all gesellen guet,
dy sprechent: „tracz, dw pôser swacz!“,

So wurd der klaffer plaich vnd gel,
den ein gesell der sweiget so snell;
sust plâst ir einer lug als das mel.
ir czung ist hel
als ain morttmesser, das gesliffen ist.
zwar mich wundert, was sew frist!
man kent vnd wais ir pôs verczagten list,
vnd vindet sich yemer,
das in tewer ist guet vnd er
ye noch pis her.
Jch wûnsch in vngefell,
ain yegleich guet gesell,
der wunsch mir nach vnd fluech in auch!

Wer auf dem ruck trait zu vil
vnd yemer auf sich laden wil,
der fellt da hin in kurczem czil:
in sôlichem spil
wirt oft ain falscher klaffer hin geschupht,
der vor laidleich wirt geruphţ,
das er sein lebttag wassersnall sauft.
Hofsleg dem nicht geczimpt,
der sich sein vast v̂ber nympt;
wenn wer hoch klympt,
Jch main, das er hoch fall.

---

denn ihre scharfen Worte schneiden tief mit ihren Spitzen und stiften [so] Unheil, daß man sich nicht davor hüten kann. Wenn alle guten Gesellen sprächen: „Dir werde ich helfen, du böser Schwätzer!“, 15 dann würde der Klatschsüchtige bleich und gelb, den ein Geselle so behende zum Schweigen bringt; so aber bläst [schon] einer von ihnen Lügen wie Mehl [in die Welt]. Ihre Zunge ist blank wie das geschliffene Messer eines Mörders. Mich wundert wirklich, was sie gewähren läßt! Man durchschaut und kennt ihre Boshaftigkeit, und immer findet sich [bestätigt], daß ihnen Redlichkeit und Ehre von jeher gefehlt haben. Ich wünsche ihnen Unheil, jeder redliche Geselle wünsche dasselbe wie ich und fluche ihnen auch! 28 Wer zuviel auf dem Rücken trägt und sich noch immer [mehr] aufladen will, der bricht nach kurzer Zeit zusammen: bei solchem Tun wird oft ein falscher Schwätzer zu Fall gebracht, nachdem er zuvor schlimm gezaust worden ist, so daß er sein Lebtag Wassersuppe schlürft. Bei Hofe zu schlecken kommt dem nicht zu, der sich dabei übernimmt; denn wer hoch steigt, der, glaube ich, fällt auch tief.

das tuet ein pôs hofgall,
so all sein schimph wirt vngelimph. *Q 76*

[Melodie]

PElangen ist ain pitter smercz,
wann fremder schercz
in frêwden nicht czu herczen get.
Mich wundert, das ain sendleich hercz
in sôleicher pein das leben hat,
Wann die vergangen sêlikait
ist anders nicht wann herczen laid,
so man ir mues enperen.
Allso geschiecht auch laider mir,
seint ich enpier
des, das auch mich gefrewen mag.
„O trawt gesell, wâr ich pey dir“,
gedenck ich sendleich nacht vnd tag,
„So hiet ich wunn vnd frêwd mit hayl,
das nye wart mensch auf erd so gail,
vnd doch allczeit mit eren.“

Lieb czuversicht tuet mir so wol:
ob ich noch solt
an sehen meiner awgen trost,
So wâr ich ganczer frewden vol;
wann das enphahen mich erlost
von langem laid in kurczer stund.
des frêw *ich* mich in herczen grunt
vnd tet nye dingk so geren. *Q 76*

Und das tut so ein Gallenverspritzer bei Hof, wenn all sein Spott zu Schanden wird.

PELANGEN: Sehnsucht ist ein bitterer Schmerz, denn das Vergnügen, das andere haben, gibt dem Herzen keine Freude. Mich wundert, daß ein sehnsuchtsvolles Herz in solcher Pein überhaupt leben kann, denn die vergangene Seligkeit ist nichts als Herzeleid, wenn man sie entbehren muß. 10 Leider steht es so auch um mich, seit ich entbehre, was auch mich beglücken kann. „O liebstes Lieb, wäre ich bei dir“, denke ich sehnsüchtig Tag und Nacht, „dann hätte ich Wonne und Freude und Glück, so daß ich so verrückt vor Liebe wäre wie nie ein Mensch auf Erden, wobei es doch allzeit ehrenhaft [zuginge].“ 18 Mir tut eine liebe Hoffnung so wohl: Wenn ich meiner Augen Trost wiedersähe, so wäre ich voll ungeteilter Freude; denn dies zu erleben erlöste mich in einem kurzen Augenblick von langem Leid. Darüber freue ich mich im Grund meines Herzens und täte nichts so gern.

PELANGEN 24 *f.*

[Melodie]

DEr herbst mit sůessen trawben
mir mein hawben machet strauben, so ich klawben
wirt als ain tawben
Mir czu ainem kroph
manigen throph aus dem koph, meinen schoph
machet waiben als ain toph.
Soͦleich saft hat kraft vnd schaft, das haft
mein czung, daz sy nicht klaft.
Ain weil pin ich sangwineus
vnd secz mein synn, wie ich beginn,
das ich gewynn dy lieben mynn;
Darnach ain tråg fflegmaticus,
czam als ein schaf, ich slach noch rawf,
Jch spring noch lawf, ich sicz vnd slaff;
Dann fraydig als ain Colericus,
Jch schilt vnd swer: „mit starcker wer
ain grosses her Jch pald verker!"
Nw trawer ich Melancolicus:
„schier in ain klaws, hin gein garthaws,
in gotes haus!" ich leb in saws
allain vnd wain
vast vmb mein sůnd. – soͦlich fůnd
erdengk ich, wann ich trungken pin. *Q 76*

DEr herbst: Der Herbst mit [seinen] süßen Trauben läßt mein Haar sich sträuben, wenn ich mir wie eine Taube für den Kropf manchen Tropfen aus dem Krug stibitze, [der] meinen Schopf sich wie einen Kreisel drehen läßt. Solcher Saft hat Kraft und macht, daß meine Zunge gebunden ist, so daß sie nicht schwatzt. Eine Zeitlang bin ich Sanguiniker und grüble nach, wie ich es anstelle, daß ich die liebe Minne genießen kann; danach ein träger Phlegmatiker, zahm wie ein Schaf, ich prügle und raufe nicht, ich tanze und laufe nicht, ich sitze und schlafe; dann furchtbar wie ein Choleriker, ich schimpfe und schwöre: „Mit mächtigem Widerstand schlag ich ein großes Heer alsbald in die Flucht!" Dann traure ich als Melancholiker: „Nur schnell in eine Klause, hin in die Karthause, ins Gotteshaus!" Ich sitze mitten in Saus und Braus und beweine heftig meine Sünden. – Solch krauses Zeug denke ich mir aus, wenn ich betrunken bin.

Suchensinn

[Melodie]

GEgen der lichten summer zyt
so gronet heyd vnd anger wyt,
die vogel singent wyder stryt
Zu lob der grůnen heyde.
Was nu der meye freyden pflag,
ein wip daz uberguten mag –
recht alz die sunn durchlucht den tag –
jn liechter augenw*e*yde.
Der anger mit sehs farwen ist gezieret:
Grôn, wyß, swarcz, gele vnde bla,
Rot sicht man auch gezieret da.
Sag, wyp, sol ich dich loben? Ja,
Syt daz Dir got houieret!

Dyser sehs farwen wirdikeit
ein reines wyp mit eren treit;
jch sprech es wol vff mynen eyt:
wyp ist der ern ein krone.
Grůn ist der zyt ein anevang,
So ist din blůt der mynnen gang
mit eren, dez hab ymmer dang!
pfleg diner blycke schone!
Vnd tust du daz, sich mert din wyplich gute.
Din mu*n*t ist rot, din kele ist wyss,
din augen swarcz mit ganczem flyß,
din har ist gel, wyp, paradyss,
bla ist din stet gemůte.

GEgen der: In der leuchtenden Sommerzeit grünt die Heide und die weite Wiese, die Vögel singen um die Wette, der grünen Heide zu Ehren. Was nun der Mai an Freuden gebracht hat, das kann eine Frau übertreffen – so wie die Sonne den Tag erst strahlend macht – im Glanz ihrer Schönheit, auf der das Auge gern verweilt. Die Wiese ist mit sechs Farben geschmückt: grün, weiß, schwarz, gelb und blau, auch rot sieht man zum Schmuck verwendet. Sprich, Frau, soll ich dich preisen? Ja, da Gott [selbst] dir seine Verehrung bezeugt! 16 Die Auszeichnung durch die sechs Farben trägt eine reine Frau in Ehren; ich leiste einen Eid darauf: die Frau ist die Krone der Ehren. Grün ist der Beginn der Jahreszeiten, entsprechend heißt dein Erblühen, züchtig den Weg der Liebe [zu beschreiten], wofür dir immer gedankt werden soll! Gib gut auf deine Blicke acht! Tust du das, vergrößert sich der Wert, den du als Frau hast. Dein Mund ist rot, dein Hals ist weiß, deine Augen [sind] vollkommen schwarz, dein Haar ist blond, Frau, Paradies, blau bedeutet deinen beständigen Sinn.

GEgen der 10 augenwyde. 25 mut.

Als die lufft luter one wan
sin reyne frauwen wol getan;
die zucht vnd er herkennen kan,
die heyß ich freuden swanger.
Ach wie wol gotte was zu můt,
da er geschuff reyn wyp so gůt!
Ach wyp, vor wandel wol behůt,
du rosen richer anger,
Vss dir wehst freuden rich ein zucker suße!
Ach suchensyn, nu lob sie gar,
die reinen wyb gar wol gefar!
jr lob ist by der engel schar,
man sol sie zertlich grußen. *Q 56*

Unbekannter Verfasser

Ir heren, gent mir daz botten brot:
der römische kunig ist noch nit tot,
er wil dem lande machen fride.
Er het geboten bi der wide,
daz jederman sin kriegen lasse.
Er meinet, daz man dez riches strasse
gar sicher var in sime geleite,
als mir ein karicher von Oehingen seite.
Er sprach: „man het es an die lute gelan,
und sol der krieg in satzunge ston,
bitze daz die fünve zusamene kumen,

---

29 Gewißlich sind die reinen, schönen Frauen lauter wie die Luft; ich nenne die, der Zucht und Ehre wohlbekannt sind, freudenträchtig. Ach, wie wohl war Gott zu Mut, als er die reinen Frauen so herrlich schuf! Ach Frau, wohl bewahrt vor [allem] Makel, du Anger voller Rosen, aus dir entsteht [uns] wonnevolle Zuckersüße! Ach Suchensinn, nun lobe sie aufs höchste, die reinen, anmutigen Frauen! Ihnen spendet [auch] die Schar der Engel Lob; man soll ihnen liebevoll begegnen.

Ir heren: Ihr Herren, gebt mir das Botenbrot: Der Römische König ist noch nicht gestorben, er will dem Land Frieden bescheren. Er hat bei Strafe des Erhängens geboten, daß jeder seine kriegerischen Handlungen einstelle. Er glaubt, daß man auf den Straßen des Reiches unter seinem Geleit völlig sicher reise, so jedenfalls hat es mir ein Fuhrmann von Öhingen erzählt. Er sagte: „Man hat es den Leuten anheimgestellt, daß der Krieg ausgesetzt sein soll, bis die fünf zusammenkommen,

Ir heren *Das Gedicht verspottet den schwächlichen Versuch König Wenzels, die Zustände im Reich durch einen allgemeinen Friedenserlaß, den Landfrieden vom 6. Jan. 1398, zu bessern. Ä. außer 53 nach Q 122.*

als ich rede han vernumen,
daz sii den krieg sullent stillen
mit der heren und stete willen."
Die fünf wil ich uch nennen,
so mugent ir sii erkennen:
Der erste ein bader wesen sol,
der nie geswitzete, merckent wol.
Den anderen ich hie erzöige:
ein underköifer, der nie geloug.
Den dirten nenne ich an dirre zal:
ein müller, der nie gestal.
Den vierden nenne ich an dirre frist:
einere, der rudig oder kretzig ist
und do bi nie gegucket hat;
der fueget wol an disen rat.
Der fünfte scheideman, der sol sin
ein spiler, der do reiset bi dem win
und alle tage tribet sin unge*v*ur
und doch do bie nie geswur.
Wir werdend erste ergetzet,
wie der kunig den lantfriden setzet,
daz er do her zu iung waz,
wen er wersorget uns deste baz.
Swer*n* muesent den lantfriden
die heren und die stette do mitte;
ob sii in halten wellen
[. . .]
Die arttückel wil ich erzoigen,
die dem lande hören zu:
Zu erstem, daz noch kein ku
irn rehten meister haben sol;

---

wie ich gehört habe, damit sie die Zwistigkeiten mit dem Einverständnis der Herren und der Städte beilegen." Die fünf will ich euch nennen, so könnt ihr sie erkennen: Der erste soll ein Barbier sein, wohlgemerkt: einer, der nie geschwitzt hat. Den zweiten mache ich hier bekannt: ein Makler, der nie gelogen hat. Den dritten an der Zahl nenne ich: ein Müller, der nie gestohlen hat. Den vierten nenne ich sogleich: einer, der räudig und grindig ist und sich nie gekratzt hat; der paßt gut in diese Ratsversammlung. Der fünfte Schiedsmann soll ein Spieler sein, der beim Wein zu Boden sinkt und alle Tage seine üblen Dinge treibt und doch dabei nie geschworen hat. Endlich werden wir durch die Art, wie der König den Landfrieden einrichtet, dafür entschädigt, daß er bislang zu jung war, denn er versorgt uns [jetzt] um so besser. Die Herren und mit ihnen die Städte müssen den Landfrieden geloben; wenn *[?]* sie ihn halten wollen [. . .] Ich will die Artikel anführen, die sich auf das Land beziehen: zum ersten, daß keine Kuh bereits im Besitz ihres rechtmäßigen Herrn sein soll;

30 ungeur. 36 Swer.

daz gevellet uns armen gesellen wol.
Wo man die richen geburen windet,
sii habent k*u*ge, ros oder rinder,
sü sullent es teilen als gligh,
daz die airmen ouch werdent rich.
So sol der pflug ouch fride han,
wo man in siht zu acker gan:
die pfert und ouch den ackerman
mag man vohen und dennen tribe*n*,
*d*er pflug sol belibe,
als daz der kunig gebotten habe,
man breche ime denne die isen abe.
Der koufman vert uff gutem geleite,
wo er hin wil, wite oder breite;
und truge er golt uf dem rucken,
so were er doch sicher vor den mucken –
vir die harscher spriche ich dir nüt.
Wo aber einere durch die lant fert,
den sol man loffen lossen,
daz pfert und ouch die hosse
man tugentliche nemen sol –
daz zümet dem guten lantfriden wol,
den der kunig geboten hat.
Wo aber einere durch die lant gat,
der gebe er nüt me den spies und swert,
so het er den zol wol gewert.
Vier pfert vor eime wagen,
die sol man nemen one klagen
und machen darus kein gesrei,
vor eime karriche nemen zwei

---

das gefällt uns armen Kerlen gut. Wo man die reichen Bauern findet, sollen sie, ob sie nun Kühe, Pferde oder Rinder haben, es so gerecht verteilen, daß die Armen auch reich werden. Ebenso soll der Pflug Frieden haben, wo man ihn bei der Feldarbeit sieht: die Pferde und auch den Pflüger darf man fangen und davontreiben, der Pflug soll bleiben, wie der König geboten hat, es sei denn, man bricht ihm die Eisen ab. Der Kaufmann reist unter gutem Geleit, wohin er will, landauf, landab, weit und breit; und trüge er Gold auf dem Rücken, er wäre doch vor den Mücken sicher – für die Soldateska gebe ich dir [allerdings] mein Wort nicht. Wenn aber einer durchs Land fährt, den soll man laufen lassen, das Pferd samt seiner Kleidung soll man frank und frei nehmen – das entspricht dem guten Landfrieden, den der König geboten hat. Wenn aber einer durchs Land geht, der hat den Zoll bereits bezahlt, wenn er nur Spieß und Schwert hergibt. Vier Pferde vor einem Wagen soll man ohne langen Prozeß wegnehmen und kein Geschrei darum machen, vor einem Karren soll man zwei nehmen oder doch wenigstens eines, es sei denn, er habe gar keines. [. . .]

46 kunge. 53 als daz der.

oder doch zum minesten eins,
er habe denne niergent keins.
[. . .] *Q 23*

UNBEKANNTER VERFASSER

DAs clagede ein reyne, zelich wijf
Elendelichen iren noet:
„Och, was sal mer nv deser lijf!
Lieuer wer mir vil de doyt,
Das ich moes gescheiden zin
Van hem, dar al min troest an steit;
Queme das bi den sculden min,
Das wer mir ongemessen leyt.

Jdoch sal men nicht verstaen,
Das onse moet gescheiden zij:
Al wer zin hercz in yndyaen,
Min hercz moest hem wesen bi.
Want er gerne sulde erweruen
Mit dienst eer in vremden lant,
Sulde zin gonst dan an mir steruen,
So wer mir trou gar onbekant.

Neyn, ich niet, ich wil hem bliuen,
Want ich kennen so bescheiden,
Dat he mich mint vor allen wiuen.
Der rijche god moes hem geleyden
Onde mich zů lande zenden
Gezonds liues met nue ere
Den heelt, die nv is in elenden –
Des begert min hercz zere.“ *Q 27*

DAs CLAGEDE: Eine schöne, vortreffliche Frau klagte jammervoll ihre Not: „Ach, was soll mir nun dieses Leben! Viel lieber wäre mir der Tod, da ich getrennt sein muß von dem, der all meine Hoffnung ist; wäre ich daran schuld, es täte mir unermeßlich leid. 10 Jedoch soll man nicht denken, daß wir innerlich getrennt seien: wäre sein Herz gar in Indien, mein Herz müßte bei ihm sein. Wenn er in fremden Ländern durch seine Dienste Ehre erwerben möchte und meine Zuneigung dann aufhörte, ich wüßte nicht, was Treue ist. 18 Nein, ich nicht, ich will ihm treu bleiben, denn ich weiß, er ist so gesonnen, daß er mich vor allen andern Frauen liebt. Der allmächtige Gott soll ihn geleiten und mir den Helden gesund [und] mit neuen Ehren heimsenden, der jetzt in der Fremde ist – das wünscht mein Herz sich sehr.“

IR HEREN 76 *Es sind noch ca. 28 weitere Verse überliefert, der Text ist jedoch so zerstört und lückenhaft, daß ein Abdruck nicht lohnend erschien.*

DAs CLAGEDE *Mel. nicht erh.*

„Jch wil iorlvnc nvme sv̊nden“,
sprach ein frowelin gemeit.
„ich habe einen herren funden,
von des lone ist mir geseit:
ivncfrolin, mit die sv̊nde gerne;
der von richen landen gihet,
swer die sůnde niht wil miden,
der come in sin riche niht.

Ist es der uon richen landen,
der die sunde uergeben mac,
also tůt er mir noch hure:
er nimt mir alles min vngemach.
*w*o die wisen engele fliegent
vnd werbent vmbe mich
vnd da man reine megede crěnet,
sehent, da wil er tresten mich.

War fůr hant ir die gewinne,
da man got zelone git?
dar noch stundent mir ie die sinne,
da man solicher lo̊ne phliget.
ich truwe wol, daz mich min herre
niemer me virderben lat.“
alsus fuor die mage*t* ze closter
frelich one ire mv̊ter rat. *Q 3*

Jch wil: „Ich will von jetzt an nicht mehr sündigen“, sprach fröhlich ein Mädchen. „Ich habe einen Gebieter gefunden, von dessen Lohn hat man mir gesagt: Mädchen, meide bereitwillig die Sünde; der von hohen Landen sagt, wer die Sünde nicht meiden will, der komme nicht in sein Reich. 10 Ist es der von den hohen Landen, der die Sünde vergeben kann, so tut er das noch heute an mir: er nimmt mir all mein Kummer. Wo die weißen Engel fliegen und meine Gespielen sein wollen und wo man sündelose Jungfrauen krönt, seht, da wird er mich trösten. 18 Was schätzt ihr [irdischen] Gewinn, wo man Gott [selbst] als Lohn austeilt? Immer habe ich mich dorthin gesehnt, wo man solchen Lohn gibt. Ich glaube fest, daß mein Gebieter mich nimmermehr verderben läßt.“ So ging das Mädchen fröhlich ins Kloster, ohne die Mutter um Rat zu fragen.

Jch wil *Mel.(?) nicht erh.* 14 So. 24 mage.

1400–1420

Hugo von Montfort

Jch schrib dir gern clůge wort,
So hast du mein hertz gefangen,
Mein lieber bůl, mein hôchster hort,
Du hasts in deinen banden.

Von gold ain ketten, die ist vein,
Damit hast du es beschlossen;
Dein aigen wil es yemer sein,
Des ist es vnuerdrossen.

Vnd hat mir newleich potschafft getan,
Es well sich von mir ziehen
Vnd well in deinem dinst bestan,
Zů deiner liebi fliehen,

Vnd spricht, daz es kain anders treib,
Es well by dir beleiben –
Jm gefiel auff erd nie bas ain weib –,
Zů deiner liebi scheiben.

Also hast du mir das hertz abtrùnig gemachen
Mit gewalt an alle fùrbott.
Jch můss meins schaden selber lachen,
Vǹs baide behůt der ewig got!

Ich chan mich zwar nicht ab dir clagen,
Du tůst meinem hertzen gůtleich;
So wil ich ýe die warhait sagen:
Beý dir so ist es frôdenreich.

Jch schrib: Ich schriebe dir gern zierliche Verse, so hast du mein Herz gefangen, meine liebe Geliebte, mein größter Schatz, du hast es bei dir in Fesseln gelegt. 6 Mit einer feinen goldenen Kette hast du es angekettet; es will immer dir gehören [und] wird dessen nicht müde. 10 Und neulich hat es mir ausrichten lassen, es wolle sich von mir trennen und in deinem Dienst bleiben, deine Liebe aufsuchen, 14 und sagt, es tue nichts anderes mehr, es wolle bei dir bleiben – nie habe ihm auf Erden eine Frau besser gefallen –, [es wolle] sich deiner Liebe zuwenden. 18 So hast du mir im Handstreich ohne jede Vorwarnung das Herz abtrünnig gemacht. Ich muß selbst über meinen Schaden lachen, der ewige Gott behüte uns beide! 22 Ich kann mich wahrlich über dich nicht beklagen, du behandelst mein Herz liebevoll; deshalb will ich bei der Wahrheit bleiben und immer sagen: Bei dir lebt es in tausend Freuden.

Jch schrib *Mel. [?] nicht erh.*

Geben nach crists gebůrt vierzehenhundert iar,
Das schreib ich dir mit ainem wort,
vnd in dem andern, das ist war,
Mein lieber půl, mein hôchster hort. *Q 31*

Eberhard von Cersne

[Melodie]

Hilff, werde, suße, reyne ffrucht,
vur allem wandel wol bewart,
gecront in erentrichir tzucht,
mit allir togent obirclart!
Jch hette wol gesworen daz,
daz mit hale mir eyn wib,
Dar ich eynich trurich saz,
myn hertze durch den gantzen lib
konde so gestolen han
Vnde uff sulcher ffroyden bån
getrecket, daz ez waz beflacht
mit ffroyde, dŷ nŷ wart gedacht.

Daz kuste, duchte mir, din munt;
davon wart ich irfroyet so,
mir wart ny besßir ffroyde kunt,
ich vant myn hertze ny so ffro.
Ach, kund ich slichin auch mit hål,
dir stelen so daz hertze din,
so enrocht ich keyne qual,
ich gerne heyßin vnde sin
wolde dan al sollen dieb!

---

26 Gegeben wahrlich im Jahre 1402 nach Christi Geburt, für dich schriftlich abgefaßt *[?]*, meine liebe Geliebte, mein größter Schatz.

Hilff: Hilf, liebes, süßes, reines Geschöpf, von jedem Fehler frei, in ehrenvoller Sittsamkeit gekrönt, mit jeglicher Tugend überreich geschmückt! Ich hätte [früher] wohl geleugnet, daß mir, als ich allein traurig dasaß, eine Frau heimlich durch den unverletzten Leib hindurch das Herz so hätte stehlen und auf solche Freudenbahn bringen können, daß es von einem Glück umgeben wurde, wie es niemals erdacht worden ist. 15 Das küßte, schien mir, dein Mund; dadurch wurde ich so beseligt, nie erfuhr ich ein größeres Glück, nie war mein Herz so froh. Ach, könnte ich mich auch heimlich einschleichen, dir so dein Herz stehlen, dann kümmerte ich mich um keine Strafe, gern wollte ich dann ein solcher Dieb heißen und sein!

du mynnichlichis, liebis lieb,
lerne mich dy selben kunst,
daz ich bald stele dine gunst!

Hey, kund ich lernen sulche lisst,
daz alle dunken weren aen,
dich spen, trůt ffraw, in kurtzir frijst
gar willichlichin tzu mir gaen
Mit mynnichlichin blicken tzart,
so wern tzu stort mir sorgen ort!
sal ich in leben sin bewart,
geb „ia“ tzu troste mir, daz word,
Daz y vnde y begeret had
myn hertze sunder abelat,
tag, nacht, stunt, mand, daz gantze iar,
vnde wil dez vurbaz nemen war. *Q 79*

Tzart, mynnichliger *b*ord,
du liebste ffrauwe myn,
gedenk an dyne bord,
halt feste dyne word,
blib stete, truwe vord!
myn guldin engel fyn,
lob ist an dir behord,
tzucht, ēre ist an dir schin,
meyl ist an dir vurstort!
myn ost, myn sůd, myn nord,
dich myden mir tůt mord
mit vngefoger pyn.

Du allerliebste, liebe Liebste, lehre mich diese Kunst, daß ich mir bald deine Zuneigung stehle! 27 Hei, könnte ich solche Künste lernen, daß alle ahnungslos wären, [und könnte] dich, liebste Frau, in kurzer Zeit freiwillig zu mir kommen sehen mit liebevollen, zärtlichen Blicken, so wären meine schlimmsten Sorgen dahin! Soll es mir in diesem Leben wohl ergehen, dann schenk mir zum Trost ein „Ja“, das Wort, nach dem sich mein Herz seit eh und je ohne Unterlaß gesehnt hat, Tag, Nacht, Stunde, Monat, das ganze Jahr, und wonach es weiterhin streben will.

TZART: Schöner, liebreizender Schatz, du meine liebste Frau, denk an deine *bord*, sei verschwiegen, bleib weiterhin beständig, treu! Mein golden schöner Engel, du bist mit Lob überhäuft, Zucht, Ehre sind an dir sichtbar, Schande ist bei dir vernichtet! Mein Osten, mein Süden, mein Norden, dich zu meiden macht mich vor ungeheurem Schmerz todkrank.

TZART *Mel. nicht erh.* 1 ord.

Dyn stral hat mich gerord,
laß mir dyn eygen syn,
myn trost, mir saldin schryn!

Jch wil, lieb, uff dyn „ja“
syn geyl, ffrisch, wolgemût.
wẏ wol mir do gescha,
do lislich dyne kla
mir klummen ffruntlich na,
du suße, wandels b*h*ût!
Slach uff, lieb, dyne bra,
du liebste ffrauwe gût,
dar an mich so entfa,
daz ich uff rechter sla
dich spore sunder schra
vnd allez tzwifels lût.
Zal grôn nicht werden gra,
nym bla an dyn behût –
du bist, dieß allez tût.

Besließin mynen sang,
myn guldin engel fyn,
sal vûrbaz dir tzû dang.
mit truwen sụnder wang
ich y vnd y vur lang
sang durch eyn tochterlyn,
Daz ny mit truwen rang
recht nach der liebe myn.
mit willen sunder swang
ich gerne dynen twang
wil dulden durch den schrang
dynr liechten ougen schin.

Dein Pfeil hat mich verwundet, laß mich dein eigen sein, mein Trost, Schrein meiner Seligkeit! 16 Ich will, Liebste, [in der Hoffnung] auf dein Ja vergnügt, froh und guter Dinge sein. Wie gut hat es mir getan, als deine Pfötchen mir sachte zärtlich näherrückten, du Süße, frei von Fehlern! Schlag, Liebste, deine Wimper auf, du liebste, beste Frau, empfange mich damit so, daß ich auf rechter Fährte dich aufspüre ohne [daß] Schnee [die Spur verdeckt] und ohne den geringsten Zweifel. Soll Grün nicht Grau werden, nimm Blau in deine Hut – du bist es, die alles vermag. 31 Mein golden schöner Engel, bis ans Ende soll hinfort mein Singen dir gewidmet sein *[?]*. In steter Treue sang ich früher immer und immer um eines Mädchens willen, das nie mit Treue meine Liebe zu erringen suchte. Freiwillig und unbeirrbar will ich gern deine Herrschaft dulden um der Fesseln deiner strahlenden Augen willen.

21 bût. 28–29 *grün: Farbe der beginnenden Liebe, blau: Farbe der Treue.*

Sprich, lieb, durch tzeene blang,
daz tu syst lieblich myn,
alß ich bin eygen dyn! *Q 79*

Michel Nachtigal

[Im kurzen Ton]

Der wint- er lanck zwanck, dranck manck
vogelein. geschwind
Die sint die zeit, weit freit leit.
„der may ist lind
E*rw*achet", kűn- *den* vogel dűn so schűn.
er lie hie wie die
vnd ist worden grűn.

Winter, nűn schwind! lind wind sind
kűmen loblich her.
Jch ger- en dein pein clein, mein
hercz dick machet schwer.
Sy gebent schein, die plűmen fein, so *rein*
mit wűnn, sűnn schűnn grűnn
allen vogelein.

Der may, der hat sat- *rat* *drat*
geferbt manch plűmen fein.
Dar pey hort man schan dan van
den cleinen vogelein.
Der nachtigal verschwand ir qűal; ir schal
nyt rűt, Gűt műt plűt
in ires herczen sal. *Q 7*

Sag, Liebste, mit deinen blitzenden Zähnen, daß du in Liebe mir gehörst, so wie ich dein eigen bin!

Der winter: Der lange Winter bedrückte, bedrängte manch Vögelchen. Die sind jetzt behende, weit ist Freude ausgebreitet. „Der Mai ist linde erwacht", verkündet so schön der Gesang der Vögel. Er *lie* sich hier wie diese und ist grün geworden. 10 Winter, nun zieh fort! Laue Winde sind löblich hergekommen. Ich mag deine Pein nicht, [sie] hat mir das Herz oft schwer gemacht. Die hübschen Blumen leuchten so hell mit Wonne, Sonne schön grün allen Vögelchen. 17 Der Mai hat rasch viele hübsche Blumen dunkelrot gefärbt. Dabei hört man schöne Töne von den kleinen Vögelchen. Der Nachtigall entschwand ihr Leid; ihr Lied ruht nicht, Frohsinn blüht im Saal ihres Herzens.

Der winter *Mel. nicht erh.* 7 Er wachet kün der. 14 gar. 17 drat rat.

Albrecht Lesch

Der goldene Reigen

[Melodie]

AVe maria! dich lobet musica,
dir wirt gesungen ‚alleluia‘,
Syt daz dich got jm selber wolte han
Zu einer keyserynne wolgetan.
Altissimus, der starcke sabaoth,
Der ye waz vnd ist ewiclicher got,
des tochter du wer, dez must du muter sin;
des loben dich die engel in seraphyn.
Frau, meit,   ir sint beteit
Jn gottes ewikeit.
das leyt   hant ir verjeit,
Als vns die schrifte seyt.
Den zepter vnd dez hochsten kunges kron
hastu herworben jn der engel tron.
du hymmel brut, dez waren gottes kint,
du bist alleyn, an der man gnade vynt.

AVe maria! gar alles, daz da lept
Vnd was vor got in hoher wirde swept,
Der engel schar, Vnd alles, daz da ist,
daz kan dich nit volloben, wer du bist.
Vnd alles, daz got ie beschaffen hat,
gemachet wol nach syner synne rat,
Dar uber swebest du ware gottes cron,

Der goldene: Sei gegrüßt, Maria! Dich preist die Musik, dir wird ‚Allelujah‘ gesungen, weil dich Gott selbst als seine schöne Kaiserin hat haben wollen. Der Allerhöchste, der mächtige [Gott] Sabaoth, der immer Gott war und ewig Gott ist, dessen Tochter du warst, dessen Mutter sollst du sein; deshalb loben dich die Engel im [Chor] der Seraphim. Frau [und] Jungfrau, Ihr seid in Gottes Ewigkeit geladen. Das Leid habt Ihr vertrieben, wie die Schrift uns sagt. Das Zepter und die Krone des höchsten Königs hast du im Thron der Engel erworben. Du himmlische Braut, Tochter des wahren Gottes, du allein bist die, bei der man Gnade findet. 20 Sei gegrüßt, Maria! Alles, was lebt und was vor Gott hohe Würde hat, die Schar der Engel, und alles, was existiert, kann dein Wesen nicht zu Ende preisen. Und über allem, was Gott je geschaffen, nach dem Ratschluß seiner Weisheit vollbracht hat, schwebst du wahre Krone Gottes,

Der goldene 1 *Als Lebensdaten bisher allgemein 1420–1480 angenommen; Einordnung hier aufgrund der Datierung des cgm. 351 auf 1425/35 durch Tilo Brandis (Q 109) – bestätigt von Karin Schneider, Staatsbibl. München, (briefl. Mitteilung): 1420/30 – und der Q 4 um 1430. – Ä.* 17 *nach Q* 20, 39 *nach Q 119.* 17 ton.

dez hat dich got gewirdiget so schon.
Jr syt alhie gefryt,
jn gottes zesem wyt
Man gyt dir lop *on* stryt.
Jn dirre genaden zyt
Wir sunder rûffen zu dir, fraw, also:
„Nu mach vns all mit din genaden fro,
Syt dir, frau, got die welte hat gegeben
jn dine hend zu eynem ymmer leben!"

AVe maria, du hoher gottes sarg,
Dar ynn sich got, drylich Vnd ein, verbarg!
Ave maria, du wyder bringeryn!
got *sant* dirs wort vnd saczt sich selb dar yn.
Ave maria, ob aller sußikeit
wirdige muter Vnd auch reyne meit!
daz dich der engel ‚ave' hat genant,
Dar ynn wart got gewalticlich herkant.
Got nam den reinen sam
von siner muter zam;
Er kam on alle scham.
Ave, du hochster nam,
Da wart dir, fraw, der aller beste teil:
got flacht sich dryn zu ewiclichem heil.
Eva die welt verfuret hat gemeyn,
Daz wyder bracht vns ave, die vil rein. *Q 56*

---

damit hat Gott dich so schön geehrt. Ihr seid hier erwählt, in Gottes unermeßlichem Reich lobt man dich uneingeschränkt. In dieser Gnadenzeit rufen wir Sünder so zu dir, Frau: „Nun erfreue uns alle durch deine Huld, da dir, Frau, Gott die Welt für ewige Zeiten in deine Hände gegeben hat!" 36 Sei gegrüßt, Maria, du erhabener Schrein Gottes, in dem sich Gott, dreifaltig und doch einer, verbarg! Sei gegrüßt, Maria, du Wiederbringerin! Gott sandte dir das Wort und verschloß sich selbst darin. Sei gegrüßt, Maria, über alle Süßigkeit würdige Mutter und reine Jungfrau zugleich! Daran, daß dich der Engel ‚Ave' genannt hat, wurde Gott in seiner Macht erkannt. Gott nahm den reinen Samen von seiner lieben Mutter; er kam ohne Scham. Ave, du erhabenster aller Namen, damals fiel dir, Frau, der allerbeste Teil zu: Gott verflocht sich darein [uns] zu ewigem Heil. Eva hat die ganze Welt irregeleitet, das hat Ave, die Reinste, rückgängig gemacht.

30 vnd. 39 *f.* 44–45 *Nach hippokratischer Ansicht trug auch die Frau zur Fortpflanzung Samen bei.*

[In der Hofweise]

[Melodie]

Das recht ist manigfeltig krump,
hor ich die wysen jehen.
dem richen richtet man rechtes recht,
dem armen ermiclichen.
Die selben richter heiss ich dump,
die es alz ubersehen;
jr richten, daz ist gar vnslecht,
daz wyssent sicherlichen!
Vff dem drib*un*ale
verdienent sie den hass, der tufel wil ir spotten.
er furt sie hin zu tale
mit hellestangen in dez tufels rotten.
so stric*k*ent si*e* – „*a*uwe, wie ist vns gelungen!“ –
heft an die sele. ich weiß ir mere,
die da tragent falsche zungen,
die falten sie mit swacher ler;
sie beschrottent truw vnd er,
das recht laßent sie furschtrichen.

Vnd keme der tufel vnd klagte von got,
brecht er silber vnd golt
vnd bütte er yn die miete wol,
sie klafften ym alle zü liebe.
Vnd ist daz nit ein große not?
sie nement dar vmb den solt.
ir hertz ist arger liste vol
noch me danne eyme diebe.
Sie stelen vnd stelen gare
dag vnd naht stat, er noch diebez lere.

DAS RECHT: Das Recht wird vielfältig gebeugt, höre ich kluge Leute sagen. Dem Reichen spricht man Recht, wie es sich gehört, dem Armen auf schäbige Weise. Solche Richter nenne ich dumm, die das alles ungeahndet lassen; ihr Richten ist durch und durch schlecht, seid dessen sicher! Beim [Jüngsten] Gericht ernten sie [nur] Haß, der Teufel wird über sie spotten. Er führt sie mit Höllenstangen hinunter in die Teufelshorden. Auf diese Weise knüpfen sie – „O weh, wohin haben wir es gebracht!“ – Bande um die Seele. Ich kenne noch mehr von denen, die falsche Zungen haben, die biegen sie in nichtswürdigen Sprüchen; sie beschneiden Treue und Ehre, sie lassen zu, daß das Recht beschmutzt wird. 21 Und käme der Teufel und klagte Gott an, brächte er Silber und Gold und böte ihnen einen guten Preis, sie redeten ihm alle nach dem Mund. Ist das nun nicht ein großer Mißstand? Sie nehmen Geld dafür an. In ihren Herzen findet man mehr Arglist als bei einem Dieb. Tag und Nacht stehlen und

DAS RECHT 11 dribmale. 15 strichent sie vß (*darüber* alz) auwe.

so sprechent sie offenbare
manichen abe sin drüwe vnd auch sin ere.
Jch wolte, wo ein falscher richter were,
daz yme also gelünge!
syn recht ist boser vil danne alle swere,
sie lament manichen, der wol ginge.
der sie mit irre krumbe uff hinge,
ee er daz recht macht drübe!

JR richter vnd auch ir zwolff man,
wie hant ir üweren eyt
bewert gein des rotes hant?
sehent vff, zü wem ir gert!
Wer vrteil sprichet me, danne er kan
noch der gerechtikeit,
der scheidet sich von gotz lant,
wer hie falsch vrteil wert.
Die in dem rate sitzen,
man siht sie dicke wancken hin vnd here,
man sieht sie lůtzel switzen
al vmb daz recht – ez wurt yn noch zü swere.
wer vrteylt der welte hie zü meyle,
daz wil got an dem jüngsten von ym sagen.
der dufel furet sie faste an sime seile,
vmb daz sie von den armen nagen;
got wilz yn nit vertragen,
zür helle er sie besweret.

Q 56

---

stehlen sie ganz und gar Ansehen *[?]*, Ehre, wie man es von Dieben lernen kann. Und so sprechen sie in aller Öffentlichkeit so manchem Redlichkeit und Ehre ab. Ich wollte, daß es einem falschen Richter ebenso erginge! Seine Rechtsprechung ist schlimmer als alle [anderen] Übel, sie machen manchen lahmen, der gut gehen könnte. Wenn doch einer sie mitsamt ihrer Rechtsverdrehung aufhinge, bevor er *[ein solcher Richter]* das Recht trübt! 39 Ihr Richter und auch ihr zwölf Schöffen, wie habt ihr euren Eid gegenüber dem Rat gehalten? Seht zu dem auf, den ihr [dabei] anruft! Wer härtere Urteile spricht, als die Gerechtigkeit erlaubt, [und] wer hier falsche Urteile fällt, der trennt sich vom Gottesreich. Man sieht die, die im Rat sitzen, oft hin- und herschwanken, man sieht sie selten um der Rechtsprechung willen schwitzen – es wird sie noch reuen. Wer hier die Welt durch sein Urteil befleckt, von dem wird Gott das am jüngsten Tag verkünden. Der Teufel hat sie fest an seinem Seil, weil sie die Armen aussaugen; Gott wird es ihnen nicht nachsehen, er läßt sie zur Hölle fahren.

Fritz Ketner*

[In der Osterweise]

[Melodie]

DEr kungynn ich ob allen kungynn dienen wil,
ewiges lobes jst sie wert,
Jr nam flos ve- *re* virtutis genant.
Jr namen zwen vnd sybentzig sint one zil:
Mediatrix – wer irs mittels gert,
dem tut sie mil- ter bar*m*ung helff bekant.
Auxiliatrix – kan wol helffen
jr craft
vß ewiclicher nat.
Mit andacht sol wir vnser gelfen,
ffraw, zů dir senden frů vnd spat.
Sie ist ein reparatrix genant –
Jr wyderbringen mangem sunder ist bekant.
Beatrix – selge fraw gemein,
hilff mir, daz dich myn meisterschaft
recht lob, adonay juncfraw rein!

REgina celi, terre, maris mit gewalt,
illüminatrix heist dü wol,
ein luchterin der ewiclichen rů.
Dü maris stella †inüenosa vns behalt!
gracia – aller gnaden vol,
ein anbegi*n* *i*n freüden spat vnd frů.

DEr kungynn: Der Königin über alle Königinnen will ich dienen, sie verdient ewiges Lob, ihr Name lautet Blume wahrer Tugend. Ihre zweiundsiebzig Namen gelten für ewige Zeiten: Mediatrix *[Mittlerin]* – wer nach ihrer Vermittlung verlangt, dem läßt sie die Hilfe milder Barmherzigkeit zuteil werden. Auxiliatrix *[Helferin]* – ihre Kraft kann wohl aus ewiger Not helfen. Andächtig sollen wir unser Rufen, Frau, früh und spät zu dir senden. Sie wird eine reparatrix *[Erneuerin]* genannt – ihr Zurückbringen hat mancher Sünder erfahren. Beatrix *[Glücksbringerin]* – unser aller glückbringende Frau, hilf mir, daß dich meine Kunst auf rechte Weise lobt, reine Jungfrau Gottes! 20 Mächtige Königin des Himmels, der Erde, des Meeres, illuminatrix *[Erleuchterin]* heißt du, eine Leuchterin zur ewigen Ruhe. Du *inuenosa* Stern des Meeres, behüte uns! Gracia *[Gnade]* – aller Gnaden voll, spät und früh ein freudevoller Beginn!

DEr kungynn *Dieses in Q 56 und Q 20 anonym und mit der Tonbezeichnung* verhohlener Ton Frauenlobs *überlieferte Gedicht wird in Q 7 von Hans Sachs überschrieben:* In der osterweis 5 lieder fritz ketners. *Ä.* 50 *nach Q 20, die übrigen außer* 71 *nach Q 7.*
6 veri. 7 *Über die Herkunft der Vorstellung von 72 Namen Mariens vgl. S. 268.*
9 barmbung. 19 adonay *hebr. Name Gottes.* 25 anbeginnen.

Du bist auch *w*ol der fisch ceta,
crafft dir
ist michel, starck vnd groß.
dü bist auch wol der berg liba,
dar vß daz edel wasser floss,
vnd daz do heisset ihesü crist.
dü clares fel, daz gedeon fant mit sym list,
dü ros ob allen blümen zart,
dulcis maria, hilff auch mir
vnd biss bij myner lesten fart!

ANcilla dei, miseratrix, bi*s* bereit!
virgo maria, porta clar,
Ezechiel- is vnzergenglich tor,
Maria, mater, femina vnd reine meit,
aue sol vnd lüna, nym war,
daz vnser sel nit küm uff totlich spor!
Mulier bist dü, fraüwe rein,
wann all
myn hoffen lit an dir,
gracia plena, ich dich mein.
aurora, kum zü helffe mir,
dü morgenröt, du clar üff gang!
nü lobt dich billich aller engelisch gesang.
formosa filia syon,
ha*l*t vns vor ewiclichem fal,
humilitatis fursterynne fron!

O Pia- milte fraw, zü geben alles güt,
Cometissa – grefynn rich,
gloria, doctis- sima – dü hochster tüm,

Du bist auch wahrlich der Walfisch *[Ion. 2, 1]*, deine Kraft ist groß, stark und mächtig. Du bist auch wahrlich der Berg Libanon, aus dem das edle Wasser floß *[Cant. 4, 15]*, das Jesus Christus heißt. Du reines Vlies, das Gedeon in seiner Klugheit fand *[Iud. 6, 36–40]*, du Rose *[Eccli. 24, 18]*, lieblicher als alle Blumen, süße Maria, hilf auch mir und sei bei mir auf meinem letzten Weg! 36 Magd Gottes, Erbarmerin, sei bereit! Jungfrau Maria, herrliche Pforte, Ezechiels ewig verschlossenes Tor *[Ez. 44, 2]*, Maria, Mutter, Frau und reine Jungfrau, sei gegrüßt, Sonne und Mond *[Cant. 6, 10]*, gib acht, daß unsere Seele nicht auf todbringende Fährte gerät! Mulier *[Frau]* bist du, reine Frau, denn all meine Hoffnung ist auf dich gesetzt, Gnadenvolle, ich verehre dich. Aurora *[Morgenröte] [Cant. 6, 10]*, komm mir zu Hilfe, du Morgenröte, glänzender Sonnenaufgang! Nun preist dich zu Recht der Gesang aller Engel. Schöne Tochter Sion *[Ps. 8, 7]*, behüte uns vor dem ewigen Verderben, erhabene Erzieherin zur Demut! 52 O pia *[Fromme]* – barmherzige Frau, die alles Gute schenken kann, cometissa – mächtige Gräfin, [du] Zierde, Gelehrteste – du höchster *tüm*,

26 vol. 36 bist. 50 hat.

Aduocatrix clementissima hoch gemüt,
lümen, wa wart ye din gelich,
Dü brehnder glast? dü hast den hochsten rüm.
Dü bist wol ein schon capitel,
ein starck,
er ist din anefang,
ein tabernackel güter sel,
die dir in freiden sagen dang.
dü floritür in der gotheit,
dü brehnde cron ob allen jüngfraün vnuerczeyt,
Adel ob allem adel clar.
Maria, warer gottes sarck,
Nü hilff vns an der engel schar!

COnsolatrix principalis, du virgo rich,
O matrix, liberacio,
gloriosa fraw, dü erentricher hort,
Malgrana*t*, adiutrix, genitrix, hilff, daz ich
in diner hüld also besta
vnd dort beschaw verbum, daz ewig wort!
Dü rosa, lilium, din brehn
al in
der claren gotheit spielt.
all heilgen sich in dir ersehn,
dü spiegel clar. ob aller milt
libratrix, inmaclata fraw,
vff dinen trost ich ymmer ewiclichen bü
vnd ger auch der genaden din.
hilff vns mit frewden zw dir hin,
jmperatrix – celorüm keiserin! *Q 56*

---

gütigste, hochgesinnte Helferin, Licht, wo gab es je deinesgleichen, du strahlender Glanz? Du besitzt den höchsten Ruhm. Du bist ein schönes, ein starkes Kapitell, Ehre ist dein Ursprung *[oder: ein schönes Kapitell, große Ehre ist dein ...]*, ein Tabernakel der guten Seelen, die dir voll Freude Dank sagen. Du wirst in der Gottheit geschmückt *[?]*, du schimmernde Krone über allen standhaften Jungfrauen, Adel, edler als aller Adel. Maria, wahrer Schrein Gottes, nun hilf uns in die Schar der Engel! 68 Du erste Trösterin, du mächtige Jungfrau, o Mutter, Befreiung, gepriesene Frau, du ehrenreicher Schatz, Granatapfel *[Cant. 2, 3; 4, 13]*, Helferin, Gebärerin, hilf, daß ich so in deiner Liebe bleibe, daß ich dort verbum, das ewige Wort *[Io. 1, 1]*, schaue! Du Rose, Lilie *[Cant. 2, 1f.]*, dein Glanz funkelt in der reinen Gottheit. Alle Heiligen erkennen sich in dir, du lauterer Spiegel. Mildeste aller Befreierinnen, unbefleckte Frau, auf deinen Trost setze ich immer und ewig meine Hoffnung und strebe nach deiner Gnade. Hilf uns freudig zu dir, imperatrix *[Kaiserin]* – Kaiserin der Himmel!

71 Malgrana. 82 *f.*

Unbekannter Verfasser

Ach got, durch deyner gute
beschere uns kogil vnd hûte,
Mantil vnde ragke,
Czegun vnd bagke,
schaf vnd rinder,
Fil hawsfrawe vnd wenik kinder
vnd dorczu hellerleyn,
zo wel wir gerne deyn dyner zeyn. Amen.

Q 91

Oswald von Wolkenstein

[Melodie]

GEluk vnd hail, ain michel schar,
wunsch ich dir, fraw, zum new iar.
mein stet gerechte trew fur war
in deinem dinst ich nymmer spar,
des solt du werden jnnen.
Das macht dein mundlin wol gevar
mit wenglin rot, ain lieblich par,
verglanczt von liechten euglin klar,
die orlein klain, darob das har
Raid, krispel, krumpel, krynnen,
krewß, gûldloch gel, durch flockelt,

Nas, zendlein, kin, kel. der hals czu tal
mit ganczer maß hat seinen fal
bis auff der weissen brustlin sal;

Ach got: Ach Gott, beschere uns in deiner Güte Kapuzen und Hüte, Mäntel und Röcke, Ziegen und Böcke, Schafe und Rinder, viele Frauen und wenig Kinder und dazu Hellerlein, dann wollen wir gern deine Diener sein. Amen.

GEluk: Glück und Segen, eine große Menge, wünsche ich dir, Geliebte, zum neuen Jahr. An meiner steten, festen Treue werde ich es in deinem Dienst gewiß nie fehlen lassen, das sollst du erfahren. Das machen dein hübsches Mündchen und die roten Bäckchen, ein liebliches Pärchen, dem deine hellen, klaren Augen Glanz verleihen, die zierlichen Öhrchen, darüber das gedrehte, geringelte, gewellte, gelockte, gekrauste, goldblonde, flockenleichte Haar, 14 Nase, Zähnchen, Kinn, Kehle. Der Hals führt in schönstem Ebenmaß abwärts zu dem Sitz der weißen Brüstchen;

Ach got *Ä. nach Q 50. 6 f. 7 in Q 91 zwischen 3 und 4.*
GEluk *Ä. nach Q 40.*

der sinkel hert geyt reichen schall.
ain yets glit durch messen:
Armm, finger lang, zway hendlin small,
das peuchlein h*e*l, slecht vberall
vnd ein wolkomen reuch czu mall,
groß hindersechczt gedrolter zal,
mit herter mass besessn;
dye fůsslein klain geschockt.

Jr zarter leib nye mailes pein
verschart; zucht, tugent eytel rein,
jung, edel, adelicher schein
mit wandel sich probirt darein
noch maisterlichen siten,
an allen tadel ist sye fein.
zart trawt geselle, vergyß nicht mein!
seyt ich nu bin gehaissen dein,
so la dir, hercz lieb, ab erfreyn,
Des ich lang han gebiten
vnd das mich senlich locket! *Q 74*

[Melodie]

AJn graserin, durch kulen taw
mit weyssen, plossen fusslin zart,
Hat mich erfrewt in gruner aw.
das macht ir sichel prawn gehart,
Do ich ir half den gattern rucken,
smucken fur dy schrencken,
lencken, sencken jnn dy se*w*l,

---

das feste Tälchen [dazwischen] hat einiges zu bieten. Jedes Glied in vollkommenem Ebenmaß: die Arme, die schlanken Finger, zwei schmale Händchen, der kleine Bauch, schimmernd und ganz glatt, und vor allem ein vollkommenes Pelzchen, mit einem gedrechselten Paar hinten reichlich unterbaut [und] drall bestückt; die Füßchen zierlich geformt. 25 Ihre zarte Gestalt hat nie einen ärgerlichen Fehler gehabt; Zucht, ganz reine Tugend, jugendliches, edles, adliges Aussehen und Gebaren prägen sich in vollkommener Weise darin aus, sie ist schön ohne jeden Tadel. Schönstes Liebchen, vergiß mich nicht! Da ich nun der Deine genannt werde, so laß dir, Herzliebste, abbetteln, worauf ich lange gewartet habe und wonach mich sehnlich verlangt!

AJn graserin: Eine Schnitterin, mit weißen bloßen, zierlichen Füßchen im kühlen Tau, hat mich auf der grünen Wiese beglückt. Das machte ihre braun behaarte Sichel, als ich ihr half, das Gatter heranzuziehen, vor den Zaun zu rücken, zu richten [und] zwischen die Seitenpfosten zu senken,

GEluk 20 hail.
AJn graserin *Ä. nach Q 40.* 8 seyl.

wolpewart, da mit das frewl
hin fur an sorg nicht fliesen mocht jr gensel.

Als ich die schon her zewnen sach,
ein kurcze weyl ward mir ze lanckh,
pyß das ich ir den vngemach
tet wenden zwischen payder schranck.
mein hecklin klain het ich ir vor –
enpor zu dinst – geweczet,
heczet, neczet; wie dem was,
schubern half ich ir das gras.
„zuck nicht, mein schacz!“ „symm nain ich, lieber jensel.“

Als ich den kle het abgemat
vnd all jr lůcken wol verzewnt,
dannocht gert sy, das ich gat
noch ainmal jnn der nidren pewnt.
ze lon wolt sy von Rosen winden,
pinden mir ain kranczel.
„swanczel, ranczel mir den flachs!“
„trewt jn, wiltu, das er wachs!
hercz liebe gans, wie schôn ist dir dein grånsel!“ *Q 74*

[Melodie]

JR alten weib, nu frewt ewch mit den Jungen!
was vns der kalde winter hat betwungen,
das wil der meye mit geschraye dungen
mit sußer kraff, den wůrczlin geben safft.

---

hübsch sorgfältig, damit das Dirnlein künftig ohne Sorge [sein] und ihr Gänschen nicht [noch einmal] verlieren könne. 11 Als ich die Schöne ihren Zaun herrichten sah, konnte ich keinen Augenblick länger warten, bis ich ihr das Problem zwischen den beiden Pfosten gelöst hatte. Meine niedliche, kleine Hacke hatte ich für sie zuvor – dienstbereit aufgerichtet – gewetzt, geschärft [und] feucht gemacht; wie die Dinge standen, half ich ihr das Gras zusammenrechen. „Zappel nicht, mein Schatz!“ „Aber gewiß nicht, lieber Jensel!“ 20 Als ich den Klee abgemäht und alle Öffnungen bestens versperrt hatte, wollte sie dennoch, daß ich noch einmal in der Wiese unten jätete. Zum Lohn wollte sie mir ein Rosenkränzchen winden, binden. „Schwänzchen, rüttel mir den Flachs!“ „Betu ihn, wenn du willst, daß er wachse! Herzliebstes Gänschen, was hast du für ein schönes Schnäbelchen!“

JR ALTEN: Ihr alten Weiber, nun freut euch mit den jungen! Was uns der kalte Winter hat absterben lassen, das will der Mai unter großem Hallo mit süßer Kraft düngen, den Würzelchen Saft geben.

JR ALTEN *Vermutl. im Frühjahr 1416 in Frankreich auf dem Rückweg von einer Gesandtschaftsreise nach Portugal entstanden; vgl. auch das folgende Lied. Ä. nach Q 40.*

Des kalden snehes mag er nicht lenger tauren;
was sich versmagen hat in krummes lauren,
das wil er wecken, recken schir aus trawren:
laub, plumblein, plud, gras, wurmlin, dirlein mûd.
JR voglein, smyrt ewr rawhe kel
vnd tret auff hoher, singet hel!
Jr wilden tyr, vernewt ewr fell,
hart welgt euch in den plumblin gel!
Jr frewlin, gailt ewch sunder quell!
gebawr, rudt ain ander mel,
das dw den herbst wilt bachen!
Perg, aw vnd auch tal, forst, das gefild
sich schon erczaigt aus gr*un*des mild;
alle creatur, zam vnd auch wild,
nach Junger frucht senlichen quelt,
yecz seim geleichen nach gepild.
mein orsch schreyt gen des mayen schilt,
des tût der esel lachen.
Rayen springen, lauffen, ringen,
geigen, singen, lat her bringen!
klumperen, klingen, mundlin zwingen,
frolich dringen gen den frewlin zart –
An verlangen wel wir prangen
in den sangen! mit verhangen
laub die wangen, mit ermlein vmbfangen,
zunglin zangen – des frewt sich mein bart.

Wie wol der gauch von hals nit schon quintyret
vnd der franczoisch hofleich discantiret,

Im kalten Schnee will er nicht länger ausharren; was sich geduckt und gekrümmt aufs Warten verlegt hat, das will er wecken, alsbald aus seiner Trübsal aufrichten: Laub, die kleinen Blumen, Blüten, Gras, Würmchen und das erschöpfte Getier. Ihr Vögelchen, schmiert eure heisere Kehle und schwingt euch höher, singt hell! Ihr Tiere draußen, erneuert euer Fell, wälzt euch kräftig in den gelben Blumen! Ihr Mädchen, vergnügt euch ungehemmt! Bauer, bereite den Acker für ein neues Mehl, mit dem du im Herbst backen wirst! Berg, Aue und Tal, Forst, die Felder zeigen sich, aus fruchtbarem Boden [gespeist], in voller Schönheit. Jedes Geschöpf, zahm oder wild, drängt begierig nach jungem Leben, das nach seinesgleichen gestaltet ist. Mein Pferd wiehert den Schild des Frühlings an, darüber amüsiert sich der Esel. Reigen tanzen, laufen, rangeln, geigen, singen, laßt herbringen *[?]*! Klimpern, klingen, Mündchen bezwingen, sich fröhlich an die hübschen Mädchen heranmachen – ohne [die Qual der] Sehnsucht soll es uns im Korn wohlergehen! Die Wangen mit Laub verhängt, Arm in Arm die Zünglein spielen lassen – das ist das Rechte für meinen Bart! 32 Obgleich der Kuckuck bei seiner Kehle keine schönen Quinten singen kann, der Franzose dagegen artig die zweite Stimme singt,

18 gram des.

„guk guk, lieb ruk!“, der hall mir bas sonyret
vnd frewt mich vil vor jostleins saitenspil.
Hecz iagen, b*aissen*, birssen, schißen dauben,
vor grunem wald nach phifferlingen klauben
mit ainer mayt, beklait von ainer stauden –
den lust ich breyß fur alle hoffeweys.
May, dein geczelt gefellt mir wol,
wann man gresen waden sol;
ain yegleich wilt besucht sein hol,
das es sein Jungen birgt vor dol.
„drink drank gatalon, spaneol!“,
das selb gesang vnd „pog den zol!“
der drosch*el* nicht geleichet.
All in dem land so namm ich war –
vnd secht ir mir icht grabe har,
die trag ich vo*n* den frewlin zwar –
dye weyssen bainlein wol gevar
verdeck*t* mit rotter hosen gar,
vnd ir liechten euglin klar
mit swarczer varb bestreichet.
Der mich eyne, die ich meine,
frewt allaine. leib, gebaine
wer nit saine, mein trawren klaine,
ach, dy rayne, myd sie newr hosen duch:
Mit den gebunden snuren vnden
gar verswunden wer mein wunden,
vnd håt funden all mein kunden;
in paryß, lunden fremt ich ir zwen schwch!

---

klingt mir der Ruf „Kuckuck, Liebchen rück!“ lieblicher und freut mich mehr als Jöstleins Saitenspiel. Hetzen, beizen, pirschen, Tauben schießen, am grünen Waldrand mit einem Mädchen Pfifferlinge suchen, verdeckt von einem Busch – das Vergnügen preise ich höher als das ganze Hofleben. Mai, dein Zelt gefällt mir gut, weil man *gresen waden* kann; jedes Wild sucht seinen Schlupfwinkel auf, um seine Jungen vor Leid zu beschützen. „Trink katalonischen, spanischen Trank!“ *[?]*, dieser Singsang und „Zahl den Zoll!“ kommt der Drossel nicht gleich. Überall in jenem Land – und seht ihr an mir graue Haare, die bekam ich ganz sicher von den Mädchen dort – habe ich die wohlgeformten weißen Beinchen ganz in roten Hosen stecken sehen und ihre funkelnden, leuchtenden Augen mit schwarzer Farbe bemalt. Eine von ihnen, an die ich denke, entzückt mich ganz besonders. Leib [und] Glieder wären nicht träge, mein Trübsinn wäre dahin, wenn, ach, die Schöne die Hosen fortließe: mit den Schnürschleifen unten wären meine Wunden fort und verschwunden, und ich hätte alles gefunden, was ich erkunden wollte *[?]*; in Paris [und] London ließe ich ihr zwei Schuhe anfertigen!

36 *durch Fleck unleserlich*. 46 droschlein. 49 vor. 51 verdeck.

Gar waidenleich dritt sy den firlifanczen,
jr hohen sprunge vnweibleich sind zu danczen;
auch hat sy phlicht des angesicht zu vergglanczen,
dye selbige maid, die ringen in oren dra*it*.
Mein langer part, der hat mir dik verschroten
vil manchen smucz von czarten mundlin roten,
die schone wenglin vor den hendlein boten,
wenn sie die leut emphahen mit gedreut.
Jr Nĕglein rot mich machen krank,
die sein ir ain michel tail ze lank,
nyder auff die erden ist ir swankh;
siczen phlegen sẙ sunder pankh;
auch lob ich den vmbhankh
bei den betten vor dem klankh
zu ainlicz von der glokhen.
Jspania, průssen, soldans lant,
denmarkh, reůssen, eyffenstrant,
Afern, frankreich, engelant,
flandern, byckardy, prafant,
Cypern, napel, romani, duscant –
Reynstraum, wer dich hot erkant,
bistu der frewden docken.
Da zeyßly mußly, fyßly fußly,
henne klußly, kumpt ins hußly,
werfen ain tußly! su sa sußly,
niena greußly wel wir sicher han.

---

62 Sehr forsch tanzt sie den Firlifanz, ihre hohen Sprünge sind anders, als Frauen sonst tanzen; auch pflegt sie ihr Gesicht glänzend zu machen, dieses Mädchen, das Ringe in den Ohren trägt. Mein langer Bart hat mich oft um manchen Kuß von den zarten, roten Mündchen derer gebracht, die statt der Hände hübsche Wangen darboten, [wie sie tun], wenn sie jemanden freundlich begrüßen. Ihre roten Nägel bereiten mir Unbehagen, die sind ein gehöriges Stück zu lang, sie hängen [fast] bis auf die Erde; sie sitzen immer ohne Bank; auch lobe ich den Vorhang um die Betten mehr als den Klang der Glocke *zu ainlicz*. Spanien, Preussen, Sultansland, Dänemark, Rußland, Eifenküste, Navarra *[?]*, Frankreich, England, Flandern, Picardie, Brabant, Zypern, [das Königreich] Neapel, Romontscha, Toscana – Rheinstrom, wer dich kennengelernt hat, [für den] bist du das Schönste vom Schönen. Da Zieselmäuschen, Fieselfäuschen, kommt ins Häuschen, [ins] Hennenkläuschen, ein Däuschen werfen! Ein Su-Sa-Säuschen [und] sicherlich kein Gräuschen wollen wir haben!

65 drat. 77 *Mamluken-Sultanat: Ägypten und die Gebiete der östl. Mittelmeerküste.* 78 *Eine genaue geographische Fixierung von* eyffenstrant *bisher nicht möglich, vermutl. die Küste Estlands oder Livlands; vgl. u. a. Schedels* Weltchronik *(1493) und Martin Behaims Globus (1492). Oswald bezeichnet ebenso wie Martin Behaim Livland (auch?) als* Liffen. 81 *Mit* romani *könnte auch die europäische Romania (Byzanz) gemeint sein.* 84 *„Zieselmaus“ und „Fiesel“ sind wie „Ratz“* (90) *Beispiele aus dem reichen Schatz mittelalterlicher Bezeichnungen für das männliche Geschlechtsorgan.* 86 *„Daus“ ist beim Würfelspiel der Wurf mit zwei Augen.*

Clerly, meczly, endly, beczly,
dont ain seczly, richt ewr leczly!
vach das reczly! dula heczly!
trucza dreczly, der vns frewd vergann! *Q 74*

[Melodie]

ES fugt sich, do ich waz von zehen Jarn alt,
Jch wolt besehen, wye dy welt wer gestalt.
mit elend, armut manigen winkel, hais vnd kalt,
hab ich gepauet pey cristen, krichen, hayden.
drey phenig in dem pewtel vnd ein stůklein prot,
daz waz von haim mein czerung, da ich lof in not.
von fremden, freunden so hab ich manigen tropphen rott
gelassen syder, daz ich want verschaiden.
Jch loff ze fuess mit swerer buß, bis daz mir starb
mein vater Zwar, woll virczen Jar, nie ross erwarb,
wann aines rawpt, stal ich halbs zu mal, mit valber varb,
vnd dez gleich schid ych da von mit laiden.
Zwar renner, koch so waz ich doch vnd marstaller,
auch an dem ru- der zoch ich czu myr – daz was swar –
in kandia vnd anderswo, auch wider hår.
vil manicher kitel was mein beste klaide.

Klärchen, Metzchen, Ännchen, Betzchen, macht ein Sätzchen, richtet euer Lätzchen! [Und dann] das Rätzchen gefangen! Tu la fröhliche Hatz! Ein Trötzchen dem getrotzt, der uns die Freude nicht gönnt!

ES FUGT SICH: Es begab sich, als ich zehn Jahre alt war, [da] wollte ich sehen, wie es in der Welt aussähe. In Not und Armut bin ich in manchem warmen, manchem kalten Winkel untergekommen bei Christen, Orthodoxen und Heiden. Drei Pfennige im Beutel und ein Endchen Brot waren meine Wegzehrung, [die ich] von zu Hause [mitnahm], als ich ins Elend lief. Durch Fremde, durch Freunde hab ich seither manchen Tropfen Blutes lassen müssen, so daß ich oft glaubte sterben zu sollen. Ich trieb mich, hart gestraft, zu Fuß umher, bis mir der Vater starb, [es waren] wohl vierzehn Jahre, nie brachte ich es zu einem Pferd, nur eines, einen Falben, habe ich halb geraubt, halb gestohlen, und auf die gleiche Weise hab ich ihn leider verloren. Ich war Laufbursche, Koch und Stallwärter, auch betätigte ich mich als Ruderer – das war ein hartes Brot – nach Kreta, auch anderswohin, und wieder zurück. Oft war ein Kittel mein bestes Kleidungsstück.

ES FUGT SICH *Dieses autobiographische Lied (vgl. Einl. S. 10) ist vermutl. 1416 entstanden. Ä nach Q 40.* 2–17 *Die hier geschilderten Ereignisse sind möglicherweise als die stark stilisierte Erzählung durchaus üblicher Vorkommnisse innerhalb der normalen Ausbildung junger Adliger an fremden Höfen zu verstehen.*

GEn prewssen, littwan, tartarij, turkey vber mer,
gen lampart, franckreich, yspaniaz mit zwaien kunges her
traib mich dy minn auff meines aigen gelds wer:
Ruprecht, Sigmund, paid mit des adlers streyffen.
franczoisch, morisch, katlonisch vnd kastilian,
teutsch, latein, windisch, lampertisch, Rewschisch vnd roman –
dy zehen sprach hab ich gepraucht, wann mir zeran;
auch kond ich fidlen, trummen, pauken, pheyffen.
Jch hab vmbfaren Jnsel vnd aren, manig land
auff scheffen gros, der ich genos von sturmes bant,
des hoch vnd nider meres gelider vast berant;
dy swarczen see lert mich ain vas begreiffen,
do mir zerprach mit vngemach mein wargatin –
ein kaufman waz ich –, doch genas ich vnd kam hin,
ich vnd ain reuss; jnn dem gestrews hawbt gut, gebin,
daz sucht den grunt, vnd swam ich zu dem reiffen.

Ein kunigin von Arragum waz schon vnd czart,
da fur ich kniet, zu willen reicht ich ir den part,
mit hendlein weiss pantt sy dar Jn ain Ringlin zart
liblich vnd sprach: „non mayplus dis ligaides!"
von iren handen ward ich in dye oren mein
gestochen durch mit ainem mess*in* nadlin,

---

18 Nach Preußen, Litauen, in die Tartarei, übers Meer in die Türkei, in die Lombardei, nach Frankreich und Spanien trieb mich – ich lebte damals von eigenem Geld – die Liebe in den Heeren zweier Könige: Ruprecht und Sigismund, beide mit dem Wappen *[?]* des Adlers. Französisch, Arabisch, Katalanisch und Kastilisch, Deutsch, Lateinisch, Windisch, Lombardisch, Russisch und Ladinisch *[?]* – die zehn Sprachen habe ich gebraucht, wenn mir das Geld ausging; ich konnte auch fiedeln, trompeten, pauken, Flöte spielen. Ich habe auf großen Schiffen, die mich aus des Sturmes Banden retteten, Inseln und Buchten, viele Länder umfahren, die Teile des nördlichen und südlichen Meeres habe ich durcheilt; das Schwarze Meer hat mich gelehrt, ein Faß zu umklammern, als mir zu meinem Unheil mein Schiff zerbarst – ich war damals Kaufmann –, doch ich überlebte und kam davon, ich und [mit mir] ein Russe; in dem Sturm sanken Kapital [und] Gewinn auf den Meeresgrund, ich aber schwamm ans Ufer *[?]*. 34 Die eine Königin von Aragon war schön und lieblich, ich kniete vor ihr nieder, auf ihr Geheiß bot ich ihr den Bart, mit weißen Händchen knüpfte sie freundlich ein zierliches Ringelchen darin fest und sagte: „Bindet es nie mehr los!" Von ihrer Hand wurde ich mit einem Messingnädelchen durch die Ohren gestochen, [und]

18 prewssen *ist das heutige Ostpreußen. Unter* tartarij *ist hier vermutl. die „kleine Tartarei" zu verstehen, die allerdings nicht nur die Krim, sondern größere Gebiete Südostrußlands, vor allem am Asowschen Meer, umfaßte.* 19–21 *Nach* lampart *kam Oswald vermutl. auf dem Kriegszug König Ruprechts von 1401/2, nach* franckreich, yspaniaz *anläßlich der Gesandtschaftsreise im Auftrag König Sigismunds im Jahre 1415 (vgl. das vorhergehende Lied).* 23 windisch *hier wohl slowenisch (vgl. Gedicht Nr. 69 in Kleins Oswald-Ausg.).* 34 *Gemeint ist die junge Königin-Witwe Margarete von Prades* (49). *Die Ehrung erfolgte in Perpignan.* 39 messez.

nach jr gewonet sloss si mir zwen ring dorein;
dy trug ich lang, vnd nent man sye raycades.
Jch sucht zu stund kunig Sigmund, wa ich *in* vandt;
den můnt er spreusß vnd macht ein kreucz, do er mich kant;
der rufft mir schir: „du zaigest mir hye dise*n* dant?“
freyntlich mich fragt: „tuendt dir dy ring nicht laides?“
Weib vnd auch man mich schauthen an mitt lachen so;
newn personir kunigklicher czir, dy waren da
ze parpian, ir Babst von lun, genant Petro,
der Romisch kunig der zehent, vnd die von Praides.

MEin tumes leben wolt ich verkern, daz ist war,
vnd wart ain halber beckhart woll zwai gancz Jar;
mit andacht waz der anfang sicherlichen zwar,
hett mir dy minn daz end nicht erstoret.
Dy weil ich rait vnd sucht Ritterliche spil
vnd dinet zu willen ainer frawen, dez ich hil,
dye wolt mein nie gnaden ainer nůssen vil,
bis daz ain kutten mein leib bedo̊ret.
Vil manig ding mir do gar ring czu handen ging,
do mich dy kappen mit dem lappen vmbefing.
Zwar for vnd seit mir nye kain meit so wol verhing,
dy meine wort freuntlich gen ir gehoret.
Mit kurczer snůr dy andach fur czum gibel auss,
da ich dy kutt von mir do schutt, jn nebel rawß.

---

sie befestigte mir, wie es bei ihr Sitte ist, zwei Ringe darin; die trug ich lange, und man nennt sie Raycades. Sogleich suchte ich König Sigismund auf, wo er gerade war; dem blieb der Mund offen stehen, und er bekreuzigte sich, als er mich erkannte; sogleich rief er aus: „Solchen Firlefanz bringst du mir vor Augen?“ Und fragte freundlich: „Tun dir die Ringe nicht weh?“ Frauen und Männer schauten mich in diesem Aufzug lachend an; neun Personen von königlichem Rang waren damals in Perpignan, ihr Papst von Luna, genannt Petrus, der Römische König *[Sigismund]* [war] der zehnte, und die von Prades. Ich wollte mein törichtes Leben ändern, das ist wahr, und wurde für zwei ganze Jahre ein halber Begharde; der Beginn war sicher ehrlich fromm, hätte mir nur die Liebe das Ende nicht durcheinandergebracht. Während ich umherritt und Rittertaten suchte und einer Frau diente, wovon ich weiter nichts sage, da wollte diese mir kein noch so kleines bißchen Huld schenken, bis daß eine Kutte mich zum Narren machte. Als mich die Kapuze mit dem Zipfel verhüllte, da fiel mir manches mit Leichtigkeit zu. Wahrhaftig, vordem und seither hat mir's kein Mädchen, das meine Artigkeiten zu hören bekam, so recht gemacht. Als ich die Kutte abschüttelte, fuhr meine Frömmigkeit schnurstracks zum Giebel hinaus in den Nebel draußen.

42 *f.* 42–49 *König Sigismund hielt sich im Sept. 1415 in Perpignan auf, um mit dem Gegenpapst Benedikt XIII. (Petrus von Luna) zu verhandeln.* 44 disem. 50–51 *Auf die Pilgerfahrt Oswalds, vermutl. 1409/10, zu beziehen. Oswald wurde nicht Mönch, sondern spielt mit* beckhart *(Mitglied eines mönchsähnlichen geistl. Männerbundes) auf die graue Kutte an, die die Pilger trugen.*

seit hot meyn leib   mit leid vortreyb   vil manigen straws
gelitten, vnd ist halb mein freud erfrôret.

ES wer zu lang, solt ich erczelen al mein not.
Ja czwinget mich erst ein auserweltes mundlein rott,
da von mein hercz ist wunt bis in den bittern tot.
vor ir mein leib hat manigen swais perunnen,
Dick rótt vnd plaich hott sich verkert mein angesicht,
wann ich der czarten dirn hab genumen phlicht.
vor czittern, seufczen hab ich offt enphunden nicht
des leibes mein, als ob ich wer verprůnnen.
Mit grossem schrick   so bin ich dick   zwaihundert meil
von ir gerôst   vnd nye getrost,   zu keiner weill.
kelt, regen, sne   tett nie so we   mit frostes eyl,
ich prunne, wenn mich hiczt der lieben sunne.
won ich ir pey,   so ist vnfrey   meyn mitt vnd maß.
von mainer frawen   so můß ich pawen   elende stras
in wilden ratt,   bis daz gnad   lat iren has;
vnd hulff mir die, meyn trawren kåm czu wunne.

VJrhundert weib vnd mer an aller manne zal
fand ich ze nyeo, dy wonten in der jnsell smal;
kain schoner pild besag nie mensch in ainem sal –
noch mocht jr kaine disem weib geharmen,
von der ich trag auff meinem ruck ain swer hurd.
Ach got, west Sy halb doch meines laides burd,

Seither habe ich im Minnedienst manchen Kampf bestanden, und meine Freude ist zur Hälfte abgekühlt. 66 Es dauerte zu lange, wollte ich alle meine Nöte erzählen. Ja, es beherrscht mich jetzt erst ein rotes Mündchen von seltener Schönheit, wodurch mein Herz auf den bittern Tod verwundet ist. Bei ihr ist mir oft der Schweiß ausgebrochen, oft hat meine Farbe von rot zu blaß gewechselt, wenn ich dem schönen Kind meine Aufwartung machte. Vor Zittern [und] Seufzen habe ich mich selbst oft nicht mehr gespürt, als ob ich völlig ausgebrannt wäre. In großer Erschütterung bin ich oft zweihundert Meilen von ihr fortgeeilt und wurde doch nicht einmal getröstet. Kälte, Regen, Schnee haben mir mit scharfem Frost nie so zugesetzt, daß ich nicht aufloderte, wenn mich die Geliebte, meine Sonne, in Glut versetzte. Wenn ich bei ihr bin, ist mir Mitte und Maß genommen. Meiner Geliebten wegen muß ich auf fremden Straßen dorthin ziehen, wo guter Rat teuer ist, bis daß Geneigtheit ihren Haß fahren läßt; und hülfe mir die, mein Trauern würde in Wonne verkehrt. 82 Vierhundert Frauen und mehr ohne einen einzigen Mann fand ich in Ios, die wohnten auf dieser kleinen Insel; nie sah ein Mensch in einem Saal ein schöneres Bild – dennoch konnte keine von ihnen diese Frau in den Schatten stellen, um derentwillen ich eine schwere Last auf meinem Rücken trage. Ach Gott, kennte sie auch nur die Hälfte meiner Leidenslast,

82–83 *Die männlichen Einwohner der Insel Ios im Ägäischen Meer sind fast während des ganzen Jahres auf See.*

mir wer vil dester ringer offt, wye we mir wurd,
vnd hiet geding, wye ez ir mûst erbarmen!
Wenn ich in elend   dick mein hend   offt winden muez,
mit grossen laiden   tun ich meiden   irn gruß,
spat vnd auch fru   mit kain ru   So slaff ich sûß,
das clag ich jren zarten weyssen armen.
Jr knaben, maid,   bedenkt daz laid,   dy mynne phlegen,
wy wol mir word,   do mir dy zart   pot iren segen!
zwar auff mein er,   west ich nicht mer   ir wider gegen,
des mûß mein aug in zachern dick erbarmen.

JCh han gelebt wol vierczig Iar – leicht mynner czway –
mit toben, wuten, dichten, si*n*gen mannikherlay;
es wer wol zeit, daz ich meines aygen kindes geschrei
elichen hort in ainer wigen gellen.
So kan ich der vergessen nymer ewiclich,
dy mir hot geben mut auff dysem erdreich;
in all der werld kunt ich nicht finden iren gleich.
auch furcht ich ser elycher weype bellen. –
in vrtail, ratt   vil weyser hatt   geschaczet mich,
dem ich gevallen   han mit schallen   liederlich.
Jch, wolkenstain,   lib sicher klain   vernûftigleich,
daz ich der welt also lang begin zu hellen
vnd wol bekenn –   jch wais nicht, wenn   ich sterben sol –,
daz mir nicht scheiner   wolgt wan meiner   berche zol.
hat ich dan got   zu seim gepot   gedinet wol,
so forcht ich klain dort haysser flammen wellen. *Q 74*

---

mir wäre, wieviel Schmerz mir auch widerführe, dann oft umso leichter, und ich hätte die Hoffnung, daß es ihr leid tun würde! Denn in der Fremde muß ich oft die Hände ringen, mit großem Schmerz muß ich die Begegnung mit ihr entbehren, spät und früh finde ich keine Ruhe zum süßen Schlaf, das klage ich ihren zarten weißen Armen. Ihr jungen Männer [und] Mädchen, die ihr liebt, bedenkt den Schmerz, wie mir zumute war, als mich die Geliebte zum Abschied segnete! Auf Ehre, wüßte ich, daß ich ihr nie wieder begegnen würde, mein [eines] Auge müßte oft heiß vor Tränen werden. 98
Ich hab wohl vierzig Jahre gelebt – vielleicht zwei weniger – mit wildem, wüstem Treiben, Dichten, vielem Singen; es wäre wohl an der Zeit, daß ich als Ehemann das Geschrei meines eigenen Kindes in der Wiege gellen hörte. Doch kann ich die in Ewigkeit nicht vergessen, die mir auf dieser Erde Lebensmut gegeben hat; in der ganzen Welt konnte ich nicht ihresgleichen finden. Auch graut mir mächtig vor dem Gekeife der Ehefrauen. – Mein Urteil [und] meinen Rat hat mancher kluge Mann geschätzt, den ich mit meinen losen Liedern unterhalten habe. Ich, Wolkenstein, lebe sicher nicht sonderlich vernünftig, da ich der Welt so lange meine Zustimmung gebe und [doch] klar erkenne – ich weiß nicht, wann ich sterben muß –, daß ich dann keinen besseren Zoll mitnehmen kann als den meiner guten Werke. Hätte ich dann Gott nach seinem Gebot gut gedient, ich fürchtete das Lodern der heißen Flammen dort [unten] nicht.

99 sigen.

Unbekannter Verfasser

Ich hat einen bůlen – daz wente ich;
Die hat ein andern – daz weis ich.
Nu hüt der selbe geselle sich,
Daz si in nit beschisse also mich! *Q 64*

Unbekannter Verfasser

Es wil nit her,
Daz ich beger,
Und was ich nit mag,
Daz begegent mir allen tag. *Q 64*

Hugo von Meiningen

[Im langen Ton Regenbogens]

[Melodie]

WO von die welt ane wandel
nü kommen sy züm lib Vnd zu natüre güt,
welt ir daz horen, jüng vnd alt,
daz wil ich üch lan wissen all gemeyne.
Mir sagt die schrifft, vnd die ich handel,
wie daz der sam sy syben tag milch vnd sieben blüt,
in syben sich zü sammen walt.
in sieben tagen wirt er fleisch vnd beine.

Ich hat: Ich hatte ein Liebchen – das glaubte ich; die hat einen andern – das weiß ich. Nun hüte sich dieser Knabe, daß sie ihn nicht ebenso bescheißt wie mich!

Es wil: Was ich mir wünsche, will nicht eintreffen, und was ich nicht mag, das begegnet mir alle Tage.

WO von: Wodurch alle Welt gesund zum Leben und zur rechten Natur gelangt ist, wollt ihr, alt und jung, das hören, so will ich es euch allen berichten. Mir sagt die Schrift, von der ich handle, daß der Samen sieben Tage Milch sei und sieben Blut, in sieben verfestigt er sich. In sieben Tagen wird er Fleisch und Knochen.

WO von 1 *Die Annahme der Herausgeber, bei diesem und dem folgenden anonym überlieferten Text handle es sich um Gedichte desselben Verfassers, gründet sich u. a. auf das gleichartige Aufbauschema. Es entstammt dem* Lucidarius, *einem Ende des 12. Jh.s ins Deutsche übersetzten Lehrbuch in Form von Frage und Antwort, das auch die Quelle für die erste Strophe darstellt, auf die sich der Verf. Zeile 8 beruft. Der Name des Verf., dem wahrscheinl. eine Reihe weiterer Texte in Regenbogens Langem Ton zuzuschreiben ist, wird nur im Cgm 351 in einem Sangspruch von der Schöpfung (Es siczet auf der kunsten stule, Bl. 234r) genannt. Ä. 13, 24, 69 und 103 nach Q 4, die übrigen nach Q 35.*

Jn sieben tagen schöpft es sich
nach dem gebrech, *das sag ich euch mit namen*,
vnd in fünff tagen *sunderlich*
wechst im die haut vnd kumpt das kind zusamen
Jn vierczig tagen vnd nit me.
dar nach in kurczer stünt
so wirt dem kind daz leben schiere künt.
waz aber sich daz kindlin niess
by siner müter, ee es werd geborn,
von wann ym die natüre fliess
die vierczig wochen, red ich ane zorn:
ein ader, die gett von der leber
dürch *die* matrix dem kind an sinen münt,
die sügt daz kindlin ane wee;
daz menstrüm ist ym gar vil gesünt.

WJe daz die sel her aller meyste
komen mög, daz sie sich nem des lebens an,
wolt ir daz horen wol bereit,
so wil ichs üch mit worten hie betütten:
Daz tut sie von dem heyligen geiste,
der sie herschaffen hat beyd, frawen vnd die man.
in sines vatter ewikeit
herqwicket er.daz leben in den lütten.
Wann aber ym die sel herfar
all zü dem lib, sag ich üch wol mit rechte,
weln ir des eben nemen war:
alz bald die diern enpfahet von dem knechte,
dar nach wol vber vierczig tag,

In sieben Tagen bildet es *[das Kind]* sich nach der Prägung, das sage ich euch ausdrücklich, und in fünf gesonderten Tagen wächst ihm die Haut, und [so] entsteht das Kind in genau vierzig Tagen. Sehr bald danach wird das Kind lebendig. Wovon sich aber das Kindchen bei seiner Mutter, bevor es geboren wird, ernährt, woher ihm innerhalb der vierzig Wochen die natürliche Substanz zufließt, erkläre ich ohne Hast: Von der Leber aus geht eine Ader durch die Gebärmutter an den Mund des Kindes, an der saugt das Kindchen ohne Beschwerden; das Menstruationsblut ist für das Kind sehr gesund. 27 Wie stets die Seele herkommt, um sich mit dem Leben zu verbinden, wollt ihr das gern hören, so will ich es euch mit [meinen] Worten erklären: Das tut sie durch die Einwirkung des Heiligen Geistes, der sie beide erschaffen hat, Frauen und Männer. In der Ewigkeit des Vaters erweckt er das Leben in den Menschen. Wann aber die Seele sich mit dem Leib vereinigt, sage ich euch wahrheitsgemäß, wenn ihr genau zuhören wollt: Vierzig Tage, nachdem das Mädchen vom Mann empfangen hat,

12–13 *Nach mal. Vorstellung erhielt das Kind seine menschliche Gestalt durch siegelartige Prägeformen in der Gebärmutter.* 13 als ich uch hie wil nennen. 14 wirt es glich. 15 so ist daz kindlin komen gar zü sünnen; *Q 35:* in *statt* im. 24 *f.*

so kůmpt die sel her ab
her zü dem lib an alles wider hab.
do wonet sie auch ane not,
biss daz der lip ein ende hat genomen.
die sel mag nit gesterben tott,
hin zü dem libe müss sie wider kommen,
wann got sin jüngest gerichte hat,
der sie von erst her in dyss welte gab.
wer wel beliben ane clag,
der acht, daz er mit recht *kum* in daz grab!

WJe aber nü dem kindlin sie
by siner mütter? vierczig wochen sie es tregt
mit sorgen; ee sie es gebiert,
man hort es w*e*der gellen noch da schryn.
Von siner mütter wont ym bie
die lüfft, vnd da von sich daz kin*d i*n freüden wegt
vnd ym sin kraft gemeret wirt,
wann sie ym mûß daz leben schone fryen.
Jch weiß wol vnd ist wider zem,
daz ich red also ser in die figüre;
ob mir nû sûnd dar vmb bekem,
doch saget mir die schrifft von der natüre,
vnd wie daz kindlin hab sin pflicht,
wann es nü wirt enzünt,
vnd ym die spise flüsset in den mûnt.
wann es *nun hat* der rechten zit
gewenet hie in siner mûtter tempel
vnd ym dan got die losüng git,
das es sich wenden müss in yere*m* sempel,

---

kommt die Seele ohne jeden Widerstand herab zu dem Leib. Darin wohnt sie unbeschwert, bis der Leib gestorben ist. Die Seele kann nicht sterben, sie muß sich wieder mit dem Leib vereinen, wenn Gott, der sie zuerst in diese Welt gesandt hat, sein Jüngstes Gericht hält. Wer [dann] ohne Klage dastehen will, der sehe zu, daß er als Rechtschaffener in das Grab kommt! 50 Wie es aber nun dem Kindlein bei seiner Mutter ergeht? Sie trägt es mit Beschwerden vierzig Wochen aus, bevor sie es zur Welt bringt; man hört es weder schreien noch weinen. Durch seine Mutter bekommt es Luft, und dadurch bewegt sich das Kind fröhlich und nimmt an Kräften zu, denn sie muß ihm das Leben angenehm erhalten. Ich weiß wohl, es schickt sich nicht, daß ich so ausführlich über den Sachverhalt spreche; wenn es mir auch als Sünde angerechnet würde, so sagt mir doch die Schrift über die Natur, wie das Kind versorgt wird, wenn es belebt wird, und [wie] ihm die Nahrung in den Mund fließt. Wenn es lange genug im Tempel seiner Mutter gewohnt hat und Gott es sich dann lösen läßt, so daß es sich in ihrem Leib *[?]* umkehren muß,

49 *f.* 53 wider. 55 kindlin. 65 herbyt. 66 do es nû wont. 68 yeren.

die mûter, die müss liden wee,
ee daz sie es gebiert zü der stünt.
zehand wen es die welt ann sicht,
so wirt dem kind sein styme schon bekund.

WO von die kint sin wandelbere,
krûmp, lam vnd blint – etliches würt doch tott
daz sie missratten zü der stünt? [geborn –,
die wil es wont in siner mûter libe,
Gesicht, daz ist ym gar gefere.
vntügend vil – da by do brüff ich grossen zorn –,
Daz ist dem kinde vngesunt,
vernement mich vnd merckent, reyne wybe!
Welch fraw nü spart den yren gang,
biz daz sie blyben mag doch lenger nichte,
daz macht dem kind dy aügen kranck,
daz harnwasser swecht ym sin gesichte.
glust, mangel bringt ym vnbekem
vnd ist dem kind nit güt:
ein swanger fraw darff mass in wiser hût.
vnd daz sie laßt an manger statt
an den handen vnd aüch an dem füß,
daz macht dem kind daz leben mat,
daz es herlamet oder sterben müß.
welch swanger fraw zu vnrechter zit
herschrecke ser, daz brecht ein bloden mût
vnd ist dem kindlin wider zem,
wan es ym by der müter schaden tütt.

---

muß die Mutter Schmerzen leiden, bevor der Augenblick da ist, daß sie es zur Welt bringt. Sogleich, wenn es das Licht der Welt erblickt, hat es auch schon seine Stimme. 73 Wodurch es kommt, daß die Kinder mit Gebrechen behaftet, krumm, lahm und blind sind – manches wird sogar tot geboren –, so daß sie sogleich mißraten? Während es im Mutterleib ist, ist ein [unguter] Anblick *[?]* für das Kind sehr gefährlich. Alles Ungehörige – dabei denke ich vor allem an heftige Zornausbrüche – ist für das Kind ungesund, hört mir zu und gebt acht, ihr reinen Frauen! Wenn eine Frau den gewissen Gang aufschiebt, bis es wirklich nicht länger geht, macht das die Augen des Kindes schwach, das Harnwasser schwächt seine Sehkraft. Begierlichkeit [wie auch] Mangel sind für das Kind unangenehm und nicht gesund: eine schwangere Frau muß in kluger Sorgfalt maßhalten. Und daß sie oft zur Ader läßt an Händen und am Fuß, schwächt die Lebenskraft des Kindes, so daß es lahm wird oder gar stirbt. Wenn eine schwangere Frau zur Unzeit heftig erschrickt, verursacht das Blödsinnigkeit und ist ganz schlecht für das Kind, denn es schadet ihm in seiner Mutter.

69 daz kindlin daz. 71–72 *f.*; *Q 35:* stume, *Ä. nach Q 4.* 92–93 *Text der Leiths. sehr fraglich; Q 35:* welch schwanger fraw sicht vngestalt / das sy erschrickt das macht ir pleder mût; *ähnlich die anderen Hss.*

WElch fraw nů qüelet in der zit,
wann nü daz kindlin swebt in siner müter art,
da von dy frawen liden not,
pis sich daz kint *uon* siner müter dringet?
Nü merckent selb, war an es lit,
daz sich daz kindlin richten wil al üff die fart –
es sy *gesund*, *siech* oder tott,
da von den frowen dicke misselinget –:
Wann nü daz kint die spise latt
vnd sich der müter sencket in die brüste
vnd es sich gar gelassen hat,
das pirdelein, des kindes ingeriste,
daz qwelt der fraüwen yeren lip,
daz ir so we beschicht.
so mag daz kindlin blyben lenger nicht,
wann es in beyden harte ligt.
ee es an dyse welte wirt geborn
vnd es der müter an gesigt,
sich, all ir krafft, die hat sie gar verlorn.
frawen, man, ir beyder blüt,
in engsten mert es sich, myn můnt daz jicht.
dar an gedenckent, reine wip!
byt got, daz er üch hab in syner pfligt! *Q 56*

---

96 Warum eine Frau in der Zeit, wo das Kind in seiner Mutter lebt, anschwillt und die Frauen Schmerzen leiden, bis sich das Kind von seiner Mutter drängt? Seht selbst, woran es liegt, daß sich das Kind auf den Weg machen will – ob es gesund, krank oder tot, ist, häufig geht es unglücklich für die Frauen aus –: Wenn nun das Kind keine Nahrung mehr aufnimmt und [diese] der Mutter in die Brüste dringt und es sich gänzlich gelöst hat, schwellt die Nachgeburt, das *ingeriste [das Versorgungssystem für das Kind?]*, der Frau den Leib auf, so daß sie so viel Schmerzen hat. Dann kann das Kind nicht länger bleiben, weil es für beide schlimm ist. Bevor es zur Welt gebracht wird und es die Mutter überwindet, schau, da hat sie alle ihre Kraft verloren. Ich sage: Mann und Frau vermehren sich unter Ängsten. Daran denkt, ihr guten Frauen! Bittet Gott, er möge euch in seine Obhut nehmen!

96–109 *Starke Textverderbnisse; die hergestellte Fassung stellt nur eine unsichere Notlösung dar.* 97 *und* 101 *in der Hs. in umgekehrter Reihenfolge; Umstellung nach allen anderen Hss.* 97 swebt: *die stark ändernde Q 7 spricht hier vom Sterben des Kindes; Q 4:* strebet. 99 wann. by. 102 doch junck alt. 103 nu mogt ir horen wie ym. 107 vnd wirt sich teyln so bald in dem geruste. *Q 4:* das kindlin mit sinem vmgerůste; *Q 7:* vnd das kindlein zw seiner gepürt rüste.

W*ie* sich vmb tribt mit magen krefften
das firiment, das alle ding bedeket hatt,
w*i* es in den lůfften schone s*w*ebt,
also das weder erd noch himel růret?
Das macht die gottes maisterscheffte.
das firiment von os*t*en hin zů westen gatt
vnd wider das gestirne strebt,
stet geleich dy es mit ym vmbe furet.
Wie lang regnieret gar sunde*r* bare
ain ieder planet, das wil ich euch sagen:
*s*ol eben xxviij jare,
vnd luna sol dan nů*n*czen i*m* behaben.
Mars leuft ouch wol xx iar lang
vnd achter me fůr war,
Marcurius leuft ouch wol siben iar.
aller erst so hebt sich gofes aus,
er ist ouch wol zwelff iar all vnder wege.
acht vnd czwainczig regnieret venus,
die wil sicht man *in* sins gewaldes vil *p*flegen.
Saturnus leuft auch wol drissig iar mit,
vnd zwayer me, gar still vnd offenbar.

Wie sich: Auf welche Weise sich das Firmament, das alle Dinge umspannt, mit gewaltiger Kraft dreht, wie es sich in bewundernswerter Weise in den Lüften hält, so daß es weder Erde noch Himmel berührt? Das bewirkt Gottes Meisterschaft. Das Firmament bewegt sich von Osten nach Westen und strebt in Gegenrichtung zu den Planeten, es führt sie in immer gleicher Weise mit sich herum. Wie lange jeder Planet jeweils seine Herrschaft ausübt, will ich euch sagen: die Sonne genau 28 Jahre, und der Mond muß sich dann 19 [Jahre] behaupten. Mars läuft wohl 28 Jahre lang, das ist wahr, Merkur läuft wohl in 7 Jahren um. Dann erst macht sich Jupiter auf, er ist wohl 12 Jahre unterwegs. 28 [Jahre] regiert Venus, in dieser Zeit sieht man sie allenthalben ihre Herrschaft ausüben. Saturn begleitet *[den Menschen]* 30 Jahre, und [zwar] 2 länger *[als Venus] [?]*, verborgen oder sichtbar.

Wie sich *Ä.* 1, 27 *und* 58 *nach Q 130, die übrigen außer* 23 *nach Q 47. Die astronom. Vorstellungen des Textes entsprechen im Prinzip dem ptolemäischen System: die 7 Planeten kreisen in 7 Sphären um die Erde, umschlossen von der 8. Sphäre mit dem Fixsternhimmel (Firmament).* 1 WAs. 3 wo. strebt. 6 osen. 8 also das weder erd noch himel růret. *Die Kraft des Firmaments ist größer als die der Planeten, so daß diese entgegen ihrer eigentlichen Richtung ebenfalls in eine Ost-West-Bewegung versetzt werden.* 9 sunde. 9–23 *Diese Darstellung setzt die astronom. Daten der Planetenumlaufzeiten mit astrolog. Angaben gleich (Einteilung des menschl. Lebens in 7 Stufen, die jeweils unter der Herrschaft eines Planeten stehen) – eine in dieser Form unsinnige Vermischung der Vorstellungen. Die im einzelnen angegebenen Zahlen weichen z. T. erheblich von den gewöhnlich genannten ab: die Werte für Sonne und Mond z. B. erscheinen zwar gelegentl. in astronom. Werken, geben dort jedoch keine Umlaufzeiten an.* 11 wol, *Ä. nach Zeile 12 in Q 47.* 12 rissen ir, *Ä. nach Zeile 11 in Q 47.* nůczen, *Ä. nach Q 47.* in, *Ä. nach Q 130.* 19 *f.*, *Ä. nach Q 130.* apflegen.

sůst loffent sie wol hundert ia*r den iren g*anck
vnd *lij gen* das firiment so clar.

Wie aber nach den siben planeten
genaturet sin baidu, frawen vnd ouch die man,
vnd an sich nement gar die art,
das wil ich euch mit worten hie *en*tschliessen.
Was sie der tugend ie gehetten
nach dem sin, alz sich der mensche nemet an:
nach dem gestirn also hart,
sie laussen sich der ringer nit verdriessen.
Der sonn, der wurcket alz ain herre
frôden vil vnd langes leben.
die vnderm mon, die wachsent sere,
sie můssend sich dem tôde schier hergeben.
Mar*s b*ringet ůber můt czů feld
in sturmen vnd ouch in stritten,
Marcurius wicz vnd lere git.
Goues bringet liebin gar
an frowen vnd an mannen, die man findet stet;
Venus niempt vnkeusche war
vnd was *gehôret zů der mynn* geret.
Saturnus bringet brechen vil
vnd v̊pikait, wer hohe leit.
so sint die lůt hie in der welt
genaturt nach den gestirnen a*l s*vnder nit.

So laufen sie [insgesamt] 152 Jahre lang ihre Bahn, dem strahlenden Firmament entgegen. 24 Wie aber Frauen und Männer nach den sieben Planeten geartet sind und ihre Eigenschaften erhalten, das will ich euch hier mit meinen Worten erklären. Welche Eigenschaften sie *[die Planeten]*, jeder nach seiner Art *[?]*, hatten, so wird der Mensch geartet: [entweder?] nach den leidbringenden Planeten, [oder] sie freuen sich über die erfreulicheren [Planeten]. Die Sonne bewirkt wie eine Herrscherin Glück und ein langes Leben. Die unter dem [Einfluß des] Mondes wachsen schnell heran, [aber] sie müssen früh sterben. Mars bringt übergroßen Kampfesmut in Schlacht und Krieg, Merkur gibt Verstand und Gelehrsamkeit. Jupiter macht Frauen und Männer einander zugetan, das sind die Treuen; Venus verwaltet die Unkeuschheit und alles, was zum Liebeshandwerk gehört. Saturn bringt viel Krankheit und [macht] die Hochstehenden leichtfertig *[oder: die Alten hinfällig?]*. So sind die Menschen hier auf der Erde ganz uneingeschränkt *[?]* nach den Planeten geartet.

22 iaren janck. 23 vier vnd fůnfczig, *Ä. nach Q 47. f.* 24–46 *Die in dieser Strophe behandelten astrolog. Vorstellungen haben eine Entsprechung in der Temperamentenlehre, vgl. S. 111.* 27 attschliessen. 36 im bringet. 42 zů der mynn gehôret mit. 46 alz vnder.

Wie hoch es sy all von der erden
ader wie lang bis an den himel*tron*?
das wil ich euch beschaiden schier,
vnd ob ir es vernemen wellent gancze.
Es sagt astronomy, die werde,
wie manig mil raich vnd ouch strek bis an den mon:
zehen tusend vnd czwainczig fier;
vnd zwůr alz vil ist an der sunnen glancze.
Dar ob hatt sich also schone
ain ieder planet mit siner gewalt gehuset;
so sind ouch miln bis an den drone
sechs vnd sechczig, hunder*t v*nd sibenczig tusent.
da zwischon sicht man also clůg
czwen balast also her,
das kain man schôners hatt gesehen me;
der ain ist von fůre rot,
dar uß die engel all die wil farent;
†sie frowent sich vs vnder not†
wie sie vns vor aller missetat bew*a*rent.
der ander ist von lufte heel,
da farent die tůfel uss recht alz der schne.
sie tribend wonders also gnůg,
wie sie vns bringent in ůmer werndes we. *Q 4*

---

47 Wie hoch oder wie weit es von der Erde bis an den Himmelsthron ist? Das will ich euch alsbald erläutern, wenn ihr das auch noch hören wollt. Die edle Astronomie gibt an, wie viele Meilen sich bis zum Mond erstrecken und ausdehnen *[?]*: 10024; und doppelt so viel sind es bis zum Licht der Sonne. [Jeweils*?*] darüber hat sich jeder Planet so schön mit seiner Macht angesiedelt; entsprechend *[also: 7 mal 10 024]* sind es 70166 Meilen bis zum Thron [des Himmels]. Dazwischen sieht man zwei Paläste so kunstvoll und prächtig, daß niemand je etwas Schöneres gesehen hat. Der eine ist rot von Feuer, aus dem kommen allezeit die Engel; *sie frowent sich vs vnder not* um uns vor aller Sünde zu bewahren. Der andere besteht aus eisklarer*[?]* Luft, aus dem stieben die Teufel wie der Schnee; sie treiben die absonderlichsten Dinge, um uns in ewiges Leid zu stürzen.

48 *f. Jenseits der Fixsternsphäre beginnt der (theol.) Himmel.* 57–58 *Daß die Gesamtentfernung das Siebenfache der Entfernung bis zum Mond beträgt (nach dem Wert aus Zeile* 53 *eigentl. 70 168), wird in astronom. Werken nicht – wie hier – von der Anzahl der Planeten abgeleitet.* 58 hundert vnd siben vnd. 59–68 *Quelle dieser Vorstellungen ist der* Lucidarius *(vgl. S. 198 Anm. 1).* 64 *Q 47:* sy haben doch frewd ane not. 65 bewarnent.

1420–1440

Muskatblut

[Im Hofton]

Eyne burden ich hie lade uff mich,
die ist zu swer; kom eyner her,
der mir si heym hilff dragen!
Daz wer mir noit, daz ich die boit
gehalden mo̊cht – obe es dan do̊cht,
daz ich nit wurde zur slagen,
Sint alle ding sin worden slecht:
Symoney ist vergangen,
die priesterschafft, die helt sich recht;
in hoiffart si nit brangen,
mit yrem gůt kein ubermůt
sit man si nit me driben.
jr fursten, ho̊rent nuwe mer: kein wucherer
vint man nit mer jn keynem her –
die jarzal sol man schriben!

Wer wůcher hat, der selbe, der *g*at
vnd gibt daz weder; jch sprich, daz sider
die fursten rich sin worden.
Wo ich uß gee, jch ho̊r nymme
van gyricheit. uch si geseit,
daz alle*r* geistlich orden
Die můnch wol halff geheiligėt sint,
ordenlich steit ir leben,

Eyne burden: Eine Bürde lade ich hier auf mich, die ist zu schwer; käme doch einer her, der sie mir heimtragen hülfe! Das hätte ich nötig, um die Vorschriften einzuhalten – vielleicht führte das dann dazu, daß ich keine Prügel bekäme, wo doch alle Dinge ins Lot gekommen sind: die Simonie ist verschwunden, die Priesterschaft beträgt sich korrekt; sie tragen keine Hoffart zur Schau, man sieht sie keinen übertriebenen Aufwand mehr mit ihrem Besitz treiben. Ihr Fürsten, hört die Neuigkeiten: In keinem Heer findet man mehr einen Wucherer – diese Jahreszahl soll man schriftlich festhalten! 18 Wer erwuchertes Gut besitzt, der geht hin und gibt es zurück; ich sage [euch], daß die Fürsten seither zu Reichtum gekommen sind. Wo ich hinkomme, höre ich nichts mehr von Habgier. Euch sei kundgetan, daß die Mönche aller geistlichen Orden nahezu heilig geworden sind, ihr Leben verläuft der Regel gemäß,

Eyne burden *Entstanden 1421 oder kurz danach. Mel. im Wiener Cod. Ser. nov. 3344. Ä. nach Q 56.* 18 hat. 23 alle.

die Nonnen dragen nymmer kint;
jr bůesse halden si eben,
wan ir gebet   ist allwege stet,
der můnch vnd ouch der Nonnen.
wer sich vmb got nu gibt dar in,   der selbe ane pin
gen hemel vert;   wer ich geleert,
dar in queme jch gerůnnen!

Die fursten, heren   halden jn eren
di*e* fromen diet;   sy achten nit
uff legen vnd uff smeychen.
Ritter vnd knecht   halden sich recht
na yrer ere;   es drubt si sere,
wan man ir lude dut leychen.
Kein vnrecht habe nemans nympt in
van yren armen luden,
jr keyner darff nit liden pin,
lieblich sit man si truden.
den Rechten dinst   nemens zu zinst
van jn vnd nicht nit mer.
vnd stent die lant jn gudem frede,   al bi der wede
dar nyman nicht   jn ir gericht
griffen, daz ist ir ere.

Ritter vnd knecht   halden sich recht
jn yrem orden,   sy synt nu worden
kusch, fredsam vnd demůdich.
Jn duser frist   zwair neren ist
kein Rauben mer,   vnd allis her
uff erden ist worden gůtich.

---

die Nonnen bekommen keine Kinder mehr; getreulich verrichten sie ihre Buße, denn ihr Gebet hört gar nicht mehr auf, das der Mönche und der Nonnen. Wer sich um Gottes willen dorthin begibt, der fährt unbeschwert gen Himmel; wäre ich gelehrt, ich käme dorthin gelaufen! 33 Die Fürsten [und] Herren halten die rechtschaffenen Untertanen in Ehren; sie haben kein Ohr für Lügen und Schmeicheln. Ritter und Knappen verhalten sich korrekt, wie es ihrer Ehre entspricht; es betrübt sie sehr, wenn man ihre Untertanen plagt. Niemand zieht zu Unrecht erhobenes Geld von ihren Armen ein, keiner von ihnen braucht Not zu leiden, man sieht sie liebevoll miteinander umgehen. Den rechtmäßigen Dienst nehmen sie als Zins von ihnen und nichts darüber. Und die Länder befinden sich in einem dauerhaften Frieden, bei Strafe des Erhängens wagt niemand, in ihr Gericht einzugreifen, sie machen sich eine Ehre daraus.
48 Ritter und Knappen halten sich in ihrem Stand ordentlich, sie sind neuerdings enthaltsam, friedliebend und demütig geworden. In dieser Zeit wird nirgendwo mehr geraubt, und die gesamte Soldateska dieser Erde ist gutherzig geworden.

34 diet.

Alle straissen rauben, daz ist abe,
man hôrt nit me kregen
ritter vnd knecht v*mb* snode habe.
die hierholt nymmer legen.
man hôrt nit me,   daz si ir e
mit vnkusch icht zu brechen.
daz bringt dem adel grossen gelimp.   die zu dem schimp
dan sint geneyget,   yder man sich zeiget
zu tůrney vnd zu stechen.

Hôrt fremde mer,   daz all richter
beheilicht sint,   vnd ir kynt
sin alle zu engelen worden.
Vnd ouch ir wib   mit sele vnd lib
nu sint bi gode,   daz ist kein spot –
es ist ein heilich orden.
Darvmb lobe ich daz edel recht,
si achten nit uff myeten,
man richt dem herren als dem knecht,
man kyert sich nit an beden,
man dar mit nicht   in kein gericht
keyn feltz ůrdeil nit stechen.
der gerichte schriber schribt vmb got   alles, daz not
dem rechten ist;   die feltschen list,
die dut er weder sprechen.

Jch uch bedůde: alle hantwerks lude
sint truwer hant,   man hôrt nymant
uber ir wirken clagen.
furwar ich sage: all maiß vnd wage
synt gantz vnd slecht,   daz dunckt mich recht.

Die Straßenräuberei gehört der Vergangenheit an, man hört nicht mehr, daß Ritter und Knappen sich um schnödes Geld befehden. Die Herolde lügen nicht mehr. Man hört auch nicht mehr, daß sie lasterhaft ihre Ehe brechen. Das bringt den Adel in besten Ruf. Jeder, der das Ritterspiel schätzt, zeigt sich beim Turnieren und Stechen. 63 Hört die erstaunliche Nachricht, daß alle Richter heiliggesprochen und ihre Kinder allesamt die reinen Engel geworden sind. Und auch ihre Frauen sind mit Leib und Seele bei Gott, dies ist kein Spott – es ist ein heiliger Stand. Deshalb preise ich das edle Gericht, sie achten nicht auf Bestechungen, man unterwirft den Herrn dem gleichen Recht wie den Knecht, man läßt sich nicht bestechen, man wagt auch in keinem Gericht mehr, ein falsches Urteil zu fällen. Der Gerichtsschreiber schreibt um Gotteslohn alles auf, was der Rechtsfindung dient; falschen Argumenten widerspricht er. 78 Ich sage euch: Alle Handwerker sind ehrenhaft, man hört niemanden über ihre Arbeit klagen. Ich sage die reine Wahrheit: Alles Wägen und Messen ist vollständig und genau, so scheint es mir recht zu sein.

56 vnd.

ouch darff ich nit me fragen,
Wie ez jm lande zu behem ste,
daz selbe ist mir verschreben:
da jn vint man keyn hůssen me,
der kůnyg hat si uerdreben.
jn kurtzer stont kůnyng sygemont
zu Rome ist keiser worden,
fenedig er gewonnen hat, mit wisem Rait
gewan er engaůl dort *vor frig*aul,
redelich helt er sin orden.

Alle herschafft hat mecht vnd krafft
jn yrem lant, daz man nymant
dar weder Recht nit nyemen.
Alle amet lude, daz hackt vnd ruwet,
ist truwes mudes, vnrechts gudes
si sich altzit hie schemen.
Alle frauwen, megde haldent ir scham,
si sint ouch kusch vnd zuchtich,
gen got synt si gar fortsam.
all baůme sint worden fruchtich
jn duser frist, zwar alle list
vom rechten wirt bedrogen.
daz beste ich uch noch sagen wil, daz man daz spil
nit fryen důt. – ach musgaplut,
wie seer hastu gelogen! *Q 44*

Auch brauche ich nicht mehr nachzufragen, wie es im Lande Böhmen steht, das hat man mir geschrieben: Da findet man keinen Hussiten mehr, der König hat sie vertrieben. Binnen kurzer Zeit ist König Sigismund in Rom Kaiser geworden, er hat Venedig eingenommen, durch einen klugen Plan eroberte er vor Friaul Aquileja, redlich erfüllt er, was ihm sein Stand vorschreibt. 93 Alle Herrschaft hat Macht und Gewalt in ihrem Land, so daß man niemanden widerrechtlich ergreifen darf. Alle Beamten, [und alle,] die hacken und jäten, sind ehrliche Leute, unrechtmäßigen Besitz sehen sie als eine Schande an. Alle Frauen und Mädchen sind schamhaft, sie sind auch keusch und sittsam, sie sind voll Ehrfurcht vor Gott. Alle Bäume sind in dieser [Winters]zeit fruchtbar geworden, alle Lüge wird von der Wahrheit betrogen. Als Bestes will ich euch noch sagen, daß man das Spiel nicht mehr liebt. – Ach Muskatblut, wie sehr hast du gelogen!

84–87 *Von 1420–1433 dauerten die erfolglosen Kämpfe der Kreuzheere von Kaiser und Papst gegen die Anhänger des Hus, vgl. S. 219.* 88–89 *Sigismund wurde erst 1433 zum Kaiser gekrönt.* 91 dort Fenaul. *Der von Sigismund vergeblich unterstützte Patriarch von Aquileja mußte 1421 fast ganz Friaul an die siegreichen Venezianer abtreten.*

JCh rewt vnd wůl nach ainer můl,
die ist zestőrt, dar uff gehőrt
groß arbait vnd ouch bawen.
Die můl ist wit, werlich sie lit
uff gůten lant, sie ist bekant
beid mannen vnd frowen.
Sie hatt ein wasser, das ist brait,
das důt das můl rad vmbtriben,
da von man singet vnd ouch sait.
ich spriche, das die schibe
louff also schnell, das sich das mel
nůn macht on alle *cleyen*;
vnd wurt dar uss das beste brot, das fůr den tőt
nůn ist gesunt. ich tů euch kunt:
die můl gehőrt zu dreien.

Ach herre gott, durch dinen tot
so bitt ich dich, hillff, herre, das ich
die můl můg auß gerichten
Nach dinem lob, wenn ich bin grob,
an sinnen kranck; daz mein gesanck
soltu mir helffen dichten,
Das ich des wassers fluss begriff,
den můlkasten recht můg zimmern.
her, mach mich an sinnen *riff*!
die můl zer get auch nůmer;
der selbig hort von ainem wort
ward alzumal gebuwen.
sie melt ouch aller welt genung, alt vnd auch jung

JCH REWT: Ich reite aus und will zu einer Mühle, die ist zerstört, daran muß viel Mühe und Arbeit gewendet werden. Die Mühle ist geräumig, sie liegt wahrlich auf fruchtbarem Land, Männern und Frauen ist sie bekannt. Sie hat ein breitströmendes Wasser, das treibt das Mühlrad, davon singt und dichtet man. Ich sage, daß sich das Rad so schnell dreht, daß das Mehl ohne jede Kleie entsteht; und daraus wird das beste Brot, das ein Heilmittel gegen den Tod ist. Ich sage euch: Die Mühle gehört drei Personen. 16 Ach Herr Gott, um deines Todes willen bitte ich dich, hilf, Herr, daß ich die Mühle so ausrüsten kann, wie es deinem Lob entspricht, denn ich bin ungeschickt und nicht besonders klug; mein Lied sollst du mir dichten helfen, damit ich das Strömen des Wassers verstehe, den Mühlkasten richtig zimmere. Herr, laß meine Erkenntnis reifen! Die Mühle vergeht niemals mehr; dieses kostbare Bauwerk wurde durch ein Wort auf einmal ganz errichtet. Sie mahlt auch genug für die ganze Welt, alt und jung

JCH REWT *Ein weltlicher Mühlenspruch S. 240. Ä.* 12 *nach Q 54, die übrigen nach Q 44.* 12 blewen. 24 rich.

hat spis da von. *frowen vnd man*
sûllen das werck an schowen!

Wer nûn die mûl vnd ir gestûl
recht seczen wil, der darff wol vil
zwar gottes hilff dar jnne.
ich *hab ged*acht, das kein macht
so kûnstenrich wart nach menschen art,
der es da kûnd durch sinnen.
die grundfest ist die cristenhait,
da gott hatt uff gebuwen
die mûl *der* gotz barmherczickait,
das merckend, man vnd frowen!
ich sprich fûr war: wer gott *nit* clar
vnd barmherczik nit gewesen,
so wer die mûl vngepawt. dar vmb so schawt
sie frôlich an, frowen vnd man,
a*ll Cri*sten außerlesen!

Die mûl, die hatt vier *sule*, ein rat,
ein kasten weit, da allzeit
vil traids wurt durch gerer*e*t.
Vnd der mûlstain melt also clain,
er louft ouch schnell, all von dem mel
mang sûnder wurt herneret.
*W*as ist die gotz barmherczikait,
das ich die mûl tû nennen?
maria, d*ie* vil werde mait,
so mûgt ir sie her kennen.
wan ich sprich wol, das sie ist vol
her barmung vnd der gnaden.

---

wird durch sie gespeist. Frauen und Männer sollen dieses Werk betrachten! 31 Wer nun die Mühle und ihr Gestühl richtig errichten will, braucht dabei wahrlich oft Gottes Hilfe. Ich habe erkannt, daß keines Menschen Fähigkeit je so kunstreich gewesen wäre, daß er es vollständig hätte ersinnen können. Das Christentum ist das Fundament, auf dem Gott die Mühle der göttlichen Barmherzigkeit errichtet hat, das sollt ihr begreifen, Männer und Frauen! Ich versichere: Wäre Gott nicht hochherzig und voll Erbarmen gewesen, so wäre die Mühle nicht gebaut worden. Betrachtet sie deshalb voll Freude, Frauen und Männer, ihr auserwählten Christen alle! 46 Die Mühle hat vier Säulen, ein Rad, einen umfänglichen Kasten, durch den allezeit viel Getreide geschüttet wird. Und der Mühlstein mahlt so fein, auch dreht er sich schnell, mit diesem Mehl wird mancher Sünder gespeist. Was ist die Barmherzigkeit Gottes, wie ich die Mühle genannt habe? In ihr sollt ihr Maria, die hehre Jungfrau, erkennen. Denn ich sage zu Recht, daß sie voll der Barmherzigkeit und Gnade ist.

29 man vnd die frowen. 34 ich tracht. 39 die. 41 der. 45 aller ersten. 46 schwell. 48 geredet. 52 Das. 54 du.

durch sie ist gegangen alle kunst. gottliche gunst
gab vns d*e*n hort. ‚aue', das wort
baw vns vor helle sch*a*den!

Die sûle vier ich nenne dir,
dar uff da gott sin hantgetat
recht krefteclichen buwet:
Sant iohans; geloubet daz,
das sanctus lucas der ander was;
marcus ir billich schawet;
Matheus, der ist auch der ein
der vier ewegelisten.
die vier doctor sint die vier mûlstain,
gelaubet mir, ir cristen!
vnd das mûl rat dar vnder gat,
die zwelff botten genennet.
das wasser ist der hailig gaist ganczer vollaist,
das es vmb tribt, mit gnaden sch*i*bt.
die mûl ir billich kennet!

Den casten ich lauss wissen dich,
da gott sin trait mit grosser arbait
werlich hatt in ge*schuttet*:
jn alle hercz, die one schmertz
recht cristen sin. fûr helle pin
ein leo in zoren wûtet;
Den leowen ich billich *nenne*
zwar den schôppfferere.
ein ẙder crist *das her kenne*,
das er ist der mullnere.

Durch sie ist alles Wirken [Gottes] hindurchgegangen. Gottes Huld schenkte uns diesen Schatz. Das Wort ‚ave' möge uns vor dem Schaden der Hölle schützen! 61 Die vier Säulen nenne ich dir, auf denen Gott sein Werk kraftvoll errichtet hat: Sankt Johannes; glaubt mir, daß der zweite Sankt Lucas war; [als dritten] seht ihr zu Recht Markus; Matthäus ist auch einer der vier Evangelisten. Die vier Kirchenlehrer sind die vier Mühlsteine, das glaubt, ihr Christen! Und darunter geht das Mühlrad, man nennt es die 12 Apostel. Der Heilige Geist voller Macht ist das Wasser, das alles treibt, mit Gnaden dreht. Diese Mühle sollt ihr wahrlich kennen! 76 Den Kasten lehre ich dich kennen, in den Gott wahrlich mit großer Mühe sein Getreide hineingeschüttet hat: in alle Herzen, die freudig wahre Christen sind. Als Schutz gegen die Pein der Hölle wütet grimmig ein Löwe; diesen Löwen nenne ich mit Recht und wahrhaftig den Schöpfer. Ein jeder Christ soll erkennen, daß er der Müller ist.

59 din. 60 schanden. 69 *Die vier Kirchenlehrer Augustinus, Ambrosius, Gregor d. Große und Hieronymus.* 74 schreibt. 78 gefûret. 82 mein. 84 her kenne das.

Das edel trait   sij ouch gesait:
das lyden vnsers herren,
das noch in raines menschen hercz   mit grossem [schmercz
geschůtet ist.   gott vater, crist
kůnd vns von schulden neren.

Durch menschen kel   das edel mel
noch alle tag gat,   da von vns hat
mang prophet geschriben:
Das gôttlich wort,   das hie vnd dort
wol ewig ist.   in diser frist
ist vns zů trost beliben
Alle briesterlich ordnung,
die vns das brot in schiessen.
mensch, rainig dich mit diner zung,
ob du es hie wellest niessen!
on alle werr   gotz lichna*m* her
en pfach du wirdeclichen!
Tu das mit andechtigem můt!   mein muscatplůt,
spric*h* lob vnd danck   mit *d*inem gesanck
dem kunig ob allen richen!   *Q 4*

Hertze, mut vnd sin   sent sich da hin,
da myn gewalt   gar manchfalt
sich gentzlich hat uerkeret:
Min frier wille   ist worden stille,
myn steder můt   mich truren důt,
myn hertz ist gantz uerseret.

Das edle Getreide sei euch genannt: das Leiden unseres Herrn, das noch [jetzt] unter großen Schmerzen in das Herz reiner Menschen geschüttet wird. Gottvater, Christus konnte uns von unserer Schuld befreien. 91 Durch die Kehle der Menschen geht das erhabene Mehl noch jeden Tag, darüber haben uns viele Propheten geschrieben: das göttliche Wort, das hier und dort ewig ist. In dieser Zeitlichkeit ist uns als Trost der ganze Priesterstand geblieben, der uns das Brot reicht. Mensch, reinige dich und deine Zunge, wenn du es hier empfangen willst! Ohne jeden Widerstand und würdig empfange den erhabenen Leib Christi! Tu es mit andächtigem Herzen! Mein Muskatblut, sag mit deinem Gesang Lob und Dank dem König über alle Reiche!

Hertze, mut: Herz, Gemüt und Sinn sehnen sich dorthin, wo die verschiedenen Kräfte [meines Innern] vollständig verwandelt worden sind: mein freier Wille ist stumm geworden, mein beständiges Gemüt läßt mich trauern, mein Herz ist zutiefst verwundet.

JCh rewt   101 lichnamß.   104 spricht. minem.

Ach got, erkenne, war vmb daz si!
mir zem vil wol zu clagen,
myn hertz gebrochen ist entzwey!
solt ich die warheit sagen,
so wer daz geschicht kein wonder nicht,
die wile jch lebt uff erden,
daz hertze, sin, moit vnd alle myn dang must wesen
al vmb ein wib, myn jůnger lib [krang
sult nymmer frolich werden.

Ach got, erkenne, war vmb vnd wen
jch sender man uerdenet han,
daz ich mus van ir scheiden!
Nu ruwet mich werlich, daz ich
si ye gesach; ir fruntlich sprache
důt mir noch vil zu lyden.
Si is gar aller freuden hort;
wan mich die zarte anblicket,
so si mir bůet ein fruntlich wort,
myn hertz gen ir erschricket.
daz lieb mit leide van liebe sol scheiden,
daz heist doch wol ein lyden!
wan lieb ane leit nit mach gesin; lieb bringt pin,
so man vnd wiff mit bedrubdem liebe
hie van eyn ander scheiden.

Wie mucht myn hertz in follem schertz
frolich gesin, daz ich die reyne
sol ewenclich vermyden,
An der ich han myn steden wan
gentzlich geneyget, myn dinst ertzeiget!
nu mus jch van ir scheiden!

Ach Gott, laß [mich] verstehen, warum das geschieht! Ich hätte wohl Ursache zu klagen, mein Herz ist entzweigebrochen! Sollte ich die Wahrheit sagen, so war dies Ereignis Zeit meines Lebens kein Wunder, daß nämlich Herz, Sinn, Gemüt und alle meine Gedanken krank sein mußten um einer Frau willen, daß mein junges Leben nie mehr fröhlich werden konnte. 16 Ach Gott, sag [mir] doch, warum und wann ich sehnsuchtskranker Mann verdient habe, daß ich von ihr scheiden muß! Nun reut es mich wahrhaftig, daß ich sie je gesehen habe; ihr liebevoller Zuspruch verschärft mein Leid nur noch. In ihr ist alle Freude vereinigt; immer wenn mich die Schöne anschaut, wenn sie ein freundliches Wort an mich richtet, erschauert mein Herz vor ihr. Daß Liebe unter Schmerzen von Liebe scheiden soll, das heißt doch wohl [zu Recht] Leid! Denn Liebe ohne Leid kann es nicht geben; Liebe bringt Leid, wenn Mann und Frau hier voll Betrübnis voneinander scheiden. 31 Wie könnte mein Herz in echter Fröhlichkeit heiter sein, wo ich doch die Schöne ewig meiden muß, auf die ich meine feste Hoffnung ganz und gar gerichtet [und] der ich meinen Dienst gewidmet habe. Nun muß ich von ihr scheiden!

Ach scheiden, dastu ye wurd erdacht!
scheiden dut mich bekrenken,
scheiden hat mich zu sorgen bracht,
důt musgaplut bedenken,
scheiden hat mich gemachet siech,
scheiden wil mich uerderben.
dar an gedenke, drut selich wiff! nit wende din liff
von dynem knecht, jch wil mit Recht
myne freude gantz uff dich erben. *Q 44*

Oswald von Wolkenstein

[Melodie]

WEnn ich betrachtt,
stre̊flich bedenk den tag durch scharphs gemute
der creaturen vnterschaid,
Jr vbel vnd ir gůte,
so vind ich ains in solichem klaid,
des vbel, gůt nymt verbessern, bosern mag.
Jch han gedacht,
der slangen haubt, da uon johanes schreibet,
das in der welt kain poser frucht
sich auff der erden scheibet:
vil snoder ist vnweiplich zucht,
von ainer bosen schonen frawen plag.
Mann zemet liephart, leuen wild,
den půffel, das er czeucht –

Ach Scheiden, daß du je erfunden wurdest! Scheiden tut mir weh, Scheiden hat mir Kummer gebracht, darüber sinnt der Muskatblut nach, Scheiden hat mich krank gemacht, Scheiden will mich verderben. Vergiß das nicht, liebe geliebte Frau! Wende dich von deinem Diener nicht ab, ich will all mein Glück in deiner Obhut zurücklassen.

WEnn ich: Wenn ich betrachte, mit Scharfsinn den Tag hindurch intensiv den Unterschied zwischen den Geschöpfen, den guten und den bösen, bedenke, dann stoße ich auf eines von solcher Art, daß niemand seine Bosheit [oder] seine Güte verbessern [oder] verschlechtern kann. Ich habe geglaubt, daß sich auf der Welt kein schlimmeres Geschöpf herumtriebe als die Schlange, von der Johannes schreibt *[Apoc. 12, 3–9]*: Viel übler ist ein aus der Art geschlagenes Frauenzimmer, die Plage, die eine böse schöne Frau verursacht. Man zähmt wilde Leoparden [und] Löwen, den Büffel, so daß ein Zugtier aus ihm wird –

WEnn ich *Entstanden nach Oswalds Einkerkerung durch seine frühere Geliebte 1420/1421. Ä. nach Q 40.*

der aine*m* weib die haut abfyldt
Vnd sey die tugent fleucht,
noch kunt mann sey nicht machen zam!
Jr vble gift ist aller welde gram.

Wirt sy geert,
so kann sie nymt mit hofhart vberwůten;
ist sy versmeht, so tobt ir můt
glẹich des meres fluten;
Armt sy an wirden ader an gut,
so ist sye doch der boßhait allczeit reich.
Ein weip entert
d*a*s paradeys, das adam ward geschendet;
Mantusalem, der stark sampson
geswechet vnd geplendet
von weiben; dauid, Salamon
durch frawen sind betragen frauelich.
Aristo*ti*les, ain maister gross,
ain weib in vberschrait,
Zwar seiner kunst er nicht genos,
Hoflichen sy Jn rait;
kunig Allexander, machtig, hôn,
von frawen vil, vnd absolon, der schôn.

Ain schon boss weib
ist ain geczirter strik, ain spẙß des hercen,

---

zöge man einer Frau auch die Haut vom Leibe, man könnte sie, wenn sie nicht liebenswürdig sein will, dennoch nicht zähmen! Ihr übles Gift wütet gegen die ganze Welt. 21 Ehrt man sie, kann niemand ihre zügellose Hoffart übertreffen; wird sie gekränkt, tobt sie wie die Meeresfluten; verliert sie Ansehen oder Besitz, an Bosheit hat sie doch allezeit Überfluß. Eine Frau entweihte das Paradies, so daß Adam mit Schande bedeckt wurde; Methusalem *[s. Anm.]*, der starke Samson *[Iud. 16, 4–21]* [wurden] durch Frauen erniedrigt und geblendet, David *[2 Sam. 11 u. 12]*, Salomon wurden von Frauen übel betrogen. Aristoteles, den großen Philosophen, benutzte eine Frau als Reitpferd, seine Gelehrsamkeit nützte ihm nichts, artig ritt sie auf seinem Rücken; der mächtige, stolze König Alexander kam durch Frauen zu Fall und auch der schöne Absalon *[2 Sam. 17, 17–18, 15]*. 39 Eine schöne böse Frau ist eine geschmückte Fessel, ein Spieß für das Herz,

17 ainen. 28 des. 29 *In der Reihe der Prototypen – Salomon/Weisheit, Samson/Stärke, Absalon/Schönheit – steht Methusalem für langes Leben und Gesundheit. In die Reihe der Minnesklaven ist er von Oswald wohl versehentlich gesetzt worden, die Bibel berichtet nichts davon (Gen. 5, 25f.).* 31 *Zu Salomon als betrogenem Liebhaber vgl. die Dichtungen von* Salman und Morolf. 33 Aristoles. 33–36 *In der Geschichte von Aristoteles und Phyllis, der Geliebten des Alexander, gegen die der Philosoph intrigiert und die sich auf die oben beschriebene Weise an ihm rächt, wurde eine orientalische Erzähltradition aufgenommen und (erst im Ma.) mit der Gestalt des Aristoteles verbunden.* 37 *Anspielung auf die Episode mit der indischen Königin Kandake im Alexanderroman.*

Ain valscher freund, der augen want,
ain lust truglich*er* *s*merczen.
des wart helyas ver versant,
Vnd joseph in den kercher tyff versmit.
Ain heiliger leib,
hiess sand johannes baptista, wart enthaubet
durch weibes rach – dauon vns krist
behut! auch wart betaubet,
gefangen durch ains weibes list
Der wolkenstain, des hank er manchen trytt.
darumb so rath ich jung vnd alt:
fliecht boser weibe glancz!
bedenk jnwendig ir gestalt –
vergiftig ist ir swancz –,
Vnd dyent den guten frawen rain,
der lob ich preys fur all karfunkelstain! *Q 74*

[Melodie]

JCh spůr ein tier
mit fůssen brait, gar scharpf sind jm dy horen,
daz wil mich tretten jn die erd
vnd stôsleichen durch boren.
den slund so hat es gen mir kert,
als ob ich im fůr hunger sey beschert,
Vnd nachet schir
dem hercze mein in pefůndlichem getôte.
dem tier ich nicht gewichen mag –

---

ein falscher Freund, eine *[undurchdringliche]* Wand für das Auge *[?]*, eine Lust, aus Schmerzen erlogen. Deshalb wurde Elias in die Fremde geschickt *[3 Reg. 19]* und Josef tief im Kerker angeschmiedet *[Gen. 39, 1–20]*. Ein heiliger Mann, Sankt Johannes der Täufer, wurde um der Rache einer Frau willen enthauptet *[Mt. 14, 1–11]* – davor bewahre uns Christus! Betört, gefangengesetzt durch die Falschheit einer Frau wurde auch der Wolkenstein, er hat deshalb lange hinken müssen. Darum rate ich jung und alt: Flieht vor dem äußeren Glanz böser Frauen! Bedenkt, wie sie inwendig aussehen – ihre Pfauenpracht ist giftig –, und dient den guten schönen Frauen, deren Wert ich mehr rühme als alle Karfunkelsteine!

JCH SPŮR: Ich fühle ein Tier nahen mit breiten Tatzen, fürchterlich scharf sind seine Hörner, das will mich in die Erde stampfen, durchstoßen und durchbohren. Es hat den Rachen gegen mich aufgerissen, als ob ich bestimmt sei, seinen Hunger zu stillen, und nähert sich meinem Herzen rasch in spürbarer Mordlust. Dem Tier kann ich nicht entkommen –

WENN ICH 42 truglichen der.
JCH SPŮR *Die Mel. ist die des vorhergehenden Liedes.*

Owe der grossen nôte! –,
seyd all mein iar zu ainem tag
geschûbert sind, die ich hie hab uerzert.
Jch pin erfordert an den tancz,
do mir geweiset wûrd
all meiner sûnd ein grosser krancz –
die rechnung mir gebûrt.
doch wil es got, der ainig man,
so wirt mir pald ein strich da durch getan.

Erst dûcht mich wol,
solt ich newr leben eines jares lenge
vernûftiklich in diser welt,
so wolt ich machen enge
mein schuld mit klainem wider gelt,
die ich laider gros von stund bezalen mûß.
Dar vmb ist uol
das herczen mein von engstleichen sorgen,
vnd ist der tod dy minst gezalt.
O sel, wo bistu morgen?
wer ist dein trôstleich vfenthalt,
wenn du uerraiten solt mit haisser puz?
O kind, frewnd, geselle mein,
wa ist ewer hilff vnd Rat?
jr nempt daz gut, lat mich allain
hin faren in das bad,
da alle mûncz hat klainen werd,
newr gute werk, ob ich der hett gemert.

Almachtichait
an anefanch noch end, pis mein gelaide
Durch all dein parmmung gotleich gros,

---

o weh, welch große Not! –, da alle meine Jahre, die ich hier verbracht habe, zu einem einzigen Tag geschobert sind. Ich bin zum Tanz gefordert, wo mir ein riesiger Kranz aus all meinen Sünden vorgehalten wird – die Rechnung habe ich verdient. Doch will es der alleinige Gott, so wird mir bald ein Strich durch sie gezogen. 20 Jetzt erst will mir scheinen, daß ich, könnte ich nur [noch] ein Jahr in dieser Welt vernünftig leben, meine Schuld, die ich jetzt leider so hoch bezahlen muß, durch kleine Rückzahlungen verringern würde. Deshalb ist mein Herz voll von ängstlichen Sorgen, und der Tod ist die geringste von ihnen. O Seele, wo bist du morgen? Wer ist dein trostreicher Halt, wenn du mit heißer Buße deine Rechnung bezahlen mußt? O mein Kind, mein Freund, meine Gefährtin, wo ist eure Hilfe und euer Rat? Ihr übernehmt den Besitz, laßt mich allein hinfahren in das [höllische] Scheidebad, wo alle Münze keinen Wert hat, außer guten Werken, wenn ich deren viele hätte. 38 Allmächtiger ohne Anfang und Ende, sei mein Geleit um all deiner göttlich großen Erbarmung willen,

12–13 *der Tag des Gerichts.*

das mich nit uber raite
der lucifer vnd sein genos,
damit ich werd enczucht der helle schlauch!
Maria, maid,
erman dein liebes chind des grossen leiden!
seyt er all cristan hat erlôst,
so wel mich auch nit meiden,
vnd durch sein marter werd getrost,
wenn mir die sel fleust von des leibes drôch!
O welt, nun gib mir deinen lon,
trag hin, uergisß mein pald!
hett ich dem herren fur dich schon
gedient jnn wildem wald,
so fûr ich bas die rechten far.
got, schôppffer, leucht mir wolkenstainer klar!

Q 74

Muskatblut

[Im langen Ton]

Man zelt virtzen hondert jar,
ein x, ein v, daz ist war,
do kam grosse menig der Cristen schar
in godis lobe zu samen
Jn ein eindracht gen cost*nitz*.
da man plach cluckheit vnd witz:

---

damit mir nicht zu meinen Ungunsten Luzifer und seine Gesellen die Rechnung aufmachen, damit ich dem Rachen der Hölle entrissen werde! Maria, Jungfrau, erinnere deinen lieben Sohn an sein großes Leiden! Da er alle Christen erlöst hat, so möge er auch mich nicht auslassen und [ich] um seiner Marter willen Trost finden, wenn sich die Seele aus den Fesseln des Leibes aufschwingt! O Welt, nun gib mir deinen Lohn, geh deinen Gang, vergiß mich schnell! Hätte ich dem Herren statt deiner treu gedient in der Waldeinöde, dann führe ich besser auf rechtem Weg. Gott, Schöpfer, leuchte mir, dem Wolkensteiner, hell entgegen!

Man zelt: Man zählte das Jahr 1415, das ist wahr, da kam eine große Schar des Christenvolkes zum Preis des Herrn zu gemeinsamem Tun in Konstanz zusammen. Dort tat man etwas sehr Kluges und Weises:

Man zelt *Mel. nicht erh. Das Gedicht entstand nach 1427. 1415 war der Anhänger des englischen Reformators Wiclif* (43–44) *der böhmische Reformator Johannes Hus, auf dem Konzil zu Konstanz verbrannt worden* (3–10). *Seit 1420 verteidigten sich seine Anhänger erfolgreich gegen die glücklos kämpfenden Kreuzheere. Einer der Feldzüge gegen die Hussiten geschah unter Teilnahme des 1427 gegründeten St. Georgs-Bundes* (35 *und* 69), *dem viele, vor allem süddeutsche, Fürsten angehörten. Ä. nach Q 114.* 7 Costans. *Costnitz ist eine im Ma. gebräuchliche Nebenform.*

eyn gans briet man jn grosser hitz,
da van vil junger quamen.
Si hat geheckt wal seben jar
den grossen vngelauben.
hor an, du meniche der Cristen schar,
hilff vns die genslin clůben,
die noch gar vngebraden sint!
jr fursten, uch des vnderwint,
[. . .]
heb an jn godis namen!

Heiliger vader, Babst zu Rom,
kůnyg sygemont, do gnug dym stam!
jr kurfursten, helffent dusen sam
uerdilgen vnd zu streuwen!
All geistlich fůrsten vnd prelaten,
helfft vns die junge genslin braten,
daz si uerliesen yren atem,
so mogen wir vns gefreuwen!
Wan si sint werlich gar zu fluck.
kund wir sy recht bereuffen,
die plumen von jrem Ruck,
So wulden wir si dan streuffen.
wir wulden singen „gloria",
wan si sprech nymmer „ga ga ga".
hilff muter, fol *der* gracia,
daz si den haberen deuwen!

Ritter sent goerge, jch ruff dich an,
wirff uff den Ritterlichen van,
fur manchen fromen cristen man,
hilff dôden dusen drachen,

---

man briet in großer Glut eine Gans, von der bereits viele Junge gekommen waren. Sie hatte wohl sieben Jahre lang den großen Irrglauben ausgebrütet. Hör es, du Menge des Christenvolkes, hilf uns die Gänschen rupfen, die noch ungebraten sind! Ihr Fürsten, nehmt euch dieser Sache an [. . .] fang in Gottes Namen an! 19 Heiliger Vater, Papst in Rom, König Sigismund, erfülle, was deine Herkunft von dir fordert! Ihr Kurfürsten, helft diesen Samen vertilgen und zerstreuen! All [ihr] geistlichen Fürsten und Prälaten, helft uns die jungen Gänschen braten, daß ihnen die Luft ausgeht, dann können wir froh sein! Denn sie sind wahrhaftig zu behende. Kämen wir dazu, [ihnen] den Flaum vom Rücken zu rupfen, dann wollten wir ihnen die Haut abziehen. Wir würden „Gloria" singen, wenn sie nicht länger „ga ga ga" schrien. Hilf, Mutter, voll der Gnaden, daß sie für den Hafer büßen! 35 Ritter Sankt Georg, ich rufe dich an, laß die Ritterfahne wehen, führe viele fromme Christen an, hilf diesen Drachen töten,

9 *tschech. Hus = Gans.* 33 ye.

Der duse werlt hat ser uergifft,
vil grosser ketzery gestifft,
vnd dut weder die heilige schrifft
den cristen glauben swachen!
Der vrhap quam uß engelant,
wicleff hat jn gestifftet;
den hůssen hat er uß gesant,
der hat Behem uergifftet.
dar vmb die werlt bekummert ist.
jch meyn, er si der endkrist
gewesen hie jn duser frist
mit manchen bosen sachen.

O werder got von hymmelrich,
jch wil dich beden sunderlich,
mit dyner hulff van vns nit wich
jn dusen grossen noten!
Maria, muter, Reyne meit,
din schilt der barmhertzicheit
setz vur die armen cristenheit,
hilff vns die genslin doten!
Die federen sint jn vil zu lang
worden jn dusem jar.
O kunyg sygemont, wirt nymmer krang,
wirff uff den adelare,
laiß jn erswingen sin gefyder
vnd bring din altes wort her weder!
zwor, velstu noch eyns dar neder,
din lob, der wirt sich Roten.

Jr fursten, herren, dinstman,
jr Ritter, knecht, ich ruff uch an:

---

der die Welt sehr vergiftet [und] viel große Ketzerei gestiftet hat und der in Abkehr von der Heiligen Schrift den christlichen Glauben schwächt! Der Anstoß kam aus England, Wiclif hat ihn gegeben; er hat den Hus ausgesandt, der hat Böhmen vergiftet. Deshalb ist die Menschheit bekümmert. Ich glaube, er ist mit [seinen] vielen Untaten in dieser Zeit der Antichrist gewesen. 51 O erhabener Gott vom Himmelreich, ich will dich aufs dringlichste bitten, weiche in diesen großen Nöten mit deiner Hilfe nicht von uns! Maria, Mutter, reine Jungfrau, halte deinen Schild der Barmherzigkeit vor die arme Christenheit, hilf uns die Gänschen töten! Die Federn sind ihnen in diesem Jahr viel zu lang gewachsen. O König Sigismund, werde nicht [wieder] schwankend, laß den [Reichs]adler aufsteigen, laß ihn die Flügel ausbreiten und löse dein altes Versprechen ein! Wahrhaftig, wenn du noch einmal [von diesem Vorhaben] Abstand nimmst, dann wird dein Lob schamrot werden. 67 Ihr Fürsten, Herren, Vasallen, ihr Ritter, Knappen, ich rufe euch zu:

sint ir nu fůrt sent goergen fan,
so bestelt es ordentlichen!
Jr siet groß volk uß manchem lant,
daz got hat uß gesant;
dar vmb nemptz wislich in die hant
vnd dûtz durch got, den Richen!
Syt eynmudich jn uwerm Rat,
bestelt nu recht die spitzen,
wan es dan an ein fechten gat,
daz wir nit affter sitzen,
daz es si ordentlich bestelt,
ye*de* partye zu samen geselt!
daz musgaplut recht wol gefelt,
der wil van uch nit wichen. *Q 44*

Unbekannter Verfasser

Tsu myr sprach tzwifel: „dou zalt van der goten laen,
daer dou haest ye ghezonghen, want yr has yst werende stete.“
Das hoffen sprach: „dů ne zalt noch niet aue staen,
du hettes dan tsu vyl verloren, vnt hes were oech nv tsu spade.“
der tswifel sprach: „ze toet zo wee
ont nemmer wol, welich hertz můcht de dan vertraghen?“
des hoffen sprach: „du zalt †ghevlee
yr yvmmer ziin vnt stetentlichen nach yren hulden iaghen!“

Da ihr nun Sankt Georgs Fahne führt, so tut euer Sache gründlich! Ihr seid eine große Schar aus vielen Ländern, die Gott ausgesandt hat; darum fangt es klug an und tut es um Gottes, des Allmächtigen, willen! Seid einmütig bei euren Beratungen, bestellt die besten Heerführer, damit wir, wenn es zum Gefecht kommt, nicht ins Hintertreffen geraten, damit alles seine vernünftige Ordnung hat, jede Partei zusammensteht! Das gefällt dem Muskatblut, der wird euch nicht im Stich lassen.

Tsu myr: Zweifel sprach zu mir: „Du sollst von der Geliebten lassen, für die du immer gesungen hast, denn ihre Abneigung ist unüberwindlich.“ Die Hoffnung sprach: „Du sollst noch nicht ablassen, du hättest sonst zu viel verloren, und es wäre jetzt auch zu spät.“ Der Zweifel sprach: „Sie tut so weh und niemals gut, welches Herz könnte das ertragen?“ Da sprach die Hoffnung: „Du sollst ihr immer *ghevlee* sein und beständig ihrer Huld nachjagen!“

Man zelt 80 ye die.

Tsu myr *Mel. nicht erh. C. v. Kraus' Konjekturen (in: Abh. d. Bayr. Akad. d. Wiss., Phil.-hist. Abt. NF 21 [1942]) wurden nicht herangezogen, da seine ergänzende Nachdichtung durch die Hs. nicht hinreichend gestützt ist.*

Die tswifel sprach: „zist onghenedich vyl zů vyl!“
der hoffen sprach: „wie weys, wie zi das enden wil?“
des tswifel sprach: „ich vrucht, etz zi der toyt.“
der hoffen sprach: „neyn, volghe bas, *d*u kůmes noch ws zender [noet!“

Q 6

Unbekannter Verfasser

Ein hau*b*t von peham lant
vnd czwai ermlein von prauant
vnd czwai prustlein von swaben her,
dy ragen als ain sper,
vnd ain pauch von osterreich,
der ist gancz schlecht vnd gleich,
vnd ain ars von polon
vnnd ain pairische fůt dar an
vnd czwen fus von dem rein –
das mocht wol ein hubsche junffraw sein.

Q 60

Unbekannter Verfasser

Var hin, klaines brieffelin,
Vnd sag der lieben frowen myn
Grüß von hertzen vnd von munt
Me denn hundert tusent stund!

Der Zweifel sprach: „Sie ist allzu ungnädig!“ Da sprach die Hoffnung: „Wer weiß, was für ein Ende sie dem geben wird?“ Da sprach Zweifel: „Ich fürchte, es wird der Tod sein.“ Da sprach die Hoffnung: „Nein, verfolge nur eifriger [dein Ziel], du wirst noch aus deiner Sehnsuchtsqual befreit werden!“

Ein haubt: Ein Köpfchen aus Böhmerland und zwei weiße Ärmchen aus Brabant und zwei Brüstchen aus Schwaben, die wie Speerspitzen hervorragen, und ein Bauch aus Österreich, der ganz glatt und eben ist, und ein Hintern aus Polen und ein bayerisches Pfläumchen daran und zwei Füße vom Rhein – das könnte ein prächtiges Mädchen ergeben.

Var hin: Fahr hin, kleines Briefchen, und richte meiner Geliebten aus, daß ich sie mehr als hunderttausendmal mit Herz und Mund grüße!

Tsu myr 13 bas der tswifel sprach du.

Ein haubt *Eine längere Fassung bereits um 1400 überliefert; die Kurzfassung wird, mit geringen Abweichungen, noch im 17. Jh. gedruckt. – Ä. nach Q 65.* 2 haut.

Dar zu so bring och togen
Ain grůß ir spilden ougen,
Der lieplich durch ir süssen munt
Dring vff irs hertzen grund!
Vil werdü myn, ich tancken dir,
Daz dü vz zwaiger hertzen gir
Mit lieb hest ains gemachet.
Min hertz jn frǒden lachet
Der vil lieben vnd auch dir.
Lieb, myn hertz, daz rattet mir,
Daz ich än rime flißicklich
Mine gird laß wissen dich.
Der rat mich tunck*et* volge wert,
Wan alle*m*, daz myn hertze gert,
Kan ich nit rim vinden.
Dez laß ich sy erwinden
Vnd künd, vil liebi frowe, dir
Mit ståtter red mins hertzen gir.
Hie mit phleg vnser iemer me
Der wernde got än alles we
Vnd laß vns frisch vnd wol gesunt,
Vntz ain rose gelt ain phund! *Q 19*

Unbekannter Verfasser

Ez ist ain gemelicher sitt,
Daz ain zerß vnd ain smit
ze allen ziten musent stan,
So sy jr antwerck wǒllent han. *Q 19*

Und bring auch ihren blitzenden Augen einen heimlichen Gruß, der zärtlich durch ihren süßen Mund bis auf des Herzens Grund sinkt! Hochverehrte Minne, ich danke dir, daß du aus zwei sehnsuchtsvollen Herzen durch Liebe eines gemacht hast. Mein Herz jauchzt vor Freude über die Liebste und über dich. Geliebte, mein Herz rät mir, daß ich dich mein Verlangen mit Fleiß wissen lasse, ohne Verse zu machen. Dieser Rat scheint mir befolgenswert, denn ich finde keine Verse für alles, was mein Herz sich wünscht. Deshalb lasse ich Verse Verse sein und sage dir, geliebte Frau, in ehrlichen Worten meine Herzenswünsche. Und somit bewahre uns weiterhin der ewige Gott ohne alles Leid und erhalte uns frisch und recht gesund, bis eine Rose ein Pfund kostet.

Ez ist: Es ist ein lustig Ding, daß ein Schwanz und ein Schmied immer, wenn sie ihre Arbeit tun wollen, stehen müssen.

Var hin 18 tuncke. 19 allen.

Heinrich Laufenberg

ACh arme welt, du trügest mich,
jo, daz bekenn ich eygenlich
vnd kan dich doch nit myden.
Du valsche welt, du seist nit wor;
din schin zergat, daz weiß ich zwor,
mit we vnd grossem liden.
Din er, din gůt, du arme welt,
am tod an rehten nőten velt,
din schacz ist ytel valsches gelt –
des hilf mir, herr, ze fryden! *Q 68*

[Melodie]

JN einem krippfly lag ein kind,
do stůnd ein esel vnd ein rind,
Do by waz ouch die maget clar,
maria, die daz kind gebar.
Jhesus, der herre min,
der waz daz kindelin.

Do singent im der engel kor
mit sůsser stim gar hoch enbor:
„Gloria, lob vnd würdikeit
sy got in hohem rich geseit!"
Jhesus, der herre min,
der waz daz kindelin.

Diz ward den hirten schier verkunt,
dar vmb so lüffend sy zestunt
Gen bethleem vnd fundend do
daz edle kind vnd wurdent fro.

ACh arme: Ach elende Welt, du betrügst mich, das erkenne ich ganz deutlich, und doch kann ich dich nicht meiden. Du falsche Welt, du sagst mir nicht die Wahrheit; dein Glanz vergeht, das weiß ich gewiß, unter Schmerzen und großem Leid. Deine Ehre, dein Besitz, du elende Welt, kommen in der Todesstunde in tiefen Nöten zu Fall, dein Schatz ist nichts als falsches Geld – darum hilf mir, Herr, in [deinen] Frieden!

JN einem: In einem Krippchen lag ein Kind, dort standen ein Esel und ein Ochse, dabei war auch die reine Jungfrau, Maria, die das Kind geboren hatte. Jesus, mein Herr, der war das Kindchen. 8 Da singen jubelnd die Chöre der Engel für ihn mit süßer Stimme: „Ruhm, Preis und Ehre sei Gott im Reich dort oben gesagt!" Jesus . . . 14 Das wurde den Hirten alsbald verkündet, deshalb liefen sie sogleich nach Bethlehem und fanden dort das hochgeborene Kind und freuten sich.

ACh arme *Vom Verf. (?) datiert auf 1428. Mel. nicht erh.*
JN einem *Vom Verf. (?) datiert auf 1430. Mel. abgedr. Q 107 Nr. 520.*

Jhesus, der herre min,
der waz daz kindelin.

Ze stund enbran eins sternen schin,
daz es ward kunt den küngen drin
Jn verrem land ze orient;
die koment mit ir gob gerent.
Jhesus, der herre min,
der waz daz kindelin.

Sy vielend nyder vff die erd,
sie gobetent dem kinde werd
Gar edel myrren, wirouch, gŏld;
dem kindly wurdent sy gar hŏld.
Jhesus, der herre min,
der waz daz kindelin

Do dis vernam herodes můt,
er gedoht, wie er verguss sin blůt.
Vil tusend kind tot er zehand.
Jhesus floh in egipten land.
Jhesus, der herre min,
der waz daz kindelin.

Hie nah wol v̊ber drissig ior,
do ward dis kindelin für wor
Durch vnser ewig selikeit
ertôt vnd in ein grab geleit.
Jhesus, der herre min,
der waz daz kindelin.

Dar nah zehand am dritten tag
erstůnd es nach der lerer sag
Vnd fůr vff in sins vatter land;
do sitzt es zů der rechten hand.
Jhesus, der herre min,
der waz daz kindelin. *Q 68*

Jesus ... 20 Alsbald entzündete sich der Schein eines Sterns, so daß es den drei Königen im fernen Morgenland verkündet wurde; die eilten mit ihrer Gabe herbei. Jesus ... 26 Sie fielen nieder auf die Erde, sie beschenkten das liebe Kind mit edler Myrrhe, Weihrauch, Gold; das Kind gewannen sie herzlich lieb. Jesus ... 32 Als dies Herodes vernahm, überlegte er, wie er sein Blut vergießen könne. Er tötete auf der Stelle viele tausend Kinder. Jesus floh in das Land Ägypten. Jesus ... 38 Mehr als dreißig Jahre später wurde dieses kleine Kind wahrlich um unserer Seligkeit willen getötet und ins Grab gelegt. Jesus ... 44 Danach aber am dritten Tag erstand es nach den Worten der Lehrer und fuhr auf in das Land seines Vaters; dort sitzt es zu seiner Rechten. Jesus ...

[Melodie]

JCh wölt, daz ich do heime wer
vnd aller welte trost enber,

Jch mein: doheim in himelrich,
do ich got schowet ewenclich.

Woluf, min sel, vnd riht dich dar,
do wartet din der engel schar!

Won alle welt ist dir ze clein,
du kumest denn e wider hein.

Dohein ist leben one tot
vnd ganczi frôiden *one* not.

Do ist gesuntheit one we
vnd wâret hût vnd iemer me.

Do sind doch tusent jor als hût,
vnd ist ouch kein verdriessen nût.

Woluf, min hercz vnd all min mût,
vnd sûch daz gût ob allem gût!

Waz daz nitt ist, daz schecz gar clein
vnd jomer allzit wider hein!

Du hast doch hie kein bliben nût,
es sye morn, es sye hûtt.

Sid es denn anders nit mag sin,
so flûch der welte yalschen schin

Vnd rûw din sünd vnd besser dich,
als wellest morn gen himelrich!

JCH WÖLT: Ich wollte, ich wäre zu Hause und könnte allen Trost der Welt entbehren, 4 ich meine: zu Hause im Himmelreich, wo ich Gott ewiglich schauen würde. 6 Wohlauf, meine Seele, und wende dich dorthin, dort wartet die Schar der Engel auf dich! 8 Denn die ganze Welt ist dir zu eng, bevor du nicht zurück nach Hause kommst. 10 Zu Hause gibt es Leben ohne Tod und ungetrübte Freude und keine Not. 12 Dort gibt es Gesundheit ohne Schmerzen, und [sie] dauert heute und ewiglich. 14 Dort sind ja tausend Jahre wie [der eine Tag] heute, und es gibt auch keine Traurigkeit. 16 Wohlauf, mein Herz und all mein Sinn, und such das höchste aller Güter! 18 Alles andere achte gering und sehne dich allezeit zurück nach Hause! 20 Es ist hier doch deines Bleibens nicht, sei es morgen oder heute. 22 Da es denn anders nicht sein kann, so fliehe den falschen Glanz der Welt 24 und bereue deine Sünde und bessere dich, als ob du morgen ins Himmelreich ziehen wolltest!

JCH WÖLT *Vom Verf. (?) datiert auf 1430. Vermutl. eine Kontrafaktur. Mel. abgedr. Q 107 Nr. 660. Ä. nach Q 132b.* 11 alle.

Alde, welt, got gsegen dich,
ich var do hin gen himelrich. *Q 68*

Unbekannter Verfasser

[Melodie]

Zů mitter fasten es beschach,
daz peter onuerdorben gefangen lag
ze nůwenburg jn dem turne,
er lag gefangen vmb sinen lib.
„hilff, mårien můter, es ist zit,
du macht mir wol gehelfen!

der turn, der haisset schůtt den helm,
er wil mich bringen vmb myn leben,
Es möcht wol gott erbarmen!
lieber sant lienhart, hillff mir vß!
jch wil dir buwen ayn ysne huß,
daz kost recht, waz es welle.

lieber sant peter, hilff mir dar
gen Rom, gen Ach †wenn vff die fart
zů vnser lieben fröwen!
sant kathrin, die singt vns ayn tage wis;
jch hon ir gedienet mit ganczem flis
jn mynen vil großen nőten.

---

26 Lebwohl, Welt, Gott segne dich, ich gehe fort ins Himmelreich.

Zů mitter fasten: Am 3. Sonntag vor Ostern geschah es, da lag Peter Unverdorben zu Neunburg im Turm gefangen, auf Leib und Leben lag er gefangen. „Hilf, Mutter Mariens *[die hl. Anna]*, es ist Zeit, du kannst mir wohl helfen! 9 Der Turm heißt Schüttdenhelm, er will mich ums Leben bringen, es möchte wohl Gott erbarmen! Lieber Sankt Lienhard, hilf mir heraus! Ich will dir ein eisernes Haus bauen, koste es, was es wolle. 15 Lieber Sankt Peter, hilf mir dort nach Rom, nach Aachen *wenn* auf die Wallfahrt zu Unserer Lieben Frau! Die heilige Katharina singt uns ein Tagelied; ich habe ihr mit ehrlichem Eifer gedient in meinen großen Nöten.

Zů mitter fasten *Das hist. Ereignis, das dem Lied zugrunde liegt, hat sich bisher nicht ermitteln lassen. Häufig wird Peter Unverdorben* (4, 40) *selbst als Verf. angenommen.* 5 *Neunburg vorm Walde (Oberpfalz).* 9 *heute Schiltenhelmturm.* 12 *St. Lienhard, Patron der Gefangenen.* 13–14 *Votivgabe.* 15–17 *Durch das Gelöbnis einer Wallfahrt nach Rom oder Aachen konnte ein zum Tod Verurteilter zuweilen Gnade erlangen.* 18 *Es wird das berühmte Gebet gemeint sein, das die heilige Katharina kurz vor ihrem Tod gesprochen haben soll, in dem sie allen Fürbitte bei Gott verheißt, die ihren Namen anrufen.*

gott grůß ůch, frow die herczogyn,
bittet ir myn herren vnd och sin kind,
daz er mir frist myn leben!
vnd och daz ander hoff gesind
vnd alles, daz in dem hoffe sy,
daz mag mir wol gehelfen."

vnd do er fůr die herschafft tratt,
vnd wend ir hőren, wie er sprach,
vß sinem vil roten munde?
„gott gesegen dich, lob, got gesegen dich, gras,
gott gesegne alles, daz da waz,
ich můs mich von hinnen schaiden.

lieber engel, genn mir by,
bis sel vnd lib by ayn ander sy,
daz mir myn hercz nit breche!
„gott gesegen dich, sunn, gott gesegen dich, mon,
gott gesegen dich, schőnes lieb, wa ich dich hon,
ich můs mich von dir schaiden."

der vns dis liede nůwe sang,
peter onverdorben ist er genant;
er sangs vß fryem můte.
er singt vns das vnd kaines me,
vnd sőlt er leben, er sunges me. –
also schied er von hinnen. *Q 43*

---

21 Gott grüße Sie, Frau Herzogin, bitten Sie meinen Herrn und seinen Erben, daß er mir mein Leben schenke! Und auch die übrige Hofgesellschaft und alle, die bei Hofe sind, die sollen mir zu Hilfe kommen." 27 Und als er vor die Herrschaft trat, wollt ihr hören, wie er sprach mit seinem roten, roten Mund? „Behüt dich Gott, Laub, behüt dich Gott, Gras, behüt Gott alles, was mein Leben war, ich muß von hinnen scheiden. 33 Lieber Engel, geh an meiner Seite, solange Seele und Leib beieinander sind, damit mir das Herz nicht bricht! Behüt dich Gott, Sonne, behüt dich Gott, Mond, behüt dich Gott, schönes Liebchen, wo du sein magst, ich muß von dir scheiden." 39 Der uns dies neue Lied sang, wird Peter Unverdorben genannt; er sang es frank und frei. Er singt uns dieses und weiter keins, und hätte er leben dürfen, er sänge noch mehr. – So schied er von hinnen.

Unbekannter Verfasser

[In der Hofweise des Harders]

Jch stund ob aines grabes grunde,
ich *s*ach hin ein, mich růrt ain pôser lůft:
do lag ain toter maister in desselben grabes grůft;
Dem kruchen wôrm auz seinem munde,
dor auz e magnig sp*ru*ch in kunsten hal.
ich gedaht: we, wi ist hin dein maisterlicher schal!
Waz hielft dich, daz du dick pist gesezzen
auf hohem stul, gar maisterlich vermessen?
dì kunst hot dein vergezzen.
Waz helfent alle dein reich kunst dich,
dì du mit wiczzen host gewegen dort her so maisterlich?

Phylosophya hat dich lazzen
der sterben, *dy* dein hercz nie verlizz,
do von dein kunstereicher leip dez lebenz het genizz.
Vnd loyca mit listen grossen
dem argem tod nit moht wider streben
noch vber dispetiren nie, daz er dich lizz leben.
Waz dì kunst physica getrankkes mahchet,
daz hilft nit, wann du pist gar versmachet.
der tot hot dich geswachet
pey aller deiner reichen kunste hort.
hab dein leib hẙ gefaren wol, so piz ain maister dort!

Jch stund: Ich stand vor einem offenen Grab, ich sah hinein, ein übler Geruch schlug mir entgegen: ein toter Meister lag dort in dieses Grabes Gruft; dem krochen Würmer aus dem Mund, aus dem zuvor manch kunstverständiges Wort erklungen war. Ich dachte: Weh, wie ist dein Meisterruhm vergangen! Was hilft es dir, daß du oft als Meister stolz auf dem hohen Stuhl *[der Singschule]* gesessen hast? Die Kunst hat dich vergessen. Was helfen dir deine reichen Kenntnisse, die du mit Verstand von dort so meisterhaft kundgetan hast? 14 Die Philosophie hat dich sterben lassen, die *[Akk.]* dein Herz nie außer acht gelassen hat, wodurch du in den Künsten bewanderter Mann im Leben *[?]* Vorteil hattest. Und die Dialektik mit ihrer großen Spitzfindigkeit konnte dem schlimmen Tod nicht entgegentreten noch ihn im Disput besiegen, so daß er dich hätte leben lassen. Was die Kunst Physik auch an Tränken erfindet, es hilft nichts, denn du bist ausgestoßen. Der Tod hat dich trotz deines reichen Schatzes an Kenntnissen zu einem Nichts gemacht. [Vorausgesetzt,] dein Leben ist hier gut verlaufen, dann sei [auch] dort ein Meister!

Jch stund *In Q 57 und Q 56 ist das Gedicht mit sieben Strophen überliefert. Da die zwei zusätzlichen Strophen am Schluß des Gedichts die geschlossene Anlage der ersten fünf durch geläufige Beispiele aus dem Repertoire exemplarischer Sterblicher sprengen, liegt eine nachträgliche Erweiterung näher als die Annahme eines ursprünglich siebenstrophigen Gedichts. Melodie und Tonbezeichnung in Q 56. Ä. außer* 40 *nach Q 57.* 4 schach. 7 spurch. kunsten *meint vermutl. die artes liberales.* 15 *f.*

A*l*chimia, du kunst verporgen,
war vmb geb dů dem tot niht reichen solt
fur deinen kneht – nun hest du si*l*ber vnd golt –,
der dort leit in dez todes sorgen,
erwellet yemerlich allz ain tir,
dez hercz niͤ vernuiftig ward? ach kunst, nun antwrt mir!
Astronomia, war vmb wolst du niht sprechen
„lat ab, her tot, ir mugt euch nit gerechen,
an den planeten frechen,
†diͤ seines libes feͤrb verloren hast“†
er leit we graben, wer noch so groz gewesen sein maister-[schaft.

Geometria, du kunst der mazze,
arismetrica, du wigest allů dinck,
yklichz noch der mozze zal vnd noch der wag rink,
der tod hat auz dez lebens *sa*sse
deinen dine*r* *g*ezogen in sein wesen –
wolt ir nit mezzen, zelen eben, daz er auch wer genesen?
Waz nun gramatica der worter gerbet
vnd waz diͤ clar rethorica geverbet
d*er* *spr*üch, *ist* zes*cher*bet
an dez vil argen todes knehtes leben,
wi vil auch diͤ kunst Musica ym don hot geben.

Vnd aristotoles in preise
erstorben ist, der groz phylosows,
der auch der aller pest waz, *volkhomner* lo*yc*us,

---

25 Alchimie, du geheime Kunst, warum zahltest du dem Tod nicht reichen Tribut für deinen Knecht – du besitzt doch Silber und Gold –, der dort in der Betrübnis des Todes liegt, jämmerlich zu Boden gestreckt wie ein Tier, das nie Vernunft besaß? Ach Kunst, antworte mir! Astronomie, warum hast du nicht sprechen wollen: „Laßt ab, Herr Tod, Ihr könnt Euch nicht rächen, Euch nicht Genugtuung verschaffen an den Planeten, *die seines libes ferb verloren hast*“? Er liegt begraben, wäre seine Meisterschaft auch noch so groß gewesen. 36 Geometrie, du Kunst des Maßes, Arithmetik, du bestimmst alle Dinge, jegliches nach seinen Maßzahlen und dem Umfang des Gewichtes, der Tod hat deinen Diener aus dem Leben in seinen Bereich gerissen – wolltet ihr nicht gleichermaßen *[?]* messen [und] berechnen, daß er hätte davonkommen können? Wieviel Wörter die Grammatik auch bereitstellt, wieviel Sprüchen die prächtige Rhetorik auch Farbe verliehen hat – sie sind am Leben dessen zerschellt, der [jetzt] des argen Todes Knecht ist, wieviel Melodien ihm auch die Kunst der Musik geschenkt hat. 47 Auch der gepriesene Aristoteles ist gestorben, der große Philosoph, der der beste von allen war, ein vollkommener Dialektiker,

25 Archimia. 27 siber. 34 *Q 56* die sines libes warent uberhafft. *Q 57* seytt das sein leben was so hebenhafft. 37 *Vgl. S. 132.* 39 schosse. 40 diner hot. 44 diͤ půch sint zestrebet. 49 *f.* wo kom hin loncius.

vnd ypocras, der arczet weyse,
der auch vor mangen tag ist tod gelegen,
wî ider doch fil maisterschaft hot pflegen.
plato, *afferonis*, weiz ob in allen,
hot angesigt der tod. waz schol ich schallen?
a*l*chi*mi*us must auch wallen,
wî vil *er* silbe*r*s oder goldes hot.
got, wenn du wild, so muzz wir hin, ez sei frů oder spot.

Q 61

1440–1460

Unbekannter Verfasser

[Melodie]

Der wallt hat sich entlawbet
gên disem winter kallt.
meiner freud pin ich werawbet,
gedêncken machen mich allt.
das ich so lang muß meyden,
dy mir gefallen ist,
das schafft der klaffer neyde,
dar zu ir arger list.

---

und Hippokrates, der weise Arzt, auch er ist vor langer Zeit dem Tod anheimgefallen, auf wieviel Gelehrsamkeit sich jeder auch verstand. Platon [und] Averroes, weiser als alle, hat der Tod besiegt. Was soll ich [noch?] sagen? Auch Alchimius mußte fallen, wieviel Silber oder Gold er auch besaß. Gott, wenn du willst, müssen wir fort, es sei früh oder spät.

Der wallt: Der Wald hat sein Laub verloren in dieser kalten Winterszeit. Meine Freude ist mir geraubt, die Erinnerungen machen mich alt. Daß ich die so lange meiden muß, die die Meine geworden ist, das macht der Neid der Schwätzer und ihre Tücke.

Jch stund 50 wese. 53 *f. Averroes, arab. Philosoph (1126–1198).* 55 archinius. *Alchimius: möglicherweise fiktive, als Begründer der Alchimie gedachte Person; vgl. die Nennung eines* Mancius *als Erfinder der Chiromantie in Hartliebs* Buch aller verbotenen Kunst *(1456).* 56 *f.* silbes.

Der wallt *Eine geistliche Kontrafaktur auf dieses Lied findet sich als 15. Strophe des Mariengedichtes* Got vatter sun vnd hayliger gayst *(cgm. 4702, Bl. 8^v; um 1444):* Der wald hât sich entlabet, / es ward der winter kalt. / Deins kindes wardst dü berabet / mit trauren manigüalt, / Da du als lang můst meiden, / Der dir geuellig ist; / Das macht der juden neyden / vnd auch ir arger list.

Jr angesicht auß steͤtem mut
erfrewt das hercze mein,
vnd môcht mir widerfaren gut,
so wollt ich frôlich sein.
O swarcz vnd grabe varbe,
dar zu stet mir mein syn;
do pey sy mein gedencken sol,
wenn ich nicht bey ir bin.

[. . .]

So besorg ich sere der klaffer mundt,
Ja, der ist also vil!
Sy haben manches hercz verwunt,
gestochen als zu ainem czil;
mit iren valschen czungen
verschneidens sy so gar.
Doch bleib ich dir verpunden –
dw mir mein ere webar!

Nw ist es doch ein kleyne trew,
wo wir nicht bayde sind:
allererst so sich mein hercz vernewt,
so virst du, lieb, dohin.
Ach frewlein vein, vergiß nit mein,
hallt mich jn steͤter hut!
wann sollt ich albeg bej dir sein,
so weͤr ich wolgemůet.

Hoffnung ist mein pester gewin,
was lest du mir ze leͤcz?
also schaidt sich mein hercz von dir,
weͤs willt du mich ergeͤczen?

---

11 Sie in Treue anzuschauen erfreut mein Herz, und fügte es sich gut für mich, so wäre ich froh. O, mir steht der Sinn nach schwarzer und grauer Farbe; durch die soll sie sich an mich erinnern, wenn ich nicht bei ihr bin. 20 Denn ich mache mir große Sorgen wegen der Lästerzungen, es gibt ja so viele davon! Sie haben manches Herz verletzt, mitten hineingestochen; mit ihren falschen Zungen zerschneiden sie es so sehr. Dennoch stehe ich fest zu dir – hüte [auch] du meine Ehre! 28 Nun ist es aber da um die Treue schlecht bestellt, wo wir nicht beide sind: gerade jetzt, wo mein Herz wieder jung geworden ist, gehst du, Geliebte*[r?]*, von hier fort. Ach schönes Kind, vergiß mich nicht und denk in Treue an mich! Könnte ich immer bei dir sein, so wäre ich glücklich. 36 Hoffnung ist mein bestes Teil, was gibst du mir zum Abschied? Wenn sich mein Herz von dir trennt, womit willst du mich trösten?

19 *Lücke im Umfang einer Strophe.* 20–51 *Möglicherweise als Dialog aufzufassen.*

mein er jn ganczer steͤtikait,
nicht mer weger jch von dir.
jn zuͦchten bin ich dir wereit,
deͤsgleichen thu du zu mir!

Gesegen dich got, mein schônes pild,
got geb dir gluͦckes vil!
dw fuͦrst mich doch an deinem schilt,
sccz mir ein kurczes czil!
Nw kumm her wider palde,
es mag vns wol nuͦczer sein,
so gar mit reichem schalle!
got mach vns sorgen frey! *Q 17*

Unbekannter Verfasser

Der walt hat sich belaubet,
Des freuwet sich myn mut.
Nun hüt sich mancher buer,
Der went, er sy behut!
Das schafft des argen wintters zorn,
Der hat mich beraubet;
Des klag ich hüt und morn.

Wiltu dich erneren,
Du iunger edelman,
Folg du myner lere:
Sietz uff, drab zum ban,
Halt dich zu dem grünen wald!
Wann der buwer ins holtze fert,
So renn yn frie*sch*lich an!

Meine Ehre in Treue [zu erhalten], mehr begehre ich nicht von dir. Treu und redlich warte ich auf dich, halt du es ebenso mit mir! 44 Gott segne dich, mein schönes Bild, er schenke dir viel Glück! Da du mich doch in deinem Wappen führst, laß mich nicht lange warten! Nun komm bald zurück und [bring] die Freude mit dir, es ist besser für uns! Gott befreie uns von allen Sorgen!

Der walt: Der Wald hat neues Laub bekommen, darüber bin ich herzlich froh. Nun mag sich mancher Bauer in acht nehmen, der glaubt, ihm könne nichts passieren! Das bringt der Grimm des Winters mit sich, der hat mich verarmen lassen; das klage ich heute und immer. 9 Willst du dich sanieren, du junger Edelmann, dann folge meinem Rat: Sitz auf, reit ins Revier *[?]*, begib dich in den grünen Wald! Wenn der Bauer ins Holz fährt, dann greif ihn frisch an!

Der walt *In der ersten Strophe finden sich Anklänge an das vorhergehende Lied. Da die Strophen um einen Vers kürzer sind, ist jedoch fraglich, ob dieses Lied auf die gleiche Melodie gesungen wurde.* 15 frießlich.

Herwüsche yn by dem kragen,
Erfreuw das hertze din!
Nym ym, was er habe,
Span uß die pfferdelin sin!
Byß friesch und dar zu unverzackt!
Wann er nummen pfennig hat,
So ryß ym gurgel ab!

Hebe dich bald von dannen,
Bewar din lyp, din gutt,
Das du nit werdest zu schannen!
Halt dich in stetter hut:
Der buwern haß ist also groß.
Wan der buwer zum dantze gat,
So dünck er sich fürsten genoß.

Er nympt die metzen by der hant,
Die gybt im eynen krantz;
Er ist der metzen eben,
Der selbe ferer swantz.
Die dörppel hinden nach,
Das ist der metzen eben
Und dem contzen auch.

Ich weiß ein richen buwern,
Uff den han ichs gericht.
Ich wil ein wylen luren;
Wie mir darumb geschicht,
Er hilfft mir wol uß aller not.
Got gruß dich, schöns iungfreuwelin,
Got gruß din mundelin rott! *Q 22*

---

16 Erwisch ihn beim Kragen, mach dir das Vergnügen! Nimm ihm, was er hat, spann seine Pferdchen aus! Sei munter und nicht feige! Hat er keinen Pfennig mehr, dreh ihm den Hals um! 23 Dann mach dich rasch davon, gib acht auf dich und auf das, was du hast, damit du nicht zuschanden wirst! Sei stets auf der Hut: der Haß der Bauern ist so groß. Wenn der Bauer zum Tanz geht, kommt er sich vor wie ein Fürst. 30 Er nimmt die Trine bei der Hand, die gibt ihm einen Kranz; er paßt zur Trine, dieser Ferkelschwanz. Die Bauernlümmel hinterdrein, das paßt zu der Trine und zum Stoffel. 37 Ich kenne einen reichen Bauern, auf den hab ich es abgesehen. Ich will mich ein Weilchen auf die Lauer legen; was auch dabei herauskommt, er wird mir aus aller Verlegenheit helfen. Gott grüß dich, schönes Mädchen, Gott grüß dein rotes Mündchen!

Unbekannter Verfasser

Von Dem hausgeschirre ein lied

Jch waiss ein orden, dar in ist manchem also we.
er ist vill leiten woll erkantt vnd haist ‚die e‘.
der ist so piter vnd so scharpf,
wan man so vill dar zů bedarpf
von hauss geschire.
wer aram jn den orden kumt, der wirt woll jre.

Wann er nun die schůsell hat, so hat er nicht
ein schůselkorb, dar zů gehert, der ist entwicht.
auch hat er nit ain pfanan.
so hebt sich greinen vnd zanen.
wo leffell futer?
jm wer bas da haim gewessen bey seiner muter.

Dannoch hat er weder multer noch den trog,
enspin, spindell; wa ist noch der ga*re*n rock?
wa haspell, flachss, trogscheren?
erst h*e*bt sich greinnen vnd k*e*ren.
Das haben die armen,
ir leben mecht ain herten stain erbarmenn.

Dannocht hot er weder scheffer noch kibell,
kisstelln, reitern; das gefelt im all*es* vibell.
auch hat er weder spiss noch rost.
er mangelt holcz vnd leitet frost
vor grossem jamer;
in der stuben ist nichst vill noch in der kamer.

Von Dem: Ein Lied vom Hausrat. Ich kenne einen Orden, in dem muß mancher so sehr leiden. Viele Leute kennen ihn, er heißt ‚die Ehe‘. Der ist so bitter und so hart, weil man dafür so viel Hausrat braucht. Wer arm in diesen Orden eintritt, der verliert den Verstand. 9 Hat er nun die Schüssel, dann hat er kein Abstellbrett, [das doch] dazugehört, das ist nicht vorhanden. Auch hat er keine Pfanne. Da wird dann geweint und geplärrt. Wo [ist] der Löffelkasten? Bei seiner Mutter daheim wär's ihm besser gegangen. 15 Und dann hat er weder Backmulde noch Trog, Spinnwirtel, Spindel; und wo ist der Garnrocken? Wo [sind] Haspel, Flachs und Topfkratzer? Da beginnt erst recht das Greinen und Heulen. Das ist das Los der Armen, ihr Leben könnte einen harten Stein erbarmen. 21 Und dann hat er weder Gefäße noch Kübel, Kästen, Siebe; das alles gefällt ihm gar nicht. Auch hat er weder Bratspieß noch Rost. Er hat kein Holz und leidet Kälte vor großem Elend *[?]*; in der Stube ist nicht viel und auch nicht in der Kammer.

Von Dem *Mel. nicht erh. Ä. nach Q 65.* 16 gareren. 18 habt. kvren. 22 *Hs. unleserlich.*

Auch so hat er weder sib noch die seck,
giessvass, angaster, leichter, trachter noch kain beck.
Wă peutel*uas*, ribeissen?
in der jugend muss er grissen
vor bitern sorgen.
wass er dan heinacht essen soll, das nem er danacht morgen.

Krautmesser, salczvass, rechen, hechlen send nit da;
ziber, sch*a*ppfen, heffen gelten macht in gra.
wa mist trag, wa mist gabell?
er kracz sich vber dem nabell
vor armut!
vor angsten schmilczet im sein fless alss in ainer g*lut*.

Wann er neber haben soll, hacken oder beichell,
so hat er ainen schmid dort v̊ber siben meill.
wa kraut vass, scharbret?
ein strosack ist sein bet.
wa keill vnd schlegell?
wor angsten schwinde*t* im das flesch biss auff die negell.

So er das veld nu bauen soll, so ist sargen genug
vmb wagen, eiten, egen, schlitn vnd den pflug
wa kumend, geschir vnd after saill,
wa steick leder vnd echss saill,
wa nu der kare?
strigell, wiss duch, v̊ber gurt macht in zů ainem naren.

Jn dem statell hat er weder futer noch hee,
he saill, he laiter, schwein, schaff noch kain stre.
wo seind ross, kelber noch die rinder?

---

27 Auch hat er weder Sieb noch Säcke, Gießkanne, Ballonflasche, Leuchter, Trichter noch Schale. Wo [sind] Ledersack [und] Reibe? Als junger Mann muß er ein Greis werden vor bitteren Sorgen. Was er heute abend essen will, muß auch noch bis morgen reichen. 33 Krauthobel, Salzfaß, Rechen, Feuerhaken sind nicht vorhanden; Wannen, Bottiche, Töpfe bezahlen macht ihm graue Haare. Wo [ist] der Mistkorb, wo die Mistgabel? Er kratzt sich den Nabel vor Armut! Vor Bedrängnis schmilzt ihm das Fleisch weg, als wäre Feuer daran gelegt. 39 Wenn er einen Bohrer braucht, Haken oder Beil, so wohnt der nächste Schmied sieben Meilen entfernt. Wo [sind] Kohlfaß [und] Hackbrett? Ein Strohsack ist sein Bett. Wo Keile und Hammer? Vor Ängsten schwindet ihm das Fleisch bis auf die Nägel. 45 Wenn er nun das Feld bestellen soll, so gibt es Sorge genug um Wagen, Ofen *[?]*, Egge, Schlitten und Pflug. Wo Kummet, Geschirr und Riemen, wo Steigriemen und Achsenriemen, wo ist nun der Karren? Striegel, Wischtuch, Zügel machen ihn ganz närrisch. 51 In der Scheune hat er weder Futter noch Heu, [weder] Heuseile, Heuleitern, Schweine, Schafe noch Streu. Wo sind Pferde, Kälber und Rinder?

29 *f.* peutelauf. 34 schppfen. 38 gelten. 44 schwinden.

jn seirt das weib, vnd wainen die kinder.
dieren vnd die knechte,
die klaffen vill vnd ton selten triulich recht.

Vor wasser vnd schne hat er grossen vngemach:
wa sein negell, schind*el*l, laten auff das dach?
wa offen, geschwell vnd vbertůre?
wa vensterbret vnd glass dar fir?
wa benck vnd disch?
sein speiss ist mangell vnd not vnd selten visse.

Hat er nit ain aigen hauss, so muss er vill
vmb ziechen leiden, hin vnd her, ist hertess spill!
er muss zů fremder herburg sein,
schier auss, schier ein, schier wider ein,
mit misseuallen.
mancher tribt auss im gesspôt vnd v̊ppigs kallen. *Q 30*

Heinrich Laufenberg

AVe maria, bis grůsset,
du můter vnd maget rein,
du keiserin aller creatur gemein,
du lob der cristenheit allein,
du berg, von dem vns kam der stein,
du aller gnoden richer zein,
du sne wisses helfenbein,
du glaß, durch daz die sunne schein,
on aller sünden schrancze.

Die Frau plagt ihn, und die Kinder weinen. Mägde und Knechte schwatzen viel und machen ihre Arbeit selten ordentlich. 57 Von Regen und Schnee hat er große Last: wo sind Nägel, Schindeln, Latten für das Dach? Wo Ofen, Schwelle und Türbalken? Wo Fensterbrett und das Glas dafür? Wo Bänke und Tische? Sein Essen ist Mangel und Not und selten Fisch. 63 Hat er kein eigenes Haus, dann muß er viel Herumziehen auf sich nehmen, hin und her, ein hartes Los ist das! Er muß bei fremden Leuten Unterkunft suchen, bald raus, bald rein, bald wieder [woanders] rein, das ist kein Vergnügen. Mancher bedenkt ihn mit Spott und hochfahrenden Worten. AVE: Ave Maria, sei gegrüßt, du Mutter und reine Jungfrau, du Kaiserin aller Geschöpfe, du einziges Lob der Christenheit, du Berg, von dem uns der Stein herabkam *[Dan. 2, 34 f.]*, du reiche Gerte *[Num. 17, 8]* aller Gnaden, du schneeweißes Elfenbein *[3 Reg. 10, 18]*, du Glas, durch das die Sonne drang, unversehrt von aller Sünde *[vgl. o. S. 23]*.

VON DEM 58 schinden ell.

AVE *Vom Verf. (?) datiert auf 1442.* 4 *Möglicherweise eine später hinzugefügte Zeile, das gleiche gilt für* 51–58.

Gnode vol bist ie gesin.
du edler gottes schrin,
du tag ber gnoden schin,
du brennender ruvin,
du guldin eymer vin,
du gotz gebererin,
du himels künigin,
din lob ist iemer gancze.

Der herr ist mit dir. du hôhste fron,
du dohter von syon,
du werder gottes thron,
du dur lůhtender mŏn,
du sunn von gabaon,
du starki iudith schon,
du tempel salomon,
wer möht dich vollerůmen?

Gesegnet bistu ob allen wiben zart.
du grůner meygen gart,
du salb, die vns ernart,
du spicz der viend hart,
du magt, der gleich nie wart,
du am götlicher art,
du spiegel vnuersart,
din lob kan nüt voll blůmen.

Vnd gesegnet ist die fruht dins libes gůt.
du blůgende aarons růt,
du hoher adlers můt,
du pellicans blůt,
du mêr, daz moyses wůt,

---

11 Voll der Gnade bist du von jeher gewesen. Du edler Schrein Gottes *[vgl. Hebr. 9, 2 f.]*, du tagbringendes Gnadenlicht *[Cant. 6, 9]*, du glühender Rubin, du zierliches goldenes Gefäß *[Hebr. 9, 4]*, du Gottesgebärerin, du Himmelskönigin, dein Lob kann nicht geschmälert werden. 19 Der Herr ist mit dir. Du höchste Herrlichkeit, du Tochter von Sion *[Ps. 131, 13 f.]*, du kostbarer Thron Gottes *[3 Reg. 10, 18]*, du strahlend heller Mond *[Cant. 6, 9]*, du Sonne von Gibeon *[Ios. 10, 12 f.]*, du starke, schöne Judith *[Iudith 13]*, du Tempel Salomons *[3 Reg. 6]*, wer könnte dein Lob erschöpfen? 27 Du bist gesegnet vor allen edlen Frauen. Du grüner Maiengarten *[Cant. 4, 12–5, 1]*, du Salbe, die uns gesund machte, du starker Spieß gegen die Feinde, du Jungfrau, wie es keine zweite gegeben hat, du Amme des göttlichen Kindes, du unversehrter Spiegel *[vgl. o. S. 23]*, nichts kann dein Lob genügend ausschmücken. 35 Und gesegnet ist die Frucht deines edlen Leibes. Du blühende Gerte Aarons *[Num. 17, 8]*, du Kühnheit des Adlers *[vgl. o. S. 153, Anm. 122]*, du Blut des Pelikans *[vgl. o. S. 153, Anm. 122]*, du Meer, durch das Moses zog *[Ex. 14, 16–29]*,

du bösch, der wunder tůt,
du hester wol behůt,
gib mir ze lobent dich!

Ihesus christus het dich erkorn.
du küngin von saba hoh geborn,
du kůscher gylg one dorn,
du stern, der schin nie het verlorn,
du fröyden riches herhorn,
du sůnerin des gottes zorn,
du lob der engel hůt vnd morn,
begnod mich armen Heinrich!

Amen, für wor lob ich dich gern.
du bist, der nieman mag enbern,
du bist die fruhtber gnoden ern,
du bist der sůsse mandel kern,
du bist der wege wisend stern,
du bist götliches liehtz luczern,
du bist min troste hůr vnd vern,
hilf mir dich loben ewenclich! *Q 68*

Unbekannter Verfasser

Ain Newes Jar ym sechs vnd viertzigisten

MEins hertzen Cron, meiner fräden zier,
Zumm Newen Jar so wünsch ich dir
Des gerümppels in der Mül ain tail,
Frölichen můt, gelück vnd hail,

---

du Busch, der Wunder wirkt *[Ex. 3, 2]*, du sorgsam beschützte Esther *[Esth. 4, 11 u. 5, 2]*, laß mich dich preisen! 43 Jesus Christus hat dich auserwählt. Du hochgeborene Königin von Saba, du keusche Lilie ohne Dornen *[Cant. 2, 1 f.]*, du Stern, dessen Schein nie verblaßte, du freudebringendes Heerhorn, du, die Gottes Zorn versöhnt, du Preis der Engel heute und in Ewigkeit, segne mich armen Heinrich! 51 Amen, wahrlich, ich preise dich gern. Du bist die, die niemand entbehren kann, du bist die früchtereiche Ernte der Gnaden, du bist der süße Mandelkern *[Num. 17, 8]*, du bist der wegweisende Stern, du bist die Laterne des göttlichen Lichtes, du bist mein Trost heute und alle Zeit, hilf mir, dich ewiglich zu loben!

Ain Newes: Krone meines Herzens, Zierde meiner Freuden, zum neuen Jahr wünsche ich dir viel Gepolter in der Mühle, frohen Mut, Glück und Heil

Ain Newes *Ein geistliches Mühlenlied vgl. S. 210.*

Auch mich selbs gantz vnd gar!
Mein aller liebsts, nymm eben war,
Wie die Mül sey berichtet
Vnd ir yngepëw betichtet:
Mein hertz ist der Mülstain.
Das rad ist die ere dein,
Vnd treibet das ain schneller pach,
Trew genant, on alle vach.
Der Mülin knecht bin ich bechannt,
Plaw in plaw ist mein gewandt.
Tag noch nacht hab ich chain rů,
Merck, zart weib, was ich da tů:
Ain wannen nymm ich in mein hannd,
Ist friuntlich angedanck genannt;
Darein vaß ich die liebe dein
Vnd schütt die vff den Mülstain,
Der laufft vnd melt on vnderpind –
Dein ere v̈bt mein hertz geschwind.
Das zuckermel mir dann beleibt,
Die sprewr es dauon treibt,
Die sind genant laid.
Yedoch geschicht, das baid,
Mel vnd spriur, gemischet wirt,
So bin ich armer dann veryrrt,
Bis mir dies glück beschicht,
Das ich ains von dem andern richt
Mit not vnd swärer arbait.
Darzu mein gesellen sind berait:
Stätt, harr vnd fleiß.
Vff der Mül ain paner weiß
Ist schon gemacht von tuch,

---

und auch mich selber ganz und gar! Meine Allerliebste, gib schön acht, wie die Mühle angelegt und ihre Einrichtung ersonnen ist: Mein Herz ist der Mühlstein. Das Rad ist deine Ehre, das treibt ein schneller Bach, der Treue heißt, ohne alle Staudämme. In dem Mühlknecht bin ich zu erkennen, ganz blau ist meine Kleidung. Tag und Nacht habe ich keine Ruhe, gib acht, liebes Mädchen, was ich mache: ich nehme einen Trog zur Hand, der heißt freundliches Angedenken; dahinein fülle ich deine Liebe und schütte sie auf den Mühlstein, der läuft und mahlt ohne Unterlaß – deine Ehre hält mein Herz in rascher Bewegung. Es bleibt mir dann das Zuckermehl zurück, die Spreu, die Leid heißt, trennt es davon. Geschieht es jedoch, daß beide, Mehl und Spreu, vermischt werden, dann bin ich Armer verwirrt, bis mir das Glück widerfährt, daß ich mit Plage und großer Mühe eins wieder vom andern trenne. Dazu sind meine Gesellen bei der Hand: Treue, Beharren und eifriges Streben. Auf der Mühle ist eine weiße Fahne schön aus

16 *Farbe der Beständigkeit.* 31 die.

Darein gestickt ist ain spruch:
„Hütt wol vnd halt vest!“
Daby verstanden främd gest,
Das die Mül verpannen ist.
Ich wart dein zu aller frist,
Allain mein hordt, on als verdrießen,
Vnd pitt dich, laß mich des genyessen!
Sůch nit durch firwitz anderswå
Dein malen, aller liebste fraw,
Wann ich dir dien mit triuem můt
Vnd sol nit, als mein handtwerck tůtt;
Valscher dück ich dich vertrag.
Das gerümppel zwingt mich nacht vnd tag,
Des gleich ich dir erwünst wolt hån.
Ich waiß, dein hertz mir gůtes gan,
Darumb ich stätz in fräden prynn.
‚Halt vest‘, meins hertzen kaiserin! *Q 65*

Ulrich Wiest

ain hupsch liedt von dem almůssen

O herre gott, ich clag dir alles mein laydt
vnd die jrrsaligkait deiner Cristenhaitt.
kum jr zů hilff vnd gib jr vndterschaidt,

Tuch verfertigt, da ist ein Spruch hineingestickt: „Sei wachsam und bleib treu!“ Daran erkennen Fremde gleich, daß die Mühle nicht betreten werden darf. Ich schaue allezeit nach dir, mein einziger Schatz, aus, ohne daß es mir leid wird, und bitte dich, belohne mich dafür! Laß nicht aus Fürwitz anderswo mahlen, liebstes Mädchen, denn ich diene dir getreulich und werde nicht tun, wie man [sonst wohl] in meinem Handwerk tut; falsche Tücke erfährst du nicht von mir. Das Gepolter beherrscht mich Nacht und Tag, das gleiche wollte ich dir gewünscht haben. Ich weiß, dein Herz meint es gut mit mir, darum ist mir stets freudenheiß [ums Herz]. ‚Bleib treu‘, Kaiserin meines Herzens!

AIN HUPSCH: Ein schönes Lied vom Almosen. O Herr Gott, ich klage dir all meinen Kummer und die Verirrung deiner Christenheit. Komm ihr zu Hilfe und belehre sie,

AIN HUPSCH *Ein Lied über den Krieg der süddeutschen Reichsstädte gegen weltliche und geistliche Fürsten im Jahre 1449, den die Städte durch hinhaltende Verteidigung zu ihren Gunsten entschieden. Dieses Lied, das die Sache der Städter vertritt, wird beantwortet durch das folgende vom Jahre 1450, dessen Verf. für den Adel Partei ergreift. Mel. nicht erh. Ä. 77 nach Q 63.*
2 *Unter Almosen sind hier alle dem Klerus zu seiner Erhaltung und zu Wohltätigkeitszwecken übergebenen Gelder zu verstehen.*

Das sy sich mugen halten jn deiner huldt!
jch main, das die arm gmain hab des kriegss kain schuldt.
jch pitt dich, herre, hab vber sy gedult!
Gedenck, das du selb an dem Creutze fron
auff růfftest zů deinem vatter zů der non:
„ver gib den, die nit wissent, was sy tonn!"

Die arm gmain, die waiß nit, was sy tůt,
vergiust des kriegss vnschuldigklich jr plůt.
jch pitt dich, her, hab vnß in deiner hůtt!
die häupter der Cristen solten regnieren
vnd die den hailigen glauben solten zieren,
die sicht man jn dem krieg den rayen fieren:
Bischoff von mentz, der furt den rayen vor –
jch lobt es pas, bsung er da haim sein Chor
vnd lůgte, das er gieng das recht gespor!

Bischoff von bamberg, der tantzt im nach,
der von aichstett springt am rayen ach;
dem almusen ist ze kriegen worden gach.
Vil hailiger bischoff, die handt den glauben gmert
vnd handt gross volck zům Cristen glauben kert –
So wirt der glaub durch die des synns er stŏrt.
O herre gott, das laidt will ich dir clagen!
jch han gehort, man list durch die weyssagen,
Es kom darzů, das pfaffen werden gschlagen.

Darczů schickt es sich ye*tz* von tag zů tag,
als ich das vernym durch die weyssag,
das got die bueberey alweg nit vertrag;

---

daß sie in deiner Huld zu bleiben lernt! Ich meine, das arme Volk hat keine Schuld an diesem Krieg. Ich bitte dich, Herr, habe Geduld mit ihnen! Denk daran, daß du selbst an dem heiligen Kreuz um die neunte Stunde hinauf zu deinem Vater geschrien hast: „Vergib denen, die nicht wissen, was sie tun!" 12 Das arme Volk weiß nicht, was es tut, es vergießt im Krieg unschuldig sein Blut. Ich bitte dich, Herr, behüte uns! Die als Häupter der Christen das Regiment führen und eine Zierde des heiligen Glaubens sein sollten, die sieht man in dem Krieg den Reigen anführen: der Bischof von Mainz tanzt vorneweg. Ich fände es besser, wenn er zu Hause in seinem Chor sänge und acht hätte, daß er auf dem rechten Weg wandelt. 21 Der Bischof von Bamberg tanzt hinter ihm drein, der von Eichstädt tanzt auch im Reigen; das Almosen hat Lust bekommen, Krieg zu führen. Viele heilige Bischöfe haben den Glauben verbreitet und große Völkerscharen zum Christenglauben bekehrt – nun wird der Glaube durch Leute dieser Sinnesart *[?]* zerstört. O Herr Gott, dies Leid will ich dir klagen! Ich habe gehört, man liest bei den Propheten, es komme so weit, daß Priester erschlagen würden. 30 Jetzt kommt es von Tag zu Tag [mehr] dahin, wie ich es von den Propheten höre, daß Gott dieses Unwesen nicht unbegrenzt duldet;

30 yen.

Vnd geleicht es sich ye lenger vnd ye pass:
Es soll durch jre häupter gschechen das.
Sy schaffen, das man in můss sein gehass.
Den gaistlichen ist das almůsen nit gegeben,
Das sy der Cristenhait sullen wider streben.
Sy halten gar vnordenlich ir leben:

Das almůssen, das turniert vnde sticht,
das almůssen krieget vnde ſicht,
das almussen, das treybet grosse vngeschicht,
Das almůssen, das ludert vnde spilt,
das almussen, das raůbet vnde stilt,
das almůssen kainer bueberey beuilt,
Das almůssen, das tantzt vnde springt,
das almůssen, das hoffiert vnde singt,
das almůssen alle yppigkait volbringt.

Das almůssen, das jaget vnde paist,
das almůssen, das krieget vnde raist,
das almůssen wittwen vnd waysen zaist,
Das almůssen die hochsten pferdt auß reytt,
das almůssen die lindesten pett beleytt
vnd hatt den gresten wollust jn der zeytt,
Das almůssen tregt die aller hechsten watt,
das almussen die aller pesten klainat hatt –
jch kan nit finden, war es geschriben statt.

Das almůssen zewcht den aller zertesten leyb,
das almůssen pfligt der aller schonsten weyb –
jch main, das es kain lerer zu dem rechten schreyb.
Das almůssen, das vermag Silber, goldt vnd gelt,

---

und je länger, desto deutlicher wird es: das soll um ihrer Oberen willen geschehen. Sie bringen es dazu, daß man sie hassen muß. Den Geistlichen ist das Almosen nicht gegeben, damit sie dem Christentum zuwider handeln. Sie führen ihr Leben auf ganz und gar ungehörige Weise: 39 Das Almosen treibt Reiter- und Lanzenspiele, das Almosen führt Kriege und Gefechte, das Almosen verübt große Untaten, das Almosen hurt und spielt, das Almosen raubt und stiehlt, das Almosen nimmt an keiner dunklen Machenschaft Anstoß, das Almosen tanzt und springt, das Almosen bringt Ständchen und singt, das Almosen übt sich in allen Arten irdischer Eitelkeit. 48 Das Almosen jagt und beizt, das Almosen führt Kriege und zieht ins Feld, das Almosen rupft Witwen und Waisen, das Almosen reitet die stattlichsten Pferde, das Almosen ruht in den weichsten Betten und lebt auf Erden im größten Luxus, das Almosen trägt die allervornehmste Kleidung, das Almosen hat die allerbesten Kleinodien – ich kann nirgends geschrieben finden, [daß das so sein soll]. 57 Das Almosen erzeugt den verweichlichsten Körper, das Almosen treibt es mit den allerschönsten Frauen – ich glaube, daß kein Lehrer schreiben würde, das sei Rechtens. Das Almosen verfügt über Silber, Gold und Geld,

das almůssen hatt die reichsten gezelt
vnd treybt die grosten hoffart jn der welt.
O herre got, das laidt sey dir geklagt,
war man den gaistlichen haupttern nache fragt,
das man sollche bueberey von jnen sagt.

Almechtiger gott vnd lieber herre,
Thů jn jr hertz wider vmb ker,
das vns vorgangen mit rechter wyser ler
Vnd vns vortragen ain rechtes Ebenpildt.
das pitt ich dich durch dein gruntlose milt;
jch furcht, dein hailiger glaub, der werdt sunst wilt.
O hailiger gaist, du jn jre hertz erleicht,
mit deiner gnadt sy gentzlichen durch feicht!
des erwerb vnß maria, die hoch geweicht.

Das liedt hat gedichtet vlrich wiest fur war,
da man zalt nach Crist gepurdt offenpar
Tausent vierhunder*t n*eun vnd *viert*zig jar.
An aller sellen tag, do hat man es gehőrt,
zů Augspurg auff der singschůll hatt er es gewert.
gott sey gelobt, sein hoffweyss, die geertt!
Da kriegten die vorgenanten bischoff gleich
mit andren fursten vnd herren sicherleich
wider gott, er vnd recht das romisch reich.
Jch wunsch dem reich geluck vnd alleß hail.
das kainr von stetten werdt sein feinden ztail,

---

das Almosen hat die prächtigsten Wohnsitze und treibt die größte Hoffart der Welt. O Herr Gott, das Leid sei dir geklagt, daß, wo immer man nach den geistlichen Oberhäuptern fragt, ihnen solche Zuchtlosigkeit nachgesagt wird. 66 Allmächtiger Gott und lieber Herr, bring ihre Herzen zur Umkehr, damit sie uns mit guten und weisen Lehren vorangehen und uns ein rechtes Vorbild sind. Darum bitte ich dich in deiner unendlichen Güte; ich fürchte, daß sonst dein heiliger Glaube verwildert. O heiliger Geist, erleuchte du ihre Herzen, durchdringe sie gänzlich mit deiner Gnade! Das erwirke uns Maria, die Hochheilige. 75 Dieses Lied hat Ulrich Wiest gedichtet, als man das Jahr 1449 nach Christi Geburt zählte. Am Allerseelentag *[2. Nov.]*, da hat man es gehört, zu Augsburg auf der Singschule hat er es begutachten lassen. Gelobt sei Gott, seine *[Wiests?]* Hofweise geehrt! Damals führten die oben genannten Bischöfe mit anderen Fürsten und Herren Krieg gegen das römische Reich, gänzlich wider Gott, Ehre und Recht. Ich wünsche dem Reich Glück und alles Gelingen. Daß keiner aus den Städten in die Hände seiner Feinde falle,

77 vnd jm neun. neunzig. 78–83 *Die neue Stropheneinteilung (ab 38) scheint befriedigender zu sein als frühere Versuche; die Überlänge der letzten Strophe läßt sich durch die Annahme erklären, die Zeilen* 78–83 *seien erst später hinzugefügt worden:* 78 *ist eher einem späteren Informanten als dem Verf. selbst zuzuschreiben und die für das Lied funktionslose kurze Erläuterung der Gesamtsituation eher späterer Kommentar als originaler Bestandteil.*

das helff vns maria, mûtter one mail!
Vnd hab die arm gemain jn deiner pflicht!
dem werden reich schenck ich das mein gedicht;
Maria, zû dir setz ich mein zû uersicht. *Q 8*

Unbekannter Verfasser

Jubileus ist v*n*ß verchünt,
Wir solten tilgen unser sünt.
Das hat der bös vernomen,
Valschen såmen hat er gesäet,
Der sel hail gantz hin gewät –
Ablas ist vnderchomen.

Den stätten hat er hochuart geben,
Wie sy dem adel widerstreben
Vnd den gentzlich vertreiben
Wider got, on alles recht,
Auch damit gaistlichs geschlächt.
Sy liessens wol beleiben!

Sy gedunckt, es sey nit ir geleich,
Vnd nennen sich das Römisch reich;
Nun sind sy doch nur pawren.
Sy stånd mit ern hinder tür,
So die fürsten gånd herfür,
Die lannd vnd lüt beschawren.

---

dazu helfe uns Maria, die unbefleckte Mutter! Und nimm dich des armen Volkes an! Dem edlen Reich schenke ich mein Gedicht; Maria, auf dich setze ich meine Zuversicht.

Jubileus: Ein Jubeljahr ist uns verkündet, wir sollten unsre Sünden tilgen. Das hat der Teufel vernommen, er hat bösen Samen ausgesät, das Heil der Seelen in alle Winde zerstreut – der Ablaß ist verhindert worden. 8 Den Städten hat er die Hoffart eingegeben, daß sie sich dem Adel widersetzen und ihn gänzlich vertreiben, wider Gott [und] ohne jegliches Recht, und ebenso die Geistlichkeit. Es wäre gut, wenn sie das bleiben ließen! 14 Sie meinen, es gäbe nicht ihresgleichen und nennen sich das Römische Reich; es sind aber doch nur Bauern. Es wäre eine Ehre für sie, hinter der Tür zu stehen, wenn die Fürsten hervortreten, die Land und Leute beschirmen.

Jubileus *Vgl. die erste Anm. zum vorigen Lied auf S. 242. Mel. nicht erh.* 2–7 *Seit 1300 feierte man alle 50 Jahre ein Jubeljahr, in dem besondere Ablässe erworben werden konnten.* 2 vß.

Küng Sigmund was der synn beraubt,
Da er trummett vnd pfeiffen erlaubt
Den Steten so gemaine;
Das hat In pracht groß übermůt.
Es gehört nach recht, gewonhait gůt
Den Fürsten zů allaine.

Ob sy nun tragen Mädrin gwandt,
Darumb ist nicht ir alles lanndt,
Als sy sich laͮnd beduncken.
Es stůnd vil bas vor alter zeitt,
Da füchßin was ir pestes klaidt
Vnd In die stifel stuncken.

Ire weiber sind mit vech beschnitten,
Gezieret wol nach ëdelm sitten;
Wer kan sy vnderschaiden?
Den adel tautzen sy gemain
Vnd sind gaistlicher über pain;
Es möcht In pringen laide.

Wie sy die Clöster haͮnd zerprochen
Vnd sich an got mit fewr gerochen,
Ist laider offenbaͮre.
Gottes dienst haͮnd sy gewendt
Vnd manige kirchen vßgeprennt,
Den hailigen seins gevaͮre.

Sy haben vnuerdrossen
Mit püchßen groß geschossen,
Die gotzheüser zerrüttet,
Darynn got selber wachter was;

---

20 König Sigismund hatte den Verstand verloren, als er den Städten generell Trompeten und Pfeifen freigab; das hat sie sehr übermütig gemacht. Nach Recht [und] gutem Brauch kommt es ausschließlich den Fürsten zu. 26 Wenn sie nun auch Marderpelz tragen, gehört ihnen doch nicht das ganze Land, wie sie sich einbilden. Viel besser stand es vor alter Zeit, als ihr bestes Kleid der Fuchspelz war und ihre Stiefel stanken. 32 Ihre Frauen sind mit Pelzwerk ausstaffiert, geputzt, wie es bei Adligen Sitte ist; wer kann sie [noch] unterscheiden? Sie reden den Adel schlechtweg mit Du an und sind den Geistlichen ein Ärgernis; das könnte ihnen Leid bringen. 38 Wie sie die Klöster zerstört und sich an Gott mit Brandschatzung gerächt haben, ist leider allbekannt. Sie haben den Gottesdienst aufgehoben und viele Kirchen ausgebrannt, den Heiligen sind sie feindlich gesinnt. 44 Sie haben unentwegt mit schweren Geschützen geschossen, die Gotteshäuser zerstört, in denen Gott selbst der Wächter war;

20–22 Das Adelsprivileg, Trompeter zu halten, wurde von Sigismund 1419 an Konstanz, 1426 an Augsburg, 1431 an Nürnberg und 1434 an Ulm abgetreten.

Das sacrament auch nit genas,
Schendtlich wards vßgeschüttet.

Nun merck ain yeglich cristenman,
Was grunds die Stett ymm glauben hånd,
So sy Got selbs bekriegen.
Doch so sind sy wol bechannt,
Besunder in der Pehem lannd,
Die tůnd sy zwår betriegen.

Den Fürsten gåtz ze hertzen,
Söllich vntatt pringt In schmertzen,
Vnd wöllen des nit leiden.
Sy stråffen sy an leib vnd gůt,
Vnd müssen iren übermůt
Villeicht hinfür vermeiden.

Bischoff von Mentz, ain gaistlich herr,
Den zwingt darzů sein triu vnd Er,
Das er beystand dem glauben.
Båbenberg, Aystett deßgeleichen tůt
Vnd sparen weder leib noch gůt
Wider sy, die gotz dienst rauben.

Marggrauff Albrecht, der edel Fürst,
Den ye nach eren hat gedürst,
Der will den adel retten.
Nüremberg erchennet das,
Das er In was vnd ist gehaß;
Sy hånd verschlauffen die metten.

Er hat gemacht manig fräden fewr,
All lust ist worden tewr
Den selbigen acker trappen.
Ettwenn was ir gemains geschray:

das Sakrament wurde auch nicht verschont, schändlich wurde es verschüttet. 50 Nun sehe jeder Christ, welche Begründung die Städte in der Religion finden, wo sie doch gegen Gott selbst Krieg führen. Doch hat man sie durchschaut, besonders im Land der Böhmen, die *[Akk.]* sie wahrhaftig betrügen. 56 Die Fürsten nehmen es sich zu Herzen, solche Untat betrübt sie, und sie wollen das nicht dulden. Sie strafen sie an Leib und Gut, und bestimmt müssen sie künftig von ihrem Übermut lassen. 62 Den Bischof von Mainz, einen geistlichen Herrscher, zwingt seine Treue und Ehre dazu, daß er dem Glauben Beistand leistet. Bamberg und Eichstädt machen es ebenso und setzen Leben und Gut schonungslos gegen die ein, die Gottes Diener berauben. 68 Markgraf Albrecht, der edle Fürst, der immer nach Ehre getrachtet hat, will den Adel retten. Nürnberg weiß wohl, daß er ihnen feindlich gesinnt war und ist; sie haben die Frühmesse verschlafen. 74 Er hat viele Freudenfeuer angezündet, das gute Leben ist für die Bauernflegel rar geworden. Früher riefen sie oft und gern:

„Woluff mit mir zumm Maluensey!“ –
Nun lernens wasser lappen.

Es ist nit „Sebolt, richt den tisch
Vnd trag herzů wiltprett vnd visch,
Das Rephon pring amm ersten!“ –
Der Marggrauff ist ain Artzat weis,
Verpewt In alle costlich speis
Vnd erlaubt In můs vnd gersten.

Augspurg hatt ain weisen ratt,
Das brüft man an ir kecken tatt
Mit singen, tichten vnd claffen.
Sy hǎnd gemacht ain singschůl,
Vnd setzen oben vff den stůl,
Wer übel redt vonn pfaffen.

Sy sind gen veinden nicht als saur,
Als da sy vnser frawen Maur
Mit gwalt darnider valten.
Sy stritten kecklich mit der zungen;
Wer an sy satzt mit plůtigen lungen,
Ir kainer ließ sich behalten.

Wirtemberg, das edel plůt,
Verdriußt der Vlmer übermůt,
Er will sy visitiern:
Sy süllen fürbas wollseck pinden.
Gott wöll, das sy mit iren chinden
Lannd vnd lewtt verlieren!

Vnd sol der krieg noch lenger weren,
So werden zwǎr die stangen geren
Die Stat an allen ennden.

„Auf mit mir zum Malvasier!“ – nun lernen sie Wasser schlürfen. 80 Es heißt nicht [mehr]: „Sebald, deck den Tisch und trag Wildpret und Fisch auf, das Rebhuhn bring zuerst!“ – der Markgraf ist ein kluger Arzt, verbietet ihnen alle Leckerbissen und erlaubt ihnen Brei und Gerste. 86 Augsburg hat einen hochweisen Rat, das erkennt man an der Frechheit, mit der sie singen, dichten und reden. Sie haben eine Singschule gemacht und setzen den oben auf den Stuhl, der die Geistlichen verleumdet. 92 Sie sind vor dem Feind nie so grimmig wie damals, als sie die Mauer von Liebfrauen mit Gewalt niederrissen. Mit den Zungen stritten sie keck; griffe sie ein Schwindsüchtiger an, so würde keiner von ihnen standhalten. 98 Den Württemberger, das edle Blut, ärgert der Übermut der Ulmer, er will ihnen einen Besuch abstatten: sie sollen weiterhin Wollsäcke binden. Wolle Gott, daß sie und ihre Kinder Land und Leute verlieren! 104 Und soll der Krieg noch länger dauern, dann werden sicherlich allenthalben

105 *Vgl. S. 27 Anm. 213.*

Es gat In, als sy hånd verschult.
Die gmaind hat pillich vngedult,
So glück sich nit will wenden.

Gelück, bestand dem adel bey,
Verpewt den pawren ir geschray,
Wunsch ich von gantzem hertzen,
Das sy sich vor dem adel schmiegen
Vnd nicht gewynnen an den kriegen
Dann rew, laid vnd schmertzen! *Q 65*

Unbekannter Verfasser

Christus: Jch han vil gesponsen in dem closter leben,
Dy meins willens gar wenig pflegen.
Jren leib haben sy von der welt entrent
Vnd sich zw mir doch gancz vnd gar nit gewent.

Sponsa: Lieber her, waz wildu noch von mir mer haben,
Wenn ich mich in das closter in der jugent hab begraben,
Dar in ich frue vnd spat in deynem dinst liss vnd sing?
Daz ist ye mir hert vnd nit garing.

Christus: Dw scholt dich an paz ebempild nicht cheren,
Will dw mein gottlich genåd in dir meren!
Dein chreucz trag willicleich nach mir,
ffleuch all sund vnd leiblich begir!

Sponsa: Mein chreucz ich nach dir trag,
Vnd ich in dem closter leben müess nacht vnd tag.

---

die Städte nach der Stange verlangen. Es ergeht ihnen so, wie sie es [selbst] verschuldet haben. Das Volk wird mit Recht ungeduldig, wenn das Glück sich nicht wenden will. 110 Glück, steh dem Adel zur Seite, verbiete den Bauern ihr Geschrei, [das] wünsche ich von ganzem Herzen, [und] daß sie sich vor dem Adel ducken und in den Kriegszügen nichts anderes gewinnen als Reue, Leid und Schmerzen!

Jch han: Christus: Ich habe viele Bräute im Kloster, die sich sehr wenig nach meinem Willen richten. Ihren Leib haben sie von der Welt getrennt und sich mir doch ganz und gar nicht zugewendet. 6 Braut: Lieber Herr, was willst du noch mehr von mir haben, da ich mich doch in meiner Jugend im Kloster begraben habe, wo ich in deinem Dienst von früh bis spät singe und lese? Das kommt mich allezeit hart an und [fällt mir] nicht leicht. 10 C: Du sollst nicht deinesgleichen, die es besser haben *[?]*, anschauen, willst du meine göttliche Gnade in dir mehren! Trage mir dein Kreuz willig nach, meide alle Sünde und fleischliche Begierde! 14 B: Ich trage dir mein Kreuz nach und muß Tag und Nacht im Kloster leben.

Jch han *Mel. (?) nicht erh.*

Jch muess vil petten, wachen vnd vasten
Vnd han gar ein clayne zewt zw rasten.

Christus: Dw muest vnd scholczt nichcz aygens haben
vnd deinen aygen willen laz gar vnd gancz faren,
Rain vnd keüsch must dw sein –
dy drew machen dich ein gesponsen mein.

Sponsa: Nichczs aygens haben vnd Rain vnd keusch sein,
Meinen aygen willen lassen pringt mir grosse pein,
Vnd tuet mir we der menschen spot –
pesser wêr, ich wâr vor czeyten tod!

Christus: Ez chan nit alzeit liebs chind gesein.
Wil dw genand werden dy sponsen mein,
Dw muest dir selber ein piss in legen
Vnd aygens guecz vnd willen nymmer pflegen.

Sponsa: O herr, dw pist mir hert zw diser fart
Vnd pist doch gar Jnnicleichen zart.
Mach ring den swaren orden mein,
doch daz ich volpring den willen dein!

Christus: Hab mich lieb vber alle ding,
So wirt dir dein chreucz suess vnd ring.
Dy drew pringen dir chleynen s*m*erczen,
hastu mich lieb von ganczem deinem herczen.

Sponsa: Ach reicher got, dw ewigs guet,
Aygen guet auf geben gar we tuet.
Möcht ich noch lenger in der aygenschafft leben –
Dar nach wolt ich mich dir gancz ergeben.

Ich muß viel beten, wachen und fasten und habe sehr wenig Zeit auszuruhen. 18 C: Du darfst und sollst kein Eigentum haben und [sollst] deinen eigenen Willen ganz und gar fahren lassen, du mußt rein und keusch sein – diese drei [Dinge] machen dich zu meiner Braut. 22 B: Kein Eigentum zu besitzen und rein und keusch zu sein, meinen eigenen Willen zu lassen fällt mir sehr schwer, dazu kränkt mich der Spott der Menschen – es wäre besser, ich wäre [schon] früher gestorben! 26 C: Man kann nicht allezeit das liebe Kind sein. Willst du meine Braut genannt werden, mußt du dich selbst an die Kandare nehmen und auf eigenen Besitz und Willen verzichten. 30 B: O Herr, du bist hart für mich in diesen Dingen und bist doch so liebreich [und] zart. Mach meine schwere Ordensregel leicht, damit ich dennoch deinen Willen vollbringe! 34 C: Hab mich lieber als alles sonst, dann wird dir dein Kreuz süß und leicht. Die drei Dinge schmerzen dich nicht, wenn du mich von ganzem Herzen liebhast. 38 B: Ach mächtiger Gott, du ewiges Gut, eigenen Besitz aufzugeben tut sehr weh. Könnte ich noch [etwas] länger inmitten meines Eigentums leben – danach würde ich mich dir ganz hingeben.

36 swerczen.

Christus: Wildw erst cheren zw mir
fliehen daz guet vnd alle leibplich begir,
So dw alt vnd vngestalt pist woren,
So woldest er fliehen meinen czoren.

Sponsa: Ach lieber herr, waz sol ich sagen?
Tåt ez nicht we, ich liess mein clagen.
Doch auff dich *ich* ez wagen wil
vnd gib auff mein güet; dez ist nicht vil.

Christus: Liebs chind, dw scholt nit verczagen,
Jch wil dein chrewcz dir helfen tragen.
wil dw dy hell mit ir pein meyden,
So muest etwäz in williger armüet durch mich leyden.

Sponsa: Seind ez nicht anders mag gesein,
Minnicleichs lieb, so wiss gebeltig mein!
Sol ich ewicleich in frewden mit dir leben,
So wil ich mein chreucz frolich auff mich heben.

Christus: Jch han geliten einen pittern tod
Von deinen wegen, gross armuet, Angst vnd not.
Lazz dich deines herren orden nicht verdriessen,
So wirstu mich in freyden ewicleichen nyessen.

Sponsa: O dw ewiger trost, wie pilleich daz ist,
Daz ich meinen orden halt zw aller frist
Vnd hye etwas durich dich leydunt sey,
Do mit ich werd von sunden frey!

Christus: Wer dy ewig bůn vnd freyt
Gibt vmb dyse kchurcze leiplich zeit,

---

42 C: Willst du dich erst zu mir kehren, den irdischen Gütern und allen fleischlichen Begierden entfliehen, wenn du alt und häßlich geworden bist, so solltest du lieber vor meinem Zorn fliehen. 46 B: Ach lieber Herr, was soll ich sagen? Täte es nicht weh, ich ließe mein Klagen. Doch will ich es auf dich hin wagen und meinen Besitz aufgeben; das ist nicht viel *[verlangt?]*. 50 C: Liebe Tochter, du sollst nicht verzagen, ich will dir dein Kreuz tragen helfen. Willst du der Hölle und ihrer Pein entgehen, so mußt du ein wenig in freiwilliger Armut um mich leiden. 54 B: Da es denn nicht anders sein kann, liebreicher Geliebter, so verfüge über mich! Darf ich ewig in Freuden bei dir leben, so will ich mein Kreuz fröhlich auf mich nehmen.
58 C: Ich habe deinetwegen einen bitteren Tod erlitten, große Armut, Angst und Not. Sei nicht unwillig über die Ordensregel deines Herrn, so wirst du mich in Freuden ewig genießen. 62 B: O du ewiger Trost, wie ist es nur recht und billig, daß ich zu aller Zeit meine Ordensregel halte und hier für dich ein wenig leide, damit ich von Sünden frei werde! 66 C: Wer die ewige Wonne und Freude für diese kurze Lebenszeit hingibt,

48 *f.*

Der hat sich ser vnd vast betrogen
Vnd cymmert auff den regenpogen.

Sponsa: Daz joch meines orden wil ich auff mich heben.
Herr, gib mir geduld, dar vnder cze leben,
Daz ich erberib meines ordens chrôn,
Dich selber, dw hôchstes guet, mein ewiger lon!

Christus: Ez wirt dir allez suess vnd guet,
Dar vmb so wiss geduldig vnd wol gemuet!
Gehab dich paz, dan dir mag gesein,
vnd suech trost in dem leyden mein!

Sponsa: Ach zarter herr vnd lieber gesponsen mein,
Nu wil ich gancz dein aygen sein.
Vnder meinem chreucz beger ich durch deynen willen sterben,
Daz ich dich, ewigs guet, mûg erberben. *Q 11*

Unbekannter Verfasser

Ain lied von demm aignen willen

Wir sullen lernen sterben
Vnd aignen willen lon,
Gottes huld erwerben,
Vnser selbs gantz ledig ston.

Wer sin natur wil totten,
Der nem siner sytten war
Vnd lauß sy nit bestritten;
Sy wischet all zytt enbor

---

der hat sich ganz und gar betrogen und baut auf den Regenbogen. 70 B: Das Joch meines Ordens will ich mir auferlegen. Herr, gib mir Geduld, darunter zu leben, damit ich die Krone meines Ordens erwerbe, dich selbst, du höchstes Gut, mein ewiger Lohn! 74 C: Es wird alles süß und gut für dich werden, sei deshalb geduldig und guten Mutes! Gib dich fröhlicher, als du vielleicht bist, und suche Trost in meinem Leiden! 78 B: Ach mein teurer Herr und lieber Bräutigam, nun will ich ganz dein eigen sein. Unter meinem Kreuz möchte ich um deinetwillen sterben, damit ich dich, ewiges Gut, erwerben kann.

Ain lied: Ein Lied vom eigenen Willen. Wir sollen sterben lernen und den eigenen Willen lassen, Gottes Huld erwerben, uns unseres Ichs ganz entäußern. 7 Wer seine Natur abtöten will, der achte auf sein sittliches Streben und setze es nicht dem Kampf aus; sie schnellt immer [wieder] empor

Ain lied *Mel. nicht erb.*

Jn hoffart vnd jn ubermůtt;
Deß ist sy allzit vol.
Es gefellt ir sellten nůmer wol,
So man sy straffen sol.

Jr aigen recht, daz wil sy hon,
Sy duncket sich gar clug.
Muß sy aber vnder gon,
So ist es nit ir ſůg.

Můß sy von ussen schwigenn,
So sy das straffen fürcht,
von jnnen ist sy kybig;
Jr mund dar geschürtz,

So hett sy an ain murmlen
Vnd gitt ir selber recht:
Hett sy jren aignen willen,
Das ůbrig wurd wol schlecht!

Aigner wil, das ist natur,
Sy sůcht alle zeit das ir.
Willen brechen, das wirt jr sur,
Sy hat sych selber zelib.

Wer sich selbs zů lieb wil hon,
der lebtt jn lauykait.
Er blibt ouch gottlicher tugent lår,
Er ist dar zu nit berait.

Das wil die natur nit betrachten,
das sy so gnad loß statt,
Vnd ist die sell verachten,
Wen sy das jr nun haut.

---

11 in Hoffart und Übermut; davon ist sie stets voll. Es behagt ihr gar nicht, wenn man sie strafen muß. 15 Sie will ihr eigenes Recht haben, sie findet sich so gescheit. Muß sie sich jedoch unterordnen, dann paßt ihr das nicht. 19 Muß sie nach außen hin schweigen, weil sie die Strafe fürchtet, so ist sie innerlich aufmüpfig; mit schiefem Maul 23 fängt sie an zu murren und gibt sich selbst recht: hätte sie nur ihren Willen durchsetzen können, alles andere würde schon gut! 27 Der eigene Wille, das ist die Natur, sie sucht allezeit das Ihre. Den Willen zu brechen fällt ihr schwer, sie hat sich selbst zu lieb. 31 Wer sich selbst zu lieb haben will, der lebt in Lauheit. Er bleibt auch ohne göttliche Tugend, er ist dazu nicht fähig. 35 Das will die Natur nicht sehen, daß sie so von der Gnade verlassen dasteht, und sie achtet die Seele für nichts, wenn sie das Ihre bekommt.

O edlerr mensch, to̊tt din natur
Vnd hab dich selber in hůtt!
Wirt es dir zu dem ersten surr,
So wirt es zu dem letzsten gůtt.

Vff usserkait ist *sy* beraitt,
Sy ho̊rt geren nüyen mår,
Sy fraget, was allenthalben geschicht,
Sy blibt auch tugend lår.

Nach tugend wil sy nit werben,
Sẘ ist vol vsserkait.
Sẘ wil nit lernen sterben
in abgeschaidenhait.

Sẘ wil sich ze vil ergetzenn.
wa sy gehilffen haut,
So tůt sy mit denn schwätzen,
Byß die edel zytt vergaut.

Wer die zeit mit zitt vertribt,
der stelt nach vngewin,
Er blibt ouch go̊ttlicher tugend lår –
Er muß ain essell sin.

Maria, hilff vnß erwerben
Vmb dein vil liebes kind,
Der vnß hellff *sterben*
Vnd von vnß trib den find! *Q 15*

---

39 O edler Mensch, töte deine Natur ab und gib auf dich acht! Kommt es dich anfangs auch hart an, am Ende wird es gut. 43 Sie ist auf Äußerlichkeit eingestellt, hört gern Neuigkeiten, sie fragt, was allenthalben los ist, sie bleibt ohne Tugend. 47 Sie will nicht nach Tugend streben, sie steckt voll Oberflächlichkeit. Sie will nicht lernen, der Welt zu sterben. 51 Sie will sich zu oft vergnügen. Wo sie Helfer findet, da schwatzt sie mit denen, bis die kostbare Zeit vergangen ist. 55 Wer die Zeit mit Zeit vertreibt, der jagt dem Verlust nach, er bleibt ohne göttliche Tugend – er muß ein Esel sein. 59 Maria, hilf uns bei deinem lieben Sohn erreichen, daß er uns sterben hilft und den Feind von uns treibt!

43 sich. 61 erwerben.

UNBEKANNTER VERFASSER

Dvt heit de meig der vrolicheit
den mannen vnd vrowen;
He brinckt vns alle soticheit,
wol eme, de ene mach schôwen!

He dűnket my van rosen rot
van boűen wente nedden.
Al vnbedecket steit he blot,
Dar wil ik cleine van reden.

Jhesűs is de rechte mey,
Der werlde wiid eyn here.
Ho an dem holte steyt he, fey!
Myt plagen vnd myt swere.

Der werlde vrôde môt vorgan,
Vorgenklik is or wesent,
Men Jhesűs mey schal ewich stan,
Sus wiset uth dat lesent.

Marien garde he uth kos,
Des meyes rechte plante;
Dar he in qűam vnd jnne wos
De tit van neghen manten.

De mey is gewossen stolt
Van rosen vnd rancken,
Cedrus, cipressus, palmen holt;
Der vogel sank was mank en.

O eddel bom in libano,
Din lik werd nicht ghewnden

DVT HEIT: Dies ist der Maibaum der Freude für Männer und Frauen; er bringt uns alle Süße, wohl dem, der ihn schauen darf! 6 Er scheint mir von oben bis unten rot von Rosen zu sein. Ganz hüllenlos und bloß steht er da; davon will ich nicht sprechen. 10 Jesus ist der wahre Maibaum, ein Herrscher über die weite Welt. Hoch an dem Stamm steht er, ach, in Schmerz und Pein. 14 Die Freuden der Welt müssen vergehen, ihr Wesen ist vergänglich, aber der Maibaum Jesus wird ewig sein, so sagt es die Schrift. 18 Marien Garten hat er ausgewählt *[vgl. Cant. 4, 12 f.]*, der rechte Maibaumschößling; dorthinein kam er und wuchs neun Monate lang darin auf. 22 Der Maibaum ist voller Pracht emporgewachsen, von Rosen und Ranken, Zeder, Zypresse, Palme; in ihnen ertönte der Gesang der Vögel. 26 O edler Baum im Libanon *[vgl. Eccli. 24, 17]*, deinesgleichen kann man nicht finden

DVT HEIT *Mel. nicht erh. Zur Entstehung des Liedes gibt die Quelle an, der gekreuzigte Christus habe sich einer Nonne in dieser Gestalt geoffenbart.* 24 *Vgl. S. 26.*

Van borden vnd van frűcten so,
Mit negelen dren gebűnden.

Se, bauen an des meiges grad,
Dar bloget he to vorne:
De sote jhesus blodich stad,
Den crans drecht he van dorne.

Viff rosen rot, de finstu dar
An sime tzarten liűe,
De schinen bi den negelen clar,
Alle leyd kűnt se vordriűen.

We dűsses meyes brűken wil,
van jhesus moet he kosen;
Noch soter wan eyn seiden spel
wart em de smak der rosen.

Ach god, dat nu dat herte myn
Eyn blomelin garde were,
van sűnden scholde it reine sin
na mynes leűes lere!

Fiolen der othmodicheit
wőlde ik dar inne telen,
Ok lilien der reynicheit
Myt anderen blomelin velen.

Der bernde leűe rode rosen,
Ok marien blomelin kleine,
Ackeleyen, tidelosen,
De wold ek han ghemeine.

Hir van make ik eyn crenselin,
Dat ik eme dar behage

---

mit solcher Bürde und solchen Früchten, mit drei Nägeln geheftet. 30 Schau, oben an der Spitze des Maibaums, dort blüht er vorn: der süße Jesus steht blutüberströmt, er trägt den Dornenkranz. 34 Fünf rote Rosen findest du an seinem zarten Leib, hell erglänzen sie an den Nägeln, alles Leid können sie vertreiben. 38 Wem dieser Maibaum helfen soll, der muß von Jesus sprechen; süßer als ein Saitenspiel wird ihm der Duft der Rosen sein. 42 Ach Gott, wäre doch mein Herz ein Blumengarten, es sollte von Sünden rein sein, wie mein Liebster gelehrt hat! 46 Ich wollte darin Veilchen der Demut pflanzen, auch Lilien der Reinheit und viele andere Blümchen. 50 Rote Rosen der brennenden Liebe, auch zarte Maßliebchen, Akeleien [und] Märzbecher, die wollte ich alle haben. 54 Daraus winde ich ein Kränzchen, damit ich ihm bei diesem

46–52 *Alle hier genannten Blumen gelten als Sinnbilder Mariens.*

An dűsses meyges denselin;
Wol mek, wan ik en drage!

Vrolik mach ik tom meyge gan;
Sine hande sint gerecket,
Sin arme wilt mik vmme vån,
Wente wit heft he se strecket.

Myn lef kert mik sine siden to;
Van rechter leűe wndet,
Mek heft vorlost; des bin ik vro,
Wente swar hadde ik gesűndet.

Sine hande, vote negelt sin,
He wil nű mit my bliűen.
Jk gheűe eme dat herte myn,
Nemt schal mek van ome driűen.

He ist eyn mirren bűndelin,
Ghęlecht in mynen herten;
Sin bittericheit, de wert mik win,
Went vor mik let he de smerte.

O sote Jesu, hebbe dank,
Dat dű wr mi wost liden!
Der enghel schar, dar help mik mank,
Di seen to ewigen tiden! *Q 87*

Hans Heselloher

Wes sol ich beginnen?
die frôd wil mir zerrinnen,
kain pûlin kan ich gewinnen.

Maientänzchen gefalle; wohl mir, wenn ich es trage! 58 Fröhlich kann ich zum Maibaum gehen; seine Hände sind ausgestreckt, seine Arme wollen mich umfangen, denn er hat sie weit ausgebreitet. 62 Mein Liebster kehrt mir seine Seite zu; von wahrer Liebe verwundet, hat [sie] mich erlöst; darüber bin ich froh, denn ich hatte schwer gesündigt. 66 Seine Hände [und] Füße sind festgenagelt, er will nun bei mir bleiben. Ich schenke ihm mein Herz, niemand soll mich von ihm vertreiben. 70 Er ist ein Myrrhensträußchen, das in mein Herz gelegt ist; sein bitteres Leid wird für mich zu Wein, denn um meinetwillen litt er die Schmerzen. 74 O süßer Jesus, hab Dank, daß du für mich hast leiden wollen! Hilf mir, daß ich in die Schar der Engel komme, um dich ewig anzuschauen!

Wes sol: Was soll ich anfangen? Meine Freude will zerrinnen, ich kann kein Liebchen finden.

Wes sol *Mel. nicht erh. Ä. außer* 38, 79 *und* 103 *nach Q 115.*

Der summer wil uon hynen,
Die zeit hat sich gereckt,
Der winter ist auff geweckt.

Des såment sich die schonen tocken
Vnd pringend werck an iren rocken.
wenn sy zů ein ander hocken,
so hebt sich ein frolich locken
mit wolgemůtem schrein:
„chum, haintzel, chůntzel, her ein!"

Der gettling in den gesmirbten hôsen,
d*er* kû*mt* mit schonen frawen kôsen,
aussen an dem fenster losen,
ob er sein lieb hôrt jnnen tosen.
des freyt sich sein mût,
durch seinen willen sûß tût.

Er kaufft ir ein pûsen sûsßes prôt
Vnd der zymenrind Ein lot;
er gabs der lieben fûr den sôtt.
wolgesmach wôrd ir mundlin rot.
„se hin! hab dir den leck!
wie sânft tût dir der schleck!"

Dar zů hat er ein newe taschen;
die frawen kummen dar vmb naschen,
sam sey es ein honig flaschen.
sein pfaid, die jst im weiß gewaschen.
er get Da hin gen pad,
der lieben seyden fad.

Der Sommer will uns verlassen, die Zeit ist vorgerückt, der Winter ist geweckt worden. 8 Deshalb versammeln sich die hübschen Puppen und stecken Werg auf ihren Rocken. Wenn sie beieinandersitzen, beginnt ein fröhliches Locken und ausgelassenes Schreien: „Heinzchen, Konrädchen, kommt herein!" 14 Der Bauernbursche mit der blankgewienerten Hose kommt, um mit den hübschen Mädchen zu plaudern, um außen am Fenster zu horchen, ob er seine Liebste drinnen rumoren hört. Darüber freut er sich, sie tut es ja um seinetwillen. 20 Er hat ihr einen Schoß voll *[?]* süßes Brot gekauft und ein Lot Zimtrinde; das gab er der Liebsten gegen das Sodbrennen. Ihr rotes Mündchen wurde [dadurch] wohlschmeckend. „Schau her! Leck einmal! Wie gut schmeckt dir der Leckerbissen!" 26 Er hat auch eine neue Tasche; die Mädchen kommen deshalb naschen, als ob es eine Honigflasche wäre. Sein Hemd ist weiß gewaschen. Er geht [sogar] zum Bad, er, seiner Liebsten Seidenfaden *[?]*.

15 die kůment.

Sein kappen, die hat zotten gnůg;
dar *aw*ff setzt er ein prayten hůt.
das messer jm vmb die payne schlůg;
vnd wår dye kirch nit hoch genůg,
so stiesß er oben an,
der selbe edel man.

Dar zů hat er *ein* plabs kappen
mit den fier vnd sibitzig lappen,
Die jm an der seytten gnappen.
er vnd sy vnd ander chnappen
mit der pôsen ee
tůt schonen frawen w*e*e.

Er tråt von swaben ein hoches goller
pey de*n* oren grôß geswollen.
sein wůst truckt jn, sein pawch ist voller.
Dar vmb gåb er ein phraitten haller,
das jn die lieb hiet gesechen;
so mâcht sys von jm jåchen.

Sein mantel hat ein rechte leng;
Da mit macht er ein waidelich ge sweng.
die schůch, die sind jm vil zů eng,
das macht die grossen knarren pfreng;
die můssen leyden pein
von dem gåtling fein.

Vmb den alter t*ry*t er leis,
alß sam er gee auff einem hållen eiß;
Des tunckt er sich gar clůg vnd *weis.*
er hat vor in allen den preiß

---

32 Seine Mütze ist voller Troddeln; darüber stülpt er einen breiten Hut. Das Messer schlenkerte ihm um die Beine; und wäre die Kirche nicht so hoch, so stieße der feine Herr oben an. 38 Er hat auch noch seinen blauen Kopfbehang mit den vierundsiebzig Zipfeln, die ihm an der Seite baumeln. Er und sie und andere Burschen machen schönen Mädchen Kummer mit so schlechten Sitten. 44 Er trägt ein hohes Koller aus Schwaben, das an den Ohren mächtig ausgebeult ist. Die Rippen sind ihm eingedrückt, sein Bauch voll *[herausgewölbt?]*. Einen blanken Heller gäbe er darum, daß ihn die Liebste gesehen hätte; dann könnte sie es von ihm erzählen. 50 Sein Mantel ist schön lang; den schwenkt er forsch um sich herum. Die Schuhe sind ihm viel zu klein, das engt ihm die groben Knöchel ein; die müssen unter dem feinen Burschen leiden. 56 Er wandelt so behutsam um den Altar herum, als ob er auf glattem Eis ginge; er kommt sich deswegen elegant und weltmännisch vor. Er ist ihnen allen weit voraus, wenn es darum geht,

33 dar waff. 38 *f.* 43 wie. 45 der. 56 treyt. 58 *f.*

mit newen sytten thun.
far schôn! trit nint ein hûn!

Mit verdraen vnd mit verwenden
gesach *ich nie ain als* phehe*n*ten.
Den kûß zû schônen frawen senden
zwischen seinen weissen henden,
das Jst ein klûger list.
wie lieb jm gredel ist!

Mit der mâtzen macht ers zâch.
wennen er tantzt, Von jm gett der rauch
Vnd uon der selben tocken auch.
we ist der torpel alßo wâch
in seinem hochen hût!
er hat ein vppigen mûtt.

Mit tantzen kan jn nyemant erlegen;
des haben sich sein gesellen verwegen.
hofflich ist er mit schirm schlegen:
dar fûr kan er sich wol gesegnen.
dar zû kan er sich wol prauchen,
vntte*r d*ie lewt hindauchen.

Er ist So gar ein ôder lay!
er tût durch iren willen ain schray
Vnd ein sprûnglin oder zwai,
heya heya fûrfay!
wie wol es vmb hin gat!
Die metzen er pey jm hat!

Sein maul kan er hencken wol,
jm hertzen hat er ein grossen grol*l*:
nyemantz anders sprechen sol,

---

die neuen Moden mitzumachen. Guten Weg! Stolper nirgends über ein Huhn! 62 Nie habe ich einen sich so phantastisch spreizen und verrenken sehen. Schönen Mädchen einen Kuß zwischen den weißen Händen zuzuwerfen ist ein besonderer Gag. Wie hat er das Gretchen so gern! 68 Er und die Dirne sind unermüdlich. Wenn er tanzt, steigt der Dampf von ihm auf und von seinem Püppchen auch. Wie ist der Tölpel elegant mit seinem hohen Hut! Er bildet sich eine Menge ein. 74 Beim Tanzen kann ihn niemand unterkriegen; das haben seine Kumpane aufgegeben. Höchst ritterlich verhält er sich bei Fechthieben: er kann sich eifrig vor ihnen bekreuzigen. Er ist geschickt darin, unter den Leuten wegzutauchen. 80 Er ist ein so törichter Dummkopf! Um ihretwillen tut er einen Jauchzer und einen Hüpfer oder zwei, heididelduudei! Wie geht es lustig herum! Die Dirne hat er bei sich. 86 Er kann sein Maul furchtbar grimmig verziehen, im Herzen hegt er einen mächtigen Groll: kein anderer soll sagen,

63 nie nie als ich ain pheheten. 79 vntter der. 87 grollen.

er sey des adels alßo wol –
ein graff von lorion.
wie wol ers mit gredlin kan!

Ein hornlin můß er auch schier haben,
das man jn kenn auß anderen knaben;
er hengt es waidenlich an seinen kragen.
man solt in mit ainem průgel schlagen
v*mb* sein hoffe weiß,
das wå*r* *s*ein rechte speyß.

Pristle zwicken, lieplich plicken,
nit erschricken, grůsslin schicken,
stiffel flicken, progken schlicken,
grôsß vnd dick nåpf auß schlicken
kan er – vil klůger ding,
de*r* findt man nit am ring.

Mich kôm ein schonew gar v̊bel an:
„sy, essellocher, es ståt nit schon,
das du dich selbs singst dar an!"
„ach liebe zarte, jch habs geton;
ver gůn mir der weil,
das ichs nẙt v́ber eyl!

ICh pin ain narr vnd pin ein lapp
vnd ein esell vnd ein trapp
vnd dar zů ein rechte flack.
wo ich jn dem land vmb sapp,
so hat man mein genůg,
es *sey* oder nit mein fůg.

Sy, Schone ell, pind auff den zopff
vnd hab gar frôlich auff den kopf!

---

er sei von gleichem Adel – ein Graf von Dummbax. Wie gut versteht er es mit dem Gretchen! 92 Er muß auch gleich ein Jägerhörnchen haben, damit man ihn von den anderen Burschen unterscheidet; er hängt es wie ein Jäger um den Hals. Man sollte ihn für sein Edelmannspielen mit einem Knüppel verprügeln, das wäre die richtige Kost für ihn. 98 Brüstchen kneifen, verliebte Blicke werfen, nicht zaghaft sein, Grüßchen schicken, Stiefel flicken, Brocken verschlingen, weite, große Näpfe ausschlecken, das kann er – viel Gescheites findet man nicht darunter *[?]*. 104 Eine Schöne fuhr mich böse an: „Schau, Heselloher, es macht sich nicht gut, daß du dich selbst damit besingst!" „Ach liebe Schöne, ich geb es ja zu; vergönn mir jetzt, daß ich [mein Lied] nicht überstürzt [abbreche]! 110 Ich bin ein Narr und ein Tropf und ein Esel und Trottel und ein rechter Faulpelz dazu. Wo ich im Lande herumlatsche, ist man meiner überdrüssig, ob mir das paßt oder nicht. 116 Sieh, schöne Ell, steck den Zopf auf und trag fröhlich den Kopf hoch!

96 vnd. 97 wår ain. 103 den. 115 *f.*

prang alß der per in seinem schoff,
so geit jm fridel selber ein ropf,
das du jm måcht werden.
wie hiet er dich so geren!“ *Q 48*

Unbekannter Verfasser

WEr zartter mynnen pflegen well,
Dem gib ich ratt vnd lere,
Das er sich zů de*n* studenten gesell;
die kůnnen zůcht vnd ere.
Sy kůnen schreiben abc
bey zarten frawen byllden;
Jr schreiben, das tůt nymant we,
es macht frawen *m*ilde.
Nun schreib, nůn schreib, mein schreiber fein,
Nůn schreib ein geschrifft meins hertzen!
Dů můst auch ymmer selig sein –
der feder kyll ist so hertte!

Die studenten, die sind gůt zům schimpf,
Do man den frawen Dienen sol.
Sye kunnen hoffhieren nach gelimpf,
Des geuallen sy den frawen alzeit wol.
Nůr haimlich bůlen jst ir sytt
Vnd laid mit lieb vertreiben;
das tůnt die acker trappen nit,
sy rôment sich von *weiben.*
Nun schreib, nůn schreib, mein schreiber fein,
Nůn schreib ein geschrifft meins hertzen!
Dů můst auch ymmer selig sein –
der feder kyll ist so hertte! *Q 48*

Stell dich zur Schau wie der Eber im Stall *[?]*, dann fängt Friedel sogar mit sich selbst eine Rauferei an *[?]*, damit er dich bekommt. Er hätte dich doch so gern!“

WEr zartter: Wer zärtliche Liebe genießen will, dem gebe ich den Rat und den Hinweis, sich an die Studenten zu halten; die wissen, was Zucht und Ehre ist. Sie können bei zärtlichen Frauenzimmern das Abc schreiben; ihr Schreiben tut niemandem weh, die Frauen macht es sanft. Nun schreib, schreib, mein feiner Schreiber, nun schreib auf, was mein Herz sich wünscht! Es soll dir auch immer wohl ergehen – der Federkiel ist so hart! 14 Wo man den Frauen zu Diensten sein soll, sind die Studenten zur Kurzweil gut. Es sind Kavaliere, wie man sie sich wünscht, deshalb gefallen sie den Frauen auch stets so gut. Nur heimliche Liebe ist bei ihnen Brauch und Kummer mit Liebe zu vertreiben; das tun die Bauernflegel nicht, die prahlen mit ihren Amouren. Nun ...

WEr zartter *Mel. nicht erh. Ä. nach Q 108.* 4 dem. 9 wilde. 20 *f.* 21 frawen.

UNBEKANNTER VERFASSER

Unmut wollen wir faren lan
Gein dießem külen wintter.
Und der sich des wol understan,
Der dret hin dan!
Das freuwent uch, lieben kynder!
  Eya ho! Myn hertz ist fro:
  Die hertze schriberynne!

Nu rat dar zu, das mir gelinge!
Ja wolt ich schriben lernen
Von eyner stoltzen schriberinne;
Das wer myn syn,
Wolt sie mich des geweren.
  Eya ho! Myn hertz ist fro!
  Schriben künd ich gerne!

Wie möcht mir ummer werden baß?
Sie hat ein kluges dinttenfaß;
Wolt sie mir das gunden –
Wie wol es doch kein deckel hat,
Des würde wol rat,
Der deckel würd wol funden!
  Eya ho! Myn hertz ist fro!
  Ob ich vermachen künde!

Lesen muß er künden [...],
Der sich nach schriben stellet;
Das fint man yn dem a b c d:
Ein z, ein e,
ein r, ein s gesellet.
  Eya ho! Myn hertz ist fro!
  [...]

Q 22

UNMUT: Das Trübsalblasen wollen wir lassen in dieser kalten Winterszeit. Und wer dabei mitmachen will, der schließe sich an! Drum freut euch, liebe Leute! Eia ho! Mein Herz ist froh: die Herzensschreiberin! 9 Nun ratet mir gut, damit es mir gelingt! Ich will nämlich schreiben lernen bei einer prächtigen Schreiberin; das würde mir gefallen, wenn sie es mir gewähren wollte. Eia ho! ... Schreiben möchte ich können! 16 Was könnte mich glücklicher machen? Sie hat ein hübsches Tintenfaß; wollte sie mich das benutzen lassen – auch wenn es keinen Deckel hat, dem wäre wohl abzuhelfen, der Deckel würde schon gefunden! Eia ho! ... Könnte ich es doch verschließen! 24 Wer schreiben will, muß lesen können; das [nämlich] findet man im Abc: Ein Sch, ein w, ein a, ein n, ein z beieinander. Eia ho! ...

UNMUT *Mel. nicht erh.* 16 *gehört wohl ursprüngl. nicht in diese Strophe.*

Unbekannter Verfasser

Wol uff, ir gesellen, in die tabern,
Aur*or*a luc*is* rutilat!
Ach lieben gesellen, ich drunck so gern,
Sicut cervus desiderat.

Ich weiß kein bessern uff myn won
A solis ortu*s* cardine,
Uns ist ein fol faß uffgeton;
Jam lucis ortu sydere.

Ach wirt, langet uns des brotes ein krost,
Exaudi preces supplicum!
Wir lyden siecher großen dorst,
Agnoscat omne seculum!

Ach wirt, nu bring uns her den win,
Te deprecamur supplices!
So wollen wir singen und frölich sin:
„Criste, qui lux es et dies."

Da warff eyner die krusen wieder die want:
„Procul recedant sompnia!
Der dich ye gemacht, der wert geschant
In sempiterna secula!

Drunck wir uß der kantten, also deten die frommen!
Impleta *gaudent* viscera,

Wol uff: Wohlauf, ihr Gesellen, in die Schenke, das Morgenrot des Tages erglänzt *[115. 1, 1]*! Ach liebe Gesellen, ich tränke so gern, so wie der Hirsch lechzt *[nach der Wasserquelle] [Ps. 41, 2]*! 6 Ich weiß, meiner Treu, keinen besseren [Wein] von Sonnenaufgang an *[49. 1, 1]*, ein volles Faß ist für uns angestochen; schon ist das Gestirn des Tages aufgegangen *[67. 1, 1]*. 10 Ach Wirt, bring uns einen Brotkanten, höre die Bitten der demütig Flehenden *[112. 1, 4]*! Wir leiden wirklich fürchterlichen Durst, das ganze Jahrhundert soll es erfahren *[76. 1, 1]*! 14 Ach Wirt, nun bring uns den Wein her, wir flehen dich demütig bittend an *[67. 1, 2]*! Dann wollen wir singen und fröhlich sein: „Christus, der du das Licht bist und der Tag *[121. 1, 1]*." 18 Da warf einer den Becher an die Wand: „Weit mögen die [bösen] Träume weichen *[9. 2, 1]*! Schande über den, der dich gemacht hat, für ewige Zeiten *[S. 9 Nr. 2. 4. u. ö.]*! 22 Trinken wir aus der Kanne, wie es die wackeren Männer taten! Angefüllt jubilieren unsere Eingeweide *[15. 5, 1]*,

Wol uff *Mel. nicht erh. Die lateinischen Zeilen sind zum größten Teil Zitate aus kirchlichen Hymnen. Die in der Übers. angegebenen Ziffern bezeichnen nach Q 132a Nummer, Strophe u. Zeile der Hymnen, denen die Verse entnommen wurden; nach Q 132a auch die Ä. mit Ausnahme von* 24. 3 aurea luce. 7 ortu. 23 nostra sunt.

So wirt unßer hertz *nit* in ungemach komen."
O quis audivit talia?

Da es abent wart, sie worden vol,
Lingu*is* loquuntur omnium.
Die messer worden uß geton:
Pavent turbe gentilium.

Dem ein wart ein backenschlack,
Der schrey: „veni, redemptor gentium!"
Der ander under der banck gelag,
Da was fletus et stridor dentium.

Den drietten bunden sie wiedder die want:
„Ligatus es, ut solveres.
Gedenck, gesell, und bezalen zu hant,
Vel tu cruciaris septies!"

„Ach wirt, ich bezalen dich,
Te lucis ante terminum;
Ich wil gelt holen sicherlich –
(Non revertar in perpetuum)."

Der gesell lieff in die schuer,
Feno iacere p*er*tulit,
Nacket, als er wer ungehuer;
Praesepe non abhorruit.

Da kam der wirt und fand in do:
„*Hic* iacet in praesepio!"
Des wurden die gesellen alle fro
Und sungen: „Benedicamus domino!" *Q 22*

deshalb wird uns nicht unbehaglich ums Herz werden." O, wer hat je dergleichen gehört *[vgl. 332. 2, 3]*? 26 Als es Abend wurde, wurden sie betrunken, sie redeten in allen Sprachen *[66. 3, 1]*. Die Messer wurden gezogen: es zittern die Scharen der Völker *[66. 3, 2]*. 30 Der eine erhielt einen Schlag auf die Backe, er schrie: „Komm, Erlöser der Völker *[12. 1, 1]*!" Der zweite lag unter der Bank, da war Heulen und Zähneknirschen *[Mt. 8, 12]*. 34 Den dritten bahden sie an der Wand fest: „Gebunden bist du, damit du gelöst werdest *[102. 4, 1]*. Sieh zu, mein Lieber, daß du auf der Stelle bezahlst, oder du wirst siebenmal gekreuzigt *[Quelle nicht ermittelt]*!" 38 „Ach Wirt, ich will dich bezahlen, dich, vor dem Ende des Tages *[9. 1, 1]*; ich will bestimmt Geld holen – (in Ewigkeit komme ich nicht zurück) *[Quelle nicht ermittelt]*." 42 Der Gesell lief in die Scheune, er nahm es auf sich, im Heu zu liegen *[49. 6, 1]*, nackt, als ob er von Sinnen wäre; vor der Krippe scheute er nicht zurück *[49. 6, 2]*. 46 Da kam der Wirt und fand ihn dort: „Hier liegt er in der Krippe *[309. 2, 1]*!" Darüber freuten sich alle Gesellen und sangen: „Lasset uns den Herrn preisen *[Schlußgebet der Messe in der Advents- und Fastenzeit]*!"

24 *f.* 27 Linguarum. 43 pretulit. 47 Ubi.

Unbekannter Verfasser

Hab ich lieb, so hab ich not.
Meid ich lieb, so bin ich tot.
Nun ee ich lieb durch laid wolt lån,
Ee will ich lieb in leiden hån. *Q 65*

Unbekannter Verfasser

[Melodie]

Dein allayn was ich ein zeyt,
jch kund sein nye genẙessen
vnd teͤt doch alles, was ich sollt.
do ich nw sach, das es mich nit helfen wolt,
der zeit teͤt mich verdriessen.

Mein hercz dir nit vil gutes gan,
deͤs will ich dich beschaiden.
jch hab dirß vor offt mere gesait.
yeczund ist mir vmb dich nit laid,
Trew vnd vntrew kanst du bayde.

Der virbicz wont dir in deynem mut,
dein hercz, das ist von flandern;
dar vmb so will ich dein auch nymmer mer.
gelůck hilf mir, wo ich mich hyn kere!
dw gibst ein vmb den andernn.

Bebar dich got, ich var dohyn
von dir mit geringem herczen.

Hab ich: Habe ich Liebe, so habe ich Leid. Meide ich die Liebe, kann ich nicht leben. Darum will ich lieber, ehe ich nun des Leides wegen die Liebe aufgebe; Liebe und Leid haben.

Dein allayn: Dir allein habe ich eine Zeitlang gehört, ich habe nie etwas davon gehabt und habe doch alles getan, was ich sollte. Als ich nun sah, daß es mich nicht weiterbringen würde, fand ich es schade um die Zeit. 8 Mein Herz wünscht dir nicht viel Gutes, das will ich dir nicht verhehlen. Ich habe dir das früher schon öfter gesagt. Es tut mir jetzt nicht leid um dich, du bist mal treu, mal untreu. 13 Der Leichtsinn liegt dir im Blut, dein Herz ist von Flandern *[= flatterhaft]*; deshalb mag ich dich auch nicht mehr. Das Glück steh mir bei, wohin ich auch gehe! Du tauschst einen gegen den andern ein. 18 Behüt dich Gott, ich gehe leichten Herzens von dir.

Hab ich *Zeitliche Einordnung aufgrund der Parallelüberlieferung in Q 17.*

acht nit mein, wann ich acht auch nymmer dein.
jch waiß mir ein anderß hûbsches frewelein,
das wendet mir all mein smerczen. *Q 17*

Michel Beheim

aber eins vnd sagt uon dem turn zu babiloni

[In der Zugweise]

[Melodie]

Hôrt, worûmb nit ein sprach ist in der ganczen welt!
das fremder zungen ist so mancher hande,
das wûrt eûch auch mit singen hie uer melt.
Dar auß ich euch in kurczer stund berichten wil:
es was nit mer denn ein sprach in dem lande,
zu babilonien wart der sprach so uil.
Die selbig sach besch*ach* nach der sintflut,
als es begund hie gussen vnd auch swemmen,
das ez die ganczen erden ûber wut.
darumb zu babilonien in der stat
die reichen burger vnd auch die fvͤr nemmen
all mit einander wurden da zu rat,

Wyͤe daß sie welten bawen einen hohen turn,
vnd der solt vff bis an den himel langen.
ob got mit wasser mer wolt machen sturn,
So welten sie dann oben in den turne gan.
also wart diser turen angeuangen.
ein grosses mauren, das hub sich daran.

Kümmere dich nicht um mich, ich kümmere mich auch nicht mehr um dich. Ich kenne ein anderes hübsches Mädchen, das vertreibt mir all meinen Kummer.

ABER EINS: Ein weiteres [Gedicht], und es handelt vom Turm zu Babel *[Gen. 11]*. Hört, warum es nicht [nur] eine einzige Sprache in der ganzen Welt gibt! Daß es so mancherlei fremde Sprachen gibt, wird euch hier *[am Hof]* auch durch das Singen *[in verschiedenen Sprachen]* demonstriert. Davon will ich euch kurz berichten: Es gab nicht mehr als eine Sprache in der Welt, in Babylon entstanden so viele Sprachen. Das geschah nach der Sintflut, als es hier zu gießen und zu strömen begonnen hatte, so daß die ganze Erde überflutet worden war. Deshalb kamen in der Stadt Babylon die mächtigen Bürger und die Vornehmen alle miteinander im Rat überein, 17 einen hohen Turm zu bauen, und der sollte bis zum Himmel reichen. Wenn Gott noch einmal eine Sturmflut machen würde, dann wollten sie oben in den Turm gehen. So wurde dieser Turm begonnen. Ein ungeheures Mauern fing an.

ABER EINS *Ä. nach Q 32.* 11 besch.

Der turn het eck wol ein und sibenczigk,
wol ein vnd sibenczig werck meister woren.
der turn waz an gehaben weit vnd digk,
vnd do er wart fvnff welscher meilen hoch,
da wolt sie got nit lenger lassen toren,
vnd er uer wandelt inen da die sprach.

Da wurden unger, beham, teůtsch, welsch, Criechisch man;
yeglicher gwan ein sunderliche zungen,
daz keiner mer den andern mocht uerstan.
Vnd allso musten sie den selben baw uerlan,
da so uil sprach waz under in entsprungen,
das keiner mer den andern moht verston.
Sie wurden in die lant gar weit zutrent:
einer mit seim gesleht gen indion zauche,
der ander fur dohin gen octitent;
in alle lant so kamen sie fůrbaz.
wol zwu vnd sibenczig wur*den* der sprache –
des ersten es als obereyisch waz. *Q 29*

aber ein anders, daz sagt von michel behem geburt vnd auch von seinem her kummen

Da ich mit erst zu praug in peham kam gen hof
zu kůng lasslaw, dem edeln vnd dem iungen,
da ward ich uil gefraget ab vnd off.

Der Turm hatte 71 Ecken, es gab 71 Baumeister. Der Turm war ausgedehnt und umfänglich begonnen worden, und als er fünf welsche Meilen *[etwa 4 km]* hoch war, wollte Gott sie ihre Narrheit nicht länger treiben lassen, und er verwandelte ihnen da die Sprache. 29 Da entstanden Ungarn, Böhmen, Deutsche, Italiener, Griechen; jeder erhielt eine besondere Sprache, so daß keiner den anderen mehr verstehen konnte. Und so mußten sie das Bauwerk verlassen, weil so viele Sprachen unter ihnen entstanden waren, daß keiner den anderen mehr verstehen konnte. Sie wurden weit in die Lande verstreut: einer zog mit seiner Sippe nach Indien, der andere zog ins Abendland; so kamen sie in alle Länder. Es entstanden 72 Sprachen – am Anfang war alles hebräisch gewesen.

ABER EIN: Ein weiteres [Gedicht], das von Michel Beheims Geburt und von seiner Herkunft berichtet. Anfangs, als ich zu Prag in Böhmen an den Hof des edlen und jungen Königs Ladislaus kam, da wurde ich allenthalben vielerlei gefragt.

ABER EINS 39 wur.

ABER EIN *Das Gedicht zeigt in der Hs. umfängliche Redaktionsspuren. Die hier vorliegende Fassung muß nach 1457, dem Todesjahr des Königs Ladislaus V. Postumus* (45–50), *hergestellt sein. Ä. nach Q 32.*

IÇh ward auch offt gefragt, wurvmb ich hiess ‚beham‘
vnd doch geboren wer von teutscher zungen,
in welcher mauss, wurvmb ich het den nam.
Vmb solches fragen han ich dis getiht:
ich hon den nam geerbt von meinen alten,
die got, der herr, well hon in seiner pfliht.
es ist gewesen meines uater an,
uon dem ich disen namen hon behalten,
der waz in beham ein wol habend man.

Er waz geborn uon peham vnd hiess Cuncz bilsner.
er wart in Crieg uer triben uon dem lande,
daz er in schwâben wunet fůrbaz mer.
Da sich des selb bilsners sach also bega*b*,
er sich wůrtschafft und schenckens vnder wande,
wann er uerloren het sein gut vnd hab.
Dar umb must er sich neren, wie er kand.
er sass in einem marck, heist ertmerhause;
da hiess man in Cuncz beham nauch dem land.
er gwan ein sun, der hiess heinrich beham.
der ward uermahelt vnd gegeben ause
vnd macht ein sun, hanns beham waz sein nam.

Der waz mein uater vnd ein weber, daz ist war;
er leret mich auch weben, dis antwerge.
da mit ernert ich mich etwo uil iar,
Vncz daz ich hinder dise kunst getihtes kam.
da het ich einen hern, den von weinsperge,
de*r* mich zu er*st* uon disem antwerck nam.

Ich wurde auch oft gefragt, warum ich ‚Böhme‘ hieße und doch deutschsprachig geboren sei, wieso und warum ich diesen Namen hätte. Für derlei Fragen habe ich dieses gedichtet: Ich habe den Namen von meinen Vorfahren geerbt, die Gott, der Herr, in seiner Obhut haben möge. Es ist meines Vaters Großvater gewesen, von dem ich den Namen bekommen habe, der war in Böhmen ein wohlhabender Mann. 15 Er war in Böhmen geboren und hieß Konrad Pilsener. Er wurde im Krieg aus dem Land vertrieben, so daß er den Rest seines Lebens in Schwaben ansässig war. Als es diesem Pilsener nun so ergangen war, begann er eine Wirtschaft mit Ausschank zu betreiben, weil er all sein Hab und Gut verloren hatte. Deshalb mußte er sein Auskommen suchen, so gut er konnte. Er wohnte in einem Marktflecken, der Erdmannshausen heißt; dort nannte man ihn nach seiner Heimat Kunz Böhme. Er bekam einen Sohn, der hieß Heinrich Böhme. Der wurde verheiratet und aus dem Haus gegeben und zeugte einen Sohn, der hieß Hans Böhme. 27 Das war mein Vater, und [er war] Weber, das ist wahr; er lehrte auch mich das Weberhandwerk. Damit verdiente ich meinen Lebensunterhalt viele Jahre lang an verschiedenen Orten, bis ich auf die Dichtkunst verfiel. Damals hatte ich einen Herrn, den von Weinsberg, der mich zuerst von diesem Handwerk fortholte.

18 begag. 31–36 *Konrad von Weinsberg, Reichskämmerer Kaiser Sigismunds.* 32 de. er.

Er machet mich růstig vnd braht mich of –
der himlisch got geb im daz ewig leben!
da lernet ich suchen der fursten hof.
bey dem herren bleib ich, bis er mir starb.
darnach begund ich aber hŏher streben,
eins edlen fůrsten dienst ich da erwarb,

Daz waz mein herr, von prannenpurg marggraf albreht.
darnach wart ich des fůrsten lobeleiche
von tennenmark, kůng Cristiernus, kneht.
Dar nach mich herczog albreht uon baiern auff nam,
darnach herczog albreht von ŏsterreiche.
zu graf vlreich von Cil ich darnach kam.
Darnach kam ich zu meym hern, kung lasslaw,
der kůng zu ungern vnd zu behem waße.
der leider ist zu praug verdorben daw,
alz man dann saget – got, der weiss wol, wie.
der e̊wig got pfleg seiner sel fůrbaße!
vmb keinen hern peschach mir leider nie.

Dårnåch kam ich zu meim hern, keiser fridereich.
da hon ich auch gewisse speis vnd solde,
darvmb wil ich im dienen *willigcleich*.
JCh mein, daz ich nit guter tůcher uil mach mer;
doch pin ich denoch disem antwerck holde
und wil mich sein nit schemen, wo ich ker,
Wann es mir offt gutlichen hot getan,
E dann ich hon ge wist ein ander leben.
nun han ich ein anders geuangen an

Er förderte mich und machte einen Dichter aus mir – der himmlische Gott schenke ihm das ewige Leben! Damals lernte ich die Höfe der Fürsten aufsuchen. Ich blieb bei diesem Herrn, bis er mir wegstarb. Danach begann ich wiederum höher zu streben und erhielt eine Stellung bei einem edlen Fürsten, 39 es war mein Herr, der Markgraf Albrecht von Brandenburg. Danach kam ich in den Dienst des preiswürdigen Fürsten von Dänemark, des Königs Christian. Danach nahm mich Herzog Albrecht von Bayern auf, danach Herzog Albrecht von Österreich. Danach kam ich zu Graf Ulrich von Cilli. Danach kam ich zu meinem Herrn, König Ladislaus, der König von Ungarn und Böhmen war. Der ist leider zu Prag ‚umgekommen', wie man dann so sagt – Gott weiß wohl, wie. Der ewige Gott bewahre fortan seine Seele! Um keinen Herrn hat es mir mehr leid getan. 51 Danach kam ich zu meinem Herrn, Kaiser Friedrich *[III.]*. Dort habe ich auch feste Verpflegung und Bezahlung, deshalb will ich ihm gern dienen. Ich glaube, daß ich nicht mehr viel gute Tuche machen werde; dennoch schätze ich dieses Handwerk hoch und will mich seiner nicht schämen, wohin ich auch komme, denn es hat mir oft geholfen, bevor ich ein anderes Leben gekannt habe. Nun habe ich ein anderes angefangen

36 *† 1448.* 47–48 *Er starb vermutl. durch Gift.* 53 *f., Blattschäden.*

vnd hoff, mir soll des nit mer werden not.
in singens kunst hon ich mich gancz ergeben
vnd muss es treiben biz an meinen tot. *Q 29*

von des menschen vnseld vnd Cranckeit

[In der verkehrten Weise]

[Melodie]

ACh menscheit, wie bistu so o̊d,
so ůbel tȩtig, argȩ vnd schno̊d,
daz du dein swachen Cranckeit blo̊d
so wenig pist bedencken!
Kein Creatur in diser frist
so arm vnd erbeitselig ist,
als du, mensch, hie vff erden bist.
herr got, lass dich erbarmen
Vnser swacheit uil armen,
uergib vnns vnser vbeltet!
waz bin ich, herr, der mit dir ret?
ein faules auss, ein schmehe fret,
ein uas, daz ser tut stencken;

Ejn speis der wůrm, ein schelmenkeib,
eins vnseligen menschen leib,
der da geborn ist uon dem weib,
der kurczen zeit zu leben,
Der mit vnseld wůrt vberspreit,
vnd ein mensch, der durch sein boßheit
ist worden gleich der eitelkeit;
ein uinstere abgrunde,

---

und hoffe, ich werde es nicht mehr nötig haben. Ich habe mich ganz der Sangeskunst gewidmet und muß ihr dienen bis an meinen Tod.

VON DES: Von Elend und Schwachheit des Menschen. Ach Menschheit, wie bist du so töricht, so bösartig, schlecht und verächtlich, daß du dir deine armselige, gebrechliche Schwachheit so selten vor Augen hältst! Keine Kreatur ist in diesem Leben so elend und voller Mühsal, wie du, Mensch, hier auf Erden bist. Herr Gott, erbarme dich über unsere elende Armseligkeit, vergib uns unsere Missetat! Was bin ich, Herr, der dich anspricht? Ein fauliges Aas, ein abscheulicher Eiter, ein Gefäß voller Gestank; 17 ein Fraß für die Würmer, ein Kadaver, ein unseliger Mensch, der vom Weib geboren ist, um kurze Zeit zu leben, der mit Unglück überhäuft wird, und ein Mensch, der durch seine Schlechtigkeit ein Nichts geworden ist; ein finsterer Abgrund,

VON DES *Ä. nach Q 32.*

Erd der vnselden vnde
sun des zornes, ein uas der schand,
geporen in schentlichem stand
mit vnreinikeit mancher hand.
in vnseld bin ich streben
Vnd sol sterben so engsticlich.
waz bin ich, lebend vff ertrich?
waz bin ich kůnfftig, waz bin ich?
ich bin in warheit sicher
Ejn uas der vnreinikeit, pfey!
vnd der faulheit ein schal da pey,
uol stanckes vnd vnfleterey.
ich blinder, armer, nackter,
In aller not uerstackter
zu vnderteniglichem zwanck,
ich armer, swacher mensch so Cranck
weiss nit meinn eyngang noch außganck,
ich dûrfftiger tôtlicher,

Des tag sich als der schat uergon,
dez leben ăch nit mag bestan:
es sich ver eytelt alz der mon,
alz die plum, die da wehset –
Vnd so zu hant erfaulet sie.
also mein leben plůwet hie –
zu hant dorret es wider. wie
ist mein leben so Crancke,
So hin uallent vnd wancke!
mein leben stet vff sôlcher hab:
ye mer es hat zu wahsen lab,
so es ye uester wehset ab,
wann sein wurczel nit uehset;

---

ein unseliges Stück Erde und ein Sohn des Zorns, ein Gefäß der Schande, geboren in Niedrigkeit mit vielerlei Unreinheit. Im Unglück lebe ich dahin 30 und muß so schrecklich sterben. Was bin ich, dieweil ich auf Erden lebe? Was bin ich in Zukunft, was bin ich? Ich bin wahrhaft und gewiß ein Gefäß der Unreinheit, pfui! und dazu eine Schale der Fäulnis, voller Gestank und Unflat. Ich Blinder, Armseliger, Nackter, in jeder Not zu knechtischem Dasein gepreßt, ich elender, armseliger, schwacher Mensch kenne weder meinen Anfang noch mein Ende, ich armer dem Tod Verfallener, 43 dessen Tage hinschwinden wie der Schatten [und] dessen Leben auch keinen Bestand haben kann: es vergeht wie der Mond, wie die Blume, die da wächst – und sogleich verfault sie. So blüht auch mein Leben hier – sogleich verdorrt es wieder. Wie ist mein Leben so schwach, so hinfällig, und schwankend! Auf solcher Grundlage steht mein Leben: je mehr Nahrung es hat zu wachsen, desto schneller nimmt es ab, weil seine Wurzel nicht wächst;

So ez ye vester fůr sich gåt,
ye mer es sich nahet dem tot.
mein leben hot trewkafften ståt
vnd ist uoller vil stricke.
Nun frôw ich mich, nun trub ich mich;
nun grun ich, nun bin ich dann sich;
nun leb ich, vnd zu hant stirb ich;
nun schein ich gluckafft, helig
Vnd bin all weg vnselig;
nun lach ich, vnd zu hant ich wein:
also sein alle ding mit ein
der wandelberlickeit allein
vnderligen mit schricke.

Daz nit ein stund vff steter wag
in einem wesen bleiben mag!
uorcht, hunger, turſſt, hicz, frost, sihtag –
da uon wůrt schmercz bewisen.
Darnåch kůmpt denn der freislich wurm,
der vnbescheiden tot mit sturm,
der in taussent ueltiger furm
die vnseligen leůte
Teglichen nider pleůte:
er mit dem uieber den ankert
vnd den andern mit schmerczen hert;
vnd der hunger gienen verzert,
vnd der turst leschet disen.

Vnd giener in dem wasser stirpt,
mit dem strang der seinn tot erwirpt;
vnd einer in dem feůr uerdirpt,
der ander nympt sein ende

---

56 je weiter es fortschreitet, desto näher kommt es dem Tod. Mein Leben ist trügerisch und voller Fallstricke. Bald freue ich mich, bald traure ich; bald blühe ich, bald bin ich krank; jetzt lebe ich, und alsbald sterbe ich; jetzt erscheine ich glücklich, gesegnet *[?]* und bin [doch] allezeit unselig; jetzt lache ich, und gleich darauf weine ich: so sind alle Dinge jählings der Veränderlichkeit allein unterworfen. 69 Daß auch nicht eine Stunde auf ruhiger Waage unverändert bleiben kann! Angst, Hunger, Durst, Hitze, Frost, Krankheit – durch sie wird Schmerz verursacht. Danach stürmt dann der furchtbare Drache, der ruchlose Tod, heran, der auf tausendfältige Weise die unseligen Menschen täglich zu Boden streckt: den fällt er mit Fieber an und den andern mit quälenden Schmerzen; und der Hunger verzehrt jenen, und der Durst löscht diesen aus. 82 Und jener stirbt im Wasser, der findet ein Ende durch den Strang; und einer kommt im Feuer um, der andere verendet

71 turfft.

Von den zenn der freidigen tirn;
den tot ist der durch eisen kirn,
giener den leib durch gifft uerlirn,
dem andern wuͦrt sein leben
Mit schneller vorcht vͤmbgeben,
daz er stirbet vff kurczer wal.
vnd vber alle ding zumal
ist daz ein vnseld vnd ein qual,
wann wir hand an der hende

Nit gwissers wann des todes pfliht.
doch weiß der mensch seins endes niht,
wann so er hat sein zuuersiht
vnd wenet, er sol stone,
So wuͦrt er hin genummen draͧt,
vnd da uerdirbet vnd zu gaͧt
sein hoffenung, die er da haͧt.
sein tot ist im nit kunde,
Wann, wie, an welher stunde,
vnd er ist doch sterbens gewis.
mein herr, nun sih, wie gross ist dis
irrsal, vnseld vnd auch trupnis
der menschlichen perssone,

In der ich lebe sunder uorcht,
wie gross mir ist mein schmercz geworcht.
daz ich, herr, dir nie hon gehorcht,
daz ist mein grostes Clagen.
Zu dir ich ruff, bit vnde fle:
herr, hilff mir, daz ich nit verge,
in dir sunder bleib vnd beste!
nun wil ich dir ver iehen
Mein unseld also schmehen,

---

unter den Zähnen der wilden Tiere; der findet den Tod durch Waffen, jener verliert sein Leben durch Gift, ein anderer ist von jagender Furcht *[?]* besessen, so daß er rasch stirbt. Und das ist ein Unglück und eine Qual, schlimmer als alles andere, denn 95 nichts ist uns gewisser als der unausweichliche Tod. Doch kennt der Mensch sein Ende nicht, denn wenn er zuversichtlich ist und glaubt, er werde bleiben, so wird er jählings hinweggerafft, und dann erlischt und vergeht die Hoffnung, die er hatte. Sein Tod ist ihm unbekannt, wann, wie, zu welcher Stunde, und doch weiß er sicher, daß er sterben wird. Mein Herr, nun sieh, wie groß dieses Elend, Unglück und diese Trübsal des Menschen ist, 108 in der ich unbekümmert dahinlebe, wie sehr ich auch leide. Daß ich dir, Herr, nie gehorsam war, das ist meine größte Klage. Ich rufe zu dir, ich bitte und flehe: Herr, hilf mir, daß ich nicht untergehe, [sondern] in dir allein bleibe und Bestand habe! Nun will ich dir mein schmähliches Elend gestehen,

dir beihten vnd mich vor dir nit scham
der meinen schnôdickeit allsam.
o herr, durch deinen hohen nam
loss vn*s* *g*enad beiagen! *Q 29*

aber eins von den tûrcken vnd ein strauff von den herren von ôsterreich durch irer vneinigkeit willen

Mjch dûncket wûnder, wie daz kumm,
daz wir Cristen sein allse tumm
vnd vns so Clein bekummern vmb
die irrsal, trûb vnd schmerczen,
Die leider vns hand hie berûrt
vnd yeczund werden gegenwûrt
von dem tûrcken, der vff vns fûrt
mit maht vnd heres Creffte
Die argen heidenscheffte.
daz wir nit fûrchten solch gespreûcz,
daz grausam vnd eistlich gescheucz!
waz man brediget von dem Creûcz,
daz ist nur vnser schercze.

Wie uil vns hot der baubst do uan
sein manung vnd botschafft geton,
wie vast bruder hans Capostron
daz auß rûffet vnd bredigt,

---

dir beichten und mich meiner ganzen Verächtlichkeit vor dir nicht schämen. O Herr, laß uns um deines hohen Namens willen Gnade finden!

ABER EINS: Ein weiteres [Gedicht] von den Türken und ein Tadel für die Herren von Österreich wegen ihrer Uneinigkeit. Ich möchte gern wissen, wie es kommt, daß wir Christen so töricht sind und uns so wenig um den Schaden, die Betrübnis und den Schmerz kümmern, die wir leider hier [schon] verspürt haben und die uns jetzt unmittelbar bevorstehen durch den Türken, der mit Macht und Heeresgewalt die bösen heidnischen Scharen gegen uns führt. Daß wir diese Horden *[?]*, diesen greulichen und widerwärtigen Abschaum nicht fürchten! Was man vom Kreuz predigt, ist für uns nur ein Scherz. 17 Wie oft auch der Papst uns deshalb Ermahnung und Botschaft geschickt hat, wie beständig Bruder Johannes von Capestrano dazu aufruft und predigt,

VON DES 120 vngenad.

ABER EINS *Vermutl. 1455 entstanden: Seit 1455 war Beheim am Hofe König Ladislaus' V.* (36), *1456 starb der Franziskaner Johannes von Capestrano* (19–20), *der als Bußprediger durch Böhmen, Mähren und Österreich gezogen war. Ä. nach Q 32.*

So dunckt mich, es sey alz verlorn,
wann es wil niemen gen zu orn.
ach wir vil armen, tummen torn,
daz wir so gar ver ahten
Die argen vngeslahten,
vnd ist doch ausser dem gespot,
wann sie mang reich haben genôt,
mancher muter ir kint ertôt
vnd vil Cristen geschedigt.

Daz wir so swerlich sein versert
vnd der tůrck so vil land verhert,
daz hat nur schult daz weltlich swert,
keiser, kůng, fůrsten, herren.
Svnder der stamm zu ôstereich,
vnser herr, keiser fridereich,
mein herr, kung lasslaw, des geleich,
haben die meisten schulde
An diser vngedulde,
darvmb daz Cristenlicher nam
gepelczet ist vff iren stam
vnd sie selber sich beidesam
wider ein ander sperren.

Da durch wůrt vnser Crafft betaubt
wider den tůrcken, daz gelaupt,
wann sie zwen sein die hôhsten haupt
nâch dem weltlichen stande.
So nvn die heibter wellen nit,
waz mogen dann tun die gelit?
sie all beid solten machen frit
vnd slihten all zwitrehte,
Daz man daz baz gedehte,

---

mir scheint doch, daß alles verloren ist, denn es geht in niemandes Ohren. Ach wir armen, dummen Toren, daß wir die argen Barbaren so verachten, wo es doch gar keinen Grund zu spotten gibt, denn sie haben manches Reich bezwungen, mancher Mutter Kind getötet und vielen Christen Schaden zugefügt. 30 Daß wir so hart geschlagen sind und der Türke so viele Länder verwüstet, daran ist nur das weltliche Schwert schuld, Kaiser, Könige, Fürsten, Herren. Besonders das Haus Österreich, unser Herr, Kaiser Friedrich *[III.]*, desgleichen mein Herr, König Ladislaus *[V. Postumus]* trägt die größte Schuld an diesem unerträglichen Zustand, weil die Christenheit auf ihren Stamm gepfropft ist und sie sich beide einander widersetzen. 43 Glaubt mir, dadurch wird unsere Widerstandskraft gegen den Türken geschwächt, denn diese beiden sind die höchsten Häupter innerhalb des weltlichen Standes. Wenn nun die Häupter nicht wollen, was können dann die Glieder tun? Sie sollten beide Frieden schließen und alle Zwietracht schlichten, damit man besser bedenken könnte,

wie man der tûrcken maht zu trent.
so haben sie sôlch widerstent
zwûschen ir beider reigement,
daz es ist vmmer schende.

Ist daz nit grosse bûberey,
daz einer nit sol wandeln frey,
dem keiser, kûng so nähe bey,
zwûschen ir beider kammer?
Sôlch reiament vnd vͤbeltet
ist schuld etlicher ualschen ret,
den man zu uil gewaltes let,
daz sie solches her heben.
Die sôlche ret fûrgeben,
die hand achitoueles sit,
der auch zwûschen dem kûng dauit
vnd apselonen stifftet mit
seinn valschen reten iommer.

O ôstereich, du edler stam,
dein wirdikeit nie hôher kam!
nun tu niht als kûng roboam,
der auch volget den tummen,
Die im do rieten wider reht,
vnd die getrewen er verschmeht;
dez kam iudea in zwitreht,
vnd daz reich wart zu trennet.
Dein nam ist hoh genennet –
bistu zwitrehtig, sicherlich
so wiltu selber stôren dich.
ein reich, daz selb ist wider sich,
vnd daz muss gen zu trummen.

---

wie man die Macht der Türken zerstört. So aber gibt es zwischen ihren beiden Regierungen solche Hindernisse, daß es eine einzige Schande ist. 56 Ist denn das nicht ein beschämender Zustand, daß einer, der dem Kaiser [und dem] König so nahesteht, nicht frei verhandeln darf zwischen den beiden Kabinetten? Solche Art des Regierens und solcher Mißstand ist die Schuld einiger falscher Ratgeber, denen man zuviel Macht einräumt, so daß sie so etwas anzetteln. Die solche Ratschläge erteilen, die machen es wie Achitophel *[2. Sam. 16 u. 17]*, der auch Unheil angestiftet hat mit seinen falschen Ratschlägen zwischen König David und Absalon. 69 O Österreich, du edler Stamm, nie war deine Würde so groß! Nun mach es nicht wie König Roboam *[3 Reg. 12]*, der auch den Toren folgte, die ihm rieten, was widerrechtlich war, und der die Getreuen verschmähte; deshalb geriet Judäa in den Bürgerkrieg, und das Reich wurde auseinandergerissen. Dein Name ist hochgeehrt – bist du aber zerstritten, dann wirst du dich mit Sicherheit selbst zerstören. Ein Reich, das in sich selbst uneins ist, muß in Trümmer fallen.

Dar v̊mb bestet einander mit,
lat eůch zu criegen råten nit!
wer eůch retet vff sun vnd frit,
dem volgt zu allen stunden!
Volget de*n* zweien fůrsten gut,
herczog albreht, herczog sigmut,
wann sie sein eůr gesiptes plut –
getrewer ir niht honde!
Ob ir bey ein bestonde,
wer mag denn wider ev̊ch? nieman!
darvmb halt eůch zusammen schon
vnd lugt, wie ir môgt widerston
den vngetaufften hunden! *Q 29*

von hoffar*t* dez adelz gepurt

Dvrch mein getiht wůrt euch perurt
uon der hofart, di man volfůrt
mit dem vrsprung vnd der gepůrt
vnd herkummen des adels.
Dadurch der adel hoffart treibt,
sich hoh vff wiget vnde scheibt;
wann sich einer nennet vnd schreibt
‚durch leůhtig', ‚auss herkoren',
Der ander ‚hoch geboren',
der trit nent sich ‚sant grix geslechtz',
der uird ‚uon der art sent gumprechcz',
der funff ist ‚adelhers gemechcz',
der sehßt ist ‚des ků wadels'.

---

82 Darum geht zusammen, laßt euch nicht zum Krieg verleiten! Folgt stets dem, der euch zu Sühne und Frieden rät! Folgt [dem Beispiel der] beiden edlen Fürsten Herzog Albrecht [und] Herzog Sigismund, denn sie sind eure Verwandten – ihr habt niemanden, der treuer wäre. Wenn ihr beide zusammensteht, wer könnte dann etwas gegen euch ausrichten? Niemand! Deshalb haltet fest zusammen und seht zu, wie ihr den ungetauften Hunden Widerstand leisten könnt!

VON HOFFART: Von der Hoffart adliger Geburt. Durch mein Gedicht wird euch von der Hoffart berichtet, die man mit adliger Abstammung, Geburt und Herkunft treibt. Ihretwegen ist der Adel hoffärtig, überhebt und erhöht sich; denn einer nennt und schreibt sich ‚erlaucht', ‚auserkoren', der zweite ‚hochwohlgeboren', der dritte nennt sich ‚von dem Geschlecht Sankt Grixens', der vierte ‚von dem Sankt Gumprechts', der fünfte ist ‚vom Geschlecht Adelhers', der sechste ist ‚der von Kuhschwanz'.

ABER EINS 86 dem. 86–89 *Herzog Albrecht IV. von Österreich, der Bruder des Kaisers, und Erzherzog Sigismund von Tirol, der Vetter des Kaisers, hatten einen Streit friedlich beigelegt.*
VON HOFFART *Ä. nach Q 32.* 1 hoffar.

Mjch wundert, daz mit der gepůrt
so uil hoffort getriben wůrt,
vnd wir all samment sein doch nůrt
von zweier handlei stammens.
Man hôrt von keinem adam lesen,
vnd der da gulden sei gewesen,
von dem her komm des adels zesen;
man liset nur von eime –
Den machet got uon leime –,
uon dem wir alle kummen sein.
ob adel uon geburt wer schein,
so wern wir edel all mit ein,
wann wir sein eines sammens.

Der adel von gepurt nit kompt,
nur uon der tugend, di man frompt,
alz man schreibet, uindet vnd gompt
zu dem ersten uon noe,
Von dreien sůnen seiner frucht:
durch grobe tôrscheit vnd vnzucht
so wart der ein uon ym verflucht,
·den zweien wart der segen
Von irer tugend wegen.
her saul, der waz uon pauren art;
der durch sein tugen kůnig wart;
do er in possheit sich verkart,
ver stossen wart er doe.

Dauid dez erst ein herter waz,
der auch der iuden reich besass.
auch ist offt mer peschehen daz
in den newen geseczen
An kůngen, fursten mancherlei.

---

15 Mich wundert, daß mit der Geburt so viel Hoffart getrieben wird, und dabei sind wir alle doch nicht von zweierlei Herkunft. Man hört von keinem Adam berichten, der golden gewesen sei [und] von dem der Adelsstand abstamme; man liest nur von einem – den hat Gott aus Lehm gemacht –, von dem wir alle abstammen. Wenn Adel von der Geburt abzulesen ist, dann sind wir alle miteinander adlig, denn wir kommen aus einem Samen. 28 Der Adel rührt nicht von der Geburt her, nur von den Taten, die man vollbringt, wie man zu allererst schreibt, erkennt und sieht an Noe, an den drei Söhnen seiner Nachkommenschaft: der eine wurde seiner groben Dummheit und Unzüchtigkeit wegen verflucht, den beiden andern wurde ihrer Tugend wegen der Segen zuteil. Herr Saul stammte von Bauern ab; um seiner Fähigkeiten willen wurde er König; als er sich dem Bösen zuwendete, wurde er verstoßen. 41 David war zuerst ein Hirte, auch er regierte das Reich der Juden. Das ist auch öfter in der Zeit des Neuen Bundes mit Königen und Fürsten geschehen.

daz adel uon gepurt nit sei,
dez wil ich ein exempel pei
dem weissenkorn beweren:
Der pringt spreûr vnd auch keren.
seht an, der rosen stock pringt auch
senffte tugend vnd arge schmauch,
er tregt rosen mit sussem rauch
vnd dorn, die vbel kreczen.

HEt es darv̊mb alz edlen nam,
daz da entspringt von edlem stam,
so wern wir edel allesam,
wann wir sein all entsprossen
Von got, der dann der edelst ist.
ach mensch, daz du so tôreht pist!
pfach, dein adel ist nur ein mist
vnd ringer wann der hunde!
Wann hund gewiss vr kunde
vnd zeichen hand, di edel sein,
der du doch, mensch, hast aller kein.
in der krufft schaw di toten pein,
zeig mir adelz genossen! *Q 29*

von dem adler ein gleichnis

[In der Trompetenweise]

[Melodie]

Vff aller erden cre*i*sse,
zwûschen dem himel vnd der erden ich
kein edler wopen weisse,
sam ez dann fûrt daz rômisch reich.

Daß Adel nicht durch Geburt entsteht, das will ich durch ein Beispiel vom Weizen als wahr erweisen: der bringt Spreu und Körner. Seht, auch der Rosenstock bringt Liebliches und Böses, er trägt Rosen mit süßem Duft und Dornen, die sehr kratzen. 54 Trüge deshalb alles Adelsnamen, was aus edlem Stamm entspringt, wären wir allesamt Adlige, denn wir stammen alle von Gott ab, der ja der Edelste ist. Ach Mensch, daß du so töricht bist! Pfui, dein Adel ist nur ein Dreck und weniger wert als der der Hunde! Denn Hunde, die edel sind, haben sichere Beweise und Kennzeichen, von denen du, Mensch, doch nicht ein einziges hast. Schau das Totengebein in der Gruft an, zeig mir die, die zum Adel gehörten!

VON DEM: Ein Gleichnis vom Adler. Im ganzen Erdenrund zwischen Himmel und Erde kenne ich kein edleres Wappen als jenes, das das Römische Reich führt.

VON DEM *Ä. nach Q 32.* 4 cresse.

Daz ist der adelere
vnd ist der edelst vogel sicherlich.
ich weiss ir keinen mere,
vnd der dem adler sey geleich.
Er lebet allso adelich in seiner art,
vnd ist daz sein nature:
in seinem nest er welt er im auß einen edeln stein,
damit er sich pewart.
er geit im crafft vnd nerens fure,
piz er die iungen in dem ey ernart.
nun merckent die uigure
des selben edlen vogels rein!

Wu er nun ist gesessen
ob seiner speiz, die er da nider wůrfft,
so leßt er mit im essen
die andern uogel alle gar.
Ist es, daz im zu rinnet,
daz er der selben speiß nåch seinr notůrfft
zu lůcel do gewinnet,
so siht er vff vnd nymmet war
Den nehsten vogel, den er neben im betrit;
den wůrffet er da nider.
die andern vogel er denn aber mit im essen lo̊t.
hot er nit gnuck damit,
so greifft er schnelliglich hin wider
und nympt einn andern, daz ist åch sein sit,
vnd reißt im sein geuider.
daz treipt er on, pis er wůrt såt.

Wu daz ver nympt ein weiser,
da mag wol mercken, daz der adeler

Das ist der Adler, und der ist sicherlich der edelste Vogel. Ich kenne keinen sonst, der dem Adler vergleichbar ist. Seine Art zu leben ist so edel, und dies ist seine Natur: In seinem Nest verschafft er sich einen Edelstein, durch den er sich erhält. Er gibt ihm Kraft und Nahrung, solange er die Jungen in dem Ei nährt. Nun betrachtet das Beispiel dieses edlen, schönen Vogels! 20 Wenn er nun über seiner Beute, die er niedergeworfen hat, sitzt, so läßt er alle anderen Vögel mitessen. Geschieht es aber, daß er nicht genug hat, so daß er von dem Futter für seinen Bedarf zu wenig bekommt, dann schaut er um sich und erspäht den nächsten Vogel, den er neben sich findet; den wirft er nieder. Die andern Vögel läßt er dann wieder mitessen. Hat er damit nicht genug, so packt er schnell wieder zu und nimmt einen zweiten, das ist nun mal seine Art, und reißt ihm das Gefieder aus. Das treibt er fort, bis er satt ist. 36 Wenn das ein Weiser hört, dann erkennt er wohl, daß der Adler

9 volgel.

beteût einn rômschen keiser.
der edel stein, den er do nympt,
Beteûtet seinen adel.
an tugend vnd an miltekeit sol er
auch haben keinen tadel.
wie wol daz einem keiser zimpt,
Daz er die andern uogel mit im essen lat!
so im der speiß wil reren,
daz er ein andern nider wurffet, daz peteût gewalt,
den hy ein keiser hat.
er lesset reilich mit im zeren.
zu rinnet im, so rupfet er ein stat
oder den nehsten heren –
er ist dem adler gleich gestalt. *Q 29*

Ein peispel, wie ein mensch geiagt wart von einem einhorn

Ejn mensch, der wart geiaget
von einem ein gehûrn vff schnellem tom.
der mensch waz nah verzaget.
durch ein gepirg uiel er ze teich.
In dysen nider springen
pehieng der selbig mensch an einan pom
ob einer tieffen clingen.
da lag ein trach, waz grausamleich.
Vff yeglich seiten an den pom stalt sich ein maus,
dy an den wurczeln̥ nuge;
die ein waz weiß, die ander swarcz. da er die meûß wart spûrn,

---

den Römischen Kaiser versinnbildlicht. Der Edelstein, den er dort an sich nimmt, bedeutet seinen Adel. Er soll auch an Tugend und Freigebigkeit untadlig sein. Wie geziemend ist es für einen Kaiser, daß er die übrigen Vögel an seinem Mahl teilnehmen läßt! Daß er, wenn ihm die Nahrung ausgeht, einen anderen niederwirft, bedeutet die Macht, über die ein Kaiser hier verfügt. Er läßt [andere] neben sich reichlich ihren Unterhalt finden. Geht ihm der seine zu Ende, so rupft er eine Stadt oder den nächsten Fürsten – er ist eben genauso wie der Adler.

Ein peispel: Ein Gleichnis, wie ein Mensch von einem Einhorn gejagt wurde. Ein Mensch wurde auf schnellem Damm *[?]* von einem Einhorn gejagt. Der Mensch wollte schon verzagen. Durch ein Gebirge stürzte er abwärts *[?]*. Im Niederspringen blieb er oberhalb einer tiefen Schlucht an einem Baum hängen. Da lag ein fürchterlicher Drache. Auf jede Seite des Baumes stellte sich eine Maus, die an seinen Wurzeln nagte; die eine war weiß, die andere schwarz. Als er die Mäuse bemerkte,

Ein peispel. *Vgl. Rudolf v. Ems: ‚Barlaam und Josaphat', V. 4605–4754. Ä. nach Q 32.*

do kam sein hercz in graus.
da er die ågen nider sluge
vnd sah den trachen ligen in der laus,
alz er sein heipt vff truge
vnd ob im sah daz eingehůrn,

Da wart sein leben piter.
yn grosser uorcht waz er vff disem pom,
in engstiglichem ziter.
da er ein weil dar vff gestunt,
Zwuschen des pomes zweigen
sah er ein waben clein von hůnig som;
dar zu pegvnd er steigen
vnd nam daz hůng in seinen mvnt.
Do er enpfant der milten sůssung, die da waz
an dem cleinen vnd schno̊den,
d*e*z trachen vnd des eingehůrnes, aller seiner not
er gencziglich vergas.
sein hercz begund im nůmen plo̊den.
on uorcht vnd angst er vff dem bome sas.
in dauht, er schwept in fro̊den,
wie wol im nahend waz der tot.

Hie solt ir mercken eben:
der tot, der ist daz einhorn vngeslaht.
der pom peteût daz leben,
da wir gar to̊rlich hangen an.
Merckend, ich wil eûch sagen:
die meûs weiß vnd swarcz, daz ist tag vnd naht,
die vnser leben nagen,
bis es nit lenger mag bestan.

---

erfaßte sein Herz ein Grausen. Als er die Augen nach unten wandte und den Drachen auf der Lauer liegen sah, als er den Kopf hob und das Einhorn über sich erblickte, 19 da wurde sein Leben eine Qual. In großer Furcht, unter angstvollem Beben verharrte er auf diesem Baum. Als er eine Weile dort geblieben war, sah er zwischen den Zweigen des Baumes eine kleine Honigwabe; zu der kletterte er hin und kostete von dem Honig. Als er die liebliche Süße, die das kleine und wertlose Ding enthielt, schmeckte, vergaß er Drachen und Einhorn [und] all seine Not völlig. Sein Herz hörte auf zu verzagen. Ohne Furcht und Angst saß er auf dem Baum. Er glaubte, es lebe sich herrlich, obgleich ihm der Tod nahe war. 35 Nun sollt ihr erkennen: Der Tod ist das wilde Einhorn. Der Baum versinnbildlicht das Leben, an dem wir so töricht hängen. Gebt acht, ich will euch erklären: Die schwarze und weiße Maus, das sind Tag und Nacht, die unser Leben zernagen, bis es nicht länger dauern kann.

29 daz.

Der teûfel ist der trach, der nǎch dem menschen stǎt.
wy dick in got hermanet,
so stercket er sich mit dem hûng – daz ist der weltlich lust –,
biz er vergißt seynr not.
do mit er seiner sel nit schonet.
ach mensch, pedenck dein schwacheit vnd den tŏt,
wy nǎh es pei dir wonet,
bedenck, wu zu du kummen mu̥st! *Q 29*

ein exempel von der heilg trinitot

[In der Hofweise]

[Melodie]

Wol drey gesellen gůt,
die bulten vͤmb ein maget.
den ward eins mals getaget,
den gsellen allen dreyn,
Von diser iuncfraw uein.
daz waz ein ieger frischer
vnd ein gemeiter uischer,
ein edler ualkner frey.
Drey dise komen bey
die selben ivncfraw schon.
yeglicher wolt sie hon,
die zarten mage*t* reine.
sie wurden vͤber eine
vnd teilten ir ein spil.

Welcher ir wol geuil,
den selben solt sie haben,
wann vnder disen knaben
solt sie sein welens hålb.

Der Teufel ist der Drache, der dem Menschen nachstellt. Wie oft ihn Gott ermahnt, er stärkt sich mit dem Honig – das ist die Lust dieser Welt –, bis er seine Not vergißt. Dabei nimmt er keine Rücksicht auf seine Seele. Ach Mensch, bedenke deine Armseligkeit und wie nahe dir der Tod ist, bedenke, wohin du unausweichlich kommst!

EIN EXEMPEL: Ein Gleichnis von der Heiligen Dreifaltigkeit. Drei wackere Gesellen freiten um ein Mädchen. Allen drei Gesellen wurde einmal von dem hübschen Mädchen ein Tag zur Zusammenkunft bestimmt. Es waren ein frischer Jäger und ein lustiger Fischer [und] ein edler, fröhlicher Falkner. Diese drei kamen zu dieser schönen Jungfrau. Jeder wollte dies liebe, schöne Mädchen besitzen. Sie kamen überein und ließen sie wählen. 18 Denjenigen, der ihr gut gefiele, sollte sie bekommen, denn sie sollte mit den Gesellen beisammen sein, um ihre Wahl zu treffen.

EIN EXEMPEL *Ä. nach Q 32.* 15 mage.

Yeglicher waz im sålb
peid fursprech vnd tag leister.
da sprach der ieger meister:
„iuncfrôwlein, hôrent mich!
ICh bin so kůnstenrich,
hôrt, wie ich euch geuall!
mein kunst get fůr sie all.
ich kan heczen vnd iahen,
die wilden tirlein uahen.
kein walt so wilder ist,

Zwor ich sie vberlist."
der uischer sprach: „her ieger,
ich bin der maget weger,
mir ist mein kunst gewiß.
ICh kan wol uahan uiß.
ich leg in necz vnd lauge,
tieff in des wassers wauge
ich sie begreiff vnd uaw."
Då entwurt im alså
der valkner hochgemut,
er sprach: „mein kunst ist gut,
uil besser wann die eůre
nåch rehter abenteůre;
daz red ich sunder lab.

Håh auß den lůfften ab
kan ich den ualken reissen
mit locken vnd mit beissen,
daz er mein luder nympt.
Nun merckend, welcher zimpt
euch, iuncfraw, vndr uns dreien,
den ir da wellent freien!"

Ein jeder war zugleich Anwalt für sich selbst und Versammlungsmitglied *[?]*. Da sprach der Jägermeister: „Jungfräulein, hör mich an! Ich bin ein Meister meiner Kunst, hör, auf welche Weise ich dir gefallen kann! Meine Kunst übertrifft die der anderen alle. Ich kann hetzen und jagen, die wilden Tierlein fangen. Kein Wald ist so unwegsam, 32 daß ich sie nicht [doch] überliste." Der Fischer sprach: „Herr Jäger, ich passe besser zu dem Mädchen, ich bin meiner Kunst sicher. Ich kann Fische fangen. Ich lege ihnen Netze und Hinterhalte, tief im Wasser ergreife und fange ich sie." Darauf antwortete ihm der edle Falkner folgendermaßen, er sprach: „Meine Kunst ist vortrefflich, viel besser als deine, gemessen an wahrhaft kühnem und edlem Tun; das sage ich, ohne [mich] zu loben. 46 Hoch aus den Lüften kann ich mit Locken und Beizen den Falken herunterholen, so daß er meine Lockspeise annimmt. Nun sieh zu, welcher von uns dreien zu dir, Jungfrau, paßt, so daß du ihn freien willst!"

da sprach die tugenrich:
„Mjch duncket sicherlich
eŭr dreier wesen eins.
fvr war, ich kan ir keins
gescheiden von dem andern.
an eŭch ist kein ver wandern,
ich sol eŭch han all drey.“

Da wart die maget frey
den dreyen zugemehelt.
nvn wŭrt euch hie uer wehelt
diz beispel sunder spot:
Der ieger, daz ist got,
der uater in dem trone.
der uischer ist der sone,
der edel ualkener
Der heilig geist uil her.
maria, ivncfraw zart,
in da uer mehelt wart.
die drey kamen in eine
zu diser iuncfraw reine,
also enpfieng sie got. *Q 29*

Dje uogel in der aw
al singen durch ein ander;
man hŏret den galander
vnd ăch fraw nahtigaln.
Dje amsseln vnd troschaln
vnd lerchen, uincken, zeisen,
stigliczen, wahteln, meisen
sein sich an einem reyn
Freyn gen dem edlen meyn.

Da sprach das sittsame Mädchen: „Mir scheint euer dreier Wesen eines zu sein. Wahrhaftig, ich kann keines vom anderen unterscheiden. Ihr seid einander gleich, ich werde euch alle drei nehmen.“ Da wurde die edle Jungfrau den dreien vermählt. Nun wird euch hier dieses Gleichnis ohne Spott ausgelegt: Der Jäger ist Gott, der Vater in dem Thron. Der Fischer ist der Sohn, der edle Falkner ist der erhabene Heilige Geist. Maria, die zarte Jungfrau, wurde ihnen da angetraut. Die drei kamen in einer Person zu dieser reinen Jungfrau, auf diese Weise empfing sie Gott.

DJE UOGEL: Die Vögel in der Au singen alle durcheinander; man hört die Lerche und auch Frau Nachtigall. Die Amseln und Drosseln und Lerchen, Finken, Zeisige, Stieglitze, Wachteln, Meisen freuen sich im Reigen über den schönen Mai.

sein wunnigliches glencz
vns pringet schôn gepflencz
in heiden vnd in anger.
die sten mit plumen swanger:
rot rosen, lilgen weiß.

Gezirt naͧch allem fleiss
in aller hande uarwen,
tut sich die heid vermarwen,
schon grunt des waldes hack.
Daz geit so sussen schmack
von plummen vnd uon plûte.
des edlen meien gûte
hat vns ergeczet ser
DEr   argen pein vnd swer,
die vns der winter ueig
waz wrcken vnd erzeig.
dar vmb lob ich den meien,
seit daz er tut erfreien
die Cleinn walt uogelein.

Worvmb solt mich denn mein
zart liebste, ausserwelte
mit frôden maniguelte
aͧch nit erfråwen hie?
Sie frôwet mich, wann sie
ist mir ein summer wunne,
mein augel weid, mein sunne,
mein lust, mein baradeis.
Breis,   lob ich ir beweis.
ich lob ir weiplich zuht
fur alles meien fruht
vnd aller plûmlein plûte.

Sein wonnigliches Frühlings[wetter] bringt uns die schöne Vielfalt der Pflanzen auf Heide und Wiese. Die stehen voller Blumen: rote Rosen, weiße Lilien. 15 Mit Sorgfalt in allen Farben geschmückt, erneut sich die Heide, schön grünt das Gesträuch des Waldes. Es duftet so süß von Blumen und Blüten. Die Güte des edlen Frühlings hat uns reichlich entschädigt für die schlimmen Schmerzen und Beschwerden, die uns der verwünschte Winter geschaffen und bereitet hat. Deshalb lobe ich den Mai, weil er die kleinen Waldvögelchen erfreut. 29 Warum sollte mich denn meine Allerliebste, Auserwählte jetzt nicht auch mit mannigfachen Freuden ergötzen? Sie beglückt mich, denn sie ist meine Sommerwonne, meine Augenweide, meine Sonne, meine Lust, mein Paradies. Preis [und] Lob widme ich ihr. Ich rühme sie, mein artig feines Mädchen, mehr als alles, was der Mai hervorbringt, und mehr als die Blüten aller Blumen.

sie hot mir mein gemuͦte
in ganczer lieb en zunt,

Vnd meines herczen grunt
hot sie mir gancz vmbsessen.
ich kan ir nit vergessen,
sie leit mir in dem synn,
Waz ich wirck vnd pe gynn:
ich slauff, wach, sicz, ich stone,
ich es, trinck, reit, ich gone –
wu ich pin, waz ich to,
So gwinn ich nvmmer ro.
hercz, mut vnd mein begir
stet alles hin zu ir.
mein hercz kan ich nit zwingen,
uon soͦlcher liebe pringen,
das ich die von mir schieb.

Du aller liepstes liep,
von dir kon ich nit wencken.
schoͦns lieb, du solt gedeͤncken,
waz du mir hast geret:
Gancz liebe, trew vnd stet
hastu verheissen mire,
da ich schied nehst von dire
in einem kemmerlein.
Mein zartes froͦlin vein,
da ich dich vmbe vieng,
ein kuͦssen do er gieng,
vnd ich dir zu waz sagen,
daz ich in uirczen tagen
ẃider welt pei dir sein. *Q 29*

Sie hat mir mein Gemüt ganz in Liebe erglühen lassen 43 und hat mir meines Herzens Grund ganz umstellt. Ich kann sie nicht [mehr] vergessen, sie liegt mir im Sinn, was ich auch tue und beginne: ich schlafe, wache, sitze, ich stehe, ich esse, trinke, reite, ich gehe – wo ich bin, was ich tue, ich finde niemals Ruhe. Herz, Sinn und all mein Wünschen strebt zu ihr hin. Ich kann mein Herz nicht bezwingen, es nicht von solcher Liebe abbringen, so daß ich von ihr lasse. 57 Du allerliebste Geliebte, ich muß dir treu sein. Schönes Lieb, du sollst nicht vergessen, was du mir gesagt hast: Wahre Liebe, Treue und Beständigkeit hast du mir zugesagt, als ich neulich in einem Kämmerchen von dir Abschied nahm. Mein liebes, schönes Mädchen, als ich dich in die Arme nahm, da haben wir uns geküßt, und ich habe dir versprochen, daß ich in vierzehn Tagen wieder bei dir sein würde.

Unbekannter Verfasser

[Melodie]

All mein gedencken, dy ich hab, dy sind pey dir.
dw außerweͦlter, ayniger trost, pleib stet pey mir!
du, du, du solt an mich gedencken!
het ich aller wunsch gewalt,
von dir wolt ich nit wenncken.

Dw außerweͦllter, eyniger trost, gedenck dar an:
leib vnd gut, das sollt du gancz zu eygen han.
dein, dein, dein will ich beleyben.
du geist mir frewd vnd hohenmůet
vnd kanst mir layd vertreyben.

Dein allein vnd nymannts mer – das wiß fůr war!
test du deͦsgleichen jn trewen an mir, so weͦr ich fro.
du, du, du solt von mir nit seczen!
du geist mir freud vnd hohen můet
vnd kanst mich layds ergeͦtzen.

Dy allerliebst vnd mynicklich, dy ist so zart,
jren gleich jn allem reich vindt man hartt.
pey, pey, pey ir ist kain verlangen.
do ich nw von ir schaiden solt,
do hett sy mich vmbfanngen.

Die werde reyn, dy ward ser wayn, do das geschach.
„du pist mein vnd ich pin dein“, sy traurig sprach,
„wann, wann, wann ich sol von dir weichen.
jch nye erkannt, noch nymer mer
erkenn ich dein geleichen.“ *Q 17*

All mein: All meine Gedanken, die ich habe, die sind bei dir. Du auserwählter, einziger Trost, bleib in Treue bei mir! Du, du, du sollst an mich denken. Hätte ich Macht über alle Wünsche, ich wollte nicht von dir weichen. 8 Du auserwählter, einziger Trost, denk daran: Was ich bin und habe, soll dir ganz gehören. Dein, dein, dein will ich bleiben. Du gibst mir Freude und Lebensmut und kannst mir das Leid vertreiben. 13 Nur dein und niemandes sonst – das sollst du wissen! Wärest du mir ebenso treu, ich wäre glücklich. Du, du, du sollst nicht von mir gehen! Du gibst mir Freude und Lebensmut und kannst mich im Leiden trösten. 18 Die Liebliche, die ich unendlich liebe, ist so zärtlich, ihresgleichen findet man in allen Landen nicht. Bei, bei, bei ihr schweigt alle Sehnsucht. Als ich nun von ihr scheiden mußte, da hielt sie mich im Arm. 23 Mein schönes Lieb, das weinte sehr, als das geschah. „Du bist mein und ich bin dein“, sprach sie traurig, „doch, doch, doch muß ich mich von dir trennen. Einen wie dich fand ich nie, noch werde ich ihn jemals finden.“

All mein *Die Niederschrift dieses und des folgenden Liedes ist auf den 5./6. Febr. 1460 datiert.* 18–27 *Nicht zum urspr. Bestand gehörig.*

Unbekannter Verfasser

[Melodie]

Jch spring an disem ringe
deͤs pesten, so ichs kan;
von huͤbschen frewlein singen,
als ichs geleret han.
Jch raidt durch fremde lande,
do sach ich mancher hande,
do ich dy freůlein vand.

Die frewelein von francken,
dy sich jch alzeit gerne;
Noch jn stien mein gedancken,
sy geben suͤssen kerne.
Sy seind dy veinsten dirnn.
wolt got, solt ich jn zwirnen,
spynnen wolt ich lernen!

Die frewelein von swaben,
dy haben gulden har,
so duͤrens frischlich wagen,
sy spynnenn vͤber jar.
der jn den flachs will swingen,
der muß sein geringe,
das sag ich euch fuͤrwar.

Die frewelein vom Reyne,
dy lob ich offt vnd dick;
sy sind huͤbsch vnd veyne
vnd geben frewnntlich plick.
Sy kuͤnnen seyden spynnen,
dy newen liechtlein singen –
sy seind der lieͤb ein strick.

Jch spring: Ich tanze in diesem Kreis, so gut ich's kann; von hübschen Mädchen singe ich, wie ich es gelernt habe. Ich ritt durch fremde Länder, da habe ich, wo ich Mädchen traf, so manches erlebt. 10 Die Mädchen aus Franken sehe ich allezeit gern; zu ihnen gehen meine Gedanken, sie schenken den süßen Kern. Es sind die feinsten Mädchen. Wollte Gott, ich dürfte ihnen das Garn drehen, ich lernte [sofort] das Spinnen! 17 Die Mädchen aus Schwaben haben goldenes Haar, deshalb lassen sie sich keck darauf ein, sie spinnen das ganze Jahr hindurch. Wer ihnen den Flachs schwingen will, ich sage euch, der muß behende sein. 24 Die Mädchen vom Rhein rühme ich oft und viel; sie sind hübsch und fein und schauen einen freundlich an. Sie können Seide spinnen, die neuen Liedchen singen – sie sind ein Fallstrick der Liebe.

Die frewelein von Sachsen,
dy haben schewren weyt;
dar jnn do paßt man flachsße,
der jn der schewren leyt.
der jn den flachs will possen,
muß haben ein sleͤgell grosse,
dreschend zu aller zeyt.

Die frewelein von Bayren,
dy kuͦnnenn kochen wol;
mit keͤsen vnd mit ayren
jr kuchen, die sind vol.
Sy haben schoͦne pfannenn,
weyter dann dy wannen,
haysser dann ein kol.

Den frewlein sol man hofiren,
alzeyt vnd weil man mag.
die Zeyt, dy kummet schire,
es wirt sich alle tag:
Nw pin ich worden alde,
Zumm wein muß ich mich halden,
all dy weyl ich mag. *Q 17*

1460–1480

Unbekannter Verfasser

Es ist ein schne gefallen,
vnd ist es doch nit czeit;
man wurft mich *mit* den pallen,
der weg ist mir verschneit.

---

31 Die Mädchen aus Sachsen haben geräumige Scheunen; darin stößt man den Flachs, der in der Scheune liegt. Wer ihnen den Flachs stoßen will, muß einen großen Flegel haben, der allezeit drischt. 38 Die Mädchen aus Bayern können gut kochen; ihre Küchen sind voll von Käse und Eiern. Sie haben schöne Pfannen, größer als Wannen, heißer als Kohle. 45 Den Mädchen soll man singen, wann immer man kann. Die Zeit kommt bald, es wird jeden Tag schlimmer *[?]*: Nun bin ich alt geworden, ich muß mich an den Wein halten, wann immer ich kann.

Es ist: Es ist Schnee gefallen, und es ist doch noch zu früh; man wirft mich mit Schneebällen, der Weg ist mir verschneit.

Es ist *Mel. vgl. Q 107 Nr. 164.* 4*f.* 14–25 *vermutl. jüngerer Zusatz.*

Mein hauß hat keinen gibel,
es ist mir worden alt;
czerbrochen sin mir dye rigel,
mein stublein ist mir kalt.

Ach lib, laß dichs erparmen,
das ich so elend pin,
vnd sleuß mich yn dein armen,
so vert der winter do hin!

Der winter wil vnß entschleichen,
der summer vert do herr,
mir libt ein seuberliche –
wolt got, wer sie mein!

Jch hat mir erkoren
ein minigliches leut,
an dem ich hab verloren
mein lib vnd auch mein treü.

Das lidlein sein gesungen
von einem freulein fein;
ein ander hat mich verdrungen,
das muß ich gut lan sein. *Q 53*

Unbekannter Verfasser

O reiserey, du hartte speis,
wie dustu mir so ant ym pauch!
jm stro so peissen mich die leus,
die leilach sind mir uil czu rauch.

---

6 Mein Haus hat keinen Giebel, es ist mir alt geworden; die Riegel sind mir zerbrochen, mein Stübchen ist kalt. 10 Ach Liebchen, laß dich erbarmen, daß ich so unglücklich bin, und schließ mich in deine Arme, dann geht der Winter vorbei! 14 Der Winter will sich davonmachen, der Sommer hält seinen Einzug, ich bin einer Hübschen gut – wollte Gott, sie wäre mein! 18 Ich hatte mir ein reizendes Mädchen ausgesucht, an das ich meine Liebe und meine Treue vergeblich gewendet habe. 22 Das Liedchen wurde eines hübschen Mädchens wegen gesungen; ein anderer hat mich verdrängt, ich kann's nicht ändern.

O REISEREY: O Reiterleben, du hartes Brot, wie tust du mir so weh im Bauch! Im Stroh beißen mich die Läuse, diese Laken sind mir viel zu rauh.

O REISEREY *Mel. nicht erh.*

Jch thumer gauch, wor vmb thun ich das?
bey einem puger wer mir pas,
vnd hulff der dirne mehen das gras.

So geb sye mir ein rossen krancz,
der macht mich frisch vnd wolgemut.
Mit der ging ich an den abent tancz.
Mein sach ward slecht, das pett ward gut,
so wer ich aller sorgen ab,
die ich ym reuters leben hab:
jch han kein gelt, wo ich hin trab. *Q 53*

Michel Beheim

[In der Osterweise]

[Melodie]

Jch kam ains mals czu ainem tag,
da hort ich klag und wider klag
uon tirn und Creatauren,
die ains dem andern offenbart.
da sprach daz rass: „eş leit mir hart,
des muss ich ůmmer trauren,
Von videlern und geigern:
dy rauben mich in meinem swancz,
da mit treibens irn uirlauancz;
dez mag ich nit uer weigern.

Dez selben hårs in meinem starcz
pesůlpern sy mit pech und harcz.
auff schelmigen schåff dermen

Ich dummer Narr, warum mache ich das auch? Besser ginge es mir bei einem Bauern *[?]*, wo ich der Magd das Gras mähen hülfe. 9 Dann gäbe sie mir einen Rosenkranz, der machte mich fröhlich und vergnügt. Mit ihr ginge ich zum Abendtanz. Meine Sache käme ins Lot, das Bett würde gut, ich wäre alle Sorgen los, die ich im Reiterleben habe: mir fehlt es an Geld, wohin ich auch reite.

Jch kam: Ich kam einmal zu einem Gerichtstag, da hörte ich von Tieren und Geschöpfen Klage über Klage, die eines dem anderen kundtat. Da sprach das Pferd: „Fiedler und Geiger machen mir das Leben schwer, darüber muß ich ewig trauern: die berauben mich an meinem Schwanz, damit treiben sie ihren Firlefanz; ich kann nichts dagegen machen. 14 Das Haar aus meinem Schwanz besudeln sie mit Pech und Harz. Auf ekligen Schafsdärmen

O reiserey 7 pruger.

Jch kam *Ä. nach Q 112.*

Raffeln sy da mit uber czwer
ain weil hin, dann dy andern her;
da uar ist kain peschermen."
Do antwurt jm daz schauffe:
„mir tet nåter klagens dann dir.
nach meinem leib stellen sy mir
mit manchem schno̊den kauffe.

Mein derm czihens mir auss dem pauch
und nůczens czu spåtlichem brauch:
ober den holen bretern
Sein sy czerdenet und gespant,
da mit wurt manch jausslicher tant
getriben uon fůrtretern,
Lauten slehern und trumpern."
da ruffet dy ganss: „gag gag gag,
ai, daz perůret ach mein klag,
wann ich uor salchen stůmpern

Doch nůmer sicher pleiben kan.
wu sy mich můgen kummen an,
sa werffen sy mich nider
Und ro̊ben mich mit ualschem lauss.
an meinen flůgeln sy mir auss
reissen mein arms geuider
Und machen dor auss kile.
auff den schelmigen dermen, do
raffeln sy hin und her; also
treibens ir gåkel spile."

Do sprach dy gaiss: „ez tut mir czorn,
daz sy mir nemen meine horn,
åch mit tůteln und bleken

---

schrammeln sie damit herum, einmal hin, dann wieder her; dagegen gibt es keinen Schutz." Da entgegnete ihm das Schaf: „Ich hätte mehr Grund zu klagen als du. Mit manchem schmählichen Handel trachten sie mir nach dem Leben. 24 Sie ziehen mir die Därme aus dem Leib und benutzen sie für ihr Allotria: über hohle Bretter sind sie gezogen und gespannt, damit wird von den Vortänzern, Lautenspielern und Trommlern manch ausgelassenes Possenspiel getrieben." Da ruft die Gans: „Gag gag gag, ei, davon handelt auch meine Klage, kann ich doch bei solchen Stümpern 34 meines Lebens nicht sicher sein. Wo sie mich erwischen, werfen sie mich nieder und berauben mich durch tückische Fallen. Sie reißen mir an den Flügeln meine armen Federn aus und machen daraus Kiele. Auf den ekligen Därmen schrammeln sie damit hin und her; so treiben sie ihre Possen." 44 Da sprach die Ziege: „Es bringt mich in Wut, daß sie mir meine Hörner nehmen und damit tuten und blöken

Mit uinger greiffen klain und gross.
wann ich erhoͦr den selben toss,
so bringet ez mir schreken.
Wann ich wil allweg wenen,
mein swester pei den wolffen sei,
daz sy allso mekel und schrei,
sy sy reissen und denen."

Da sprach der hunt: „hart ach mein nat!
sy stellen uast auff meinen tat.
dy selben gampler treiben
Ir gugel spil mit meiner hevt.
dy wvͤrt czer denet und gebleut,
daz sy sich moͦht czerkleiben.
Wann ich erhaͦr daz pumpen,
aͧch daz grass radeln und gebreht,
sa gedenk jch an mein gesleht,
vater, pruder und kumpen."

Do sprach daz rar und dy pfeiff: „seht
aͧch vnser ungemach und schmeht!
hart, wy sy in vns peissen
Mit greinen, czannen und griss gra*m*
czwuschen irn scharpfen czenen, sam
sy vns wellen czer reissen!
Vil manchen gaiver, schnaczen
sy scheusslich durch uns lassen. ia
vnloͦstiglichen sy uns da
vmb suczeln und peroczen."

Dy trumet sprach: „ich klag daz selb,
diz ist aͧch nahent meinen helb.
fraislich sy mich erschellen,

---

unter allerlei Herumgefingere. Wenn ich diesen Ton höre, packt mich der Schrecken. Denn ich glaube jedesmal, meine Schwester sei unter die Wölfe geraten [und] sie rissen und zerrten an ihr, daß sie so meckert und schreit." 54 Da sprach der Hund: „Hört auch meine Not! Sie sind sehr darauf bedacht, mich zu töten. Eben diese Gaukler treiben ihre Narreteien mit meiner Haut. Die wird gereckt und zerbleut, daß sie platzen möchte. Wenn ich das Rumsen höre und das große Poltern *[?]* und Lärmen, so denke ich an meine Geschlechtsgenossen, an Vater, Bruder und Kumpane." 64 Da sprachen Rohr und Pfeife: „Seht auch unsere Not und Schmach! Hört, wie sie, zwischen ihren scharfen Zähnen plärrend, heulend und knurrend, in uns hineinbeißen, als wollten sie uns zerreißen! Viel Spucke [und] Schleim lassen sie ekelerregend durch uns laufen. Ja, sie beseibern und berotzen uns unablässig *[?]*." 74 Die Trompete sprach: „Ich klage über das gleiche, dies ist bei mir ganz ähnlich. Gräßlich lassen sie mich ertönen,

67 grann.

Ich maht czerreissen uan dem grym!
uon salcher fraissenglicher stymm
wurt afft iamer und quellen
Und ungefuges klagen:
arm gebavren und schelmig geul,
gaiss, ku, kelber, esel und meul
sy greůslich mit mir iagen."

„Hort ăch mein kumer", sprach dy leir,
„ich han gar selten rast nach ueir.
v̊ber czeit in dem tage
Wurt ich von swachen weiben auss
getragen umb uon haus czu haus;
dez wurt mein armer krage
Umb gewůrgt und verdrete,
alz ab ich sei ain faiste ganss,
der man czerdenet iren flanss
vnd sy pei dem feur prete."

„Unser verschmehung not und mie
solt ir ach horen", sprachen dy
schellen und ach dy pritsche,
„Die wir tulden an mancher stat
uon uil freihait und puben frat,
vnd dach heller noch pitsche
Mit uns erwerben nůmmer."
da sprach dy edel singens kunst:
„fraw er, ich such dein huld und gunst
und klag dir ach mein kůmer:

---

ich könnte von diesem Ungestüm zerspringen! Durch solche schauerlichen Klänge entstehen oft Jammer und Qual und ungeheures Klagen: arme Bauern und abgetriebene Gäule, Ziegen, Kühe, Kälber, Esel, Maultiere jagen sie schrecklich mit mir." 84 „Hört auch meinen Kummer", sprach die Leier, „ich habe so gut wie nie Rast oder Freizeit. Den ganzen Tag über werde ich von elenden Weibern von Haus zu Haus herumgetragen; davon wird mein armer Hals gewürgt und verdreht, als ob ich eine feiste Gans wäre, der man den Schnabel umdreht und die man am Feuer brät." 94 „Not und Elend unserer schmählichen Behandlung sollt ihr auch anhören", sprachen die Schelle und die Pritsche, „die wir vielerorts von vielen Landstreichern und durchtriebenen Schelmen erdulden, die doch mit uns niemals einen Heller oder ein Maß Wein erwerben." Da sprach die edle Sangeskunst: „Frau Ehre, ich erbitte deine Huld und Gunst und klage dir auch meinen Kummer:

84 leir *Dreh- oder Radleier, ein Streichinstrument, dessen Saiten durch ein im Innern des Corpus laufendes, mit einer Kurbel gedrehtes Scheibenrad angestrichen werden; das Instrument stand in geringem Ansehen (M. Praetorius: „Bauren- und umblaufende Weiber-Leyer").*

Jez wellen fursten unde hern
mein nůmen ahten und pegern
in kainer handlei weise,
Sam sy uor czeiten teten hie;
wann ich han allweg ye und ye
gehabt den hǻhsten preise.
Kaiser, kůng, fůrsten, herren
czugen mich vor aln kůnsten fůr
und gäben mir dy hôhsten kur
on allez wider sperren."

Do antwort ir fraw er und sprach:
„sôlcher lestrung und vnczuht smach
wunder nit, liebe swester!
Ich pin selb nit mer wal czu hauss,
wann mein wirdikait ist nun auss,
ye lenger vnd ye uester.
Wann ez hat sich fraw schande
wider mich hy gewarffen af;
die ist nun an der herren haf
frevntlich worden pekande.

Darumb pin ich warden unwert,
daz nymen mit mir mer pegert
kainer handlai czu treiben.
Wer uil vnczuht vnd lasters kan,
der ist czu haf ain werder man
uor herren und ǻch weiben.
Gumpler, narren, grob knorczen
man uil uor rainen frawen siht
treiben laster und ungeschiht
mit raczen, kôpeln, gorczen,

---

104 Heutzutage wollen Fürsten und Herren mich in keiner Weise mehr achten und nach mir verlangen, wie sie es früher taten; denn ich habe immer und überall größtes Ansehen genossen. Kaiser, Könige, Fürsten, Herren zogen mich allen [anderen] Künsten vor und gaben mir unbestritten den höchsten Rang." 114 Da antwortete ihr Frau Ehre und sprach: „Wundere dich nicht über die Schmach solcher Lästerung und schlechten Behandlung, liebe Schwester! Ich bin selbst nicht mehr recht heimisch [dort], denn mit meiner Wertschätzung ist es je länger, je mehr vorbei. Denn Frau Schande hat sich hier gegen mich erhoben; die hat nun am Hof der Herren freundliche Aufnahme gefunden. 124 Deshalb bin ich verächtlich geworden, so daß sich niemand mehr mit mir abgeben will. Wer sich mit Schande und Laster gut auskennt, der ist am Hof ein hochgeschätzter Mann vor Herren und vor Damen. Possenreißer, Narren, grobe Knollen sieht man vor den Augen edler Frauen schamloses und ungehobeltes Benehmen an den Tag legen: sich Kratzen, Rülpsen, Kotzen,

Scheissen, speien. schampere wart
man uil uon in uernympt und hart;
wann waz sy tun vnd uben,
Daz ist nun allez wal getan.
ripel raier, låter, růffian,
uer reter, freihait, puben,
Lieger und schelk verruchte
sein nun der frawen kamer kneht;
unczuht, lesterung und ver schmeht
ist nun er und ach czuchte.

Wann alle ding auff diser ert
haben sich genczigliche ver kert:
daz hinder get nun fůre,
Und daz vorder get hinder sich
vnd muss mit verschmehlicher swich
pesten hinder der tůre.
Darumb darfftu nit wundern,
mein liebe swester, solcher schmeh,
wann czuht, suptilkait, er, kunst weh
man nit mer sicht auss sundern." *Q 29*

Hans Rosenplüt

Des Snepprers an klopfen

Klopf an, klopff an,
Der himel hat sich auf getan;

134 Scheißen, Spucken. Unflätige Redensarten hört und vernimmt man viel von ihnen; denn was sie tun und treiben, das gilt jetzt alles als wohlgetan. Seiltänzer, Taugenichtse, Kuppler, Verführer, Landstreicher, Spieler, Lügner und ruchlose Bösewichte sind nun die Kammerdiener der Damen; Unzucht, Laster und schmähliches Tun gelten nun als Ehre und Zucht. 144 Denn alle Dinge dieser Erde haben sich ganz und gar in ihr Gegenteil verkehrt: was hinten war, kommt nun nach vorn, und was vorn war, tritt zurück und muß in schmachvoller Stummheit hinter der Tür stehen. Deshalb brauchst du dich, liebe Schwester, über diese Schmach nicht zu wundern, denn Zucht, Feinsinnigkeit, Ehre, edle Kunst erachtet man nicht mehr als etwas Besonderes."

Des Snepprers an klopfen: Klopf an, klopf an, der Himmel hat sich aufgetan;

Des Snepprers *Im 15. Jh. kam der Brauch auf, an den Abenden zwischen dem 1. Adventssonntag und dem Fest der Erscheinung (6. Jan.) von Haus zu Haus zu gehen und zu klopfen, wobei man sang, bettelte, Glück wünschte u. dgl. Die Klopf-an-Gedichte fingieren die Antwort der Hausbewohner.* 2 Sneppre *Beiname Rosenplüts.*

Daraus ist hail vnd seld geflossen,
Domit werstu begossen,
Du seist fraw oder man!
So wil ich dir wunschen, waz ich kan:
Ein kůn hercz, einen frischen mut
Vnd was deinem leib wol thut
Vnd schön vnd sterck vnd weysheit vil
Vnd was dein hercz newrt wil
Vnd gesunten leib vnd lanck leben,
Das muß dir got auf erden geben!
Hab dir Sampsons sterck vnd krafft
Vnd Allexanders herschafft
Vnd hab dir die schön absoloms
Vnd auch die weysheit salomoms
Vnd hab dir guten mut
Vnd hab dir priester Johannis gůt
Vnd hab dir Sussannen vnschult
vnd aller schonen frawen huldt!
Als vil Stern am himel stan,
als manig gucz Jar gee dich an!
Als vil tropfen ym mer sein,
als manig engel pflegen dein,
Die weil du hie auf erden pist!
Des helff dir der heilig crist,
Der von der Junckfrawen ist geporn!
far hin dein straß von dannen, kum morgen!

Q 85

---

daraus ist Heil und Segen geflossen, damit sollst du übergossen werden, seist du nun eine Frau oder ein Mann! Nun will ich dir wünschen, was ich kann: ein kühnes Herz, einen frischen Mut und [alles], was dir im Leben wohltut, und viel Schönheit und Kraft und Weisheit und was dein Herz nur begehrt, und Gesundheit und ein langes Leben, das soll dir Gott auf Erden geben! Du sollst Samsons Stärke und Kraft haben und Alexanders Reich und Absalons Schönheit und Salomons Weisheit, und du sollst ein heiteres Gemüt haben und den Schatz des Priesters Johannes besitzen und die Unschuld der Susanna und die Zuneigung aller schönen Frauen! So viel Sterne am Himmel stehen, so viele gute Jahre seien dir beschert! So viel Tropfen im Meer sind, so viel Engel sollen dich behüten, solange du hier auf Erden bist! Dazu helfe dir der Heilige Christ, der von der Jungfrau geboren wurde! Und nun geh deiner Wege, komm morgen [wieder]!

15–18 *vgl. S. 216 Anm. 29.* 20 *Ein im 12. Jh. zum ersten Mal erwähnter sagenhafter Priesterkönig, der irgendwo jenseits von Persien und Armenien angesiedelt wurde und ungeheure Reichtümer besessen haben soll. Vermutl. bildet die Person des chinesischen Herrschers Yeliutasche, von dem man nicht weiß, ob er Christ war, den historischen Kern der Sage.*

Hans Rosenplüt*

Weingruß

Nu gruße dich got, du edels getrangk!
Frisch mir mein lebern – sie ist kranck –
Mit deinen gesunten, heylsamen tropffen!
Du kanst mir all mein trawern verstopffen.
Selig sey der hecker, der vmb dich hackt,
Selig sey der leser, der dich abtzwackt
Vnd dich jn ein kubel legt,
Selig sey der, der dich jn die kalthern tregt,
Selig sey der putner vnd die hant,
Der dich mit reiffen vmb pant
Vnd dir da macht ein hultzein hawß,
Selig sey der, der dich ruffet awß,
Selig der wirdt, der schencken erdacht,
Selig sey der pot, der dich herebracht,
Selig sey der, der dich hat eingeschenckt,
Vnselig sey der, der ein sollichs erdenckt,
Das man die maß sol machen clein!
Nu behut dich got vor dem hagelstein
Vnd vor des kalten reiffes frost,
Du ganntz labung, du halbe kost!
Nu mussen alle die selig sein,
Die do gern trincken wein!
Den muß got alltzeit wein bescheren
Vnd speise, damit sie den leib erneren!
So wil jch der erst sein, der anfecht,
Vnd wil eine*n* trunck wol tun vnd recht. *Q 21*

Weingruss: Nun grüß dich Gott, du edles Getränk! Erfrische mir die Leber – sie hat es nötig – mit deinen gesunden, heilsamen Tropfen! Du kannst mir all meine Trübsal verscheuchen. Gesegnet sei der Weinbauer, der um dich herum die Erde lockert, gesegnet sei der Leser, der dich pflückt und dich in eine Bütte legt, gesegnet sei der, der dich in die Kelter trägt, gesegnet sei der Büttner und seine Hand, der dich mit Reifen umwunden und dir eine hölzerne Klause gemacht hat, gesegnet sei der, der dich *[öffentlich]* ausruft, gesegnet der Wirt, der das Ausschenken erfunden hat, gesegnet sei der Bote, der dich hergebracht hat, gesegnet sei der, der dich eingeschenkt hat, verflucht sei der, der auf den Gedanken kommt, daß man das Maß klein halten soll! Nun bewahre dich Gott vor dem Hagelschlag und vor dem Frost des kalten Reifs, du vollkommene Erquickung, du halbe Mahlzeit! Nun sollen alle die gesegnet sein, die gern Wein trinken! Ihnen soll Gott allezeit Wein bescheren und zu essen, damit sie bei Gesundheit bleiben! Und so will ich der erste sein, der anfängt, und will einen rechten, herzhaften Zug tun.

Weingruss 28 einem.

Weingruß

Nu gruße dich got, du lieber trunck!
Jch was dir holt, da ich was jungk,
So wil ich jm allter nicht von dir weichen.
Jch wil dir nacht vnd tag nachsleichen,
Vnd wo du bist, da bin ich gern,
Wenn ich kan krawsen vnd pecher leren
Vnd auch wol slawchen awß dem glaß.
Das lernt jch wol, do jch jungk was;
Doch dunckt mich, jch thu jm allter auch recht.
Alle mein freunde haben dich nie versmeht,
Wann du zewhest an dich als der mangnet.
Mancher zu mittage zu dir get,
Der kawm von dir kumpt zu mitternacht:
Das haben dein sueße zug gemacht.
Vnd wurffest du jr zehen des nachts jn das kot ernider,
So gingen sie doch des morgens alle gern hinwider
Vnd suchen sollich lieb vnd fruntschafft zu dir,
Sam werest du jr leiplicher pruder.
Alle, juden, heyden vnd Cristen, die piten,
Das got beschawern wolle vnd befriden
Den stock vnd die reben, daran du hangest.
Wenn du so lieplich vor mir prangest,
Wie mocht jch dir das ymmer versagen:
Jch muste dich herein gießen jn mein kragen. *Q 21*

WEINGRUSS: Nun grüß dich Gott, du lieber Trank! Ich war dir zugetan, als ich jung war, drum will ich im Alter nicht von dir lassen. Ich will dir Tag und Nacht nachtraben, und wo du bist, da bin ich gern, denn ich verstehe mich aufs Leeren von Kannen und Bechern und kann auch gut aus dem Glas schlürfen. Das habe ich bestens gelernt, als ich jung war; doch scheint mir, es ist auch im Alter noch recht. All meine Freunde haben dich nie verschmäht, denn du ziehst an wie der Magnet. Mancher kehrt mittags bei dir ein und kommt um Mitternacht noch nicht von dir zurück: das haben deine süßen Züge getan. Und würdest du ihrer zehn des Nachts in den Dreck werfen, sie kämen doch am Morgen alle fröhlich wieder an und suchten deine Liebe und Freundschaft so, als wärest du ihr leiblicher Bruder. Alle, Juden, Heiden und Christen, bitten darum, daß Gott den Stock und die Reben, an denen du hängst, beschützen und beschirmen wolle. Wenn du so lieblich vor mir erglänzt, wie hätte ich dir das je abschlagen können: ich mußte dich mir in den Hals gießen.

Kumpt kunst gegangen fur ein hawß,
So sagt man, der wirt sey awß.
Kumpt weißheit auch dafur,
So vindt sie zugesloßen die tur.
Kumpt zucht vnd ere jn derselben maß,
So mußen sie gene wider jr straß.
Kumpt lieb vnd trew vnd weren gern eyn,
So wil nyemant jr pfortner sein.
Kumpt warheit auch dar vnd clopffet an,
So muß sie lang vor der tur stan.
Kumpt gerechtigkeit auch fur das thor,
So vindt sie kethen vnd Rigel dauor.
Kumpt aber der pfening gegangen oder geloffen,
So vindt er thur vnd thor hinten vnd voren offen.

Q 21

Harpffen, geigen vnd lautenslahen
Vnd rote schuhe antragen
Vnd zotten tragen auf dem gewant,
Das man ettwenn zelet fur ein schant,
Vnd hoffart treiben mit mancher geperd
Vnd das har stoßen, das es krawse werd,
Vnd des nachts auf der gaßen hofiren
Vnd tantzen, stechen vnd turniren –
Dasselb geschicht newr vmb die zartten,
Die jr vnten zu dem ding lest wartten. *Q 21*

Kumpt kunst: Kommt die Kunst zu einem Haus, so sagt man, der Hausherr sei ausgegangen. Kommt die Weisheit auch dorthin, findet sie die Tür verschlossen. Kommen Zucht und Ehre desselben Wegs, so müssen sie wieder ihre Straße ziehen. Kommen Liebe und Treue und möchten gern eintreten, dann will niemand ihr Pförtner sein. Kommt die Wahrheit auch dorthin und klopft an, so muß sie lange vor der Tür stehen. Kommt die Gerechtigkeit ebenfalls an das Tor, dann findet sie Ketten und Riegel davor. Kommt aber der Pfennig gegangen oder gelaufen, dann findet er Tür und Tor hinten und vorn offen.

Harpffen: Harfen, geigen und Laute schlagen und rote Schuhe tragen und Quasten auf dem Rock haben, was man früher für eine Schande hielt, und im ganzen Gebaren Vornehmheit zur Schau tragen und das Haar toupieren, damit es kraus wird, und des Nachts auf der Gasse Ständchen bringen und tanzen, sich duellieren und turnieren – das alles geschieht um der Liebsten willen, die [einen] unten an ihr Dingsbums ranläßt.

WElch man als faul wer vnd als treg,
Der an eyner heissen sonnen leg,
Vncz ym die vligen ab pissen die oren
Vnd an seyner heůt wůrd geleich eim morn,
Vnd als lang slieff auff einer misten,
Vncz ym die meuß ym ars wůrden niesten,
Vnd pey dem feůr sich nicht enwent,
Vncz ym sein pruch am ars verprent,
Vnd sich vor faulheit nicht mocht lêschen –
Jch mayn, das ich lůg, hieß ich den ein rêschen. *Q 50*

WEr gern spilt vnd vngern gilt
Vnd juden lobt vnd pfaffen schilt
Vnd vngern pet vnd gern swert
Vnd also sein zeit alle verczert
Vnd vngern fast vnd geren leugt
Vnd kirchen vnd meß vnd predig fleůcht
Vnd frw vnd spat ist gern vol –
Der taug zu keinem kartheůser wol. *Q 86*

WEr seinen pulen nicht laicht
Vnd nicht feist, so er seicht,
Vnd lacht vnd nit schreit,
Vnd nicht kůst, so er geheit,
De*m* ist gleich geschehen,
Als sey er zu Rom gewesen vnd hab den pabst nye gesehen.
Q 86

WElch man: Ein Mensch, der so faul und so träge wäre, daß er in der heißen Sonne läge, bis ihm die Fliegen die Ohren abbissen und er eine Haut bekäme wie ein Neger, und der so lange auf einem Misthaufen schliefe, bis ihm die Mäuse im Hintern nisteten, und so lange beim Feuer säße, bis ihm die Hose am Arsch in Flammen aufginge, und der sich vor Faulheit nicht einmal löschen wollte – ich glaube, ich löge, wenn ich den kregel nennen würde.

WEr gern: Wer gerne spielt und ungern Schulden bezahlt und Juden lobt und auf Pfaffen schimpft und ungern betet und gerne flucht und so all seine Tage hinbringt und ungern fastet und gerne lügt und Kirche und Messe und Predigt meidet und früh und spät betrunken ist – an dem ist kein Karthäuser verlorengegangen.

WEr seinen pulen: Wer seine Liebste nicht betrügt und nicht furzt, wenn er pinkelt, und lacht und nicht juchzt, und nicht küßt, wenn er freit, mit dem steht es so, als sei er in Rom gewesen und habe den Papst nicht gesehen.

WEr seinen 5 Den.

Wer schlechtlich gelaubt der zwelf artickel
Vnd nichcznit ym darein lest wickel,
Denn das die zwelff apostel erdachten,
Domit sie die cristenheit auf prachten –
Das ain got sey aller geschopffen sach,
Driualtig in seiner gotheit wach,
Vnd ain aynigs wesen vnd ain substancz,
Der zirckel pleibt ye vnd ymmer gancz –,
Wer daz slecht gelaubt, gelerter oder lay,
Vnd nit darein tregt von gunderfay,
Der glaubt genung zu cristenlichen orden,
Darynnen alle die selig sind worden,
Die got dort ewig an plicken in freuden.
got helf vns allen, daz wir darjnn von hinnen scheiden!

Q 85

Wer einem wolf trawt auf die haid
Vnd einem pawrn gelaubt auf seinen aid
Vnd einem můnch auf sein gewissen,
Der ist hie vnd dort beschissen. *Q 85*

Wer schlechtlich: Wer schlichten Gemütes die zwölf Hauptstücke glaubt und sich dabei nichts verkaufen läßt als das, was die zwölf Apostel erdacht und womit sie das Christentum begründet haben – daß ein Gott Urheber aller Geschöpfe sei, er dreifaltig in seiner Gottheit wache, ein einiges Wesen und eine Substanz, [daß] dieser Kreis immer und ewig unverletzt bleibe –, wer das schlicht glaubt, er sei Gelehrter oder Laie, und keine falschen Lehren dazutut, der glaubt genug für den Stand eines Christen, in dem alle die selig geworden sind, die Gott dort [oben] in Freuden anschauen. Gott helfe uns allen, daß wir in diesem Stand von hinnen scheiden!

Wer einem wolf: Wer einem Wolf vertrauensvoll auf die Heide folgt und einem Bauern auf seinen Eid und einem Mönch auf sein Gewissen glaubt, der ist allemal beschissen.

Unbekannter Verfasser

Ein ander furwůrff: des tones gemess
[Im goldenen Ton Frauenlobs]

[Melodie]

SOlt ich ein krantz gewynnen,
golt- far in richer ziere,
dis wolt ich mich bedencken –
holt sint mir sieben künste,
heil- iges geistes ler –:
Teil ich myn kunst in zweie,
So ist mir vngelüngen,
wo man gesang *sol* kiesen,
hin tar ich nymmer fragen,
wann sang nit stat gelich.
Jch wil mich dar nach lencken.
hat yeman bass gesüngen,
dann noch wil ich besinnen
jn silben, rymen sagen,
die sint mannigerleye;
wer sie nit wil verliesen,
lies in dem ton gar schiere!
wes müt der künst beger,
dorch sines hertzen tünste
wurch er die ler in sich!

WEr sanges kr*on* wil tragen,
der müß sinn münt bezwingen,

Ein ander: Eine weitere Aufforderung: der Aufbau des [goldenen] Tones. Hätte ich um einen [Meistersänger]kranz zu streiten, goldfarben [und] reich geschmückt, so wollte ich dieses bedenken – die Sieben Künste [und] die Unterweisung des Heiligen Geistes stehen mir zur Seite –: Wenn ich meine Kunst in zwei Teile gliedere *[Herstellung des Meisterliedes und sein Vortrag]*, so habe ich versagt [und] ich wage dort, wo man das Singen der Prüfung unterwerfen soll, nicht [nach dem Urteil] zu fragen, wenn der Gesang[svortrag] nicht einwandfrei ist. Darauf will ich achten. Hat einer besser *[als eben beschrieben, also: einwandfrei]* gesungen, dann will ich außerdem das Sprechen in Silben [und] Versen *[d. h. den Text mit seinen Silben und Versen]* bedenken – die sind von verschiedenster Art. Wer sich *[beim Anhören des Vortrags]* von ihnen nichts entgehen lassen will, der lese schnell im Ton[schema]! Wer nach Kunst strebt, der nehme die Lehre durch die Kraft *[?]* seines Herzens in sich auf! 25 Wer die Krone der Sanges-

Ein ander *Von K. Bartsch (Q 104) auf die Mitte des 14. Jh.s datiert. Ä.* 60 *und* 75 *nach Q 104*, 8, 51 *und* 55 *nach Q 121, die übrigen außer* 58 *nach Q 7.* 2 furwůff. *Bezeichnet das dem Preissingen vorausgehende Aufforderungslied, vgl. auch S. 130.* 8 lieben 12 *f.*

(3) wie er die silben k*e*nne,
(4) her- lich die melodie –
(5) yg- lichem ton daz sin.
(6) Dick wirt gesang versumet,
(7) dar vmb müß man yn mercken
(8) gar wol vo*r* allen lütten;
(9) hie mit man yn üff haltet,
(10) vnd ist sin hohster hort.
(11) ffort wil ich rymen nennen
(12) zwentzig, der heübet stercke
(13) grunt wil ich üch wol sagen:
(14) Sie man in zehen spaltet,
(15) einer den andern rümet;
(16) also wil ich betüten:
(17) die stollen ym ab singen
(18) meßlich sich binden vin;
(19) nach syben zehen frye,
(20) doch clebrym. an dem ort

(1) Zwen cleben. an dem ersten
(2) gen vier schon uff ein ander.
(3) ye wen der dryt verblümet,
(4) sten hinder ym sol einer,
(5) der sibenzehend bint.
(6) Ver- nymmet hie den fünften,
(7) *wa*nn yn fordert der sehste.
(8) dann siben vnd der achte
(9) ver- binden sich besünder.
(10) wol heißt der nünd ein korn:

---

kunst tragen will, der muß seinen Mund dazu bringen, daß er, wie die Silben, auch in prächtiger Weise die Melodie beherrscht – für jeden Ton extra. Oft wird der Gesang vernachlässigt, deshalb muß man ihn sehr genau vor aller Ohren ‚merken' *[nach Regeln überprüfen]*, dadurch bewahrt man ihn [unverfälscht], und das ist sein bestes Teil. Des weiteren will ich zwanzig Verse nennen, das Prinzip der ‚Hauptstärke' *[der Endreime]* will ich euch angeben: man gliedert sie in [zwei Gruppen zu je] zehn, die eine rühmt die andere; auf diese Weise will ich zu verstehen geben: die Stollen *[V. 1–5 und 6–10]* binden sich in schöner Weise maßgerecht im Abgesang *[V. 11–20]*; außerdem [binden sich] siebzehn [dort] Ungebundene, [die] jedoch Klebreime [sind]. Am Ende *[V. 19, 20]* 45 kleben zwei. Am Anfang passen vier schön zusammen *[V. 1–4]*. Immer, wenn der dritte *[von ihnen]* seinen Teil zum Schmuck beiträgt, soll hinter ihm *[in Richtung des Fortschreitens gedacht]* einer stehen, der den siebzehnten bindet. Hört an dieser Stelle den fünften, denn ihn fordert der sechste. Darauf verbinden sich Sieben und der achte gesondert. Der neunte wird ein Korn genannt *[Reim über einen größeren Abstand, in der Regel über eine Strophengrenze hinweg]*:

27 künne. 32 von. 51 vonn.

(11) Forn *vier*zen er rümet.
(12) der eilffte uff daz beste
(13) sol vff zwey heüpt, züm ersten
(14) *er* Geret zehen durch wünder –
(15) der bint mit synn, vernunften
(16) den drizehen*d* –, mit machte
(17) die lesten zwen auch band er.
(18) sich, singer, daz besint,
(19) daz ir der *felent keiner*:
(20) bloß nit wann vier geborn.

Dje heübet rymen teylet, (1)
wie ir sie wolt behalten, (2)
ston ye die stollen mitten. (3)
hie einer wirt bewiset, (4)
vnd der si*n* nit verstat; (5)
künd ich es recht bescheiden, (6)
so würd myn crantz geblümet. (7)
da von, ir mercker, leret: (8)
von erst die zehen schribet, (9)
ver- *nempt* absteig da by! (10)
I, der erst, bint den dritten, *(1)*
der ander siben rümet, *(2)*
der drit den ersten heylet, *(3)*

---

er bindet weiter unten Vierzehn. Der elfte gehört aufs schönste zu zwei Endreimen, er fordert erstens Zehn durch eine erstaunliche Wendung – der bindet *[jetzt: der Klebreim 10]* in sinnvoller, kluger Weise den dreizehnten –, ferner stellte er kraftvoll *[durch den Endreim 20]* die Verbindung zu den letzten zwei *[Klebreime 19, 20]* her. Seht, Sänger, das bedenkt, damit ihr keinen davon verfehlt: Ohne Klebreim sind nur vier [Verse]. 65 Ihr sollt die Endreime so aufteilen, wie ihr sie festhalten wollt, die Stollen[reime] stehen [nämlich] immer zwischen [den anderen]. Hier wird einer unterwiesen, der das nicht versteht; könnte ich es richtig darstellen, so würde mein Kranz mit Blumen geschmückt. Deshalb lernt, ihr Merker: Schreibt zuerst die zehn [Stollenreime], hört [dann] den Abgesang mit dem Blick darauf an! I., der erste *[Abgesangvers]*, bindet den dritten *[Stollenvers]*, der zweite *[Abgesangvers]* rühmt Sieben *[den 7. Stollenvers]*, der dritte heilt den ersten,

55 sibenzen. 58 *f.* 60 drizehenn. 63 keiner felent; *Umstellung nach Q 7.* 65–67 *und* 73–74 *Zunächst sollen die Merker die Endreimwörter der beiden Stollen* – (1) *bis* (5) *und* (6) *bis* (10) – *in der Reihenfolge ihres Auftretens notieren. Beim Anhören des Abgesangs – (1) bis (10) – können sie dann kontrollieren, ob dessen Reimwörter den Reimwörtern der Stollen entsprechen: (1)* dritten *zu* (3) mitten, *(2)* rümet zu (7) geblümet, *(3)* heylet *zu* (1) *usw.; anders Carl v. Kraus (Q 121), dessen Anordnungsverfahren in der Praxis jedoch undurchführbar sein dürfte.* 69 sint. 74 for mit. 75 Ey.

schon vir den nünden tribet, *(4)*
der fůnft tüt sehs becleiden, *(5)*
der sehst den achten eret, *(6)*
ffron syben zweyer walten, *(7)*
der acht züm fünfften gat, *(8)*
wol ix den virden spyset – *(9)*
vol- len zwey zehen sy. *(10)*

JR werden tichter alle,
wir singen got zü *ere*,
wol dir, maria süße,
zier- lich gelicher wage
gencz- lich rym, silben gancz.
Zwencz- ig vnd hůndert silben
vnd sehtzehen nachclenge
künd ich in dysem tone,
wann einer sin nit weste,
daz er es hie vß czelt.
Helt, fliss dich, richer grůße
hin für die maget prenge!
laß dir daz wol geüalle!
Stand bij vns hie zü leste,
so vns der tot wil gilwen!
für vns in hymmel trone,
sol wir dich loben, here!
geczieret ist din krantz –
Nü hilff, daz ich in trage,
dü maget vßherwelt! *Q 56*

Vier treibt in schöner Weise den neunten, der fünfte bekleidet Sechs, der sechste ehrt den achten, als Herrschaft *[?]* walten die Siebenen der Zweien, der achte geht zum fünften, Neun speist den vierten – zwei[mal] zehn soll vollständig sein *[?]*. 85 Ihr ehrenwerten Dichter alle, wir singen zu Gottes Ehre [und] für dich, süße Maria, in schöner Ausgewogenheit vollkommene Verse, vollständige Silben. Einhundertzwanzig Silben und sechzehn ‚Nachklänge‘ *[die unbetonten Endsilben der weiblichen Reime]* gebe ich *[pro Strophe]* für diesen Ton an, damit, falls einer es nicht weiß, er es hier auszählen kann. Mitstreiter, sei bestrebt, der Jungfrau kostbare Grüße darzubringen! [Maria,] nimm sie wohlgefällig an! Steh uns hier an unserem Ende bei, wenn uns der Tod erbleichen läßt! Führe uns zum Himmelsthron, wenn wir dich loben sollen, Erhabene! Dein Kranz ist geschmückt – nun hilf, daß ich ihn trage, du auserwählte Jungfrau!

81 *Zum Plural: Es reimen sowohl (7)* : (2) *als auch* (7) : *(2)*. 86 lobe.

Unbekannter Verfasser

[In der Grundweise Frauenlobs]

[Melodie]

MAn fragot hoch, wo got sess, der schôpfere,
ee hymmel, erde were,
tag vnde nacht vnd alle creatur,
Vnd wo got hab genommen sin vrspringe
nach dryer formen dinge,
wo sich enzunt des heiligen geistes für.
Wer mir daz seit, wo die gotheit
entsprossen sij
vnd wie got auch hab alle ding begunnen?
wer weiß der gotheit brünnen,
dar vß geflossen sint personen dry?

WO got gewonet hab ee anbeginnen?
ach mensch, nü laß din synnen,
wie er wer, e daz die gotheit wart!
Ez wart kein got ny in sinem zesen,
ist ewiclich gewesen
driualticlich in siner gotheit zart
Ho in dem tron, dy dri person
vnd ein gestalt
an anefang gewinnet ende nummer;
kein mensch besint daz nymmer:
geist, vatter, son – ein got vß der driualt.

MAn fragot: Man stellt die schwierige Frage, wo Gott, der Schöpfer, war, bevor es Himmel [und] Erde gab, Tag und Nacht und alle Geschöpfe, und woher Gott in seiner dreifachen Gestalt gekommen sei [und] wo sich des Heiligen Geistes Feuer entzündete. Wer sagt mir, wo die Gottheit entstanden ist und wie Gott alle Dinge in Angriff genommen hat? Wer kennt den Quell der Gottheit, aus dem die drei Personen geflossen sind? 15 Wo Gott vor allem Anfang gewohnt hat? Ach Mensch, nun laß dein Grübeln darüber, in welcher Weise er existierte, bevor die Gottheit entstand! Gott in seinem Himmel ist nicht entstanden, [er] ist von Ewigkeit her dreifaltig in seiner liebenden Göttlichkeit hoch am [Himmels]thron gewesen, die drei Personen und eine Gestalt ohne Anfang haben kein Ende; kein Mensch begreift das jemals: Geist, Vater, Sohn – ein Gott aus der Dreifaltigkeit.

MAn fragot 2 *Der Ton ist Frauenlob sicher nicht zuzuschreiben. – Der Text steht mit der Beziehung zwischen Gott, Maria und Natur* (37–58) *in der Nachfolge Frauenlobs und ist vermutl. noch ins 14. Jh. zu setzen. Ä. nach Q 28; dort der Name des Druckers Pamphilus Gengenbach*

GOt ie drifalticlichen ist gesessen,
hat alle ding gemessen:
planeten sper vnd paralellen ring,
hat alle ding mit wißheit schon floriret,
ein reine meit gezyret,
gar wirdiclich cleit sy der hymmel kyng.
Nach geistes rüff   er sy beschüff
in dy gotheit,
er hat sy lib in siner maiestate;
der son nach dryer rate
schüff ir zu lop hymmel, erde breit.

DJe dry *in* einem bünde sin versloßen,
mit crafft dar in gefloßen;
naturen flůz do von entsprungen ist,
Jn einen bunt der reinen meit verrigelt,
nach dryer rat versigelt;
dar in ein liecht, daz würcht dez geistes list,
brint ewiclich   in gottz rich,
wart ny enzünt
vnd nympt sin crafft vons heiligen geistes flamme.
natüre thut sich samme
so formeclichen schon nach dryer bünt –

GOt vatter, son, heyliger geist almechtig –
mit sinnen ho gedechtig,
wan alle wisheit von den drien kam.

---

26 Gott hat seit je dreifaltig existiert, [er] hat alle Dinge berechnet: die Sphären der Planeten und die Parallelkreise, hat weise alle Dinge kunstvoll erschaffen [und] eine reine Jungfrau geschmückt, das Kleid der Würde hat ihr der König der Himmel angelegt. Nach dem Ratschlag des Geistes schuf er sie [und ließ sie] in der Gottheit [sein] *[?]*, er liebte sie in seiner Majestät; zu ihrem Lob schuf der Sohn gemäß dem Ratschluß der drei den Himmel [und] die weite Erde. 37 Die drei sind in einem Verbund zusammengeschlossen, mit [wirkender] Kraft dahineingeflossen; der [Entstehens]strom der Natur ist daraus entsprungen, in einen Verbund mit der reinen Jungfrau verriegelt, nach dem Ratschluß der drei versiegelt; darinnen ein Licht, das *[Akk.]* die Weisheit des Geistes bewirkte, [es] brennt ewig im Reich Gottes, wurde nie angezündet und nimmt seine Kraft von der Flamme des Heiligen Geistes. Die Natur verbindet sich in schöner Vielfalt der Formen dem Verbund der drei gemäß – 48 Gottvater, Sohn, Heiliger Geist in ihrer Allmacht –, mit hochgreifender Vernunft, denn alle Weisheit kam von den dreien.

(um 1480–1525) unter dem Gedicht, weshalb es in Q 132b fälschlich unter seinem Namen abgedruckt ist.

28 paralellen ring *astronomische Koordinaten, Parallelkreise zum Himmelsäquator durch einen bestimmten Stern, nicht identisch mit den Sphären.* 37 *f.*

Gewalt, wisheit ist güt in bunt gevalten.
der knop wart ny gespalten,
do von nature iren vrspring nam.
Jn geistes faß   son, vatter saß
in der natür,
lebet drifalticlich dar in geflochten,
dy alle ding vermôchten.
frog ferrer nit, verstant recht dy figur! *Q 56*

Unbekannter Verfasser

[Im goldenen Ton Regenbogens]

[Melodie]

JOhannes fron, der wart entzünt,
do er uff gottes brüste entslieff,
daz ym sin geist zü got kam uff geflogen.
Der adeler in kürtzer stünt
sach in die gotheit also tieff,
der helge geist het gantz sin hertz dorch zogen.
Er sach ein liecht in ewikeit
brent ewiclich, wart nie entzünt besünder,
als vns die ware schriefft hie seit.
do er vernam so vil der fromden wünder,
er sach ein wort her liechten schon:
geist, vatter, son – die gotheit fron;
die dry vereint des heyligen geistes zünder.

[Wirkende] Kraft [und] Weisheit sind sinnvoll zu einem Bündnis verschränkt. Der Knoten wurde nie zertrennt, aus dem die Natur entsprang. Umfaßt vom Geist waren Sohn [und] Vater in der Natur, lebten dreifaltig dahineingeflochten, [sie,] die aller Dinge mächtig waren. Frag nicht weiter, versteh diese Dinge recht!

JOHANNES: Der heilige Johannes wurde erleuchtet, als er an Gottes Brust entschlummert war, so daß sein Geist zu Gott emporgeflogen kam. Der Adler *[Sinnbild des hl. Johannes]* schaute alsbald unendlich tief in die Gottheit, der Heilige Geist hatte sein Herz durch und durch erfüllt. Er sah ein Licht in der Ewigkeit, das ewig brennt [und] niemals angezündet wurde, wie uns die wahre Schrift hier verkündet. Als er so viele unfaßliche Wunder wahrnahm, sah er ein Wort herrlich aufstrahlen *[vgl. Io. 1, 1]:* Geist, Vater, Sohn – die erhabene Gottheit; die drei vereinte der Funke des Heiligen Geistes.

MAN FRAGOT 52 *Für* knop *ist vielleicht* klob *(Klammer) einzusetzen.*
JOHANNES *Der Ton ist vermutl. Regenbogen nicht zuzuschreiben.*

DEr adeler sach wol geziert
dry rosen schon in richer wot
so mynniclich, sagt vns daz büch mit rechte.
Der helge geist sin hertz dürch fiert,
johannes daz wol vernam [...]:
got schüff ein roß, die kam von dem geslechte;
Die blümen vn beschaffen sint.
die ein leit vor vns an dem crûtz ellende,
als vns der ewangelist verk*ü*nt.
geist, vatter, son – marien kint – an ende,
ir wesen ist doch eweclich,
der ein, die zwen, der drit gelich,
sagt vns daz büch der taügenheyt behende.

JOhannes geist so hoch begert,
der hymmel sweiff er an sich nam,
gotz heymmelicheit, die wolt er han dorch gründet.
Der helge geist yn wiederkert,
sin spehen liest macht er ym zam.
johannes sach, daz nyemmer mensch enpfindet,
Die gottes wonder manigfalt
die leng, die hoh, die dieff, dar zü die breite.
die namen dry sint so gesta*l*t,
Apocalipsis giet vns die bescheite:
ir wesen ist drifalticlich.
daz sach johannes in dem rich,
glosieret schon sagt vns die taügenheyte.

DAz ewig wort zü menschen wart
bij dir, mary. ein kindellin,
daz het sie mynniclich zü ir geladen.

---

17 Der Adler sah drei lieblich schöne Rosen herrlich geschmückt in kostbarem Gewand, so berichtet uns das Buch *[der Geheimen Offenbarung]* wahrheitsgemäß. Der Heilige Geist erfüllte sein Herz mit Herrlichkeit, [und] dies vernahm Johannes: Gott schuf eine Rose, die kam von dem Geschlecht *[Maria aus Davids Geschlecht?]*; die [anderen] Blumen sind ungeschaffen. Die eine litt Not für uns am Kreuz, wie uns der Evangelist verkündet. Geist, Vater, Sohn – Marien Kind – in Ewigkeit, ihr Wesen ist doch ewig, der eine, die zwei, der dritte in gleicher Weise, sagt uns das Buch der Geheimen Offenbarung geziemend. 30 Johannes' Geist strebte so hoch, die Bewegung der Himmel erschloß er sich, er wollte Gottes Geheimnis ergründen. Der Heilige Geist zwang ihn zur Umkehr, er setzte seinem Vorwitz Grenzen. Johannes sah, was nie ein Mensch erblickt, die Fülle der Gotteswunder, in Länge, Höhe, Tiefe und auch Breite. Die drei Personen sind von der Art, sagt uns die Apokalypse: Ihr Wesen ist dreifaltig. Das sah Johannes im Himmelreich, sagt uns die Geheime Offenbarung mit schönen Erklärungen. 43 Das ewige Wort wurde Mensch bei dir, Maria. Ein Kindlein hatte sie

25 verkent. 38 gestat.

Sant gabriel gar vnüerspart,
der grüst die edel maget fin:
„aue, gracia plena – vol gnaden!
Mary, dü kusche maget clar,
du solt an we geberen got den herren.“
der helge geist kam selber dar,
gehorsamclich günd sie sich zu ym keren.
sie enpfing daz wort an argen wan,
sie gebar den vatter vnd den sôn:
an dem cristag günd vns daz heyl herneren.

DAz ewig wort die martel leit
so jemerlich vür vns gemein,
sin lieden groß, nieman kan eş vol dencken.
Dje martel groß ward ym bereit,
verseret gantz biß vff daz bein;
die vier elment begünd sich da von zü krencken.
Mary, dü roß ob seraphin,
wie was din leyt so groß von dienem kiende!
Dürch des grymmen todes pin
ver gib vns, fraü, müter, die vnser *sü*nde
vnd bit vor vns den schopfer zart
Vnd durch syn osterliche fart
gib vns geleit, daz wir gnoden finde! *Q 56*

---

liebevoll zu sich eingeladen. Sankt Gabriel grüßte ohne Zögern die edle, reine Jungfrau: „Ave, gracia plena – Gnadenvolle. Maria, du keusche, reine Jungfrau, du sollst ohne Schmerzen Gott, den Herrn, gebären.“ Der Heilige Geist kam in eigener Person, gehorsam erschloß sie sich ihm. Sie empfing das Wort ohne Mißtrauen, sie gebar den Vater und den Sohn: am Weihnachtstag begann für uns die Rettung durch das Heil. 56 Das ewige Wort erlitt so jammervoll die Marter für uns alle, seines Leidens Größe kann niemand ganz ermessen. Die furchtbare Marter wurde ihm angetan, [ihm] wurden bis auf die Knochen tiefe Wunden zugefügt; die vier Elemente litten darum Qualen. Maria, du Rose über den Seraphim, wie war dein Leid so groß wegen deines Kindes! Um der Qual seines bitteren Todes willen vergib uns, Frau [und] Mutter, unsere Sünde und bitte für uns den geliebten Schöpfer und schütze uns um seiner österlichen Auffahrt willen, so daß wir Gnade finden!

65 fiende.

Unbekannter Verfasser

[Im Hofton Konrads von Würzburg]

[Melodie]

DO lucifer des ersten von dem hymel wart verstossen,
von zorn ein elich wyp er nam – All vnseld, die vil großen,
doch gar wol sin genoßen –,
By der er syben tǒchter bar.
Die erste hoffart ist genant, die ander heysset gyty,
die dryt vnkusch, die vierde zorn, die funft, die gienet wyty,
die sehst, die heysset nydti,
die sybend tragkeit, merckent har!
Welch vnder in die beste sy, die gan er ydermanne wol.
mit solchen truwen, alz er sol,
so hat er sie beratten,
nach sinem willen wol gesaczt, alz ie die richen taten
vnd in die syn genossen sere flissiclich vmb batten.
jst keiner hie verratten,
der kum nit me hin wyder dar.

Nu merckent, wem er sine syben tǒchter hab gemehlet,
ob er dorch wunder an ir keyner yrgen hab gefelet,
er hab sie schon gestrẽlet
Vnd nach ir wirde wol gesast!
Die erste hoffart ist genant, die gab er ie den frauwen,
die sich in stetem ubermůt vil gerne lassent schauwen
vff anger Vnd in auwen
mit ir gezierde wyder glast.

DO LUCIFER: Als Luzifer gerade aus dem Himmel verstoßen worden war, nahm er vor Zorn eine Frau – alle großen Plagen sind nun einmal Spießgesellen –, mit der er sieben Töchter zur Welt brachte. Die erste nennt man Hoffart, die zweite heißt Geiz, die dritte Unkeuschheit, die vierte Zorn, die fünfte sperrt weit den Rachen auf *[Gefräßigkeit]*, die sechste heißt Neid, die siebte Trägheit, gebt acht! Welche die beste von ihnen ist, die gönnt er jedem von Herzen. In schöner Pflichterfüllung, wie es sich gehört, hat er sie mit einer Aussteuer versehen [und] nach besten Kräften ausgestattet, wie es die Reichen von jeher getan haben und [worum] ihn seine Spießgesellen eifrigst baten. Es ist keiner hier verführt worden, der nicht immer wieder dazu zurückkehrt *[?]*.

19 Nun seht, mit wem er seine sieben Töchter verheiratet hat [und] wie er, um sie anziehend zu machen, bei keiner irgendetwas versäumt, sie schön geputzt und nach ihrem Rang ausgesteuert hat! Die erste heißt Hoffart, die hat er schon immer den Frauen gegeben, die sich aus unausrottbarer Eitelkeit in ihrem blendenden Putz auf Plätzen und Wiesen bestaunen lassen wollen.

DO LUCIFER 5 *Gelegentl. wird* vnseld *in Ged. dieser Art als die Frau Luzifers bezeichnet.*

Sie bringent Vnd erdenckent also mangen frômden, spehen funt,
daz mich nympt wunder, wer ịṣ kunt
so balde mach in allen,
Wann daz in eynu ie der andern gyt recht alz ein ballen,
So daz ein ander geben rat, den luten zu gefallen.
Vnd daz wir mit in schallen,
das gybet yn den frôden mast.

Die ander heysset gytikeit, die hat er auch gesetzet
gar wol vnd ist dar vmb in sinen hůben vnbeschetzet,
wenig in doch daz letzet.
der gab er alle die zu man,
Die nit benuget, daz sie han, Vnd vorchtent, in gebreste,
vnd sie dar vmb druckent yn Vnd ziehent ynz neste –
manig vnrecht geweste
Wol er den sinen tochtern gan.
Die drytt Vnkusche ist genant, die hat er auch wol vß gegeben
Den frauwen vnd den mannen eben,
als ich uch hie bescheyde.
Wan sie ir vndertenig sint mit willen alle beyde;
es kum in ubel oder wol, zu lieb oder zu leyde,
dez sin sie vil geweyde –
Suß wyfeln wir, daz er vns span.

Die vird tochter, zorn genent, ein wehe, cluge dirne,
die gab er allen, den man licht berůren mag daz hirne.
die fert in syne stirne
mit geher vngedultikeit.
Vnfryd ir morgen gabe was, die muß man ir verwyssen;
krieg wart ir burg, da von sie zallen zytten ist geflyssen.

Sie zeigen und erfinden so viele seltsame, ausgefallene Neuheiten, daß ich mich frage, wer alle so rasch davon in Kenntnis setzt, wenn nicht eine es der andern wie einen Ball zuwirft, so daß [sie] einander Ratschläge geben, um den Leuten zu gefallen. Und daß wir mit ihnen prahlen, ist für sie der Gipfel des Vergnügens. 34 Die zweite heißt Geiz, die hat er auch bestens ausgestattet und hat deshalb doch nichts von seinen Ländereien aufgeben müssen, ihm macht das gar nichts aus. Der gab er all die zum Mann, denen nicht genügt, was sie haben, und die fürchten, es könnte ihnen etwas mangeln, und deshalb schlingen sie und zerren in ihren Bau *[wie ein Hamster?]* – manch sicheres Unrecht gönnt er seinen Töchtern. Die dritte heißt Unkeuschheit, die hat er auch gut außer Haus gegeben, Frauen und Männern gleichermaßen, wie ich euch hier darlege. Denn die sind ihr alle willig untertan; mag es gut oder schlecht, erfreulich oder betrüblich für sie ausgehen, es ist ihr Hauptvergnügen – so sticken wir mit dem, was er uns gesponnen hat. 49 Die vierte Tochter, Zorn genannt, ein schmuckes, hübsches Mädchen, die gab er allen, denen man leicht den Verstand in Aufruhr bringen kann. Die fährt ihm mit jäher Heftigkeit in den Kopf. Zwietracht war ihre Aussteuer, dafür muß man sie tadeln *[?]*; Streit wurde ihre Burg, von da aus *[?]* betreibt sie ihre Geschäfte.

wan sie ir sel vermyssen,
Zů keiner stunt daz ist ir leyt.
Die funfte fraßheit ist genant, die hat er auch beraten wol
vnd vß gerichtet, alz er sol,
mit lobelicher stůre.
die gab er den gesellen, die in dunckent so gehůre,
daz durch sie mussen wuschen beyde, holcz werck vnd gemure,
Wa *daz* by eynem fure
ir massenye wer bereyt.

Dje sehsten tochter wolt er nit da heyme lassen huren,
die gab er vmb sich da gemeyn sin nehsten nach geburen,
daz sie liesen ir truren.
die ist *n*yd vnde hass genant.
Von der man spricht, daz *s*ie noch nie da heyme sie gesesse,
daz man dester mynner ir in allem land vergesse;
der n*yd* ist ir gemesse,
da von sie ist so wyt her kant.
Die sybend tragkeit ist genant. wie wol er sie allen luten gan,
doch gab ers sunderlich vor an
geistlichen closter luten;
die kund sie bas dann ander lut gehelsen Vnd getruten,
Wannen daz sie zu mitternacht die metten horet luten. –
mit dysen syben brůtten
bezwinget er wol alle lant.

Q 56

Wenn sie ihr Seelenheil verfehlen, bedauert sie das keinen Augenblick. Die fünfte heißt Gefräßigkeit, die hat er auch gut versorgt und mit einer prächtigen Aussteuer versehen, wie es sich gehört. Die gab er den Gesellen, die ihm *[oder: sich?]* so geeignet erscheinen, daß sie spielend [selbst] Holzwerk und Gemäuer verzehren könnten *[?]*, wenn die ihrem Gefolge *[dem der Gefräßigkeit]* auf einem Feuer zubereitet wären. 64 Die sechste Tochter wollte er nicht daheim huren lassen, die gab er ringsum seinen nächsten Nachbarn allen, damit sie den Kopf nicht länger hängen ließen. Sie wird Neid und Haß genannt. Von ihr sagt man, daß sie noch nie zu Haus geblieben sei, damit man sie landauf, landab nicht so leicht vergäße; der Neid ist ihr Element, deshalb ist sie weit und breit so bekannt. Die siebte heißt Trägheit. Obgleich er sie allen Menschen gönnt, gab er sie doch vorab [und] insbesondere den Ordensleuten; die konnte sie besser als andere Leute umarmen und liebkosen, wenn sie um Mitternacht die Mette läuten hörte. – Mit diesen sieben Bräuten bezwingt er die ganze Welt.

62 Wa by by. 67 myd. 68 nie. 70 nů.

Unbekannter Verfasser

[Im süßen Ton des Kanzlers]

[Melodie]

Fraw mynn, geturet sy din nam!
du bist genennet suße.
verfluchet sy, der dir ist gram,
daz ym got fugen mûße!
Wo mit kan er vertryben leit,
der mynne nit erkennet?
Die mynn macht im sin liep gemeit,
daz er ein frôlich hercze treit.
Jch wunsch im nymmer selikeit,
wer myn in schanden nennet.

Ir acht nit vff der pfaffen rûff,
sie sprechen, mynn sy sunde.
Da got adam vnd evan schûff,
da schuff er mynnen funde.
Sich, mynn, du bist ein alter funt,
wemm du daz wollest schencken.
Jch lob die mynn zu aller stunt,
Adam, der tet vns mynne kunt.
verfluchet sy der schnôde munt,
der mynne so wil krencken!

HEr salomon der mynne pflag,
der hett vil wyser synne.
Wer zucht vnd er der mynne slag,
so wer nie herdacht mynne.
Jch wil der mynne by gestan,
von mynn wirt welt gemeret.

Fraw mynn: Frau Minne, gepriesen sei dein Name! Man sagt von dir, daß du süß bist. Verflucht sei, der von dir nichts wissen will, das möge ihm Gott bescheren! Womit kann der Leid vertreiben, der die Liebe nicht kennt? Die Liebe macht ihn beschwingt, so daß er fröhlichen Herzens ist. Ich wünsche dem ewiges Unheil, der die Liebe schmäht. 14 Gebt nichts auf das Geschrei der Pfaffen, sie sagen, Liebe sei Sünde. Als Gott Adam und Eva schuf, da schuf er [zugleich] die Liebe. Schau, Minne, wen du das erleben läßt, der [erlebt] die älteste Sache [der Welt]. Ich preise die Liebe zu jeder Zeit, Adam hat sie uns beigebracht. Verflucht sei die Lästerzunge, die abfällig von der Liebe spricht! 24 Herr Salomon hat viel geliebt, [und] der war [doch] ein weiser Mann. Wären Zucht und Ehre mit der Liebe unvereinbar, dann wäre die Liebe nie erfunden worden. Ich will mich zur Liebe halten, durch Liebe wird die Menschheit vermehrt.

Jr er*t* sie, frauwen vnde man,
Die wyl uch got daz leben *gan*!
wer mynne krenckt mit argem won,
des munt sich selb vneret.

Die mynn, die tůt vns freyd bekant,
zorne můß ir enttrynnen.
Got, der beschuff mit siner hant
den nagel zu der krynnen.
Ach mynn, du bist ein suße sat,
dar vff so wil *ich* tichten.
Jch lob dye mynn frů vnde spat,
Mynn, die ist gottes hant getatt.
Die mynn nach aller heilgen rat,
dar nach sol wir vns richten.

Kein heilig wart so heilig nie,
kein prophet nie so wyse,
Er sy doch von der mynne hie;
dar vmb ich mynne pryse.
Ach mynn, du bist ein sußer nam,
herquickst die welt geliche.
Wer mynn ist vint, dem ist got gram.
Von mynn ma*n*g alter vatter kam.
O mynn, du bist ein blunder stam,
du merest got sin riche. *Q 56*

Ihr sollt sie in Ehren halten, Frauen und Männer, solange euch Gott das Leben schenkt! Wer Liebe boshaft herabsetzt, der bringt selbst Schande über sich. 34 Die Liebe schenkt uns Freude, Streit muß vor ihr fliehen. Gott hat mit eigner Hand Nagel und Kerbe füreinander geschaffen. Ach Liebe, du bist eine beseligende Saat, dich will ich bedichten. Ich preise die Liebe zu jeder Stunde, Liebe ist eine Schöpfung Gottes. Auf Anraten aller Heiligen sollen wir nach Liebe streben. 44 Es hat keinen noch so heiligen Heiligen, keinen noch so erleuchteten Propheten gegeben, der nicht durch die Liebe auf die Welt gekommen wäre; deshalb preise ich die Liebe. Ach Liebe, du bist etwas Herrliches, [du] beglückst alle Welt. Wer die Liebe haßt, dem ist Gott feind. Der Liebe verdanken wir manchen Patriarchen. O Liebe, du bist ein blütenreicher Baum, du läßt Gottes Reich wachsen.

30 er. 31 *f.* 39 *f.* 51 mag.

Unbekannter Verfasser

[In der Alment des alten Stolle]

[Melodie]

Ein huß vff einem berg herscheyn, geheyssen augen trost,
der berg dar vnde freuden stein, die brůg mynne rost.
dez huses tach waz helffenbeyn,
dar ob ein knopf, gewurcket schon von golde.
Die wend von einem adamas gar scho*n*e warn gemacht,
noch lutrer dann ein spiegel glas. daz hus waz wol bewacht,
tag vnde nacht in hůt es lag,
da von daz huß nieman besiczen wolde.
Cupido forn dar jnne was,
mit einem sper wolt er daz huß bewarten;
Venus da an der zynnen saß,
Sie hett den bogen in der hant, den stral vnd auch die barten.
Wer nu daz huß besiczen sol ald zu ym wolte gan,
Cupido stach, venus schoss wol,
der barten sleg můst er von in enpfhan.

DAs hus gesach ein jungeling, gevil ym harte wol.
dar an kert er sich so geryng, vnd er gedacht: „ich sol
mit listen graben dysen berg."
Vil schier fraw venus wart dez werbens jnnen,
Cupido, der nam sin da war Vnd stach in mit dem sper.
nach dirre wunden sunderbar Wuhs i*m* sins herczen ger,
daz ym zum huse wart so gach.
vil schier da schoß in venus ab der zynnen

Ein huss: Auf einem Berg war ein Haus zu sehen, das hieß Augentrost, der Berg darunter Freudenfels, die [Zug]brücke Liebesrost. Das Dach des Hauses war [aus] Elfenbein, darauf eine Kuppel, herrlich aus Gold gefertigt. Die Wände waren prachtvoll aus einem Diamanten, klarer als Spiegelglas, gemacht. Das Haus wurde gut behütet, Tag und Nacht stand es unter Bewachung, weshalb niemand das Haus besetzen wollte. Cupido saß drinnen auf der Vorderseite, er wollte das Haus mit einem Speer überwachen; Venus saß an der Zinne, sie hatte Bogen, Pfeil und Streitaxt in der Hand. Wenn nun einer das Haus besetzen oder betreten wollte, dann stach Cupido zu, Venus schoß genau, [und] er mußte Axthiebe von ihnen einstecken. 19 Ein junger Mann erblickte das Haus, es gefiel ihm über die Maßen gut. Eiligst machte er sich dorthin auf, und er dachte: „Ich will klug sein und [einen Weg auf] diesen Berg graben." Alsbald bemerkte Frau Venus dieses Vorhaben, Cupido entdeckte ihn und stach mit dem Speer zu. Nach dieser Verwundung wuchs das Verlangen seines Herzens besonders, so daß ihn um so dringlicher nach dem Haus verlangte. Gleich darauf schoß ihn Venus von der Zinne aus

Ein huss 8 schoie. 24 in.

Jn mitten in sins hertzen grunt,
also daz er wart an daz huß gereytzet.
Da ilt er da zer selben stunt,
mit bickeln vnd mit hemmern nach er an daz huß erbeiste.
er slug, er grub, den berg er zart, byss er daz huß gewon.
Venus mit ym versunet wart
vnd halff im lieplich vss vnd in von dan.

DAs huß betut ein reynes wyp, der berg ir tugend groß,
Die brug der mynne leyt vertryp, daz golt ir schame schoss,
daz helffenbeyn ir kuschekeit,
der adamas der frauwen stet gemůte.
Venüs betut die werden mynn, Cupido die gelust,
Jr augen clar dez huses zynn, bewart vor der akust.
Mynn vss ir augenn zynnen sach,
jr zarten blick, die branden, alz er glůte.
Die barte, d*ie* die mynne trůg,
daz meynet, daz er sie so wol besnytten:
Wer wirbet vmb ein frauwen clug,
der sol auch haben zucht vnd er Vnd halten sich mit sytten;
Die hammer sleg hoffliche wort, der bickel stetikeit.
Wer wirbet vmb der selden hort,
der mag mit freuden werden wol gemeyt. *Q 56*

---

mitten ins Herz, so daß er angestachelt wurde, das Haus zu erreichen. Da sputete er sich alsbald, mit Spitzhacken und Hämmern stieß er bis nahe an das Haus vor. Er hämmerte, er grub, er riß die Bergwand auf, bis er das Haus erreichte. Venus söhnte sich mit ihm aus und half ihm seit der Zeit liebevoll aus und ein. 34 Das Haus bedeutet eine edle Frau, der Berg ihre große Tugend, die Brücke die Freuden der Liebe, das Gold ihren keuschen Schoß, das Elfenbein ihre Keuschheit, der Diamant die Treue der Frau. Venus bedeutet die reine Liebe, Cupido die Lust, ihre leuchtenden Augen die Zinne des Hauses, *[die?]* bewahrt vor aller Falschheit. Liebe schaute aus der Zinne ihrer Augen, ihre zärtlichen Blicke verbrannten [ihn], als ob er glühte *[?]*. Die Streitaxt, die die Liebe trug, bedeutet, daß er aufs beste zurechtgestutzt sein soll: wer um eine schöne Frau wirbt, der muß zuchtvoll und ehrenhaft sein und sich sittsam betragen; die Hammerschläge [bedeuten] Komplimente, die Spitzhacke Beständigkeit. Wer sich um diesen Hort der Seligkeit bemüht, der kann in Freuden glücklich werden.

42 da.

Unbekannter Verfasser

„DJe nacht, die will verpergen sich,
Ich sich des liechten tages schein, des duncket mich,
Wol an des morgens rött.
Ich sich In dört her dringen.
Ob yemant fräden hatt,
Der heb sich dannen dratt!“

Die fraw sprach: „laß dein schreyen sein
Vnd schreck nit mer vns mit des liechten tages schein,
Bis es ist an der zeitt,
Das du es nicht mags pergen!
Gůt wachter, lenger peit,
Wann mir not daran leytt!“

Der geselle sprach: „obe der not!
Mir wär ze tusent malen lieber, ich wär tott,
Wann das mir schaiden wirt kunt
Von meiner aller liebsten!“
Er kußt iren rotten mund
Vil mer dann tusent stund.

„Die nacht begynnt hin sincken sere,
Des tages schein kan sy sich ye mit nicht erwern.
Er verdringt sy on iren danck
Mit seiner morgen rötte.
Hatt yemant liebes vmbfangk,
Der wol uff vnd machs nit langk!“

Das fräwlin, das lag vnd schlieff.
Sy erwacht vnd hort, wie das der wachter aber rüft.

DJe nacht: „Die Nacht will sich verbergen, ich erkenne den Schimmer des hellen Tages, so scheint mir, an der Morgenröte. Ich sehe ihn dort heraufziehen. Wer [geheimen] Freuden nachgeht, der mache sich bald davon!“ 8 Die Frau sprach: „Laß dein Rufen und erschreck uns nicht länger mit dem Schein des hellen Tages, bis die Zeit gekommen ist, wo du es nicht länger verheimlichen kannst! Guter Wächter, warte noch, denn ich brauche das so sehr!“ 14 Der Geliebte sprach: „O weh, diese Not! Mir wäre tausendmal lieber, ich wäre tot, als daß ich von meiner Allerliebsten scheiden muß!“ Er küßte ihren roten Mund tausendmal und mehr. 20 „Die Nacht beginnt rasch zu versinken, sie kann sich nicht länger gegen das Licht des Tages zur Wehr setzen. Er verdrängt sie gegen ihren Willen mit seiner Morgenröte. Liegt jemand in Liebchens Armen, wohlauf, der zögere nicht länger!“ 26 Das Mädchen lag und schlief. Sie wachte auf und hörte, wie der Wächter zum zweiten Mal rief.

DJe nacht *Eine Mel. mit gleichem Anfangsvers, aber anderem Strophenbau in Q 16.*

Sy erseüftzet ser vnd sprach:
„Ach wachter, laß dein schreyen,
Es pringt mir vngemach!
Ach, nymm dir nit ze gach!"

Der knab, der schloß sy in sein arm.
Er sprach: „obe, nun müß es got von himel erparm,
Das ich den tag nit über mag!
Ich wolt In zwår versencken
Vnd werffen in den wag,
Das es wurd nymmer tag!"

„Ich wachter künd nun aber dar:
Ich sich der liechten sunnen schein her dringen zwår –
Seid ich weckens bin ermant –,
Ich sich sy dört her scheinen,
Vnd ist schon us gesandt
Weitt über alle lanndt."

Der gesell sprach: „es ist an der zeitt.
Obe, obe, nun darr ich ye nit lenger peitt,
Ich prächt dich, lieb, in not.
Ich můß mich von dir schaiden,
Dein Er bewar dir got!
Vns zway schaidt nur der tott."

Das fräwlin da mit gantzem fleiß
Lieplich vmbfieng den knaben mit iren ärmlen weiß:
„Nun behüt dich got vor laid,
Das dir das von mir widerfar,
So vindst du mich in fräd."
Er sprach: „got bewar vns baid!" *Q 65*

Sie seufzte tief und sprach: „Ach Wächter, laß dein Rufen, es bringt mir Schmerz! Ach eil dich nicht zu sehr!" 32 Der Jüngling schloß sie in die Arme. Er sprach: „O weh, nun muß es den himmlischen Vater erbarmen, daß ich den Tag nicht überwinden kann! Ich wollte ihn wahrhaftig versenken und ins Meer werfen, damit es nie mehr Tag würde!" 38 „Ich Wächter rufe nun noch einmal: Ich sehe schon den Schein der hellen Sonne heraufkommen – da ich nun einmal gehalten bin zu wecken –, ich sehe sie dort erscheinen, und [sie] ist schon ausgesandt weit über das ganze Land." 44 Der Geliebte sprach: „Es ist Zeit. O weh, o weh, nun wage ich nicht länger zu säumen, ich brächte dich, Liebste, in Schwierigkeiten. Ich muß mich von dir trennen, Gott behüte deine Ehre! Uns beide scheidet nur der Tod." 50 Das Mädchen umfing den Geliebten heftig mit ihren schlanken, weißen Armen: „Nun möge dich Gott vor Leid behüten, das dir um meinetwillen geschieht, dann findest du mich glücklich." Er sprach: „Gott behüte uns beide!"

Unbekannter Verfasser

JCh raitt ains tags spaciern
Für ainen grönen waldt;
Ich vand mit reicher ziere
Ain fräwlin wolgestalt.
Ich grüsset da das fräwlin zart;
Sy dancket mir mit züchten,
Gar haiß sy wainen wardt.

Ich tratt von meinem pfärd,
Zu ir ich nider saß.
„Nun sag mir, fraw vil wërd,
Warumb tünd ir das,
Das ir wainent also ser?"
Sy sprach: „ich hab verloren,
Ich überwind es nymmer mer."

„Fraw, ich will nit empern,
Ir sagt mir ëwr verlust."
Sy sprach: „ich tätt es geren,
Wär mir mein laid vertust.
Ich hett ain valcken mir erzogen,
Ist lenger dann ain Jar,
Der ist mir hin geflogen."

„Fraw, laßt den valcken fliegen,
Wer waiß, was Im geprist!"
Sy sprach: „er tett mich triegen,
Es chomt von argem list;
Sein triu ist gantz entzway.
In hat ain Eyl veriaget
Mit irem valschen geschray.

JCh raitt: Eines Tages ritt ich zu einem grünen Wald spazieren; ich traf ein schönes, reich gekleidetes Fräulein. Ich grüßte das schöne Kind; sie dankte mir anmutig [und] brach in heiße Tränen aus. 9 Ich schwang mich vom Pferd [und] setzte mich zu ihr. „Nun sagen Sie mir, verehrtes Fräulein, warum weinen Sie so sehr?" Sie sprach: „Ich habe einen Verlust erlitten, das überwinde ich nie mehr." 16 „Liebste Frau, ich gebe nicht eher Ruhe, bis Sie mir Ihren Verlust nennen." Sie sprach: „Das täte ich gern, wenn mir mein Leid [dadurch] gestillt würde. Länger als ein Jahr hatte ich einen Falken aufgezogen, der ist mir fortgeflogen." 23 „Liebste Frau, lassen Sie den Falken fliegen, wer weiß, was ihm fehlt!" Sie sprach: „Er hat mich betrogen, daran ist böse Tücke schuld; seine Treue ist zerbrochen. Eine Eule hat ihn vertrieben mit ihrem falschen Geschrei.

JCh raitt *Mel. vgl. Q 107 Nr. 189(?)* 26 Er.

Die Eyl nistet nach daby,
Da mein valcke was.
Der valck was seins gemütes frey,
Er trůg der Eylen haß,
Sein gefider schlůg er ze rugk.
Die vogel hassen die Eylen
Mit irem vil valschen duck.

Ich sich In nymmer fliegen,
Nach dem mich tůt verlangen.
Der valck, der tůtt sich schmyęgen,
Ich fürcht, er werd gefangen.
Vnd käm er wider in das garn
Vnd wurd der Eylen ze taile,
Das vederspil wär verloren.“

„Fraw, volgent meiner lere:
Gånd nit spaciern vß!
Ich ratt eüch vff mein ere:
Beleibt haym in ewrem hus!
Es hilfft doch nit ewr senlichs wainen,
Nembt ain Sperber vf die hanndt
Vnd laßt den valcken schwaymen!“ *Q 65*

Unbekannter Verfasser

Ach werder May, verspät dich nit!
Chomm mir ze fräd durch all dein güt,
Seid ich bin warten deiner zeitt!
Dein gröner schein pringt freys gemüt
Dem hertzen mein, Das sich in pein
Beflichtet zu ainem fräwelein.

---

30 Die Eule nistete ganz in der Nähe, wo mein Falke wohnte. Der Falke war ein stolzer Vogel, er haßte die Eule, er schlug sein Gefieder zurück *[?]*. Die Vögel hassen die Eulen und ihre falsche Tücke. 37 Ich sehe ihn nicht mehr fliegen, nach dem ich mich sehne. Der Falke duckt sich [irgendwo], ich fürchte, er wird gefangen. Und geriete er wieder ins Netz und der Eule in die Fänge, der Vogel wäre verloren.“ 44 „Liebste Frau, hören Sie auf meinen Rat, streifen Sie nicht [länger] draußen herum! Ich rate Ihnen ehrlich: Bleiben Sie daheim in Ihrem Haus! Ihr sehnsüchtiges Weinen hilft doch nichts, nehmen Sie einen Sperber auf die Hand und lassen Sie den Falken seine Kreise ziehen!“

Ach werder: Ach lieber Mai, verspäte dich nicht! Komm mir zur Freude, du bist ja so gut, da ich auf deine Zeit warte! Dein grüner Glanz läßt mein Herz sich freier fühlen, das sich unter Schmerzen an ein Mädchen gebunden hat.

Ach werder *Mel. nicht erh.*

Du überzartes fräwlin rain,
Laß mich in triu dein diener sein,
In chainem argen ich das main!
Ob ich berürt das wänglin dein,
Was schatt das dir? Vnd prächt doch mir
Groß fräd in meines hertzen gir.

Ob mir von ir sölichs wurd *ver*sait,
Seid mir ir wird ist gar ze vil,
Noch dann so will ich sein berait
Mit stillem dienst, recht wie sy will.
Ir lieplich gestalt Mir das bezalt
Mit senften worten manigualt. *Q 65*

Unbekannter Verfasser

JCh will gen diser vasennacht
Frisch vnd frey beleiben,
He! vnd will auch als mein vngemach
Gar frölich von mir treiben,
Des hab ich gůten willen.
Ich hett ain půlen, hieß Hille;
He! sy batt mich, das ich zu ir käm
Dörtt oben vf die dillen.

Da ich vff die dillen tratt,
Da vand ich die gůten.
Ich viel in die vederwåt,
Das mir mein knye ward plůten.

---

8 Du schönstes aller schönen Mädchen, laß mich dir in Treue dienen, ich habe dabei nichts Böses im Sinn! Wenn ich dein Bäckchen streichelte, was schadete dir das? Mir aber brächte es in meiner Herzenssehnsucht große Freude. 14 Würde mir das auch von ir versagt, da ihre Würde für mich gar zu groß ist, so wollte ich dennoch bereit sein in stummer Ergebenheit, ganz wie sie will. Die Liebliche vergilt mir das mit vielen zärtlichen Worten.

JCh will: Ich will in dieser Fastnachtszeit fröhlich und ungebunden bleiben, hei! und will auch all mein Mißgeschick vergnügt vergessen, das ist mein fester Entschluß. Ich hatte ein Mädchen, das hieß Hille; hei! die bat mich, daß ich zu ihr oben auf den Dachboden käme. 10 Als ich auf den Dachboden kam, da fand ich die Gute schon vor. Ich sprang auf das Federbett, daß mir das Knie zu bluten anfing.

Ach werder 14 gesait.
JCh will *Mel. nicht erh. Das folgende Lied ist eine geistl. Kontrafaktur hierauf.*

Ich lebet in der wunne!
Die vederwåt was dünne.
Ich růfft an Crist von himel,
Das ich ir entrunne.

Die nacht verhartt ich gantz by ir,
Sy schmuckt mich zu ir schone;
Ain rippeln, kratzen, das ward mir
Von der lieben ze lone.
Sy legt sich an den ruggen –
Sy gund sich kratzen vnd iucken
He! die gantzen nacht! der wantzen macht,
Die lews pissen mir lucken.

Sy můst frů in die kirchen
Vnd bat mich vmb ain gåbe –
Siben tag für ain wochen,
Die müst sy von mir haben!
Da lebt ich in der wunne!
Die vederwåt was dünne.
Ich růft an crist von himel,
Das ich ir entrunne.

Des morgens, als nu taget es,
Die sunn schain an die wende;
Ich ergraiff da all mein hëß
Vnd entran ir in aym hemde –
Da schied ich von der clůgen
Gar hoflich mit fůgen;
Got danck den lieben füssen mein,
Die mich von danen trugen! *Q 65*

Es war die reine Wonne! Das Federbett war ganz dünn. Ich rief Christ vom Himmel an, daß ich ihr entkäme. 18 Die ganze Nacht blieb ich bei ihr, sie drückte mich zärtlich an sich; mit Scheuern und Kratzen belohnte mich die Liebste. Sie legte sich auf den Rücken – und fing an, sich zu kratzen und zu jucken, hei! die ganze Nacht! Das Heer der Wanzen, die Läuse bissen mir Löcher. 26 Früh mußte sie in die Kirche gehen und bat mich um ein Geschenk – sieben Tage für eine Woche kann sie von mir bekommen! Es war die reine Wonne! Das Federbett war ganz dünn. Ich rief Christ vom Himmel an, daß ich ihr entkäme. 34 Am Morgen, als der Tag graute, schien die Sonne auf die Wand; ich raffte all meine Kleider zusammen und entkam im Hemde – höflich und formvollendet trat ich meinen Rückzug von der Süßen an; Gott lohn es meinen lieben Füßen, die mich davontrugen!

Unbekannter Verfasser

Wir wônt gegen diser vasenacht
frisch vnd fro beliben.
Jch han an gottes sun gedocht,
der wil alle sùnd vertriben.
Hée! in diser heilgen vasten
so wil er by vns rasten.
Ach lieben, zarten kind,
Nun empfohen disen gaste!

Lond alle frôid der wélte sin,
Wenn Jhesus ist alle frôide.
Wol zůhér, lieben kinde min,
leren den vnderscheide!
Hee! was frôid er wil geben
Vnd dorzů ewig lében!
Ach lieben, ußerwelten kind,
Demm sond ir úch gancz gében!

Wolhar, wé̊r frôlich wôlle sin
in gott mit ganczer minne,
der kér sich zů hymel hin,
vnd můt vnd alle sinne!
Hée! do fůrt Jhesus den réygen
Jn mynneklichem meyen,
do ist es allzyt vasenacht
mit frôiden manigerleye.

Wie môchten wir nu trúrig sin,
so wir der frôiden wartten?
Jhesus můß vnser frôide sin,
demm wir nu alle zarten.

Wir wônt: Wir wollen in dieser Fastnachtszeit frisch und munter sein. Ich habe an Gottes Sohn gedacht, der will alle Sünde vertreiben. Hei! In dieser heiligen Fastenzeit will er bei uns einkehren. Ach ihr lieben, guten Mädchen, nun laßt uns diesen Gast empfangen! 10 Laßt alle Freude dieser Welt fahren, denn Jesus ist alle Freude. Herzu, meine lieben Töchter, den Unterschied zu lernen! Hei! Wieviel Freude wird er schenken und dazu das ewige Leben! Ach liebe, auserwählte Töchter, ihm sollt ihr euch ganz zu eigen geben. 18 Herzu! Wer fröhlich sein möchte in Gott mit vollkommener Liebe, der wende sich mit Verstand und allen Sinnen zum Himmel hin! Hei! Da führt Jesus den Reigen an im lieblichen Mai, dort ist allzeit Fastnacht mit vielerlei Freuden. 26 Wie könnten wir jetzt traurig sein, wo wir die Freude erwarten? Jesus soll unsere Freude sein, den wir nun alle liebkosen.

Wir wônt *Mel. nicht erh.; geistl. Kontrafaktur auf das vorhergehende Lied.*

Hée! Jn vnsers herczen springen
So wôllen wir jm singen,
Das er durch sine mûter rein
Vns allen gnod wôll bringen.

Jhesus ist alles seiten spil
vnd aller orgel tône,
Jhesus, der gitt vns kurczewil vil,
Er ist der wunder schône,
Hée! der allzyt lieplich lachet,
Der alle frôid machet.
Sin ougenblick, der ist so sûß,
Daz hercz in frôiden krachett. *Q 70*

Unbekannter Verfasser

Woluff, im geist gon Baden!
do hin hatt vns geladen
Des vatters gûtikeit.
[. . .]
Der sun wil vns medieren,
Der heilge geist hofieren –
Min sel, nu biss gemeit!

Der herbst vnd ouch der meye
hand hie krafft manigerleye
uß gottes gnodenrich:
Wer sich purgiert mit ruwen
vnd hat in gott getruwen,
Wil er sin leben *n*uwen,
der lêbet ėwiklich.

Hei! Mit vor Freude hüpfenden Herzen wollen wir ihm singen, damit er uns um seiner reinen Mutter willen alle Gnade schenkt. 34 Jesus ist alles Saitenspiel und aller Orgelklang, Jesus bereitet uns viel Kurzweil, er ist der Wunderschöne, hei! der allzeit liebevoll lacht, der alle Freude schenkt. Die Blicke seiner Augen sind so süß, daß das Herz vor Freude schier aus den Fugen gerät.

Woluff: Wohlauf, zum geistlichen Baden! Dorthin hat uns des Vaters Güte geladen. [. . .] Der Sohn will uns heilen, der Heilige Geist bedienen – nun freu dich, meine Seele! 9 Der Herbst und auch der Frühling haben aus Gottes Gnadenreich vielerlei Kräfte erhalten: wer das Abführmittel der Reue nimmt und auf Gott vertraut, wenn er sein Leben erneuern will, der lebt in Ewigkeit.

Woluff *Mel. nicht erh.; höchstwahrscheinlich eine Kontrafaktur auf ein weltliches Lied, das nicht erhalten ist.* 14 ruwen.

Min sel, du sott dich hůten
Vnd dich in tugend gůten,
vnd bade nit ze heiss!
Daz wasser diser lùsten
mag dich gar bald entrùsten.
Trag zwùschen dinen brùsten
gôttlicher mynne sweis!

Gar edel sie din spise,
Subtil vnd dorzů lise,
wilt du ein bader sin.
Daz grobe diner sùnden
sol tugend ùberwinden.
Wèr wil gesuntheit vinden,
Der volg der lere min!

Lùstlich solt du spaczieren,
mit frôid vnd jubilieren
jn grůner hymmels ow.
In gilgen vnd in rosen
solt du mitt gotte kosen
on aller sùnde mosen,
Daz er dich freuntlich schow.

Gar warm solt du dich halten
Vnd dich nit lon erkalten
noch diser mynne bad.
Din baden bůle sye
Die allerschônst Marie.
Ein gott vnd nammen drye
mit andocht zů dir lad!

Ir fröwlin all gemeine,
diss baden liedli reine
wunsch ich uch alle stund:

---

16 Meine Seele, du sollst achtgeben und dich durch Tugend stärken, und bade nicht zu heiß! Das Wasser dieser Lust kann dich bald reinigen. Trag zwischen deinen Brüsten den Schweiß der göttlichen Liebe! 23 Edel sei deine Speise, erlesen und leicht, wenn du ein rechter Bader *[?]* sein willst. Das Grobe *[Akk.]* deiner Sünden soll die Tugend überwinden. Wer Gesundheit erlangen will, der folge meinem Rat! 30 Genüßlich sollst du lustwandeln mit Freude und Jubel auf der grünen Himmelsau. In Lilien und Rosen sollst du mit Gott plaudern, befreit von allem Schmutz der Sünden, damit er dich liebevoll anschaut. 37 Schön warm sollst du dich halten und dich nach diesem Liebesbad nicht erkälten. Deine Badgespielin sei Maria, die Allerschönste. Den einen Gott in drei Personen lade fromm zu dir ein! 44 Ihr Mädchen alle, [was] dies liebliche Badeliedchen [sagt], wünsche ich euch allezeit:

Daz ùch gotts gnod erwarme,
geb Jhesus an den arme,
daz er sich schier erbarme
Vnd mach die sel gesunt. *Q 70*

Unbekannter Verfasser

Christ ist erstanden /
der landuogt ist gefangen /
des sollen wir alle fro sein /
Sigmund soll vnser trost sein /
kyrioleis.

Wer er nit gefangen /
so were es übel gangen /
seid daz er nun gefangen ist /
so hilfft jn nichts sein bôser list.
kyrioleis. *Q 101*

Unbekannter Verfasser

O menscheyt bloß, O marter gros,
O wunden tiff, O blutis craft,
O todis bitterkeyt, O du clare gotheit,
Hulff vns zcu der Ewigen seligkeyt! Amen. *Q 89*

---

daß Gottes Gnade euch wärmt, euch Jesus in die Arme legt, daß er sich bald erbarmt und die Seele gesundmacht.

Christ: Christ ist erstanden, der Landvogt ist gefangen. Darüber sollen wir alle froh sein, Sigismund soll unser Trost sein. Kyrie eleison! 7 Wäre er nicht gefangen, es wäre übel gegangen. Da er nun gefangen ist, hilft ihm seine böse Tücke nichts mehr. Kyrie eleison!

O menscheyt: O nackter Mensch, o große Marter, o tiefe Wunden, o Kraft des Blutes, o Bitterkeit des Todes, o du heiliger Gott, hilf uns zur ewigen Seligkeit! Amen.

Christ *Gelegenheitsgedicht, das Mel. und weitgehend auch den Text des alten Osterliedes (vgl. Bd. 1 dieser Anthol.; eine weitere Umdichtung Bd. 5, S. 55f.) benutzt. Die Quelle berichtet, daß es* die kinder auff der gassen *gesungen hätten, als Erzherzog Sigismund von Tirol Ostern 1474 erschien, um seine verpfändeten Länder im Südwesten wieder in Besitz zu nehmen, die der inzwischen gefangengenommene Landvogt Peter von Hagenbach im Auftrag Karls des Kühnen von Burgund mit Härte und Gewalt verwaltet hatte.*

Unbekannter Verfasser

Was sal ich nü begynne?
die zyt ist mir zu langk,
vnd ich magk numme syngen,
myn gemude ist mir zu krangk.
ich fare dahene, elende
thut mynem hertzen wehe.
der schymp wil nemmen eyn ende,
das clagen ich vmmere.

Nuwe sal myne lib nit wencken –
den getruwen han ich zu yr –,
alle zyt an mich gedencken,
Es gehe recht, wie es gehe.
so geschach mir nye so leyde
bey allem mynem leben,
das ich myn augen weyde
also můß ober geben.

Jch fare dahin mit schmertzen,
mag anders nit gesyne.
got sayn dich, liebes hertze,
halt feste die früntschafft dine!
was las ich dir zu letze?
hertze, můdt vnd alle myne synne;
damit du dich ergetzen!
ich sal vnd můß von hyn. *Q 9*

Was sal: Was soll ich nun anfangen? Die Zeit ist mir zu lang, und das Singen ist mir vergangen, mir ist zu traurig zumute. Ich ziehe dahin, die Fremde tut meinem Herzen weh. Die frohe Zeit geht zu Ende, darüber klage ich stets von neuem. 10 Meine Geliebte soll nun nicht schwankend werden – darauf vertraue ich fest – [und] allezeit an mich denken, es komme, wie es wolle. Meiner Lebtag ist mir Leidvolleres nicht geschehen, [als] daß ich meiner Augen Trost so aufgeben muß. 18 Ich ziehe voll Kummer dahin, es kann nicht anders sein. Gott segne dich, liebes Herz, bleib mir gut! Was lasse ich dir zum Abschied? Herz, Gemüt und all meine Gedanken; damit sollst du dich trösten! Ich soll und muß fort.

Was sal *Mel. nicht erh.*

Unbekannter Verfasser

Man fyndet ir viel, noch ist ir mee,
die heymlich stechen nit verlane.
das sie der dantz sant vits bestehe
als lange, bis yne claffen gar vergehet –
want sie ab legen alle freüde vnd glucke –,
das yne verbrennen beyne, arme vnd rücke,
das wunsche ich yne zum nuwen jar.

Wye mage es eyn schalcke ym hertze han,
das er viel freude zu myden brenget?
das hellische fuer, das zunde yne ane
als lange, bis yme libe vnd sele verbrennet!
so hat er die boischeyt woil geübet,
als hette er nye keyne bach betrübet –
das vetter lesen kan er woil!

Manich plage wunsche ich dem cleffer heym,
die ytzunt syne jnne dieser werlt:
das hertzgespanne, die bulen an syne beyn;
das gebe ich jm zum oppergelt,
vnd han noch me zu geben yne!
vnd wer sich züget jnne yren gewynne,
der komme, der montze ist er gewert! *Q 9*

Man fyndet: Man findet viele, [und] es gibt noch mehr, die es nicht lassen können, heimlich Stiche zu versetzen. Daß sie der Veitstanz so lange befalle, bis ihnen das Gerede vergeht – zerstören sie doch alle Freude und alles Glück –, [und] daß ihnen Beine, Arme und Rücken verbrennen, das wünsche ich ihnen zum neuen Jahr. 9 Wie kann es [so] einem Widerling in den Sinn kommen, [so] viel Freude schwinden zu lassen? Das Höllenfeuer soll ihm so lange zusetzen, bis ihm Leib und Seele verbrennen! Denn er hat seine Bosheiten angebracht, als hätte er nie ein Wässerchen getrübt – aufs Freundlichtun versteht er sich! 16 Viele Plagen, die es heutzutage in der Welt gibt, wünsche ich dem Verleumder an den Leib: den Brustkrampf, die Beulenpest an die Knochen; das ist meine Liebesgabe für ihn, und [ich] habe noch mehr auf Lager! Und wer auf ihren Gewinn Anspruch erhebt, der soll nur kommen, des Lohns kann er gewiß sein!

Man fyndet *Mel. nicht erh.*

Unbekannter Verfasser

[Melodie]

Jch hat mir eyn falcken vß derkorn,
der ist mir hine geflogen.
er fluget uber berge vnd tieffe dayl,
Er fluget da hin ge*n* *s*chwaben.
Er fert da hine,
hine gen schwaben ist jm also gache.

Ja Er nüwe jnne geen schwaben kame,
da stünt Er nuwe alleyne.
„Elßline, lieber püle myne,
wer ich bey dir alleyne,
so wer mir wol,
so lebt myne hertze in freuden!“

Zwyschen berg vnd tieffer tail,
da lygt eyn genge straßen:
der syn bulen nit haben mag,
der müß jne faren laßen;
er fert dahi*n*,
*e*r vert dart hine genn schwaben. *Q 9*

Unbekannter Verfasser

Dye sonne, die ist verblechen,
das brengt mir sweren pyne,
die nacht hat mich erslechen –
wie mocht ich frolich syne,

Jch hat: Ich hatte mir einen Falken auserwählt, der ist mit fortgeflogen. Er fliegt über Berge und tiefe Täler, er fliegt dahin nach Schwaben. Er zieht dahin, nach Schwaben zieht es ihn so sehr. 9 Doch kam er nun nach Schwaben hinein, da stand er dann allein. „Elslein, mein liebes Mädchen, wäre ich nur bei dir, dann ginge es mir gut, dann wäre mir froh ums Herz!“ 15 Zwischen Berg und tiefem Tal liegt eine viel begangene Straße: wer seinen Geliebten nicht halten kann, der muß ihn ziehen lassen; er zieht dahin, er zieht dahin nach Schwaben.

Dye sonne: Die Sonne ist verblichen, das bringt mir schweres Leid, die Nacht hat mich ereilt – wie könnte ich fröhlich sein,

Jch hat *Vor jeder Strophe schreibt die Hs.* Da te da te da te . . ., *insgesamt jeweils 50 Silben. Diese Zahl entspricht der der Töne der Melodie; der auffällige Umstand, daß die Mel. zweimal hintereinander aufgezeichnet ist, läßt vermuten, daß die Mel. vor jeder Strophe einmal ohne Text gesungen wurde. – Ä. nach Q 128.* 6 geschwaben. 19–20 dahin hin er.

Dye sonne *Mel. nicht erh.*

synt das mir ist benommen
der schyne, der mich ernert,
vnd mag nit wider kommen!
syne myden ist mir hart.

Mir ist myne droste entgangen,
das clage ich armer knecht.
vnmuit hat mich vmfangen,
myn sach ist nyrgent schlecht.
vnfalle hat mich beseßen,
ich clage myne vngefelle.
myne leyt *ist* vngemeßen,
Elende ist myne geselle.

Jch weyß keyne freude zu haben
von aller welt gemeyne.
o we mir armen knaben,
nuwe stee ich hye alleyne
vnd byn gentzlich begeben!
ytzt weyß nit, ware ich solle;
jnne lyden thu ich leben,
myne hertze ist jamer volle.

Mych f*rör*t ser noch der sonnen,
die mich vor hat gebrant;
myne freude ist mir verswonden,
elende ist mir bekantt.
wie wol ich schymp vnd schertze,
doch byn ich muttes an
vnd geht mir nit zu hertzen –
ich clage myne hooste crone.

Die mir deth woil gefallen,
jnne schymp vnd auch jnne schertze

---

da mir das Licht, das mich erhielt, genommen ist, und [es] nicht wiederkehren kann! Sein Verlust schmerzt mich sehr. 10 Mein Trost ist mir geschwunden, das beklage ich armer Mann. Trübsal hat mich in ihrem Bann, mein Leben ist gänzlich zerstört. Das Unglück hat mich überfallen, ich klage über mein Mißgeschick. Mein Leid ist unermeßlich, der Kummer ist mein Gefährte. 18 An nichts auf der Welt kann ich mich erfreuen. O weh ich geschlagener Mann, nun steh ich hier allein und bin um alles gebracht worden! Jetzt weiß [ich] weder aus noch ein; ich lebe im Leid, mein Herz ist voll Jammer. 26 Frierend sehne ich mich nach der Sonne, die mich einst gewärmt hat; mein Glück ist mir zerronnen, ich bin im Elend. Wenn ich auch lache und scherze, so bin ich doch verzweifelt, und [es] berührt mein Herz nicht – ich traure um meinen höchsten Schatz. 34 Die mir [so] gut gefiel, die habe ich mitten in Spiel und Scherz

16 *f.* 26 freuwet, *Ä. nach Q 128.*

liebt sie mir vor jnne allen;
dar vmb so lyde ich schmertze,
synt ich ir müß ent wesen.
jnne mynes hertzen gir
hat ich sie ußerlesen
zu hohen freuden mir. *Q 9*

Unbekannter Verfasser

Eß was güt byer, der zappe ist üß;
ich focht, ich müß mich scheyden.
Da lieber kamme, da müst ich üß;
ich dorste nit lenger beyden.
‚laß farn hien, eß ist kleyne gewynne!‘,
dar off stelle ich mynen troiste.
‚wie woil ich *byn* *hüer hie*, morgen hyen!‘,
das hat mich dicke erloiste.
Das stelle ich alles gantz dar an,
was ich nit haben magk;
eß dunckt mich synne eyn dorechter manne,
der *drurt* vmb solich sache.
eß ist verkert, das vormals plack zu syne:
eß was güt byer, der zappe ist uß geuarhin.

Da ich was gescheyden,
da lieber kamme jnß hüß,
sie meynt, mir geschecht zu leyde;
sie sprach: „du müste her üß!“
da ging ich fort alle vmb eyn ort
fore eyn ander thoer;

[doch] lieber als sie alle; deshalb leide ich, weil ich sie missen muß. Voll herzlichen Verlangens hatte ich sie mir zu meinem Glück erwählt.

Ess was: Das Bier war gut, [jetzt] ist der Zapfen draußen; ich fürchte, ich muß meiner Wege gehen. Als einer kam, der besser gefiel, da mußte ich raus; ich wagte nicht länger zu verweilen. ‚Weg damit, es ist kein Verlust!‘, damit tröste ich mich. ‚Wenn ich auch heute hier bin *[?]*, morgen [bin ich] anderswo!‘, das hat mich oft aufgerichtet. Ich gebe alles auf, was ich nicht halten kann; töricht scheint mir zu sein, wer dem nachtrauert. Was vorher war, das ist nicht mehr: das Bier war gut, [jetzt] ist der Zapfen draußen. 16 Als ich verabschiedet wurde, als einer ins Haus kam, der besser gefiel, glaubte sie, es täte mir leid; sie sagte: „Raus mit dir!“ Da ging ich fort, eine Ecke weiter, vor eine andere Tür;

Ess was *Mel. nicht erh. Ä. außer* 36 *nach Q 128.* 8 hüer hie byn. 13 *f.*

jch kloppet dar an. „wer ist der mane,
der so lyse kloppet dar fore?“
jch sprach uß fryem hertzen:
„ich byns der frymde gaste,
jch kanne vertriben s*mer*tzen.
laß jnne! eß regent vaste,
der wint waygt ôste; gar wole gereste ich bin.“
eß was gut beyer, der zappe ist üß gefaren.

Da wart ich wol entfangen
vnd was von hertzen froe;
darnach hatte ich verlangen.
eß ist von geschicht also,
tyß ist geschicht: wil eyn nit,
die ander ist syn fr*o*.
war vmb solt ich danne druren *mich*
vmb solichen haberstro?
So ich wol magk haben
eyne ader zwoe gemeyn,
war vmb solt ich traben
vnd hauwen off eynen steyne?
eß dunckt mich wol verlorn arbeit syne.
eß was gut beyer, der zappe ist er üß gefarn.

Q 9

---

ich klopfte an. „Wer klopft da draußen so leise?“ Ich sagte frischweg: „Ich bin der fremde Gast, ich kann Kummer vertreiben. Laß [mich] rein! Es regnet stark, der Wind weht von Osten; ich bin gut ausgeruht!“ Das Bier war gut, [jetzt] ist der Zapfen draußen. 30 Dort wurde ich gut aufgenommen und freute mich von Herzen; so hatte ich es mir gewünscht. Es ist die alte Geschichte, die Sache, die ist so: Will eine nicht, die andere will herzlich gern. Warum sollte ich mir dann das Herz schwer machen wegen solcher Kleinigkeiten? Wenn ich eine oder zwei allemal haben kann, warum sollte ich mir ein Bein ausreißen und einen Stein zu erweichen versuchen? Das scheint mir verlorene Mühe. Das Bier war gut, [jetzt] ist der Zapfen draußen.

26 spretzen. 35 frauwe. 36 *f.*

Unbekannter Verfasser

O hilffa ja, die zit ist da!
wollestu eß recht bedencken,
du mecheste nit langk meyne*m* hertzen zwancke
vnd dedeste das nit bekrencken.
myne gemütte, das wůtte jnne ach vnd krache
zų dir an alles wencken.
von stunt üß mündt kündt mi*r* den tag,
der mich jn freuden thůt sencken!

O hochster hort, dein ja eyn wort
stette mir nach dieffe verb*o*rgen.
wanne ich das han jn liebes fane,
so haben alle myne sorgen
beh*e*nd eyn ende; jch werre wol der,
der keyne freude dorffte borgen.
nuwe schertze mit hertze nach aller gere
den abent vnd den morgen!

An zwyfel, süße, ich dich begrüß,
also das *du* thüste streben
zu wunsche mir jnne liebe gir
vnd mir zu freuden leben.
So wil ich stylle myne wesen hye
jnne dienen willen geben.
du biste ane lyste üff erden die,
by d*e*r myn hertze sale sweben. *Q 9*

O hilffa: O hilf doch, die Zeit ist gekommen! Würdest du es recht bedenken, du quältest mein Herz nicht lange und machtest es nicht krank. Mein Gemüt verzehrt sich ohne Unterlaß nach dir bis zum Zerspringen. Sogleich nenn mir aus [deinem] Mund den Tag, der mich in Freude versinken läßt! 10 O höchster Schatz, dein Ja-Wort ist für mich noch tief verborgen. Hab ich das erst auf dem Banner der Liebe stehen, so finden all meine Sorgen augenblicklich ein Ende; ich wäre jemand, der nicht um Glück betteln müßte. Nun spiel mit [meinem] Herzen, ganz wie du willst, vom Morgen bis zum Abend! 18 Von keinem Zweifel geplagt, grüße ich dich, Süße, damit du in Liebessehnsucht tust, wie ich will, und mir zur Freude lebst. Dann will ich still mein Leben hier deinem Willen anheimgeben. Du bist, ich meine es ehrlich, diejenige auf dieser Erde, bei der mein Herz weilen soll.

O hilffa *Mel. nicht erh. Der unter dem Lied in einem verschlüsselten Text genannte Name* Schromberger *(wohl* Schwinberger *zu lesen) ist nicht, wie bisher angenommen, als Verfasserangabe zu bewerten, vgl. Q 128; danach auch Ä. außer* 25. 4 meyne. 8 mit. 11 vergen. 14 behnd. 19 *f.* 25 dir.

Unbekannter Verfasser

WEr verzwifelt an dem end,
Jch fôrcht, das jm got send
Ainen botten, der jm vn nútz ist.
Darumb hån jch fúr zwiffel list
Ainen aigen geloben mir gedicht,
Dar jn ich wort fúr zwifel flicht
Mit sillaba, so ich v̀mer böst kän.
Hie mit fach ich den globen än:
Jch glob an ain jung wipp.
Jch glob, das jr zartter lipp
Minß dienstz almechtig sy.
Jch glob, das die wandels fry
Miner frôd ain schôpfferin ist.
Jch glob, das jr ån arge list
Min dienstlich wil verkunt wart.
Jch glob, das die rain, die zart
Enpfangen ist jn min gemût.
Jch glob, das sú zû rechter gût,
Zû frôden mir geboren ist.
Jch glob, das sú zû aller frist
Uff rústig mach min leben.

WEr verzwifelt: Wenn einer an seinem Lebensende der Verzweiflung anheimfällt, so fürchte ich, der von Gott gesandte Bote nützt ihm nichts. Deshalb habe ich mir gegen die Tücke des Zweifels ein eigenes Glaubensbekenntnis gedichtet, in dem ich aus Silben Worte gegen den Zweifel knüpfe, so gut ich kann. Hiermit beginne ich das Glaubensbekenntnis: Ich glaube an eine junge Frau. Ich glaube, daß ihr süßer Leib alle Macht über meine Dienste hat. Ich glaube, daß die makellos Reine die Schöpferin meiner Wonne ist. Ich glaube, daß ihr meine Absicht, ihr ohne Falsch zu dienen, verkündet wurde. Ich glaube, daß die Reine, die Zarte in meinem Gemüt empfangen wurde. Ich glaube, daß sie mir zur Wohltat [und] Freude geboren ist. Ich glaube, daß sie mein Leben allezeit heiter machen kann.

WEr verzwifelt *Ä. nach Q 123.* 10 *Das im folgenden parodierte Apostolische Glaubensbekenntnis lautet in nhd. Fassung: Ich glaube an Gott, den allmächtigen Vater* (*vgl.* 10–13), *Schöpfer des Himmels und der Erde* (14), *und an Jesus Christus, seinen eingeborenen Sohn, unseren Herrn, der empfangen ist vom Heiligen Geist* (18), *geboren aus Maria, der Jungfrau* (20), *gelitten unter Pontius Pilatus, gekreuzigt* (23–29), *gestorben und begraben, abgestiegen zu der Hölle* (37–38), *am dritten Tage wieder auferstanden von den Toten* (33–34), *aufgefahren in den Himmel* (41), *sitzend zur Rechten Gottes, des allmächtigen Vaters* (42–44), *von dannen er kommen wird, zu richten die Lebendigen und die Toten* (49–50). *Ich glaube an den Heiligen Geist, die heilige christliche Kirche, Gemeinschaft der Heiligen* (55–56), *Nachlaß der Sünden* (51–52), *Auferstehung des Fleisches* (57–58) *und das ewige Leben. – Weitere Anspielungen: Christi Passion* (23–24, 31–32); *Christi Weg in die Vorhölle* (38, 39); *Christi Menschwerdung* (45–46, 53); *zu* 75–82 *vgl. etwa Mt. 25, 31–33;* 115–117 *spielt vielleicht auf den 12jährigen Jesus im Tempel an (Lc. 2, 41–47).* 21 allen.

Jch glob, das sú hin ward gegeben
Von jren frůnden ainem man.
Jch glob, das sú jn nie gewann
Lieber, dann sú mir sy.
Noch me glob ich da by,
Das die rain, die zart
Gemartert vnd gepingt wart
Von sorgen, da sú by *jm* schlieff,
Vnd das sú mengen súnfftzen tieff
D*e*s selben nachtz pflag.
Jch glob, das sú an aim sunntag
Erstůnd vnd min begeren wäs.
Jch glob, das ich ir nie uergas,
Syd mich ir gůt zům erst vmb fieng.
Jch glob, das sú ab gieng
Durch dry porten, do sú mich sach.
Jch glob, das sú min trúren jn mir zerbräch,
Do sú mir so gůtlichen naig.
Jch glob, daz sú wider vff staig
Vnd sitzet zů der rechten hand
Jn ainem stúblin by der wand,
Dar jn ist frŏden tusent falt.
Jch glob, das got jr zart gestalt
Hät geschåfft vff die erd.
Jch glob, das sú mir noch werd
Zů schöwen hie an mencher ståt.
Jch glob, das sie gewalt håt,
Zů richtenn jn dem willen min.
Jch glob ablås miner pin
Nach kunft jr gegen werttikait.

Ich glaube, daß sie von den Ihren einem Mann überantwortet wurde. Ich glaube, daß sie ihn nie lieber gewonnen hat als ich sie. Weiter glaube ich daran, daß die Reine, die Zarte beim Beischlaf von Kummer gemartert und gepeinigt wurde und daß sie in dieser Nacht manchen tiefen Seufzer ausstieß. Ich glaube, daß sie an einem Sonntag auferstand und nach mir verlangte. Ich glaube, daß ich sie nie vergessen habe, seit mich die Gute zum ersten Mal umfangen hat. Ich glaube, daß sie durch drei Türen hinabgestiegen ist, als sie mich sah. Ich glaube, daß sie die Traurigkeit in mir zerbrochen hat, als sie mich so liebevoll begrüßte. Ich glaube, daß sie wieder aufgefahren ist und zur Rechten in einem Stüblein an der Wand sitzt, worin tausendfältige Freude ist. Ich glaube, daß Gott ihre liebliche Gestalt auf diese Erde gebracht hat. Ich glaube, daß ich sie hier noch vielerorts werde anschauen können. Ich glaube, daß sie die Macht hat, in dem, was ich will, die richterliche Entscheidung zu treffen. Ich glaube an den Nachlaß meiner Leiden in dem Maße, in dem sie gegenwärtig sein wird.

30 *f.* 32 Das.

Jch glob jn jr zart menschait,
Das die mir min hertz digk uff clieb.
Jch glob gemainsami vnßer lieb,
Min vnd des minnenglichen wibz.
Jch glob vrstendi minß libz,
Wenn ich by jr nit sitzen tar.
Jch glob, das sú werd blaich gefar,
Wen ich mich von jr schaiden sol.
Jch glob, das mir tů we vnd nit wol,
Wen ich jr lieb enber.
Jch glob, das ich lieber wer
By ir denn jm betthuß.
Jch glob, das jr vnd mir digk grüß
Ab clåffernn, die sú vmb sich hat.
Jch glob, das noch meng pontius vnd pylat
Vnd judas vff erdterich leb.
Jch glob, das sú mir můt geb
Vor allen rainen fröwen zart.
Jch glob, das mich ir hin fart
Bekúmert vnd beschwert hab.
Jch glob, das sú mir jr triu gab,
Das sú nieman lieber hett denn mich.
Noch me so glob ich,
Das wir zů samen kůmen dort,
Do sich miner fröden selden hort
Den vrsprung nam vnd sin gelúgk;
Vnd das ich sie såche jn jrm geschmúgk,
Das wúnsch ich och zů fröden mir,
Vnd das der falscher cleffer gir
Vnß dar zů kain schäd nit sy.
Des helff vns diß namen dry:

Ich glaube, daß die Liebliche, Mensch geworden, mir oft das Herz gespalten hat. Ich glaube an die Gemeinschaft unserer Liebe, meiner und die der liebreizenden Frau. Ich glaube an die Auferstehung meines Fleisches, wenn ich nicht [mehr] bei ihr sitzen darf. Ich glaube, daß sie bleich wird, wenn ich mich von ihr trennen muß. Ich glaube, daß es mir weh und nicht wohl tut, wenn ich ihre Liebe entbehre. Ich glaube, daß ich lieber bei ihr als in der Kirche bin. Ich glaube, daß ihr und mir oft vor den Klatschmäulern graust, die sie um sich hat. Ich glaube, daß noch mancher Pontius und Pilatus und Judas auf dieser Welt lebt. Ich glaube, daß sie mir das Herz höher schlagen läßt als alle anderen schönen, zarten Frauen. Ich glaube, daß mich ihr Scheiden bekümmert und geschmerzt hat. Ich glaube, daß sie mir ihr Versprechen gab, daß sie niemanden lieber hätte als mich. Ferner glaube ich, daß wir dort zusammenkommen werden, wo der Quell meiner Seligkeit seinen glücklichen Anfang genommen hat; und daß ich sie in ihrer Herrlichkeit sehe, wünsche ich mir auch zu meiner Freude, und daß die Klatschsucht der falschen Schwätzer uns dabei keinen Schaden zufügt. Dazu verhelfe mir diese Dreifaltigkeit:

Amor, venus cum cupido!
Das sind dry wirdig namen ho,
Die vns als laid uerdriben,
Vß genommen den alten wiben,
Den gerúnzolohten rôch faß.
Die súllen geloben fúrbaß,
Dann disser glob ist in nit nútz.
Sie sind sin worden vrdrútz,
Sie schr*ie*nt, als sant peter tett.
Doch trôst ich mich, das katzen gebett
Zů himel nie herhôrt wärd.
Dar an gedenck, jr rainen frôlin zart,
Vnd sind mit zůcht wol gemůt,
Wen diser glob ist gereht vnd gůt,
Vnd sind dar zů mit frôden gail,
Also das yeglich jrn tail
Er werb, so v́mer best sie mag!
Dann es ist nit ain jar sunntag,
Das ich den selben globen fänd.
Jch graiff jn selber mir der hand,
Dann ich bin sant thomaß geschleht.
Zwar diser glob ist gůt vnd gereht,
Er ist bewert zů menchem mål;
Jn händ bestettigkt dry cardinål
Vnd verbriefft wol fúr zwiffelß nöt,
Versigelt schon mit bläw, brön vnd rot.
Das hat getön mit willen gernn
Wipplicher tugent ain lucernn,
Dar jnn lúcht jr gůt alß ain fagkell.

Amor, Venus und Cupido! Das sind drei hehre, ehrwürdige Personen, die uns alles Leid vertreiben, ausgenommen den alten Weibsen, den verhutzelten Räucherfäßchen. Die mögen glauben wie bisher, denn dieses Glaubensbekenntnis nützt ihnen nichts. Sie sind seiner überdrüssig geworden, sie erheben das gleiche Geschrei wie Sankt Peter *[Mt. 26, 69–75]*. Doch tröste ich mich damit, daß Katzengebet im Himmel nie erhört wurde. Denkt daran, ihr schönen, zarten Mädchen, und seid in allen Ehren fröhlich, denn dieses Glaubensbekenntnis ist wahr und gut, und strebt frohgemut danach, daß jede, so gut sie kann, ihr Teil bekommt! Es ist nämlich Sonntag noch kein Jahr her, daß ich dieses Glaubensbekenntnis gefunden habe. Ich habe es mir mit eigenen Händen ertastet, gehöre ich doch zum Geschlecht des heiligen Thomas *[Io. 20, 26–29]*. Wahrhaftig, dieses Glaubensbekenntnis ist gut und wahr, es ist vielfach erprobt; drei Kardinäle haben es bestätigt und gegen die Nöte des Zweifels mit ihrer Unterschrift versehen und schön blau, braun und rot gesiegelt. Das hat eine Leuchte weiblicher Tugenden willig und gern zuwege gebracht, darin strahlt ihre Güte wie eine Fackel.

92 schribent.

Minr frôden cyborg vnd tabernagkell
Jst in dissem globen zwar.
Er ist gemacht jm zwelfften jar,
Als man zalt von der rainen zart
Vierzenhen tag nach miner vß fart,
Als ich zûm letzsten by ir was
Vnd sich ir gût ân argen hăß
Begirlich jn min hertz verschloß.
Wer ich der hôchsten art genoß,
Caldeyscher kayser zû jndion,
Jr wird mûst mit mir tragen crŏn
Vnd sitzen jn der maygenstât.
Disú red hie ain end hät,
Doch der glob sol v́mer weren,
Dem schatz zû trost, der fruht kan beren,
Der frôden frücht jn min hertz.
Gelúttert lieb vß rainem ertz
Hät wipplich gût in mir gepúrt,
Der frôden grunntfest tieff gemúrt,
Dar vff ich v́mer búwen sol.
Y suesser zart, nun tû so wol,
Er zôg din gût alß dyomant!
Gedenck: wâ reht lieb nimpt obernhant,
Da sol gantz trẃ nit sin ain gast.
Bulier din hertz alß adamast!
Durch sihe min trúw nach strussen art!
Gedenck, wie Gardafies wart

Meiner Freuden Heiligenhäuschen und Tabernakel ist in diesem Glaubensbekenntnis enthalten. Es wurde im zwölften Jahr gemacht, vierzehn Tage nach meinem Abschied von der zarten Schönen, als ich zum letzten Mal bei ihr gewesen war und sich ihre Liebe rückhaltlos in mein Herz zu schließen begehrt hatte. Gehörte ich zum erlauchtesten Geschlecht, [wäre ich] chaldäischer Kaiser in Indien, sie wäre würdig, mit mir die Krone zu tragen und in der Majestät zu thronen. Diese Rede hat hier ein Ende, der Glaube jedoch soll ewig währen, dem Schatz zum Trost, der Frucht bringen kann, die Frucht der Freuden nämlich für mein Herz. Frauengüte hat lautere Liebe aus purem Erz in mir zu voller Reinheit gebracht, in sicherer Tiefe die Fundamente der Freuden gelegt, auf denen ich immer bauen kann. Ewig süße Geliebte, nun tu du das Deine, zeige, daß deine Liebe wie ein Diamant ist! Denk daran: Wo wahre Liebe den Sieg erringt, da soll vollkommene Treue nicht [nur] ein Gast sein. Poliere dein Herz wie einen Diamanten! Durchdringe meine Treue mit deinem Blick, wie es der Strauß macht! Bedenk, warum Gardivias in seine Hundeleine verknüpft wurde,

138 *Der Strauß (vgl. S. 153 Anm. 122) war wie Adler* (150) *und Panther* (151) *ein beliebtes Christus- und Mariensymbol, hier auf die Geliebte übertragen.* 139 *Im* Jüngeren Titurel *(um 1270) sendet eine Königin ihrem Geliebten durch den Hund* Gardivias *(Gib-acht-auf-die-Wege) eine Tugendlehre in Briefform auf der Leine des Hundes (Ausg. Wolf Str. 1874–1927).*

Verkuppelt jn das brakgen sail
Und dir stettlich blib das hail,
Dar vß sich all frôd sprússen tůt,
Vnd das sich och din rainer mût
Vnd din gůtter wil nit von mir wend,
Vnd das minr frôden kogk sich lend
Jn glúkes hab zů aller stůnd,
Da enngker rúrt der frôden grůnt!
Da bist du kiel vnd pattrån,
Din segel fert durch all vortån;
Dar an gedenck, hab adlers mût!
Gedenck och, wie das bantier tůt,
Das bist du, sůser amantist!
Auch, lieb frôw, jch man dich an crist:
Verzwifel nit, das ist min rät! –
Wer disen globen by jm hät
Vnd jnn des morges frů ansicht,
Der verbrint jn kainem wasser nicht
Vnd her tringt nit jn dehainem fúr.
Da mit so gib ich úch zů stúr,
Súllend ir kain wil leben,
Das úch v́wer bůlnn wol múgen vrlob geben.
Hie hat diser glob ain end.
Got vnß sin gnåd send! *Q 33*

---

und [sieh zu], daß dir das Glück stetig erhalten bleibt, aus dem alle Freude quillt, und daß sich dein reiner Sinn und deine redlichen Absichten nicht von mir kehren und daß mein Freudenschifflein jederzeit in den Hafen des Glücks einläuft, wo der Anker im Grund der Freuden haften kann! Dort bist du Schiff und Kapitän [zugleich], dein Segel fährt durch jedes Unwetter; daran denk [also], sei wie der Adler! Denk auch daran, wie es der Panther macht, [denn] das bist du, süßer Amethyst! Geliebte, ich erinnere dich auch an Christus: Verzweifle nicht, rate ich dir! – Wer dieses Glaubensbekenntnis bei sich trägt und es des Morgens früh betrachtet, der verbrennt in keinem Wasser und ertrinkt in keinem Feuer. Damit gebe ich euch die Hilfe, daß euch, wenn ihr sterben müßt, eure Geliebten willig gehen lassen *[?]*. Hier endet dieses Glaubensbekenntnis. Gott sende uns seine Gnade!

142 tät. 150 *Vgl.* 138 *und S. 153 Anm.* 122. 151 *Vgl.* 138. *Der Panther lockt nach dreitägigem Schlaf durch seinen Ruf viele Tiere an, die dem süßen Duft, der von ihm ausgeht, folgen.* 155 disem.

Unbekannter Verfasser

Der mynne gericht

DO der summer was da hin
Vnd do de*r* winter vngewin
Wolt pringen den klain vôgelin,
Das sie in irß hertzen schrin
Mûsten verliesen ire gesang
Durch deß argen winters zwang,
Vnd der ryff kalt vnd pitter
Vnd deß herbst vngewitter
Vff sie fiel, das sie sich schmûgen –
Wie houch die lerchen vor flugen,
Ab mûsten sie si*ch* setzen –,
Ains morgenn rait ich hetzen
Mit winden vnd mit vogelhunden
Ffûr ain loch, da ich het funden
Zû hetzen vil, das gedaucht ich.
Holtz halb hûb ich mich,
Ob es mir lieff an die hand.
Der hund ainer ain hasen vand;
Do ich in ward an sichtig,
Ze hand zuckt ich den strick
Vnd hetzt an in, ob ich in vieng.
Der has doch den hunden engieng
Vnd lieff in vor biß an das holtz.
Doch sach ich: ain frowen stoltz
Gegen mir gieng uff ainem steg.
Jch sprach zû mir selber: „nun schwig,
Stand von dem pferd zû der *er*de*n*!

Der mynne: Das Gericht der Minne. Als der Sommer vergangen war und der Winter den kleinen Vögelchen das Leben schwer zu machen begann, so daß ihnen im innersten Herzen ihre Lieder abhanden kamen durch die Härte des bösen Winters, und als der kalte und bittere Reif und das schlimme Herbstwetter sie überfielen, so daß sie sich duckten – wie hoch die Lerchen sich zuvor auch aufgeschwungen hatten, [jetzt] mußten sie unten bleiben –, da ritt ich eines Morgens mit Windspielen und Hühnerhunden auf die Jagd zu einem Gehölz, wo ich viel zu hetzen gefunden hätte, wie ich meinte. Ich nahm den Weg auf den Wald zu [,um zu sehen], ob mir etwas über den Weg liefe. Einer der Hunde brachte einen Hasen auf; als ich ihn erblickte, löste ich sofort die Leine und hetzte [die Hunde] auf ihn, um ihn zu fangen. Der Hase entging den Hunden jedoch und lief vor ihnen her bis zum Wald. Doch sah ich: auf einer Brücke kam mir eine schöne Frau entgegen. Ich sagte zu mir: „Nun sei still, steig her-

Der mynne *Ä. außer* 101, 105 *und* 110 *nach Q 123.* 4 des. 13 sitz. 29 andern.

Môcht dir ain grûsen von ir werden,
So wår wol beschehen dir."
Die selb frow engegnet mir
Vnd grûst mich. do das beschach,
Jch danckt ir vnd sprach:
„Gnåd, frow schôn vnd rain,
Wie sind ir also ain
Komen her? deß nympt mich wunder."
Sie sprach: „ich hett mich baß besunder
Zû lieb erkoren ainen man;
Der haut so ûbel an mir geton,
Das man in solt schelten.
Er laut mich deß engelten,
Das ich gar stett an im was.
Nun geuelt im ain andre baß,
Die selben haut er in dem mût.
Das er das vngerecht gen mir tût,
Das will ich frow mynn clagen.
Werlich, die kan nit vertragen,
Das man vnrecht tût an mir,
Das soltu geloben mir."
Jch sprach: „frow, laut *mich* mit úch,
Jch gib uch deß mein trẃ,
Das ich úch ymmer dienen will.
Jch hon ir ouch zeclagen vil
Alß *von* ainem rainen wib,
Das ich von der belib
So gar on hilff vnd ôn trost.
Môcht ich von der werden erlôst,
Das ich so gar hertz, mût vnd synn
An sie nit leg on allen gewin!"

---

unter vom Pferd! Wenn du mit ihr ins Gespräch kommen könntest, hättest du Glück gehabt." Die Frau kam auf mich zu und grüßte mich. Als dies geschehen war, dankte ich ihr und sagte: „Mit Verlaub, schöne und edle Frau, warum sind Sie so allein hergekommen? Das wüßte ich gern." Sie sagte: „Ich hatte mir für mich ganz allein einen Mann zum Geliebten auserwählt; der hat mir so übel mitgespielt, daß man ihn schelten muß. Er läßt es mich entgelten, daß ich ihm immer treu gewesen bin. Jetzt gefällt ihm eine andere besser, die hat er im Sinn. Daß er dieses Unrecht an mir begeht, das will ich Frau Minne klagen. Weiß Gott, sie kann das nicht durchgehen lassen, daß man mir Unrecht zufügt, glaub mir das." Ich sagte: „Frau, lassen Sie mich mit Ihnen gehen, ich versichere Ihnen, daß ich Ihnen immer zu Diensten sein werde. Ich habe ihr auch viel von einer schönen Frau zu klagen, und zwar daß ich von der keinerlei Hilfe und Trost bekomme. Könnte ich doch von der erlöst werden, damit ich nicht Herz, Sinn und Gedanken so ganz auf sie richte ohne jede Gegenleistung!"

51 *f.* 55 *f.*

Sie sprach: „ich fůr dich mit mir dar.
Da wůrstu ouch wol gewar,
Wes da die mynn kan walten.“
Sie fiert mich aubent halben
Durch ain holtz uff ain haid;
Da sach ich in kunigliche claid
Die mynn da zů rechten
Mit vil ritter, frowen vnd knechten.
Die warn all geladen dar
Vnd namen da deß rechten war.
Ffunff frowen sprachen do das recht,
[. . .?]
Die ir frow mynn hett er kort,
Die da richterin was.
Ffrow er, frow trẁ waren das,
Ffrow stett, frow seld, daz waren vier;
Die funfft nem ich uch schier:
Das *was* frow *lieb*, die mengem man
Lib vnd gůt gewund an.
Durch das gedreng ich da prach,
Jch gieng fůr vnd sprach:
„Edlu kunigin fenuß,
Jch bin komen alsus,
Das ir mir richtet hie durch gott,
Wan*n* *t*ůt durch ẁer gebott,
Was vnuernumpffticlichen lept,
Vnd mir ain fůrsprechen gebt,
Der mir min wort hie sprechen wôll.“
Sie sprach: „lieber gesell,
Nym selber, wer dich dunck gůt;
Des gan dir wol mein můt.“

Sie sprach: „Ich nehme dich mit dorthin. Dann siehst du auch, was die Minne ausrichten kann.“ Sie führte mich weiter aufwärts durch einen Wald auf eine Heide; zur Rechten sah ich dort in königlichem Gewand Frau Minne mit vielen Rittern, Damen und Knappen. Die waren alle dorthin geladen worden und hielten da Gericht. Die Urteile fällten fünf Frauen [. . .], die Frau Minne, die dort Richterin war, ausgesucht hatte. Es waren Frau Ehre, Frau Treue, Frau Beständigkeit, Frau Glück, das waren vier; die fünfte nenne ich euch sogleich: das war Frau Liebe, die manchen Mann um Leben und Besitz bringt. Ich bahnte mir einen Weg durch das Gedränge, trat vor und sprach: „Edle Königin Venus, ich bin gekommen, damit Sie mir Recht sprechen um Gottes willen, denn nach Ihrem Gebot handelt [sogar], was unvernünftig lebt, und daß Sie mir einen Anwalt geben, der hier für mich sprechen will.“ Sie sprach: „Mein Lieber, wähle selbst den, der dir geeignet erscheint; das gestatte ich dir gern.“

78 *f.* mynn. 85 Wann mann.

Ffrow sellden ich da mit vrtail gewan;
Die nam ich vnd fůrt sie hin dan
Vnd klagt ir mein kommer,
Das von ainer frowen ich tummer
Hett erlitten groß arbait,
Das sie die von minen wegen klaid.
Die hin fůr gar zůchteclich
Vnd sprach: „frow, vernympt mich!
Jch sol dem das wort hie sprechen.
So weg *er*, ob ich im dett prechen,
Geschach *a*n zúg oder dingen
Oder an tagen, das im mûg pringen
Schaden, ob ich es nit recht handelt,
Ob ich im *z*am, das er mich wandel
Hie mit ainer ander ger,
Der selben vrtail begert er.
Doch tůt er es nit gern.
Er wolt, er môcht sin enpern,
Ffrow *lieb* sprech zů sinem lieb dar,
Ob sie es noch gentzlichen vnd gar
Wölt laussen an ir zů;
So geb er ouch ettwan dar zů,
Das wirß mit der *lieben* machte slecht;
Das wår besser dann das recht."
Ffrow mynn sprach: „ich tůnß gar gern,
Welt sy der bet mich nun gewern."
Was sie die lieben da gepatt,
Da kunt sie an *ir* ninndert statt

Ich entschied mich für Frau Glück; die wählte ich aus und führte sie beiseite und klagte ihr meinen Kummer – daß ich Tor nämlich durch eine Frau viel Leid erfahren hätte –, damit sie die um meinetwillen anklage. Sie trat sehr sittsam vor und sagte: „Herrin, hören Sie mich an! Ich soll dieses Mannes Sache vertreten. Nun wäge er ab, ob ich ihm Abbruch getan habe, ob ich [nämlich], falls bei der Anrufung [des Gerichtes] oder bei der Vorladung oder beim Verhandeln etwas geschah, was ihm Schaden bringen könnte, es falsch angefangen habe [oder] ob ich es ihm recht gemacht habe, so daß er wünscht, daß ich mit einer anderen *[der Geliebten]* einen Vergleich aushandele *[?]*, [denn] deren Verurteilung verlangt er. Doch er tut es ungern. Er wollte, er könnte darauf verzichten [und] Frau Liebe redete seiner Liebsten gut zu, ob sie ihrerseits sich nòch vollständig auf alles einlassen wolle; dann wäre er wohl auch damit einverstanden, daß wir es mit Hilfe der [Frau] Liebe in Ordnung brächten; das wäre besser als ein Gerichtsurteil." Frau Minne sprach: „Das tue ich wirklich gern, falls sie mir meine Bitte gewähren will." Wie sehr sie nun auch die Liebe bat, sie konnte durchaus nicht von

101 weger. 102 ôn. 105 sam. 110 mynn. 114 mynn. 119 mir.

Winden, das es môcht gesin.
Do sprach also der fûrsprech mein:
„Der hie des rechten gert,
Mag er es sein von mir gewert,
Wann der lit von mir smertzen.
Der haut sie in dem hertzen
Vnd haut sie ouch in dem synn
Vnd ist deß nie von ir ynn
Worden, ob er ir geuall
Etwas fûr ander man all.
Vnd er ir nit geuelt,
Ffrow mynn, ob ir es welt
Vnd ob es das recht geben mag,
Man geb im hie ain andern tag,
Die wil er erfarn sol,
Ob es stee ûbel oder woll.
Dar nach geschech, was recht sy.
Der vrtail will ich gesten py."
Ffrow mynn fraugt dar vmb zû hand
Ffrow eren, was der w*er* bekant.
Ffrow er sprach: „im ist nit also.
Man sol tragen gemût houch
Von frowen *ane* klainen lon.
Sicherlich das staut schön.
Wer des selben nit will pflegen,
Des sol man sich verwegen."
Ffrow mynn fraugt da zû hand
Ffrow trẘ, was ir wâr bekant.
Ffrow trẘ da zû hand sprach:
„Es ist pillich, wer vngemach
Litt von des andern schuld,

---

ihr erreichen, daß es geschah. Da sprach mein Anwalt wie folgt: „Der hier sein Recht verlangt, der soll es von mir bekommen. Denn der durch mich Schmerzen leidet, der hat sie *[die Geliebte]* im Herzen und hat sie auch im Sinn und hat [doch] von ihr noch nie erfahren, ob er ihr ein wenig mehr als alle anderen Männer gefällt. Für den Fall, daß er ihr nicht gefällt, mag man, Frau Minne, wenn Sie wollen und das Gericht es erlaubt, ihm einen zweiten Termin bestimmen, bis zu dem er in Erfahrung bringen soll, ob es gut oder schlecht steht. Danach geschehe dann, was Rechtens ist. Bei der Urteilsfindung will ich behilflich sein." Frau Minne fragte deshalb sogleich Frau Ehre, was sie darüber dächte. Frau Ehre sprach: „So geht es nicht. Man soll hochgemut sein um der Frauen willen ohne den geringsten Lohn. Das ist wahrhaft richtiges Verhalten. Wer es nicht so halten will, um den soll man sich nicht kümmern." Frau Minne fragte sogleich Frau Treue, wie sie darüber dächte. Sofort antwortet Frau Treue: „Es ist

139 wol. 142 ainen.

Das er ettwas hin wider dult,
Das ainem sein pin wider legt werd.“
Der selben vrtail ich da begert.
Ffrow mynn *fraugt* dar nach zů hand,
Ffrow stett, was der wer bekant.
Ffrow stett sprach mit wortt:
„Wa ain frow ain man allfart
Steteclich in irm dienst sich
Vnd er zů allen zitten spricht,
Sie sy in sinem hertzen die best,
Vnd ouch sin hertz ist gen ir vest
Vnd ouch mit gantzen trẘen stått –
Ob die ain gnaud gen im tått,
Vnd daz geschach on allen haß.
Er clagt von aller erst das,
Da er sie erst an sach,
Das im da sein hertz prach
Vnd fůr dar ein mit gewalt
Vnd haut sich dar ein enthalt
On recht biß an die stund.
Er clagt, das ir rotter mund
Jn fråuelich haut ver prant,
Das sie mit selbs ir hand
Der myn fůr *leit* an i*n* *tou*gen,
Deß sie nit wol mag gelo̊gnen.
Sie hab des nit gerůcht
Vnd hab in haim gesůcht
Vil manig nacht vnd tag,
So er in sinem pett lag.
Und so alld welt sol haben frid,

---

billig, daß dem, der durch die Schuld des anderen Böses erlitten hat, auch etwas Gegenteiliges widerfährt, so daß einem der Schmerz vergolten wird.“ Deren Urteil war mir recht. Danach fragte Frau Minne sogleich Frau Beständigkeit, was sie darüber dächte. Frau Beständigkeit sprach und sagte: „Wenn eine Frau einen Mann allenthalben beständig in ihrem Dienst erblickt und er allezeit sagt, daß sie in seinem Herzen die Beste sei, und wenn sein Herz ihr gegenüber unwandelbar und in vollkommener Treue beständig ist – erwiese die ihm eine Gnade, so wäre dagegen nichts einzuwenden. Er führt vor allem Klage darüber, daß sie ihm, als er sie zum ersten Mal erblickte, das Herz aufbrach und gewaltsam dort einzog und sich widerrechtlich bis zum jetzigen Augenblick darin aufhält. Er klagt, daß ihr roter Mund ihn mutwillig verbrannt hat, daß sie mit eigener Hand heimlich das Feuer der Liebe an ihn gelegt hat, was sie nicht gut leugnen kann. Sie habe sich darum nicht gekümmert und habe ihn manche Nacht und manchen Tag heimgesucht, wenn er in seinem Bett lag. Und wenn alle Welt Ruhe haben soll,

154 sprach. 174 haut gewesen an ir tragen.

So acht sie deß alles nit,
Sie enpút im den vnlust
Vnuerdient vnd vmb sunst:
Haim sůchen, roben vnd prennen.
Ffrow mynn, das sond ir er kennen
Vnd sond in deß von ir machen fry.
Ffraugt, was dar vmb recht sy,
Das er an sie haut geleit
Gantze lieb vnd ståtikait
Mit gantzen trẘen offt vnd dick
Vnd sie mit ainem ougen plick
Jn getrôst haut noch nie.
Der selben schuld ger er gerichts hie."
Ffrow mynn fraugt dar nach zů hand
Ffrow selden, was der wår bekant.
Ffrow såld, die ertailt also:
„Es macht ain frow ain man wol frow
Offt mit ainem ougenplick dar.
Das chund ir niemand gar
Verkeren, wann es wår billich."
Der selben vrtail begert ich.
Nun stund alles mein hail
An frowen lib vrtail.
Die bedaucht deß doch sich
Vnd sprach also gar zůchteclich
Hie mit gůtten sitten:
„Wir sůllend disen pytten,
Das er von dem rechten laß
Vnd sich der clag mauß.
Man sol uff gnaud *dienen* den frowen,

---

achtet sie das alles für nichts, sie fügt ihm unverdient und unverschuldet diese Unbill zu: Heimsuchen, Rauben und Brennen. Frau Minne, das sollen Sie einsehen und ihn deswegen von ihr befreien. Fragen Sie sich, was in einer Situation Rechtens ist, in der er ihr immer wieder alle Liebe und Beständigkeit in vollkommener Treue gewidmet hat und sie ihn auch nicht einmal mit einem Blick ihrer Augen belohnt hat. Für solche Schuld mag er wohl ein Gerichtsurteil hier verlangen." Frau Minne fragte danach sogleich Frau Glück, was sie darüber dächte. Frau Glück entschied so: „Eine Frau beglückt einen Mann oft mit einem einzigen Blick, den sie ihm zuwirft. Das könnte ihr niemand verwehren, denn es wäre nur billig." Deren Urteil war mir recht. Nun hing mein ganzes Heil vom Urteil der Frau Liebe ab. Die bedachte sich jedoch und sprach dann sittsam und mit feinem Anstand: „Wir sollen diesen hier bitten, daß er von der gerichtlichen Verfolgung Abstand nimmt und sich der Klage enthält. Man soll den Frauen in der Hoffnung auf Huld dienen,

210 *f.*

Villicht so wirt man hilff schowen.
Dar nach in kurtzen tagen."
Was sol ich úch mer da von sagen?
Sie benampten mir ain tag,
Vff den solt ich meinß lons betrag
Lugen von der zartten.
Je doch ich fůrcht, ich můß warten
Der frist noch ain wil.
Jch sprach zů mir selb: „nun yl
Vnd richt dich hin vff die fart!"
Vrlob mir da gegeben ward,
Vnd ließ die andern all clagen.
Aber man sol der lieben von mir sagen,
Richt sie sich nit myt mir vor dem tag,
Das ich es fůrbaß clagen mag. *Q 36*

Hans Folz

[Im unerkannten Ton]

Ir Meister, nemen ware,
die hie an diser schare   vernemen mich,
wie ietz gar menger iret,
in dem gesang verwiret.   darůmb ich sprich:
es důt on weissenheite –
mit an hangůng, neid vnd has
ist fast der singer reye,

---

vielleicht wird man nach kurzer Zeit Hilfe erfahren." Was soll ich euch mehr davon erzählen? Sie benannten mir einen Termin, bis zu dem sollte ich einen Vergleich hinsichtlich meines Lohnes von der Schönen zu erlangen suchen. Ich fürchte jedoch, ich muß auf diesen Zeitpunkt noch eine Weile warten. Ich sagte zu mir: „Nun spute dich und mach dich auf den Weg!" Ich wurde entlassen und ließ die anderen alle ihre Klage vorbringen. Man soll aber der Liebsten von mir ausrichten, daß ich meine Klage wieder anhängig machen kann, wenn sie sich nicht vor diesem Termin mit mir vergleicht.

Ir Meister: Ihr Meister, die ihr mich hier in diesem Kreis vernehmt, erkennt, daß heutzutage so mancher beim Singen irrt und durcheinanderkommt. Darum sage ich: Es geschieht aus Ignoranz – mit Hetze, Neid und Haß ist der Reigen der Sänger,

Ir Meister *Die Forschung nahm lange Zeit an, Folz habe aufgrund von Reformideen, wie sie in diesem Gedicht – entstanden in den 70er oder 90er Jahren – vorgetragen werden, in den 60er oder 70er Jahren seine Heimatstadt Worms verlassen müssen. Durch den urkundl. Beleg seines Zuzugs in Nürnberg 1459 ist diese These widerlegt worden (ZfdA 95). Mel. in Q 56, wo der* unerkannte Ton *als Werk eines Schreibers der Hs. (möglicherweise Nestler von Speyer) bezeichnet wird. Ä. nach Q 124.*

Den sie gemeinlich springen.
vnd wan sie sollen singen,   ja wo das sie
in aller welt gemeine,
er sie gros oder cleine,   so wont im bey
vil irûng alle zeite,
das menger meinet, er kû*n* bas
vnd mer dan ander dreye.
Ir kûnst, die ist beschlossen,
das nieman nit dar ûber dar,
dan wi*e* sies hant gesetzt, mûs es beleiben;
wan sie vor aûs bedingen,
das keiner nit sol bringen   dan in den thon,
die die zwolff hant gemachte.
die andern sint verachte,   wie wol sie schon
mit kunst sint vbergossen.
dar bey spûrt man ir dorheit zwar,
die nieman kan aus schreiben.

Wan ich ein lied nûn sûnge,
in einem don er clûnge,   den nieman het
gehort, vnd wer doch gûte
mit kûnst, reimen behûte,   ret, wie man det:
mûst man in dan ver werffen?
ich glaub, es wer gar menger dran,
er sprech, es sol geschehn.

---

den sie gemeinhin springen, fest geschlossen. Und wenn sie singen sollen, wo immer in der Welt das stattfinden mag, sei es nun ein großer oder ein kleiner *[Reigen?]*, er ist allezeit mit Irrtum behaftet, weil mancher glaubt, er könne *[?]* es besser und [könne] mehr als drei andere. Ihre Kunst ist eingegrenzt, so daß niemand sich über das hinauswagt, was sie festgesetzt haben, [so] muß es bleiben; denn sie beschließen im voraus, daß niemand etwas vortragen soll außer in den Tönen, die die zwölf gemacht haben. Die anderen werden verachtet, obgleich sie sehr kunstvoll gemacht sind. Daran erkennt man wahrhaftig ihre Torheit, für die niemand genügend Worte finden kann.
27 Wenn ich nun ein Lied sänge, in einem Ton erklingen ließe, den niemand zuvor gehört hätte und der doch gut wäre, kunstvoll und mit Reimen bestens versehen, sagt selbst, wie man verfahren soll: Müßte man ihn dann verwerfen? Ich glaube, es gäbe so manchen, der sagte, so solle es geschehen.

15 kûm. 19 wies. 22 *Der Sage nach sollen die „12 alten Meister" im Jahr 962 den Meistersang begründet haben. Genannt werden häufig: Meister Boppe, der Marner, Reinmar von Zweter, Stolle, Walther von der Vogelweide und Wolfram von Eschenbach – vgl. das Autorenregister zu Bd. 1 dieser Anthol.; Heinrich von Ofterdingen (Sänger im Gedicht vom Sängerkrieg auf der Wartburg, sonst nicht nachweisbar) und Klingsor (literarische Gestalt; zauberkundige Figur in Wolframs* Parzival, *im* Wartburgkrieg *als Magier und Sänger gegen Wolfram streitend); Frauenlob, Heinrich von Mügeln, der Kanzler und Regenbogen – vgl. das Autorenregister dieses Bandes.*

Sol er denn sein vernichte,
was hulff dan gůt gedichte   mit weis vnd wort?
wirt frawen lepß gedachte,
het er den don gemachte,   so wers ein ‚hort‘!
solch dorheit sie nit derffen:
deten sie rechte kůnst verstan,
menger wůrd anders jehen.
Wer ietz ein don hie singet,
den menger nie gehoret hat,
so fragt er mich, wem ich den don dů geben.
ich sprich: „es ist der dane:
der kantzler sang in schone   vor mengem jar,
heist sein ‚glut weys‘ mit namen.“
so spreche*n*s allesamen: „ey, er hat war!
in al sein don er bringet
solch melodey.“ dar bey verstat:
wie ietz die singer leben,

So werden sie al blente.
wer ist, der sy al kente,   die maister alt,
vnd auch ir don mir zeiget?
der selb auch bald geschweiget.   so in aingfalt
doch keiner solch red dreibet,
dan die ein wenig reimen verstan,
kůnen kein don aůß messen.
Darbey so mûs ich fragen,
das sol mir einer sagen,   der hie wont bey,
die pflegen solches spotes,
ob die genaden gotes   gemindert sey,

Wenn er für nichts geachtet werden soll, was hülfe dann ein Gedicht, das gut wäre in Weise und Wort? Würde an Frauenlob erinnert, hätte er den Ton gemacht, so wäre es ein ‚Meisterton‘! Solche Torheit haben sie nicht nötig *[?]*: wenn sie wahrhaft kunstverständig wären, würde mancher anders reden. Wenn man jetzt einen Ton hier singt, den keiner je gehört hat, so werde ich gefragt, wem ich diesen Ton zuspreche. Ich sage: „Es ist folgender Ton: der Kanzler sang ihn schön vor vielen Jahren, er heißt seine ‚Glutweise‘.“ Dann sprechen alle miteinander: „Ei, das stimmt! In all seine Töne bringt er eine solche Melodie hinein.“ Daran mögt ihr sehen: wie unsere Sänger es jetzt treiben, 51 werden sie alle mit Blindheit geschlagen. Wo ist der, der sie alle kennt, die alten Meister, und mir ihre Töne zeigt? Er würde schnell verstummen. In solcher Einfalt behauptet niemand so etwas außer denen, die ein wenig zu reimen verstehen, [selbst aber] keinen Ton ausmessen können. Hierbei muß ich fragen, [und] das soll mir einer beantworten, der hier ist, wo solcher Spott gang und gäbe ist, ob denn die Gnade Gottes, von der man täg-

47 spreches.

von der man deglich schreibe*t*.
solt wir der ietz auff erd nit han,
wer vnsser bald ver gessen.
Doch weis ich noch besunder:
ietz die meister vor hůndert jarn
gedichtet han, das man hat fur das beste.
man sicht zu allen stůnden,
das sie sind vber wunden   von mengem man,
der bessers hat gemachte,
dan sie hant ie bedachte,   mit wort vnd dan.
das mich nimpt wenig wunder,
seit ich die ding han selb erfarn
mit wort, weis vber feste,

Nit gar allein mit singen,
vnd sůnst in allen dingen   der welte breit.
was die neẘ hant ietz machet –
das alt wirt gar geschwachet.   al arybeit
seint kostlicher herfunden,
dan al meister auff erden ie
seit her Adames zeite.
Ob mir ist boren ane,
der můss*ic* lůst zů hane!   sie get ver nunst,
begreift in irm dictiren
zal, mas in meyginiren;   vnder ir zůmft
weis, wort, fers seint gebůnden,
das sie wůrden gescheyden nie,
stegt hoch, dieff, breit vnnd weite.
So dan eim ieden liebet,
was im des himels einflůs gibt,
vnd es gůt ist vnd wil das selb ver lossen,

---

lich schreibt, verringert worden sei. Sollten wir die jetzt auf Erden missen, man hätte uns bald vergessen. Doch weiß ich insbesondere: heutzutage hält man das für das Beste, was die Meister vor hundert Jahren gedichtet haben. Man sieht [jedoch] immer wieder, daß sie von manchem übertroffen worden sind, der Besseres geschaffen hat, als sie in Wort und Weise je ersonnen haben. Mich wundert das gar nicht, da ich das selbst deutlich genug in bezug auf Wort und Weise festgestellt habe, 75 und nicht allein im Gesang, auch sonst in allen Dingen der ganzen Welt. Was auch die Neuen jetzt gemacht haben – das Alte sinkt gänzlich im Wert. Man findet [heute] kostbarere Werke als die aller Meister auf Erden seit Herrn Adams Zeiten. Wenn mir nun die Neigung zur Musik angeboren ist! Sie fördert die Vernunft, sie umfaßt in ihren Vorschriften das Ausdenken von Zahlenverhältnissen und Maßen; in ihrer Zunft sind Melodie, Worte, Verse vereinigt, damit sie nicht auseinandergerissen werden, sie strebt in die Höhe, die Tiefe, die Weite, die Breite. Wenn also ein jeder das liebt, was

62 schreibes. 83 můsset.

des ich mich wolt beschemen.
solt ich mich nit berőmen der neůen kůnst
in mengem spehem done?
die ietz dis neůe hane gemacht mit gůnst,
die nieman wider dreibet,
dan der mit neid hinwider kibt,
hat menger kein genössen.

Dan wer ein dicht besachet,
hat keinen don gemachet, de*r* ist geleich
eim, der ein schu an hate,
am andern barfůs gate. also merck mich:
wan weis vnd wort sint diene,
so hat es meisterlich gestalt.
darzů soltů dich fleissn!
Ob dich einer můtet ane
ein lied im andern dane, důs, ob dů wilt,
stest aller nach red freye.
ja wer der meister sey, hast in gestilt. –
vil sint, die ietz begine
zu dichten von der hoch 3falt,
das im wirt off ver wyssen:
†Hant mit der gotheit drane†,
wůrtz důrch ein ander, wie er mag,
vnd macht ein „no*m*erdum" in den persone;
so ers hin vnd her miste,
vil mers ver woren iste, dan es vor *was*.
er hoft – vnd lat nit abe –
ins heiligen geistes gabe der genaden pas:

ihm die Einwirkung des Himmels gibt, und wenn es gut ist, so wollte ich mich, wenn er das aufgeben will, schämen. Sollte ich mich nicht des Kunstvermögens der Moderne durch manchen erfindungsreichen Ton rühmen? Die jetzt dieses Neue mit der Gunst *[des Himmels?]* geschaffen haben, die niemand behindert außer dem, der neidisch dagegen ankeift, von denen hat mancher nicht seinesgleichen. 99 Wer nämlich ein Gedicht verfertigt und keinen Ton gemacht hat, der gleicht einem, der einen Schuh anhat, am andern [Fuß] aber barfuß geht. Darum hör auf mich: Wenn Weise únd Worte von dir sind, so ist es ein Meisterwerk. Das sollst du anstreben! Wenn einer von dir ein Lied in einem anderen Ton *[verschieden von deinen eigenen oder verschieden von bisher vorhandenen?]* verlangt, mach's, wenn du willst, aller üblen Nachrede bist du entzogen. Wer auch der Meister sei, du hast ihn zufriedengestellt. – Es gibt manchen, der es jetzt unternimmt, von der hohen Dreifaltigkeit zu dichten, weshalb er oft getadelt wird: *Hant mit der gotheit drane*, bringt alles durcheinander, so gut er kann, und produziert unverstandenes Zeug über die [drei] Personen; wenn er es um und um gequirlt hat, ist es viel verworrener, als es vorher war. Er hofft – und läßt sich nicht davon abbringen – auf mehr Begnadung in der Gabe des Heiligen Geistes *[vgl. 1 Cor. 12, 7–11]:*

100 dem. 115 nonierdum. *Vgl. S. 57, Anm. 28.* 117 ietz.

der wol vns beigestane,
do einig freủden vns bedegk,
in himelreiches drane! *Q 7*

[Im Baumton]

Maria, jungfraw here,
hillff daz ich wird vnd ere
der keuscheit dein bewere
durch schrifft vnd durch naturlich pillden!
der got jovis jm segen
der dianen det pflegen,
daz durch ein guldin regen
verprifft ein frucht wart jn der wilden.
So ist natur jm geir so pur, daz menlich kur
zu fruchten jn nit zwinget,
sunder keuschlich verpringet.
her jn pilich furdringet
gestifft gotz jn der keuschen milden.

Tuscia durch vnhulde
jn eim sib mit gedulde
drug wazer fur jr schulde;
dar mit die schon jr keusch beweret.

---

der möge uns dort helfen, wo nichts als Freude über uns kommen möge, am Thron des Himmelreichs!

MARIA: Maria, erhabene Jungfrau, hilf, daß ich die Würde und Ehre deiner Keuschheit durch schriftlich Überliefertes und durch Beispiele aus der Natur erweise! Der Gott Jupiter näherte sich im Segen *[?]* der Danae *[nicht Diana!]*, so daß durch einen goldenen Regen ein Kind in der Einöde geboren wurde, wie schriftlich bestätigt ist. Die Natur ist im Geier so rein, daß kein männliches Zutun ihn zur Nachkommenschaft zwingt, sondern er es in Keuschheit vollbringt. Hierbei übertrifft ihn billigerweise Gottes Stiftung in der keuschen Barmherzigen. 15 Tuscia trug, durch Gehässigkeit gezwungen, geduldig Wasser in einem Sieb [als Beweis] gegen ihre Schuld; damit bewies die Schöne ihre Keuschheit.

MARIA *Mel. in Q 126 (im Abdruck unvollst.) und in der Hs. Will III 793 (17. Jh.) der Nürnberger Stadtbibliothek. Bei diesem Meisterlied handelt es sich um eine „Kurzfassung" des Anfg. d. 15. Jh.s entstandenen* Defensorium inviolatae virginitatis beatae Mariae *des Franz von Retz, eines typologischen Werkes mit Bildern von außergewöhnlichen Ereignissen aus Geschichte, Sage und Natur und erläuternden lateinischen Versen, das die Möglichkeit der Keuschheit Mariens erweisen will (vgl. 2–5). Das Argumentationsschema* (13–14; 26–27 *und* 37–40) *entstammt dem* Defensorium *ebenso wie die ungewöhnliche Beispielreihe (einschließlich ihrer Fehler und Ungenauigkeiten:* 7; 28–29) *und die dafür angegebenen Autoritäten* (34–36).
15 *Die Exempla von den Vestalinnen Tuscia, Aemilia* (19) *und Claudia* (23) *gehören zu den röm. Lokalsagen, die von Livius und Valerius Maximus berichtet werden.*

Emilia, die stete,
mit feur beflampt jr wete
fur red, die auff sie tete
der nit,   jr gut liß unverkeret.
So hat sich ie   claudia hie   bef*rit*, so sie
sterklich mit jrer hande
ein groß schiff zoch zu lande.
noch mer sey euch bekande
der sit   marien, die got erte!

Mocht zirce mit den meren
die lewt jn thir verkeren,
die lufft ein kalp geperen
vnd sich   ein pach verkern jn plute –
diß alz beschreiben clare
der lerer fil furware:
albertus offenbare
nemlich   augustinus, der gute,
Valerius,   augustius   vnd alanus –,
find man daz durch nature
vnd wunderlich figure,
solt dan gotz muter pure
selklich   got keuschlich nit beh*u*ten?   *Q 72*

Die standhafte Aemilia setzte der Nachrede wegen, die der Neid über sie gebracht hatte, ihr Gewand in Flammen [und] erhielt ihre Reinheit unversehrt. So hat sich seinerzeit Claudia geschützt, als sie mit starker Hand ein gewaltiges Schiff an Land zog. Als größer sollt ihr die Art Mariens erkennen, die Gott ehrte! 28 Konnte Circe durch Zaubergesänge die Menschen in Tiere verwandeln, die Luft ein Kalb gebären *[Wolkenbildung]* und ein Bach sich in Blut verwandeln – dies alles beschreiben viele Lehrer klar und deutlich: Albertus [Magnus], namentlich der heilige Augustinus, Valerius [Maximus], *augustius* und Alanus [ab Insulis] –, findet man das bereits in der Natur und in erstaunlichen Beispielen, sollte dann Gott Gottes reine Mutter nicht ebenso in Keuschheit bewahren?

19–22 *Von Folz mißverstanden: Aemilia zündete das heilige Feuer, das sie hatte erlöschen lassen, mit ihrem Schleier wieder an.* 23 bef*ịṇ*t. 36 augustius *vermutl. ein Irrtum F.s* 40 behallten.

1480–1500

Unbekannter Verfasser

Maniger klagt das gůtt,
Das er vnnuczlich vertůtt.
So klag jch mein vergangen zeytt,
Die mir niemantt wider geytt. *Q 39*

Unbekannter Verfasser

God, de bat eyn zelelin,
dat se syn frundeken were.
se sprak, se wolde dat gerne sin,
„wuste ik, wat du my geuest."

„Jk wil dik geuen de firmament,
planeten vnd sterne;
alle, dat up erden is,
dat mach dik den ge werden."

„Wat scolde mik, here, dyn ver blekede golt
van menger hande belde?
ik wil dik, here, suluest han
noch al mynem willen."

„Jk wil dik geuen de patriarchen kor,
proffeten algemeyne."
se sprak: „here, ik enwil er nicht,
ik wil dik alleyne."

Maniger: Mancher klagt um das Gut, das er unnütz vertut. Ich klage um die verlorene Zeit, die mir niemand wiedergibt.

God: Gott bat eine liebe Seele, sie solle seine Freundin sein. Sie sprach, das wolle sie gerne sein, „wüßte ich, was du mir [dafür] gäbest". 6 „Ich will dir das Firmament geben, die Planeten und die Sterne; alles, was auf Erden ist, das kannst du dann bekommen." 10 „Was sollte ich, Herr, mit deinem verblichenen Gold in den verschiedenen Gestalten? Ich will dich, Herr, selbst haben, das allein [ist] mein Wille." 14 „Ich will dir den Chor der Patriarchen geben, alle die Propheten." Sie sprach: „Herr, die will ich nicht, ich will dich allein."

God *Mel. nicht erh.*

„Jk wil dik geuen der apostelen kor
mit mannigen merteleren.“
se sprak: „here, ik en wil er nicht,
ik wyl dik suluest alleyne.“

„Jk wil dek geuen de moder myn
mit mennigen schonen juncfrowen.“
„wan ik *dik* hebbe, so sint se alle myn.
we mach mik denne drowen?“

„Zele, du bist grundelos,
we mach dik vor nogen?“
„voyr mik, here, in dynes vaders schot,
mak mik so ge voge!“

„Voyr ik dik in mynes vaders schot,
wat mach dik dat ge helpen?
syn leue, de is al so grot,
du mochtest dar inne vor smelten.“

„Vor smůlte ik, here, an der leue dyn,
so nympt de krich en ende.
vorė mik, here, in dynes vaders rike,
dar wil ik leuen an ende.“ *Q 83*

---

18 „Ich will dir den Chor der Apostel mit den vielen Märtyrern geben.“ Sie sprach: „Herr, die will ich nicht, ich will dich selbst ganz allein.“ 22 „Ich will dir meine Mutter geben mit vielen schönen Jungfrauen.“ „Habe ich dich, so gehören sie mir alle. Wer könnte mich dann betrüben?“ 26 „Seele, du bist ohne Maß, wer kann dir genügen?“ „Führe mich, Herr, in den Schoß deines Vaters, auf diese Weise stell mich zufrieden!“ 30 „Wenn ich dich in meines Vaters Schoß führe, was hülfe dir das? Seine Liebe ist so groß, du würdest darin zerschmelzen.“ 34 „Zerschmölze ich, Herr, an deiner Liebe, so nimmt der Streit ein Ende. Führe mich, Herr, in das Reich deines Vaters, dort will ich ewig leben.“

24 se.

Unbekannter Verfasser

De engel van dem hymmel
vor kundiget vns eyn leyt,
al wo sick lantgreue lodewich
van syner vrouwen reth.

Se leggen den nacht to samde,
de nacht want an den dach.
„Nu klaghe ik gode van hymmel,
dat ik iuck jw ge sach."

„klaghe gy gode van hymmele,
dat gy my jw gheseghen,
so wyl ik ouer dat rode mer
vnd hir wedder dencken, ifft ik mach."

„Here, leue here myn,
weme late gy denne juwe guth?"
„dat do ik, vrouwe, den armen,
de ryken heffet ennoch."

„Here, leue here myn,
weme late gy den juwe kynt?"
„dat do ik iuk, vruwe, suluen,
ifft gy syne moder syn."

„Here, leue here myn,
wem late gy dene my?"
„dat do ik al den engelen,
de in dem hymel syn."

De engel: Der Engel vom Himmel verkündet uns ein Lied, wie sich Landgraf Ludwig von seiner Gattin trennte. 6 Sie lagen in dieser Nacht beieinander, die Nacht bis an den Tag. „Nun klage ich Gott vom Himmel, daß ich dich je sah." 10 „Klagst du Gott vom Himmel, daß du mich je sahst, so will ich [doch] über das rote Meer und hierher zurück[zukommen] trachten *[?]*, wenn ich kann." 14 „Herr, mein lieber Herr, wem übergibst du dann deinen Besitz?" „Den gebe ich, Frau, den Armen, die Reichen haben genug." 18 „Herr, mein lieber Herr, wem übergibst du dann dein Kind?" „Das gebe ich dir, Frau, selbst, falls du seine Mutter sein willst *[?]*." 22 „Herr, mein lieber Herr, wem übergibst du dann mich?" „Ich gebe dich all den Engeln, die im Himmel sind."

De engel *Mel. nicht erh. Ä. außer 38 und 72 nach Q 103.* 4 *Landgraf Ludwig von Thüringen, † 1227 auf einem Kreuzzug, Gemahl der bereits 1235 heiliggesprochenen Elisabeth, geb. 1207 in Preßburg. Nach dem Tod ihres Mannes von ihrem Schwager mit ihren drei Kindern von der Wartburg vertrieben, widmete sie sich in Marburg der Armen- und Krankenpflege und starb 1231. Keines ihrer Kinder ist bei ihr begraben.*

„Here, leue here myn,
nŭ iuk wenden nicht enmach,
nŭ sende iuk got herouer
in dat wel haliger graff!“

„Wrouwe, leue vrouwe myn,
wat hebbe ik iuk iw to lede dan,
dat gy my wunsken darouer,
vnd hyr wedder nicht en schal?“

„Here, leue here myn,
v*al*schet io de rede nicht!
nu sende iuk got hir wedder,
de vel heyliger cryst!“

He d*roch a*n syner wytten hant
van golde eyn vingerlin:
„Nu set, myn vrouwe Ilsebe,
dar by so dencket my*n*!

Jfft iuck quemen de mere,
dat ik were dot,
so scholde des io louen nicht,
gy seg dat golt so rot!“

Se setten sick dar to scheppe,
seggelden ouer den Ryn.
wat vunden se an dem stade stan?
eyn vel heydens*k w*iff.

Se gaff dem heren drinken,
de schale schen van golde rot.
dar dranck sick lantgreve lodewich
den bytterliken dot.

---

26 „Herr, mein lieber Herr, da dich nichts umstimmen kann, so sende dich Gott zum Heiligen Grab hinüber!“ 30 „Frau, meine liebe Frau, was habe ich dir je zuleide getan, daß du mich hinüber wünschst und ich hierher nicht zurück soll?“ 34 „Herr, mein lieber Herr, verfälsche doch die Worte nicht! Gott möge dich wieder hersenden, der Heiligste Christ!“ 38 Er trug an seiner weißen Hand einen Ring von Gold. „Sieh her, meine liebe Frau Elisabeth, dabei denk an mich! 42 Wenn dich die Nachricht erreicht, ich wäre tot, dann sollst du es ja nicht glauben, es sei denn, du siehst das rote Gold!“ 46 Sie stiegen in die Schiffe und segelten über den Rhein. Was fanden sie am Ufer stehen? Eine ganz heidnische Frau. 50 Sie gab dem Herren zu trinken, die Schale schimmerte von rotem Gold. Da trank der Landgraf Ludwig den bitteren Tod.

35 vlaschet. 38 do van. 41 my. 49 heydensk was dat wiff.

Do he den dranck ghedruncken hadde,
do wart ome also we,
dat ome io dat rode blot
vth synen oghen schen.

„Nu roder wol, myn leue knecht,
wes myk myt truwen by!
brynge myner vruwen jlseben
van golde eyn vingeren!“

Der vruwen quemen de mere,
de he were dot.
se wolde des ok io louen nicht,
se segge dat golt so rot.

Se nam dat kynt vther syden
vnd want id an eyn dock
vnd sede: „nu lygge hir, myn leue kynt,
alse ander wesen don!“

Se leyt oren mandel glyden,
se trad one vnder den vot:
„nu lygg*e* *d*u dar, homoyt!
dat ik dy jummer droch!“

Se d*r*och *a*n orem lyue
eyn hemmet, dat was van hare,
dar ouer eynen growen rock,
to kloster wolde se gan.

Or etent, dat was kleyne,
ore beth, dat was grot.
des wart myn wrouwe sunte jlsebe
myt den engelen kronet.

---

54 Als er den Trank getrunken hatte, da wurde er so todkrank, daß ihm das rote Blut aus den Augen schien. 58 „Nun rudere zu, mein lieber Knecht, steh mir getreulich bei! Bring meiner Frau Elisabeth einen Ring von Gold!“ 62 Die Frau hörte die Nachricht, er wäre tot. Sie wollte es durchaus nicht glauben, wenn sie das rote Gold nicht sähe. 66 Sie nahm das Kind aus dem Seidenzeug und wickelte es in ein Tuch und sagte: „Nun lieg du hier, mein liebes Kind, wie andere Kinder tun!“

70 Sie ließ ihren Mantel niedergleiten, sie trat mit dem Fuß darauf: „Nun lieg du da, Hochmut! Daß ich dich je getragen habe!“ 74 Sie trug ein härenes Hemd auf dem Leib, darüber einen groben Rock, sie wollte ins Kloster gehen. 78 Ihr Essen war kärglich, reichlich ihr Gebet. Deshalb wurde meine Frau Sankt Elisabeth bei allen Engeln gekrönt.

72 lygge hir. 74 doch van.

We nů sunte jlseben soken wyl,
dar to or leue kynt,
de ga sick do des hardesbarch,
dar se beyde begrauen synt. *Q 83*

Hans Folz

Klopf an klopf an liber sweins or
willtu nit han ein pôses ior
so ge von stat laß dein pochen
E das man an dir werd gerochen
wan die gestallt die du dan hast
macht ye das du nit sicher stast
des dein har schober vngefer
gar kôstlich zu ars wischen wer
vnd dein kopf dar mit zu kegeln
dein zen fast gut zu leyern negeln
vnd dein nas gut zu eim leschorn
dein zung ein dreck dar mit zu porn
dein orn zu eim henckers greys
dein augen zu einr raben speys
dein maul wer zu eim prifet fein
das wir allsamen schissen drein
so hetestu ein weyl zu slecken
dein arm wern gut zu hirten stecken
dein korper zu einr sleyr laden
do man ein lert die scheys gaden
dein ruck zu einem hack stock
dein ars zu einem sew drock

---

82 Wer nun Sankt Elisabeth besuchen will und auch ihr liebes Kind, der gehe dort nach Hardesberg, wo sie beide begraben sind.

Klopf an: Klopf an, klopf an, lieber Schweinsohr! Willst du kein böses Jahr haben, dann geh fort! Laß dein Klopfen, bevor man sich an dir rächt, denn die Figur, die du danach abgibst, steht nicht mehr sicher auf den Beinen. Dein Haarschopf wäre dann ohne Frage bestens als Arschwisch geeignet und dein Kopf, um damit zu kegeln, deine Zähne vortrefflich als Leiernägel und deine Nase gut als Kerzenlöscher, deine Zunge, um damit im Kot zu stochern, deine Ohren als *henckers greys*, deine Augen als Rabenfraß, dein Maul wäre geeignet als Kackstühlchen, damit wir allesamt hineinschissen, dann hättest du eine Weile zu schlecken. Deine Arme wären gut als Hirtenstöcke, dein Rumpf als Abtritt, in den man die Scheißkübel leert, dein Rücken als Hackklotz, dein Arsch als Schweinetrog,

Klopf an *Vgl. S. 299 Anm. Erstdruck um 1480/81.*

dein pein daz man mit slüg der keuln
dein hend vnd füß zu wesch pleuln
nun eil vnd heb dich hin dein stroß
E man dich ein anders hôrn loß. *Q 94a*

Ein ander klopff an.

Klopff an mein trost mein hertz mein hort
Vnd hôr in gůt meyn freundtlich wort
Die jch dir auß sonder lieb mitteyl
Jch wůnsch dir glůck seld frid vnd heyl
Mer dann jch selber denn gern het
Ja wer wider deyn eer icht thet
Das brecht mir heimlich grossen schmertzen
Als ob es mir selbs leg am hertzen
Wann deyn schôn adelich person
Macht das jch dir als gůten gan
Deyn gůtig vnd freundtlich geper
Deyn handel wandel zucht vnd eer
Deyn gůt gestalt vnd all deyn sitten
Deyn gůnstlichs vnd lieblichs erbieten
Macht an dir / das dir yederman
Glůck seld vnd aller eeren gan
Des jch dir auch nit feynd mag seyn
Ob duß merckst an den worten meyn
So wůnsch jch dich so lang gesund
Bis das ein lins wigt hundert pfund
Vnd bis ein můlsteyn in lůfften fleucht
Vnd ein floch ein fůder weyns zeucht

---

deine Beine, um sie als Keulen zu benutzen, deine Hände und Füße als Wäscheklopfer. Nun spute dich und mach dich davon, ehe man andere Töne mit dir anschlägt!

Ein ander: Klopf an, mein Trost, mein Herz, mein Schatz, und höre freundlich meine liebevollen Worte, die ich dir sage, weil ich dich ganz besonders mag: Ich wünsche dir mehr Glück, Segen, Friede und Heil, als ich selbst gern hätte. Ja, wenn jemand deiner Ehre schadete, das schmerzte mich insgeheim so sehr, als ob es mich selbst beträfe; denn deine schöne, edle Person macht, daß ich dir alles Gute wünsche. Dein gütiges und freundliches Wesen, dein Tun und Lassen, deine Zucht und Ehre, deine schöne Gestalt und dein ganzes Verhalten, dein liebenswürdiges und anmutiges Benehmen bewirken, daß dir jeder Glück, Heil und alle Ehre gönnt. Ich kann dir deshalb auch nicht böse sein, falls du das an meinen Worten erkennst. Und so wünsche ich, daß du so lange gesund bleibst, bis eine Linse hundert Pfund wiegt und bis ein Mühlstein in der Luft fliegt und ein Floh ein Fuder Wein zieht

Ein ander *Erstdruck 1483/88 (?).*

Vnd bis ein kreps baumwol spint
Vnd man mit schne ein fewr anzindt
Hiemit ein gûts seligs news jar
Vnd haw hin das dich Got bewar. *Q 94b*

[In der Flammweise Wolframs von Eschenbach]

O arms elend in diser zeyt!
O dume welt, sich, war an leyt
Dein rumen vnd dein schallen!
Ein ider sech sich vm vnd auff:
Die wellt ist allß ein amas hauff
vnd gleich eynem werff pallen,
Dar zu einer reysenden vr
vnd eynem hauß, das prinet.
Nun môcht ir dencken, was figur
hie dis mein red besinnet
Allz durch die E gemellten ding.
Es heist ein cluge abentewr,
wo ich es zu verstentnus pring.

Jm amaß hauffen ist kein ru,
zabeln vnd krabeln ymer zu,
allz ir natur das gibet;
pflegen mancherley kauffmanschafft,
Suchen ir narung wunderhafft,
kein mussikeyt yn libet,
Sie eyern, hecken, prutten ausß. –
Nun hôret van dem pallen:
vnd ob der schon ein clein zeyt lauß,

---

und bis ein Krebs Baumwolle spinnt und man mit Schnee ein Feuer anzündet. Hiermit ein glückseliges neues Jahr! Zieh ab, Gott mit dir!

O ARMS ELEND: O armseliges Elend in dieser Zeitlichkeit! O törichte Welt, sieh doch, worauf sich dein Rühmen und Prahlen gründet! Ein jeder sehe sich um und um: die Welt ist wie ein Ameisenhaufen und einem Ball gleich, auch einer Sanduhr und einem brennenden Haus. Nun mögt ihr wohl denken, welches Gleichnis meine Worte mit all den zuvor genannten Dingen meinen. Es ist ein sinnreiches Unterfangen, wenn ich ihr Verständnis aufdecke. 15 Im Ameisenhaufen gibt es keine Ruhe, nur immer Zappeln und Krabbeln, wie ihre Natur ihnen gebietet; [sie] treiben die verschiedensten Geschäfte, suchen auf wunderliche Weise ihre Nahrung, mögen keinen Müßiggang, sie legen Eier, hecken, brüten. – Nun hört, was es mit dem Ball auf sich hat: Wenn der schon [einmal] eine kurze Zeit im Versteck liegt, muß er

O ARMS ELEND *Mel. abgedr. in Q 126. Bei der Flammweise handelt es sich um den Berner-Ton. Ä. nach Q 124.*

muß er es wol bezallen;
So zwen, drey, fir yn werffen vm,
fint er doch ru an keyner stat,
pis auß ym hangt vil manig drum. –

Ein reysend ur von glas muß sein,
Dar in manig sant kornelein,
Die mit der stund hin reysen.
So man das vnter keret auff,
meret am poden sich der hauff,
pis sie ir zeyt beweysen.
Allso rast, zeyt vnd weil hin weicht,
Dag, woch, menet vnd jare;
Allter vnd swech her wider streicht,
Zu lest der dot. nempt ware:
Nun so dem or glas wirt ein stoß,
So ist dem schimpf der podem auß
Jn eynem augenplicke ploß. –

Was furter nun mein red besint?
So eym ein hauß vn wissent print
vnd er des wirt geware:
Sturm lewten, plasen, groß geschrey,
auff vnd ab lauffens mancherley
Mit dinsen her vnd dare.
Die selbig mů den merern teil
geschicht gancz vn besunnen,
vnd E ein cleyne zeit hin eyl,
So ist das haws verprunen,
vnd kumpt der hauß her in armut. –
Die fier ding ich dem menschen gleich,
wo yn nit frist die gotlich hut.

---

kräftig dafür bezahlen; wenn zwei, drei, vier ihn im Kreis herumwerfen, findet er doch an keinem Ort Ruhe, bis ihm die Fetzen heraushängen. – 28 Eine Sanduhr muß aus Glas sein, darin viele Sandkörnchen, die mit der Stunde ihren Lauf nehmen. Wenn man das untere Ende nach oben kehrt, wächst der Haufen am Boden, bis sie ihre Zeit angezeigt haben. Ebenso entfliehen Rast, Zeit und Weile, Tag, Woche, Monat und Jahr; Alter und Krankheit kommen heran, zuletzt der Tod. Seht: Wenn das Uhrenglas einen Stoß bekommt, so ist das Spiel in einem einzigen Augenblick zu Ende. – 41 Was meine Worte weiter sagen wollen? Wenn einem das Haus brennt, ohne daß er es weiß, und er bemerkt es [schließlich]: Sturmläuten, Blasen, großes Geschrei, viel Hin- und Hergelaufe und Schlepperei hierher und dorthin. Solche Anstrengungen geschehen zum größten Teil ganz ohne Sinn und Verstand, und bevor eine kurze Zeit vergangen ist, ist das Haus niedergebrannt und der Hausherr gerät in Armut. – Diese vier Dinge vergleiche ich mit dem Menschen, wenn ihn der göttliche Schutz nicht bewahrt.

Dar vm, du cristen mensch, lob got
vm die gutheyt, so er dir hat
bewisen all dein tage!
v*n*danckperkeyt den lucifer
warff in das wutend hellisch mer,
Do er nit pussen mage.
Des gleichen sie adam vergifft,
Do yn der fras verfuret.
when noch das selbig laster drifft,
Die stroff yn auch berůret.
O mensch, danck got der gutheyt dein
vnd secz im all dein sach hin heim,
willtu hie vnd dort selig sein! *Q 58*

[Im Hofton Heinrichs von Mügeln]

Ach, das ich dich nit kant
vnnd mich gesanges vnterwant
mit dir! das pringet mir hie schant,
wan ich gespottes wartten muß,
Als ich an dir wol spur.
Jo, wer ich da ussen vor der thur,
mit dir zu singen ich verschwur,
ob ich erwurbe deinen gruß.
Sag mir, vnnd pistus nit der Regen bogen?
wor vmb hab ich mich dan nit paß geschmogen?
gestalt hat mich betrogen,
vor ein andernn ich dich erkent.

---

54 Deshalb, du Christ, lobe Gott um der Güte willen, die er dir in all deinen Tagen erwiesen hat! Undankbarkeit brachte den Luzifer in das tobende Höllenmeer, wo er nicht [mehr] Buße tun kann. Ebenso hat sie Adam vergiftet, als ihn die Eßgier verführte. Wen dieses Laster noch ergreift, der bleibt auch nicht ohne Strafe. O Mensch, danke Gott für die Güte, die er dir erwiesen hat, und stelle ihm all dein Geschick anheim, wenn du hier und dort selig sein willst!

Ach, das ich: Ach, daß ich dich verkannte und es gewagt habe, mit dir zu singen! Das macht mir Schande, weil ich Spott zu erwarten habe, wie ich an dir merke. Ja, wäre ich draußen vor der Tür, ich würde feierlich schwören, nicht mit dir [im Wettstreit] singen zu wollen, wenn ich deinen Gruß erlangen könnte. Sag mir, bist du nicht der Regenbogen? Warum habe ich mich dann nicht tiefer geduckt? Dein Aussehen hat mich getäuscht, ich habe dich für einen anderen gehalten.

O arms elend 57 vnd danckperkeyt.

Ach, das ich 1 *Seit Mayers Ausg. [Q 124] irrtüml. als Frauenlobs Grundweise bez. – Die Autorschaft F.s ist gelegentl. bezweifelt worden.* 10 *Zu Regenbogen und Frauenlob* (24) *vgl. das Verfasserreg. hier, zu Konrad von Würzburg* (22) *das von Bd.* 1.

Vnd solt ich han geschworen,
so sach ich neulich ein do vorn,
der was vber den kamp beschoren
vnnd het ein narren kappen an,
Fur den ich dich erkoß –
als lang, piß deiner styme doß
mit linden worten senfft her floß;
dor noch ich mich erst rech versan.
Jo, wer kunrat von wirtzpurg noch pej leben,
dem man doch hort vil hoes preiß gebenn,
Vnd frawen lob dor neben,
der ein wirstu von mir genent!

O meister, kunstenn hol,
wie wol schmeckt dir meins lobes zol!
des gleich ich dich dem Rabenn wol,
vnd der die pfaben federn fant.
Die stackt er jn sein schwantz,
sein gnoß wart er verschmeen gancz
vnnd zoch hin an der pfaben tancz;
Die triben auß jm iren dant,
Zu letst do kamenn vber yn gelauffen
Vnd gunden jm sein federnn all auß rauffenn.
also wirstu dir kauffen
vmb dein hoffart solch present! *Q 58*

---

14 Ich hätte schwören mögen, neulich habe ich einen da vorn gesehen, der war über den Kamm geschoren und hatte eine Narrenkappe auf, für den hab ich dich gehalten – so lange, bis der Ton deiner Stimme in lieblichen Worten sanft einherströmte; danach kam ich erst recht zur Besinnung. Ja, lebte Konrad von Würzburg noch, den man doch oft hat preisen hören, und mit ihm Frauenlob, ich würde sagen, du seist einer von den beiden! 26 O Meister, bar aller Kunst, wie dir mein Lobestribut schmeckt! Ich vergleiche dich deshalb mit dem Raben, der die Pfauenfedern fand. Die steckte er in seinen Schwanz, verachtete seinesgleichen zutiefst und begab sich zum Tanz der Pfauen; die trieben ihren Spott mit ihm, zuletzt fielen sie über ihn her und rauften ihm all seine Federn aus. Ebenso wirst auch du dir für deine Hoffart solch ein Geschenk einhandeln.

16 *d.h. so geschoren, daß er es selbst nicht merkt, also zum Narren gehalten.*

Zway vnd zwainczig stück merck wol,
darmit man nit vil scherczen sol:
got, heyligen, der glaub, alt greys,
das aug, der magtum, der narr, der weys;
mit: Junckfraw, kindlein, glesser vnd pfaffen,
Scharsach, nadel, igel vnd affen,
vnd wer vil hoher thurnn wil clymmen
Vnd wil in tieffen wassernn schwimmen,
Laß eisen, roh ayr vnd prynnend kerczenn.
Wer mit den dingen vil wil scherczen
Vnd von eym zeitigen dreck wil krehen,
der mag dy schancz leicht vbersehen,
Das jm mißlinget an geferr –
Spricht hanns von Wurms, palbirer. *Q 84*

Unbekannter Verfasser

Biersegen

Nu gesegen dich got, du liebe gerstenprů!
Mach mir des nachts jm pedt kein mů,
Wenn ich beyͤ meiner frauen Rů,
Das mir das vnter loch bleib zů,
Das es nit praczel vnd vberlauff,
Als wenn man ein ganß beyͤm ars berauff!
Vnd mach mir kein gerůmpel jm pauch,
Pis das ich hinter das haws gehauch!
So gee dann seůberlich von mir vnden
Vnd laß mich, als du mich hast fůnden!

Zway vnd zwainczig: Merk dir gut zweiundzwanzig Dinge, mit denen man keinen Scherz treiben soll: Gott, die Heiligen, der Glaube, alte Greise, das Auge, die Jungfernschaft, der Narr, der Weise; mit: Jungfrau, Kinder, Gläser und Pfaffen, Schermesser, Nadel, Igel und Affen, und wer oft auf hohe Türme klettern und wer in tiefen Wassern schwimmen will, Schnäpper, rohe Eier und brennende Kerzen. Wer mit diesen Dingen leichtfertig umgeht und wer auf einem reifen Misthaufen krähen will, der kann sich leicht verschätzen, so daß er, will es der Zufall, Pech hat – sagt Hans von Worms, Barbier.

Biersegen: Nun behüt dich Gott, du lieber Gerstensaft! Mach mir zur Nacht im Bett, wenn ich bei meiner Frau liege, keinen Ärger, daß mir das untere Loch zubleibt, daß es nicht furzt und überläuft, als ob man eine Gans am Hintern rupft! Und mach mir kein Gemurkse im Bauch, bis ich mich hinter das Haus hocke! Dann geh schön säuberlich unter mir weg und verlaß mich, wie du mich gefunden hast!

Biersegen *Das Gedicht ist sowohl Rosenplüt als auch Folz zugeschrieben worden.*

Vnd eÿl nit vnten auß zů schnell,
Das mir kein senff jn der průch aufquell! *Q 82*

Unbekannter Verfasser

Mein dinst voran – Jn Rethorica!
Jch pin euch holt – Jn Gramatica;
Das ich erweysen wil – Jn loyca,
Mit der zal – Jn Arismetrica.
Jr gefallet mir wol – Jn Geometria.
Darumb wollen wir singen – Jn musica:
„die ist wo*l* *a*ls der venus" – Jn Astronomia.
Domit pfleg ewr got – in Theologia
Vnd las vns lanng leben – Jn philozophia
Vnd bewar vnns wol – Jn medicina! *Q 85*

Unbekannter Verfasser

Retten die pfaffen als gern latein,
als gern sie trincken guten wein,
So fund man manichen gelerten man,
der mer latein kunt, den er kan.
Vnd wolten auch all studieren dest me,
wen yder ein weip het zü der ee.
Jch lies mir auch ein platen scheren –
Jch hab wol weyn vn weyber also geren. *Q 84*

Und schieß nicht zu schnell unten heraus, damit mir nicht der Senf in der Hose hochquillt!

Mein dinst: Vorweg meine Ergebenheit – rhetorisch! Ich bin Ihnen zugetan – grammatisch; das will ich beweisen – logisch, mit exakten Zahlen – arithmetisch. Sie gefallen mir gut – geometrisch. Deshalb wollen wir singen – musikalisch: „Sie ist wie der Venusstern" – astronomisch. Und somit behüte Sie Gott – theologisch, und laß uns lange leben – philosophisch, und erhalte uns gesund – medizinisch!

Retten: Sprächen die Pfaffen ebenso gern Latein, wie sie guten Wein trinken, dann fände man manchen gelehrten Mann, der mehr Latein verstünde, als er versteht. Und sie würden auch alle um so mehr studieren, wenn jeder eine Ehefrau hätte. Ich ließe mir dann auch eine Tonsur scheren – ich habe nun mal Wein und Frauen so gern.

Mein dinst 5 *Vgl. S. 132 Anm. 49.* 8 wol bekannt als.

Retten *Die Verse 2–5 sind wörtlich dem um 1300 entstandenen* Renner *Hugos von Trimberg (Ausg. Ehrismann V. 16637–40) entnommen.*

Unbekannter Verfasser

Wer ich geporen von schnoder art,
Vil poser den kein mensch ye wart,
vnd wer mein anher ein huntslaher gewesenn
Vnd het die pein pey dem galgen aufglesen,
mein pas het zaubert vnd kint vertan,
das sy drum aüff dem creücz must stan,
Vnd wer mein veter ein schelm schinder
Vnd het geschunden pfer*t* vnd rinder,
Mein mũm het weter vnd plicz gemacht
Vnd den teüffel jn ein sack pracht,
Vnd wer mein swaher so poß vnd smech,
Das er dieb vnd morder an sprech,
Vnd het mein geschwey alle die verraten,
Die ye den henckernn fur getratenn,
Vnd tet mein pruder aüf dem rad vmb walgenn
Vnd hing mein vater do pey am galgen
Vnd leg mein schwester peym hencker alnacht
Vnd het den jůden cristen kinder pracht,
Vnd wer mein sun ein hencker vnd hawet aus,
Vnd wer mein muter im hurhaũs
Vnd fressen meinen stifvater auf dem rad dy raben
vnd het mein tochter vnter dem galgen graben
Vnd wern hincket, hüffalcz, swarcz wie eyn kol,
Naßloß, krumpmaület vnd werczen fol,
Roczig, geyfferig vnd augen rynnen,
reudig, stinckent vnd vol pfinnen,

Wer ich: Wäre ich von miserabler Herkunft, erbärmlicher als je ein Mensch zuvor, und wäre mein Großvater ein Hundeschinder gewesen und hätte die Knochen unter dem Galgen aufgesammelt, hätte meine Tante gehext und Kinder verdorben [und] hätte deshalb am Kreuz stehen müssen, und wäre mein Vetter ein Abdecker und hätte Pferde und Rinder gehäutet, hätte meine Muhme Gewitter und Blitze gemacht und den Teufel in einen Sack gehext, und wäre mein Schwager so verworfen und verächtlich, daß er mit Dieben und Mördern umginge, und hätte meine Schwägerin alle die verraten, die je vor die Henker kamen, und drehte mein Bruder sich auf dem Rad und hinge mein Vater daneben am Galgen und läge meine Schwester jede Nacht beim Henker und hätte den Juden Christenkinder gebracht, und wäre mein Sohn ein Henker und brächte die Leute um, und säße meine Mutter im Hurenhaus und fräßen meinen Stiefvater auf dem Rad die Raben und hätte meine Tochter unter dem Galgen gegraben und wären [sie alle] hinkend, hüftlahm, schwarz wie Kohle, ohne Nasen, schiefmäulig und voll Warzen, rotzig, seibernd und mit Triefaugen, räudig, stinkend und voller Pusteln,

Wer ich 7 *Kirchenstrafe.* 9 pfer. 23 *Kleider und Gebeine eines Gehenkten sowie alles, was im Bereich des Galgens wuchs, galten als Heil- und Zaubermittel.*

Aűssetzig, lam vnd hetten den erbgrint,
Vnd wern panckhart, pasthart vnd hurnkint
Vnd wern peteln, in spitaln gelegen,
Vnd teten darzü die gelgen fegen,
Vnd wern al worden vom hencker wundt
Vnd ich wer vber die al ein außpundt
Vnd wer ein kirchenpruchel vnd heiltum diep –
Noch het ich gelt, so wer ich liep,
Das yderman mein tet pegern.
Das eym frumen armen nit kunt wern.
Ey, schant vnd gelt! die ye solchs teten,
Dy koren al ans lucifers keten. *Q 84*

Unbekannter Verfasser

Welch man hat einen ler knecht,
Der jm kein arbayt machet recht,
Vnd sunst ein knecht, der vil aus meirt,
Der gern frist vnd gern feirt,
Vnd ein meyt, die al nacht aüssen leit,
Vnd ein sewg amb, die ein kint treit,
Vnd ein sun, ders als verspilt,
Vnd ein weyb, die jm ab stilt,
Vnd hat sein swiger auch jm haus
Vnd ander ir freunt, die tragen aus,
Vnd dar das mit eym wort nit wern
pey slagen vnd rauffen vnd maulpern,

---

aussätzig, lahm und hätten die Krätze geerbt und wären Rübenbälge, Bastarde und Hurenkinder und wären Bettler, hätten im Armenhaus gelegen und hielten auch noch die Galgen in Ordnung und wären alle durch den Henker gestorben und ich wäre der Schlimmste von ihnen allen und wäre ein Kirchenschänder und Heiligtumsräuber – hätte aber Geld, dann wäre ich begehrt, und jedermann verlangte nach mir. So könnte es einem rechtschaffenen Armen nicht ergehen. Ei, Schande und Geld! Die je so etwas taten, die gehören alle an Luzifers Kette.

Welch man: Ein Mann, der einen Anlernknecht hat, der ihm keine Arbeit richtig besorgt, und einen Knecht, der zum Fenster hinauswirtschaftet *[?]*, der gern frißt und gern müßiggeht, und eine Magd, die jede Nacht außer Haus schläft, und eine Amme, die ein Kind bekommt, und einen Sohn, der alles verspielt, und eine Frau, die ihn bestiehlt, und der auch seine Schwiegermutter im Haus hat und noch einige Freunde von ihr, die sein Gut aus dem Haus tragen, und der das mit keinem Wort zu verhindern wagt, weil er sonst verprügelt, gezaust und geohrfeigt würde,

Der ist zü martrer als wol genost
Als sant lorencz aüff dem rost. *Q 84*

Unbekannter Verfasser

Wo fartzt ein essel an einem ort,
Das es dy gantze welt erhort?
Das geschach jn der archen noe,
Da warn acht menschen vnd nit me. *Q 84*

Unbekannter Verfasser

Keyser nero, claudi tochter man

Kein cleid ich mer den ein mol trug,
mein pferd mit silber ich beschlug,
Schwecht mein muter vnd swester peyd,
Gab meinem schulmayster bescheyd,
Jm selber ein tod zu kyssen han,
Jch zundt ram an vier enden an,
ein stab spiczt mit dēn Zennen ich,
daryn ertőt ich selber mich.

---

der ist so gut ein Märtyrer wie Sankt Laurentius auf dem Rost.

Wo fartzt: An welchem Ort furzte ein Esel so, daß die ganze Menschheit es hörte? Das geschah in der Arche Noes, da waren acht Menschen, und sonst [gab es] keine.

Keyser: Kaiser Nero, der Schwiegersohn des Claudius. Kein Kleid trug ich öfter als einmal, ich beschlug mein Pferd mit Silber, ich schändete meine Mutter und meine Schwester, ich ließ meinem Lehrer [*Seneca*] sagen, er solle sich seine Todesart selbst aussuchen, ich zündete Rom an vier Enden an, einen Stab spitzte ich mit den Zähnen zu, damit habe ich mich selbst umgebracht.

Welch man 15 *Der christl. Märtyrer Laurentius († 258) wurde der Legende nach auf einem Rost verbrannt.*

Wo fartzt *Gelegentl. Folz zugeschrieben. Aus einer Sammlung von Rätseln.*

Keyser *Bei diesem und dem folgenden Spruch, die aus einer größeren Sammlung stammen, handelt es sich wohl ursprüngl. um Texte zu einem Bilderzyklus.*

Catho marcus, der ertot sich selbs

Als er vnd lob red mir gethan
noch nye mein hercz erhaben han.
Wider nachred vnd lesterung
gemurelt nye mein hercz vnd zung.
Doch wider vnrat der gemein
Wart offt geseczt mein hercz jn pein.
Do ich solchs nit mocht vnterstan,
Hab ich mir selbs den tot getann. *Q 84*

Unbekannter Verfasser

Von sand paulus regel vnd wye man nach der zeyt des jars pawen sol

Die regel sand pauls vnd glauben der pawren
bedeuten schon weter oder schawern:
Jst sant pauls bekerűng tag clar
Vnd schon, so bedeücz ein gutz iar.
Regent es aber dran vnd schneyt,
So dewcz ein tewrung die jar Zeyt.
Hat es aber an dem tag ein wint,
Das dewt, ein streyt man do besint.
Wirt aber ein nebel, so tucz bedeuten
Das jar ein sterben vnter den lewten.
Dennoch so sol man got wol trawen;

Catho: Cato Marcus, der tötete sich selbst. Alle Ehrungen und Lobreden, die mir zuteil wurden, haben mein Herz nie überheblich gemacht. Gegen Nachrede und Lästerung haben Herz und Zunge nie gemurrt. Aber Schaden für den Staat bereitete meinem Herzen oft Qual. Als ich das nicht verhindern konnte, habe ich mir selbst den Tod gegeben.

Von sand: Von der Sankt-Pauls-Regel und zu welcher Jahreszeit man anbauen soll. Die Sankt-Pauls-Regel und der Bauernglaube sagen schönes Wetter oder Unwetter voraus: Ist Pauli Bekehrung *[25. Jan.]* ein klarer und schöner Tag, bedeutet das ein gutes Jahr. Regnet und schneit es aber an diesem Tag, so bedeutet es eine Teuerung im gleichen Jahr. Ist es aber an diesem Tag windig, so bedeutet es, daß man auf Krieg sinnt. Ist es aber neblig, so bedeutet das im gleichen Jahr ein Sterben unter den Menschen. Dennoch soll man auf Gott vertrauen;

Catho 1 *Marcus Porcius Cato Uticensis, ein erbitterter Gegner Caesars, † 46 v.Chr.*

Von sand *Der Text verbindet einen in vielen, auch lateinischen, Fassungen verbreiteten Spruch über den St. Pauls-Tag* (4–13) *mit Merkversen über die Anbautage.*

Die pleyben, die sullen also pawen:
Vmb Egidi soltu korn sehen,
Vmb benedictj *habern*, *gersten*, thü ich jehen.
Vnd see auch hanff vmb vrban,
Wicken, linsen, ruben vmb kilian.
Secz pflanczen vmb vitj soltü schawenn.
Vmb Colmani soltu das kraut hawenn.
Vmb sixti magstu sperber tragen.
Vmb partolme magstü nach wachteln jagen.
Dü solt ruben graben vmb ad*ape*,
Vnd se*wd* das kraüt vidi dominum s*e*.
Dü magst auch holcz kaüffen pey zeyt,
Das es vmb michaelis dürr jn leyt.
Vmb Calixti vercleib die stuben wol,
Wan vmb weinachten sy warm sein sol.
Lentpraten magstu vmb plasi essen,
Vmb oculi mei hering, pucking, pressen.
Dü magst auch gens essen vmb martinj,
vnd trinck wein per totum circülum annj.
An der vasnacht mach dich vnsinig vnd schj
Die wochen, vntz pis kumpt esto michi. *Q 84*

---

die übrigbleiben, sollen so ihr Feld bestellen: Um Ägidius *[1. Sept.]* sollst du Korn säen, um Benedikt *[21. März]*, so sage ich, Hafer und Gerste. Und säe auch Hanf um Urban *[25. Mai]*, Bohnen, Linsen, Rüben um Kilian *[8. Juli]*. Nach Setzpflanzen sollst du um Vitus *[15. Juni]* sehen. Um Koloman *[13. Okt.]* sollst du Kohl hacken. Um Sixtus *[6. Aug.]* kannst du mit dem Sperber jagen. Um Bartholomäus *[24. Aug.]* kannst du Wachteln fangen. Du sollst um Adape *[s. Anm.]* Rüben graben und Vidi dominum se[dentem] *[Beginn des Responsoriums vom Sonntag nach dem 28. Okt.]* das Kraut kochen. Du sollst auch rechtzeitig Holz kaufen, so daß es um Michael *[29. Sept.]* trocken eingelagert ist. Um Calixtus *[14. Okt.]* dichte die Stube gut ab, wenn sie um Weihnachten warm sein soll. Um Blasius *[3. Febr.]* magst du Lendenbraten essen, um Oculi mei *[Beginn des Eingangspsalms der Messe vom 3. Sonntag in der Fastenzeit]* Hering, Bückling [und] Brassen. Du magst auch Gänse essen um Martin *[11. Nov.]*, und trink Wein das ganze Jahr hindurch. In der Fastnacht sei ausgelassen und *schj* die ganze Woche hindurch, bis Esto mihi *[s. Anm.]* kommt.

17 *f., ergänzt nach Q 65.* 24 adepo (*Q 65* adipe). adape *Abkürzung von* Adaperiat dominus, *Beginn des Responsoriums vom Sonntag nach dem 27. Sept.* 25 see. so, *Ä. nach Q 65.* 35 *Beginn des Introitus von Sonntag vor dem Aschermittwoch, im Ma. auch Herren- oder Pfaffenfastnacht genannt, weil die Geistlichen bereits ab Rosenmontag fasten mußten.*

Unbekannter Verfasser

Ein regiment von der gesuntheyt des leibs

mensch, wiltü pleyben lang gesunt,
Dein leben fristen manche stünt,
So fleys dich gottes müter vil
Vnd hab rüe jn des tages zil
vnd treyb al swere sorg von dir,
Das frist dich wol, das glaub dü mir.
Wan zorn vnd grein vnd gros vnmüt
Schadt deinem leib vnd deinem plüt.
ein trawrigs hercz vnd steter zorn,
ein mensch, der sein frewd hat verlorn,
Die drew den menschen vast ver zern
vnd im ein kurtzes end beschern.
pis messig mit der abent speys,
darnach erg*e* dich, pistü weys.
mittag schlaffen dü meiden solt,
vir seucht darnach kümen gar polt:
Die kalte sucht vnd die tråckeyt,
Die strauch vnd auch des hauptes leit.
Nach dem pad aüff das wermbst dich halt
vnd nach dem aderlassen kalt.
Den deinen harm halt nit zü lang,
dem pauch tüe auch nit zü trang;
verheltst den wint, pringt leybes not.
vir seucht pringen dich in den todt:
Der krampf, wassersucht dich bestan,
permuter, wirbelsücht zü grab mit gan.

Ein regiment: Eine Anweisung für die Gesundheit des Leibes. Mensch, willst du lange gesund bleiben, dein Leben lange Zeit erhalten, so wende dich fleißig an die Gottesmutter und raste am Ende des Tages und mach dich los von allen drückenden Sorgen, das erhält dich gesund, glaub mir. Denn Zorn und Jammern und großer Ärger schaden deinem Leib und deinem Blut. Ein betrübtes Herz und anhaltender Groll, ein Mensch, der sich nicht mehr freuen kann, diese drei Dinge zehren den Menschen rasch aus und bescheren ihm ein baldiges Ende. Sei mäßig mit dem Abendessen, geh danach spazieren, wenn du klug bist. Mittags zu schlafen sollst du vermeiden, es zieht vier Krankheiten rasch nach sich: Fieber [mit Schüttelfrost] und Mattheit, Katarrh und Kopfweh. Nach dem Bad halt dich so warm es geht und nach dem Aderlassen kalt. Halt deinen Harn nicht zu lange zurück, tu auch dem Leib keinen Zwang an; verhältst du die Winde, so verursacht das Leibschmerzen. Vier Krankheiten bringen dir den Tod: Krampf, Wassersucht fallen dich an, Kolik, Fallsucht bringen dich

Ein regiment 16 erger.

Zymlich hunger vnd turst güt ertzney ist,
aber groß hunger schadt al frist.
mit einem trunck den türst nit lescht,
trinck wenig vnd offt, so pleybstü fest.
nach dem pad vbrig trunck las pleybenn.
Enpfinstü seücht, kein pad soltü treybenn;
Dan lang gepat ist vngesunt.
Die haissen pad vermeyd alstunt.
trinck nit an durst, iß nit an hunger,
wiltü seucht meyden, alt vnd junger.
halt kein dinck in dem pauch mit gewalt.
wiltü der jar hie werden alt,
so soltü nach dem nachtmal sten
oder nach lüst spacziren gen
vnd solt dich nit ee legen slaffenn,
Die kost kun dan ir recht maß schaffenn.
mer lewt vom abentmal zü grab sint tragen
wen der, die mit dem swert sein erslagenn.
Des morgens früe *dü* deine augen
Solt sauber machen mit der laugen.
Dein hendt soltü auch waschen paldt
vnd kem dein har, so wirstu alt;
Das gibt dem hirn gut maysterschafft
vnd sterckt die sin mit ganczer krafft.
Jm sumer soltü früe aüff stan,
got dienen vnd zü kirchen gan,
nach de*r m*essen spacziren gen,
wiltü des lebens an sorge sten,

---

ins Grab. Hunger und Durst in Maßen sind ein gutes Heilmittel, aber großer Hunger ist immer schädlich. Lösch den Durst nicht mit einem einzigen Trunk, trink wenig und oft, dann wirst du nicht schwammig. Laß nach dem Bad übermäßiges Trinken. Fühlst du dich krank, sollst du nicht baden; auch ist langes Baden ungesund. Nimm nie heiße Bäder. Trink nicht ohne Durst, iß nicht ohne Hunger, wenn du Krankheiten vermeiden willst, ob du alt bist oder jung. Halte nichts gewaltsam im Leib zurück. Wenn du ein hohes Alter erreichen willst, so sollst du nach dem Abendessen stehen oder, wenn du magst, spazierengehen und sollst dich nicht schlafen legen, bevor sich das Essen recht gesetzt hat. Mehr Leute sind vom Abendessen weg zu Grabe getragen als mit dem Schwert erschlagen worden. Morgens früh sollst du deine Augen mit Lauge klar machen. Du sollst auch sogleich die Hände waschen und das Haar kämmen, dann erreichst du ein [hohes] Alter; es gibt dem Hirn große Leistungsfähigkeit und macht die Sinne stark und kräftig. Im Sommer sollst du früh aufstehen, Gott dienen und in die Kirche gehen, nach der Messe spazierengehen, wenn du um deine Gesundheit nicht besorgt sein möchtest,

47 thüe. 55 dem essen.

vnd geyt dir frewd vnd lüsperkeit
Vnd helt dich wol in der gesuntheyt.
Vnd wan dein speys berayt dan ist,
das zympt dem magen vnd dem leib geit frist.
wiltü werden alt, als ich wolt,
Vier schedlich seucht dü meyden solt:
Vil schlaffen, groß kelt, vbrig tranck,
betruptnus machen menschen kranck.
Du solt nit full mit full vertreyben,
wiltü an dem leyb gesunt pleyben. –
Die ler gab aristetiles also
Zü lieb dem künig allexandro. *Q 84*

Unbekannter Verfasser

Ein priester, der dreyssig jar zü schul wer gangen,
ee er sein ampt het angefangen,
Vnd het ein jar gesturmet vnd gestrittenn
vnd in der reys seinr feint erpiten,
Vnd ein jar ein poß eweib het,
dy nymer nach seinem willen tet,
Vnd het ein jar gearbayt swer,
ein vbel weib vnd zornigen her,
Vnd ein jar gangen jn petlers leben,
der kunt gute pus in der peicht gebenn. *Q 84*

---

es gibt dir Freude und Unbeschwertheit und hält dich bei guter Gesundheit. Und wenn dann dein Essen fertig ist, bekommt es dem Magen und gibt dem Leib Zeit *[sich darauf vorzubereiten, oder: lange Lebenszeit?]*. Willst du so alt werden, wie ich gern wollte, so meide vier schädliche Krankheiten: viel Schlaf, große Kälte, übermäßiges Trinken, Traurigkeit machen den Menschen krank. Du sollst nicht eine Völlerei durch die andere ablösen, wenn du am Leib gesund bleiben willst. Diese Lehre erteilte Aristoteles in dieser Form dem geliebten König Alexander.

Ein priester: Ein Priester, der dreißig Jahre auf die Schule gegangen wäre, ehe er sein Amt angetreten hätte, und der ein Jahr [als Soldat] gestürmt und gekämpft und im Krieg den Feinden standgehalten hätte, und der ein Jahr eine nichtsnutzige Ehefrau gehabt hätte, die niemals tat, was er wollte, und der ein Jahr schwer gearbeitet hätte mit einer boshaften Frau und einem jähzornigen Herrn und der ein Jahr als Bettler herumgezogen wäre, der könnte in der Beichte die rechte Absolution erteilen.

Ein regiment 64 machen betruptnus. 67–68 *Das umfängliche Lehrgedicht* Secretum secretorum, *das sein unbek. Verf. in Form eines geheimen Briefes des Aristoteles an Alexander schrieb, hat außer partieller Themengleichheit nichts mit dem hier abgedruckten Text gemeinsam.*

Unbekannter Verfasser

Lieb vnd trew von einem poßen weib,
Dy sie hat zü jres mannes leib,
Vnd die lieb vnd trew von einer huren,
wy lieb hur vnd pueb aneinander wuren,
vnd die trew zwischen juden vnd cristenn,
Die sich dj leng nye kuntten gefristen,
Vnd die trew von statknecht vnd püttelnn,
Dj die leůt slahen mit geyseln vnd knuttelnn,
Die lieb vnd trew von disen allen
Wolt ich mit einem arswisch bezalenn. *Q 84*

Unbekannter Verfasser

Von dem heyligen sandt Cristoffel

O Cristoffel, der dich in das wasser schmůckt,
Das kint dich tauft vnd nider truckt,
Das dich an rüft vnd sprach: „hol, hol!",
Den selben pit, das er so wol
wol tun vnd vns allen rueff,
Vmb das er vns nach jm beschüff!

Lieb: Liebe und Treue, die eine böse Frau für ihren Mann empfindet, und Liebe und Treue einer Hure, wie gern sich Hure und Lude auch hatten, und die Treue zwischen Juden und Christen, die auf die Dauer noch nie haben miteinander auskommen können, und die Treue von Stadtknechten und Bütteln, die die Leute mit Geißeln und Knüppeln schlagen, für die Liebe und Treue von diesen allen gäbe ich einen Arschwisch.

Von dem heyligen: O Christophorus, der dich ins Wasser beugte, das Kind, [das] dich taufte und niederdrückte, das dich anrief und sprach: „Hol über, hol über!", das bitte du, daß es die gleiche Gnade auch uns antun wolle und uns alle rufe, weil es uns nach seinem Bild geschaffen hat!

Von dem heyligen *Der hl. Christophorus, der Legende nach ein Riese, der das Christkind über einen Strom trug, galt als Patron der Schiffer. – Bei diesem und den beiden folgenden Texten handelt es sich um Verse aus einem Gebetszyklus.*

Von deinem eigen engell

O dü mein lieber engel zart,
Jm tauf ich dir befolhen wart,
Das dü vor sunt beschirmest mich –
die hut han offt geprochen ich.
Nun pit den keyser hochgenant
fur mich, der dich mir hat gesant!

Von sand barbara, der heilgen Junckfrawen

O barbara, du Junckfraw fein,
Der heiligen keüsch ein vber schein,
Durch die pein deines vaters,
Dü warst des himellischen procreaters
Paw meysterin, der dreyer venster,
behüt vns vor der helle glenster! *Q 84*

Unbekannter Verfasser

Nu wolt yr horenn ayn newhes geticht,
wy es heyncz domnig hot aüsgericht
vnd wy es ym hot ergangen?
heyncz domnig ist gefangen.

Von deinem: Von deinem Schutzengel. O du mein lieber, geliebter Engel, in der Taufe wurde ich dir anvertraut, damit du mich vor der Sünde bewahren solltest – ich habe mich oft deiner Obhut entzogen. Nun bitte für mich den erhabensten Kaiser, der dich mir gesandt hat.

Von sand barbara: O Barbara, du edle Jungfrau, strahlendstes Licht der heiligen Keuschheit, um der Schmerzen willen, die dein Vater dir zufügte, du warst die Baumeisterin des himmlischen Schöpfers, ein Fenster der Dreifaltigkeit, behüte uns vor dem Feuerschein der Hölle!

Nu wolt yr: Wollt ihr ein neues Gedicht hören, wie es Heinz Domnig getrieben hat und wie es ihm ergangen ist? Heinz Domnig ist gefangen.

Von sand barbara *Der Legende nach brachte die Heilige Mauern zum Einsturz, um am Gottesdienst teilnehmen zu können, was ihr der christenfeindliche Vater, der sie schließlich enthaupten ließ, versagte. Patronin der Baumeister und Artilleristen.*

Nu wolt yr *Das 1479 an Matthias von Ungarn gefallene Breslau ließ dieser seit 1487 durch den Hauptmann Heinz Domnig verwalten, der sich den Haß der Städter durch die konsequente Vertretung der Interessen seines Herrn zuzog. Als Matthias im April 1490 starb, stellte man Domnig vor ein städtisches Gericht und verurteilte ihn ohne eigenes Schuldgeständnis zum Tod, der bereits am 5. Juli 1490 vollstreckt wurde. Mel. nicht erh.*

Dye stadknechte gingen vor des heűptmans thůr:
„herr haûptman, yr wolt mit vns gehenn,
das sagen wyr eűch vorwore!
dye hernn habens vns befolen.“

Do ehr aûf das Rodthaws kwam,
dye hernn, dy sogenn yhn ernstlich ahn,
sy hissen yhn nyder siczen.
heyncz domnig mochte wol schwiczenn.

Her saczt sich nider aûf ein banck.
die brieff goben sie ym yn seine handt;
er mûst sye selber leßenn,
wy er hot gefûrth seynn weßenn.

„Ja, liebenn hernn, ich habs gethon.
wolt mirs zcû gnoden lohnn,
ich habe myrs gethon zcû schanden,
dorczû dem ganczenn lande.“

Dye stadtknechte trottenn ym nohent entczű,
sye fűrttenn yhm zcû dem czeyßkengebawer erczû.
heincze domnig mûst ſiczenn,
Heyncz Domnig mocht wol schwiczenn.

Es wars dye frawe vonn Pylßnicz gewar.
Sye macht sich aûff vnd kwam all dar,
mit hôffelichenn sytten
vor Heyncze Domnig wolt sye bythenn.

Vnd do sye aûff das Rodthaûs kwam.
des Bűrgermeysters nahm sye war.
„lybenn hern, ich wolt eűch haben gebetenn,
das yr wolt schonen seyner ehrenn.“

---

6 Die Stadtknechte gingen vor des Hauptmanns Tür. „Herr Hauptmann, Sie werden mit uns gehen, das sagen wir Ihnen fürwahr! Die Herren haben es uns befohlen.“ 10 Als er auf das Rathaus kam, sahen die Herren ihn ernst an, sie geboten ihm, sich hinzusetzen. Heinz Domnig konnte wohl schwitzen. 14 Er setzte sich auf eine Bank. Sie gaben ihm die Briefe in die Hand; er mußte selbst in ihnen lesen, wie er es getrieben hatte. 18 „Ja, ihr lieben Herren, ich habe es getan. Haltet zu Gnaden, ich habe es mir selbst und dem ganzen Land zur Schande getan.“ 22 Die Stadtknechte traten an ihn heran, sie führten ihn zum Zeisgenbauer. Dort mußte Heinz Domnig gefangen sein, Heinz Domnig konnte wohl schwitzen. 26 Das erfuhr die Frau von Pilnitz. Sie machte sich auf und kam dorthin, in aller Bescheidenheit wollte sie für Heinz Domnig bitten. 30 Und als sie auf das Rathaus kam, suchte sie den Bürgermeister auf. „Liebe Herren, ich wollte euch gebeten haben, daß ihr seine Ehre schont.“

23 *Name des Gefängnisses im Breslauer Rathaus.* 24 schiczenn.

„Vnd lybe fraw, loth eűher bytenn seynn!
es kan vnd mag nicht anders geseynn,
zcűm tode műs er kyßenn,
sein lebenn můs ehr verlyßenn."

Sy nam sich großes leydes ahn,
sye czů dehm czeyßengebaűhr tradt.
„Got grůsse eűch, liber ohme,
es gehet eűch leyder vbel."

„Got dancke eůch, libe můme meynn,
es kan vnd mag nicht anders geseynn,
zcűm tode můs ich kyßenn,
mein leben můs ich vorlyßenn."

Er saß bis an den drytten tag.
heincz domnig zců dem czeyßengebaűhr aůs tradt.
„das der ewige Got walde,
maria mit yrem kynde!

Vnd richter, liber richter meynn,
vnd hawhe ag frisch mit freűden doreyn,
mein heűptlein zců der erden!
das der ewige Got můsse waldenn!"

Vnd ybenn das heűptlein zcű der erdenn sanck.
das hortte gar manchen glocken klang,
dy glockenn hort ys klyngen,
dye schűller hort ys singen,
dye kerczenn hot is sehenn bűrnenn. Q 5

---

34 „Liebe Frau, lassen Sie Ihr Bitten! Es kann und mag nicht anders sein, er muß sich zum Tod bereiten, sein Leben muß er verlieren." 38 Das erfüllte sie mit großem Schmerz, sie trat zum Zeisgenbauer. „Gott grüß dich, lieber Ohm, es ergeht dir leider schlecht." 42 „Gott danke dir, meine liebe Muhme, es kann und mag nicht anders sein, ich muß mich zum Tod bereiten, mein Leben muß ich verlieren." 46 Er saß gefangen bis zum dritten Tag, Heinz Domnig trat aus dem Zeisgenbauer. „Das walte der ewige Gott [und] Maria mit ihrem Kind! 50 Und Scharfrichter, mein lieber Scharfrichter, schlag frisch und unverzagt mein armes Haupt zur Erde! Das walte der ewige Gott!" 54 Und glatt sank das arme Haupt zur Erde nieder, es hörte manchen Glokkenklang, die Glocken hörte es läuten, die Chorknaben hörte es singen, die Kerzen hat es brennen gesehen.

Unbekannter Verfasser

vraich vnd antwort

„*Wy* Wyllen jagen, vliechen, en wyl wy nyet?“
„ja wy, dye tijt is kurt, diet recht besiet.“
„Jck was wat, en was ic nyet?“
„ja gy, erde, verstait myn bediet.“
„jc werden wat, en werde ic nyet?“
„ja gy, spijse der wurme, mer andersch nyet.“
„jc sal lange leuen, en sal jc nyet?“
„ja gy, die tijt van steruen en weet gy nyet.“
„Sal jc dan steruen, en sal ig nyet?“
„ja gy, so var dy dair got gebiet.“
„Als ic doit byn, sal ic dan̩ wesen *n*yt?“
„ja gy, altijt jn vreuden off jn verdriet.“
„Myn goit, myne haue, sal sy my volgen nyet?“
„ja *i*t, glich ass it den doden to voulchen pliet.“
„vnd sal my dan voulghen nyet?“
„ja, v werken, mer anders nyet.“
„Myne vrynde, sullen sy my helpen nyet?“–
„ja sy, glich gy den vwen pliet.“
„Dair vur wyl ic dan sorgen, en wyl ick nyet?“
„ja gy, dan sorgt gy myre, dat schat v nyet.“
„ad de, wy moiten scheiden, en wylle wy nyet?“
„ja wy, hier, mer her namail nyet.“
„js dit nŭ gescheiden?“
„ja it.“ – „so moit vns got vnd alle syne vrynde gleiden!“

Q 88

VRAICH: Frage und Antwort. „Wir wollen jagen [und] fliehen *[im Kampf vordringen und zurückweichen?]*, nicht wahr?“ – „Ja, die Zeit ist kurz für den, der es recht betrachtet *[?]*.“ – „Ich war etwas, nicht wahr?“ – „Ja, Erde, versteh meinen Hinweis!“ – „Ich werde etwas, nicht wahr?“ – „Ja, ein Fraß der Würmer, aber nichts anderes.“ – „Ich werde lange leben, nicht wahr?“ – „Ja, die Zeit des Sterbens kennst du nicht.“ – „Ich werde also sterben, nicht wahr?“ – „Ja, sobald dich Gott dorthin befiehlt.“ – „Wenn ich tot bin, werde ich dann nicht sein?“ – „Doch, ewig in Freuden oder in Pein.“ – „Mein Gut, meine Habe, wird sie mir nicht folgen?“ – „Doch, wie sie Toten zu folgen pflegt.“ – „Und wird mir denn nichts folgen?“ – „Doch, deine Werke, aber sonst nichts.“ – „Meine Freunde, werden sie mir nicht helfen?“ – „Doch, so wie du dich um die deinen kümmerst.“ – „Deshalb muß ich mir dann Sorge machen, nicht wahr?“ – „Ja, denn sorgst du dich mehr, das schadet dir nichts.“ – „Ade, wir müssen scheiden, nicht wahr?“ – „Ja, hier, aber hernach nicht [mehr].“ – „Ist dies nun das Scheiden?“ – „Ja, das ist es.“ – „So mögen uns Gott und seine Freunde das Geleit geben!“

VRAICH *Ä.* 13 *und* 16 *nach Q 111.* 3 *f.* 13 myt. 16 git.

Der Treuchtlinger

Für verrencken des treichtlingers segen

Jch hab mich verruckht vnnd hab mich verrenckht.
Got, den herrn, hat mann gehenckht.
schadt Jme sein henckhen nichts,
so schadt auch mir mein verrenckhen nichts.

solls dreymal sprechen vnd allweg ain chraycz vber den schmercz machen, drey vatter vnser vnnd ain glauben in sein heligs leyden betten. *Q 69*

Sebastian Brant

Uon dem donnerstein gefallen jm xcij. iar: vor Ensishein.

[Holzschnitt]

De fulgetra anni xcij.

PErlegat antiquis miracula facta sub annis
  Qui volet: et nostros comparet inde dies.
Uisa licet fuerint portenta / horrendaque monstra
  Lucere e celo: flamma / corona / trabes /
Astra diurna / faces / tremor et telluris hyatus
  Et bolides / Typhon / sanguineusque polus /
Circulus: et lumen nocturno tempore visum /
  Ardentes clypei et ^ nubigeneque fere.
Montibus et visi quondam concurrere montes
  Armorum et crepitus / et tuba terribilis.
Lac pluere e celo visum est / frugesque calybsque
  Ferrum etiam / et lateres / et caro / lana / cruor /

Für verrencken: Des Treuchtlingers Segen gegen Verrenkungen. Ich habe mich verrenkt. Gott, den Herrn, hat man gehenkt. Schadet ihm sein Henken nichts, so schadet auch mir mein Verrenken nichts. – Man soll es dreimal sprechen und jedesmal ein Kreuz über der schmerzenden Stelle machen, drei Vaterunser und ein Bekenntnis des Glaubens an sein heiliges Leiden beten.

Uon dem *Erstdruck 1492. Den 22 lateinischen Distichen steht in der rechten Spalte des Flugblattes eine deutsche Parallelfassung gegenüber, die hier im Anschluß abgedruckt ist* (50–93). *Da der deutsche Text dem lateinischen in etwa entspricht – es fehlen der Vergleich mit dem Planeten Saturn* (35) *und der Hinweis auf Anaxagoras und die Schwierigkeiten einer naturwissenschaftlichen Erklärung* (40–43) –, *wird nur er übersetzt. – Ergänzung fehlender Buchstaben nach einer 2. Aufl. des Flugblattes.*

Et sexcenta alijs / ostenta ascripta / libellis:
Prodigijs ausim vix similare nouis.
Uisio dira quidem Friderici tempore primi:
Et tremor in terris / lunaque / solque triplex.
Hinc cruce signatus Friderico rege secundo
Excidit inscriptus grammate / ab hymbre lapis
Austria quem genuit senior Fridericus / in agros
Tercius hunc proprio*s*. et cadere arua videt.
Nempe quadringentos / post mille peregerat annos
Sol nouiesque decem signifer / atque duos.
Septem propterea dat idus / meruenda nouembris:
Ad medium cursum tenderat illa dies.
Cum tonat horrendum: crepuitque per aera fulmen
Multisonum: hic ingens concidit atque lapis.
Cui species delte est / aciesque triangula: obustus
Est color / et terre forma metalligere.
Missus ab obliquo *f*ertur: visusque sub auris
Saturni qualem mittere sydus habet.
Se*n*serat hu*n*c Enßhei*n*. Suntgaudia sensit: i*n* agros
Jllic insiluit / depopulatus humum.
Qui licet in partes fuerit distractus vbique:
Pondus adhuc tamen hoc continet / ecce vides.
Qui mirum est potuisse hyemis cecidisse diebus:
Aut fieri in tanto frigore congeries:
Et nisi anaxagore referant monimenta: molarem
Casurum lapidem. credere et ista negem.
Hic tamen auditus fragor vndique littore Rheni:
Audijt hunc Uri proximus alpicola:
Norica vallis eum / Sueui / Rhetique stupebant:
Allobroges timeant: Francia certe tremit.
Quicquid id est / magnum portendit / crede / futurum
Omen: at id veniat hostibus oro malis

S Jch wundert mancher fremder gschicht
Der merck vnd leß ouch diß bericht
Es sint gesehen wunder vil
Jm lufft / comet vnd fůren pfil.
Brinnend fackel / flamme vnd kron.
Wild kreiß vnd zirckel vmb den mon

---

50 Mancher hört gern seltsame Ereignisse, der beachte und lese auch diesen Bericht. Es wurden viele Wundererscheinungen in der Luft gesehen: Kometen und feurige Pfeile, eine brennende Fackel, Flamme und Krone, seltsame Kreise und Ringe um den Mond,

Am hymel. blůt / vnd fůren schilt /
Regen noch form der thier gebildt.
Stoß / bruch des hymels vnd der erd /
Und ander vil seltzen geberd
Tratzlich zerstiessen sich zwen berg /
Grußlich trummett / vnd harnesch werck /
Jsen / milch / regen stahel korn
Ziegel fleisch / woll / von hymels zorn
Als ouch ander der wunder glich
Dann by dem ersten Friderich
Noch ert bydem vnd finsterniß
Sach man drij sunn vnd mon gewis
Und vnder keyser Friderich
Dem andern / fiel ein stein grůßlich
Sin form was groß / ein crutz dar jnn
Und ander geschrifft vnd heimlich synn
By wil des dritten Friderich
Geboren herr von Osterich
Regt har jn diß sin eigen landt
Der stein der hie ligt an der wandt
Als man zalt viertzehenhundert Jar
Uff sant Florentzen tag ist war
Nuntzig vnd zwei vmb mittentag
Geschach ein grusam donnerschlag /
Drij zentner schwer fiel diser stein
Hie in dem feld vor Ensißhein /
Drij eck hat der verschwertzet gar
Wie ertz gestalt vnd erdes var
Ouch ist gesehen in dem lufft
Slymbes fiel er in erdes klufft

Blut am Himmel und feurige Schilde, Regen[wolken] in Tiergestalt, Beben, Risse des Himmels und der Erde und viele andere seltsame Begebenheiten. Mit Wucht stießen zwei Berge gegeneinander, [man hörte] gräßliche Trompetenstöße und Harnischgerassel, [man sah] wegen des himmlischen Zorns Eisen, Milch, Stahl, Getreide, Ziegel, Fleisch, Wolle regnen und auch andere ähnliche Wunder. Zur Zeit Friedrichs I. sah man dann nach einem Erdbeben und einer Finsternis ganz deutlich drei Sonnen und Monde. Und zur Zeit Kaiser Friedrichs II. fiel ein grausiger Stein herab; er war von beträchtlicher Größe, darauf waren ein Kreuz und andere Inschriften und geheime Zeichen. Zu Lebzeiten Friedrichs III., des angestammten Herrn von Österreich, regnete hier in dieses sein eigenes Land der Stein, der hier an dieser Wand liegt. Am Sankt Florentiustag *[7. Nov.]* 1492 um Mittag erscholl ein grausiger Donnerschlag: drei Zentner schwer, fiel dieser Stein hier in das Feld vor Ensisheim *[Ober-Elsaß]*. Er hat drei Ecken [und ist] völlig geschwärzt, wie Erz aussehend und erdfarben. Er wurde [noch] in der Luft gesehen, fiel schräg herunter und schlug in die Erde.

Clein stuck sint komen hin vnd har
Und wit zerfürt süst sichst in gar
Tůnow / Necker / Arh / Jll / vnd Rin
Switz / Uri / hort den klapff der Jn /
*O*uch doent er den Burgundern ver
Jn forchten die Franzosen ser
Rechtlich sprich ich das es bedůt
Ein bsunder plag der selben lut.

An Maximilianum Romischen kuñing:

*S*Jch für dich recht o Adler milt.
Erlich sint wapen in dim schilt
Brüch dich noch eren gen dim findt
An dem all truw vnd ere ist blindt
Schlag redlich / vnd mit froüden dra*n*
Trib vmb das radt Maxmilian
Jn dim geuell das gluck jetzt stat
Ach sům dich nit / küm nit zů spat
Nit sorg den vnfal vff diß Jar
Nit vorcht din findt als vmb ein har
Sig / seld / vnd heyl von Osterich
Bürgundisch hertz von dir nit wich
Romsch ere vnd tütscher nacion
An dir o höchster künig stan
Nym war der stein ist dir gesant
Dich mant gott in dim eigen lant

Kleine Stücke sind hierhin- und dorthingekommen und weit verstreut worden, im übrigen siehst du ihn ganz und heil. Donau, Neckar, Aare, Ill und Rhein, Schwyz, Uri hörten das Krachen, [ebenso] der Inn; auch tönte es weit bis zu den Burgundern. Die Franzosen sollen ihn fürchten: ich sage mit Recht und Grund, daß er eine besondere Plage für eben diese Leute ankündigt. 94 An den Römischen König Maximilian: Gib recht acht, o gnädiger Adler! Die Wappen auf deinem Schild bezeugen deine Ehre – so handle, wie es die Ehre verlangt, gegenüber deinem Feind, der bar jeder Treue und Ehre ist! Schlag trefflich und mit Freude drein! Dreh das Rad *[des Glückes]* herum, Maximilian, dir neigt sich das Glück jetzt zu! Ach, säume nicht, komm nicht zu spät! Befürchte jetzt kein Mißgeschick, fürchte deine Feinde nicht im geringsten! Sieg, Glück und Heil von Österreich, Herz von Burgund, werde dir nicht untreu! Die römische Ehre und die der deutschen Nation stehen und fallen mit dir, o höchster König. Sieh, der Stein ist dir gesandt worden. Gott ermahnt dich in deinem eigenen Land,

94–116 *Nach der Scheidung von Maximilians Tochter Margarete weigerte sich der französische König Karl VIII., ihre Mitgift, die Länder Burgund, Artois und die Pikardie, wieder abzutreten. Erst durch den Sieg Maximilians in der Schlacht bei Salins am 17. Jan. 1493 kam ein Teil dieser Gebiete zum Reich zurück.*

Das du dich stellen sölt zů wer
O küning milt für vß din her
Cling harnesch. vnd der büchsen werck
Trummet herschől / franzősisch berck
Oűch mach den grossen hochműt zam.
Rett schirm din ere vnd gůtten nam. *Q 95*

Aus: Das Narren Schyff

Den vordantz hat man mir gelan
Dann jch on nutz vil bůcher han
Die jch nit lyß / vnd nyt verstan

Von vnnutzen buchern

Das jch sytz vornan jn dem schyff
Das hat worlich eyn sundren gryff
On vrsach ist das nit gethan
Vff myn libry ich mych verlan

---

daß du dich zur Wehr setzen sollst. O milder König, führ dein Heer hinaus – Harnisch und Geschütze, ertönt! Trompete, laß die französischen Berge widerhallen! – und bändige den großen Hochmut! Rette, schütze deine Ehre und deinen guten Namen!

Den vordantz: Man hat mir den Platz des Vortänzers gegeben, weil ich ohne jeden Nutzen viele Bücher besitze, die ich nicht lese und nicht verstehe. 5 Von unnützen Büchern. Daß ich vornan in diesem Schiff sitze, hat wahrlich eine besondere Bewandtnis, es ist nicht ohne Grund geschehen. Ich verlasse mich auf meine Bücherei.

Den vordantz 1 *Erstdruck 1494, die Nrr. 1 u. 24.*

Von bůchern hab ich grossen hort
Verstand doch drynn gar wenig wort
Vnd halt sie dennacht jn den eren
Das ich jnn wil der fliegen weren
Wo man von künsten reden důt
Sprich ich / do heym hab jchs fast gůt
Do mit loß ich benůgen mich
Das ich vil bůcher vor mir sych /
Der künig Ptolomeus bestelt
Das er all bůcher het der welt
Vnd hyelt das für eyn grossen schatz
Doch hat er nit das recht gesatz
Noch kund dar vß berichten sich
Jch hab vil bůcher ouch des glich
Vnd lys doch gantz wenig dar jnn
Worvmb wolt ich brechen myn synn
Vnd mit der ler mich bkümbren fast
Wer vil studiert / würt ein fantast
Jch mag doch sunst wol sin eyn here
Vnd lonen eym der für mich ler
Ob ich schon hab eyn groben synn
Doch so ich by gelerten bin
So kan ich jta sprechen jo
Des tütschen orden bin ich fro
Dann jch gar wenig kan latin
Jch weyß das vinum heysset win
Gucklus ein gouch / stultus eyn dor
Vnd das ich heyß domne doctor

Ich habe eine große Sammlung von Büchern, verstehe aber kaum ein Wort, das darin steht, und halte sie dennoch in Ehren, indem ich von ihnen die Fliegen abzuwehren bemüht bin. Wo man von den Wissenschaften redet, sage ich: „Das habe ich sehr schön zu Hause." Ich lasse es genug sein damit, daß ich viele Bücher vor mir sehe. Der König Ptolemäus richtete es ein, daß er alle Bücher der Welt besaß, und hielt das für einen großen Schatz; doch hatte er das wahre Gesetz *[die christl. Lehre]* nicht, noch konnte er sich daraus unterrichten. Ich habe auch viele Bücher und lese doch ganz wenig darin. Warum sollte ich mir den Kopf zerbrechen und mich viel mit der Wissenschaft plagen? Wer viel studiert, wird ein Phantast. Ich kann doch auch ohne das ein Herr sein und einen dafür entlohnen, daß er an meiner Stelle lernt. Wenn ich schon einen ungebildeten Verstand habe, kann ich doch, wenn ich unter Gelehrten bin, allemal ‚ita' *[so ist es]* sprechen. Ich bin recht froh, Deutscher zu sein, denn ich kann sehr wenig Latein. Ich weiß, daß vinum Wein heißt, cuculus der Kuckuck, stultus der Narr, und daß ich Herr Doktor heiße.

18 *König Ptolemäus II. (283–246 v. Chr.), Gründer der Alexandrinischen Bibliothek.*

Die oren sint verborgen mir
Man såh sunst bald eins mullers thier

Wer aller welt sorg vff sich ladt
Vnd nit gedenckt syn nutz vnd schad
Der lyd sich / ob er ettwan bad

Von zu vil sorg

Der ist eyn narr der tragen will
Das jm vff heben ist zů vil
Vnd der alleyn will vnderston
Das er selb dritt nit mócht getůn
Wer nymbt die gantz welt vff syn rück
Der felt jn eynem ougenblück
Man lyßt von Alexander das
Die gantz welt jm zů enge was
Vnd schwitzt dar jnn / als ob er nit
Für synen lib genůg hett witt

Meine Ohren kann man *[auf dem Bild]* nicht sehen, sonst würde man sogleich das Tier des Müllers erkennen.

Wer aller: Wer die Sorgen der ganzen Welt auf sich lädt und seinen eigenen Nutzen und Schaden nicht im Auge hat, der muß es hinnehmen, wenn er auch einmal baden muß *[zum Narren wird]*. 4 Von zu viel Sorge. Der ist ein Narr, der tragen will, was er nicht einmal aufheben kann, und der allein unternehmen will, was ihrer drei nicht fertigbrächten. Wer sich die ganze Welt auf den Rücken lädt, der bricht im gleichen Augenblick zusammen. Man liest von Alexander, daß ihm die ganze Welt zu eng war und er darin schwitzte, als ob er für seinen Körper nicht genug Platz hätte –

Ließ doch zů letst benůgen sich
Mit sibenschůhigem erterich
Allein der dot erzeigen kan
Wo mit man můß benůgen han
Diogenes vil måhtiger was
Wie wol sin bhusung was eyn faß
Vnd er nüt hatt vff aller erdt
So was doch nüt das er begerdt
Dann Alexander solt für gon
Vnd jm nit vor der sunnen ston /
Wer hohen dingen stellet noch
Der můß die schantz ouch wogen hoch
Was hülff eyn menschen das er gwynn
Die gantz welt / vnd verdurb er drynn
Was hülff dich / das der lib kåm hoch
Vnd fôr die sel jns hellen loch /
Wer sorget ob die gånß gent bloß
Vnd fågen will all gaß vnd stroß
Vnd eben machen berg vnd tal
Der hat keyn fryd / růw / vberal
Zů vil sorg / die ist nyenan fůr
Sie machet manchen bleich vnd dürr
Der ist eyn narr der sorgt all tag
Das er doch nit gewenden mag *Q 96*

---

zuletzt begnügte er sich doch mit sieben Schuh Erde. Einzig der Tod kann zeigen, womit man zufrieden sein muß. Diogenes war viel größer: obgleich ein Faß seine Behausung war und er nichts auf der Welt sein eigen nannte, gab es doch nichts, was er begehrte, außer daß Alexander weitergehen und ihm nicht in der Sonne stehen sollte. Wer nach Hohem strebt, muß auch ein großes Risiko eingehen. Was hülfe es einem Menschen, daß er die ganze Welt gewönne, und er käme darin um? Was hülfe es dir, daß der Leib zu hohem Ansehen käme, und die Seele führe in den Höllenschlund? Wer sich darum Sorgen macht, daß die Gänse barfuß gehen, und alle Gassen und Straßen fegen und Berg und Tal einebnen will, der hat nirgends Ruhe und Frieden. Zu viel Sorge ist für niemanden von Nutzen. Sie macht manchen bleich und knochig. Der ist ein Narr, der sich alle Tage Sorgen macht um das, was er doch nicht ändern kann.

Unbekannter Verfasser

[Holzschnitt]

Nun well wirs aber heben an /
von ainem schreyber wollgethan /
du hailloß fo̊slin /
du krafftlo̊ß po̊slin /
heng nach henng nach
Heinrice Kůnrade der schreyber im korb

Es gienng ain schreyber spaciren auß /
wol an dem marckt do stat ain hauß /
Hainrice Kůnrade der schreyber im korb

Er sprach got grůeß euch iunckfraw fein
Nun wo̊lt irs heint mein schlaffpůl sein /
Heinrice Kunrade der schreyber ym korb /

Si sprach kumpt schier her wider /
wan sich mein her legt nider /
Hainrice Kunrade der schreyber im korb /

Wolhinn wolhin genn miternacht /
der schreiber kam gegangen dar /
Hainrice Kunrade der schreyber ym korb /

Sy sprach mein schlaffpul solt du nit sein /
du setzst dich dan in daz ko̊rbelein /
Heinrice Kunrade der schreiber ym korb /

Dem schreiber gefiel der korb nit wol /
er dorfft ym nit getrawen wol /
Hainrice Kunrade der schreiber ym korb /

Nun well: Nun wollen wir wieder [zu singen] anfangen, [und zwar] von einem hübschen Schreiber. Du nichtsnutziger Taugenichts, du schwächliches Bürschchen! Hinterher! Hinterher! Heinrich Konrad, der Schreiber im Korb. 9 Es ging ein Schreiber spazieren; am Marktplatz, da steht ein Haus. Heinrich... 12 Er sprach: „Gott grüß dich, hübsches Fräulein! Willst du heute nacht mein Beischläferchen sein?“ Heinrich... 15 Sie sprach: „Komm bald wieder, wenn mein Herr schlafen geht.“ Heinrich... 18 Und dann, und dann um Mitternacht kam der Schreiber dorthin gegangen. Heinrich... 21 Sie sprach: „Mein Beischläferchen sollst du nicht sein, wenn du dich nicht in dies Körbchen setzt.“ Heinrich... 24 Dem Schreiber paßte das mit dem Korb nicht besonders, er mochte ihm nicht recht trauen. Heinrich...

Nun well *Einblattdruck um 1496. Mel. nicht erh.*

Der schreiber wolt gen himel farenn
do hett er weder roß noch wagen /
Hainrice Kunrade der schreiber ym korb /

Sy zug in auff pyß an das tach /
deß teufelß nam viel er wyder ab /
Hainrice Kunrade der schreiber ym korb /

Er viel so hart auff seine lendt
er sprach das dich der teůfell schendt /
Hainrice Kunrade der schreiber ym korb /

Pfuy dich pfuy dich zu pŏse hawt /
ich het dir deß nit zů getrawt /
Hainrice Kunrade der schreiber ym korb /

Der schreiber geb ain gulden drum /
daz man das liedlein nymer sung /
Hainrice Kunrade der schreiber ym korb /

Dem schreiber wardt ym korb so hayß /
das er vor angsten in die hosen schayß /
Hainrice Kunrade der schreiber ym korb /

Ain schreiber sol zů schůlen gan
sy soln ir bůln vnder wegen lan /
Hainrice Kunrade der schreiber ym korb /

Der vnß das liedlein neůwes sang /
ain gůt gesell ist ers genangt /
Hainrice Kunrade der schreiber ym korb /

Q 97

---

27 Der Schreiber wollte zum Himmel auffahren, da hatte er weder Pferd noch Wagen. Heinrich... 30 Sie zog ihn hinauf bis ans Dach, in Teufels Namen fiel er wieder runter. Heinrich... 33 Er fiel so häßlich auf seinen Rücken, er schrie: „Daß dich der Teufel schände!" Heinrich... 36 „Pfui, pfui über dich, du Rabenaas, das hätte ich dir nicht zugetraut!" Heinrich... 39 Der Schreiber gäbe einen Gulden dafür, daß man das Liedchen nicht mehr sänge. Heinrich... 42 Dem Schreiber wurde so heiß in seinem Korb, daß er vor Angst in die Hose schiß. Heinrich... 45 Ein Schreiber soll auf die Schule gehen, sie sollen ihr Anbändeln bleiben lassen! Heinrich... 48 Der uns dies Liedchen von neuem sang, ist ein guter Gesell gewesen. Heinrich...

Unbekannter Verfasser

„JCh hoirt dat kloickelgen luden,
zer krichen steit myn syn.
dat doen ich alle dar omme,
want ihesus wont dair yn.

Jhesus hait bruyn oůgelgyn,
der benympt myr alle myn synne.
jch wil it maria clagen,
dat ich berouuet byn."

„Clages du it mynre moder,
wat sal ich dar zo doen?
Dat wil ich seluer wrechen,
dat dir dyn hertz zo breche."

„Jnd brichs du myr myn hertzen,
wat vynstu dan dair yn?
wale eyne verwende sele,
ind dair woent ihesus yn.

Were ich eyn cleynes voegelgyn,
die vedergen woulde ich haen
Ind vlegen in dat hemelrichen,
ihesum woulde ich vangen."

„Hetz du ihesum geuangen,
wat woulstu myt eme doen?"
„Ich sloit yn in myn hertzen
ind dede it vaste tzo." *Q 14*

JCh hoirt: „Ich hörte das Glöckchen läuten, ich will zur Kirche hin. Das tue ich nur, weil Jesus darin wohnt. 6 Jesus hat braune Äugelchen, er raubt mir alle Sinne. Ich will es Maria klagen, daß ich bestohlen worden bin." 10 „Klagst du es meiner Mutter, was soll ich da machen? Das will ich selbst rächen, so daß dir dein Herz zerbricht." 14 „Und brichst du mir mein Herz, was findest du darin? Eine fröhliche *[?]* Seele, und in der wohnt Jesus. 18 Wäre ich ein kleines Vögelchen, ich wollte Federchen haben und ins Himmelreich fliegen, ich wollte Jesus fangen." 22 „Hättest du Jesus gefangen, was wolltest du mit ihm tun?" „Ich schlösse ihn in mein Herz und machte es ganz fest zu."

JCh hoirt *Mel. nicht erb.*

Unbekannter Verfasser

[Melodie]

GElassen had eyn sustergen,
ind sy ginck in ir kemergyn.
ihesus quam zo ir gegaen
ind wold eyn koesen myt ir haen.
„Nu ganch, her ihesus, ganck, nu ganck!
jch han gelaissen, ind ich byn kranck.“

„Haistu gelaissen, goit swestergyn,
so wil ich seluer dyn schencker syn
jnd schencken dir den kuperen wyn,
der vloysset ws der syden myn.“
„Nu ganck, her ihesus, ganck, nu ganck!
jch han gelaissen, ind ich byn kranck.“

„Haistu gelaissen, goit swestegyn,
so wil ich seluer dyn speilman syn
jnd speilen dir den seiden klanck,
den vader ws der gotheit swanck.“
„Nu ganck, her ihesus, ganck, nu ganck!
jch han gelaissen, ind ich byn kranck.“

„Haistu gelaissen, goit swestergyn,
so wil ich seluer dyn troister syn.
goeden troist wil ich dir geuen,
want ich byn dat ewiche leuen.“
„Nu koempt, her ihesus, gait in, gait yn
jnd iubeleirt yn der selen myn!“ *Q 14*

GElassen: Ein Nönnchen hatte zur Ader gelassen und ging in sein Kämmerchen. Jesus kam zu ihm gegangen und wollte mit ihm plaudern. „Nun geh fort, Herr Jesus, geh fort, geh fort! Ich habe zur Ader gelassen und fühle mich nicht wohl.“ 9 „Hast du zur Ader gelassen, liebes Schwesterchen, so will ich selbst dein Mundschenk sein und dir den Zyperwein einschenken, der aus meiner Seite fließt.“ „Nun geh...“ 15 „Hast du zur Ader gelassen, liebes Schwesterchen, so will ich selbst dein Spielmann sein und für dich den Saitenklang ertönen lassen, den der Vater aus der Gottheit hervorgehen ließ.“ „Nun geh...“ 21 „Hast du zur Ader gelassen, liebes Schwesterchen, so will ich selbst dein Tröster sein. Ich will dir guten Trost geben, denn ich bin das ewige Leben.“ „Nun komm, Herr Jesus, komm herein, komm herein und jubiliere in meiner Seele!“

UNBEKANNTER VERFASSER

Ein newes lyed Von einem freyem sch*lemmer*

[Holzschnitt]

wo sol ich mich hin keren /
ich iunges pruderlein /
wie sol ich mich erneren /
mein gutt ist vil zu kleyn /
alls ich ein wessenn han /
so mueß ich pald dar von /
was ich soll hewer verczerren
das hab ich ferdt verthon.

Jch byn zu frue geporen
wo ich hewer hyne kum /
mein gluck kumbt mir erst morgen
het ich das Kayser thum /
Dar zu den zol am Reyn /
vnd wer venedig mein /
so wer es als verloren
es must verschlemmet seyn.

So will ichs doch nit sparen /
vnd ob ichs als verzer /
vnnd will darumb nit sorgen /
got beschiert mir morgen mer /
was hulffs das ichs lang spar /
villeycht so verlewr ichs gar /
solt mirs ein dieb auß tragen.
es rewet mich ein iar.

EIN NEWES: Ein neues Lied von einem fröhlichen Schlemmer. Wohin soll ich mich wenden, ich junges Brüderchen? Wie soll ich mich ernähren? Was ich habe, ist viel zu wenig. Hab ich mal eine Bleibe, so muß ich bald wieder fort. Was ich heute verzehren soll, das hab ich neulich schon vertan. 12 Ich bin zu früh geboren: wo ich heute hinkomme, da kommt mein Glück erst morgen an. Besäße ich das Kaisertum und auch den Zoll am Rhein und gehörte Venedig mir, es wäre alles verloren, es müßte verschlemmt werden. 20 So will ich auch nicht sparen, auch wenn ich alles verzehren würde, und will mich drum nicht sorgen, Gott beschert mir morgen etwas Neues. Was hülfe es, wenn ich es lange hortete? Vielleicht verlöre ich's sogar; würde mir's ein Dieb wegnehmen, es reute mich ein Jahr lang.

EIN NEWES *Einblattdruck um 1498; evtl. beträchtl. älter, da die Zeile* Wo sol ich mich hinkeren *bereits 1423 im Revaler Bürgerbuch – möglicherweise als Zitat – erscheint. Mel. in Q 107. Ä. 2 nach späteren Drucken, vgl. Q 107; Ä.* 47 *und* 78 *nach Q 100.* 2 *f., Blattschaden.*

Jch will mein gutt verprassen
mit schlemern frwe vnd spat /
vnd will ein sorgen lassen
dem es zu hertzen gat /
ich nym mir ein ebenpild /
bey manchem thierlen wild /
das springtt auff praydter hayde
got behuet ym seyn gefyld.

Jch sych auff praydter hayde
vil manches plumelein stan /
das ist so wol beklaydett
was sorg solt ich dann han /
wie ich gut vberkum /
ich byn noch frisch vnd iunck /
solt mich ein not anlangen /
mein hertz west nicht darumb.

Keyn grosser frewd auff erden ist
dan guttes leben han /
mir wirt nit mer zu diser frist
dann schleme*n* *v*mb vnd an /
darzu ein gutter mudt /
ich rayß nit serr nach gut /
als mancher reycher-purger
nach grossem wucher thut.

Der gewindt sein gut mit schaben /
darzu mit grosser not /
wan er ein ruwe sol haben
so leydt er sam sey er todt /
so byn ich noch frysch vnd iunck /
gott verſeych mir vil der stundt /

---

28 Ich will mit Schlemmern von früh bis spät mein Gut verprassen und will das Sorgen dem überlassen, dem es am Herzen liegt. Ich nehme mir ein Beispiel an manchem wilden Tierchen; das springt auf der weiten Heide, Gott behütet ihm sein Revier. 36 Ich sehe auf der weiten Heide so manches Blümchen stehen, das ist so schön gekleidet, warum sollte ich mich dann sorgen, daß ich es gut überstehe? Ich bin noch frisch und jung! Wenn mich eine Not befiele, mein Herz wüßte nichts davon. 44 Es gibt keine größere Freude auf Erden als ein feines Leben. Ich schätze nichts mehr in dieser Zeit als das Schlemmen nach Herzenslust, dazu ein heiteres Gemüt. Ich bin nicht auf Besitz aus wie mancher reiche Bürger, der nach großen Profiten strebt. 52 Der erwirbt sein Gut durch Zusammenkratzen, durch große Entbehrungen obendrein. Wenn er sich ausruhen soll, liegt er, als ob er tot sei. Ich [aber] bin noch frisch und jung, Gott gönne mir noch so manche Stunde

47 schlemen vnd vmb.

got behuet mich iungen knaben
das mir keyn vnmuedt kum.

Jch laß die vogel sorgen
gen disem winter kaldt /
will vns der wirt nit porgen
mein rock gyb ich ym pald /
die ioppen auch darzu /
ich hab weder rast noch rw /
den abent als den morgen
pyß das ichs als verthwe.

Steck an die schweynen pradten /
darzu die hunner iunck /
darauff wirt mir geratten
ein gutter fryscher trunck /
trag einher kuelen wein /
vnd schenck vns tappffer ein /
mir ist ein pewdt geradten
die mueß verschlemmet seyn.

Drey wurffel vnd ein karten /
das ist mein wappen frey /
sechs hubsche frewlen zarte
an yedlicher seytten drey /
kum her du schones weib /
du erfrewest mir mein hertz ym leyb /
solt ich heynt bey dir schlaffen
mein hertz das wurd mir frey.

Jch pynt mein schwert an seytten /
vnd mach mich pald dauon /
hab ich dan nit zu reyten
zu fussen mueß ich gan /

Gott behüte mich jungen Burschen, daß ich nicht trübsinnig werde! 60 Ich lasse die Vögel sorgen in dieser kalten Winterszeit. Wenn uns der Wirt nicht borgen will, geb ich ihm gleich meinen Rock, dazu noch die Joppe. Ich habe nicht Rast noch Ruhe des Abends wie am Morgen, bis ich alles auf den Kopf gehauen habe. 68 Steck die Schweinebraten an [den Spieß] und auch die jungen Hühner! Dazu wird mir ein guter, frischer Trunk bekommen. Bring den kühlen Wein herein und schenk uns wacker ein! Mir ist ein Beutezug geglückt, der muß verschlemmt werden. 76 Drei Würfel und eine Spielkarte, das ist mein edles Wappen, sechs hübsche, feine Mädchen, drei auf jeder Seite. Komm her, du schöne Frau! Du erfreust mir das Herz im Leib. Könnte ich heute nacht bei dir schlafen, so würde mein Herz froh. 84 Ich gürte mir das Schwert um und mache mich rasch davon. Habe ich dann nichts, um darauf zu reiten, muß

78 zway.

es kan nit sein geleich /
ich byn nit albeg reich /
ich muß der zeyt erwartten /
pyß ich das gluck erschleych. *Q 98*

SEBASTIAN BRANT

De periculoso scacorum ludo
Inter mortem et humanam conditionem.

Angelus habens horologium.

Vite summa breuis: vigili circumspice mente:
Signifera extremam denotat hora diem.
  Kurtz ist die zyt / lůg für dich gnott
  Die stund ist vß / es naht der dott

Mors loquitur.

Adsum nulla mora est: patere inuiolabile schach matt
Nec facit in munem te / pedo / siue senex.
  Kein zyt ich beitt / schach matt / ich sprich
  Kein alltt noch venden fristen dich

Cesar in persona humane conditionis loquitur.

Omnipotens genitor / ludi si talis acerbi
Conditio est: animam respice / tolle meam.
  Herre gott wie ist diß spiel so herb
  Begnad myn sel daß sie nit verderb

Mors inferius loquitur.

Quid tibi mortalis cordi est homo: quid ve superbis?
  Cum rapiam iuuenes quotidie / atque senes.

---

ich zu Fuß gehen. Es kann nicht [immer] gleichbleiben, ich bin nicht immer bei Kasse, ich muß auf den Augenblick warten, in dem ich mein Glück beim Schopf fassen kann.

DE PERICULOSO: Über das gefahrvolle Schachspiel zwischen dem Tod und dem Menschen. 4 Ein Engel mit einer Sanduhr: (7) „Kurz ist die Zeit, gib sorgfältig acht! Die Stunde ist vorbei, es naht der Tod." 9 Der Tod spricht: (12) „Ich warte keinen Augenblick, ich sage: ‚Schachmatt!' Weder Läufer noch Bauer retten dich." 14 Der Kaiser in der Rolle des Menschen spricht: (17) „Herr Gott, wie ist dieses Spiel bitter! Sei meiner Seele gnädig, damit sie nicht verderbe!" 19 Der Tod spricht wie folgt:

DE PERICULOSO *Erstdruck 1498. Die lateinischen Distichen entsprechen in etwa den sich jeweils anschließenden deutschen Versen, sie werden deshalb nicht übersetzt.*

Non ducis imperium: non regia mitra corone:
Pontificis summi / cardineus ve chorus.
Sceptra nec orbis item: nec presulis infula sancta:
Mortis ab extrema conditione vacant.
Omnia disturbans mortalia iura resoluo:
Et cadit ante meos: quicquid in orbe / pedes.
Arbitrii nostri est / campo mactare vel albo
Vel nigro: tute ludite / victor adest.
Mensch war vff ist din hochfart gstalt
Du siechst das ich nym iung vnd alt /
Jch ker mich nit an dheinen gwalt
Babst / keiser / künig / hertzogen gfalt
Hab ich bischoff vnd kardinal
Fry / graffen / ritter vber al.
Vor mynen fůssen braht zů fal /
Jch lår all kilchen / hőff vnd sal /
Vnd trib eyn gmeynlich / vff recht sp*ie*l /
Eyn yeglich feld mag syn myn ziel
Jch achten ouch der hůt nit vil
On für bůß matt ich wen ich will /

Conuersio cuiusdam secularis hominis ad cognitionem sui ipsius Gnoti seauton Sebastiani Brant.

Heu quid tandem agitant: inopes / ditesque / hebetesque?
Cum pueros passim mors rapit atque senes.
Et terrenus amor cum mille doloribus / omnis
Terminat: ac tutum nil sine fraude manet.
Que me cunque tenent terre: quo me quoque verto
Illic nulla fides: mors quoque cuncta rapit.
Ach gott wo mit gont sie doch vmb
Die armen / sampt den richen /
Sidt allt vnd iung schőn wise vnd tumb
Teglich von hynnan slichen

---

(30) „Mensch, worauf ist dein Hochmut gegründet? Du siehst, daß ich Junge wie Alte nehme. Ich kümmere mich nicht um irgendeine Macht. Ich habe Papst, Kaiser, Könige, Herzöge gefällt, Bischöfe, Kardinäle, Freie, Grafen, Ritter allenthalben vor meinen Füßen zu Fall gebracht. Ich leere alle Kirchen, Höfe und Säle und spiele ein Spiel, gleichermaßen gerecht für alle. Jedes Feld kann mein Ziel sein. Ich kümmere mich auch nicht um [die Deckung durch] die obere Figurenreihe. Unbestechlich setze ich matt, wen ich will." 42 Hinwendung eines der Welt verfallenen Menschen zur Erkenntnis seiner selbst: das ‚Erkenne dich selbst' des Sebastian Brant: (50) „Ach Gott, was treiben sie doch, die Armen wie die Reichen, wo Alte und Junge, Schöne, Weise und Toren täglich von hinnen gehen!

38 speil.

Zytliche lieb mit leid zergat /
War ich mich ker vnd wenden
Do fünd ich vntruw vnd den dott
Die welt důt sich so enden

Deliciis affluens loquitur morti.

An generi. aut opibus / an moribus / an ne iuuente.
Parcitur o mors?
Mag adel / gůt / zůcht / dugents zier
Han frist vnd růw o / dott von dir?

Mortis responsio.

Lege pari rapio quicquid mortale creatum est:
Ibitis omnes /
Mit glicher moß /on růw vnd frist
Nym ich als das geboren ist /

Es ist ein boum der hat zwôlf âst
yeder ast hat by trysig nâst
Ein nâst hat vier vnd zwentzig ey
Zwey vnd sechtzig der vogel geschrey /
Dis nagt eyn wisß vnd swartzer ratz
Boum / nâst / ey / vogel / frisßt die katz
O gott wie sorglich ist diß wesen
Wer mag vor diser katzen gnâsen *Q 99*

Zeitliche Liebe endet im Leid. Wohin ich mich drehe und wende, finde ich Unbeständigkeit und den Tod: so endet alles in der Welt.“ 58 Ein mit irdischen Gütern Gesegneter spricht zum Tod: (61) „Können Adel, Reichtum, Sittsamkeit, Schmuck der Tugend vor dir, Tod, Schonung und Ruhe erlangen?“ 63 Die Antwort des Todes: (66) „Mit gleichem Maß, ohne Ruhe und Schonung raffe ich alles dahin, was geboren ist.“ 68 Es ist ein Baum *[das Jahr]*, der hat zwölf Äste *[Monate]*. Jeder Ast hat etwa dreißig Nester *[Tage]*. Ein Nest hat vierundzwanzig Eier *[Stunden]*, zweiundsechzig Stimmen der Vogel *[s. Anm.]*. Daran nagen eine weiße und eine schwarze Ratte *[Tag und Nacht]*. Baum, Nester, Eier, Vogel frißt die Katze *[die Zeit/der Tod]*. – O Gott, wie beängstigend ist dieses Dasein! Wer kann sich vor dieser Katze retten?

71 *Ein Druck dieses Rätsels von 1539 gibt als Auflösung* minut *an. Ein entsprechendes Rätsel in der Kolmarer Hs. (vgl. Q 104, Nr. CVI) nennt an dieser Stelle die 52 Wochen.*

Anhang

Editorischer Bericht

I Handschriften

Alle Texte sind für diesen Band neu ediert worden. Von einer Reihe von Fällen abgesehen, in denen die Handschriften selbst eingesehen werden konnten oder aber die handschriftliche Überlieferung verloren, verschollen oder schwer erreichbar war, liegen dem Text Mikrofilme, Fotokopien oder Faksimiles der Handschriften zugrunde. Im einen oder anderen Fall könnte deshalb der Quelle ein diakritisches Zeichen oder ein Nasalstrich zu viel oder zu wenig zugeschrieben worden sein.

Das Ziel der Edition war nicht die Rekonstruktion der Originale, sondern die Wiedergabe von Fassungen, die die Gedichte als Produkte ihres literarischen Lebens repräsentieren: in einer Form, die sie im Verlauf ihrer Überlieferung angenommen haben und deren Nähe oder Ferne zum nicht erhaltenen Original oft nicht genau auszumachen ist. Dieses Editionsziel war nicht so sehr ein Gebot editorischer Ökonomie als eine Konsequenz aus der Überlieferungslage der meisten Texte dieses Bandes: die Anonymität vieler Verfasser erlaubt weder eine genaue zeitliche Einordnung noch den Vergleich mit anderen Texten desselben Autors, ein- oder zweifache Überlieferung überwiegt, und auch bei einer größeren Anzahl von Textzeugen stoßen textkritische Bemühungen oft auf erhebliche Schwierigkeiten, da die Abweichungen der handschriftlichen Überlieferung gegenüber den nicht erhaltenen Originalen nur zum Teil auf reinen Lese- oder Schreibfehlern beruhen. Sie reichen vielmehr von Gedächtnisfehlern bei Auswendigschreiben über Schreibereingriffe aufgrund von Verständnisschwierigkeiten (vor allem bei komplizierteren Texten des 14. Jahrhunderts oder bereits defekter Überlieferung), über zeit- und landschaftsbedingte Varianten einzelner Formulierungen und die Einführung zusätzlicher Reime bis hin zu durchgreifenden Bearbeitungen. Wenn der Vergleich der Überlieferungen des Textes auf S. 74 zeigt (vgl. den Abdruck der Parallelüberlieferung in *Q 104* Nr. 28), daß nicht nur einzelne Zeilen innerhalb einer Strophe vertauscht, sondern ganze Stollen auf jeweils verschiedene Strophen verteilt werden können, ohne daß dabei in diesem Fall ein unsinniger Text entstände, wenn sich feststellen läßt, daß ursprünglich wohl selbständige Strophen später als Teile größerer Gedichte erscheinen, wenn Kürzungen, häufiger noch Zusätze in Erwägung zu ziehen sind und wenn ein Text wie der auf S. 306 in einer zweiten Überlieferung – in sich durchaus stimmig – ein in entscheidenden Punkten abweichendes Reimschema zum Gegenstand haben kann, dann steht die Textkritik vor kaum lösbaren Problemen. Wo mit Eingriffen in die Texte durch Redaktoren oder Schreiber zu rechnen ist oder mit Umformungen im „Gebrauch" wie beim volkstümlichen Lied, da versagt der Fehlerbegriff der klassischen Textkritik, und die Wiedergewinnung des Originals ist in vielen Fällen von vornherein unmöglich. Für die Bemühungen um authentische Texte mag das bedauerlich sein, aber es ist ein Charakteristikum dieser Zeit und ein Merkmal ihres Umgangs mit Literatur.

Der bloße Abdruck einer beliebigen Handschrift konnte jedoch angesichts der sinnstörenden Verderbnisse in zahlreichen Quellen auch nicht das generelle editorische Ziel sein; deshalb wurde ein sinnvoller Text angestrebt, der die vorsichtige Korrektur einer überlieferten, vermutlich relativ originalnahen Fassung darstellt und den man in seiner Stellung zwischen überlieferter Fassung und Original der Nähe zur Überlieferung wegen als *Gebrauchsfassung* bezeichnen kann.

Die Editionsmethode, die sich daraus ergibt, ist das Leithandschriftenprinzip: bei mehrfacher Überlieferung liegt dem Abdruck jene Quelle zugrunde, die generell den besseren Text bietet. Bei dieser Entscheidung war ein gewisses Maß an textkritischen Verfahren – Rezension der Textzeugen, Bewertung ihrer Fehler bzw. Varianten – unumgänglich; soweit vorhanden, wurden dafür einschlägige Untersuchungen herangezogen. Ließ sich auf diese Weise wegen der oben dargestellten Schwierigkeiten keine hinreichend begründbare Entscheidung treffen, wurde auf die älteste Handschrift zurückgegriffen.

Auch bei Oswald von Wolkenstein und Michel Beheim haben sich die Herausgeber gegen die ‚Ausgabe letzter Hand' entschieden und sind – in Übereinstimmung mit den Prinzipien der späteren Bände dieser Anthologie – dem von den Verfassern in gleicher Weise autorisierten Text der älteren Aufzeichnung gefolgt.

In einem zweiten Schritt war die Textgestalt der zugrunde gelegten Überlieferung zu überprüfen. Von metrischer Korrektheit der Verse, die sich häufig ohne weiteres hätte herstellen lassen, ist dabei gänzlich abgesehen worden, ebenso von autorgemäßer Sprachform, soweit der Stand der Forschung entsprechende Entscheidungen erlaubt hätte (so erscheint etwa Frauenlobs Lied auf S. 37 in niederdeutscher Gestalt), die Form von Eigennamen und Fremdwörtern blieb weitgehend unkorrigiert, und schließlich wurde prinzipiell auf Ausgleich und Modernisierung der Schreibweise (z. B. *vnd* > *und*, *jn* > *in*) verzichtet: es ist schwer einzusehen, warum zwar Texte des 16. und 17. Jahrhunderts, nicht aber Texte des Mittelalters in der Schreibweise der Quellen erscheinen sollten, die doch auf ihre Weise – z. B. auch als Fehlerquelle – zu den Texten gehört; schließlich ist für den ungeübten Benutzer die Lesbarkeit – das Hauptargument für Eingriffe – bei Texten in normalisierter Schreibweise kaum größer (auch da wird er häufig nur über den Versuch, den Text zu sprechen, zu einem besseren Verständnis kommen), und außerdem bietet im Falle dieses Bandes die textnahe Übersetzung eine Hilfe.

Dem Editionsziel entsprechend bleiben die Eingriffe in den Text der hsl. Vorlagen im wesentlichen auf die Emendation sinngestörter Stellen beschränkt. Allerdings gibt es in einer Reihe von Fällen kein *objektives* Kriterium für die Entscheidung, ob eingegriffen werden muß oder nicht, denn hier kommen Interpretationsprobleme ins Spiel. Als Entscheidungshilfe wären, da detaillierte Spezialarbeiten häufig fehlen, umfassendere Kenntnisse der Themen- und Gattungstraditionen sowie der Besonderheiten bestimmter Autoren erforderlich gewesen, als die Herausgeber beanspruchen können. So konnte die Zielvorstellung *Gebrauchsfassung* allenfalls eine ungefähre Richtlinie für die editorischen Entscheidungen abgeben, die bei der immer neu zu führenden Auseinandersetzung zwischen dem Versuch, den Text der Quelle zu halten, und der Versuchung einzugreifen im einen Fall nach der einen, im anderen Fall nach der anderen Seite überschritten sein mag. Die dominierende (und keineswegs unproblematische) Tendenz der Herausgeber war jedoch, den Text der zugrunde gelegten Überlieferung zu halten, so lange es irgend vertretbar schien.

Greift man jedoch ein, so zeigt sich erneut, daß zwischen der Herstellung eines kritischen Textes und der Erstellung einer Gebrauchsfassung kein absoluter Gegensatz besteht, denn eine solche Fassung wird zwar an vielen Stellen der Leitüberlieferung folgen, wo ein kritischer Text eingreifen müßte, aber im Fall der Beseitigung von Textverderbnissen ist ein ähnliches Vorgehen erforderlich (auch bei diesem Schritt haben die Herausgeber wenn möglich frühere Editionen zu Rate gezogen). Die oben dargestellten Schwierigkeiten wirken sich hier ebenfalls aus, und da sich bei der in der Regel sehr geringen Anzahl von Textzeugen oft kein eindeutiges Bild vom Überlieferungswert einer Quelle gewinnen läßt und bei Sammelhandschriften auch der Schluß von der Qualität der Handschrift im Fall eines bestimmten Textes auf die Verhältnisse bei einem anderen Text häufig ein Trugschluß ist, stellen die editorischen Entscheidungen oft eher Vorschläge dar als Lösungen. Jedoch haben sich die Herausgeber bei allen nicht-trivialen Änderungen bemüht, nicht die Lesungen abhängiger Textzeugen zu übernehmen.

Über die Emendation sinngestörter Stellen hinaus sind lediglich nicht schreibungs- oder formbedingte Reimstörungen und grammatische Fehler beseitigt worden, wobei die Herausgeber im zweiten Fall besonders zurückhaltend verfahren sind und bewußt immer wieder mögliche Fehler in Kauf genommen haben; bei den schwankenden Verhältnissen dieser sprachlichen Übergangsperiode lassen sich sichere Entscheidungen erst treffen, wenn die Grammatik dieser Zeit umfassend aufgearbeitet worden ist.

Der Abdruck weicht in folgenden Punkten *ohne Apparatnachweis* von der Textgestalt der jeweils zugrunde gelegten Quelle (angegeben durch die Chiffre am Ende jedes Gedichts) ab[1]:

1. Strophische Gedichte sind nach den Reimen versweise gegliedert. Dabei sind Kurzverse, durch Abstand voneinander getrennt, aus Gründen der Platzersparnis in der Regel zeilenweise zusammengefaßt.
2. Die Texte sind mit einer modernen Interpunktion versehen, die der der Übersetzung entspricht.
3. Alle Abkürzungen sind aufgelöst. Nasalstriche sind als *n*, *m* oder *e*, nicht aber als *en* transkribiert, *vñ* als *vnd*, nicht aber als *vnde*.
4. Gelegentlich auftretende Zusammenschreibung selbständiger Wörter, wie auch immer bedingt, ist rückgängig gemacht, wenn kein Zweifel an der Richtigkeit dieser Entscheidung bestand.
5. *m* für *n* bzw. *n* für *m* ist in eindeutigen Fällen stillschweigend korrigiert (also: *miemer* > *niemer*, nicht aber z. B. *dem* > *den*).
6. Initialen und Versalien sind normalisiert, Minuskeln, die durch Größe oder besondere Form erkennen lassen, daß sie für Majuskeln stehen, als Majuskeln wiedergegeben.
7. Die graphischen Varianten des Zeichens *s* (*ß* ausgenommen!) sind ebenso wie die der Zeichen *r* und *z* aus drucktechnischen Gründen vereinheitlicht. Bei Benutzung von Ausgaben des 19. Jahrhunderts ist *sz* für *ß* rückgängig gemacht. (Die handschriftliche Schreibweise *w* für *uw*, *wu*, *uv*, *vu*, *u* und *v* wurde stets beibehalten.)
8. Die diakritischen Zeichen (übergeschriebene Vokale, Punkte usw.), die in den Handschriften vielfach mehr oder weniger systemlos gebraucht werden und kei-

1 Zur allgemeinen Orientierung über die Gestalt der handschriftlichen Überlieferung vgl. die Faksimiles S. 411–416.

nesfalls immer den Umlaut bezeichnen, sondern häufig nur der graphischen Verdeutlichung dienen (z. B. Unterscheidung von *u* und *n*), sind mit Ausnahme von Punkten über *w* und *y* beibehalten, wurden in ihrer Gestalt aber teilweise normiert; so sind bei dem im 15. Jahrhundert zu beobachtenden Übergang von ᵉ zu ¨ mit den verschiedensten Zwischenformen alle Zeichen außer waagerecht nebeneinander stehenden Punkten mit ᵉ transkribiert.

9. Korrekturen in der Handschrift sind, soweit nicht eingegriffen wurde, übernommen worden, offenkundig fehlerhafte Doppelschreibungen getilgt.
10. Bei mehrstrophigen Liedern gelegentlich fehlender Refrain erscheint im Abdruck in der Gestalt der ersten Strophe.
11. Tonbezeichnungen sind bei Verfassern, von denen mehrere Texte im selben Ton hintereinander abgedruckt werden, gegebenenfalls in Abweichung von der Praxis der jeweiligen Quelle nur vor dem ersten angegeben, und zwar vereinheitlicht in neuhochdeutscher Form. (Über verschiedene Bezeichnungen eines Tones gibt das Verzeichnis der Töne Auskunft.)
12. Die Wiedergabe von Überschriften ist wie folgt geregelt: Vom Verfasser autorisierte Überschriften erscheinen in größerer Schrift als der Text, Schreiberüberschriften in kleinerer, sofern sie nicht weggelassen sind, weil sie nur der Markierung dienen und/oder keine nennenswerte Information enthalten (z. B. *Aber v in dissem ton*). *Kursiv* und in neuhochdeutscher Form erscheinen Titel, die sich in der Forschung eingebürgert haben (häufig zugleich Schreiberüberschriften oder Teile davon).
13. Schreiberzusätze und Vermerke am Rand, die nicht Teil des Textes sind, wurden in der Regel weggelassen.

Alle anderen Abweichungen sind im Text durch *Kursivsatz* gekennzeichnet, wobei der Apparat darunter die nicht übernommene Lesung der Quelle angibt; im Fall der Streichung von Wörtern gegenüber der Quelle erscheinen der der Streichung vorausgehende und der ihr folgende Buchstabe *kursiv* (z. B. S. 35, Z. 8), der Apparat gibt in der Regel außer dem weggelassenen Text das jeweils vorausgehende Wort an. Im Text erscheinen Änderungen in der Schreibweise der dafür herangezogenen Parallelüberlieferung oder Ausgabe; diese ist im Apparat durch den Hinweis *Ä. nach Q* (= Änderung[en] nach Quelle) mit Quellenchiffre bezeichnet und kann über das Verzeichnis der Quellen ermittelt werden. Änderungen ohne Herkunftsangabe gehen auf die Herausgeber zurück. Bei naheliegenden trivialen Besserungen wurde häufig darauf verzichtet, eine Ausgabe als Quelle für die Änderung anzugeben. Lücken in der Leithandschrift, die durch Parallelüberlieferung oder Konjektur geschlossen wurden, sind im Apparat durch *f.* (= fehlt) bezeichnet.

Textverderbnisse, die nicht geheilt werden konnten, sind im Abdruck durch eine Crux (†) vor dem betreffenden Wort, bei größerem Umfang durch Cruces am Beginn und am Ende der Verderbnis gekennzeichnet, Textlücken, die nicht geschlossen werden konnten, durch [. . .].

Bei unsicherer Lesung erscheint im Abdruck ein Punkt unter dem betreffenden Buchstaben (ẹ). Von dieser Regelung wurde abgesehen, wenn, wie häufiger, die Entscheidung nahezu beliebig, aber auch unproblematisch war, also bei diakritischen Zeichen und im Fall der Alternativen Majuskel : Minuskel, *cz : tz*, *ij : y* und (bei Beheim) *a : o* sowie *u : v*.

II Drucke

Der Abdruck folgt den Erstausgaben bzw. den ältesten erreichbaren Ausgaben, und zwar mit folgenden Abweichungen:

1. Der Fraktursatz der Vorlagen ist auf Antiqua umgesetzt. Auf die besondere Kennzeichnung des lateinischen Textes bei Brants *Todesschach* (Antiquasatz im Original) mußte verzichtet werden. *ę* im lateinischen Text ist als *e* wiedergegeben.
2. Offensichtliche Druckfehler (z. B. *ift* für *ist*) sind stillschweigend korrigiert.
3. Der Vermerk *[Holzschnitt]* verweist auf Holzschnitte, die in der dem Abdruck zugrunde liegenden Quelle zum Text gehören und nicht mit abgedruckt sind.
4. Im übrigen gelten sinngemäß die Regelungen 1, 3, 7 und 10 des Handschriften-Teils.

Alle anderen Abweichungen sind nach dem oben erläuterten Verfahren gekennzeichnet und im Apparat ausgewiesen. Auf die Einführung einer modernen Interpunktion wurde entsprechend den späteren Bänden dieser Anthologie verzichtet; die aus den Originalen übernommenen Virgeln (/) bezeichnen zuweilen nur Versgrenzen.

III Hinweise im Textteil

Im Textteil verweisen Autorenangaben mit * nicht nur, wie in den späteren Bänden dieser Anthologie, auf anonyme Überlieferung, sondern signalisieren in der Regel zugleich die Unsicherheit der Zuweisung.

Der Hinweis *[Melodie]* vor einem Text zeigt an, daß die dem Abdruck zugrunde liegende Quelle auch die zugehörige Melodie überliefert, unabhängig davon, ob diese zusammen mit dem Text oder an anderer Stelle aufgezeichnet ist. In der Anmerkung unterrichtet der Hinweis *Mel. in Q* mit Quellenchiffre über den Fundort, wenn die Melodie in einer anderen Quelle überliefert ist (mehrfache Überlieferung wird nicht erwähnt, angegeben ist die jeweils älteste Quelle), der Hinweis *Mel. nicht erb*[alten]. darüber, daß die Melodie verlorengegangen ist; *Mel.(?) nicht erb.* gibt an, daß der Text möglicherweise nicht zum Singen bestimmt war. – Auf den Abdruck einzelner Melodiebeispiele haben die Herausgeber wegen der Übertragungsprobleme verzichtet und verweisen statt dessen auf Ausgaben wie *Deutsche Lieder des Mittelalters*, hrsg. von H. Moser und J. Müller-Blattau (1968).

IV Zur chronologischen Anordnung

Die chronologische Anordnung der Gedichte stellte die Herausgeber vor besondere Probleme, denn die Entstehungszeit von Gedichten läßt sich im Mittelalter, wenn überhaupt, nur selten einigermaßen genau angeben. Die Abschnitte von jeweils 20 Jahren stellen einen Orientierungsrahmen dar, in den die Texte nach folgenden Prinzipien eingeordnet wurden: Namentlich bekannte Autoren sind ohne besonderen Nachweis entsprechend den in der Forschung angesetzten Daten eingestuft, über die Abweichungen bei Lesch, Ketner und Nachtigal geben die Anmerkungen Auskunft. Von den Autoren im Abschnitt *Um 1300–1320* haben mit Sicherheit Frauen-

LOB, mit einiger Wahrscheinlichkeit DER KANZLER und REGENBOGEN auch schon vor der Jahrhundertwende gedichtet. Mehrere Texte eines Autors sind in den Fällen, wo der Stand der Forschung dieses erlaubte (SUCHENWIRT, HUGO VON MONTFORT, OSWALD VON WOLKENSTEIN ab S. 189, MUSKATBLUT, LAUFENBERG, FOLZ, BRANT), chronologisch geordnet, in allen anderen Fällen mußte die Reihenfolge in der dem Abdruck zugrunde gelegten Handschrift (angegeben durch die Quellenchiffre am Ende jedes Gedichts) als Anordnungsprinzip dienen. – Bei den anonym überlieferten Texten erzwingt die Forschungslage ein anderes Verfahren. Von nach Meinung der Herausgeber hinreichend begründeten und besonders gekennzeichneten Ausnahmen abgesehen, sind sie nach der Datierung der ältesten Quelle (die ihrerseits vage und außerdem unsicher sein kann) eingeordnet, es handelt sich hier also um eine Überlieferungs-, nicht um eine Entstehungschronologie. Eine der Ausnahmen, das Lied *Jn dulci iubilo* (S. 114), das aufgrund eines Zitates um 60 Jahre gegenüber der ältesten Überlieferung vordatiert wurde (wobei das Lied selbstverständlich noch älter sein kann), mag hier stellvertretend zeigen, mit welchen Differenzen der Leser zu rechnen hat. Das gilt nicht zuletzt für die *Liederbücher* und jene Spruchgedichte der *Kolmarer Handschrift (Q 56)*, die um 1470 eingeordnet wurden, vermutlich aber größtenteils mindestens in die erste Hälfte des 15. Jahrhunderts zu setzen sind.

V Zu den Übersetzungen

Die Übersetzungen sind als Verständnishilfe gedacht, die den Zugang zu den Texten erleichtern soll wie die kommentierenden Anmerkungen auch; deshalb wurde eine möglichst konsequent neuhochdeutsche Prosaumsetzung angestrebt, die keinerlei poetischen Anspruch erhebt und auf „Eleganz" eher verzichtet als auf Entsprechung zum Text. Die in der Syntax begründete Inkonzinnität so mancher Texte ließ sich dabei häufig ebensowenig wiedergeben wie die stilistische und semantische Nuancierung vieler Formulierungen – mehr als eine Verständnishilfe können Übersetzungen hier in der Tat nicht sein. Sprachlich wünschenswerte Zusätze und Verdeutlichungen sind im allgemeinen in eckige Klammern gesetzt, Kommentare zum besseren Textverständnis durch *Kursivsatz* in eckigen Klammern gekennzeichnet. Dabei sind Bibelstellen oder biblische Ereignisse, auf die im Text angespielt wird, nach der lateinischen Bibel, der *Vulgata*, angegeben; die Verweise sollen dem Verständnis der Texte dienen, nicht etwa alle Zitate kennzeichnen.

Kursiv gesetzte Fragezeichen weisen auf lexikalische Probleme oder besonders fragliche Interpretationen hin. Die Herausgeber sind sich bewußt, daß sie vielleicht erheblich mehr Fragezeichen hätten setzen müssen, denn schon angesichts der zum Teil leider noch mangelhaften lexikalischen Erschließung des Spätmittelalters, von Problemen der Idiomatik ganz zu schweigen, geraten Übersetzungsversuche immer wieder zu einem höchst unsicheren Unternehmen. Darüber hinaus machen – trotz gelegentlicher Vorbehalte auch hier – die Arbeiten von Bindschedler zum *Granum sinapis*, von Kirsch zum *Kreuzleich* FRAUENLOBS, von Stackmann und Kibelka zu MÜGELN, von Brandis zum HARDER und die OSWALD-Literatur einschließlich der ausgezeichneten Übersetzungen Wachingers, um das Wichtigste zu nennen, nur zu deutlich, was im Hinblick auf konkrete Interpretationsprobleme für manches andere

Gebiet noch fehlt und wie viele Fragen an frühere Herausgeber zu stellen sind, die ohne den heilsamen Zwang des Übersetzens „irgendwie" interpungiert und gelegentlich einzelne Vokabelhinweise gegeben haben. So haben die Herausgeber immer wieder weitere Texte desselben Autors oder thematisch verwandte Gedichte anderer Autoren heranziehen müssen und die Probleme eines Textes des öfteren nur in der Hoffnung „lösen" können, dadurch bald verläßlichere Lösungen zu provozieren. Die Übersetzungs- bzw. Interpretationsproblematik *komplizierter* spätmittelalterlicher Texte beim gegenwärtigen Forschungsstand wird schlagartig klar, wenn man sieht, daß zwei Auffassungen eines Textes in so entscheidenden Punkten differieren können wie die Übersetzung des Spruchgedichtes über den *Goldenen Ton* FRAUENLOBS bei Carl von Kraus *(Q 121)* und in diesem Band (S. 306).

VI Abkürzungen der biblischen Bücher

Die Liste erläutert die im Band verwendeten Abkürzungen der *Vulgata*, deren Auflösung Schwierigkeiten machen könnte; in Klammern erscheinen gegebenenfalls die abweichenden Bezeichnungen der Luther-Bibel. Es sei darauf hingewiesen, daß in Fällen, in denen es auf den Wortlaut der zitierten Stelle ankommt, natürlich die *Vulgata* maßgeblich ist und daß in einigen Büchern (so bei den *Psalmen*) unterschiedliche Zählungen gebräuchlich sind. Bücher, die die protestantische Bibel nicht enthält, sind durch den Hinweis *[fehlt]* gekennzeichnet.

Apoc. – Offenbarung des Johannes
Cant. – Hohes Lied
Eccl. – Prediger
Eccli. – Jesus Sirach *[fehlt]*
Ex. – Exodus (2. Buch Mose)
Ez. – Ezechiel (Hesekiel)
Gen. – Genesis (1. Buch Mose)
Io. – Johannes-Evangelium
Iob – Job (Hiob)
Is. – Isaias (Jesaja)
Iud. – Richter
Iudith – *[fehlt]*
Lc. – Lukas-Evangelium
Mt. – Matthäus-Evangelium
Num. – Numeri (4. Buch Mose)
Prov. – Sprüche
Ps. – Psalmen
3 Reg. – 1. Buch der Könige

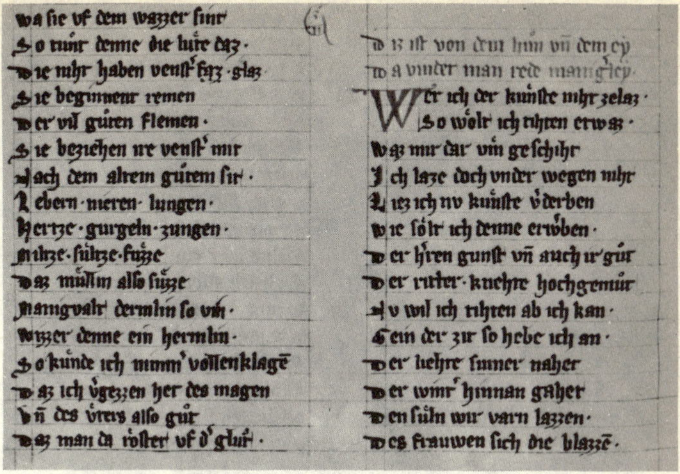

wa sie vf dem wazzer sint
So tunt denne die lute daz
Die niht haben venst glaz
Sie beginnent remen
Der vil guten flemen
Sie beziehen ir venst mit
Nach dem alten guten sit
Lebern · nieren · lungen
Hertze · gurgeln · zungen
Miltze · sultze · fuzze
Daz mussen also suzze
Maniguvalt dermlin so vil
Wizzer denne ein hermlin
So kunde ich nimm vollenklagē
Daz ich vgezzen her des magen
Vn̄ des vters also gut
Daz man da roster vf d glut ·

Diz ist von dem hun vn̄ dem ey
Da vinder man rede manigerley
Wer ich der kunste niht zelaz ·
So wolt ich tihten etwaz ·
Waz mir dar vm geschiht
Ich laze doch vnder wegen niht
Liez ich nv kunste vderben
Wie solt ich denne erwben ·
Der hiren gunst vn̄ auch ir gut
Der ritter · knehte hochgemut
Nv wil ich tihten ab ich kan ·
Ein der zit so hebe ich an ·
Der liehte sunner naher
Der wint hinnan gaher
Den suln wir varn lazzen ·
Des frauwen sich die blazzē ·

Abb. 1: *Q 62*, Bl. 193ᵛ unt. Hälfte; vgl. S. 76f.

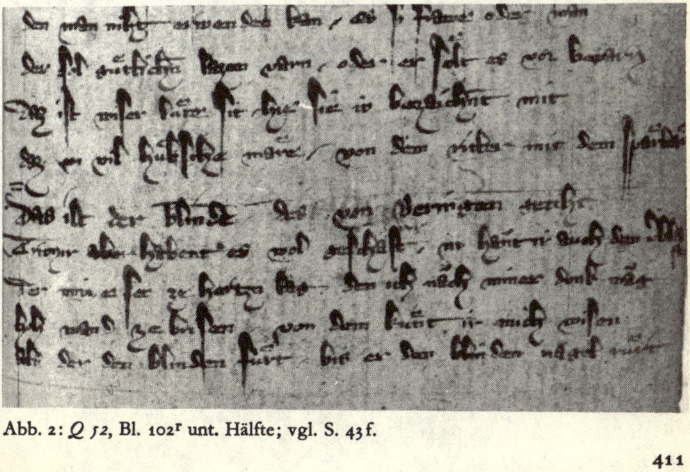

Abb. 2: *Q 52*, Bl. 102ʳ unt. Hälfte; vgl. S. 43f.

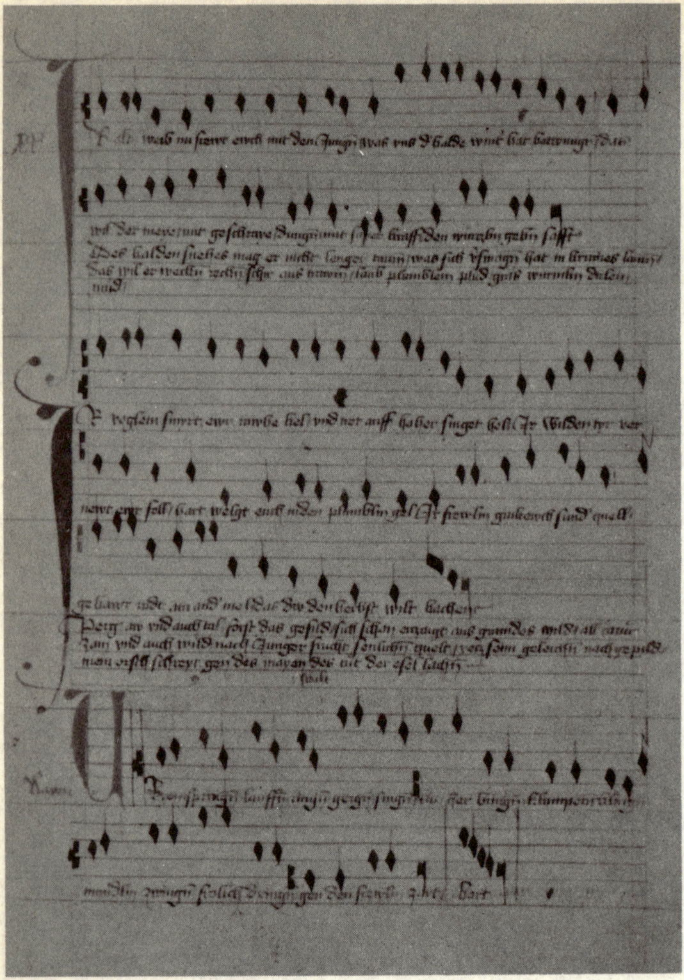

Abb. 3: *Q 74*, Bl. 12r; vgl. S. 189f.

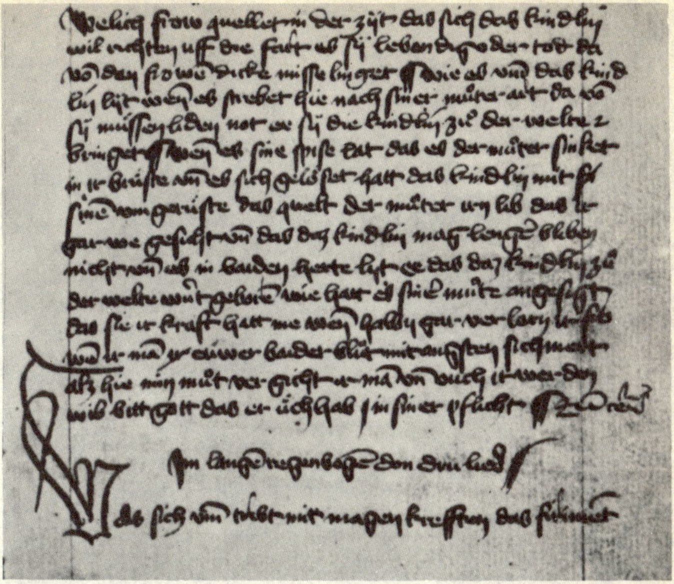

Abb. 4: *Q 4*, Bl. 24r unt. Hälfte; vgl. S. 202 (Parallelüberliefg.) u. S. 203.

Abb. 5: *Q 79*, Bl. 119v obere Hälfte (mit Mel.-Notierung); vgl. S. 176.

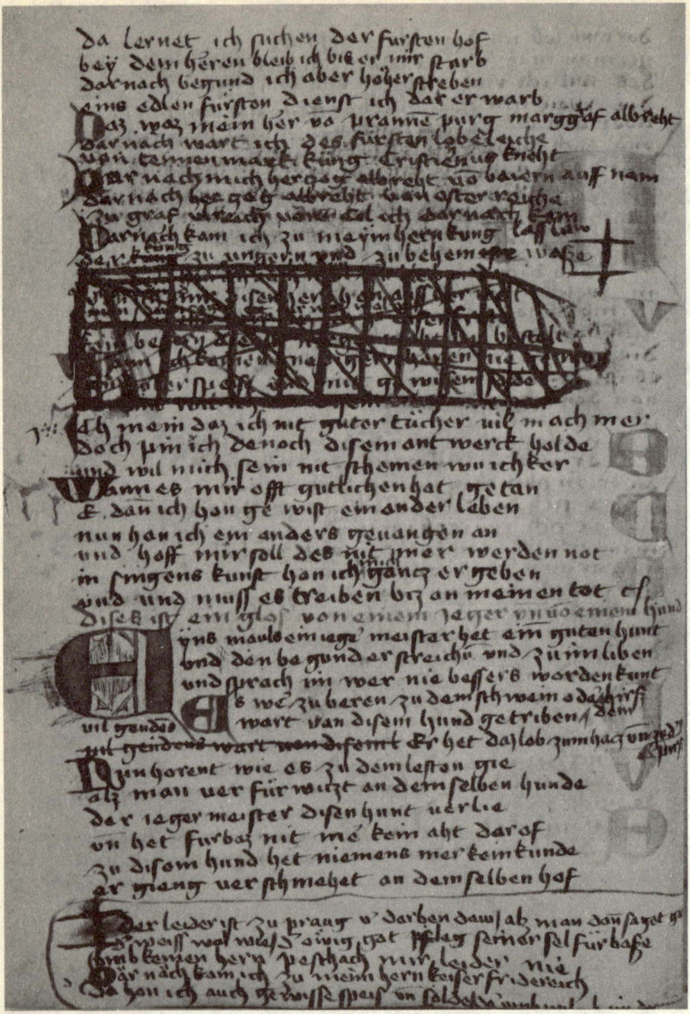

Abb. 6: *Q 29* (Beheim-Autograph), Bl. 24^{v}; vgl. S. 269 Anm. u. S. 271.

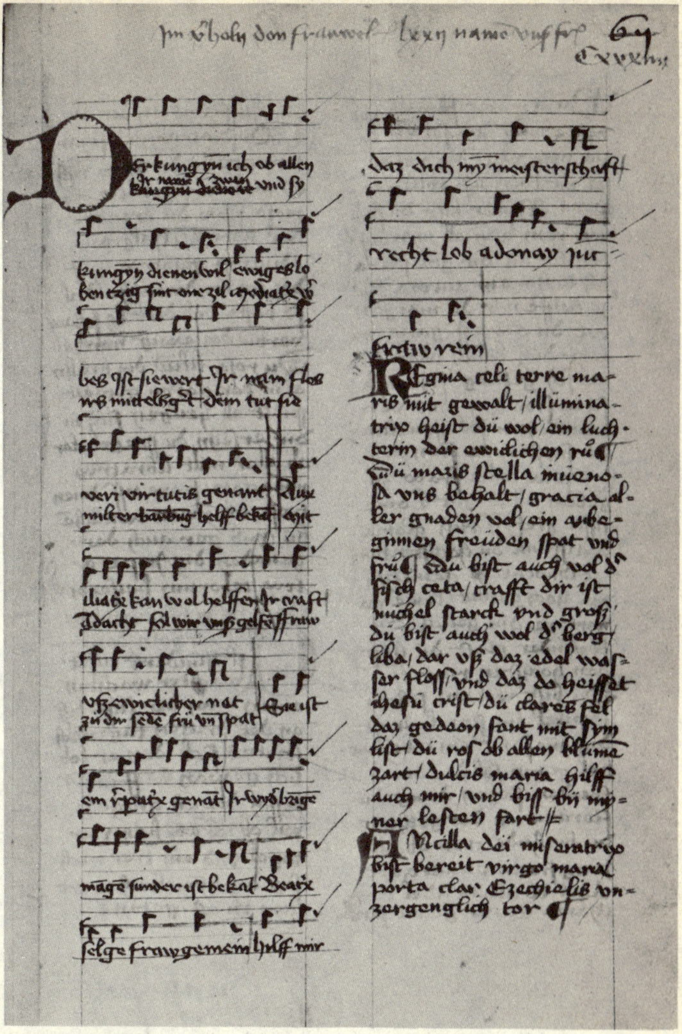

Abb. 7: *Q 56*, Bl. 134r; vgl. S. 184f.

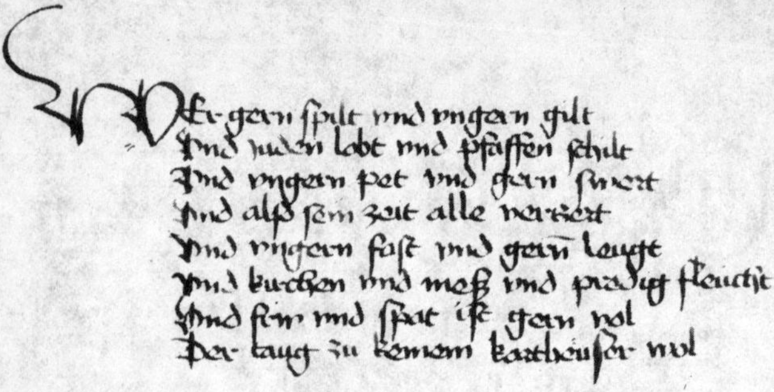
Wer gern spilt und ungern gilt
Und juden lobt und pfaffen schilt
Und ungern pet und gern swert
Und alß sein zeit alle verzert
Und ungern fast und gern leugt
Und kirchen und meß und predigt fleucht
Und fru und spat ist gern vol
Der taug zu keinem karthewser wol

Abb. 8: *Q 86*, Bl. 163ᵛ unt. Hälfte; vgl. S. 304.

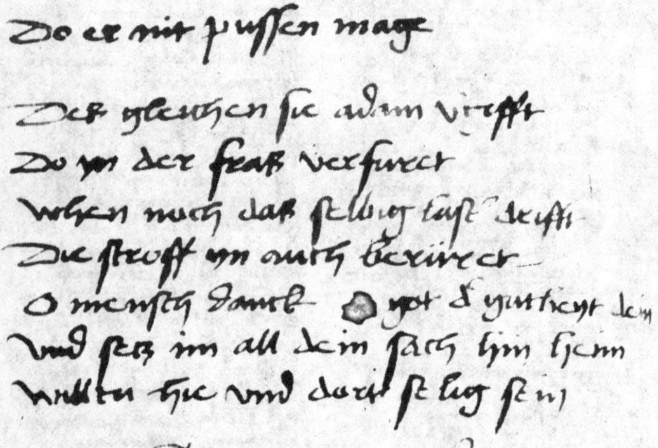
Do er nit pussen mage

Des geleichen sie adam vierfft
Do im der fraß verfuret
Welchen noch daß selig tayl reicht
Die stroff yn auch beruret
O mensch dank got der gutticheit dein
Und setz im all dein sach hin heim
Willtu hie und dort selig sein

Hanß folcz
barwirer

Abb. 9: *Q 58* (Folz-Autograph), Bl. 32ᵛ Ausschnitt; vgl. S. 368.

Verzeichnis der Quellen

Das Verzeichnis umfaßt alle zur Herstellung der Texte benutzten Quellen. Am Schluß jeder Angabe werden *kursiv* die Verfasser genannt, für deren Gedichte die Quelle herangezogen wurde. – Der *Handschriften-Teil* ist nach Bibliotheken geordnet, in denen sich die Handschriften befinden oder befanden, innerhalb dieser Gruppen nach Signaturen. Die im Anschluß an die Signatur mitgeteilte Datierung bezieht sich, sofern die Handschrift aus Teilen verschiedenen Alters besteht, nur auf den benutzten Teil (Einzelnachträge werden besonders erwähnt); ein Schrägstrich zwischen zwei Daten grenzt den vermutlichen Entstehungszeitraum der Handschrift ab (z. B. 1410/20: zwischen 1410 und 1420 geschrieben), ein Bindestrich bezeichnet die Entstehungszeit (z. B. 1517–18: von 1517 bis 1518 geschrieben). Mit dem Vermerk *Abdruck nach* folgt eine weitere Quellenangabe in den Fällen, in denen nicht Fotokopie, Mikrofilm oder die Handschrift selbst benutzt wurden. – Die *Drucke* sind chronologisch geordnet. Den Titeln sind die Namen der Verfasser oder Herausgeber vorangestellt. Auslassungen in der Wiedergabe des Titels (bzw. Textes bei Einblattdrucken) sind durch [. . .] bezeichnet, Abkürzungen aufgelöst. Am Schluß werden bei Frühdrucken Bibliothek und Signatur des benutzten Exemplars genannt oder, mit dem Vermerk *Abdruck nach*, die statt des Originals verwendete Quelle. – Die *Ausgaben* sind alphabetisch nach den Namen ihrer Herausgeber geordnet.

Handschriften

BASEL, Öffentliche Bibliothek der Universität

1 Hs. A N III 17. – 1410/20. *Boner*

2 Hs. B IX 24. – 1. Hälfte 14. Jh. *Unbekannter Verfasser*

3 Hs. B XI 8. – Um 1400. *Unbekannter Verfasser*

4 Hs. O IV 28. – Um 1430.
Heinrich von Mügeln, Hugo von Meiningen, Muskatblut, unbekannter Verfasser

BERLIN, Staatsbibliothek Preußischer Kulturbesitz, *früher* Preußische Staatsbibliothek

5 Ms.germ. 2° 621. – 16. Jh. *[1 Folioblatt]*. *Unbekannter Verfasser*

6 Ms.germ. 2° 922. – Um 1430. *Unbekannter Verfasser*

7 Ms.germ. 4° 414. – 1517–18.
Folz, Hugo von Meiningen, Ketner, unbekannter Verfasser

8 Ms.germ. 4° 718. – 16. Jh. *Wiest*

9 Ms.germ. 4° 719 [Königsteiner Liederbuch]. – Um 1475. *Unbekannte Verfasser*

10 Ms.germ. 4° 795 [Mösersches Fragment]. – Um 1400. *Frauenlob*

11 Ms.germ. 4° 1260. – 15. Jh. *Unbekannter Verfasser*

12 Ms.germ. 8° 53. – Um 1450. *Unbekannter Verfasser*

13 Ms.germ. 8° 224. – 1470/80. *Unbekannter Verfasser*

14 Ms.germ. 8° 280 [Liederbuch der Anna von Köln]. – Anfang 16. Jh. *Unbekannte Verfasser*

15 Ms.germ. 8° 368. – 15. Jh. *Unbekannter Verfasser*

16 Ms.mus. 40098, Tenorband [Glogauer Liederbuch]. – Um 1480. *Konrad von Queinfurt*

17 Ms.mus. 40613 [Lochamer-Liederbuch]. – 1450/60. *Abdruck nach:* Locheimer Liederbuch und Fundamentum organisandi des Conrad Paumann. In Faksimiledruck herausgegeben von Konrad Ameln. Berlin 1925. *Unbekannte Verfasser*

BRAUNFELS, Archiv der Fürst zu Solms-Braunfels'schen Rentkammer

18 Hs. Historica 101 [Limburger Chronik]. – Um 1602. *Reinhard von Westerburg, unbekannter Verfasser*

BRESLAU siehe WROCLAV

DONAUESCHINGEN, Fürstlich Fürstenbergische Hofbibliothek

19 Hs. 104 [Laßbergs Liedersaal-Handschrift]. – Um 1433. *Unbekannte Verfasser*

20 Hs. 120 [Donaueschinger Liederhandschrift]. – Um 1470. *Ketner, Lesch*

DRESDEN, Sächsische Landesbibliothek

21 Hs. M 50. – 1460/80. *[Stellenangaben nach der neuen Zählung].* *Rosenplüt*

FRANKFURT

22 Fichards Liederhandschrift. – Um 1455. *[Verschollen]*. *Abdruck nach:* Altdeutsche Lieder und Gedichte aus der ersten Hälfte des XV. Jahrhunderts. *In:* Frankfurtisches Archiv für ältere deutsche Litteratur und Geschichte. Herausgegeben von J[ohann] C[arl] v. Fichard, genannt Baur v. Eyseneck. Tl 3, S. 196–323. Frankfurt 1815. *Unbekannte Verfasser*

23 Papierstreifen im Frankfurter Stadtarchiv. – 15. Jh. *[Verbrannt]*. *Abdruck nach:* F. Böhmer, König Wenzels Landfrieden [...] *In:* Zeitschrift für deutsches Alterthum 1 (1841), S. 428–438. *Unbekannter Verfasser*

GENF siehe unter KALOCSA.

GOTHA, Forschungsbibliothek

24 Cod. Ch. A 216. – Um 1400. *Johann von Nürnberg*

GÖTTINGEN, Niedersächsische Staats- und Universitätsbibliothek

25 Cod. Ms.Philos. 21. – 1463. *Heinrich von Mügeln*

GRAZ, Universitätsbibliothek

26 Hs. 1592. – Nachtrag Ende 14. Jh. *Harder*

DEN HAAG, Koninklijke Bibliotheek

27 Hs. 128 E 2 [Haager Liederhandschrift]. – Um 1400. *Abdruck nach:* Die Haager Liederhandschrift. Faksimile des Originals mit Einleitung und Transkription. Herausgegeben von E. F. Kossmann. Haag 1940. *Unbekannter Verfasser*

HEIDELBERG, Universitätsbibliothek

28 Cpg. 109 [Handschrift des Simprecht Kröll]. – Um 1517. *Unbekannter Verfasser*

29 Cpg. 312. – Vor 1457–um 1459 u. Nachträge. *[Autograph]*. *Beheim*

30 Cpg. 314. – 1443–47. *Unbekannter Verfasser*

31 Cpg. 329. – Um 1415. *Hugo von Montfort*

32 Cpg. 334. – Um 1470. *[Autograph]*. *Beheim*

33 Cpg. 355. – 2. Hälfte 15. Jh. *Unbekannter Verfasser*

34 Cpg. 384. – Um 1400. *Heinrich der Teichner*

35 Cpg. 392. – Um 1500. *Hugo von Meiningen*

36 Cpg. 393. – 2. Hälfte 15. Jh. *Unbekannter Verfasser*

37 Cpg. 693. – Um 1400. *Harder*

38 Cpg. 848 [Große Heidelberger Liederhandschrift]. – Um 1314, Nachträge um 1330. *Abdruck nach:* Die Manessesche Lieder-Handschrift. Faksimile-Ausgabe. Einleitung von Rudolf Sillib, Friedrich Panzer, Arthur Haseloff. 2 Bde nebst Suppl.Bd. Leipzig 1925–29.
Um 1314: *Kanzler;* um 1330: *Frauenlob, Heinrich Hetzbold von Weißensee, Johann von Rinkenberg, Otto zem Turne II, Regenbogen, Rost von Sarnen, Werner von Hohenberg*

HEIDELBERG, Sammlung Prof. Gerhard Eis

39 Cod. 26. – 1481. *Abdruck nach:* G. Eis, Priamel-Studien. *In:* Festschrift für F. R. Schröder, S. 178–195. Heidelberg 1959. *Unbekannter Verfasser*

INNSBRUCK, Universitätsbibliothek

40 Pergamenthandschrift der Lieder Oswalds von Wolkenstein *[ohne Signatur]*. – 1432. *Oswald von Wolkenstein*

JENA, Universitätsbibliothek

41 Jenaer Liederhandschrift *[ohne Signatur]*. – Um 1340. *Abdruck nach:* Die Jenaer Liederhandschrift. [*Faksimile-Ausgabe, herausgegeben von* Karl Konrad Müller]. Jena 1896. *Frauenlob, Wizlav von Rügen*

KALOCSA, Erzbischöfliche Bibliothek

42 Ms. A 1 [Kalocsaer Handschrift]. – 1320/30. *[jetzt cod. Bodmer 72, Genf]. Abdruck nach der Abschrift durch* Otto Lippstreu (Germanisches Seminar der Universität Hamburg, OBf 5a). *Unbekannter Verfasser*

KARLSRUHE, Badische Landesbibliothek

43 Cod. St. Blasien 77. – 1439–42. *Unbekannter Verfasser*

KÖLN, Historisches Archiv der Stadt

44 Hs. W 4° 8*. – 1434. *Muskatblut*

LEIPZIG, Universitätsbibliothek

45 Cod. Ms. 1305. – Um 1420.
Konrad von Queinfurt, Mönch von Salzburg, unbekannter Verfasser

MÜNCHEN, Bayerische Staatsbibliothek

46 Cgm. 268. – 1431. *Harder*

47 Cgm. 351. – 1420/30. *Hugo von Meiningen*

48 Cgm. 379 [Augsburger Liederbuch]. – 1454.
Heselloher, unbekannter Verfasser

49 Cgm. 574. – Um 1368. *Heinrich der Teichner*

50 Cgm. 713. – 1460/80. *Rosenplüt, unbekannter Verfasser*

51 Cgm. 715. – 1. Hälfte 15. Jh. *Mönch von Salzburg*

52 Cgm. 717. – 1348. *Heinrich von Beringen*

53 Cgm. 810 [Schedelsches Liederbuch]. – 1461–67. *Unbekannte Verfasser*

54 Cgm. 811 [Liederbuch des Jacob Kebicz]. – 1430/60. *Muskatblut*

55 Cgm. 1115. – 1. Hälfte 15. Jh. *Mönch von Salzburg*

56 Cgm. 4997 [Kolmarer Handschrift]. – Um 1470. *[Stellenangaben nach der alten Zählung in der Hs. (röm. Zahlen), der auch Bartsch (***104***) folgt].*
Frauenlob, Harder, Heinrich von Mügeln, Hugo von Meiningen, Ketner, Lesch, Meffrid, Mülich von Prag, Muskatblut, Peter von Arberg, Suchensinn, Zwinger, unbekannte Varfasser

57 Cgm. 5198 [Wiltener Handschrift]. – Anfang 16. Jh.
Harder, unbekannter Verfasser

58 Cgm. 6353. – 1485/90. *[Autograph].* *Folz*

59 Clm. 5023. – 1479. *Unbekannter Verfasser*

60 Clm. 14574. – Um 1430. *Harder, unbekannter Verfasser*

61 Clm. 15133. – Nachtrag 1430/50. *Unbekannter Verfasser*

MÜNCHEN, Universitätsbibliothek

62 2° Cod. ms. 731 [Hausbuch des Michael de Leone, Würzburger Liederhandschrift]. – Um 1345–54. *Hornburg, König vom Odenwald*

NÜRNBERG, Germanisches National-Museum

63 Hs. 2° 966 Merckel [Hs. des Valentin Holl]. – 1524–26. *Abdruck nach* **122**. *Wiest*

PARIS, Bibliothèque Nationale

64 Ms.all. 6. – 1418. *Abdruck nach:* Jakob Bächtold, Deutsche Handschriften in Paris. *In:* Germania. Vierteljahrsschrift für deutsche Alterthumskunde 20 [NF 8] (1874), S. 335–340. *Unbekannte Verfasser*

PRAG, Tschechisches Nationalmuseum

65 Ms. X A 12 [Liederbuch der Clara Hätzlerin]. – 1471. *[Stellenangaben nach der neuen Zählung in arabischen Ziffern]. Abdruck nach:* Liederbuch der Clara Hätzlerin. Herausgegeben von Carl Haltaus. Mit einem Nachwort *[und einer Liste der Korrigenda]* von Hanns Fischer. (Deutsche Neudrucke, Reihe: Texte des Mittelalters). Berlin 1966. [*Photomech. Nachdruck der Ausg.* Quedlinburg und Leipzig 1840]. *Unbekannte Verfasser*

STRASBOURG, ehemalige Stadtbibliothek

66 Cod. Bibl. Johann. A 94. – 1330/50. *[Verbrannt]. Abdruck nach:* Christoph Heinrich Myller, Sammlung deutscher Gedichte aus dem XII., XIII. und XIV. Iahrhundert. Tl 3 [*ohne Titelblatt:* Berlin nach 1785]. *Unbekannter Verfasser*

67 Cod. Bibl. Johann. A 98. – 14. Jh. *[Verbrannt]. Abdruck nach* **132b**. *Unbekannter Verfasser*

68 Cod. Bibl. Johann. B 121. – 1445. *[Verbrannt]. Abdruck nach* **132b**. *Laufenberg*

STUTTGART, Württembergische Landesbibliothek

69 Cod. med. et phys. 4° 29. – Nachtrag um 1500. *Treuchtlinger*

70 Cod. theol. et phil. 4° 190 [Pfullinger Handschrift]. – 2. Hälfte 15. Jh. *Unbekannte Verfasser*

WEIMAR, Nationale Forschungs- und Gedenkstätten der klassischen deutschen Literatur – Zentralbibliothek der Deutschen Klassik

71 Hs. Q 564 [Weimarer Liederhandschrift]. – 1455/75. *Frauenlob*

72 Hs. Q 566. – 1475/80. *[Autograph].* *Folz*

WIEN, Österreichische Nationalbibliothek

73 Cod. 2701. – 14. Jh. *Abdruck nach:* Gesänge von Frauenlob, Reinmar v. Zweter und Alexander nebst einem anonymen Bruchstück nach der Handschrift 2701 der Wiener Hofbibliothek. Bearbeitet von Heinrich Rietsch. *[Faksimile-Ausgabe].* (Publikationen der Gesellschaft zur Herausgabe der Denkmäler der Tonkunst in Österreich. Jg XX/2, Bd 41). Graz 1960. [*Unveränd. Nachdruck der Ausg.* Wien 1913]. *Frauenlob*

74 Cod. 2777. – 1425–27. *Oswald von Wolkenstein*

75 Cod. 2819. – Um 1380. *Heinrich der Teichner*

76 Cod. 2856 [Mondsee-Wiener Liederhandschrift]. – 1. Hälfte 15. Jh. *Mönch von Salzburg, Peter von Arberg*

77 Cod. 2885. – 1393. *Unbekannter Verfasser*

78 Cod. 2901. – 1360/70. *Heinrich der Teichner, unbekannter Verfasser*

79 Cod. 3013. – Mitte 15. Jh. *Eberhard von Cersne*

80 Cod. 10100a. – 1645. [Bl. 1^r–31^r: *Abschrift aus der im 17. Jh. verschollenen* Neidensteiner Hs. *von* 1402]. *Suchenwirt*

81 Cod. 13045. – Ende 14. Jh. *Suchenwirt*

82 Cod. 13711. – Ende 15. Jh. *Unbekannter Verfasser*

WIENHAUSEN, Archiv des ehemaligen Zisterzienserinnenklosters

83 Hs. 9 [Wienhäuser Liederbuch]. – 1480/85. *Abdruck nach:* Das Wienhäuser Liederbuch. Herausgegeben von Heinrich Sievers. [Bd 2: *Faksimile der Hs.*]. Wolfenbüttel 1954. *Unbekannte Verfasser*

WOLFENBÜTTEL, Herzog August Bibliothek

84 Cod. 2. 4. Aug. 2° [Wolfenbüttler Priamelhandschrift]. – 1470/1500. *Folz, unbekannte Verfasser*

85 Cod. 29. 6. Aug. 4°. – 1475/1500. *Rosenplüt, unbekannter Verfasser*

86 Cod. 76. 3. Aug. 2°. – 2. Hälfte 15. Jh. *Rosenplüt*

87 Cod. 1240. Helmst. – 15. Jh. *Unbekannter Verfasser*

88 Cod. Novi. 535.16 [Handschrift des Peter van Zirn]. – Ende 15. Jh. *Unbekannter Verfasser*

WROCLAV, Universitätsbibliothek

89 Hs. I D 7. – 2. Hälfte 15. Jh. *Abdruck nach:* Joseph Klapper, Das Volksgebet im schlesischen Mittelalter. *In:* Mitteilungen der schlesischen Gesellschaft für Volkskunde 34 (1934), S. 85–117. *Unbekannter Verfasser*

90 Hs. I Q 160. – Um 1350. *Abdruck nach* J. Klapper, *vgl.* **89**. *Unbekannter Verfasser*

91 Hs. IV Q 36. – Um 1415. *Abdruck nach* J. Klapper, *vgl.* **89**. *Unbekannter Verfasser*

92 Fragmente einer Pergamenthandschrift [*Falzstreifen aus der Breslauer Hs.* I Q 365]. – 1300/30. *Frauenlob*

ZÜRICH

93 Breitingers Boner-Handschrift. – 14. Jh. *[Verschollen]. Abdruck nach:* Fabeln aus den Zeiten der Minnesinger [*herausgegeben von* Johann Jakob Breitinger]. Zürich 1757. *Boner*

Drucke

94a FOLZ – Item fast abenteurisch klopfan auff allerley art Hanß folcz barwirer. [*o. O., Dr. u. J.:* Nürnberg: Hans Folz um 1480/81]. – *Staatsbibl. Berlin (Inc. 1859).*

94b FOLZ – *Erweiterte Ausgabe von* **94a**; *zuerst vermutl. um* 1483/88 *in der Folzschen Offizin gedruckt (nicht erhalten). Das Exemplar des Nachdrucks dieser Ausgabe durch* Hans Stuchs [Nürnberg um 1520] *in der Staatsbibl. Berlin (Yd 7820 Nr. 14) war nach Auskunft der Bibl. nicht aufzufinden. Der Abdruck erfolgt deshalb nach:* Fast abentheürlich Klopff an / Auff allerley art. Hans Foltz. *[Holzschnitt]. [Kolophon:]* Gedruckt zů Nůrmberg durch Kunegund Hergotin [um 1530]. – *Zentralbibl. der deutschen Klassik Weimar (14,6 : 60ᵉ, Nr. 8).*

95 BRANT – Uon dem donnerstein gefallen jm xcij. iar: vor Ensishein. *[Holzschnitt]*. De fulgetra anni xcij. Sebastianus Brant. [. . .] An Maximilianum Romischen kuning: [. . .] 1.4.9.2. Nút on vrsach [*Einblattdruck o. O.:* Basel: Michael Furter *für*] .J.[ohann] B.[ergmann]. *Abdruck nach:* Flugblätter des Sebastian Brant. Herausgegeben von Paul Heitz. Mit einem Nachwort von Professor Dr. F. Schultz. Mit 25 Abbildungen. (Jahresgaben der Gesellschaft für elsässische Literatur 3). Straßburg 1915. *[Faksimile Taf. 2]*.

96 BRANT – Das Narren Schyff. *[Holzschnitt]*. Zů schyff Zů schyff brůder. Eß gat / eß gat. *[Kolophon:]* Hie endet sich / das Narrenschiff / So [. . .] gesamlet ist / durch Sebastianum Brant Jn beiden rechten doctorem / Gedruckt zů Basel vff die Vasenaht / die man der narren kirchwich nennet / Jm jor noch Christi geburt Tusent vierhundert vier vnd nüntzig. 1.4.9.4. Jo.[hann] B.[ergmann] von Olpe. *Abdruck nach:* Sebastian Brant, Das Narrenschiff. Faksimile der Erstausgabe von 1494 mit einem Anhang [. . .] und einem Nachwort von Franz Schultz. (Jahresgaben der Gesellschaft für elsässische Literatur 1). Straßburg 1913. *[Faksimile des Expl. der Staatsbibl. Berlin]*.

97 *[Holzschnitt]*. Nun well wirs aber heben an / von ainem schreyber wollgethan / [. . .] [*Einblattdruck o. O., Dr. u. J.:* Ulm: Konrad Dinkmut um 1496]. – *Bayer. Staatsbibl. München (Einbl. I, 3)* *Unbekannter Verfasser*

98 Ein newes lyed Von einem freyen sch*lemmer*. *[Holzschnitt]*. wo sol ich mich hin keren / [. . .] *[2 Holzschnitte]*. [*Einblattdruck o. O., Dr. u. J.:* Nürnberg: Kaspar Hochfeder (?) um 1498]. – *Bayer. Staatsbibl. München (Einbl. I, 6)*.
Unbekannter Verfasser

99 BRANT – Varia Sebastiani Brant Carmina. *[3 Holzschnitte]*. *[3 Distichen:]* Quae tibi diua miser christipara / carmina lusi [. . .] .1498. NIHIL SINE CAVSA. Olpe. *[Kolophon:]* Carminum Sebastiani Brant tam diuinas quam humanas laudes decantantium opus: fœlici fine consummatum Basiliæ opera & impensis Iohannis Bergman De Olpe Kl'. Maiis Anni & c. xcviii. – *UB Göttingen (8° Poet. Lat. rec. II, 607)*.

100 Etliche hubsche bergkreien / geistlich vnd weltlich zu samen gebracht. M. D. XXXI. W. M. *[Kolophon:]* Gedruckt zu Zwickaw durch Wolffgang Meyerpegk. 1531. *Abdruck nach:* Bergreihen. Eine Liedersammlung des 16. Jahrhunderts mit drei Folgen. Herausgegeben von Gerhard Heilfurth, Erich Seemann, Hinrich Siuts und Herbert Wolf. (Mitteldeutsche Forschungen 16). Tübingen 1959. *Unbekannter Verfasser*

101 MÜNSTER – Cosmographei oder beschreibung aller lånder / herrschafften / fürnemsten stetten / geschichten / gebreüchen / hantierungen etc. zům offteren mal trefflich seer durch Sebastianum Munsterum gebessert in weldtlichen vnd natürlichen historien / vnd ietzunder aber biß auff das tausent fünff hundert acht vnd fünfftzigst jar gemeret. [. . .] Getruckt zů Basel. *[Kolophon:]* Getruckt zů Basel durch Henrichum Petri / Anno M. D. Lviij.
Unbekannter Verfasser

102 Fasti Limpvrgenses. Das ist Ein wolbeschrieben Fragment einer Chronick Von der Stadt vnd den Herren zu Limpurg auff der Lohne [. . .] Mit befreyhung gedruckt bey Gotthard Vögelin. 1617. [*Hrsg.* Johann Friderich Faust].
Reinhard von Westerburg

Ausgaben

103 ALPERS, PAUL: Das Wienhäuser Liederbuch. *In:* Jahrbuch des Vereins für niederdeutsche Sprachforschung 69/70 (1943/47), S. 1–40.
Unbekannter Verfasser

104 BARTSCH, KARL: Meisterlieder der Kolmarer Handschrift. Hildesheim 1962. [*Photomech. Nachdruck der Ausg.* Stuttgart 1862].
Meffrid, Mülich von Prag, unbekannte Verfasser

105 BARTSCH, KARL: Die Schweizer Minnesänger. Darmstadt 1964. [*Photomech. Nachdruck der Ausg.* Frauenfeld 1886]. *Werner von Hohenberg*

106 BELL, CLAIR HAYDEN, u. ERWIN GUDDE: The Poems of Lupold Hornburg. *In:* University of California Publications in Modern Philology 27 (1945), p. 149–299.

107 BÖHME, FRANZ M.: Altdeutsches Liederbuch. 2. Aufl. Leipzig 1913. *Melodien*

108 BOLTE, JOHANNES: Ein Augsburger Liederbuch vom Jare 1454. *In:* Alemannia. Zeitschrift für Sprache, Litteratur und Volkskunde des Elsaszes, Oberrheins und Schwabens 18 (1890), S. 97–127 u. S. 203–235. *Unbekannter Verfasser*

109 BRANDIS, TILO: Der Harder. Texte und Studien I. (Quellen und Forschungen zur Sprach- und Kulturgeschichte der germanischen Völker NF 13 [137]). Berlin 1964.

110 ETTMÜLLER, LUDWIG: Heinrichs von Meissen, des Frauenlobes Leiche, Sprüche, Streitgedichte und Lieder. Amsterdam 1966. [*Photomech. Nachdruck der Ausg.* Quedlinburg u. Leipzig 1843].

111 FRANKE, RUTH: Peter van Zirns Handschrift. Ein deutsches Schulbuch vom Ende des 15. Jh.s. (Germanische Studien 127). Berlin 1932.
Unbekannter Verfasser

112 GILLE, HANS, u. INGEBORG SPRIEWALD: Die Gedichte des Michel Beheim. Nach der Heidelberger Hs. cpg 334 unter Heranziehung der Heidelberger Hs. cpg 312 und der Münchener Hs. cgm 291 sowie sämtlicher Teilhandschriften. Bde 1–3/1 (Deutsche Texte des Mittelalters 60. 64. 65/1). Berlin 1968–1971.

113 GRIMM, WILHELM: Von einem fahrenden Schüler. *In:* Altdeutsche Wälder. Herausgegeben durch die Brüder Grimm. Bd 2, S. 49–69. Frankfurt 1815. *Johann von Nürnberg*

114 GROOTE, EBERHARD VON: Lieder Muskatblut's. Köln 1852.

115 HARTMANN, AUGUST: Hans Heselloher's Lieder. *In:* Romanische Forschungen. Bd 5 (Festschrift für Konrad Hoffmann), S. 449–518. Erlangen, Leipzig 1889.

116 HOFFMANN VON FALLERSLEBEN, AUGUST HEINRICH: In dulci jubilo, nun singet und seid froh. Ein Beitrag zur Geschichte der deutschen Poesie. Hannover 1854. *Unbekannter Verfasser*

117 HOLZ, GEORG, FRANZ SARAN u. EDUARD BERNOULLI: Die Jenaer Liederhandschrift. Bd 1: Getreuer Abdruck des Textes, besorgt von Georg Holz. Hildesheim 1966. [*Photomech. Nachdruck der Ausg.* Leipzig 1901]. *Frauenlob*

118 KIRSCH, WALTER FRIEDRICH: Frauenlobs Kreuzleich. Phil. Diss. Dillingen 1930.

119 KOESTER, LEONARD: Albrecht Lesch. Ein Münchener Meistersinger des 15. Jahrhunderts. Phil. Diss. München 1937.

120 KRAUS, CARL VON: Deutsche Liederdichter des 13. Jahrhunderts. Bd 1. Tübingen 1952. *Heinrich Hetzbold von Weißensee, Kanzler*

121 KRAUS, CARL VON: Über einige Meisterlieder der Kolmarer Handschrift. *In:* Der deutsche Meistersang. Herausgegeben von Bert Nagel. (Wege der Forschung 148). S. 277–303. Darmstadt 1967. [*Abdruck aus:* Sitzungsberichte der Bayerischen Akademie der Wissenschaften, phil.-hist. Klasse, Jg 1929, H. 4, S. 1–26]. *Unbekannter Verfasser*

122 LILIENCRON, ROCHUS VON: Die historischen Volkslieder der Deutschen vom 13. bis 16. Jahrhundert. Bd 1. Leipzig 1865. *Wiest, unbekannter Verfasser*

123 MATTHAEI, KURT, u. GERHARD THIELE: Mittelhochdeutsche Minnereden. I. Die Heidelberger Handschriften 344, 358, 376 und 393. Herausgegeben von Kurt Matthaei. (Deutsche Texte des Mittelalters 24). – II. Die Heidelberger Handschriften 313 und 355. Die Berliner Handschrift Ms.germ.fol. 922. Auf Grund der Vorarbeiten Wilhelm Brauns herausgegeben von Gerhard Thiele. (Deutsche Texte des Mittelalters 49). – 2., unveränd. Aufl. *[in einem Bd]*. (Deutsche Neudrucke, Reihe: Texte des Mittelalters). Dublin, Zürich 1967. [*Photomech. Nachdruck der Ausg.* Berlin 1913 u. 1938]. *Unbekannte Verfasser*

124 MAYER, AUGUST L.: Die Meisterlieder des Hans Folz aus der Münchener Originalhandschrift und der Weimarer Handschrift Q. 566 mit Ergänzungen aus anderen Quellen. (Deutsche Texte des Mittelalters 12). Berlin 1908.

125 Müllenhoff, Karl, u. Wilhelm Scherer: Denkmäler deutscher Poesie und Prosa aus dem VIII.–XII. Jahrhundert. 4. Ausg. von Elias Steinmeyer. Bd 1.2. Berlin, Zürich 1964. [*Unveränd. Nachdruck der* 3. Aufl. Berlin 1892]. (Deutsche Neudrucke, Reihe: Texte des Mittelalters). *Unbekannter Verfasser*

126 Münzer, Georg: Das Singebuch des Adam Puschmann nebst den Originalmelodien des M. Behaim und Hans Sachs. Hildesheim 1970. [*Photomech. Nachdruck der Ausg.* Leipzig 1906]. [= *Teilabdruck der* Hs. 356 *der ehemaligen* Stadtbibliothek Breslau; *Kriegsverlust*]. *Melodien*

127 Niewöhner, Heinrich: Die Gedichte Heinrichs des Teichners. Bde 1–3 (Deutsche Texte des Mittelalters 44.46.48). Berlin 1953–1956.

128 Sappler, Paul: Das Königsteiner Liederbuch Ms.germ.qu. 917 Berlin. (Münchener Texte und Untersuchungen 29). München 1970.
Unbekannte Verfasser

129 Schröder, Eduard: Die Gedichte des Königs vom Odenwalde. Darmstadt 1900.

130 Siebert, Johannes: Meistergesänge astronomischen Inhalts. *In:* Zeitschrift für deutsches Altertum 83 (1951/52), S. 181–235 u. S. 288–320.
Hugo von Meiningen

131 Stackmann, Karl: Die kleineren Dichtungen Heinrichs von Mügeln. 1. Abteilung: Die Spruchsammlung des Göttinger Cod. Philos. 21. Teilbände 1–3 (Deutsche Texte des Mittelalters 50–52). Berlin 1959.

132a Wackernagel, Philipp: Das deutsche Kirchenlied von der ältesten Zeit bis zu Anfang des XVII. Jahrhunderts. Bd 1. Leipzig 1864.
Unbekannter Verfasser

132b Bd 2. Leipzig 1867. *Laufenberg, unbekannter Verfasser*

Verzeichnis der Autoren und ihrer Gedichte

Das Verzeichnis ist alphabetisch angelegt. Verfasser, die einen mit *von, der* oder *zum* angefügten Beinamen tragen, sind unter ihrem Taufnamen eingeordnet. Die Orthographie folgt in der Regel dem Gebrauch im *Verfasserlexikon*. Bei den Lebensdaten bezieht sich der Hinweis *urkdl.* bei Angabe von zwei Daten mit Bindestrich auf beide Daten (z. B. *urkdl. 1324–1349*: durch urkundliche Erwähnungen ist der Verfasser in diesem Zeitraum als lebend bezeugt). – Mehrere Gedichte eines Verfassers werden in der Reihenfolge ihres Auftretens in der Sammlung verzeichnet. Die halbfett gedruckte Chiffre hinter dem Gedichttitel bzw. der *kursiv* gesetzten Anfangszeile verweist auf die Numerierung im Verzeichnis der Quellen und gibt die Quelle an, der der Abdruck folgt; sie ist identisch mit der Chiffre am Ende jedes Gedichtes im Textteil. Der genaue Fundort in der Quelle wird bei Hss. in der Regel durch Blattangaben, bei Frühdrucken durch die Angabe der Bogensignaturen, bei Ausgaben durch die Angabe der Textnummer bzw. Seitenzahl bezeichnet. Gegebenenfalls schließt sich, durch ein Semikolon getrennt, die Nennung aller weiteren Quellen an, die für die Herstellung des Textes benutzt wurden. Die Seitenzahlen dieser Sammlung sind am rechten Rand angegeben. – Die Gedichte unbekannter Verfasser erscheinen am Schluß des Verzeichnisses nach der alphabetischen Reihenfolge ihrer Überschriften bzw. Anfangszeilen.

BEHEIM, MICHEL (1416–um 1475)

Aber eins vnd sagt uon dem turn zu babiloni **29** Bl. 11^{v}–12^{r}; **32** Bl. 11va–12ra 268

Aber ein anders, daz sagt von michel behem geburt **29** Bl. 24^{r-v}; **32** Bl. 30^{ra-vb} 269

Von des menschen vnseld vnd Cranckeit **29** Bl. 50^{v}–51^{r}; **32** Bl. 134va–135va 272

Aber eins von den tůrcken **29** Bl. 71^{r-v}; **32** Bl. 225rb–226ra 276

Von hoffart dez adelz gepurt **29** Bl. 80^{r}; **32** Bl. 160ra–160va 279

Von dem adler ein gleichnis **29** Bl. 179^{r-v}; **32** Bl. 247vb–248rb 281

Ein peispel, wie ein mensch geiagt wart von einem einhorn **29** Bl. 184^{v}–185^{r}; **32** Bl. 257^{ra-va} 283

Ein exempel von der heilg trinitot **29** Bl. 203^{r-v}; **32** Bl. 288^{r}–289ra 285

Dje uogel in der aw **29** Bl. 239^{v}–240^{r} 287

Jch kam ains mals czu ainem tag **29** Bl. 45^{r}–46^{v}; **112** Nr. 115 294

BONER, ULRICH (urkdl. 1324–1349)

Ejner zit ein kleines húndelin **1** Bl. 53^{v} 89

Von uibrigem gemache **93** [*im Abdruck* Nr. 48] 91

BRANT, SEBASTIAN (1457–1521)

Uon dem donnerstein **95** 385

Von vnnutzen buchern **96** A 4b–5a 389

Von zu vil sorg **96** D 7b–8a 391

De periculoso scacorum ludo **99**h 5a–6b 400

Verzeichnis der Autoren und ihrer Gedichte

EBERHARD VON CERSNE (urkdl. 1408)

Hilff, werde, suße, reyne ffrucht **79** Bl. 119^{v} 176

Tzart mynnichliger hord **79** Bl. 121^{v} 177

FOLZ, HANS (um 1435–1513; urkdl. 1459)

Ir meister, nemen ware **7** Bl. 470^{r}–471^{v}; **124** Nr. 90 352

Maria, jungfraw here **72** Bl. 79^{v}–80^{r} 357

Klopf an klopf an liber sweins or **94a** A 1b–2a 364

Ein ander klopff an **94b** A 2a–b 365

O arms elend in diser zeyt **58** Bl. 30^{v}–32^{v}; **124** Nr. 7 366

Ach, das ich dich nit kant **58** Bl. 165^{r-v} 368

Zway vnd zwainczig stück merck wol **84** Bl. 127ra 370

FRAUENLOB, HEINRICH (um 1250–1318)

Kreuzleich **73** Bl. 22^{v}–34^{r}; **56** Bl. 272ra–283va, **71** Bl. 96^{r}–100^{v}, **110** S. 16–24, **118** S. 22–33 19

Her hof, her hof, wie lange sol ich daz vertragen **41** Bl. 104vb; **110** Nr. 53 29

Wort sint der dinge tzeichen, sam der meister gicht **41** Bl. 105rb; **117** S. 182, **110** Nr. 59 30

Grif, hertze, tzů vnde hilf den synnen eyn lob smyden **41** Bl. 106ra 31

Ez iehen die senes blynden **41** Bl. 107^{rb-va} 32

Geweyzet vnde getynkelt **41** Bl. 109va; **71** Bl. 50^{r} 32

Wer sagt mir das geferte **71** Bl. 48^{r}; **110** Nr. 232 33

Mon sagt von parcifale **71** Bl. 54^{v}; **110** Nr. 248 34

Gefiolerte blůte, kvnst **41** Bl. 110vb–111ra; **110** Nr. 313 u. Anm. 35

Crist, wes sol ich gelauben **92** Bl. 2^{ra-rb}; **71** Bl. 17^{r-v} 36

Frŏwe, an dem bette svnder scham **38** Bl. 403va 37

Owe hertzeliker leyde **10** Bl. 1^{v}; **71** Bl. 84^{v}–85^{r}, **110** Lied II 37

HARDER, DER (Ende 14. Jh.)

Der goldene Schilling **60** Bl. 147^{v}–148^{v}; **56** Bl. 14^{ra-rb} 142

Der goldene Reigen **46** Bl. 223^{r}; **26** Bl. 20^{r}, **37** Bl. 40^{v}–41^{r}, **56** Bl. 17^{ra-vb}, **57** Bl. 145^{r}–146^{r} 146

HEINRICH VON BERINGEN (urkdl. 1282–1320)

Das ist der blinnde **52** Bl. 102^{r-v} 43

HEINRICH VON LAUFENBERG siehe LAUFENBERG

HEINRICH VON MEISSEN siehe FRAUENLOB

HEINRICH VON MÜGELN (?–nach 1369)

Wer tichtet vnd gesach ny warer kunste grunt **25** (1. Buch) Bl. 144^{r}–145^{r} 105

Uß nichte nicht wirt, spricht alle meisterschafft **25** (1. Buch) Bl. 146^{r-v}; **131** Nr. 5 106

Wiltu nu wissen, wie der hymmel sey gesacht **25** (1. Buch) Bl. 146^{v}–147^{r}; **4** Bl. 6^{v}, **131** Nr. 7 106

Es sassen frŏsche tzinses fry vnd vorchte lere **25** (4. Buch) Bl. 162^{r-v}; **131** Nr. 65 . 107

Mich wundert, wie mich lat **25** (9. Buch) Bl. 188^{v}–189^{r}; **56** Bl. 602^{va-vb}, **131** Nr. 215–217 108
Isen der agitstein **25** (10. Buch) Bl. 195^{r-v}; **131** Nr. 260–262 109
Wiltu menschin art **25** (13. Buch) Bl. 205^{v}–206^{r}; **56** Bl. 626^{ra-vb}, **131** Nr. 329 bis 333 111

Heinrich der Teichner (um 1310–1372/78)
Von der trachait vnsers herren dienst **78** Bl. 11vb–12rb; **49** Bl. 32^{rb-vb}, **75** Bl. 6^{rb-vb} 116
Von dez todez sla **78** Bl. 14vb–15rb; **34** Bl. 72^{r}–73^{r}, **127** Nr. 20 119
Von edel **78** Bl. 56^{ra-rb}; **75** Bl. 43^{rb-va} 121
Von chlostern **78** Bl. 87va–88ra; **75** Bl. 74^{rb-vb}, **127** Nr. 171 122
Von den, di sich chledernt **78** Bl. 141vb–142ra; **34** Bl. 60^{v}–61^{r}, **75** Bl. 120vb 125

Hesselloher, Hans (urkdl. 1453–1483; gest. vor 1486)
Wes sol ich beginnen **48** Bl. 157^{v}–159^{v}; **115** S. 449–452 258

Hetzbold von Weissensee, Heinrich (urkdl. 1312–1345)
Owe mins herzen, das twinget dv̊ sv̊sse **38** Bl. 228va–228vb; **120** S. 149 53

Hornburg, Lupold (Mitte 14. Jh.)
Her reimar – der wart nie so wert **62** Bl. 191^{va-vb}; **106** S. 255–257 86

Hugo von Meiningen (vor 1420)
Wo von die welt ane wandel **56** Bl. 339va–340vb; **4** Bl. 23^{r}–24^{r}, **35** Bl. 85^{v}–86^{v}, **7** Bl. 317^{v}–318^{v} 198
Wie sich vmb tribt mit magen krefften **4** Bl. 24^{r}–25^{r}; **47** Bl. 193^{r}–194^{r}, **130** S. 188 f. 203

Hugo von Montfort (1357–1423)
Wes zichst du mich, min liebster bůl **31** Bl. 10^{ra-rb} 136
Jch schrib dir gerne clůge wort **31** Bl. 45^{va-vb} 175

Johann von Amberg siehe Johann von Nürnberg

Johann von Nürnberg (1. Hälfte 14. Jh.)
De vita vagorum **24** Bl. 104ra–106ra; **113** S. 49–69 62

Johann von Rinkenberg (urkdl. 1291–1349, *[oder dessen Sohn:]* um 1300–1347)
Aller wite ein vmbekreis **38** Bl. 191^{ra-rb} 55
Owe dir, wandelbere welt **38** Bl. 191va 55
Was hat der frőiden meisten hort **38** Bl. 191vb 56

Kanzler, der (um 1300?)
Ein trages sneggen slichen **38** Bl. 424rb 15
Die pfaffen fúrsten sint ir wirde ein teil berőbet **38** Bl. 425ra; **120** S. 195 15
Leider winter vngestalt **38** Bl. 426^{rb-va}; **120** S. 204 f. 16
Mich vraget manig edel man **38** Bl. 427ra 17
Ob himel kv̀nig, in himel vogt **38** Bl. 427rb; **120** S. 210 18

Verzeichnis der Autoren und ihrer Gedichte

Ketner, Fritz (urkdl. 1392–1408 und 1430)

Der kungynn ich ob allen kungynn dienen wil **56** Bl. 134^{ra-vb}; **20** S. 257–260, **7** Bl. 210^{r-v} 184

König vom Odenwald (um 1340)

Diz ist von dem hůn vnd dem ey **62** Bl. 193vb–196ra; **129** S. 42–48 76

Konrad von Queinfurt (?–1382)

O lencze gut, des yores tureste quarte **45** Bl. 107^{r}–111^{r}; **16** S. 111–113 133

Kuchlmeister (Martin) siehe Mönch von Salzburg

Laufenberg, Heinrich (um 1390–1460)

Ach arme welt, du trügest mich **68** Bl. 124^{v} [*im Abdruck* Nr. 786] 225

Jn einem krippfly lag ein kind **68** Bl. 51^{v} [*im Abdruck* Nr. 706] 225

Jch wölt, daz ich do heime wer **68** Bl. 52^{v}; **132 b** Nr. 715 227

Ave maria, bis grůsset **68** Bl. 251^{r} [*im Abdruck* Nr. 730] 238

Lesch, Albrecht (Ende 14. Jh./Anfang 15. Jh.?) [*Vgl. S. 180 Anm.*]

Der goldene Reigen **56** Bl. 18^{ra-vb}; **20** S. 219–222, **119** Nr. 12 180

Das recht ist manigfeltig krump **56** Bl. 823^{ra-va} 182

Meffrid (Mitte 14. Jh.)

‚Hat zit genug‘ vnd ‚komt noch wol‘ **56** Bl. 779^{rb-vb}; **104** Nr. 164 96

Mönch von Salzburg (Ende 14. Jh.) [*Vgl. S. 149 Anm.*]

Das guldein abc **76** Bl. 166^{v}–172^{r}; **51** Bl. 46^{r}–61^{v} 149

Das guldein vingerlein **76** Bl. 178^{v}–180^{v}; **51** Bl. 167^{v}–173^{r} 156

Joseph, lieber nefe mein **55** Bl. 39^{r-v}; **45** Bl. 115^{r-v} 162

Jch klag dir, traut gesell **76** Bl. 190^{v}–191^{r} 164

Der Tewfel vnd ain klaffent schalkch **76** Bl. 201^{r-v} 165

Pelangen ist ain pitter smercz **76** Bl. 204^{r-v} 167

Der herbst mit süessen trawben **76** Bl. 246^{v}–247^{r} 168

Mülich von Prag (Anfang 14. Jh.)

Nv sicht man aber beyde **56** Bl. 21^{ra-vb}; **104** Nr. 4 47

Muskatblut (?–nach 1427)

Eyne burden ich **44** Bl. 18^{r}–19^{v}; **56** Bl. 192rb–193ra 206

Jch rewt vnd wůl **4** Bl. 26^{r}–27^{r}; **44** Bl. 41^{v}–42^{v}, **54** Bl. 60^{v}–62^{v} 210

Hertze, mut vnd sin **44** Bl. 14^{r-v} 213

Man zelt virtzen hondert jar **44** Bl. 104^{v}–105^{v}; **114** Nr. 92 219

Nachtigal, Michel (urkdl. 1415)

Der winter lanck **7** Bl. 452^{r-v} 179

OSWALD VON WOLKENSTEIN (1377?–1445)
Geluk vnd hail, ain michel schar **74** Bl. 23^{v}; **40** Bl. 26^{r-v} 187
Ajn graserin, durch kulen taw **74** Bl. 35^{v}; **40** Bl. 31^{v} 188
Jr alten weib, nu frewt ewch mit den Jungen **74** Bl. 12^{r-v}; **40** Bl. 9^{v}–10^{r} 189
Es fugt sich, do ich waz von zehen Jarn alt **74** Bl. 9^{r}–10^{r}; **40** Bl. 7^{r}–8^{r} 193
Wenn ich betrachtt **74** Bl. 2^{r}; **40** Bl. 2^{r} 215
Jch spůr ein tier **74** Bl. 37^{v} 217

OTTO ZEM TURNE II (urkdl. 1312–1331; gest. vor 1339)
Min můt dien valken tůt gelich **38** Bl. 195ra 51

PETER VON ARBERG (Mitte 14. Jh.)
Jch wachter sol erwecken **76** Bl. 214^{v}–215^{r}; **56** Bl. 812^{ra-rb} 100

REGENBOGEN (?–nach 1318?)
Ir pfaffen vnd ir ritter, tribent von ùch nît **38** Bl. 381va 39

REINHARD VON WESTERBURG (1315–1353)
Ob jch durch sie den halß zerbreche **18** Bl. 2^{r}; **102** S. 7 88

ROSENPLÜT, HANS (?–um 1470?)
Des Snepprers an klopfen **85** Bl. 57^{v} 299
Weingruß **21** Bl. 142^{r} 301
Weingruß **21** Bl. 142^{v} 302
Kumpt kunst gegangen fur ein hawß **21** Bl. 149^{v} 303
Harpffen, geigen vnd lautenslahen **21** Bl. 151^{v} 303
Welch man als faul wer vnd als treg **50** Bl. 161^{r} 304
Wer gern spilt vnd vngern gilt **86** Bl. 163^{v} 304
Wer seinen pulen nicht laicht **86** Bl. 175^{v} 304
Wer schlechtlich gelaubt der zwelf artickel **85** Bl. 53^{v} 305
Wer einem wolf trawt auf die haid **85** Bl. 57^{v} 305

ROST VON SARNEN (urkdl. 1316; gest. 1330)
Wan hȯrt aber klingen **38** Bl. 285vb 52

SCHROMBERGER siehe UNBEKANNTER VERFASSER S. 338

SUCHENSINN (urkdl. 1390–1392)
Gegen der lichten summer zyt **56** Bl. 799^{va-vb} 169

SUCHENWIRT, PETER (um 1320–nach 1395)
Von der kayserin von payrn **81** S. 9–12 102
Daz geiaid **81** S. 157–159 128
Von zwain Påbsten **81** S. 428–432; **80** Bl. 23^{v}–25^{r} 137

TREUCHTLINGER, DER
Für verrencken des treichtlingers segen **69** Bl. 115^{r} 385

UNVERDORBEN (PETER) siehe UNBEKANNTER VERFASSER S. 228

WERNER VON HOHENBERG (1284?–1320)
Min vro minnekliche minne **38** Bl. 44ra 45
Wol mich hùt vnd iemer me! ich sach ein wip **38** Bl. 44^{rb-va}; **105** Nr. XXVI, 6 . . 46

WIEST, ULRICH
Ain hupsch liedt von dem almůssen **8** Bl. 45^{r}–46^{v}; **63** Bl. 88^{v} [*im Abdruck* Nr. 89] 242

WIZLAV VON RÜGEN (1265/68–1325)
Ich wil bitten in der tzit **41** Bl. 73vb 49
Meyie scone, kum io tzů **41** Bl. 78vb–79ra 50

ZWINGER, DER (2. Hälfte 14. Jh.?)
Got grůß die singer in der senger schule **56** Bl. 61va–63ra 130

UNBEKANNTER VERFASSER (um 1470/1500)
Keyser nero, claudi tochter man **84** Bl. 83rb 374
Catho marcus, der ertot sich selbs **84** Bl. 84va 375

UNBEKANNTER VERFASSER (um 1470/1500)
Von dem heyligen sandt Cristoffel **84** Bl. 199ra 380
Von deinem eigen engell **84** Bl. 199rb 381
Von sand barbara, der heilgen Junckfrawen **84** Bl. 199vb 381

UNBEKANNTE VERFASSER

Ach got, durch deyner gute **91** [*im Abdruck* Nr. 43]; **50** Bl. 24^{v} 187

Ach werder May, verspät dich nit **65** Bl. 305^{v}–306^{r} [*im Abdruck* Nr. I, 67] . . . 325

All mein gedencken, dy ich hab, dy sind pey dir **17** S. 37 290

Biersegen **82** Bl. 26^{r} 370

Christ ist erstanden **101** S. DX 331

Das clagede ein reyne, zelich wijf **27** Bl. 13ra 173

De engel van dem hymmel **83** Bl. 32^{r-v}; **103** Nr. 42 361

Dein allayn was ich ein zeyt **17** S. 13 267

Der mynne gericht **36** Bl. 60^{v}–65^{r}; **123** Bd. 1 Nr. 15 345

Der walt hat sich belaubet **22** [*im Abdruck* Nr. 53] 234

Der wallt hat sich entlawbet **17** S. 16 232

Dje nacht, die will verpergen sich **65** Bl. 260^{v}–261^{r} [*im Abdruck* Nr. I, 12] . . . 322

Dye sonne, die ist verblechen **9** Bl. 144^{r-v}; **128** Nr. 87 334

Do lucifer des ersten von dem hymel wart verstossen **56** Bl. 524^{ra-vb} 315

Dvt heit de meig der vrolicheit **87** Bl. 73^{r}–75^{r} 256

Ein ander furwůrff: des tones gemess **56** Bl. 129rb–130ra; **7** Bl. 315^{r}–316^{r}, **104** Nr. 33, **121** S. 277–284 306

Ein haubt von peham lant **60** Bl. 184^{r}; **65** Bl. 2vb [*im Abdruck* S. LXVIII] . . 223

Ein huß vff einem berg herscheyn **56** Bl. 699vb–700rb 320

Ain lied von demm aignen willen **15** Bl. 115^{v}–116^{v} 253

Ain Newes Jar ym sechs vnd viertzigisten **65** Bl. 114^{r-v} [*im Abdruck* Nr. II, 39] 240

Ein newes lyed Von einem freyem schlemmer **98**; **100** C 6b–7b [*im Abdruck* S. 59–62] 397

Ein priester, der dreyssig jar zü schul wer gangen **84** Bl. 132vb 379

Ein regiment von der gesuntheyt des leibs **84** Bl. 125^{rb-vb} 377

Ez ist ain gemelicher sitt **19** Bl. 214^{ra-rb} 224

Es ist ein schne gefallen **53** Bl. 146^{r} 292

Es kumpt ain schiff geladen **13** Bl. 103^{v}; **12** Bl. 181^{v}–182^{r} 98

Eß was güt byer, der zappe ist üß **9** Bl. 159^{v}–160^{r}; **128** Nr. 122 336

Es wil nit her **64** [*im Abdruck* S. 340] 198

Var hin, klaines brieffelin **19** Bl. 18vb–19ra 223

Vraich vnd antwort **88** Bl. 28^{v}; **111** S. 34–35 384

Fraw mynn, geturet sy din nam **56** Bl. 539^{ra-va} 318

Gelassen had eyn sustergen **14** Bl. 91^{r}–92^{r} 396

God, de hat eyn zelelin **83** Bl. 12^{r}–13^{r} 359

Got gebe eme eyn verdreben Jare **18** Bl. 45^{v} 116

Granum sinapis **2** Bl. 27^{v}–38^{v} 13

Hab ich lieb, so hab ich not **65** Bl. 5ra [*im Abdruck* S. LXIX] 267

Hie lit ein vürste löbelich **116** Nr. 17 141

Ich beuele dir, gotis gebårårin **90** Bl. 72^{r} [*im Abdruck* Nr. 25] 98

Jch han vil gesponsen in dem closter leben **11** Bl. 101^{v}–102^{v} 250

Ich hat einen bůlen – daz wente ich **64** [*im Abdruck* S. 339] 198

Jch hat mir eyn falcken vß derkorn **9** Bl. 142^{r-v}; **128** Nr. 82 334

Jch hoirt dat kloickelgen luden **14** Bl. 37^{r}–38^{r} 395

Jch mv̊z springen **67** Bl. 161^{r} [*im Abdruck* Nr. 470] 99

Jch raitt ains tags spaciern **65** Bl. 293^{r-v} [*im Abdruck* Nr. I, 41] 324

Ich sprich es noch den wisen **56** Bl. 96vb–97rb; **104** Nr. 20 72

Jch spring an disem ringe **17** S. 41 291

Jch stund ob aines grabes grunde **61** Bl. 132vb–133ra; **57** Bl. 112^{v}–113^{r}, **56** Bl. 834vb–835va 230

Jch will gen diser vasennacht **65** Bl. 291^{r} [*im Abdruck* Nr. I, 37] 326

Jch wil iorlvnc nvme sv̀nden **3** Bl. 2^{r-v} 174

Jn dulci iubilo **45** Bl. 116^{r}; **59** Bl. 37^{v}–38^{r} 114

Ir heren, gent mir daz botten brot **23** [*im Abdruck* S. 430–433]; **122** Nr. 41 . . 170

Johannes fron, der wart entzünt **56** Bl. 426^{ra-va} 312

Jubileus ist vnß verchünt **65** Bl. 284^{v}–286^{r} [*im Abdruck* Nr. I, 29] 246

Lieb vnd trew von einem poßen weib **84** Bl. 146rb 380

Man fyndet ir viel, noch ist ir mee **9** Bl. 137^{v}–138^{r} 333

Man fragot hoch, wo got sess, der schöpfere **56** Bl. 173va–174ra; **28** Bl. 152^{r-v}. . 310

Maniger klagt das gütt **39** S. 24 [*im Abdruck* S. 190] 359

Mein dinst voran – Jn Rethorica **85** Bl. 12^{r} 371

Nun well wirs aber heben an **97** 393

Nu wolt yr horenn ayn newhes geticht **5** 381

O hilffa ja, die zit ist da **9** Bl. 162^{v}–163^{v}; **128** Nr. 129 338

O menscheyt bloß **89** Bl. 35^{v} [*im Abdruck* Nr. 16] 331

O reiserey, du hartte speis **53** Bl. 168^{v} 293

Retten die pfaffen als gern latein **84** Bl. 55rb 371

Traugemundslied **66** Bl. 17vb–18va [*im Abdruck* Anhang S. XIV–XV]; **125** Nr. XLVIII 39

Unmut wollen wir faren lan **22** [*im Abdruck* Nr. 54] 264

Von Dem hausgeschirre ein lied **30** Bl. 98^{r-v}; **65** Bl. 288^{v}–289^{v} [*im Abdruck* Nr. I, 35] 236

Von sand paulus regel vnd wye man . . . pawen sol **84** Bl. 105^{ra-rb}; **65** Bl. 5ra [*im Abdruck* S. LXVIII] 375

Wachtelmäre **42** Bl. 254vb–255va [*Abschrift* Bl. 1009^{r}–1012^{v}]; **77** Bl. 141ra–142vb 57

Was sal ich nü begynne **9** Bl. 137^{v} 332

Welch man hat einen ler knecht **84** Bl. 61rb 373

Wer daz puech haben wil **78** Bl. 249v 127

Wer ich ein gewaldiger kůng ůber alle lant **4** Bl. 17r–v; **56** Bl. 110rb–vb 74

Wer ich geporen von schnoder art **84** Bl. 56vb 372

Wer verzwifelt an dem end **33** Bl. 135r–138r; **123** Bd. 2 Nr. 17 339

Wer zartter mynnen pflegen well **48** Bl. 130r–v; **108** Nr. 70 263

Wir wônt gegen diser vasenacht **70** Bl. 169r–v 328

Wo fartzt ein essel an einem ort **84** Bl. 79va 374

Woluff, im geist gon Baden **70** Bl. 176r–v 329

Wol uff, ir gesellen, in die tabern **22** [*im Abdruck* Nr. 40]; **132** a passim 265

Tsu myr sprach tzwifel: „dou zalt van der goten laen“ **6** Bl. 54v 222

Zů mitter fasten es beschach **43** Bl. 311v 228

Verzeichnis der Töne

Das Verzeichnis registriert alle in diesem Band vertretenen Töne der Spruchdichtung (vgl. S. 7). Bei der Angabe der Tonbezeichnungen muß unberücksichtigt bleiben, ob sie durch die genannten Verfasser autorisiert sind oder nicht. Ist ein Ton unter verschiedenen Bezeichnungen überliefert, erscheinen die jüngeren oder selteneren Bezeichnungen in Rundklammern; der Vermerk *unbenannt* bezeichnet einen namenlosen Ton. Töne, die dem angegebenen Autor in der Überlieferung mit großer Wahrscheinlichkeit fälschlich zugewiesen wurden, sind in eckige Klammern gesetzt. – Die angegebenen Zahlen bezeichnen die Seiten dieses Bandes, auf denen Gedichte im jeweiligen Ton abgedruckt sind; da die Töne im Verlauf ihrer Überlieferung zuweilen verändert wurden (vgl. z. B. S. 36 und S. 72), ist die Verwendung des Tones durch einen fremden Autor generell durch ein * vor der Seitenzahl gekennzeichnet. – Zu beachten ist, daß viele der abgedruckten Texte das Formschema nicht rein repräsentieren, weil bei dieser Edition auf metrische Korrektheit verzichtet wurde.

BEHEIM, MICHEL
Hofweise 285, 287
Osterweise 294
Trompetenweise 281, 283
Verkehrte Weise . . . 272, 276, 279
Zugweise 268, 269

FOLZ, HANS
Baumton 357

FRAUENLOB, HEINRICH
Flugton 32
Goldener Ton *306
[Grundweise] *310
Grüner Ton 32, 33, 34
Kurzer Ton 37
Langer Ton 29, 30, 31, *74
[Verhohlener Ton = KETNERS Osterweise]
Würgendrüssel 36, *72
Zarter Ton 35

HARDER, DER
Goldener Reigen 146
Goldener Schilling (Chorweise) . 142
Hofweise (süßer Ton, sanfter Ton) *230

HEINRICH VON MÜGELN
Grüner Ton (*grobe wise*) 111
Hofton (kurzer Ton)[1] 108, 109, *368
Langer Ton[2] . . . 105, 106, 106, 107

JOHANN VON RINKENBERG
Unbenannt 55, 55, 56

KANZLER, DER
Unbenannt 15
Unbenannt 15
Unbenannt 17, 18
[Süßer Ton] *318

KETNER, FRITZ
Osterweise 184

KONRAD VON WÜRZBURG
Hofton *315

1 Nicht identisch mit dem später bei den Meistersängern als Hofton Mügelns bezeichneten Ton, bei dem es sich in Wirklichkeit um Mülichs langen Ton handelt. 2 Strophenschema, von geringfügigsten Abweichungen abgesehen, identisch mit Boppes Hofton und Römers Gesangsweise.

LESCH, ALBRECHT
Goldener Reigen 180
Hofweise 182

MARNER, DER
Langer Ton *86

MEFFRID
Unbenannt 96

MÖNCH VON SALZBURG
Zarter Ton 156

MÜLICH VON PRAG
Reigen 47

MUSKATBLUT
Hofton (alter Ton, langer bzw. langer Hofton) 206, 210, 213
Langer Ton (goldener Ton) . . 219

NACHTIGAL, MICHEL
Kurzer Ton 179

NESTLER VON SPEYER (?)
Uner-/Unbekannter Ton *352

REGENBOGEN
Briefweise 39
[Goldener Ton] *312
Langer Ton *198, *203

STOLLE, DER ALTE
Alment *320

SUCHENSINN
Unbenannt 169

WIZLAV VON RÜGEN
Unbenannt 49

WOLFRAM VON ESCHENBACH
[Flammweise] = Berner-Ton . . . *366

ZWINGER, DER
Roter Ton (brauner Ton) . . . 130

Verzeichnis der Gedichtüberschriften und -anfänge

aber ein anders, daz sagt von michel behem geburt vnd auch von seinem her kummen 269
aber eins vnd sagt uon dem turn zu babiloni 268
aber eins von den tůrcken vnd ein strauff von den herren von ôsterreich durch irer vneinigkeit willen 276
Ach arme welt, du trügest mich . . . 225
Ach, das ich dich nit kannt 368
Ach got, durch deyner gute 187
Ach menscheit, wie bistu so ôd 272
Ach werder May, verspät dich nit! . . 325
All mein gedencken, dy ich hab, dy sind pey dir 290
Aller wite ein vmbekreis 55
Als er vnd lob red mir gethan 375
Aue, Balsams Creatur 149
Ave maria, bis grůsset 238
Ave maria! dich lobet musica 180

Biersegen 370
Pelangen ist ain pitter smercz . . . 167

Catho marcus, der ertot sich selbs . 375
Christ ist erstanden 331
Crist, wes sol ich gelauben? 36

Da ich mit erst zu praug in peham kam gen hof 269
Daz geiaid 128
Das guldein abc des můnchz . . . 149
Das guldein vingerlein des mûnchs 156
Das jch sytz vornan jn dem schyff . . . 389
Das ist der blinnde, des von Beringen getiht 43
Daz iegleich svnt hat ir pein 122
Das clagede ein reyne, zelich wijf . . . 173
Das Narren Schyff 389
Das recht ist manigfeltig krump . . . 182
de complexionibus 111
De engel van dem hymmel 361
De fulgetra anni xcij 385
De periculoso scacorum ludo Inter mortem et humanam conditionem 400
De vita vagorum 62
Dein allayn was ich ein zeyt 267
Den vordantz hat man mir gelan . . . 389
Der Edelstein 89
Der goldene Reigen 146
Der goldene Reigen 180
Der goldene Schilling 142
Der herbst mit sůessen trawben . . . 168
Der ist eyn narr der tragen will . . . 391
Der kungynn ich ob allen kungynn dienen wil 184
Der mynne gericht 345
Der Tewfel vnd ain klaffent schalkch . . 165
Der walt hat sich belaubet 234
Der wallt hat sich entlawbet 232
Der winter lanck zwanck, dranck manck 179
Des Sneppers an klopfen 299
Dje nacht, die will verpergen sich . . . 322
Die pfaffen fürsten sint ir wirde ein teil beröbet 15
Die regel sand pauls vnd glauben der pawren 375
Dye sonne, die ist verblechen 334
Dje uogel in der aw 287
Diz ist von dem hûn vnd dem ey, Da vindet man rede manigerley . . . 76
Do der summer was da hin 345
Do lucifer des ersten von dem hymel wart verstossen 315
Dvrch mein getiht wůrt euch perurt . . 279
Dvt heit de meig der vrolicheit 256

Ein ander furwůrff: des tones gemess 306
Ein ander klopff an 365
Ein peispel, wie ein mensch geiagt wart von einem einhorn 283
Ein exempel von der heilg trinitot . 285
Ajn graserin, durch kulen taw 188
Ein haubt von peham lant 223
ain hupsch liedt von dem almůssen . 242

Ein huß vff einem berg herscheyn, geheyssen augen trost 320
Ain lied von demm aignen willen . 253
Ejn mensch, der wart geiaget 283
Ain Newes Jar ym sechs vnd viertzigisten 240
Ein newes lyed Von einem freyem schlemmer 397
Ein priester, der dreyssig jar zü schul wer gangen 379
Ein regiment von der gesuntheyt des leibs 377
Ein ritte begegent einer flo 91
Ein schône magt durch schônet 142
Ein trages sneggen slichen 15
Eyne burden ich hie lade uff mich . . . 206
Ejner zit ein kleines hündelin 89
Es fugt sich, do ich waz von zehen Jarn alt 193
Ez ist ain gemelicher sitt 224
Es ist ein schne gefallen 292
Ez iehen die senes blynden 32
Es kumpt ain schiff geladen 98
Ez saz ein edel man allain 116
Es sassen frôsche tzinses fry vnd vorchte lere 107
Eß was güt byer, der zappe ist üß . . . 336
Es wil nit her 198

Var hin, klaines brieffelin 2
Vraich vnd antwort 384
Fraw mynn, geturet sy din nam! . . . 318
Frôwe, an dem bette svnder scham . . . 37
Für verrencken des treichtlingers segen 385

Gefiolerte blûte kvnst 35
Gegen der lichten summer zyt 169
Gelassen hat eyn sustergen 396
Geluk vnd hail, ain michel schar . . . 187
Geweyzet vnde getynkelt 32
God, de hat eyn zelelin 359
Gott gebe eme eyn verdreben Jare . . . 116
Got grüß die singer in der senger schule! . 130
Granum sinapis 13
Grif, hertze, tzů vnde hilf den synnen eyn lob smyden 31
Hab ich lieb, so hab ich not 267
Harpffen, geigen vnd lautenslahen . . . 303
‚Hat zit genug' vnd ‚komt noch wol' . . 96
Her hof, her hof, wie lange sol ich daz vertragen 29
Her reimar – der wart nie so wert . . . 86
Hertze, mut vnd sin sent sich da hin . . 213
Hie lit ein vürste löbelich 141
Hie vor bi alten geziten 57
Hilff, werde, suße, reyne ffrucht 176
Hôrt, worůmb nit ein sprach ist in der ganczen welt! 268

Ich beuele dir, gotis gebårårin 98
Jch hab mich verruckht vnnd hab mich verrenckht 385
Jch han vil gesponsen in dem closter leben 250
Ich hat einen bůlen – daz wente ich . . . 198
Jch hat mir eyn falcken vß derkorn . . 334
Ich hôr die weisen sprechen 128
Jch hoirt dat kloickelgen luden 395
Jch kam ains mals czu ainem tag . . . 294
Jch klag dir, traut gesell 164
Jch můz springen 99
Jch raitt ains tags spaciern 324
Jch rewt vnd wůl nach ainer můl . . . 210
Jch schrib dir gern clůge wort 175
Ich sprich es noch den wisen 72
Jch spring an disem ringe 291
Jch spůr ein tier 217
Jch stund ob aines grabes grunde . . . 230
Jch, wachter sol erwecken 100
Jch waiss ein orden, dar in ist manchem also we 236
Jch waiz ein volkch, dw tůnt sich schein . 125
Ich wil bitten in der tzit 49
Jch will gen diser vasennacht 326
Jch wil iorlvnc nvme sv̂nden 174
Jch wölt, daz ich do heime wer 227
In dem begin ho vber sin 13
Jn dulci iubilo 114
Jn einem krippfly lag ein kind 225
Jr alten weib, nu frewt ewch mit den Jungen! 189
Ir heren, gent mir daz botten brot . . . 170
Ir Meister, nemen ware 352

Ir pfaffen vnd ir ritter, tribent von ùch nît 39
Isen der agitstein 109

Johannes fron, der wart entzünt 312
Joseph, lieber nefe mein 162
Jubileus ist vnß verchünt 246

Kein cleid ich mer den ein mol trug . . . 374
Keyser nero, claudi ṭochter man . . 374
Klopf an, klopff an 299
Klopf an klopf an liber sweins or . . . 364
Klopff an mein trost mein hertz mein hort 365
Kreuzleich 19
Kumpt kunst gegangen fur ein hawß . . 303

Leider winter vngestalt 16
Lieb vnd trew von einem poßen weib . . 380

Man fyndet ir viel, noch ist ir mee . . . 333
Man fragot hoch, wo got sess, der schŏpfere 310
Man gicht, ez sey ein altez recht . . . 121
Man horet aber reichen schål 146
Mon sagt von parcifale 34
Man zelt virtzen hondert jar 219
Maniger vragt, wie ich mich gehab . . . 119
Maniger klagt das gůtt 359
Maria, jungfraw here 357
Maria, muͤter vnde magt 102
Meyie scone, kum io tzů 50
Mein dinst voran – Jn Rethorica! . . . 371
Mein trost, Maria, raine mait 156
Meins hertzen Cron, meiner fräden zier . 240
mensch, wiltü pleyben lang gesunt . . . 377
Mjch dův̊ncket wůnder, wie daz kumm . 276
Mich vraget manig edel man 17
Mich wundert, wie mich lat 108
Min vro minnekliche minne 45
Min mův̊t dien valken tův̊t gelich 51

Nu gesegen dich got, du liebe gerstenprů! . 370
Nu gruße dich got, du edels getrangk! . . 301
Nu gruße dich got, du lieber trunck! . . 302
Nu horet ein fromdes mere 62
Nv sicht man aber beyde 47
Nun well wirs aber heben an 393
Nu wolt yr horenn ayn newhes geticht . . 381

O arms elend in diser zeyt! 366
O barbara, du Junckfraw fein . . . 381
O Cristoffel, der dich in das wasser schmuͦckt 380
O dü mein lieber engel zart 381
O herre gott, ich clag dir alles mein laydt 242
O hilffa ja, die zit ist da! 338
O lencze gut, des yores tureste quarte . . 133
O menscheyt bloß, O marter gros . . . 331
O reiserey, du hartte speis 293
O Vater, Sun, heiliger gaist 137
Ob himel kv̀nig, in himel vogt 18
Ob jch durch sie den halß zerbreche . . 88
Owe dir, wandelbære welt 55
Owe hertzeliker leyde 37
Owe mins herzen, das twinget dv̀ sv̊sse! . 53

Perlegat antiquis miracula facta sub annis 385

Retten die pfaffen als gern latein . . . 371

Solt ich ein krantz gewynnen 306

Traugemundslied 39
Trivn, ir habent es wol geschaft! . . . 43

Vͤber das „Resonet in laudibus" . . 162
Vff aller erden creisse 281
Unmut wollen wir faren lan 264
Uß nichte nicht wirt, spricht alle meisterschafft 106

Vite summa breuis: vigili circumspice mente 400
von chlostern 122
Von deinem eigen engell 381
von dem adler ein gleichnis 281
Uon dem donnerstein gefallen jm xcij. iar: vor Ensisheim 385
Von Dem hausgeschirre ein lied . . 236
Von dem heyligen sandt Cristoffel . 380
Von den, di sich chledernt 125
Von der kayserin von payrn . . . 102
Von der trachait vnsers herren dienst 116

Von des menschen vnseld vnd Cranckeit 272
Von dez todez sla 119
Von edel 121
Von hoffart dez adelz gepurt 279
Von sand barbara, der heilgen Junckfrawen 381
Von sand paulus regel vnd wye man nach der zeyt des jars pawen sol . 375
Von uibrigem gemache 91
Von vnnutzen buchern 389
Von zu vil sorg 391
Von zwain Påbsten 137

Wachtelmäre 57
Wan hôrt aber klingen 52
Was hat der frôiden meisten hort . . . 56
Was sal ich nü begynne? 332
Weingruß 301, 302
Welch man als faul wer vnd als treg . . 304
Welch man hat einen ler knecht 373
Wenn ich betrachtt 215
Wer aller welt sorg vff sich ladt 391
Wer daz puech haben wil 127
Wer einem wolf trawt auf die haid . . . 305
Wer gern spilt vnd vngern gilt 304
Wer ich der künste niht ze laz 76
Wer ich ein gwaldiger küng über alle lant 74
Wer ich geporen von schnoder art . . . 372
Wer sagt mir das geferte 33
Wer schlechtlich gelaubt der zwelf artickel 305
Wer seinen pulen nicht laicht 304
Wer tichtet vnd gesach ny warer kunste grunt 105
Wer verzwifelt an dem end 339
Wer zartter mynnen pflegen well . . . 263
Wes sol ich beginnen? 258
Wes zichst du mich, min liebster bůl . . 136
Wy Wyllen jagen, vliechen, en wyl wy nyet? 384
Wi wndirwe̊rndir suz vrsprink 19
Wie sich vmb tribt mit magen krefften . 203
Willekome, varender man! 39
Wiltu menschin art 111
Wiltu nu wissen, wie der hymmel sey gesacht 106
Wir sullen lernen sterben 253
Wir wônt gegen diser vasenacht 328
Wo fartzt ein essel an einem ort 374
Wo sol ich mich hin keren 397
Wo von die welt ane wandel 198
Wol drey gesellen gůt 285
Wol mich hùt vnd iemer me! ich sach ein wip 46
Woluff, im geist gon Baden! 329
Wol uff, ir gesellen, in die tabern . . . 265
Wort sint der dinge tzeichen, sam der meister gicht 30

Tzart, mynnichliger hord 177
Tsu myr sprach tzwifel: „dou zalt van der goten laen“ 222
Zů mitter fasten es beschach 228
Zway vnd zwainczig stück merck wol . 370

Epochen der deutschen Lyrik

Von den Anfängen bis zur Gegenwart / Hrsg. von Walther Killy

Die bedeutendste Lyriksammlung dieses Jahrhunderts
Nach den Erstdrucken in zeitlicher Folge
10 Bände in 13 Einzelbänden
insgesamt 4698 Seiten
komplett in Kunststoffkassette
dtv 5973

Die Bände sind auch einzeln lieferbar

Band 1:
Gedichte von den Anfängen bis 1300
Hrsg. von W. Höver und E. Kiepe
dtv 4015

Band 2:
Gedichte 1300–1500
Hrsg. v. E. und H. Kiepe
dtv 4016

Band 3:
Gedichte 1500–1600
Hrsg. v. K. Düwel
dtv 4017

Band 4:
Gedichte 1600–1700
Hrsg. v. Ch. Wagenknecht
2. Auflage
dtv 4018

Band 5:
Gedichte 1700–1770
Hrsg. v. J. Stenzel
2. Auflage
dtv 4019

Band 6:
Gedichte 1770–1800
Hrsg. v. G. Pickerodt
dtv 4020

Band 7:
Gedichte 1800–1830
Hrsg. v. J. Schillemeit
2. Auflage
dtv 4021

Band 8:
Gedichte 1830–1900
Hrsg. v. R.-R. Wuthenow
2. Auflage
dtv 4022

Band 9:
Gedichte 1900–1960
Hrsg. v. G. Lindemann
2 Bände
dtv 4023, 4024

Band 10:
Übersetzungen
Unter Mitarbeit von R. von Tiedemann
Hrsg. v. D. Gutzen und H. Rüdiger
3 Bände
dtv 4162, 4163, 4184

»dtv weltliteratur«– Lyrik

Deutsche Lyrik
vom Barock bis zur Gegenwart
Hrsg. v. G. Hay u. S. v. Steinsdorff
Auf der Grundlage der
›Epochen der deutschen Lyrik‹
dtv 2077

Carmina Burana
Die Lieder und geistlichen
Dramen der Benediktbeurer
Handschrift
Vollständige zweisprachige
Ausgabe
Übersetzt von C. Fischer und
H. Kuhn
Nachwort und Anmerkungen
von G. Bernt
Dünndruck-Ausgabe
dtv 2063

Clemens Brentano:
Gedichte
Hrsg. und kommentiert von
W. Frühwald, B. Gajek und
F. Kemp
Dünndruck-Ausgabe
dtv 6069

Georg Trakl:
Das dichterische Werk
Hrsg. und kommentiert von
W. Killy und H. Szklenar
dtv 6001

Georg Heym:
Das lyrische Werk
Hrsg. von K. L. Schneider,
Anmerkungen von D. Marquardt
Dünndruck-Ausgabe
dtv 6085

Joseph von Eichendorff:
Sämtliche Gedichte
Hrsg. von W. Rasch
Dünndruck-Ausgabe
dtv 6044

François Villon:
Das große Testament
Zweisprachige Ausgabe
Mit 40 Federzeichnungen von
M. Vallazza
Nachwort und Anmerkungen
von H. K. Weinert und
W. Widmer
dtv 2078

Heinrich Heine:
Atta Troll
Ein Sommernachtstraum
Deutschland
Ein Wintermärchen
Hrsg. und kommentiert von
K. Briegleb
dtv 2082

In der Reihe dtv wissenschaft
ist außerdem erschienen:

Epochen der deutschen Lyrik
Sammlung deutscher Gedichte
vom frühen Mittelalter bis zur
Gegenwart
Hrsg. von W. Killy
13 Bände
dtv 4015-24, 4162, 4163, 4184
Komplett als Kassette
dtv 5973

Johann Wolfgang Goethe im dtv

Werke*
Hamburger Ausgabe
in 14 Bänden
Hrsg. von Erich Trunz
dtv 5986

Die Leiden des jungen Werther
Hrsg. und kommentiert von
E. Trunz
(Hamburger Ausgabe)
dtv 2048

Wilhelm Meisters Lehrjahre*
Nachwort und Anmerkungen
von G. Fetzer
dtv 2026

Die Wahlverwandtschaften
Hrsg. von E. Trunz,
kommentiert von B. von Wiese
(Hamburger Ausgabe)
dtv 2067

Frühe Dramen
Götz von Berlichingen
Clavigo
Hrsg. und kommentiert von
W. Kayser
(Hamburger Ausgabe)
dtv 6104

Faust. Eine Tragödie
Erster und zweiter Teil
Nachwort und Anmerkungen
von G. Fetzer
dtv 2074

Die großen Weimarer Dramen
Egmont
Iphigenie auf Tauris
Torquato Tasso
Hrsg. von L. Blumenthal und
W. Kayser, kommentiert von
St. Atkins, W. Kayser und
D. Lohmeier
(Hamburger Ausgabe)
dtv 6100

Leben und Welt in Briefen*
Zusammengestellt von F. Kemp
dtv 2087

Gedichte
Ein Lesebuch
Zusammengestellt von F. Kemp
dtv 2088

Johann Peter Eckermann: Gespräche mit Goethe in den letzten Jahren seines Lebens*
Hrsg. von E. Beutler
dtv 6065

dtv zweisprachig

West-östlicher Divan
West-Eastern Divan
Ins Englische übersetzt von
J. Whaley
dtv 9149

***) Dünndruck-Ausgabe**